Scherz Krimis
Die mit den Streifen

Mord After Eight

Kriminalgeschichten de Luxe

Sabine Deitmer · Robert Bloch · Regula Venske
Roy Vickers · Petra Hammesfahr u.a.

Scherz

Herausgegeben von Ralf Kramp

Sonderausgabe 1999

Umschlaggestaltung: Atelier Bachmann & Seidel, Reischach
Umschlagbild: LES Studio/Premium, Düsseldorf
Gesamtherstellung: Ebner Ulm

Inhalt

Die Maus in der Ecke

Ruth Rendell

»Ich glaube, Sie wissen, wer Ihren Stiefvater umgebracht hat«, sagte Wexford.

Es war eine beiläufige Bemerkung über die Schulter, als er schon an der Tür stand und gehen wollte. Ein schneller Abgang war allerdings nicht möglich. Er mußte sich tief herunterbeugen. Das Mädchen, zu dem er sprach, war klein, und der Freund, mit dem sie zusammenlebte, kaum größer als einsfünfundsechzig. Das Leben im Wohnwagen wäre sonst wohl unerträglich, dachte er.

Er stand gebückt in der Tür, und als sie keine Antwort gab, fügte er hinzu. »Es macht Ihnen doch nichts aus, wenn ich in ein oder zwei Tagen wiederkomme und wir uns weiter unterhalten? Ihnen ist das wahrscheinlich egal, oder? Sie müssen nicht mit mir sprechen, Miss Heddon. Es steht Ihnen frei, nein zu sagen.« Das Ganze hätte einen würdigeren Eindruck gemacht, wenn er hätte aufrecht stehen und ihr ins Gesicht sehen können, doch Wexford machte sich nicht viel aus Würde. Er sprach in einem ziemlich ernsten, aber milden Tonfall. »Wenn Sie nichts dagegen haben, dann setzen wir dieses Gespräch am Montag fort. Ich habe das Gefühl, daß Sie sehr viel mehr wissen, als Sie mir erzählt haben.«

Sie sagte einen jener Sätze, die unweigerlich das Gegenteil ihrer selbst bedeuten. »Ich weiß nicht, wovon Sie sprechen.«

»Das ist unter dem Niveau einer Person von Ihrer Intelligenz«, sagte er und meinte es genau so.

Er öffnete die Tür und kletterte hinaus. Sie stand im Eingang und sah ihm nach, eine hübsche junge Frau von zwanzig Jahren, die sogar noch jünger wirkte, weil ihr das blonde Haar bis zur Taille reichte und ihre weiße Bluse etwas Schulmädchenhaftes hatte.

»Also bis Montag«, sagte Wexford. »So gegen drei?«

»Wie Sie wünschen.« In einem Anflug von Humor sagte sie: »Sie müssen sich hier vorkommen wie ein Rottweiler in einem Kaninchenstall.«

Er lächelte. »Sie könnten recht haben. Es stimmt, daß mein Biß schlimmer ist als mein Bellen.«

Vielleicht schloß sie die Tür ohne ein weiteres Wort, weil sie das erst mal schlucken mußte. Er stapfte den Weg zurück zum Auto, wo Donaldson am Steuer saß. Ein mit Asche bestreuter Pfad führte über die Ecke eines morastigen Feldes. Im kalten Nebel war vor dem grauen Hintergrund von wirrem Buschwerk der Umriß einer Hütte auszumachen, eines umgebauten Eisenbahnwaggons. In der Woche seit Tom Peterlees Tod waren fünf Zentimeter Regen gefallen, und die schweren grauen Kumuluswolken am Himmel versprachen noch mehr.

»Fahr bei Feverels vorbei, Steve«, sagte Wexford. »Du brauchst nicht anzuhalten, ich will nur einen Blick darauf werfen.«

Der Gemüseladen war weiterhin geschlossen, obwohl neben dem Tor noch eine Holztafel stand, auf der Äpfel, Birnen, Pflaumen und Walnüsse zum Einmachen angeboten wurden. Wexford ließ Donaldson doch für ein paar Augenblicke halten. Heather Peterlee sollte ihn sehen. Das konnte nichts schaden. Er betrachtete zum x-tenmal die Bruchbude, die einmal ein Laden gewesen war, die Holzhütten, die drumherum standen, das eigentliche Haus und den unvermeidlichen Wohnwagen.

Das Haus war ein viktorianischer Bau in einem blassen Steingrau, das der Regen in Khaki verwandelt hatte. Das flache Dach war mit stumpfem grauem Schiefer gedeckt. Etwa zehn Meter, teils Kies, teils struppiges Gras, trennten das Haus vom Laden. Dazwischen stand, etwas nach hinten versetzt, der Wohnwagen auf einem Betonsockel, und dahinter begann die Gärtnerei.

Der Laden mit den verriegelten Doppeltüren und den mit Brettern zugenagelten Fenstern machte einen verwahrlosten Eindruck. Eine Ecke von dem rostigen Blech, das als Dach diente, hatte sich gelockert und klapperte rhythmisch im aufkommenden Wind. Es war ein trostloser Ort. Keinem Besucher wäre es schwergefallen zu glauben, daß hier ein Mann erschlagen worden war.

Als Donaldson den Motor wieder anließ, kam ein schwarzer Spaniel hinter dem Haus hervor gerannt und blieb kläffend am Tor stehen. Wexford hatte seine Zähne durch den Ärmel seiner Jacke zu spüren bekommen, aber es hatte nicht geblutet.

»Ist das der Hund, Sir?«

Sie kannten die Geschichte alle, selbst jene, die kaum etwas damit zu tun hatten. Wexford nickte, ja, dies sei der Hund, dies sei Scamp.

Wexford warf einen Blick auf die Nachbarn. Joseph Peterlee betrieb einen Maschinenverleih, und ein Kunde brachte gerade einen Bagger zurück. In der Einfahrt, wo sich auf dem brüchigen Beton Pfützen gebildet hatten, stand Mrs. Monica Peterlee in ihrer immer gleichen Uniform aus Gummistiefeln und einem geblümten Overall und unterhielt sich mit ihrem Mann und dem Baggerfahrer. Das also sind die Figuren dieses Dramas, dachte er, bis auf eine, die bei ihrem Liebsten ist, und einen, der abgetreten ist.

Warum war er so sicher, daß Arlene Heddon die Antwort hatte? Mike Burden, sein Stellvertreter und zweiter Chef der Kriminalpolizei von Kingsmarkham, sagte verächtlich, sie sei immerhin attraktiver als die Witwe. Mit der üblichen ablehnenden Haltung gegenüber Menschen, deren Leben sich seinen eigenen Maßstäben nicht einigermaßen fügte, sprach er herablassend vom »Peterlee Girl«, als würde man auf direktem Wege zum Mörder, wenn man keine Arbeit und kein richtiges Dach über dem Kopf hatte.

»Ihr Name«, sagte Wexford etwas mürrisch, »ist Heddon. Das war der Name ihres Vaters. Heather Peterlee war, wie du dich erinnern wirst, Mrs. Heddon, bevor sie wieder geheiratet hat. Übrigens schon damals Witwe«, fügte er hinzu und fragte sich, warum er sich damit aufhielt, Burdens absurden Vorurteilen Nahrung zu geben.

Prompt fragte Burden: »Und woran ist ihr erster Mann gestorben?«

»Du meine Güte, Mike, irgendeine Knochenkrankheit. Haben wir alles geprüft. Aber zurück zu Arlene Heddon, sie ist eine sehr intelligente junge Frau, weißt du?«

»Nein, weiß ich nicht. Das ist doch nicht dein Ernst. Intelligente Mädchen leben nicht von der Sozialhilfe, in einem Wohnwagen mit einem arbeitslosen Schweißer.«

»Was für ein Snob du bist.«

»Einem *verheirateten* Schweißer. Ich bin nicht einfach ein Snob, ich bin ein Moralist. Intelligente Mädchen sind gut in der Schule, absolvieren eine Ausbildung, suchen sich eine gutbezahlte Arbeit und nehmen eine Hypothek auf, um sich ein Haus zu kaufen.«

»Irgendwie ist Arlene Heddon einen anderen Weg gegangen. Ich habe ja nicht behauptet, daß sie akademische Neigungen hätte. Aber zweifellos ist sie schlagfertig und clever, und sie hat einen scharfen Verstand.«

»Und ihre Mutter, die doppelte Witwe, ist sie das Genie, von dem Arlene ihren IQ geerbt hat?«

Dies war weder der Ort noch die Zeit, um den Mord zu erörtern, Wexfords Haus an einem Samstagabend, aber Burden war auf einen Drink vorbeigekommen, und was immer das Thema der Unterhaltung sein mochte, früher oder später landeten sie doch bei den Peterlees. Wexford schlug vor, die Ereignisse noch einmal der Reihe nach durchzugehen. Dora, seine Frau, war im Zimmer, aber sie saß still beim Fenster und las.

»Du kannst Einzelheiten korrigieren«, begann Wexford, »aber ich glaube, im großen und ganzen war es so: Am Donnerstag, dem zehnten Oktober, öffnete Heather Peterlee das Gemüsegeschäft wie gewöhnlich um neun Uhr morgens. Ihr Mann Tom arbeitete draußen; er kam um die Mittagszeit mit dem Traktor zum Laden und brachte das Gemüse, das er am Vormittag geerntet hatte. Sie aßen im Laden zu Mittag, ohne jedoch zu schließen. Etwa gegen drei kam Joseph Peterlee mit dem Auto, um seine Frau abzuholen und mit ihr zum Einkaufen nach Kingsmarkham zu fahren. Tom und Heather blieben im Laden, machten um fünf zu und gingen ins Haus hinüber, wo Heather sich an die Zubereitung des Abendessens machte. Tom hatte die Tageseinnahmen mitgebracht, um sie im Safe zu deponieren, aber er ließ sie auf der Anrichte in der Küche liegen, gegenüber der Eingangstür. Es waren ungefähr dreihundertsechzig Pfund. Er legte seine Kamera auf das Geld, vermutlich um zu verhindern, daß es wegflog, wenn die Tür geöffnet wurde. Dann ging er zum Wohnwagen hinüber, um mit Carol Fox, die seit dem Sommer dort wohnte, über eine Mieterhöhung zu reden.«

»Tom Peterlee wurde wegen dreihundertsechzig Pfund ermordet«, sagte Burden.

»Nein, aber einige Leute möchten gern, daß wir das glauben. Es ist schwer, auch nur zu raten, warum er umgebracht worden sein könnte. Alle scheinen ihn gemocht zu haben. Wir haben von allen möglichen Leuten . . .«, Wexford zögerte, ». . . glänzende Meinungen über ihn gehört. Er scheint nach allem, was wir wissen, ein Ausbund an Tugend gewesen zu sein, ein idealer Ehemann, gut, freundlich und zweifellos attraktiv. Er sah sogar erschlagen noch gut aus – verzeih, Dora. Aber machen wir weiter. Sie aßen um halb sechs. Während des Essens – so Mrs. Peterlee – erzählte Tom seiner Frau, daß die Sache mit der Miete freundschaftlich geregelt sei. Carol wolle wohnen bleiben und ihr sei klar, daß die Miete erhöht werden müsse . . .«

Dora unterbrach ihn. »Ist das die Frau, die ihren Mann verlassen hat und von Heather Peterlee den Wohnwagen angeboten bekam, weil sie sonst keine Bleibe hatte?«

»Offenbar eine alte Freundin von Heater. Laut Heather hat sie über Tom ausrichten lassen, sie würde Heather in einer Stunde abholen, um mit ihr und dem Hund spazierenzugehen. Heather geht immer nach dem Abendessen mit dem Hund raus, und für gewöhnlich begleitet Carol sie. Heather machte den Abwasch, und Tom trocknete ab. Wie gesagt, er war ein idealer Ehemann. Irgendwann ging er zum Schuppen und holte einen Korb Holzscheite für die Holzöfen, von denen einer in der Küche steht und einer im Wohnzimmer. Zwanzig nach sechs klopfte Carol an die Tür und kam in die Küche. Es regnete nicht, aber es sah nach Regen aus, und Carol trug nur eine Strickjacke. Heather riet ihr, eine der wasserdichten Jacken anzuziehen, die hinter der Tür hingen, und Carol nahm sich eine hellbraune.«

»Merkwürdig«, warf Burden ein, »daß sie nicht ihren eigenen Regenmantel aus dem Wohnwagen geholt hat. Eine Frau wie sie, die sehr viel Wert auf ihr Äußeres legt. Aber vielleicht war es ihr bei einem einsamen Spaziergang mit einer anderen Frau egal. Es war ein trüber Abend, und sie mußte kaum damit rechnen, jemandem zu begegnen.«

Dora schaute ihn mit einem schwer zu deutenden halben Lächeln an, sagte aber nichts. Ihr Mann fuhr fort: »Wie du dich vielleicht erinnerst, fiel bei der Durchsuchung des Hauses und des Wohnwagens auf, daß Carol Fox keinen Regenmantel besaß. Sie hat gesagt, und Heather hat das bestätigt, sie habe immer einen von Heather benutzt. Sie gingen mit dem Hund über das Gelände von Feverels und dann auf dem öffentlichen Weg über die Wiesen hinunter zum Fluß. Sie sind zwischen zwanzig nach sechs und halb sieben weggegangen. Es war noch hell, und zwar noch eine halbe Stunde lang. Was Tom während ihrer Abwesenheit getan hat, wissen wir nicht und werden wir wahrscheinlich nie wissen – bis auf die Tatsache, daß es nicht zu seinen Aktivitäten gehört hat, das Geld in den Safe zu legen. Ungefähr zehn vor sieben kam Arlene Heddon bei Feverels an. Ihr Freund hat sie in seinem Kleinbus hingefahren.« Wexford schaute Burden mit hochgezogenen Augenbrauen an. »Der arbeitslose, verheiratete Schweißer Gary Wyatt. Arlene und Gary haben kein Telefon; die Nachricht hatte Arlene über Grandma erreicht, auf deren Grundstück sie lebt. Sie ist natürlich nicht wirklich ihre Großmutter, aber sie nennt sie Grandma.«

»Die alte Hexe«, sagte Dora. »So nennen sie die Leute. Sie ist stadtbekannt.«

»Ich glaube nicht, daß sie so alt ist, wie sie aussieht, und sie ist mit Sicherheit keine Hexe, auch wenn sie alles tut, um diesen Eindruck zu erwecken. Um die Mutter von Joseph und Tom sein zu können, braucht sie nicht älter als fünfundsechzig zu sein, und ich wage zu behaupten, daß sie nicht älter ist. Die Nachricht, die Arlene von Mrs. Peterlee senior bekommen hatte, lautete, Mum habe ihren Pullover fertig, und sie solle ihn sich holen kommen, wenn sie ihn am Freitag haben wolle; so gegen acht sei es günstig. Grandma sagte, sie könne Arlene mitnehmen, sie führe zu einem Treffen der Konservativen nach Kingsmarkham – das ist kein Witz, Dora –, aber Arlene lehnte ab. Gary und sie seien noch beim Tee, Gary würde sie etwas später mit dem Bus hinfahren. Gary wollte halb sieben los. Er setzte Arlene bei Feverels ab, so daß sie eine Stunde früher da war, und fuhr weiter, um mit seinen Kumpels in der Red Rose in Edenwick einen Drink zu nehmen. Hat allerdings keiner bestätigt. Weder der Pächter noch das Mädchen hinter der Bar hat ihn dort gesehen. Ganz anders bei der alten Hexe. Auch wenn man meinen könnte, daß sie da nicht hinpaßt, erinnert sich doch jeder Konservative in Kingsmarkham daran, sie an jenem Abend im Seminarraum des Olive and Dove Hotels gesehen zu haben. Allerdings erst ab halb acht, als die Versammlung losging. Wo war sie in den eineinhalb Stunden dazwischen? Gary versprach, Arlene eine Stunde später wieder abzuholen. Arlene ging ums Haus herum und öffnete die Küchentür, die nicht verschlossen war. Als Tochter des Hauses klopfte oder rief sie nicht, sondern ging einfach hinein. Dort, in der Küche, fand sie ihren Stiefvater, Tom Peterlee. Er lag, das Gesicht nach unten, auf dem Boden und hatte eine Wunde am Hinterkopf. Sie kniete sich hin und berührte sein Gesicht. Es war noch leicht warm. Sie wußte, daß im Wohnzimmer ein Telefon steht, da sie aber fürchtete, der Täter könnte noch im Haus sein, ging sie nicht hinein, sondern rannte nach draußen in der Hoffnung, Gary noch zu erwischen. Als sie sah, daß er weg war, rannte sie die knapp hundert Meter hinüber zu Mr. und Mrs. Joe Peterlee, von wo aus sie die 100 anrief. Joe Peterlee war, das sagt jedenfalls seine Frau, nicht da. Arlene – all das ist ihre Aussage, die teilweise von Monica Peterlee bestätigt worden ist –, Arlene bat sie, mit ihr zurückzugehen und auf die Polizei zu warten, aber Mrs. Peterlee sagte, sie habe zu große Angst, und so ging Arlene allein. Nur ein paar Minuten später – es war inzwischen fünf nach sieben – kamen ihre Mutter und Carol Fox mit dem Hund zurück. Arlene stand an der Hintertür. Sie bereitete die beiden auf das vor, was sie erwartete; Heather schrie, stieß die Tür auf und stürmte in die Küche. Sie warf sich auf den Körper, und als Arlene und Carol sie hochgehievt hatten, schlug sie ihren Kopf, ihr Gesicht, gegen die Küchenwand.«

Burden nickte. »Wie nennen wir das? Hysterischen Anfall? Ausdruck von Trauer und Schmerz? Daher also das Blut auf ihrer Jacke und die Blutergüsse in ihrem Gesicht. Zumindest ist es eine mögliche Erklärung dafür.«

»Die Polizei kam, und jeder wurde auf der Stelle verhört. Natürlich hatte niemand irgendwelche verdächtigen Gestalten bei Feverels gesehen. Das hat sowieso nie jemand. Joe Peterlee hat bis heute keine befriedigende Auskunft darüber geben können, wo er zwischen sechs Uhr zwanzig und sechs Uhr fünfzig gewesen ist. Ebensowenig Gary Wyatt und Grandma Peterlee. Das Geld war weg. Eine Waffe gab es nicht. Keine Fingerabdrücke außer denen von Tom, Heather, Carol Fox und Arlene. Der Pathologe sagt, Tom sei zwischen sechs Uhr fünfzehn und sieben Uhr fünfzehn gestorben, eine Zeitspanne, die stark eingeschränkt werden kann, wenn man Arlene glauben kann. Wie du weißt, sagt sie, er habe sich warm angefühlt, als sie ihn um sechs Uhr fünfzig berührte. Ich glaube, daß sie lügt. Ich glaube, daß sie von vorn bis hinten lügt; sie schützt jemanden, und deswegen werde ich weiter mit ihr sprechen, bis ich weiß, wen. Grandma oder ihren Freund oder ihren Onkel Joe – oder ihre Mutter.«

Dora rümpfte die Nase. »Ist es nicht ein bißchen widerlich,

Reg, ein Mädchen dazu zu bringen, die eigene Mutter zu verraten? Das hört sich nach KGB an.«

»Und wir wissen, wie es denen ergangen ist«, sagte Burden.

Wexford lächelte. »Vielleicht bringe ich sie nur dazu, ihre angeheiratete Stieftante zu verraten, oder ist das auch nicht erlaubt?«

Burden verabschiedete sich gegen zehn vor zehn. Er war zu Fuß gekommen, Wexford und er lebten nur eine Meile voneinander entfernt. Der Nachhauseweg führte ihn an dem großen neuen Einkaufszentrum vorbei, dem York Crest Centre. Er verabscheute den Namen und den Platz – mit dem alten Kingsmarkham, so wie es gewesen war, als er hierherkam, hatten sie nichts mehr gemein.

Damals war nachts noch Leben in der Stadt gewesen, ständiges Kommen und Gehen in den Pubs und Restaurants, Spaziergänger, Kinobesucher, damals, als das Auto noch nicht alles beherrschte. Das Fernsehen, die Folgen der Rezession und die Angst vor Gewalt bewirkten, daß die Städter in ihren Wohnungen blieben; der Platz war menschenleer. Er lag still und verlassen, war aber hell erleuchtet und deswegen ein wenig unheimlich.

Seine Schritte erzeugten ein schwaches, hohles Echo; er sah die Reflexion seiner einsamen Gestalt in strahlenden Schaufenstern. Keine Seele weit und breit, als er in die York Street kam, nicht einer, der an einer Ecke oder an einer Bushaltestelle gewartet hätte. Er bog in den Gang ein, der an der Seite des York Crest Centre entlangführt, eine Abkürzung.

In sein stilles Nachsinnen platzte der Überfall. Er brauchte ungefähr dreißig Sekunden, um zu realisieren, was los war. Er kannte es aus dem Fernsehen, hatte aber geglaubt, so etwas gäbe es nur im Norden. Ein Rammüberfall. Das war der Name, den jemand dafür erfunden hatte. Zuerst der Landrover, er wendete auf dem asphaltierten Hof und donnerte dann mit der größtmöglichen Geschwindigkeit in die riesige Glasdoppeltür, die das Zentrum nachts verschloß. Der Lärm des berstenden Glases war enorm, wie ein Bombeneinschlag.

Der Landrover verschwand im Innern, gefolgt von zwei Autos, einem Volvo und einem Volvo Estate, die durch den Scherbenberg preschten. Er wartete nicht ab, was weiter geschah, sondern holte sein tragbares Telefon hervor und schaltete es ein, noch bevor die Rücklichter des zweiten Autos verschwunden waren. »No service«, stand im Display, und daran änderte sich auch nichts, als er das Ding schüttelte und die Antenne herauszog. Es funktionierte nicht. Das war noch nie vorgekommen. Ausgerechnet jetzt, da er zur richtigen Zeit am richtigen Ort war, mußte das passieren.

Burden rannte den Gang hinunter zu den Telefonzellen an der Post, vier runde Plastikhauben. Der erste Apparat war zerstört, der zweite funktionierte. Wenn sie in fünf Minuten da wären, oder wenigstens in zehn ... Er rannte wieder los; dann fiel ihm ein, daß es besser war, wenn niemand ihn hörte, und er schlich den restlichen Weg. Sie fuhren gerade weg, der Landrover, bei dem sämtliche Scheiben kaputt waren, voraus, die beiden anderen Autos dicht hinterher. Als die Mid-Sussex-Streifenwagen ankamen, waren sie über alle Berge.

Der Zweck des Überfalls hatte darin bestanden, bei Nixons so viele elektronische Geräte mitgehen zu lassen, wie man binnen fünf Minuten nur zusammenraffen kann. Sie hatten eine gewaltige Beute gemacht, und wahrscheinlich waren dafür zwölf Männer nötig gewesen.

Das Telefon an der Außenwand der Post wurde repariert, fiel aber schon am nächsten Tag wieder dem Vandalismus zum Opfer, wie auch die anderen drei. Das war am Montag, dem Tag, an dem Wexford das zweite Gespräch mit Arlene Heddon führte. Am späten Nachmittag machte er sich auf zu dem Wohnwagen auf dem Grundstück der alten Mrs. Peterlee. Arlene ging manchmal putzen, aber nachmittags war sie immer zu Hause. Er klopfte an, und sie rief ihn herein.

Der Fernseher war an, und sie saß gemütlich auf der Bank an der gegenüberliegenden Wand und schaute zu. Sie wirkte so entspannt, ja schläfrig, daß Wexford annahm, sie würde zur Fernbedienung greifen, die auf der Abtrennung zwischen dem Wohn-/Schlafbereich und der Kochnische lag, aber sie stand auf und schaltete das Gerät direkt aus. Sie schauten einander in die Augen, und es schien, als wollte sie diesmal sprechen. Er stellte ihr eine Reihe neuer Fragen und wiederholte alle alten.

Ihm fiel auf, daß sie ein wenig von dem abwich, was sie das erstemal gesagt hatte, auch wenn es nur gerinfügige Details waren. Ihre Mutter hatte sich nicht auf die Leiche geworfen, sondern sich daneben gekniet, den Kopf ihres toten Mannes in die Arme genommen und ihn gestreichelt. Danach hatte Heather ihren Kopf auf die Arbeitsplatte geschlagen, nicht gegen die Wand.

Der Hund hatte gejault, als er seinen toten Herrn erblickte. Das erstemal hatte sie gesagt, sie habe geglaubt, bei ihrer Ankunft oben ein Geräuch wahrgenommen zu haben. Diesmal sagte sie, nein, alles sei still gewesen. Sie hatte nicht darauf geachtet, ob das Geld dort lag oder nicht. Jetzt sagte sie, das Geld sei dagewesen, die Kamera habe auf den Scheinen gelegen. Als sie vom Telefonieren zurückkam, war sie nicht ins Haus gegangen, sondern hatte draußen auf ihre Mutter gewartet. Jetzt sagte sie, sie sei noch einmal kurz in die Küche gegangen. Die Kamera sei noch dagewesen, aber nicht das Geld.

Wexford wies beiläufig auf diese Ungereimtheiten hin. Sie äußerte sich nicht dazu. Er fragte scheinbar gleichgültig: »Übrigens, woher wußten Sie eigentlich, daß Ihre Mutter mit dem Hund weg war?«

»Der Hund war nicht da, und sie war nicht da.«

»Sie hatten Angst, das Telefon im Haus zu benutzen, weil der Mörder Ihres Stiefvaters noch hätte da sein können. Haben Sie nie in Betracht gezogen, daß Ihre Mutter sich irgendwo anders im Haus befinden könnte, ebenfalls tot? Daß Carol Fox mit dem Hund allein spazierengegangen sein könnte, wie sie das vielleicht manchmal tat?«

»Ich kannte Carol nicht besonders gut«, sagte Arlene Heddon.

Das war eine schwache Antwort. »Aber sie war eine enge Freundin Ihrer Mutter, eine alte Freundin, nicht wahr? Man könnte sagen, Ihre Mutter hat ihr Unterschlupf gewährt, als sie ihren Mann verließ. So verhält sich eine gute Freundin, nicht wahr?«

»Seit ich siebzehn bin, lebe ich nicht mehr zu Hause. Ich kenne nicht alle Freunde meiner Mutter. Ich weiß nicht, ob Carol mit dem Hund spazierenging oder nicht. Manchmal ging Tom mit ihm, manchmal meine Mutter. Ich habe nie gehört, daß Carol meine Mutter begleitet hat, aber das heißt nichts. Ich habe mich nicht für Carol interessiert.«

»Und trotzdem haben Sie darauf gewartet, daß beide von dem Spaziergang zurückkamen, Miss Heddon?«

»Ich habe auf meine Mutter gewartet«, sagte sie.

Wexford verabschiedete sich und kündigte an, er werde am Donnerstag wiederkommen. Grandma war nirgends zu sehen. Als er aber zu seinem Wagen kam, fegte sie mit ihrem Auto heran, holperte über den unebenen Boden, kippelte durch mehrere tiefe Rinnen, rutschte mit qietschenden Bremsen über das Eis und kam nach einem rasanten Halbkreis um den Eisenbahnwaggon ratternd zum Stehen. Florrie Peterlee, die an die Siebzig war und wie achtzig aussah, fuhr wie ein achtzehnjähriger Tollkopf, der das Steuer seiner ersten Klapperkiste in den Fingern hat.

Sie machte den Eindruck, als käme sie nur mit größter Mühe aus dem Vehikel heraus. Ihr weißes Haar war so lang und glatt wie das von Arlene, und sie trug ausschließlich ein leicht verschossenes Schwarz, was ihr manchmal einen kuriosen modischen Touch verlieh. Ein Teenager hätte mit dieser Farbe im Trend gelegen. Sie hatte eine Hakennase, ein spitzes Kinn und blanke schwarze Augen. Was den Tod ihres Sohnes anging, hatte sie bisher nicht den geringsten Anflug von Trauer gezeigt.

»Sie sind zu alt für sie«, sagte die alte Hexe.

»Zu alt für was?« fragte Wexford, der sich nicht das Heft aus der Hand nehmen lassen wollte.

»Oh, hör dir das an! Wirklich eine nette Frage an eine Seniorin. Passen Sie auf, daß ich Sie nicht verhexe. Lassen Sie doch das Mädchen in Ruhe. Sie armer Tropf!«

»Sie wird mir sagen, wer Ihren Sohn Tom umgebracht hat.«

»Ach was. Sie weiß es nicht. Vielleicht war ich es ja.« Sie starrte ihn trotzig an. »Um ein Haar hätte ich seinen Vater umgebracht. Ich sagte: Du hast mich einmal zuviel verprügelt, Arthur Peterlee, nahm das Küchenmesser und ging auf ihn los. Ich will nicht behaupten, daß er sich nie wieder an mir vergriffen hätte, die Menschen sind nun einmal nicht so, aber bald danach fiel er tot um, hatte eine Herzattacke, das arme Schwein. Ich war so froh über seinen Abgang, daß ich auf seinem Grab getanzt habe. Das sagt man so, ich weiß, eine Redensart, aber ich, ich habe es wirklich getan. Bin zum Friedhof gegangen mit einer halben Flasche Gin und habe auf dem Grab von diesem Dreckskerl getanzt.«

Wexford konnte sie sich gut vorstellen, fliegendes Haar, flatternde schwarze Gewänder, die Flasche in der Hand, das runzelige Gesicht vom Gin aufgedunsen, wie sie im Schatten der alten Eibe zwischen Ilexsträuchern tanzte. Er zog die Augenbrauen hoch. Bevor sie weitere Gelegenheit hatte, ihn zu schockieren, oder es zumindest zu versuchen, fragte er sie, ob sie inzwischen vielleicht zu neuen Erkenntnissen darüber gekommen sei, wo sie an dem Abend, als ihr Sohn starb, während der fraglichen Stunde gewesen sei.

»Sie werden überrascht sein.«

Das war keine Redensart; vielmehr schien sie davon überzeugt zu sein, daß sie imstande war, ihn in Erstaunen zu versetzen. Sie grinste und entblößte dabei nicht etwa ein Gebiß, sondern weiße Zähne. Ihm kam der Gedanke, daß sie eine durchaus attraktive Erscheinung sein könnte, wenn sie ein ausgiebiges Bad nähme, ihr volles Haar aufsteckte und etwas anzöge, das für eine ländliche Matriarchin passender wäre. Aus ihrem Alibi oder dem Fehlen ihres Alibis machte er sich nicht viel, denn er bezweifelte, daß sie kräftig genug war, um den »stumpfen Gegenstand« zu handhaben, mit dem Tom Peterlee getötet worden war.

Er war sich ganz sicher, daß er wußte, um was für einen Gegenstand es sich handelte und was daraus geworden war. Er war so schnell wie möglich zu Feverels gefahren und hatte – noch bevor der Pathologe eintraf – die Holzsplitter in Tom Peterlees Kopfwunde gesehen. Verzagt hatte er seine Schlüsse aus dem Korb mit Holzscheiten neben der Hintertür und dem großen Holzofen in einer Nische gegenüber der Eingangstür gezogen. Sie würden die Tatwaffe niemals finden. Ohne es beweisen zu können, hatte er von Anfang an gewußt, daß es ein eisenhartes Eichenscheit war, vielleicht dreißig Zentimeter lang und zehn Zentimeter im Durchmesser, ein Scheit, mit dem wieder und wieder zugeschlagen und das dann in die lodernde Glut geworfen worden war.

Er hatte sogar nachgesehen. Das Feuer war ausgegangen. Konnte man sich jemanden vorstellen, der in einer solchen Situation Feuerholz nachlegte? Blaßgrauer, puderiger Staub hatte an einer Stelle noch rot geglüht und war erloschen, während er hineinschaute. Später hatte er die Asche analysieren lassen. Die ganze Zeit über hatte der Hund gejault. Irgendwer hatte das Tier in ein abgelegenes Zimmer gesperrt, aber das langgezogene Geheul hatte ihn auf seinem Weg zu Joseph und Monica Peterlee verfolgt.

Er erinnerte sich, daß er darüber nachgedacht hatte, ob sie zum Essen oder zum Fernsehen wohl genauso angezogen sein würde. Um neun Uhr abends hatte sie immer noch ihren Overall und ihre schwarzen Gummistiefel getragen. Ihr Mann war eine größere und schwerere Ausgabe seines Bruders, drei oder vier Jahre älter; sein Haar war stahlgrau, während Toms noch braun gewesen war, sein Bauch, im Gegensatz zu Toms, fett und schlaff. Sie hatten sich gegenseitig ein Alibi geliefert, was nutzlos war; zudem hatte Joe für die fragliche Zeit überhaupt kein Alibi. Er sei draußen gewesen, um Kaninchen zu jagen, hatte er gesagt und seine Flinte und seinen Jagdausweis gezeigt.

»Sie haben Tom wegen dem Geld umgelegt«, hatte er Wexford erklärt, in einem Ton, als wäre die Polizei ohne seinen tiefsinnigen Hinweis niemals auf eine solche Lösung gekommen. »Ich hab's ihm gesagt, wieder und wieder hab' ich's ihm gesagt, das läßt man nicht rumliegen, nicht mal eine Stunde lang, auch nicht bei Tageslicht. Wofür hast du denn einen Safe, wenn du ihn nicht benutzt? Das habe ich gesagt, nicht wahr, Frau?«

Sie hatte bestätigt, daß er das gesagt habe. Immer wieder. Wexford war es so vorgekommen, als würde sie alles bestätigen, was er sagte. Um des lieben Friedens willen, um ein ruhiges Leben zu haben. Zwei Tage später hatte er sich bei einer neuerlichen Befragung erkundigt, wie die Beziehung zwischen Tom und Heather Peterlee gewesen sei. »Sie waren ein sehr glückliches Paar«, hatte Joe gesagt. »Nie ein böses Wort in den ganzen zehn Jahren, die sie verheiratet waren.«

Später hatte Wexford sich gefragt, was Dora wohl sagen würde, wenn er eine solche Bemerkung über Verwandte von ihnen machte. Oder Burdens Frau Jenny. Etwas ziemlich Trockenes, das war sicher. Sie wären schnell dazwischengefahren mit einem »Woher willst du das wissen?« oder so ähnlich. Aber Monica hatte nichts gesagt. Sie hatte nervös gelächelt. Ihr Mann hatte sie angeschaut, und sie hatte aufgehört zu lächeln.

Man rechnete damit, daß die Rammer am darauffolgenden Samstag abend wieder loslegen würden. Aber sie kamen schon am Freitag, am langen Abend, ins Stowerton- Brook-Einkaufsparadies, nicht einmal eine Stunde nach Geschäftsschluß. Ein weiterer gestohlener Landrover krachte durch die Eingangstüren, gefolgt von einem gestohlenen Range Rover und einem BMW. Die bei Electronic World gemachte Beute ähnelte der vorigen. Die Männer in diesen drei Fahrzeugen schafften es, Geräte im Wert von sage und schreibe 35000 Pfund einzusacken.

Diesmal kam Burden nicht zufällig vorbei. Niemand war in der Nähe, denn der Stowerton-Brook-Industriepark, in dem sich das Einkaufsparadies befand, war nachts wie ausgestorben, verlassener noch als der Stadtkern von Kingsmarkham. Die beiden Hunde, die den Hof des benachbarten Baumarktes bewacht hatten, waren einen Monat zuvor bei einer Säuberungsaktion gegen gefährliche Hunderassen gekillt worden.

Burden war fünf Meilen entfernt, im Gespräch mit Carol Fox und ihrem Ehemann Raymond. Für Burden, der außer für seine eigene kaum einen Blick für Frauen hatte, sah sie einfach überdurchschnittlich gut aus. Sie war Mitte Dreißig, zehn Jahre jünger als Heather, lebenslustig und in hellen Farben gekleidet. Es war Wexford, dem ihre ungefärbten, glänzenden roten Haare aufgefallen waren, ihre elfenbeinhelle, rosig schimmernde Haut, ihre enzianblauen Augen. Die unnatürliche Farbe, die dick auf Lippen, Fingernägel und Lider aufgetragen war, hatte er nicht erwähnt. Burden nannte sie eine »Cockney mit einer scheußlichen Stimme«. Im stillen hielt er sie für ordinär. Sie war laut und gewöhnlich, eine merkwürdige Freundin für die stille, zurückhaltende, mäuschenhafte Heather.

Der Ehemann, zu dem sie nach sechs Monaten Trennung zurückgekehrt war, war dünn und hatte unruhige Augen; irgendeine Art von Verkäufer. Er schien stolz auf sie zu sein und über die Maßen froh, daß sie zu ihm zurückgekehrt war. An diesem Abend – der Fall war noch kaum älter als eine Woche – lag ihm viel daran, Burden und jedem, der es hören wollte, zu versichern, daß ihre Trennung nur »ein Versuch« gewesen sei, ein Experiment mit dem Ziel, ihre Beziehung neu zu beleben. Sie seien jetzt wieder fest zusammen. Ihre Trennung sei kein Erfolg gewesen, sondern eine Quelle des Kummers für sie beide.

Carol schwieg. Als Burden sie aufforderte, noch einmal die Ereignisse des 10. Oktobers mit ihm durchzugehen, bekräftigte sie, daß sie und Heather um sechs Uhr zwanzig das Haus verlassen hätten. Ja, neben der Hintertür habe ein Korb mit Holzscheiten gestanden. Sie habe kein Geld auf der Anrichte oder auf dem Küchentisch gesehen. Tom habe abgetrocknet, als sie hereingekommen sei. Er sei in guter Verfassung gewesen, als sie weggingen, er habe das Geschirr in den Schrank geräumt.

»Wie glücklich ich darüber wäre«, sagte Carol mit einem nicht eben herzlichen Seitenblick zu ihrem Mann.

»Mochten Sie Tom Peterlee, Mrs. Fox?«

Bildete er sich das ein, oder hatte Raymond Fox' Gesichtsausdruck sich eine Spur verändert? Es wäre übertrieben gewesen zu behaupten, er sei zusammengezuckt. Burden wiederholte seine Frage.

»Er war immer angenehm«, sagte sie. »Ich habe ihn nicht oft gesehen.«

Die Ergebnisse aus dem Labor besagten, daß in der Asche des Holzofens ein Stück Tierknochen gefunden worden war. Burden hatte an jenem Abend gleich festgestellt, was die Peterlees gegessen hatten: Lammkotelett mit Kartoffeln und Kohl, den Tom selbst gezogen hatte. Die Reste wurden in den Komposteimer geworfen, niemals ins Feuer, Knochen wurden, roh oder gekocht, für den Hund auf die Treppe hinter dem Haus gelegt.

Wo war das Geld geblieben? Sie durchsuchten das Haus ein zweites Mal, stellten fest, daß der Safe leer war, daß es keinerlei Schmuck oder Bücher oder sonst etwas gab, das man für einen Beitrag zu den Annehmlichkeiten des Lebens hätte halten können.

Heather Peterlee verschanzte sich im Haus und antwortete nicht, wenn man sie ansprach. Auf Fragen starrte sie dumpf vor sich hin. Jedermann erklärte ihr Schweigen mit Trauer. Wexford bat um den Film aus der Kamera, die die verschwundenen Geldscheine beschwert hatte, ohne sich allerdings große Hoffnungen auf das Ergebnis zu machen. Sie zuckte mit den Schultern, murmelte, daß er ihn haben könne, sie habe nichts dagegen, und drehte ihr Gesicht zur Wand. Er sah nach und stellte fest, daß kein Film im Apparat war.

Burden sagte, Wexfords fortgesetzte Besuche bei Arlene Heddon grenzten an Besessenheit, der Chief Constable hielt sie für Zeitverschwendung. Seit seinem zweiten Besuch gab sie stets exakt dieselben Antworten auf alle gestellten Fragen. Er fragte sich, wie sie das fertigbrachte. Entweder war es die schlichte

Wahrheit, oder sie verfügte über ein perfektes Erinnerungsvermögen. Aber wenn es so war, warum gab es dann Abweichungen von ihren ersten Antworten? Jetzt stimmte alles vollkommen überein.

Wenn sie einen persönlichen Kommentar abgab, dann konnte auch mal etwas Neues auftauchen, aber das tat sie selten. Jedesmal, wenn er von Tom Peterlee als ihrem Stiefvater sprach, korrigierte sie ihn und sagte: »Ich nannte ihn Tom.« Und wenn er von Joseph und Monica als ihrem Onkel und ihrer Tante sprach, dann erklärte sie, sie seien nicht ihr Onkel und nicht ihre Tante. Carol Fox war die gute Freundin ihrer Mutter; Heather kannte sie seit Jahren, aber sie, Arlene, kannte sie so gut wie gar nicht.

»Ich habe nie gehört, daß Carol meine Mutter beim Spazierengehen mit dem Hund begleitet hat, aber das heißt nichts. Ich habe mich nicht für Carol interessiert.«

Manchmal war Gary Wyatt da. Wenn Wexford kam, verdrückte er sich. Er hatte immer eine Entschuldigung auf den Lippen, er müsse jemanden wegen diesem oder jenem sehen und sei schon spät dran. An einem Montag – in der Regel kam Wexford montags und donnerstags zum Wohnwagen – bat er Gary, einen Augenblick zu warten. Ob ihm noch Einzelheiten eingefallen seien, wo er sich zwischen sechs Uhr fünfundvierzig und sieben Uhr dreißig an jenem Abend aufgehalten habe? Nein. Er sei im Pub gewesen, in der Red Rose in Edenwick.

»Niemand kann sich erinnern, Sie dort gesehen zu haben.«

»Das ist Ihr Problem.«

»Es kann zu Ihrem werden, Gary. Sie mochten Tom Peterlee nicht, oder? Hat Tom sich nicht geweigert, Ihnen und Arlene den Wohnwagen zu geben, in dem Mrs. Fox lebte, weil Sie Ihre Frau und Ihre Kinder verlassen haben?«

»Wer im Glashaus sitzt, soll nicht mit Steinen werfen«, sagte Gary.

»Und was soll das heißen?«

Ach nichts, sagten sie. Es bedeute nichts. Er habe damit nicht Tom gemeint. Ein kleines Lächeln huschte über Arlenes Gesicht und war gleich wieder verschwunden. Gary ging weg, um jemanden wegen irgend etwas zu treffen, eine Verabredung, für die er schon spät dran sei, und Wexford fragte Arlene, was Heather getan habe, als sie von ihrem Spaziergang zurückgekommen sei.

»Sie hat sich nicht auf ihn geworfen«, sagte Arlene leichthin, wie es schien ohne eine Spur von Gefühl. »Sie kniete sich hin, nahm seinen Kopf in die Arme und streichelte ihn. Dabei hat sie sich mit Blut beschmiert. Carol und ich zogen sie hoch, und dann begann sie, ihr Gesicht auf die Arbeitsplatte zu schlagen.«

Genau dasselbe wie beim letztenmal, immer dasselbe.

Es hatte keinen öffentlichen Aufruf zu Zeugenaussagen gegeben. Zeugen wofür? Heather Peterlees Alibi wurde von Carol Fox bestätigt, und Wexford hatte keinen Grund zu glauben, daß sie log oder daß die beiden unter einer Decke steckten. Carol mochte zwar eine Freundin sein, aber doch nicht eine, die bereit war, einen Meineid zu leisten für eine Frau, die ihren idealen Ehemann grundlos ermordet hatte.

Er sann über das Knochenstück nach. Schließlich hatten sie einen Hund. War es an den Haaren herbeigezogen, wenn man annahm, daß ein Hundeknochen versehentlich in den Korb mit Feuerholz geraten sein konnte? Merkwürdig, ja, aber merkwürdige, unerklärliche Dinge geschahen nun mal. Er konnte sich immer noch nicht damit anfreunden, daß Arlene es als selbstverständlich betrachtet hatte, daß ihre Mutter in Begleitung von Carol Fox mit dem Hund spazierengegangen war – schien sie doch kaum gewußt zu haben, daß Carol dort lebte. Und er hatte die Geschichte, daß Heather ihren Kopf auf die Arbeitsplatte geschlagen habe, nie richtig schlucken können. Carol hatte nur gesagt: »O ja, das hat sie getan«, und Heather hatte die Hände über den Mund gelegt und ihr Gesicht zur Wand gedreht.

Dann geschah etwas Sonderbares, das alles zu verändern begann. Ein älterer Mann, ein Stammkunde des Gemüsegeschäfts, wollte mit Wexford sprechen. Er war Witwer, kaufte selbst ein und kochte selbst; er lebte von seiner Pension und einer Rente des Wasserwerks von Mittel-Sussex.

Frank Waterton entschuldigte sich zunächst dafür, daß er überhaupt vorsprach; er wolle Wexford eigentlich gar nicht damit aufhalten, sicherlich bedeute es nichts, aber die Sache lasse ihm keine Ruhe. Er habe immer etwas unternehmen wollen, habe aber nicht gewußt, was. Deswegen habe er am Ende nichts getan.

»Um was geht es denn, Mr. Waterton? Warum erzählen Sie mir nicht einfach, was Sie auf dem Herzen haben, und lassen mich entscheiden, ob es etwas bedeutet.« Der alte Mann schaute ihn fast sehnsüchtig an. »Niemand wird Ihnen Vorwürfe machen, wenn es nichts ist. Sie haben Ihre öffentliche Verantwortung wahrgenommen und Ihre Pflicht getan.«

Zu dem Zeitpunkt wußte Wexford noch nicht einmal, daß die Sache mit dem Peterlee-Fall zusammenhing. Weil er so gut wie auf dem Weg zu Arlene Heddon war – er besuchte sie zweimal die Woche –, war er ungeduldig und bemüht, seine Ungeduld nicht zu zeigen.

»Es hat mit dem zu tun, was mir ein- oder zweimal aufgefallen ist, als ich bei Feverels meinen Kleinkram eingekauft habe«, sagte er. Augenblicklich fiel alle Ungeduld von Wexford ab, und er machte sich keine Sorgen mehr, ob er pünktlich bei Arlene sein würde. »Zum erstenmal dürfte es im Juni vorgekommen sein, ich weiß, daß es Juni war, weil es Erdbeeren gab. Ich sehe sie noch vor mir, wie sie sich über die Erdbeeren beugte, um mir eine schöne Schale herauszusuchen, und wie sie dann aufschaute – also, ich war schockiert. Ich war wirklich schockiert. Sie sah aus, als wäre sie verprügelt worden. Sie hatte ein blaues Auge und einen Schnitt über die Wange. Ich sagte: Sie sind wohl im Krieg gewesen, Mrs. Peterlee, und sie antwortete, sie sei gestürzt und habe sich das Gesicht am Spülbecken aufgeschlagen.«

»Sie sagen, das war das erste Mal?«

»Richtig. Ich habe ihr so halb geglaubt, was sie mir erzählt hat, aber beim nächstenmal nicht mehr. Nicht, als die Coxäpfel kamen – es muß gegen Ende September gewesen sein – und ihr Gesicht ganz blau und schwarz war. Und ihr Handgelenk war verbunden – also bandagiert. Ich habe nichts gesagt, diesmal nicht. Ich hielt es für – nicht besonders taktvoll. Aber nun dachte ich, ich sollte es doch jemandem sagen. Es ist mir nicht mehr aus dem Kopf gegangen, seit ich gehört habe, daß man Tom Peterlee umgelegt hat. Irgendwie habe ich immer gezögert und gezaudert. Wäre *sie* tot aufgefunden worden, ich kann Ihnen sagen, dann wäre ich sofort hier gewesen.«

Er verspätete sich bei Arlene nur um eine Viertelstunde. Es faszinierte ihn, daß sie wie ein Papagei immer wieder dieselben Antworten gab – abgesehen davon, daß die Stimme, die dieser Papagei nachplapperte, ihre eigene war –, und so stellte er ihr alle Fragen noch einmal. Die Frage nach dem zerschundenen Gesicht ihrer Mutter sparte er sich auf bis zum Schluß; sie sollte wie eine Bombe einschlagen.

Zunächst hörte er das ewig gleiche Zeug. »Sie kniete sich hin, nahm seinen Kopf in die Arme und streichelte ihn. Dabei hat sie sich mit Blut beschmiert. Carol und ich zogen sie hoch, und da begann sie, ihr Gesicht auf die Arbeitsplatte zu schlagen.«

»Hat sie im Juni auch ihr Gesicht auf die Arbeitsplatte geschlagen, Miss Heddon? Und hat sie das im September wieder getan? Und wie kam es zu dem bandagierten Handgelenk?«

Arlene Heddon wußte es nicht. Sie schaute ihm direkt in die Augen, mit ihren zwei Augen in seine zwei Augen, und sagte, sie wisse es nicht.

»Ich habe nie gesehen, daß ihr Handgelenk verbunden war.«

Er entzog sich ihrem hypnotischen Blick und schaute sich im Wohnwagen um. Seit seinem letzten Besuch war eine Mikrowelle hinzugekommen. Ein elektrischer Wasserkocher hatte den alten verchromten ersetzt. Geschenke von Grandma? Die alte Hexe war angeblich recht wohlhabend. Es hieß, von dem Geld, das sie mit dem Verkauf von Baugrundstücken verdient habe, sei nichts in die Taschen ihres Sohnes geflossen. Ihm war aufgefallen, daß vor ihrem Eisenbahnwaggon ein neues Auto stand, und es hätte ihn nicht erstaunt festzustellen, daß sie sich alle zwei Jahre ein neues kaufte.

»Dann bis nächste Woche, am Dienstag, nicht Montag, Miss Heddon«, sagte er, als er ging.

»Wie es Ihnen paßt.«

»Hat Gary inzwischen einen Job gefunden?«

»Was für einen Job? Sie machen wohl Witze.«

»Vielleicht tue ich das. Vielleicht ist die Idee, daß einer von Ihnen arbeiten könnte, wirklich urkomisch. Haben Sie je einen Gedanken daran verschwendet, ich meine, haben Sie je darüber nachgedacht, wie sie Ihren Lebensunterhalt verdienen könnten?«

Energisch zog sie die Tür zu.

Von nun an förderten die Nachforschungen bei Leuten, die Mrs. Peterlee kannten, reichlich Material über Verletzungen zutage. Regelmäßige Kunden des Gemüseladens erinnerten sich an ihren bandagierten Arm. Einer sprach von einem blauen Auge, so schlimm, daß es zugeschwollen und am nächsten Tag mit einer Augenklappe bedeckt gewesen sei. Der Schorf auf der Oberlippe komme von der Kälte, die Lippe sei aufgeplatzt – aber der Kunde, dem sie diese Geschichte erzählt hatte, hatte ihr nicht geglaubt.

Der Mythos vom idealen Ehemann verblaßte. Nur die Peterlees selbst hielten daran fest, und Monica Peterlee schien vor Angst wie gelähmt, als Burden sie danach fragte. Es war, als hätte er seinen Finger auf den schmerzhaftesten Teil einer Wunde gelegt und alles wieder aufgewühlt, was zu der Verletzung geführt hatte.

»Ich möchte nicht darüber sprechen. Sie können mich nicht dazu zwingen. Ich will nichts davon wissen.«

Joseph wehrte sich gegen diese unglaubliche Verleumdung seines toten Bruders. Er plusterte sich auf: »Sie sollten besser vorsichtig sein mit Ihren Unterstellungen. Tom ist tot und kann sich nicht verteidigen, also denkt ihr, ihr könntet ihm alles mögliche anhängen. Polizisten sind keine Götter mehr, vergessen Sie das nicht. Es vergeht kein Abend, an dem du nicht im Fernsehen siehst, wie wieder ein paar Bullen vor Gericht stehen, weil sie

Zeugenaussagen erfunden haben und Dinge behaupten, die nie geschehen sind.«

Seine Frau schaute ihn an, wie die Maus in der Ecke die Katze anschaut, die für einen Moment von ihr abgelassen hat. Burden hatte nicht vor, Heather zu befragen. Sie ließen ihr absolute Ruhe, während die Beweise gegen sie sich immer mehr erhärteten.

Am Tag nach dem dritten Rammüberfall – diesmal auf das Kingsbrook Centre mitten in Kingsmarkham – saß Wexford wieder in Arlene Heddons Wohnwagen, und Arlene sagte: »Ich habe nie gesehen, daß ihr Handgelenk verbunden war.«

»Miss Heddon, Sie wissen, daß Ihr Stiefvater sich wiederholt an Ihrer Mutter vergriffen hat. Er hat sie verprügelt, hat ihr das Auge blau geschlagen und die Wange zerschnitten. Was haben Sie davon, wenn Sie so tun, als hätten Sie nichts davon gewußt?«

»Sie kniete sich auf den Boden, nahm seinen Kopf in die Arme und streichelte ihn. Dabei hat sie sich mit Blut beschmiert. Carol und ich zogen sie hoch, und da begann sie . . .«

Wexford unterbrach sie. »Nein. Sie hatte bereits Blutergüsse, weil Tom sie ins Gesicht geschlagen hatte. Warum, weiß ich nicht. Wissen Sie, warum? Vielleicht ging es um Geld, um die Tageseinnahmen, die er auf der Anrichte hatte liegen lassen? Oder hatte sie etwas dagegen, daß er von Carol Fox mehr Miete verlangte? Wenn Ihre Mutter ihm widersprach, dann hat er mit Schlägen reagiert. So war er.«

»Wenn Sie meinen.«

»Nein, Miss Heddon. Es kommt nicht auf das an, was ich meine, sondern auf das, was Sie sagen.«

Er wartete auf die alte Leier: »Ich habe nie gesehen, daß ihr Handgelenk verbunden war«, aber sie hob den Blick, und er hätte schwören können, daß ihre Augen belustigt aufblitzten, doch es war gleich wieder vorbei. Was sie nun sagte, versetzte ihn in Erstaunen, das hatte er am allerwenigsten erwartet. Sie fummelte einen Augenblick an der Fernbedienung herum, die zwischen ihnen auf der Trennwand lag, schaute ihn an und sagte schließlich langsam: »Carol Fox war Toms Freundin.«

Alle möglichen Implikationen schossen ihm durch den Kopf, dann sagte er: »Was genau meinen Sie damit?«

Sie klang fast verächtlich. »Was jeder damit meint. Seine Freundin. Seine Geliebte. Sie waren, was ich und Gary sind.«

»Hat nicht viel Sinn, es abzustreiten, nicht wahr?« sagte Carol Fox.

»Ich bin überrascht, daß Sie uns nicht davon in Kenntnis gesetzt haben, Mr. Fox«, sagte Wexford.

Als ihr Mann nichts antwortete, warf Carol ungeduldig ein: »Oh, er schämt sich. Denkt, es hat was mit seiner Männlichkeit zu tun oder so. Ich hab ihm gesagt, so was läßt sich nicht verheimlichen, also warum sich überhaupt die Mühe machen?«

»Sie haben es uns einen ganzen Monat lang verheimlicht.«

Sie zuckte mit den Schultern. »Ich hatte ein blödes Gefühl Heather gegenüber, um ehrlich zu sein. Tom hatte gesagt, ich könnte in dem Wohnwagen auf seinem Grundstück wohnen. Aber er hat mir nicht gesagt, daß das Ding direkt neben dem Haus steht. Vier oder fünf Jahre vorher hatte er schon mal eine andere. Die ließ er sogar im Haus wohnen. Er nannte sie das Au-pair-Mädchen – als wären diese Peterlees nicht selbst noch halbe Zigeuner gewesen.«

»Dann darf ich davon ausgehen, daß sein Besuch bei Ihnen nichts mit einer Mieterhöhung zu tun hatte?«

Ihr Mann stand auf und verließ das Zimmer. Wexford versuchte nicht, ihn aufzuhalten. Seine Gegenwart hatte die Frau nicht sonderlich gehemmt, aber seine Abwesenheit machte sie noch freier. Sie lächelte ein wenig. »Nicht, was Sie denken. Wir haben etwas getrunken.«

»Ein bißchen seltsam, nicht wahr, daß Sie dann mit seiner Frau spazierengehen? Oder wußte sie nichts davon? Schwer zu glauben, Mrs. Fox.«

»Natürlich wußte sie es. Sie haßte mich. Und ich kann nicht

sagen, daß ich besonders versessen auf sie war. Es stimmt nicht, daß wir oft zusammen unterwegs waren. Den Spaziergang an jenem Abend hatte ich verabredet, weil ich mit ihr sprechen wollte. Ich wollte ihr sagen, daß ich ausziehen würde, daß zwischen mir und Tom alles vorbei sei und daß ich zu Ray zurückkehren würde.« Sie atmete tief ein. »Ich will ehrlich mit Ihnen sein. Das zwischen uns war eine körperliche Sache. So wie er aussah – aber das bleibt unter uns, nicht wahr? –, konnte ich einfach nicht genug von ihm kriegen. Vielleicht hat ja so alles seine Richtigkeit. Aber Tatsache ist, daß alles anders gekommen wäre, wenn Tom sich entschlossen hätte, sie zu verlassen; aber das wollte er nicht, und da war bei mir der Ofen aus.«

Im Auto sagte Wexford zu Burden: »Ich hatte geglaubt, Heathers Alibi sei ins Rutschen gekommen. Ihre beste Freundin habe für sie gelogen. Aber das sieht jetzt anders aus. Ich kann mir nicht vorstellen, daß Toms Freundin der Frau, die sie aus dem Weg haben wollte, ein Alibi verschaffen würde.«

»Nein, das haut nicht hin. Ein Alibi für die Frau, die den Mann umgebracht hat, den sie liebt oder einmal geliebt hat. Sieht so aus, als müßten wir von vorn anfangen.«

»Hat irgend jemand außer Heather ein Motiv? Was war für Arlene oder Gary Wyatt drin? Oder für seine eigene Mutter? Sie wäre sicher zu allem fähig, was ihre Kraft zuläßt, aber ich glaube nicht, daß ihre Kraft dazu gereicht hätte. Joseph hatte nichts an Toms Tod zu gewinnen – die Gärtnerei fällt an Heather –, und es ist offensichtlich, daß Monica nichts weiter will als ein ruhiges Leben. Bleibt uns also nur noch der Landstreicher, der durch die Gegend zieht und für dreihundertsechzig Kröten kleine Ladenbesitzer umlegt.«

Am nächsten Morgen kam ein an ihn adressierter Umschlag an. Er enthielt lediglich einen Abholschein für einen entwickelten Film und eine Quittung über ein Pfund. Die Quittung trug den Namen einer Drogerie im York Crest Centre. Wexford hatte geraten, woher der Film stammte, noch bevor er Sergeant Martin losschickte, die Fotos abzuholen. Arlene, bei der er am Dienstag war, spielte wieder den Papagei.

»Seit ich siebzehn bin, lebe ich nicht mehr zu Hause. Ich kenne nicht alle Freunde meiner Mutter. Ich weiß nicht, ob Carol mit dem Hund spazierenging oder nicht. Manchmal ging Tom mit ihm, manchmal meine Mutter. Ich habe nie gehört, daß Carol meine Mutter begleitet hat, aber das heißt nichts. Ich habe mich nicht für Carol interessiert.«

»Das wird langsam zu einer Psychose, Miss Heddon.«

Sie wußte, was er meinte. Er mußte es nicht erklären. Er sah an ihren Augen, daß sie begriff, und er sah das kleine, befriedigte Lächeln. Andere hätten gefragt, wann das Ganze endlich aufhören werde, wann er sie endlich in Ruhe zu lassen gedenke. Nicht sie. Sie würde ewig dieselben Antworten geben und alle paar Wochen eine Bombe platzen lassen, so wie sie ihm gesagt hatte, welchen Platz Carol Fox im Leben der Peterlees eingenommen hatte. Vorausgesetzt natürlich, daß sie noch weitere Bomben in petto hatte.

Er klopfte an die Tür der alten Hexe. Es dauerte ziemlich lange, bis sie kam. Wexford wurde nicht hereingebeten; er sah, daß sie bereits Gesellschaft hatte. Ein älterer, weißbärtiger Mann in Jeans und Cowboystiefeln aus rotem Leder stand neben dem Kamin und goß aus einer halbleeren Flasche Wein in zwei Gläser.

Sie grinste ihn an, daß sich ihr Gesicht in tausend Falten legte, und zeigte ihre bemerkenswerten Zähne.

»Ich habe gerade eine halbe Stunde Zeit, Mrs. Peterlee, und da wollte ich Sie fragen, wo Sie an jenem Abend, an dem Ihr Sohn umgebracht wurde, zwischen sechs und halb acht waren.«

Sie neigte den Kopf zur Seite. »Ich wollte Sie eigentlich raten lassen.«

»Und jetzt werden Sie es mir sagen«, antwortete er geduldig.

»Warum nicht?« Sie drehte sich um und schrie in einer Lautstärke, die für die Entfernung absurd war, über die Schulter: »Wenn die leer ist, Eric, dann mach noch eine auf. Steht auf dem

Küchentisch.« Sie zwinkerte Wexford zu. »Ich war bei meinem Frend. Bei *ihm*. Ich gehe vor der Versammlung immer auf einen Quicky bei ihm vorbei.« Es wäre ihr fast gelungen, ihn zum Erröten zu bringen. »Einen schnellen *Drink*«, sagte sie. »Sie können ihn fragen, wenn er wieder da ist. Ihr Bullen seid schon ein verdammt freches Volk. Es steht Ihnen ins Gesicht geschrieben, was Sie denken. Er würde mich lieber heute als morgen heiraten, aber ich bin schon mal gebissen worden. Jetzt ist er vielleicht nett wie ein Schoßhündchen und schwänzelt um mich herum, aber warte nur, bis sie dir den Ring auf den Finger gesteckt haben. Will nicht noch mal einen, der mir die Seele aus dem Leib prügelt, wenn der Tee mal fünf Minuten zu spät auf dem Tisch steht.«

»Hat Tom Heather geschlagen, weil sein Essen nicht rechtzeitig fertig war?«

Sofern sie das überraschte, zeigte sie es nicht. »Ach was, die brauchen doch keinen Grund, jedenfalls nicht, wenn sie einen sitzen haben. Es reicht, daß du da bist und nicht so stark bist wie sie und daß du Angst hast. Was schauen Sie denn so? Gefällt Ihnen wohl nicht, was Sie da hören. Okay, Eric, ich komme.«

Jetzt, da er Heather Peterlee nicht mehr verdächtigte und nachdem er sie einen Monat lang in Ruhe gelassen hatte, ging er zu Feverels. Es war die Nacht des nächsten Rammüberfalls, und sie wußten schon, was bevorstand, als im Laufe des Tages ein Volvo Estate und ein Landrover als gestohlen gemeldet wurden. Aber bis dahin waren es noch drei oder vier Stunden.

Mißhandelte Frauen haben einen bestimmten Gesichtsausdruck. Wexford machte sich Vorwürfe, daß er ihn nicht schon bei seinem ersten Besuch registriert hatte. Es hatte nichts mit Blutergüssen zu tun und auch nicht viel mit einer geduckten Haltung. Es war dieser Ausdruck völliger Leere, der Bände sprach – vorausgesetzt, man hatte den Blick dafür.

Heather war sehr dünn, hatte weder die vitale Schlankheit ihrer Tochter noch das Drahtige ihrer Schwiegermutter. Ihre Magerkeit ging mit schlaffen Armmuskeln und an den Handgelenken hervortretenden Sehnen einher. Ihre Wangen waren eingefallen, ihr Mund bereits nach innen gesunken. Die Wochen ohne Tom hatten noch keine Wirkung gezeigt. Heather Peterlee hatte sich und ihr Zuhause vernachlässigt, hatte ihr Witwendasein mit stillem Brüten in diesem häßlichen dunklen Haus verbracht, wo sie nur den Spaniel zur Gesellschaft hatte.

Der Hund bellte und knurrte, als Wexford eintrat. Um ihn zum Schweigen zu bringen, schlug sie ihn brutal über die Schnauze. Gewalt erzeugt Gewalt, dachte er. Du kriegst es ab, speicherst es und gibst es weiter – sobald dir etwas in die Quere kommt, das schwächer ist als du.

Selbst jetzt leugnete sie noch. Sie saß ihm in einem bräunlichen Baumwollkleid gegenüber, eine dicke, handgestrickte Jacke über den Schultern, und wies alle Mutmaßungen darüber, daß Tom vielleicht nicht nur gut und sanft gewesen sein könnte, weit von sich. Was Carol angehe – ja, es sei wahr, daß Tom ihr den Wohnwagen angeboten habe und nicht sie. Tom sei von einem Freund angesprochen worden, daß sie einen Platz zum Wohnen brauche. Welcher Freund? Sie wisse den Namen nicht. Und das Au-pair-Mädchen?

»Sie haben mit meiner Tochter gesprochen.«

Wexford gab zu, daß dies der Fall war, ohne allerdings die Mühsal und Langwierigkeit der Gespräche zu erwähnen.

»Arlene stellt sich alles mögliche vor. Sie hat eine blühende Phantasie.« Ein Hauch Vitalität kam über sie, als sie von ihrer Tochter sprach. Ihre Stimme klang eine Spur lebendiger. »Ist gescheit, Arlene, eine von den Hellen. Wollte immer zur Polizei, wissen Sie.«

»Wie bitte?«

»Wollte Polizistin werden.«

»Ach wirklich?« sagte Wexford. »Was hat sie denn davon abgebracht?«

»Hat sich doch mit diesem Gary eingelassen.«

Das war zwar keine Antwort, aber Wexford bohrte nicht weiter. Er fragte sie auch nicht nach dem Verhältnis zwischen ihrem

Mann und Carol Fox. Er hatte Beweise, nicht nur Carols Geständnis, sondern auch den Film aus Tom Peterlees Kamera. Alle Fotos zeigten Carol, darunter drei Nacktaufnahmen, mit Blitzlicht im Fevelschen Wohnwagen gemacht. Sie waren recht sittsam, Carol posierte eher zurückhaltend.

Am Abend betrachtete Wexford die drei Fotos noch einmal. Sie hatten etwas Klägliches, nicht wegen des frivolen Motivs, sondern wegen der Umgebung. Der schmuddelige Hintergrund, ein Fenster mit einem labberigen Netzvorhang, ein Mantel am Haken, ein verkrusteter Topf auf einer Kochplatte – das alles machte den Eindruck, als hätte jemand versucht, in einem improvisierten Studio Pornographie zu produzieren.

Den Absender des Abholscheins zu identifizieren war kein Problem gewesen. Er hatte es gewußt; zwar noch nicht in dem Augenblick, als er den Schein aus dem Umschlag nahm, aber doch lange bevor die Untersuchungen ergaben, daß die Fingerabdrücke auf dem Papier mit Fingerabdrücken übereinstimmten, die ihm bereits vorlagen. Er wußte, wer den Film über den Ladentisch gereicht und die Anzahlung von einem Pfund geleistet hatte. Der Gegenstand der Fotos interessierte ihn eigentlich nicht mehr. Und doch war seine Niedergeschlagenheit verflogen, er war plötzlich hellwach. Angesichts dieser Bilder wußte er auf einmal, wer Tom Peterlee umgebracht hatte – und warum.

Die Polizei wartete, das Kingsbrook Centre war umstellt, als die Einbrecher kamen. Diesmal waren es nur vier, und sie saßen alle in dem gestohlenen Landrover. Falls andere ihnen durch die engen Straßen des Stadtkerns folgten, dann mußte irgendeine Warnung sie abgehalten haben – möglicherweise nur ein Gefühl oder Intuition, vielleicht aber auch dieselbe Warnung, die den Landrover auf dem großen gepflasterten Platz vor dem Haupteingang zum Stehen brachte.

Zuerst dachten die Beobachter, der Landrover mache nur kehrt, um dann rückwärts die Eingangstüren zu rammen. Es dauerte einige Sekunden, bis klar war, daß es sich um ein Wendemanöver handelte, erst vorwärts bis zur 4,50 Meter hohen Backsteinmauer, dann rückwärts in Richtung Eingang, und dann, als die Beobachter das Zerschmettern der Türen erwarteten, schoß der Landrover nach vorn durch die Passage in die High Street.

Aber er tauchte nicht auf der breiten Straße auf. Die Insassen ließen ihn stehen, um die Einfahrt zu blockieren, öffneten alle vier Türen und sprangen heraus. Die Polizisten, die dreißig Sekunden später eintrafen, standen vor einem leeren Fahrzeug – ohne jede Spur von seinen Benutzern, ohne auch nur einen Fingerabdruck.

Vor der Festnahme sagte er zu Burden: »Sie hat uns doch gesagt, sie besäße keinen Regenmantel, und wir haben auch keinen gefunden, aber auf diesem Foto hängt einer im Wohnwagen.«

Burden nahm ihm das Vergrößerungsglas aus der Hand und schaute genau hin. »Knalliges Grün und die Knöpfe aus einer Art Knochen, teils weiß, teils braun.«

»Sie ist zu dem Zeitpunkt in die Küche gekommen, den sie angegeben hat, vielleicht auch fünf Minuten früher. Ich glaube, daß sie tatsächlich mit Tom Schluß gemacht hatte, aber daß sie vorhatte, mit Heather einen langen Spaziergang zu machen, um es ihr zu sagen, das war erfunden. Sie trug den Regenmantel, weil es bereits nieselte und vielleicht weil sie wußte, daß sie darin gut aussieht. Sie kam, um Heather zu sagen, daß sie ausziehe und daß Heather ihren Mann gern wiederhaben könne. Wußte sie, daß Tom seine Frau schlug? Vielleicht, vielleicht auch nicht. Bestimmt hat sie geglaubt, daß Tom *sie* nicht schlagen würde, falls sie zusammenleben würden. Aber das ist nebensächlich. Sie kam in die Küche und sah, wie Heather an der Arbeitsplatte stand und sich duckte und wie Tom ihr ins Gesicht schlug. Es heißt, daß eine Frau sich nicht wirklich gegen einen brutalen Mann verteidigen kann, daß aber eine andere Frau ihr helfen kann. Was ist in Carol Fox gefahren, Mike? Schiere Wut? Grenzenlose Enttäuschung über Tom Peterlee? Ein plötzliches Aufwallen von weiblicher Solidarität? Vielleicht kommen wir noch dahinter. Sie schnappte sich ein Holzscheit aus dem Korb, ein hartes Eichenscheit, und schlug ihm damit über den Hinterkopf. Wieder und wieder. Als sie einmal angefangen hatte, geriet sie in Raserei und machte weiter – bis er tot war.«

»Eine von beiden«, sagte Burden, »und ich tippe auf Carol – meinst du nicht? –, handelte dann sehr geistesgegenwärtig und tat, was getan werden mußte. Sie zog den Regenmantel aus, der mit Blut beschmiert war, und warf ihn mitsamt der Tatwaffe in den Ofen. Bis wir ankamen, war alles verbrannt bis auf einen Splitter von einem der Knöpfe.«

»Carol wusch sich die Hände und zog eine von Heathers Jakken an; sie nahmen den Hund und gingen hinunter zum Fluß. Nicht Carol hat Heather ein Alibi verschafft, wie wir gedacht haben. Andersherum wird ein Schuh daraus: Heather hat Carol das Alibi verschafft. Sie wollten eine Dreiviertelstunde weggehen und bei ihrer Rückkehr die Leiche ›finden‹ – oder vielleicht sogar versuchen, sie zu beseitigen, die Küche sauberzumachen und so zu tun, als sei Tom weggegangen. Was sie nicht vorausgesehen hatten, war Arlenes Ankunft.«

»Sie kam eine Stunde früher«, sagte Burden.

»Arlene nahm an, daß ihre Mutter es getan hatte, und sicherlicht glaubte sie zu wissen, warum. Die Maus in der Ecke griff an, als die Aufmerksamkeit der Katze abgelenkt war. Der Wurm richtete sich auf, so wie Grandma sich aufgerichtet hatte, als ihr Mann sie einmal zuviel geschlagen hatte.«

Etwa genauso formulierte er es Arlene Heddon gegenüber, am nächsten Tag, nachdem Carol Fox unter Mordverdacht festgenommen worden war. »Erst als die Dinge für Ihre Mutter schlecht zu stehen schienen, haben Sie mir gesagt, daß sie seine Freundin war. Sie dachten, es müßte glaubhaft wirken, wenn die Geliebte eines Mannes seiner Frau ein Alibi gibt. Für den Fall, daß ich es doch nicht glauben und sie es leugnen würde, haben Sie mir den Abholschein für den Film geschickt, den Sie ins York Crest Centre zum Entwickeln gebracht hatten. Ich vermute, daß

Ihre Mutter Ihnen gesagt hat, welche Art von Fotos er gemacht hat.«

Sie zuckte mit den Achseln und sagte ziemlich verächtlich: »So schlau waren Sie auch wieder nicht. All das Gerede, ich wüßte, wer Tom umgebracht hat. Ich wußte es nicht. Ich dachte, es wäre meine Mutter gewesen.«

Er schaute sich im Wohnwagen um, bemerkte das Radio, den Kassettenrecorder, die Mikrowelle, das Videogerät – und sein Blick fiel auf das schmale rechteckige Kästchen, das er bisher, ohne näher hinzuschauen, für die Fernbedienung des Fernsehers gehalten hatte. Plötzlich fand er, daß jemand schon sehr faul sein mußte, ja fast bewegungsunfähig, wenn er hier eine Fernbedienung brauchte; an nahezu keinem Platz war man weiter als eine Armeslänge vom Fernsehgerät entfernt. Er nahm das Kästchen in die Hand.

Es war ein Diktiergerät, dreizehn Zentimeter lang, fünf Zentimeter breit, flach und schwarz. Es war eingeschaltet. Die Seite mit der roten Leuchtanzeige war zur Kochnische gedreht – so hatte das Gerät auch vorher immer gelegen.

Sie war sich ihrer Überlegenheit und vielleicht ihrer überragenden Intelligenz so gewiß, daß sie nicht einmal das kleine Preisschild von der Unterseite entfernt hatte. Nixons York Crest, ... 54.99 – er war sicher, daß Arlene keine 55 Pfund dafür bezahlt hatte.

»Das bekommen Sie nicht!« Mit ihrer Coolness war es vorbei.

»Ich gebe Ihnen eine Quittung«, sagte er und dann: »Gary war an jenem Abend also bei seinen Kumpels, um den ersten Überfall zu planen. Ich weiß nicht, wo, aber es war nicht die Red Rose in Edenwick.«

Sie war ganz still und starrte ihn an. Er hatte das Gefühl, daß sie ihm am liebsten den Recorder aus der Hand gerissen hätte, sich aber nicht traute. Eine Eingebung oder seine Fähigkeit, in Gesichtern zu lesen und Schlüsse daraus zu ziehen, ließ ihn sagen: »Dann wollen wir uns mal anhören, was Sie hier aufgenommen haben, Miss Heddon.«

Er hörte seine eigene Stimme, dann ihre. So klar wie eine Telefonunterhaltung. Es war ein guter Kassettenrecorder. Ja, dachte er, Gary Wyatt hatte mit dem ersten Rammüberfall zu tun, dem, der nach dem Mord geschah, nachdem ich das erstemal hier war, um mit ihr zu sprechen. Von da an, seit dem zweitenmal ...

»Ich kannte Carol nicht sehr gut.«

»Aber sie war eine nahe Freundin Ihrer Mutter ...« Seine Stimme wurde von Nebengeräuschen übertönt.

»Seit ich siebzehn bin, lebe ich nicht mehr zu Hause. Ich kenne nicht alle Freunde meiner Mutter ...«

»So haben Sie das also gemacht. Sie haben unser Gespräch aufgenommen und Ihre Antworten dann auswendig gelernt. Auf diese Weise haben Sie sichergestellt, daß Sie sich nie widersprechen würden.«

Mit trockener, hölzerner Stimme sagte sie: »Wenn Sie meinen.«

Er stand auf. »Ich glaube nicht, daß Gary noch lange bei Ihnen wohnen wird, Miss Heddon. Sie werden ihn einmal im Monat besuchen dürfen, falls Ihnen daran liegt. Es heißt, der Polizist und der Kriminelle seien nur durch eine sehr feine Linie getrennt, sie hätten die gleiche Art von Intelligenz. Ihre Mutter hat mir erzählt, daß Sie gern Polizistin geworden wären. Sie haben den Anfang verpfuscht, aber vielleicht ist es nicht zu spät.«

Das Diktiergerät in der Tasche, bückte er sich, um den Wohnwagen zu verlassen, doch dann drehte er sich noch einmal um und sagte: »Wenn Ihnen die Idee gefällt, dann rufen Sie mich an.«

Er zog die Tür hinter sich zu, ging die Stufen hinunter und betrat den Ascheweg über das morastige Feld.

Der Segen einer reichen Phantasie

Robert Bloch

Ich mag ja meine Fehler haben, aber Mangel an Phantasie kann mir gewiß niemand vorwerfen.

Nehmen wir nur mal die Geschichte mit George Parker zum Beispiel. Heute kam es schließlich zur Entscheidung, und ich glaube, ich kann sagen, ich habe meine Sache sehr gut gemacht. Da zählt eben die Phantasie!

Ohne meine Phantasie wäre ich möglicherweise überhaupt gar nicht erst auf George aufmerksam geworden. Und ganz bestimmt wäre ich nicht vorbereitet gewesen, richtig mit ihm umzugehen. So aber hatte ich mir alles zurechtgelegt.

Pünktlich auf die Minute kreuzte er kurz nach dem Mittagessen auf. Ich war im Keller unten beim Zementmischen, als ich ihn an die Hintertüre klopfen hörte.

»Jemand zu Hause?« rief er.

»Hier unten«, sagte ich. »Es kann gleich losgehen.«

Er ging durch die Küche und kam die Kellertreppe herunter getrampelt – George, der ewige Trampler, der sich seinen Weg durchs Leben rammte; etwa so zartbesaitet wie eine Dampfwalze. Und mit einem selbstgefälligen Dampfwalzenglauben an die eigene Kraft, die Macht, alles zu zermalmen, was einem nicht aus dem Weg ging.

Hier im Keller mußte er sich ein wenig bücken, weil er so groß war. Groß und schwer gebaut, mit dem bulligen Nacken und den breiten Schultern, die zur üblichen Ausstattung von Naturburschen, Filmstars und ausgewachsenen Gorillamännchen gehören.

Natürlich bin ich ein bißchen herzlos. Man konnte George Parker nicht mit einem Gorilla vergleichen. Nicht mit diesem jungenhaften Bürstenschnitt und diesem leutseligen Grinsen. Kein Gorilla mit einer Spur von Selbstachtung wäre freiwillig so herumgelaufen.

»Ganz allein?« fragte er. »Wo ist Mrs. Logan?«

»Louise?« Ich zuckte die Achseln. »Sie ist nach Dalton rüber, das Bankkonto auflösen.«

Das Grinsen verschwand. »Oh. Ich hab eigentlich gehofft, daß ich ihr noch auf Wiedersehen sagen kann.«

Und ob er das gehofft hatte! Es brachte ihn fast um, als er merkte, daß er sie nicht wiedersehen würde. Ich wußte es. Ich wußte, warum er an die Hintertüre gekommen war mit seinem neckischen »Jemand zu Hause?«-Geflöte. Was er in Wirklichkeit meinte, war: »Ist die Luft rein, Liebling?«

Wie oft hatte er sich in diesem Sommer hier herumgedrückt? Ich hätte es gern wissen mögen. Wie oft hatte er sie »Liebling« genannt? Wie oft an den langen Wochentagen, wenn ich nicht zu Hause war – wenn ich mich in der Stadt abschuftete und sie hier oben im Sommerhaus allein war?

Allein mit George Parker. Der Dampfwalze. Dem Gorilla. Dem Affen im Trikotunterhemd.

Als wir im Juni zum ersten Mal heraufkamen, dachte ich, wir hätten Glück gehabt, jemand wie George zu finden, der alles Nötige richten konnte. Das Haus brauchte Reparaturen und Schreinerarbeiten und einen neuen Anstrich. Rasen und Garten mußten in Ordnung gehalten werden. Und da ich nur an den Wochenenden abkömmlich war, gratulierte ich mir, einen willigen Arbeiter wie George ausfindig gemacht zu haben.

Auch Louise hatte mir gratuliert: »Es ist großartig, daß du dieses Juwel entdeckt hast! Hier gehört einfach so ein Faktotum her.«

Na ja, George war wirklich für alles zu gebrauchen. Den ganzen Sommer lang fand Louise immer wieder etwas Neues für ihn zu tun. Ein Weg zum Landungssteg mußte angelegt werden.

Obstspaliere sollten errichtet werden. Die Nachbarn gewöhnten sich daran, daß er drei-, viermal die Woche kam. Auch ich gewöhnte mich daran. Über gut zwei Monate hätte man meinen können, ich besäße nicht einen Funken Phantasie. Dann dämmerte es mir allmählich. Allzu schwer war die Rechnung ja nicht. George und Louise. Tag für Tag zusammen hier oben. Und Nacht für Nacht?

Doch sogar jetzt war ich mir noch nicht sicher. Es gehörte schon eine Menge Phantasie zu der Vorstellung, daß sich auch nur irgendeine Frau herablassen könnte, sich in einen so lächerlichen Affen zu verlieben. Aber andrerseits, vielleitch mögen manche Frauen Affen. Vielleicht gieren sie im geheimen nach behaarten Körpern und zermalmendem Gewicht und keuchender Vertiertheit. Louise hatte mir immer gesagt, daß sie diese Art Sachen haßte. Sie achtete mich, weil ich zart und verständnisvoll war und mich zu beherrschen wußte. Wenigstens sagte sie das.

Aber ich sah, wie sie George anschaute. Und ich sah, wie er sie anschaute. Und ich sah, wie die beiden mich anschauten, wenn sie dachten, ich merkte es nicht.

Ich merkte es natürlich. Merkte es im Lauf der Wochen immer deutlicher. Zuerst überlegte ich, George loszuwerden, aber das wäre zu auffällig gewesen. Ihn im Hochsommer zu feuern, wo es noch so viel Arbeit gab, war widersinnig. Außer ich hätte eine Auseinandersetzung mit Louise heraufbeschwören wollen.

Nein, das war auch keine Lösung. Ich hätte nur tränenreiche Beteuerungen zu hören bekommen, und ehe sie damit fertig gewesen wäre, hätte sie alles so verdreht gehabt, daß ich als der Schuldige dagestanden hätte. Ich wäre der Rohling gewesen, der sie hierher aufs Land verschleppt und sie den ganzen Sommer über ihrem einsamen Schicksal überlassen hätte. Schließlich konnte ich ja nichts wirklich beweisen.

So beschloß ich dann, zu vekaufen. Es war nicht schwierig. Haus und Garten instand setzen zu lassen, war eine gute Idee gewesen; es erhöhte den Gesamtwert um einige Tausend. Ich brauchte nicht mehr zu tun, als dem Makler in Dalton drüben

Bescheid zu geben, und er übernahm dann den Rest. Ende August lagen drei Angebote vor. Ich suchte mir das beste aus, und es versprach mir einen hübschen Profit.

Louise war natürlich untröstlich, als sie die Sache erfuhr. Es gefiele ihr doch so gut hier, sie sei gerade dabei, sich richtig heimisch zu machen und freue sich schon darauf, nächstes Jahr wiederzukommen – ja, sie habe sogar den Einbau einer Heizung mit mir besprechen wollen, damit wir das ganze Jahr über bleiben könnten.

Sie spielte ihre Rolle gut, und ich genoß es. Alles bis auf die Idee, dauernd hierzubleiben. Glaubte die kleine Närrin wirklich, ich sei dumm genug, mich darauf einzulassen? Ich bleibe die ganze Woche lang allein in der Stadt, um mich mit dem Geschäft herumzuschlagen, und würde mich dann mitten im tiefsten Winter hier heraufschleppen, nur um mir ihre Ausreden anzuhören? »Nein, wirklich, Schatz, ich bin einfach zu erschossen. Wenn du wüßtest, wieviel Arbeit ich hatte! Ich möchte nur noch schlafen und schlafen und schlafen.«

Ich hätte sie anschreien mögen. Sie verwünschen mögen. So richtig loslegen, ihr sagen, daß ich alles wußte, und sie dann in meine Arme nehmen und sie schütteln, bis ihr der dumme Kopf brummte. Aber ich konnte es nicht. Louise war zu zart für solche Brutalität. So jedenfalls hatte sie mir immer zu verstehen gegeben. Sie wollte sanft behandelt werden. Gorilla-George, der Sanfte!

Ich ging also sanft mit ihr um. Ich sagte ihr, der Verkauf des Hauses sei lediglich eine Frage des Geschäfts. Wir hätten die Chance, einen netten Profit zu machen. Und nächstes Jahr würden wir etwas Neues kaufen. Ja, ich hätte mir sogar schon eine kleine Überraschung für sie ausgedacht. Wenn wir nach dem Labor Day in die Stadt zurückführen, wollte ich sie ihr zeigen, auch wenn es einen Umweg von etwa einem Tag bedeutete.

»Einen Umweg?« Sie starrte mich entgeistert an. »Du meinst, du hast schon etwas Neues, nicht hier in der Gegend?«

»Ganz richtig.«

»Wo? Erzähl mir's. Ist es weit weg?«

Ich lächelte. »Ziemlich weit.«

»Aber ich – ich würde lieber hier bleiben, am Fluß.«

»Warte ab, bis du es gesehen hast, bevor du urteilst«, sagte ich. »Wir wollen jetzt nicht mehr darüber sprechen. Sicher bist du todmüde.«

»Ja. Ich glaube, ich werde auf der Couch schlafen, wenn's dir nichts ausmacht.«

Es machte mir nichts aus. Und wir sprachen auch nicht mehr darüber. Ich schloß nur den Verkauf ab und ließ Louise mit dem Packen beginnen. Viel war es ja nicht, denn ich hatte die Möbel mit verkauft.

Dann wartete ich. Wartete und beobachtete. Louise wußte natürlich nicht, daß ich sie beobachtete. George auch nicht.

Und nun war der letzte Tag gekommen, und George stand im Keller mit mir und sah mir beim Zementmischen zu.

»He, das machen Sie prima«, sagte er. »Hab gar nicht gewußt, daß Sie so was können.«

»Ich kann alles, wenn ich's mir nur in den Kopf setze.« Ich grinste zurück.

»Ist das hier das Loch, das ich zumachen soll?« fragte er. Er deutete auf die Öffnung unterhalb der Kellertreppe. Es war eine dunkle, ungefähr zwei Fuß hohe und drei Fuß breite Abstellnische zwischen den obersten Fundamentblöcken und den Dekkenbalken.

»Ja, das ist es«, sagte ich. »Geht direkt durch bis zum Schuppen, glaub ich. Es hat mich schon immer geärgert, und ich möcht's gern noch zuzementieren, bevor die neuen Besitzer kommen.«

»Hält die Mäuse ab, wie?«

»Und die Ratten«, sagte ich.

»Nicht viele Ratten hier in der Gegend«, brummte George.

»Sie täuschen sich, George.« Ich sah ihn unverwandt an. »Überall gibt's Ratten. Sie schleichen sich ein, wenn man gerade nicht da ist und sie sieht. Sie zerstören alles, was einem gehört. Sie fressen einen arm, wenn man nicht aufpaßt. Und sie sind ganz schön gerissen! Sie versuchen heimlich und unbemerkt zu arbeiten. Aber wenn man auf Draht ist, kommt man trotzdem dahinter. Man erkennt sie an den Spuren, die sie hinterlassen. Und wenn man auf Draht ist, wird man sie auch wieder los. Ich möchte keiner Ratte hier die Einschlupfmöglichkeit lassen, George. Der neue Besitzer soll nicht dasselbe durchmachen müssen wie ich.«

»Sie haben mir nie was von den Ratten erzählt«, sagte George und blickte auf das Loch in der Wand. »Lou-, Mrs. Logan auch nicht.«

»Kann sein, daß sie nichts davon gewußt hat«, meinte ich. »Vielleicht hätte ich sie warnen sollen.«

»Hm-m.«

»Na ja, jetzt ist's egal. Der Zement macht schon Schluß mit ihnen.« Ich trat zurück. »Ach übrigens, George, das Zeug hier ist was ganz Neues, ich hab's in der Stadt besorgt. Weiß nicht, ob Sie schon mal damit gearbeitet haben. Es heißt Zemo-quick. Soll in weniger als einer Stunde fest werden.«

»Haben Sie eine Gebrauchsanleitung?« George starrte auf die erhärtende Masse.

»Es ist kinderleicht. Sie machen's wie beim gewöhnlichen Zement.« Ich hielt ihm Kelle und Traufel hin. »Am besten fangen Sie gleich an. Ich bau inzwischen den Schießstand ab.«

Er machte sich an die Arbeit, und ich ging auf die andere Seite des Kellers und holte meine Schießscheiben von der Wand. Dann nahm ich die Pistolen hervor und verpackte sie. Danach kamen die Revolver an die Reihe. Ich putzte sie noch ein bißchen, bevor ich sie weglegte.

George arbeitete schnell. Er hatte die nötige Energie für solche Sachen, Energie gepaart mit Phantasielosigkeit. Körperliche Arbeit macht Leuten wie George keine Mühe, weil sie keine lästigen Gedanken dabei stören können. Sie leben fast ausschließlich in einer Welt der Sinneseindrücke und reagieren auf jede Herausforderung. Zeig ihnen ein Loch in der Wand, und sie zementieren es zu, zeig ihnen eine Frau, und sie . . .

Ich lenkte meine Gedanken von dem Thema ab und konzentrierte mich darauf, den letzten Revolver einzufetten. Es war ein schwerer Colt, den ich hier unten nie benützt hatte. Seltsam, daß ich Waffen sammelte und sie doch nur so selten benützte. Ich faßte sie gern an, faßte sie an und sinnierte über die Macht nach, die ihnen innewohnte. Da, in dem kleinen Loch, lauerte der Tod; aus dieser winzigen Öffnung drang eine Gewalt, die groß genug war, das Gehirn eines Narren wie eines Königs zu zerfetzen, groß genug, den Schädel von Sündern oder Heiligen zu zerschmettern. Mit einer solchen Waffe konnte man aus der Nähe sogar einen Gorilla töten.

Ich wog den Revolver in der Hand und starrte auf den breiten Rücken von George. Er arbeitete flink mit der Kelle und war gerade dabei, die Öffnung vollends auszufüllen und glattzustreichen.

Ich lud den Revolver, spannte den Hahn und musterte ihn aufs neue. Nur zehn Schritte vor mir hatte ich ein perfektes Ziel. Der Schuß war einfach. Der Trottel würde nie wissen, was ihn getroffen hatte.

Aber das war natürlich der Haken. Er würde nie wissen, was ihn getroffen hatte.

Und ich wollte, daß er es wußte. Irgendwo im tiefsten Inneren schlummerte sogar bei einem Affen wie George die Fähigkeit zu denken, zu begreifen. Das Geheimnis war nur, daß man einen Weg fand, wie man seine Phantasie anregen konnte.

Ich legte den Revolver also wieder hin und ging zu ihm hinüber.

»Sieht so aus, als wären Sie fertig«, sagte ich.

Er nickte und wischte sich den Schweiß von der Stirn. Ein animalischer Geruch schlug aus seinen Achselhöhlen.

»Hm-m. Das Zeug ist klasse. Wird schon fest. Muß es nur noch ein bißchen glätten.«

»Lassen Sie nur.« Ich trat zurück. »Sie sehen aus, als könnten Sie ein Bier vertragen.«

Er grinste und folgte mir zu der tragbaren Kühlbox in der

Ecke. Ich holte eine Flasche Bier heraus und öffnete sie. Er schluckte dankerfüllt. Die Flasche war leer, ehe er sich die Mühe machte, aufzublicken und zu bemerken: »Trinken Sie nicht?«

Ich schüttelte den Kopf.

»Nicht in der Nähe von Feuerwaffen, George.« Ich deutete auf den Pistolenkoffer auf dem Tisch.

»Hören Sie mal, Mr. Logan, ich hab Sie's schon lange fragen wollen. Wie kommt's, daß einer wie Sie Waffen sammelt?«

»Warum nicht? Es ist doch ein recht verbreitetes Hobby?«

»Aber ich hab Sie noch nie schießen sehen.«

Ich fischte eine neue Flasche heraus, machte sie auf und reichte sie ihm.

»Vielleicht sammle ich sie nicht, um damit zu schießen, George«, sagte ich. »Vielleicht sammle ich sie als Symbole. Nehmen Sie diesen Colt zum Beispiel.« Ich hielt ihn hoch. »Meine Bewunderung für seinen schwarzen Lauf hat nichts mit Ballistik zu tun. Wenn ich ihn anschaue, sehe ich tausend Geschichten. Eine Geschichte für jede Kugel, die abgefeuert worden ist. Szenen voll Gewalttätigkeit und Gefahr, voll höchster Dramatik und niedrigster Melodramatik.«

»Auf eine Art spricht's Ihre Phantasie an, ist es das?«

»Genau.« Ich gab ihm ein weiteres Bier. »Trinken Sie nur, George«, sagte ich. »Ich muß die Box sowieso ausräumen. Heute ist unser Tag, Sie wissen ja. Warum sollen wir's nicht feiern?«

Er nickte. Aber er sah nicht aus, als sei er in der Stimmung, unsere Abreise zu feiern. Das hastig hinuntergestürzte, eiskalte Bier begann zu wirken. An einem heißen Tag tun's schon ein paar Flaschen – besonders nach einer tüchtigen Anstrengung. Ich sorgte dafür, daß die nächste bereitstand, noch ehe er ausgetrunken hatte. Er trank schnell, geräuschvoll, mit hervortretendem Hals, die dicken Lippen gierig um den Flaschenhals geschlossen. Auf seinem Gesicht lag der versunkene Ausdruck eines Tiers, für das nichts existiert außer der momentanen Befriedigung seines Appetits.

Ich griff wieder nach dem Colt und ging hinüber zum frisch

zementierten Teil der Wand. Mit der linken Hand rieb ich an der erstarrenden Oberfläche. »Fabelhaftes Zeug«, sagte ich, »wahrhaftig, es ist schon hart. Und völlig trocken.«

Er grunzte. Er stellte die leere Flasche ab und langte nach der vollen, seiner fünften. Ich wartete, bis er einen kräftigen Zug genommen hatte, dann bückte ich mich und legte meinen Kopf an die Mauer.

»Was ist das für ein Geräusch?« fragte ich.

Er blickte auf. »Ich hör kein Geräusch.«

»Mäuse«, sagte ich. »Da innen drin.«

»Oder Ratten, wie Sie's gesagt haben.« Er nickte.

»Nein, ich glaube eher, es ist eine Maus. Das Quieken ist zu schrill. Hören Sie's nicht?«

»Ich hör gar nichts.«

Er kam herüber und bückte sich. Seine Hand streifte den Colt, und ich zog ihn zurück.

»Kann immer noch nichts hören.«

»Na ja, ist auch egal. Die Sache ist doch luftdicht, oder?«

»Klar.«

»Was auch da drin ist, es wird jedenfalls in den nächsten paar Minuten ersticken.« Ich lächelte ihn an. »Sie müssen taub gegen hohe Töne sein, George. Ich hab den Laut die ganze Zeit über gehört, als Sie die Mauer zementiert haben.«

»Was ist, machen Sie sich Sorgen wegen der einen Maus?«

»Nicht sonderlich, George.«

»Auf alle Fälle kommen keine mehr durch. Die Wand ist schon fast fest jetzt.«

Er schlug mit der Faust dagegen.

»Da hab ich 'n hübsches Stück Arbeit geleistet.«

»Ja, das haben Sie, ganz bestimmt. Und Ihr letztes dazu.« Ich ging zur Kühlbox. »Das erinnert mich, wir müssen abrechnen. Aber erst trinken wir noch eine.«

George sah auf seine Armbanduhr. »Tja, ich weiß nicht, Mr. Logan. Vielleicht sollt ich besser gehen. Ich hab in Dalton drüben noch was zu tun . . .«

Freilich hatte er in Dalton noch was zu tun. Er wollte hinüber laufen, um Louise zu treffen. Vielleicht hätten sie dann Zeit, sich noch mal auf Wiedersehen zu sagen, so wie gestern abend, bevor ich zurückgekommen war. Oder bevor sie wußten, daß ich zurückgekommen war. Aber ich hatte sie gesehen, und ich konnte sie auch jetzt sehen, in meiner Phantasie.

Es kostete mich einige Anstrengung, das Bild zu verdrängen, aber ich schaffte es. Ich konnte George sogar angrinsen. Und ich hielt ihm die Flasche entgegen und sagte: »Nur noch eine, auf die alten Zeiten. Und wenn Sie nichts dagegen haben, mache ich mit.«

Ich holte mir eine Flasche heraus, öffnete sie und erhob sie. Mit der linken Hand griff ich wieder zum Colt.

Er erhob sein Bier ebenfalls und rülpste. Der Laut echote wie ein Revolverschuß durch den Keller.

»Vielleicht wäre ein kleiner Toast angebracht«, sagte ich.

»Machen Sie nur.«

Ich lächelte. »Auf die Freiheit!«

Er begann zu trinken, setzte aber dann die Flasche ab.

Ich beobachtete die Falte, die sich auf seiner schwitzenden Stirn bildete. »Freiheit?«

Ich zuckte die Achseln. »Es hat keinen Sinn zu versuchen, irgend etwas zu verheimlichen«, sagte ich. »Schließlich gehören Sie ja auf eine Art fast zur Familie.«

»Das kapier ich nicht.«

»Sie werden's schon noch.«

»Was soll der Kram mit der Freiheit?«

»Mrs. Logan«, sagte ich. »Louise.«

Er stellte das Bier auf den Tisch. »Ja?«

»Wir haben uns getrennt.«

»Get-«

»Ganz richtig, George.« Ich drehte meinen Kopf zur Seite. »Hören Sie irgendwas hinter der Wand?«

»Nein. Aber was ist das alles von wegen trennen? Haben Sie Streit gehabt oder was?«

»Durchaus nicht. Es kam alles sehr plötzlich. Man könnte sagen, völlig unerwartet, wenigstens was sie anging. Aber ich dachte, Sie wüßten's vielleicht gern.«

»Dann ist sie also nicht drüben in Dalton?«

»Ich fürchte nein.«

»Sie meinen, sie ist gar nicht mehr hier?«

»So könnte man's sagen.«

»Hören Sie mal, Logan, auf was wollen Sie eigentlich raus? Was soll das alles hei-«

Ich deutete mit dem Kopf zur Wand. »Hören Sie wirklich nichts, George?«

»Was soll ich schon hören?«

»Ich dachte, vielleicht sagt sie Ihnen auf Wiedersehn.«

Jetzt kapierte er.

»Heiland, nein! Logan, Sie legen mich rein!«

Ich lächelte.

Seine Augen quollen hervor. Ich sah, wie seine Finger den Flaschenhals umklammerten. Und ich brachte die Mündung des Colts höher, bis er direkt hineinsehen konnte.

»Stellen Sie sie hin, George, sie nützt Ihnen nichts. Ich habe eine Maus umgebracht. Meinen Sie etwa, ich hätte Angst, eine Ratte umzubringen?«

Er stellte die Flasche hin. Kaum ließ er sie los, begannen seine Hände zu zittern. »Logan, das können Sie nicht getan haben, Sie nicht. Sie würden doch nicht –«

»Ganz richtig«, sagte ich. »So was kann ich doch wirklich nicht tun. Sie und Louise waren sich ja so sicher über mich, nicht? Ihr habt gedacht, ich kann gar nichts tun. Ich kann nicht mißtrauisch sein, kann nicht sehen, was da direkt unter meinen Augen vorgeht. Und selbst wenn ich's herausfände, könnte ich nichts dagegen tun, weil ich ein armer, weichlicher Trottel bin ... Na schön, Sie haben sich getäuscht, George. Und Louise hat sich auch getäuscht. Ich frag mich, ob sie mich jetzt wohl hören kann?« Ich hob die Stimme: »He, Louise, hörst du zu?«

George wich zurück gegen die Wand, sein Mund zuckte. »Sie lügen«, sagte er. »Sie haben sie nicht umgebracht.«

»Stimmt. Ich hab sie nicht umgebracht. Sie war quicklebendig, als ich fertig mit ihr war. Ich hab lediglich dafür gesorgt, daß ihre Arme und Beine ordentlich verschnürt waren, damit sie nicht herumstrampeln konnte, und daß der Knebel schön fest saß. Dann hab ich sie in das Loch gehoben und auf Sie gewartet.«

Sein Gesicht war weißer als die Wand.

»Sie wissen doch warum, nicht wahr, George? Sogar ein Affe hat genug Phantasie, um das zu begreifen. Ein guter Witz, was? Sie zementieren fleißig die Wand zu, und die ganze Zeit über weiß ich, daß Sie sie umbringen. Und was noch komischer ist, *sie* hat's natürlich auch gewußt. Sie lag da in dem schwarzen Loch und hat versucht, es Ihnen zuzurufen, während Sie sie in ein luftloses Grab eingemauert haben, in eine Dunkelheit, die schlimmer ist als die Nacht, in die Dunkelheit des Todes –«

»Sie sind wahnsinnig!«

Ich sah, wie sich seine Muskeln strafften, sein Hals sich spannte. »Einen Schritt«, sagte ich, »und ich jag Ihnen eine Kugel mitten ins Gesicht.«

Er bewegte sich – aber von mir fort. Er drehte sich zur Wand und trommelte mit beiden Fäusten dagegen. Der Zement hielt.

»Zwecklos«, sagte ich, »es ist schon fest. Sie haben gute Arbeit geleistet, George. Ihre letzte und Ihre beste Arbeit. Übrigens wär's jetzt sowieso zu spät. Die Luft kann gar nicht so lange gereicht haben. Es ist vorbei mit ihr.«

Keuchend wandte er sich um. Er hielt die Hände auf, sie waren rot. »Wahnsinnig!« stieß er hervor. »Kein Wunder, daß sie Angst vor Ihnen hatte, daß sie Sie gehaßt hat. Kein menschliches Wesen könnte sich so was ausdenken.«

Ich lächelte. »Aber ja doch, George. Haben Sie noch nie ein Buch gelesen? Haben Sie noch nie von Edgar Allan Poe gehört? ›Die schwarze Katze‹ oder ›Das Faß Amontillado‹? – Wohl kaum, George. Sie waren immer viel zu sehr damit beschäftigt, zu leben, wie? Und Louise genauso. Ihr glaubt an die Tat, und Ihr verachtet Leute wie mich. Ihr sagt, wir stecken die Nase dauernd in irgendwelche Bücher, während ihr die Praktischen seid, die Draufgänger. Ihr seid stolz darauf, daß ihr euch vom Leben nehmt, was euch gefällt. Und ihr lacht über uns. Ich möchte wetten, Sie und Louise haben eine Menge über mich zu lachen gehabt. Aber jetzt bin ich dran!«

»Da-damit kommen Sie nicht davon!«

»Und warum nicht?«

»Ich sag's. Ich hetz den Sheriff auf Sie!«

»Nein, das werden Sie nicht. Sie sind mitschuldig, George. Vergessen Sie nicht, daß Sie sie eingemauert haben. Und wenn Sie zum Sheriff laufen, hab ich schon meine Geschichte bereit. Ich werde ihm erzählen, daß wir gemeinsame Sache gemacht hätten, daß ich Ihnen die Hälfte der Versicherungssumme versprochen hatte. Sie ist ziemlich hoch versichert, George. Ich werde dem Sheriff erzählen, wie Sie sie bei lebendigem Leib eingemauert haben, während sie sich gewunden hat und zappelte und zu schreien versuchte, weil sie wußte, daß Sie sie töten. Nicht ich, George, *Sie*!«

Fast hätte er sich auf mich gestürtzt. Aber ich machte den ersten Schritt vorwärts, und beim Anblick des Colts verlor er den Mut. Als ich lachte, hielt er sich die Ohren zu.

»Ein Jammer, daß sie gestern abend nicht auf Sie gehört hat, George, als Sie sie gedrängt haben, nicht auf mich zu warten. Sie sollte alles stehen- und liegenlassen und auf der Stelle mit Ihnen davonlaufen. Sie könnten einen Job als Forstwart in Montana kriegen, war's nicht so? Und niemand würde es je erfahren. Aber sie mußte natürlich praktisch denken. Sie wollte noch dableiben und erst das Geld von der Bank abheben. War's nicht so?«

»Sie haben uns gehört?«

»Natürlich. Ich hab den Wagen unten an der Straße geparkt und mich ans Fenster geschlichen. Dann ging ich den Wagen holen und fuhr wie gewöhnlich vor. Ihr hattet nicht mal mehr Zeit, auszumachen, wie ihr euch treffen wolltet, um euere Flucht zu arrangieren, nicht wahr, George? Sie konnten ihr nicht mal mehr richtig auf Wiedersehen sagen. Na, tun Sie's doch jetzt! Ihre Chance ist 1:1000, daß sie Sie noch hören kann.«

Seine Augen blickten glasig. Aber nicht von der Hitze und auch nicht vom Bier. Er schlotterte und wimmerte.

»Beeilen Sie sich, George. Verabschieden Sie sich von der Dame. Verabschieden Sie sich von der reizenden Dame, ehe sie ihren letzten Atemzug tut, ehe sie das letzte Restchen Luft in ihre Lungen pumpt und sie brennen und ausdörren fühlt. Es wird schnell vorbei sein, George, wenn sie nicht schon tot ist. Und dann wird sie langsam verfallen. Sie wird nicht verwesen, weil's ja trocken ist da drin. Es wird keinen Geruch geben. Sie wird einfach mumifizieren. Ihre Glieder werden zu braunem Leder, und ihr Haar wird spröde werden und ausfallen, ihre Haut wird sich abschuppen und ihre Augen eintrocknen und in die Höhlen sinken. Aber auf dem, was von ihrem Gesicht übrigbleibt, werden Sie immer noch einen Ausdruck erkennen können. Sie werden immer noch sehen, wie es im Augenblick ihres Todes war – mit jenem letzten lautlosen Schrei um Erbarmen auf den Lippen. Sie schreit Ihnen zu, George. Hören Sie sie denn nicht? Sie schreit: ›George, hilf mir! Hol mich hier raus, hol mich raus, hol mich raus, hol mich –«

Tief aus Georges Brust drang ein Laut. Dann blinzelte er und stürzte auf die Treppe zu. Ich versuchte nicht, ihn aufzuhalten. Ich ließ ihn die Treppe hinaufhasten, hörte ihn durch die Küche jagen und die Tür hinter sich zuwerfen.

Plötzlich war es sehr still im Keller. Ich packte den Colt weg, allerdings nicht ohne die Vorsichtsmaßnahme, ihn vorher zu entladen und Lauf und Kolben abzuwischen.

Dann sammelte ich die leeren Flaschen ein und stapelte sie ordentlich in der Ecke auf.

Ich trank Georges Bier aus und dann mein eigenes. Danach ging ich hinauf.

Jetzt blieb mir nichts mehr zu tun als zu warten.

Ich muß wohl noch zwei oder drei Biere getrunken haben, während ich das tat. Ich holte sie aus dem großen Eisschrank in der Küche und trug sie ins Vorderzimmer, damit sie griffbereit wären, während ich las. Ich hatte meinen Poe-Band gewählt, und das nicht zufällig. Ich fragte mich nämlich, ob seine Behandlung der Situation ebenso melodramatisch sei, wie es meine gewesen war. Nun, vielleicht nicht ganz, aber freilich, ich hatte meine Gründe gehabt. Rückblickend schien, was ich zu George gesagt hatte, ein bißchen albern und übertrieben, aber es diente ja einem Zweck.

Nach einer Weile hatte mich meine Lektüre ganz in ihren Bann gezogen. Man kann sagen, was man will, Poe hat eine fabelhafte Phantasie gehabt, und das weiß ich zu würdigen.

Es wurde schon fast dunkel, als ich an der Tür ein Klopfen hörte. Ich dachte an Poes Raben und legte das Buch beiseite.

»Herein«, sagte ich.

Es war natürlich nicht Poes Rabe.

»Hallo, Louise«, ich lächelte zu ihr auf. »Hast du alles erledigen können?«

»Ja, Liebling.« Sie setzte sich, und ich bemerkte eine leise Spur von Unbehagen auf ihrem Gesicht.

»Ist was?«

»Nein, nichts. Nur, auf dem Heimweg ist mir etwas Komisches passiert.«

»So?«

»Ich fuhr die Landstraße entlang, ungefähr auf der Höhe des Beedsly-Hauses, und plötzlich hat mich eine Polizeistreife angehalten.«

»Zu schnell gefahren?«

»Natürlich nicht, Dummchen. Du weißt doch, daß ich mich immer an die Geschwindigkeitsbegrenzung halte. Aber er verlangte meinen Führerschein, und dann hat er etwas ganz Komisches getan. Er ließ mich aussteigen und zu seinem Motorrad mitgehen. Und dann mußte ich in dieses Funkdingsda sprechen, oder wie das heißt.«

»Wozu denn, um Himmels willen?«

»Das hat er mir nicht gesagt. Ich weiß nur, daß ich dem Sheriff meinen Namen geben sollte. Und dann hat er sich entschuldigt, daß er mich belästigt habe, aber ich habe ihm damit eine unnötige Fahrt hier heraus erspart. Und dann konnte ich gehen. Ich hab ihn gefragt, um was es denn überhaupt ginge, aber er hat nur die Achseln gezuckt und gemeint, es hätte da ein kleines Mißverständnis gegeben, aber jetzt sei alles erledigt. Kannst du dir das erklärten, Liebling?«

Ich lächelte. »Vielleicht«, sagte ich. »Aber wir reden wohl besser ein andermal darüber. Ich möchte nicht, daß du dich an unserem letzten Abend hier ganz unnötig aufregst.«

»Sag's mir, Liebling. Ich bestehe darauf!«

»Na schön«, sagte ich. »Hier hat's auch ein bißchen Ärger gegeben. Du weißt doch, George Parker sollte kommen und das Loch zumauern?«

»Ja, richtig.« Sie stockte. Ich beobachtete sie. Es machte Spaß, sie zu beobachten, zu spüren, wie sie darauf wartete, was ich als nächstes sagen würde. Wenn ich gekonnt hätte, ich hätte diesen Augenblick gern eine ganze Ewigkeit dauern lassen. Aber schließlich machte ich ihm ein Ende.

»Nun, er ist überhaupt nicht aufgetaucht«, sagte ich.

Ich konnte fast *hören*, wie sie vor Erleichterung aufseufzte.

»Also hab ich die Sache zuletzt allein in Angriff genommen.«

»Armer Schatz. Sicher mußt du müde sein.«

»Du verstehst nicht. Das war nicht der Ärger, den ich meinte.«

»N-nein?«

Wieder ließ ich sie warten, kostete den Augenblick aus. Dann fuhr ich fort, wohl wissend, daß es noch viel besser kommen sollte. »So um vier herum rief Sheriff Taylor an und wollte wissen, wo du seist. Ich hab's ihm natürlich gesagt, und ich stelle mir vor, daß dich die Streife wohl deshalb gesucht haben wird.«

»Aber wozu denn nur?«

»Willst du den Rest wirklich hören?«

»Bitte!«

»Offenbar eine recht unerfreuliche Geschichte. Es scheint, unser Freund George hat einen Nervenzusammenbruch erlitten.«

»George?«

»Kaum zu glauben, wie? Dabei schien er doch immer so ein

stumpfer, phantasieloser Bursche zu sein. Du hast ihn ja ein bißchen öfter erlebt als ich, und du würdest doch sicher auch nicht sagen, daß er ein sensibler Typ ist, oder?«

»Sag mir, was war, was passiert ist –«

»Wenn du willst. Soviel ich verstanden habe, kam Freund George mit einer völlig grotesken Geschichte ins Büro des Sheriffs gestürmt. Zuerst dachten sie, er hätte getrunken, aber offenbar befand er sich in einem Zustand akuter Hysterie. Anscheinend muß er mich beschuldigt haben, ich hätte dich ermordet und deine Leiche im Keller eingemauert.«

»Das kann doch nicht dein Ernst sein!«

»Dasselbe hat der Sheriff zu George gesagt – anfangs. Bis er gemerkt hat, daß der arme Kerl halb wahnsinnig war vor Angst. Da rief er mich natürlich an, und ich hab ihm gesagt, er solle doch versuchen, dich zu finden. Gott sei Dank hat er das auch. Es wäre mir zu unangenehm, wenn wir irgendwelche Scherereien hätten, gerade jetzt, wo wir abreisebereit sind.«

Ich konnte ihr Gesicht im Halbdunkel nicht sehen, so stand ich auf und ging zu ihr hinüber. Sie versuchte sich abzuwenden, aber ich hielt sie fest und tätschelte ihre Schulter. »Aber, aber«, murmelte ich. »Ich wollte doch nicht, daß du dich aufregst. Du brauchst dir keine Sorgen zu machen. Jetzt ist alles vorbei.«

»George!« Ihre Stimme überschlug sich fast, aber sie konnte sie beherrschen. »Wie geht es ihm?«

»Total übergeschnappt, laut Sheriff. Sie haben sofort Doc Silvers geholt. Wenn er nicht zu sich kommt, muß er eingewiesen werden. Ein Jammer – und dabei hat irgendwer gesagt, daß er gerade eine Stelle als Forstwart in Montana annehmen wollte.«

Louise bebte, aber ihre Stimme war fest: »Hat er sonst noch etwas gesagt?«

»Nein. Was hätte er auch sagen sollen?«

»Warum dachte er, daß du versuchen könntest, mich zu töten?«

»Ich hab nicht die leiseste Ahnung. Es ist komisch mit diesen robusten, schweigsamen Typen. Wenn ihre Phantasie erst einmal mit ihnen davonläuft, können sie sie scheint's nicht mehr bremsen. Sie steigern sich mehr und mehr in irgendeine Sache hinein, bis der Punkt kommt, wo's dann plötzlich knackst. Ich bin nur froh, daß es nicht passiert ist, als er hier draußen bei dir war. Weiß Gott, was er alles hätte anstellen können.« Ich lachte. »Vielleicht scheint's dir an den Haaren herbeigezogen, Liebling, aber er hätte sogar versuchen können, über dich herzufallen. Kannst du dir vorstellen, wie es wohl wäre, von einem Irren geliebt zu werden?«

Sie schauderte und vergrub ihren Kopf an meiner Seite.

»Wir wollen über etwas Erfreulicheres reden«, sagte ich. »Hier, da ist ein Bier für dich.«

Ich konnte fühlen, wie sie schluchzte.

»Wein doch nicht«, tröstete ich sie. »Morgen gehen wir fort von hier, weißt du nicht mehr? Zurück in die Stadt. Nur du und ich. Mach dir wegen George keine Gedanken – der ist gut aufgehoben. Du brauchst ihn nie wiederzusehen. Und in einer kleinen Weile wirst du ihn ganz vergessen haben.«

»J- ja . . .«

»Wir werden eine Menge Spaß miteinander haben«, murmelte ich. »Ich versprech dir's. Ich hab schon alles geplant.«

Und das hab ich natürlich auch.

Ich hab sie nicht angelogen.

Ich beabsichtige eine ganze Menge Spaß mit Louise zu haben, heute nacht. Jetzt gerade, während ich dies schreibe, ist sie im Schlafzimmer und schläft. Ich habe ihr ein ziemlich starkes Beruhigungsmittel gegeben, aber in einer halben Stunde oder so wird die Wirkung nachlassen. Dann wird sie wieder hellwach sein. Und ich möchte, daß sie hellwach ist.

Ich möchte, daß sie hellwach ist, wenn ich sie in die Arme nehme, und ich möchte, daß sie auch hernach hellwach ist, wenn ich sie ganz, ganz sanft, aber ganz, ganz fest in meinen Armen halte und ihr erzähle, was nun eigentlich wirklich los war. Ich möchte, daß sie weiß, wie schlau ich bin und wie stark und wie klug. Ich möchte, daß sie weiß, daß ich schlauer und stärker bin, als es George je hätte sein können.

Sie muß die Klugheit begreifen, die das alles meistern konnte. Sie muß zur Einsicht kommen, daß ich doch der bessere Mann bin. Und natürlich bin ich der.

Es wäre dumm gewesen, den beiden ihre Schuld entgegenzuhalten; was hätte ich damit schon gewinnen können? Und es wäre ebenso dumm von mir gewesen, George umzubringen und das Risiko einer Entdeckung einzugehen. Da sich die Dinge entwickelt haben, wie ich es *geplant* habe, ist George für alle Zeit aus dem Weg geräumt. Ich habe *ihn* lebendig begraben – hinter den Mauern einer Irrenanstalt! Er wird weiterleben und leiden im Gedanken, daß Louise tot ist und daß er sie getötet hat. Aber der Sheriff und die Leute hier wissen es natürlich besser. Sie wissen, daß sie lebt und daß hinter der Zementwand nichts ist. Sie werden sich daran erinnern, wie sie mit ihr und mir gesprochen haben und daß sie mit mir fortgehen wollte. Weder die neuen Besitzer noch sonst jemand wird die Wand je niederreißen.

All das werde ich Louise unmißverständlich klarmachen. Ich werde ihr genau erzählen, was passiert ist. Das ist ja auch der Grund, warum ich es hier niederschreibe. Ich befürchte, daß ich nicht die treffenden Worte finden würde, um die Bedeutung des Augenblicks auszudrücken.

Ich werde sie lesen lassen, was ich geschrieben habe.

Hast du bis hierher gelesen, Louise?

Verstehst du jetzt? Verstehst du, was ich getan habe?

Und verstehst du auch, was ich jetzt gleich tun werde?

Ganz richtig, Louise.

Ich werde dich fesseln und knebeln. Und ich werde dich in den Keller hinunter tragen und die Wand noch einmal aufreißen. Ich werde dich in die Dunkelheit stoßen und dich dein Leben und deinen Verstand aus dem Leib schreien lassen, während ich dich mit Zement einmauere – für immer einmauere, bis dein Körper so schwarz wird wie deine schwarze Seele.

Ich werde direkt hinter dir stehen, wenn du bis hierher gelesen hast, du wirst also keine Gelegenheit haben, zu schreien. Und du wirst keine Gelegenheit haben, zu bitten oder mich anzuflehen, oder irgendwelche deiner albernen weiblichen Tricks an mir zu versuchen – nicht, daß sie dir was nützen würden! Es hat auch keinen Sinn, mir zu sagen, daß ich erwischt würde. So dumm wirst du doch nicht sein!

Das Alibi ist schon erbracht. Am Morgen werde ich allein von hier abfahren. Und du wirst für alle Zeit hierbleiben.

Und das, weil alles geplant war, Louise. Weil ich eben ein besserer Mann als George *bin,* weißt du. Er war eigentlich nur ein Tier, nicht mehr. Und der Unterschied zwischen einem Tier und einem Menschen ist wirklich sehr einfach.

Das Ganze ist eine Frage der Phantasie und wie man sie zu gebrauchen versteht.

Samtkrimi oder: Mord im Literaturhaus

Regula Venske

Wir hetzen jetzt jemanden zu Tode. Sie und ich, und rein zu unserem Vergnügen. Dieser Mensch kann eigentlich nichts dafür, nur die Tatsache, daß er noch lebt, spricht gegen ihn. Jetzt aber soll er sterben. Viele Menschen kommen ja in diesem Moment um, auf einen mehr oder weniger soll es uns also nicht ankommen. Und schon gar nicht auf diesen Mann, der es allabendlich fertigbringt, im Schaukelstuhl zu sitzen und sich am Zigarettenrauch zu erfreuen. Und am leichten Quietschen des Schaukelstuhls, wenn er gemächlich vor- und zurückschaukelt, jeden Tag nach Feierabend, vor und zurück.

Der Mann blickt den Rauchringen nach, die sein Mund geformt und ausgestoßen hat. Wie sie schweben und sich entfernen, sich allmählich verlieren. Die Form verlieren, die Fassung?

Ich nicht, denkt der Mann.

Durch die Dachgaube fällt Spätsommerlicht ins Zimmer, Staubkörnchen tanzen, ein Sonnenstrahl bringt das Regal zu seiner Linken zum Leuchten. Nicht, daß es das einzige Bücherbord im Raum wäre. Die gesamte Einrichtung des Zimmers besteht aus Regalen. Sie verlaufen ringsherum an den Wänden entlang, vom Boden bis zur Decke gefüllt mit Büchern. Leere Fächer lassen ahnen, daß der Mann noch etwas vor hat mit seiner Bibliothek, er hat Platz für Neuzugänge. Weitere Regalreihen sind sternförmig durch den Raum gezogen, bis in Brusthöhe reichend, so daß sich auf ihren obersten Borden etwas abstellen läßt – ein Pfeifenständer, eine Lampe, der Whisky.

Im Zentrum des Sterns aus Bücherregalen, in der Mitte des

Zimmers, steht der Schaukelstuhl. Der Mann blickt neben sich, auf die Bücherstapel, die er um sich herum verteilt hat. Das Gesamtwerk Gottfried Benns, ausnahmsweise in einer wohlfeilen Ausgabe, ein Geschenk seiner Frau, ist als nächstes dran. Borges und Broch sollen folgen. Ein Buchstabe pro Jahr, das A hat er schon absolviert. Ein scharlachroter Buchstabe aus Goldpapier, eigenhändig auf Karton geklebt, schmückt das erste Regalbrett linker Hand der Eingangstür. Auf diesen Einfall ist er besonders stolz, obwohl er ja eigentlich aus dem Bastelalter heraus ist. Einundfünfzig. Für das B wird er sich etwas Neues einfallen lassen, vielleicht etwas Grünes, zu Benn passend, man wird sehen.

Man wird sehen? Nicht viel mehr wird er zu sehen bekommen, unser Mann. Jetzt kommt er gerade zum Stillstand, drückt die Zigarette aus, pustet versehentlich mit seinem Atem Staubkörnchen und Asche gleichermaßen aus dem Aschenbecher, steht auf und klopft sich das Hosenbein ab. Ein letzter Blick in die Runde, die Bibliothek ist sein ganzer Stolz. Sein heimlicher Stolz auch. Ein Refugium, in das kein Telefonklingeln eindringen kann. Sein Refugium. Nichts kann ihn hier erreichen, keine lästigen Klienten, keine Frau, die schmollend darauf wartet, daß er sich wieder ihr zuwenden möge.

Zu seinem Fünfzigsten, im vorigen Jahr, hat er sich selbst diese Zweitwohnung geschenkt. Jeder Maler braucht sein Atelier, da wird sich doch ein Leser noch eine Lektüredependance gönnen dürfen?

Sechsundzwanzig Buchstaben hat das Alphabet, bis er fünfundsiebzig ist, kann er, wenn nicht die gesamte, so doch einen Großteil der Weltliteratur durchaus noch schaffen.

Die Lebenszeit, die X und Y ihm schenken werden, soll dem vielbevölkerten M zugute kommen und dem S, das noch dazu diese Vielschreiber hervorgebracht hat, Schiller, Shakespeare, Sir Walter Scott. Aber auch auf das Fräulein von Scudéry und Ginka Steinwachs freut er sich, und seine Frau braucht nichts davon zu wissen. Sie würde ihm Blumentöpfe, Wandkalender, gar Häkelmützen für die Bücherstützen schenken, sie würde

Kuchen backen und zum Abstauben kommen wollen. Dafür würde sie Fettflecke auf den Einbänden hinterlassen, seine Altmännerklause wäre sofort in Gefahr.

Es reicht, daß er die von ihr gestrickten Freizeitjacken tragen muß. Sicher sitzt sie jetzt im Moment gerade wieder daheim vor dem Fernsehgerät und wickelt oder ribbelt Wolle auf für die diesjährige Weihnachtsproduktion. Er aber hat Besseres im Sinn. Ihn erwartet Julian Barnes. Ja, nicht ihn persönlich, aber *ihn*, den Leser und Literaturfreund, den Kenner seines Werkes, wenn auch nur in der deutschen Übersetzung. Barnes wird gleich im Literaturhaus an der Außenalster lesen, und er, unser Mann, wird bei diesem Anlaß, wie schon oft, in der ersten Reihe sitzen.

Zum Literaturhaus hat er es nicht weit. Darauf hat er bei der Wohnungssuche geachtet, neben dem Lichteinfall von oben war der Fußweg zum Schwanenwik von ausschlaggebender Bedeutung. Und Bellevue, so darf eine Straße schon heißen, wenn unser Mann in ihr seine Zweitbibliothek einrichten soll.

Er braucht jetzt nur ein Stückchen an der Alster entlangzuschlendern, fünf Minuten, wenn's hochkommt sieben, dann ist er da.

Wie immer hängt der Mann seinen Gedanken nach, und den Schatten, der auf ihn wartet, sieht er nicht. Jeder Mann wird ja bei seinen Taten von einem unsichtbaren Schatten verfolgt. Das hat er einmal irgendwo gelesen, nur selten denkt er daran. Er hat es eilig, der Mann.

Aber sein Schatten sieht ihn. Sein Schatten hat auf der gegenüberliegenden Straßenseite hinter einem Gebüsch auf ihn gewartet, er hat, leicht zitternd, zu den Fenstern der Dachwohnung hinaufgeblickt, er hat ob des wider Erwarten doch schon kühlen Sommerabends leise geflucht. Der Schatten hat sich die Beine in den Bauch gestanden, er hat an einem Schokoriegel geknabbert. Es ist ein sehr lebendiger Schatten, der da auf den Mann gewartet hat, ein Schatten, der sogar eigenen Gedanken nachgehangen hat.

Der Schatten hat das beruhigende Tuckern der Alsterdampfer und das aus der Ferne herüberwehende Tuten der Schiffe im Hafen gehört. Erst haben Sehnsucht und Fernweh, dann hat Trauer vom Schatten Besitz ergriffen.

Ewig dieses Warten! hat der Schatten gedacht. Aber damit wird es bald ein Ende haben.

Als der Mann das Haus verlassen hat und zum Greifen nah an ihm vorbeigegangen ist, hat der Schatten kurz die Luft anhalten müssen. Aber dann ist er aus dem Schutz des Gebüschs hervorgetreten und ist dem Mann betont unauffällig gefolgt. Er hat es dabei nach Möglichkeit vermieden, auf dessen Rücken zu starren. Heute abend hat er den Mann nicht mehr zum Umdrehen bewegen wollen.

Wenige Minuten später sind sie am Schwanenwik angekommen, und der Mann hat die Straße zielstrebig überquert, während der Schatten hinter einem Baum unweit des Klohäuschens an der Alster gewartet hat. Dann ist auch er über die Straße gehuscht und zwischen den gutgekleideten jungen Leuten hindurch, die lachend und plaudernd die Treppen zur Nummer 38 hochsteigen, in die schöne Villa geschlüpft.

Links vom Eingang führt eine Treppe hinunter in den Keller, zu den Toiletten. Der Schatten weiß, daß der Mann das Herrenklo aufsuchen wird, wie immer vor längeren Veranstaltungen; er ist in den Jahren, wo er das schon aus prophylaktischen Gründen muß. Das ist jetzt die Chance des Schattens, der schwerelos die Stufen zum Keller hinabgleitet. Das einzige Geräusch, das dabei von ihm zu hören ist, ist ein leises Klicken in der rechten Tasche seines Trenchcoats, aber das hört niemand außer ihm. Von oben an der Bar hört man Stimmengewirr und Gläserklirren, unten rauschen die Klospülungen der Damentoilette, und aus dem Kellerraum, der zum Restaurant gehört, dringt ein Schleifen und Scharren, derweil Getränkekisten über den Fußboden gezogen werden.

Im Bruchteil einer Sekunde, bevor sich noch die Tür zum Damenklo öffnen kann, hat sich der Schatten, lautlos und schnell wie eine Katze, in die Herrentoilette gewagt. Er vergißt nicht, die Tür hinter sich zu schließen, und steht nun leicht an die kühle Fliesenwand gelehnt. Endlich hat der Schatten den zu ihm gehörigen Mann erreicht. Jetzt kann er die Rechte aus der Manteltasche ziehen.

Schräg links vor ihm, keine zwei Meter entfernt, steht der Mann am Waschbecken und wäscht sich sorgfältig die Hände. Ihre Blicke begegnen sich im Spiegel. Erstaunt dreht sich der Mann zu seinem Schatten um, da fällt der Schuß.

Dann fällt der Mann, mit offenem Mund und nassen Händen, seinem Schatten entgegen.

Die Frau ist zur Alster zurückgekehrt. Es ging ja alles viel einfacher als gedacht. Unbemerkt hat sie aus dem Keller wieder hochsteigen können, und niemand hat von ihr Notiz genommen, als sie sich zwischen den immer noch ins Haus strömenden Besuchern nach draußen gedrängelt hat. Sie ist es gewohnt, daß kein Aufhebens um sie gemacht wird, wie unsichtbar wirkt sie oft. Das war jetzt einmal ihre Chance, wer achtet schon auf eine unscheinbare Frau wie sie?

Die Frau gluckst befriedigt vor sich hin, sie hat noch einen Schuß im Magazin. Es war richtig, die Pistole mit dem Schalldämpfer zu wählen. Sie läßt sich auf einer Bank nieder. Ein bißchen weich sind ihre Knie nun doch, aber sie hat ja keine Eile. Es ist schließlich völlig gleichgültig, ob die andere zehn Minuten früher oder später dran glauben müssen wird. Sie wird schließlich auch mal jemanden warten lassen dürfen, oder nicht? Und wie oft hat sie selbst wegen dieser Dame hintanstehen, sich nach ihrem Mann sehnen müssen, der mal wieder nicht zum Abendbrot erschien. Von wegen Überstunden in der Kanzlei! Ihr hat er nichts vormachen können. Sie hat schon lange einen Verdacht gehegt. Bis sie ihm nachgeschlichen ist, mehrmals. Immer hat sie ihn in diesem Haus in der Bellevue verschwinden sehen, vom Gebüsch aus hat sie ihn beobachtet und geduldig darauf gewartet, bis er wieder herausgekommen ist, mit diesem befriedigten Lächeln auf den Lippen. Es ist ihr nicht entgangen, hat ihr bodenlos weh getan, aber damit ist es nun vorbei. Dem Himmel sei Dank!

Und jetzt also zu dieser Dame. Sie weiß nicht einmal, wie sie heißt, welcher von den Namen auf den Klingelschildchen, die sie ausgiebig studiert hat, zu ihr gehört. Sogar gerochen hat sie an den Schildern, hat geschnüffelt, ob irgendwo ein Pfeifenduft vom Daumen ihres Mannes hängengeblieben sei, aber vergeblich. So ist die andere eben die Namenlose geblieben, ein weißer Fetzen Papier, blank und leer wie das oberste Klingelschildchen, von dem sie vermutet, daß es das richtige ist. Denn immer, wenn ihr Mann im letzten Winter in dem Haus verschwand, leuchtete kurz darauf in der Dachwohnung ein Lichtschein auf. Sie hat ihn wohl im Dunkeln erwartet, hat sicher auch sonst so einiges zu verbergen, diese Dame. Aber das werden wir gleich haben. Die Frau hat sich alles bis ins kleinste ausgemalt. Sie hat sich von dem verdächtigen Schlüsselbund, das sie bei seiner letzten – ja wirklich: letzten – Dienstreise in der Jackentasche ihres Mannes fand, zwei Nachschlüssel anfertigen lassen. Die probiert sie jetzt aus, der größere, wie erwartet, paßt ins Haustürschloß. Langsam, sich zu ruhigem Atmen zwingend, steigt sie die Treppen hoch. Vor jeder Etagentür bleibt sie stehen und horcht. Kindergeschrei hinter der Tür im ersten Stock, die scheidet aus. Fernsehstimmen in der zweiten Etage, an deren Tür aber, anders als unten am Eingang, zwei Namensschilder kleben. Betrug in wilder Ehe? Möglich, aber unwahrscheinlich.

Als sie den obersten Treppenabsatz erreicht hat, klopft ihr Herz so laut, daß sie denkt, es müsse bis in die Wohnungen hinein zu hören sein. Ihr Blick fällt auf das Pappzettelchen, das mit Tesafilm neben der Klingel angebracht ist. Zum zweiten Mal an diesem Abend schaut die Frau in einen Spiegel und erblickt darin ihren Mann. Sein Name ist es, der da geschrieben steht, sein Name, der auch der ihre geworden ist. Daß er so unverfroren sein könnte, die Wohnung selbst anzumieten, hat sie ihm nicht zugetraut. Aber jetzt wird sie das Liebesnest ausheben, und zwar ein für allemal. Sie hat es sich genau überlegt.

Gleich wird sie schellen und sich unter dem Vorwand, sich von Frau zu Frau aussprechen zu wollen, Einlaß verschaffen. Dann wird sie der anderen ihre Fragen und die Pistole vorhalten. Sie wird ihr den Abschiedsbrief diktieren. Die Geliebte wird sich des Mordes an ihrem Gönner, der sie verlassen wollte, bezichtigen. Und dann wird sie Selbstmord begehen.

Die Frau holt noch einmal tief Luft, dann klingelt sie. Wieder muß sie warten, aber das ist sie ja gewohnt. Sollte die andere ausgerechnet heute abend ausgegangen sein? Sie hat doch sonst nie nach ihrem Mann das Haus verlassen. Aber sei's drum, die Frau hat ja den Schlüssel. Sie wird eben in der Wohnung auf das Flittchen warten. Das wird ihr sogar einen Platzvorteil verschaffen.

Der Moment, in dem die Frau den Nachschlüssel zückt, ist der glücklichste ihres Lebens. Allerdings wird die Intensität dieses Gefühls im nächsten Augenblick, wenn sie schockiert vor ordentlichen Bücherregalen steht, noch übertroffen werden.

Der Umsatz war wieder mal bescheiden. Manchmal fragt sich der nette Buchhändler aus dem Literaturhaus, warum er nicht eine Kneipe aufgemacht hat. Für ihren Entre-deux-mers oder den sauren Edelzwicker, für ihren Campari-Soda, den dritten Espresso und vierten Cappuccino geben sie bedenkenlos Geld aus, aber bei den Büchern, da werden sie knauserig. Ein, zwei verkaufte Titel pro Leseabend, das lohnt nicht einmal den Stundenlohn des Herumsitzens. Nun, Julian Barnes war nicht schlecht, und jeder Buchhändler ist nun mal ein gottverdammter Idealist, und zum Glück hat er ja ein paar gut verdienende Stammkunden. Die sorgen an den langen Sonnabenden schon dafür, daß seine Familie und er etwas zu beißen haben.

Er hat die unverkauften Bücher wieder in die Kiste gepackt, lediglich einige vom Autor handsignierte Exemplare ins Regal gestellt und seinen Laden abgeschlossen. Kurz hat er überlegt, ob er sich noch in die Runde um den Autor mischen soll, die sich, wie nach jeder Lesung, am Stammtisch im Café Schwanenwik eingefunden hat. Erstaunlich, wie schnell das Gespräch immer von den Büchern wegstrebt und bei Essen und Trinken oder dem Austausch von Eitelkeiten landet. Bestellungen werden aufgegeben, irgend jemand wartet mit einer Anekdote auf, ach nein, das muß er heute nicht haben. Außerdem wartet daheim seine Frau, es zieht ihn nach Altona.

Aber bevor er ins Auto steigt, will er schnell noch einmal auf die Toilette gehen, im Laden war so ein Betrieb, den ganzen Tag ist er nicht dazu gekommen.

Als Dritten haben wir nun also Herrn Samtleben den Schock seines Lebens verpaßt. Das hat er eigentlich nicht verdient, der nette Buchhändler aus dem Literaturhaus, daß er seinen besten Kunden und noch dazu unter diesen Umständen verlor. Und nach Hause wird er jetzt auch nicht so schnell kommen, erst muß er noch der Kriminalpolizei Rede und Antwort stehen. Seine liebe Frau wird ein bißchen auf ihn warten müssen.

Wer war der Täter?

G. K. Chesterton

Aus einem der niedrigen Torbogen in der verwitterten Tudor-Fassade von Mandeville College traten drei Männer hinaus in das starke abendliche Licht eines Sommertages, der nicht enden zu wollen schien. Und in diesem Sonnenlicht sahen sie etwas aufleuchten wie einen Blitz, plötzlich und unheilkündend.

Bevor sie sich noch im klaren waren, daß sich eine Katastrophe ereignet hatte, hatten sie das Gefühl, daß irgend etwas nicht im Einklang mit der Umgebung sei. Sie selbst fügten sich seltsamerweise in diese Umgebung vollkommen ein. Obwohl die Torbogen, die den Garten des College wie ein Kreuzgang umschlossen, vor vierhundert Jahren gebaut worden waren, zur Zeit, als diese Gotik vom Himmel fiel und sich über die wohnlicheren Räume des Humanismus und der Renaissance neigte oder vielmehr duckte, einte sie trotz ihrer modernen Kleidung (über deren Häßlichkeit jedes einzelne der vier Jahrhunderte gestaunt hätte) der Geist des Ortes. Die Gärten waren mit jener vollendeten Sorgfalt gepflegt, die bewirkt, daß man sich dieser Sorgfalt nicht mehr bewußt wird. Sogar die Blumen sahen aus, als wären sie wild gewachsen, als wäre ihre Schönheit nur Zufall. Sie wirkten wie vornehmes Unkraut. Und die moderne Kleidung gewann durch die nachlässige Art, in der sie getragen wurde, einen gewissen malerischen Effekt. Der erste der drei Männer war eine bekannte Erscheinung auf der Universität. Er war hochgewachsen wie ein Baum, kahlköpfig und bärtig und trug die Universitätstracht: die viereckige Mütze und den Talar, der halb von seinen abfallenden Schultern geglitten war. Der zweite, mit dem freundlich lächelnden Gesicht, war klein, untersetzt und breitschultrig. Er hatte ein Sportsakko an und hielt den Talar über dem Arm. Der dritte war eher noch kleiner und trug den schwarzen Anzug des Geistlichen. Einen außerordentlich abgetragenen Anzug. Aber sie alle paßten in diese Umgebung. Sie fügten sich so sehr in die unbeschreibliche und einzigartige Atmosphäre einer der beiden alten englischen Universitätsstädte, daß sie nicht auffielen. Und nicht auffallen wird dort als das beste Zeichen betrachtet, daß man dazugehört.

Jene beiden Männer dagegen, die auf Gartenstühlen an einem kleinen Tischchen saßen, wirkten wie ein dunkler Klecks in der graugrünen Landschaft. Obwohl sie beide schwarz gekleidet waren, glänzten und gleißten sie vom Kopf bis zu den Füßen, von ihren tadellos gebürsteten Zylinderhüten bis zu ihren tadellos auf Glanz geputzten Schuhen. So gut angezogen zu sein, wirkte in der gut erzogenen Freiheit von Mandeville College wie eine Herausforderung. Die einzige Entschuldigung war, daß es sich um Ausländer handelte. Der eine war ein amerikanischer Millionär namens Hake. Seine Kleidung war von jener äußersten und vollendeten Tadellosigkeit, wie man sie nur bei sehr reichen Leuten aus New York findet. Der zweite, der zu all dem noch die Übertriebenheit eines mit Persianerfell gefütterten Mantels fügte (vom Backenbart ganz zu schweigen), gehörte einer sehr reichen Familie Deutschlands an. Der kürzeste seiner zahlreichen Namen war »von Zimmern«. Der Grund ihrer Anwesenheit hat mit dem Geheimnis dieser Geschichte nichts zu tun. Sie waren aus einem Grunde hier, der das Zusammentreffen nicht zueinander passender Dinge ganz einfach erklärt. Sie beabsichtigten nämlich, dem College Geld zu geben, und waren gekommen, um einem Plan ihre Unterstützung zu leihen, der bereits von mehreren anderen Finanzgrößen und Wirtschaftsmagnaten vieler Länder unterstützt wurde: der Schaffung einer Lehrkanzel für Volkswirtschaft am Mandeville College. Sie hatten das College mit jener unermüdlichen Gewissenhaftigkeit besichtigt, deren von allen Söhnen Evas nur die Amerikaner und die Deutschen bei solchen Gelegenheiten fähig sind. Jetzt ruhten sie von der Anstrengung aus und saßen in feierlicher Haltung im Garten. So weit, so gut.

Die drei andern, die jene beiden bereits kannten, grüßten im Vorbeigehen. Aber der Kleinste von den dreien, der im schwarzen geistlichen Gewand, blieb gleich darauf stehen.

»Wißt ihr was«, sagte er mit dem Gesichtsausdruck eines erschreckten Kaninchens, »die beiden gefallen mir nicht.«

»Du lieber Himmel«, rief der größte der drei aus, der, nebenbei bemerkt, der Präfekt von Mandeville College war. »Wem können die schon gefallen? Gott sei Dank, gibt es auch reiche Leute, die nicht aussehen wie Schaufensterpuppen.«

»Ja«, flüsterte der kleine Geistliche, »das ist es eben: wie Schaufensterpuppen.«

»Wie? Was meinen Sie damit?« fragte der kleinere der beiden andern scharf.

»Ich meine, daß sie wie Wachsfiguren aussehen«, sagte der Geistliche mit leiser Stimme. »Erschreckend. Sie bewegen sich nicht. Warum bewegen sie sich nicht?«

Als erwache er plötzlich aus einer Betäubung, stürzte er durch den Garten und berührte den deutschen Baron am Ellbogen. Der deutsche Baron fiel samt dem Sessel hintenüber und seine Beine ragten so steif in die Luft wie die Beine des Sessels.

Mr. Gideon P. Hake starrte weiter auf den Garten. Diese Augen, die aussahen, als wären sie aus Glas, machten ihn einer Wachsfigur noch ähnlicher, und das grelle Sonnenlicht und die Buntheit des Gartens verstärkten den unheimlichen Eindruck. Eine angekleidete Puppe; eine Marionette auf einer italienischen Bühne. Der kleine Mann in Schwarz, ein Priester namens Brown, berührte den Millionär versuchsweise an der Schulter. Der Millionär fiel seitwärts um, als wäre er aus Holz geschnitzt.

»Rigor mortis«, sagte Pater Brown. »Und so rasch. Allerdings ist das individuell verschieden.«

Der Grund, warum die drei, von denen zuerst die Rede war, erst so spät (um nicht zu sagen zu spät) zu den beiden andern in den Garten herauskamen, ist am besten zu verstehen, wenn wir erzählen, was sich unmittelbar vorher hinter der Tudor-Fassade abgespielt hatte. Sie hatten alle miteinander im großen Speisesaal zu Mittag gegessen. Die beiden Philanthropen, Sklaven ihrer Pflicht, alles zu besichtigen, waren sofort nachher in die Kapelle zurückgeeilt, wo ein Stiegenaufgang und ein Kreuzgang noch unbesichtigt geblieben waren. Sie versprachen, die andern im Garten zu treffen, wo sie die Zigarren des College einer ebenso gründlichen Prüfung zu unterziehen gedachten. Die übrigen, mit mehr Ehrfurcht vor alten Traditionen, waren um den langen, schmalen Eichentisch sitzengeblieben. Der Portwein kreiste und löste die Zungen, wie es seit den Tagen, da Sir John Mandeville das College gegründet hatte, üblich gewesen war. Der Präfekt mit dem großen blonden Bart und der kahlen Stirn nahm die Spitze der Tafel ein. Zu seiner Linken saß der untersetzte Mann mit den breiten Schultern. Er war der Quästor oder Schatzmeister des College. Neben ihm saß ein Mann mit einem merkwürdig verzerrten Gesicht. Die schwarzen Büschel des Schnurrbarts und der Augenbrauen, die nach entgegengesetzten Richtungen liefen, teilten mit ihrem Zickzack das Gesicht, so daß es wie halb gelähmt wirkte. Sein Name war Byles. Er war Dozent für Römische Geschichte, und seine politischen Ansichten gingen auf Coriolan zurück, ganz zu schweigen von Tarquinius Superbus. Ein so schroffter Konservativismus, solch fanatisch reaktionäre Ansichten gegenüber allen Problemen der Gegenwart waren unter den älteren Professoren nichts Ungewöhnliches. Aber bei Byles schien dies alles eher die Folge als die Ursache seiner Bitterkeit zu sein. Mehr als ein aufmerksamer Beobachter hatte den Eindruck gewonnen, daß mit Byles irgend etwas nicht in Ordnung sei, daß es irgendein Geheimnis in seinem Leben gebe, vielleicht ein großes Unglück, das ihn verbittert hatte. Dieses halb gelähmte Gesicht schien zerrissen zu sein wie ein Baum, den der Blitz getroffen hatte. Ihm zur Seite saß Pater Brown und am Ende des Tisches ein Professor der Chemie, groß, blond und gutmütig, mit Augen, die trotz ihres schläfrigen Blicks vielleicht etwas Verschlagenes hatten. Es war bekannt, daß dieser Naturwissenschaftler seine Kollegen von den klassischen Fächern für nichts als Sonderlinge hielt. Auf der andern Seite des Tisches, Pater Brown gegenüber, saß ein schweigsamer junger Mann von dunkler Hautfarbe mit einem schwarzen Spitzbart, der hier war, weil irgend jemand darauf bestanden hatte, daß die Universität einen Lehrstuhl für Persisch haben müsse. Dem unheimlichen Byles gegenüber saß ein sehr sanft blickender Kaplan mit einem eiförmigen Schädel. Gegenüber dem Quästor, zur Rechten des Präfekten, war ein Platz leer. Und einige der Anwesenden waren froh darüber, daß dieser Platz leer geblieben war.

»Ich weiß nicht, ob Craken kommen wird«, sagte der Präfekt mit einer Nervosität, die in merkwürdigem Gegensatz zu seinem sonstigen freien und ungezwungenen Benehmen stand. »Ich bin sehr dafür, die Menschen gewähren zu lassen. Aber ich muß gestehen, es ist so weit gekommen, daß ich froh bin, wenn er hier ist, einfach weil er dann nicht anderswo sein kann.«

»Bei ihm weiß man nie, was er als nächstes anstellen wird«, sagte der Quästor vergnügt, »besonders wenn er die jungen Leute unterrichtet.«

»Ein glänzender Kopf, aber etwas zu hitzig«, bemerkte der Präfekt in seinem gewohnten reservierten Ton.

»Ja, wie ein Feuerwerk«, brummte der alte Byles. »Aber ich will nicht in meinem Bett verbrennen, damit sich Craken wie ein zweiter Guy Fawkes vorkommen kann.«

»Glauben Sie wirklich, daß er sich einer gewaltsamen Revolution anschließen würde, wenn es eine gäbe?« fragte lachend der Quästor.

»Er glaubt jedenfalls, daß er es tun würde«, gab Byles scharf zur Antwort. »Neulich sagte er vor einer großen Versammlung von Studenten, der Klassenkampf sei unaufhaltsam auf dem Wege, in einen wirklichen Bürgerkrieg überzugehen, mit Straßenkämpfen in den Städten. Und das sei gut so, wenn es nur mit dem Sieg des Kommunismus und der Arbeiterklasse ende.«

»Der Klassenkampf«, murmelte der Präfekt mit einer Art Ekel, der freilich heute schon etwas gemildert schien, denn es war viele Jahre her, daß er William Morris gekannt hatte und mit einer Gruppe von künstlerisch empfindenden und gemäßigten Sozialisten befreundet gewesen war. »Ich verstehe nicht, was sie mit dem Klassenkampf wollen. In meiner Jugend standen die Sozialisten auf dem Standpunkt, es gäbe keine Klassen.«

»Das heißt mit andern Worten, daß die Sozialisten keine Klasse sind«, bemerkte Byles mit säuerlicher Genugtuung.

»Natürlich sind Sie mehr dagegen als ich«, sagte der Präfekt nachdenklich, »aber ich fürchte, daß mein Sozialismus ebenso veraltet ist wie Ihr Konservativismus. Möchte wissen, wie unsere jungen Freunde darüber denken. Was meinen Sie, Baker?« fragte er plötzlich den Quästor zu seiner Linken.

»Oh, ich denke nicht nach«, sagte der Quästor lachend. »Bedenken Sie, daß ich ein einfacher Mann bin. Ich bin kein Denker, sondern bloß ein Geschäftsmann. Und als Geschäftsmann denke ich, daß das alles Blödsinn ist. Man kann die Menschen nicht gleichmachen, und es ist vom geschäftlichen Standpunkt aus der bare Unsinn, sie gleich zu entlohnen. Eine ganze Menge ist überhaupt nicht wert, entlohnt zu werden. Wie immer es sei, man muß sich an den praktischen Ausweg halten, denn der ist der einzig mögliche Ausweg. Was können wir dafür, daß die Natur in allem und jedem einen solchen Wirrwarr angerichtet hat.«

»Da bin ich ganz Ihrer Ansicht«, sagte der Chemieprofessor. Er stieß mit der Zunge an, was bei einem so großen Menschen kindisch wirkte. »Der Kommunismus gibt vor, ach, so modern zu sein, aber das ist er nicht. Ein Rückfall in den Aberglauben von Mönchen und primitiven Stämmen. Eine wissenschaftlich denkende Regierung mit einem ethischen Verantwortungsgefühl der Nachwelt gegenüber müßte nach Veredlung und Fortschritt streben, nicht alles nivellieren und in den Schmutz zurücktrampeln. Sozialismus ist Sentimentalität und gefährlicher als die Pest. Denn die würden wenigstens die Tauglichsten überleben.«

Der Präfekt lächelte etwas wehmütig. »Sie wissen ja, daß wir zwei uns niemals einigen werden, was Verschiedenheit der Anschauungen anbelangt. Hat nicht gerade hier neulich jemand

≙ Evolution ?

von einem Spaziergang mit einem Freund erzählt und dabei die Bemerkung gemacht: ›Wir waren in allem einig, bis auf unsere Anschauungen.‹ Ist das nicht das gegebene Motto für eine Universität? Hundert Meinungen zu haben, ohne dogmatisch zu sein. Hier wertet man die Menschen nach ihrer Persönlichkeit, nicht nach ihren Meinungen. Vielleicht bin ich ein Überbleibsel aus dem 18. Jahrhundert. Aber ich neige nun einmal zu der alten, sentimentalen Ketzerei: Um Glaubensformen mögen plumpe Zeloten sich streiten, wer richtig lebt, der hat recht. Wie denken Sie darüber, Pater Brown?«

Er warf dem Priester einen etwas verschmitzten Blick zu und war überrascht. Er kannte Pater Brown als einen humorvollen, liebenswürdigen Menschen, mit dem leicht auszukommen war. Sein rundes Gesicht strahlte gewöhnlich vor guter Laune. In diesem Augenblick jedoch lag eine solche Düsterkeit darüber, wie sie noch nie jemand an ihm bemerkt hatte. So daß diese alltäglichen Züge einen finsteren und unheimlicheren Ausdruck zu haben schienen als das verzerrte Gesicht Byles'. Im nächsten Moment war die Wolke vorübergezogen. Aber als er zu sprechen begann, klangen seine Worte ungewöhnlich ernst und entschieden.

»Daran glaube ich nicht«, sagte er scharf. »Wie kann jemand richtig leben, wenn seine Lebensanschauungen falsch sind? Das ist so eine moderne Verwirrung der Begriffe, die daher kommt, daß die Menschen nicht wissen, wie sehr verschieden die Weltanschauungen sein können. Baptisten und Methodisten sind sich klar darüber, daß ihre Moralbegriffe nicht sehr stark differieren, ebenso wie ihre religiösen oder philosophischen Ansichten. Ganz anders liegen die Dinge zwischen den Theosophen und den Thugs. Wirklich ketzerische Ansichten beeinträchtigen eben die Moralität. Ich gebe zu, daß jemand ehrlich daran glauben kann, Diebstahl sei nichts Schlechtes. Aber was nützt es, ehrlich an etwas Unehrenhaftes zu glauben?«

»Verdammt richtig«, bemerkte Byles mit einem wilden Verzerren seines Gesichts, was, einer verbreiteten Meinung zufolge, ein freundliches Lächeln bedeuten sollte. »Und aus diesem

Grunde bin ich gegen eine Lehrkanzel für theoretischen Diebstahl an diesem College.«

»Na, Sie fallen ja alle tüchtig über den Kommunismus her«, sagte der Präfekt mit einem Seufzer. »Halten Sie ihn denn für so mächtig, daß man so streng dagegen sein muß? Ist irgendeine von all seinen Ketzereien wirklich verbreitet genug, um gefährlich zu werden?«

»Ich glaube, ihre Verbreitung hat derart zugenommen, daß man sie in gewissen Kreisen bereits als selbstverständlich betrachtet. So selbstverständlich, daß sie den Leuten gar nicht mehr als Ketzereien zum Bewußtsein kommen.«

»Und das Ende«, sagte Byles, »wird der Ruin dieses Landes sein.«

»Das Ende wird noch schlimmer sein«, sagte Pater Brown.

Ein Schatten schoß blitzschnell über die Holztäfelung der gegenüberliegenden Wand, gefolgt von der Gestalt, der er zugehörte. Eine große, vornübergebeugte Gestalt, deren Umrisse entfernt an einen Raubvogel erinnerten, ein Eindruck, der noch durch die Plötzlichkeit ihres Auftauchens, das wie das erschrokkene Aufflattern eines Vogels aus einem Gebüsch wirkte, verstärkt wurde. Es war aber nur die Gestalt eines breitschultrigen Mannes mit einem lang herabhängenden Schnurrbart, der allen Anwesenden wohl bekannt war. Aber das Zwielicht, der Schein der Kerzen und der flackernde, rasche Schatten schienen einen sonderbaren Zusammenhang mit der düsteren Prophezeiung des Priesters herzustellen. Als wären dessen Worte eine Weissagung im altrömischen Sinn und der vorüberfliegende Vogel ein Zeichen. Mr. Byles hätte eine Vorlesung über solche Weissagungen der Auguren im alten Rom halten können, und besonders über diesen Vogel als ein böses Omen.

Der Mann huschte die Wand entlang, sank in den leeren Sessel neben dem Präfekten und sah die Anwesenden mit seinen tief in den Höhlen liegenden Augen der Reihe nach an. Haar und Schnurrbart waren blond, aber die Augen lagen so tief, daß sie fast schwarz wirkten. Jedermann wußte oder konnte sich denken, wer der Ankömmling war. Es trat aber sofort ein Ereignis ein, das die Situation genügend klarmachte. Der Dozent für Römische Geschichte erhob sich steif aus seinem Sessel und stelzte aus dem Zimmer, um auf diese wenig taktvolle Weise darzutun, daß er nicht gewillt sei, mit dem »Professor für theoretischen Diebstahl« oder, anders ausgedrückt, dem Kommunisten Mr. Craken an einem Tisch zu sitzen.

Der Präfekt von Mandeville College versuchte die peinliche Situation zu retten. Mit nervöser Liebenswürdigkeit wandte er sich an Craken. »Ich habe Sie soeben verteidigt, mein lieber Craken«, sagte er, »oder vielmehr Ihre Anschauungen, obwohl ich überzeugt bin, daß Sie meine Ansichten ganz unhaltbar finden würden. Aber schließlich kann ich nicht vergessen, daß die sozialistischen Freunde meiner Jugend ein hohes Ideal der Brüderlichkeit und Kameradschaft besaßen. William Morris drückte es in dem Satz aus: ›Gemeinschaftsgeist ist der Himmel, Mangel an Gemeinschaftsgeist die Hölle.‹«

»Akademiker als Demokraten, siehe Schlagzeile«, sagte Craken grob. »Werden Sie den neuen Lehrstuhl für Handelswissenschaft dem Andenken William Morris' widmen?«

»Nun, ich hoffe«, sagte der Präfekt bemüht, höflich zu bleiben, »man kann in gewissem Sinne sagen, daß jeder, der hier lehrt, eine Professur für gute Kameradschaft innehat.«

»Ja, das ist die akademische Version des Ausspruches von William Morris«, brummte Craken. »Eine Professur ist der Himmel, keine Professur die Hölle.«

»Aber Craken, seien Sie doch nicht so grob«, beschwichtigte der Quästor. »Trinken Sie ein Glas Port. Tenby, reichen Sie Mr. Craken den Wein.«

»Na gut, ich trinke ein Glas«, sagte der Kommunist etwas weniger unfreundlich. »Ich bin eigentlich herübergekommen, um im Garten meine Pfeife zu rauchen. Aber vom Fenster aus sah ich eure beiden köstlichen Millionäre im Garten blühen wie Blumen, taufrische, unschuldige Blümchen. Vielleicht wäre es doch der Mühe wert, ihnen einmal die Meinung zu sagen.«

Inzwischen hatte sich der Präfekt nach seinem letzten Versuch, konventionell höflich zu sein, erhoben, nur zu froh, dem Quästor die schwierige Unterhaltung mit dem wilden Mann überlassen zu können. Andere waren ebenfalls aufgestanden, so daß der Quästor und Mr. Craken mehr oder weniger allein am Ende des langen Tisches saßen. Nur Pater Brown war sitzen geblieben und starrte mit abwesendem Ausdruck ins Leere.

»Um die Wahrheit zu sagen«, begann der Quästor, »ich habe die beiden auch schon reichlich satt. Fast den ganzen Tag habe ich mit ihnen über Daten und Ziffern und alle Einzelheiten dieser neuen Lehrkanzel debattiert. Aber schauen Sie, Craken«, fuhr er fort und lehnte sich vor, um seinen Worten mehr Nachdruck zu verleihen, »Sie brauchen wirklich nicht so ablehnend gegen diese neue Professur zu sein. Sie wird mit der Ihren nicht in Konflikt kommen. Sie sind der einzige Professor für Nationalökonomie in Mandeville, und obwohl ich nicht behaupte, mit Ihren Ansichten übereinzustimmen, weiß doch jeder, daß Sie europäischen Ruf besitzen. Es handelt sich hier um ein Spezialfach, das man ›angewandte Wirtschaftslehre‹ nennt. Nun, ich habe heute, wie gesagt, schon mehr als genug angewandte Wirtschaftslehre betrieben. Mit andern Worten, ich habe mit zwei Geschäftsleuten über Geschäfte gesprochen. Würden Sie sich darum reißen? Beneiden Sie mich darum? Können Sie es aushalten? Ist das nicht Beweis genug, daß es sich hier um ein ganz anderes Fach handelt, für das man wohl einen eigenen Lehrstuhl errichten kann?«

»Du lieber Gott«, rief Craken mit jener Heftigkeit, mit der die Atheisten Gott anrufen, »glauben Sie, ich will die Wirtschaftslehre nicht anwenden? Aber wenn wir sie anwenden, nennt ihr das roten Terror und Anarchie, und wenn ihr sie anwendet, erlaube ich mir, es Ausbeutung zu nennen. Wenn ihr die Wirtschaftslehre nur anwenden wolltet; vielleicht bekäme das Volk dann zu essen. Wir sind die Männer der Praxis. Und deshalb habt ihr Angst vor uns. Deshalb laßt ihr euch zwei Kapitalisten kommen, um eine neue Lehrkanzel zu errichten. Nur weil ich die Katze aus dem Sack gelassen habe.«

»Eine ziemlich wilde Katze, die Sie da aus dem Sack gelassen haben«, sagte lächelnd der Quästor.

»Und Sie wollen die Katze wieder einfangen und in einen Geldsack sperren«, sagte Craken.

»Ich sehe schon, daß wir uns über diese Dinge niemals werden einigen können«, bemerkte der Quästor. »Aber unsere beiden Gäste sind schon aus der Kapelle herausgekommen und sitzen im Garten. Kommen Sie auch hinaus, wenn Sie rauchen wollen.« Er sah belustigt zu, wie der andere in allen Taschen herumkramte, bis er endlich eine Pfeife zum Vorschein brachte. Zerstreut sah er sie an und fuhr fort, seine Taschen abzutasten, während er aufstand. Mr. Baker, der Quästor, beschloß die Debatte mit einem versöhnlichen Lachen. »Ihr seid die Männer der Praxis und werdet die Stadt mit Dynamit in die Luft sprengen. Bloß werdet ihr wahrscheinlich das Dynamit vergessen, so wie Sie jetzt sicher Ihren Tabak vergessen haben. Macht nichts, nehmen Sie von meinem. Streichhölzer?« Er warf einen Tabaksbeutel über den Tisch, der von Mr. Craken mit jener Geschicklichkeit aufgefangen wurde, die ein alter Cricketspieler nie verliert. Als die beiden aufstanden, konnte es sich Baker nicht versagen, zu bemerken: »Seid ihr wirklich die einzigen praktischen Menschen? Spricht nicht allerhand für eine angewandte Wirtschaftslehre, die da lehrt, daß man zur Pfeife auch einen Tabaksbeutel haben soll?«

Craken sah ihn mit glühenden Augen an und sagte, nachdem er den Rest des Weines in seinem Glas ausgetrunken hatte:

»Wir wollen sagen, daß es noch eine andere Art gibt, praktisch zu sein. Ich gebe zu, daß ich manchmal Details vergesse. Aber machen Sie sich eines klar« – er gab automatisch den Tabaksbeutel zurück, während seine Augen weit weg waren und in einem fast erschreckenden Feuer brannten –, »weil das Innerste unseres Intellekts sich gewandelt hat, weil wir eine gänzlich neue Auffassung von Recht haben, werden wir Dinge tun, die Ihnen gänzlich unrecht erscheinen. Und es werden äußerst praktische Dinge sein.«

»Ja«, sagte Pater Brown plötzlich, aus seinem Trancezustand erwachend, »das ist genau das, was ich gesagt habe.«

Er sah Craken mit einem glasigen und fast gespenstischen Lächeln an und fuhr fort: »Mr. Craken und ich stimmen vollkommen überein.«

»Nun gut«, sagte Baker. »Craken geht jetzt in den Garten, um mit den Plutokraten eine Pfeife zu rauchen. Ich bezweifle, daß es eine Friedenspfeife sein wird.«

Er wandte sich brüsk ab und rief einen alten Diener, der im Hintergrund stand. Mandeville war eines der letzten ganz altmodischen Colleges. Und Craken war einer der ersten Kommunisten. Noch vor den heutigen Bolschewisten. »Da fällt mir ein«, sagte der Quästor, »da Sie die Friedenspfeife kreisen lassen werden, müssen wir unseren geehrten Gästen Zigarren hinausschikken. Wenn sie Raucher sind, schmachten sie wahrscheinlich schon danach. Seit dem Mittagessen haben sie in der Kapelle herumgeschnüffelt.«

Craken brach in ein wildes, mißtönendes Gelächter aus. »Oh, ich werde ihnen die Zigarren bringen«, rief er, »ich bin ja nur ein Proletarier.«

Baker, Brown und der Diener waren Zeugen, daß der Kommunist in den Garten hinausstürzte, wo die beiden Millionäre saßen. Dann hörte und sah man nichts weiter von ihnen, bis zu dem Augenblick, wo Pater Brown sie, wie bereits geschildert, tot in ihren Sesseln fand.

Es wurde beschlossen, daß der Präfekt und der Priester am Ort der Tragödie bleiben sollten, während der Quästor, als der Jüngste und Beweglichste, davonlief, um Arzt und Polizei zu verständigen. Pater Brown näherte sich dem Tisch, auf dem eine der Zigarren bis auf einen kleinen Rest heruntergebrannt war. Dem andern Raucher war die seine aus der Hand gefallen und lag, von verglimmenden Funken umgeben, auf den unregelmäßigen Steinplatten des Weges. Der Präfekt saß zitternd auf einem etwas entfernt stehenden Sessel und barg seine kahle Stirn in den Händen. Dann blickte er müde auf. Im nächsten Augenblick aber weiteten sich eine Augen, und ein Ausruf des Entsetzens tönte durch die Stille des Gartens.

Pater Brown hatte manchmal eine Art, die einem das Blut in den Adern erstarren lassen konnte. Wenn er etwas unternahm, dachte er nie daran, ob es sich auch schicke. Er tat die widerwärtigsten, abstoßendsten und erniedrigsten Dinge mit der Gelassenheit eines Chirurgen. Seinem einfachen Denken war alles, was Aberglaube oder Sentimentalität heißt, fremd. Er setzte sich in den Stuhl, von dem die Leiche gefallen war, nahm die Zigarre, die der Tote zum Teil geraucht hatte, vom Tisch, streifte die Asche sorgfältig ab, besah den Stummel aufmerksam, steckte ihn in den Mund und zündete ihn an. Es wirkte wie eine ekelhafte und groteske Posse zur Verhöhnung des Toten. Ihm aber schien es ein Gebot des gesunden Menschenverstandes. Eine Wolke stieg empor, wie der Rauch eines heidnischen Opferfeuers. Pater Brown aber fand es ganz selbstverständlich, daß man eine Zigarre rauchen müsse, um herauszufinden, von welcher Art sie sei. Das Entsetzen, das sein alter Freund, der Präfekt, bei diesem Anblick empfand, wurde nicht geringer durch das dunkle Gefühl, daß Pater Brown um der Aufklärung des Falles willen sein Leben aufs Spiel setzte.

»Nein, das scheint in Ordnung zu sein«, sagte der Priester und legte den Stummel weg. »Ausgezeichnete Zigarre. Gute Marke. Keine amerikanische oder deutsche. Ich glaube, an der Zigarre selbst ist nichts Verdächtiges. Aber die Asche muß noch untersucht werden. Diese beiden Männer sind vergiftet worden, und zwar mit irgendeinem Zeug, das die Leiche sofort steif werden läßt. Übrigens kommt da gerade jemand, der mehr davon versteht als wir.«

Den Präfekten durchzuckte ein sonderbar unbehagliches Gefühl. Der große Schatten, der über den Weg fiel, ging einer Gestalt voraus, die trotz ihrer Schwere so lautlos daherkam, als wäre sie ebenfalls ein Schatten. Professor Wadham, der berühmte Chemiker, bewegte sich, ungeachtet seiner Größe, immer sehr leise, und es war an und für sich nicht auffallend, daß er im Garten spazierenging. Dennoch lag etwas Unheimliches in der Promptheit, mit der er auftauchte, gerade als von Chemie die Rede war.

Professor Wadham bildete sich viel auf seine unerschütterliche Ruhe ein. Manche nannten diese Eigenschaft Gefühllosigkeit. Kein Haar auf seinem glatten blonden Scheitel bewegte sich, als er mit dem Ausdruck völliger Gleichgültigkeit in seinem großen froschähnlichen Gesicht auf die beiden Toten herabsah. Er berührte die Zigarrenasche, die der Priester aufbewahrt hatte, mit dem Finger. Dann schien er noch ruhiger dazustehen als zuvor, aber im Schatten seines Gesichts schienen die Augen einen Moment lang wie ein Teleskop vorzuschnellen. Sicher war ihm irgend etwas aufgefallen, aber er sagte nichts.

»Ich weiß nicht, wie man beginnen soll, diese Angelegenheit aufzuklären«, sagte der Präfekt.

»Ich würde damit beginnen«, sagte Pater Brown, »zu fragen, wo diese Unseligen den größten Teil des heutigen Tages verbracht haben.«

»Sie haben sich die längste Zeit in meinem Laboratorium herumgetrieben«, bemerkte Wadham. »Baker kommt öfter zu mir, um zu plaudern, und diesmal brachte er seine beiden Gäste mit, die meine Abteilung besichtigen wollten. Sie wollten eben alles sehen, wie richtige Touristen. Soviel ich weiß, waren sie in der Kapelle und sogar in dem Gang unter der Krypta, wo es so dunkel ist, daß man Kerzen anzünden muß. Statt nach dem Essen in Ruhe zu verdauen wie vernünftige Menschen. Baker scheint sie überall hingeschleppt zu haben.«

»Haben sie sich in Ihrer Abteilung für irgend etwas besonders interessiert?« fragte der Priester. »Womit waren Sie gerade beschäftigt?«

Der Chemieprofessor murmelte eine chemische Formel vor sich hin, die mit Sulfat begann und mit irgend etwas, das wie Silenium klang, endete. Seine beiden Zuhörer konnten sich nichts darunter vorstellen. Daraufhin schlenderte der Professor gelangweilt davon, setzte sich auf eine entfernt stehende Bank, schloß die Augen und wandte sein breites Gesicht behaglich und gelassen der Sonne zu.

In scharfem Kontrast zu dieser Gelassenheit eilte in diesem Augenblick eine Gestalt mit der Geschwindigkeit eines Geschosses über den Rasen herbei. Pater Brown erkannte den ordentlichen schwarzen Anzug und das hundeähnliche Gesicht eines Polizeiarztes, dem er in den ärmeren Stadtvierteln des öfteren begegnet war. Er war der erste Abgesandte der Behörde, der zur Stelle war.

Der Präfekt verschwand in einem der Tudorbogen im gleichen Augenblick, als Dr. Blake, der Polizeiarzt, an den Tisch trat und erfreut Pater Brown erkannte. Als dieser ihn einlud, sich an den Tisch zu setzen, an dem sich die Tragödie abgespielt hatte, warf Dr. Blake einen scharfen, fragenden Blick auf die große, ruhende Gestalt des Chemikers, der in einiger Entfernung offenbar schlafend dasaß. Er wurde über die Identität des Professors und über dessen bisherige Aussagen informiert, während er eine erste Untersuchung der Toten vornahm. Natürlich konzentrierte er seine Aufmerksamkeit mehr auf die Leichen als auf die Aussagen aus zweiter Hand, bis eine bestimmte Einzelheit ganz plötzlich sein Interesse an der Anatomie zum Erlöschen brachte.

»Woran, sagte der Professor, daß er arbeite?« fragte er.

Geduldig wiederholte Pater Brown die chemische Formel, die er nicht verstand.

»Was?« rief Dr. Blake aus. »Aber das ist ja fürchterlich.«

»Ist es Gift?« fragte Pater Brown.

»Quatsch ist es«, erwiderte Dr. Blake. »Reiner Unsinn. Der Professor ist ein berühmter Chemiker. Warum redet ein berühmter Chemiker absichtlich Unsinn?«

»Nun, ich glaube ihn ziemlich gut zu kennen«, sagte Pater Brown mit seiner sanften Stimme. »Er redet Unsinn, weil er lügt. Er verbirgt etwas; und er wollte es ganz besonders vor diesen beiden Männern und ihrem Anhang verbergen.«

Der Doktor wandte seine Augen von den beiden Toten ab und richtete sie auf die fast unnatürlich bewegungslose Gestalt des großen Chemikers, der zu schlafen schien. Ein Schmetterling hatte sich auf ihn gesetzt und verlieh seiner Unbeweglichkeit das Aussehen eines steinernen Götzenbildes. Das faltige, froschähnliche Gesicht erinnerte den Arzt an ein Rhinozeros.

»Ja«, sagte Pater Brown sehr leise, »er ist ein schlechter Mensch.«

»Zum Teufel noch einmal«, rief der Doktor plötzlich aus und schien aufs tiefste erschüttert. »Glauben Sie, daß ein so großer Gelehrter sich zu einem Mord hergibt?«

»Spitzfindige Kritiker würden behaupten, daß er sich zum Mord hergibt«, sagte der Priester mit völliger Ruhe. »Ich muß gestehen, daß auch ich nicht viel für Leute übrig habe, die sich auf diese Weise mit Mord abgeben. Aber, was viel wichtiger ist – ich bin sicher, daß diese beiden armen Teufel zu seinen spitzfindigen Kritikern gehört haben.«

»Sie meinen, daß er sie zum Schweigen brachte, weil sie um sein Geheimnis wußten?« fragte Dr. Blake mit gerunzelter Stirn. »Aber was, zum Teufel, war sein Geheimnis? Wie kann ein Mensch an einem solchen Ort wie hier im großen Stil morden?«

»Ich habe Ihnen sein Geheimnis gesagt«, antwortete der Geistliche. »Es ist ein Geheimnis der Seele. Er ist ein schlechter Mensch. Glauben Sie um Himmels willen nicht, daß ich das sage, weil wir verschiedenen Schulen oder Traditionen angehören. Ich habe eine Menge Gelehrte zu Freunden. Und die meisten sind auf eine heroische Art selbstlos. Sogar von den größten Skeptikern unter ihnen glaube ich, daß sie auf eine sozusagen irrationale Weise selbstlos sind. Aber hin und wieder begegnet man einem Menschen, der ein Materialist ist, in dem Sinne, wie ein Tier materialistisch ist. Ich wiederhole, er ist ein schlechter Mensch. Viel schlechter als –« Er schien nach einem Wort zu suchen.

»Sie meinen, viel schlechter als der Kommunist?« half ihm der Doktor.

»Nein, ich meine viel schlechter als der Mörder«, sagte Pater Brown.

In Gedanken verloren stand er auf, ohne zu bemerken, wie erstaunt ihn der andere ansah.

»Aber haben Sie nicht gemeint, daß dieser Wadham der Mörder sei?« fragte Dr. Blake schließlich.

»O nein«, sagte Pater Brown etwas lebhafter, »der Mörder ist ein viel sympathischerer und verständlicherer Mensch. Er handelte in plötzlichem Zorn und hat die Entschuldigung, daß es verzweifelt und hoffnungslos war.«

»Was?« rief der Doktor aus. »Sie meinen, daß es also doch der Kommunist war?«

Gerade in diesem Augenblick erschien eine Gruppe von Polizeibeamten mit einer Mitteilung, die den Fall in entscheidender und befriedigender Weise aufzuklären schien. Der Grund, warum sie erst jetzt am Ort der Tat ankamen, war, daß sie den Mörder bereits festgenommen hatten, und zwar sozusagen vor den Toren ihres Amtsgebäudes. Aus gewissen Gründen hatten sie den Kommunisten Craken im Verdacht gehabt, daß er bei verschiedenen Unruhen in der Stadt seine Hand im Spiel habe. Als sie von dem Verbrechen hörten, hielten sie es für das beste, ihn sofort zu verhaften. Wie recht sie damit hatten, stellte sich bald heraus. Denn wie Inspektor Cook strahlend erzählte, hatte man anläßlich der Leibesvisitation bei Craken eine Schachtel vergifteter Streichhölzer gefunden.

Im Augenblick, da Pater Brown das Wort Streichhölzer vernahm, sprang er in die Höhe, als hätte man unter ihm ein Streichholz entzündet.

»Ah«, rief er glückstrahlend aus, »jetzt ist alles klar.«

»Was heißt das: ›Jetzt ist alles klar‹?« fragte der Präfekt, der mit dem ganzen Prunk seiner Amtswürde zurückgekommen war, um die hohe Polizei zu begrüßen, die ihrerseits mit ihrem Prunk den Garten des College erfüllte wie eine siegreiche Armee. »Meinen Sie, daß Sie von der Schuld Crakens überzeugt sind?«

»Ich meine, daß ich von Crakens Unschuld überzeugt bin«, sagte Pater Brown mit Entschiedenheit. »Craken ist von jedem

Verdacht gereinigt. Halten Sie ihn für einen, der herumgeht und die Leute mit Streichhölzern vergiftet?«

»Das ist alles sehr schön«, sagte der Präfekt mit jenem verstörten Gesichtsausdruck, der seit dem Beginn der sensationellen Ereignisse an ihm zu bemerken war, »aber Sie selbst haben doch gesagt, daß Fanatiker mit falschen Prinzipien zu bösen Taten fähig seien. Sie haben außerdem gesagt, daß der Kommunismus überall auftaucht und daß kommunistische Sitten sich ausbreiten.«

Pater Brown lachte verlegen. »Was das letztere anbelangt«, sagte er. »bin ich Ihnen allen vielleicht eine Erklärung schuldig. Mir scheint, ich richte mit meinen dummen Witzen immer wieder ein Durcheinander an.«

»Witze!« wiederholte der Präfekt im Ton der Entrüstung. Der Geistliche kratzte sich am Kopf und begann seine Erklärung.

»Als ich erwähnte, daß kommunistische Sitten in ständiger Ausbreitung begriffen seien, meinte ich bloß eine Gewohnheit, die ich heute schon zwei- bis dreimal beobachtet habe. Es ist eine Gewohnheit, die keineswegs auf Kommunisten beschränkt ist. Ich meine die höchst merkwürdige Gewohnheit mancher Leute, besonders der Engländer, fremde Streichholzschachteln einzustecken, statt sie zurückzugeben. Natürlich ist das eine solche Kleinigkeit, daß es kaum der Mühe wert ist, darüber zu sprechen. Aber zufälligerweise wurde das heutige Verbrechen auf diese Weise begangen.«

»Das klingt ja ganz toll«, sagte der Arzt.

»Nun, wenn fast jedermann vergißt, fremde Streichhölzer zurückzugeben, wieviel mehr erst Craken! Der Giftmörder entledigte sich der Streichhölzer, die er vorher präpariert hatte, auf die einfache Weise, daß er sie Craken lieh, der natürlich vergaß, sie zurückzugeben. Eine bewundernswerte Art, den Verdacht auf jemand andern zu lenken. Denn Craken würde sich natürlich nie erinnern, wer ihm die Streichhölzer gab. Als er sie aber benützte, um unseren beiden Gästen Feuer für ihre Zigarren zu geben, war er in die Falle gegangen. Aber es war eben eine etwas zu offensichtliche Falle. Der fanatische Revolutionär ermordet zwei Millionäre!«

»Aber wer sonst sollte ein Interesse daran haben, sie zu ermorden?« murmelte der Arzt.

»Ja, wer wohl?« erwiderte der Priester. Seine Stimme wurde plötzlich sehr ernst. »Nun kommen wir zu dem andern, das ich Ihnen gesagt habe, und das, merken Sie wohl, habe ich nicht im Scherz gemeint. Ich habe behauptet, daß Ketzereien und falsche Anschauungen so allgemein verbreitet seien, daß niemand mehr Notiz davon nehme. Man ist vollkommen daran gewöhnt. Glauben Sie, ich hätte damit den Kommunismus gemeint? Nein, es war genau umgekehrt. Sie alle waren in schrecklicher Aufregung über den Kommunismus und betrachteten Craken als eine Art Raubtier. Natürlich ist der Kommunismus eine Ketzerei, und eine, die Ihnen zufällig nicht zusagt. Ihre Ketzerei, die Sie selbstverständlich finden, ist der Kapitalismus. Oder vielmehr die Untugenden des Kapitalismus, verkleidet als roter Darwinismus. Erinnern Sie sich noch an jene Unterhaltung im Gemeinschaftsraum, in der Sie sich einig waren, daß das Dasein ein Kampf sei, in dem nur die Tüchtigsten überleben, und daß es gleichgültig sei, ob die armen Leute eine gerechte Bezahlung erhielten oder nicht? An *diese* Art von Ketzerei sind Sie gewöhnt, meine Freunde. Und sie ist haargenau die gleiche Ketzerei wie der Kommunismus. Diese antichristliche Moral oder vielmehr Unmoral finden Sie ganz natürlich. Und diese Unmoral hat heute einen Mann zum Mörder gemacht.«

»Welchen Mann?« rief der Präfekt, und seine Stimme brach plötzlich vor Müdigkeit.

»Betrachten wir es noch einmal von einer andern Seite«, fuhr der Priester ruhig fort. »Sie alle sprechen so, als ob Craken versucht hätte zu fliehen. Aber das tat er gar nicht. Als die beiden Männer tot aufgefunden wurden, rannte er sofort die Straße hinunter, alarmierte Dr. Blake, indem er ihm durchs Fenster zurief, und war im Begriff, die Polizei zu holen. Auf diese Weise wurde er verhaftet. Aber fällt es Ihnen nicht auf, wenn Sie es recht bedenken, daß Mr. Baker, der Quästor, eigentlich recht lange braucht, um die Polizei zu verständigen?«

»Was macht er denn?« fragte der Präfekt scharf.

»Ich nehme an, daß er Papiere vernichtet. Oder vielleicht durchsucht er die Zimmer dieser beiden Toten nach einem Brief, den sie uns hinterlassen haben könnten. Oder vielleicht hat seine Abwesenheit etwas mit unserem Freund Wadham zu tun. Inwiefern Wadham in die Sache verwickelt ist? Nun, er arbeitet an Giftstoffen für den nächsten Krieg. Und er hat etwas erfunden, um durch ein aufblitzendes Flämmchen einen Menschen zur Leiche erstarren zu lassen. Natürlich hat er mit dem Mord an diesen beiden nichts zu tun. Er verbarg sein Geheimnis aus sehr einfachen Gründen. Einer der beiden war ein puritanischer Yankee, der zweite ein kosmopolitischer Jude. Unter diesen beiden Gruppen findet man die fanatischsten Pazifisten. Sie hätten seine Entdeckung als planmäßigen Mord bezeichnet und dem College wahrscheinlich ihre Hilfe verweigert. Baker aber war Wadhams Freund. Für ihn war es ein leichtes, die Streichhölzchen in das neuentdeckte Gift zu tauchen.«

Es war eine der Eigenheiten des kleinen Geistlichen, daß sein Denken aus einem Guß war. Gewisse Ungereimtheiten kamen ihm gar nicht zum Bewußtsein. Er war imstande, im Gespräch von etwas Allgemeinem ohne weiteres zu etwas gänzlich Privatem überzugehen. So verblüffte er bei dieser Gelegenheit seine Zuhörer dadurch, daß er sich plötzlich an eine Person wandte, nachdem er eben erst zu zehn Personen gesprochen hatte, ohne Rücksicht darauf, daß nur der Angesprochene verstehen konnte, wovon die Rede war.

»Es tut mir leid, lieber Doktor, wenn ich Sie durch dieses metaphysische Gefasel über den sündigen Menschen irregeführt habe«, sagte er entschuldigend. »Das war eine Abschweifung, die mit dem Mord nichts zu tun hatte. Aber ich hatte für den Augenblick den Mord vollkommen vergessen. Ich hatte alles vergessen, denn ich sah wie in einer Art Vision diesen Kerl mit dem großen, menschenunähnlichen Gesicht, der da wie ein Ungeheuer aus der Steinzeit inmitten der Blumen hockte. Und ich mußte denken, daß manche Menschen etwas Monströses an sich haben, als wären sie aus Stein, statt aus Fleisch und Blut. Aber das alles gehörte nicht zur Sache. Daß man innerlich schlecht ist, will noch nicht heißen, daß man nach außen ein Verbrechen begeht. Die ärgsten Verbrecher haben niemals ein Verbrechen begangen. Der springende Punkt ist: Warum hat der tatsächliche Mörder das Verbrechen begangen? Warum wollte der Quästor diese beiden Männer töten? Das ist es, was uns hier angeht. Die Antwort darauf ist die Antwort auf die Frage, die ich zweimal gestellt habe. Was taten diese beiden Männer in der Zeit, in der sie nicht in Kapellen oder Laboratorien herumschnüffelten? Nach der eigenen Aussage des Quästors besprachen sie geschäftliche Angelegenheiten mit ihm.

Nun habe ich, bei allem Respekt, den man den Toten schuldet, keine allzu hohe Meinung von der Intelligenz der beiden Finanzmagnaten. Ihre wirtschaftlichen und moralischen Anschauungen waren heidnisch und herzlos. Ihre Ansichten über den Frieden waren Unsinn. Von Portwein verstanden sie auch nichts. Aber auf einem Gebiet kannten sie sich ausgezeichnet aus, nämlich in Geschäften. Und sie brauchten nur ganz kurze Zeit, um zu entdecken, daß der Mann, der in diesem Institut die Geschäfte führt, ein Betrüger war. Oder anders ausgedrückt, ein Anhänger der Lehre vom Kampf ums Dasein und der Auslese der Tüchtigsten.«

»Sie meinen, daß er sie getötet hat, damit sie ihn nicht anzeigen können?« fragte der Arzt mit gerunzelter Stirn. »Aber es gibt da ein paar Einzelheiten, die ich nicht ganz verstehe.«

»Ich selbst verstehe manches nicht ganz«, sagte der Priester aufrichtig. »Ich vermute, daß dieses Besichtigen unterirdischer Gewölbe, die man nur mit Kerzen betreten kann, dazu dienen sollte, die Streichhölzer, die die beiden Millionäre bei sich hatten, verschwinden zu lassen oder festzustellen, ob sie überhaupt welche bei sich hätten. Aber eines habe ich mit eigenen Augen gesehen: Die leichte, unbekümmerte Geste, mit der Baker dem ahnungslosen Craken die Streichholzschachtel über den Tisch zuwarf, war der tödlich Streich.«

»Eines verstehe ich auch nicht«, sagte der Inspektor. »Wie konnte der Quästor wissen, daß Craken sich nicht an Ort und Stelle seine Pfeife anzünden und tot umfallen würde?«

Schwerer Vorwurf malte sich in Pater Browns Gesicht. Seine Stimme klang traurig, aber doch voller Wärme.

»Na hören Sie«, sagte er, »er war doch bloß ein Atheist.«

»Ich verstehe Sie nicht ganz«, sagte er Inspektor.

»Er wollte ja nur Gott abschaffen«, erklärte Pater Brown in nüchternem und gelassenem Ton. »Er wollte nur die Zehn Gebote abschaffen, alle Religion, mit der er groß geworden war, ausrotten, alle bestehenden Anschauungen vernichten. Sonst wollte er nichts. Darüber hinaus haben Sie kein Recht, ihn anzuklagen. Schließlich hat doch alles seine Grenzen! Und Sie kommen daher und verdächtigen einen ehemaligen Mandeville-Studenten von der alten Generation (denn was immer seine Ansichten sein mögen, Craken gehört der alten Generation an), daß er imstande wäre zu rauchen oder selbst ein Streichholz anzuzünden, während er Portwein, Jahrgang 08, trinkt? Nein, nein, so ohne jegliches Gefühl für Schicklichkeit und Anstand kann kein Mensch sein. Ich war dabei. Ich war Augenzeuge. Er hatte seinen Wein noch nicht ausgetrunken, und Sie fragen mich, warum er nicht zu rauchen begann! Eine derartig anarchistische Frage hat die Wände von Mandeville College noch nie erschüttert. Ein merkwürdiges Haus, dieses Mandeville College! Ein merkwürdiger Ort, dieses Oxford! Ein merkwürdiges Land, dieses England!«

»Aber Sie haben eigentlich mit Oxford nichts zu tun?« fragte der Arzt neugierig.

»Ich habe mit England zu tun«, antwortete Pater Brown. »Es ist meine Heimat. Und das merkwürdigste ist: selbst wenn Sie es lieben und dazugehören, werden Sie doch niemals klug daraus.«

Zwei Flaschen Würze

Lord Dunsany

Mein Name ist Smetters. Ich bin, was man »ein kleiner Mann« zu nennen pflegt, und auch meine Geschäfte betreibe ich nur im kleinen. Ich reise für *Numnumo,* eine Würze für Fleisch und Vorspeisen: die weltberühmte Würze, kann man wohl sagen. Sie ist wirklich ganz gut, denn sie enthält keine schädlichen Säuren und greift auch nicht das Herz an; sie ist also sehr einfach anzupreisen. Wenn es nicht so wäre, hätte ich den Posten nicht bekommen. Doch hoffe ich, eines Tages etwas zu bekommen, das schwieriger anzupreisen ist, denn je schwieriger die Artikel anzupreisen sind, desto mehr Gehalt bekommt man. Augenblicklich komme ich gerade eben aus und kann mir nichts auf die Seite legen, aber ich lebe auch in einer sehr teuren Wohnung. Es kam ganz zufällig dazu, und das bringt mich auf meine Geschichte. Und es ist keine Geschichte, die man von einem kleinen Mann wie mir erwarten würde. Aber wer sollte sie denn sonst erzählen? Alle, die außer mir etwas darüber wissen, wollen die Sache vertuschen.

Ich suchte mir also ein Zimmer, in dem ich wohnen wollte, als ich meinen Posten in London erhielt. Es mußte in London sein, denn ich brauchte etwas, das zentral gelegen war, und ich ging zu einem Häuserblock, sehr düster sah er aus, und sah den Mann, der die Wohnungen verwaltete, und fragte ihn nach dem, was ich brauchte: sie nannten es dort »Apartments« – bloß ein Schlafzimmer und eine Kabuse. Er führte gerade einen Mann herum, der ein Herr war, ein richtiger Gentleman, daher beachtete er mich nicht weiter, ich meine, der Mann, der die Apartments verwaltete. Ich ging also einfach ein Weilchen hinter ihnen her und sah alle Sorten von Zimmern und wartete, bis er mir die Sorte zeigen würde, die ich brauchte. Wir kamen zu einem sehr hübschen Apartment, einem Wohnzimmer mit Schlafzimmer und Badezimmer und noch einem kleinen Raum, den er Halle nannte. Und auf diese Art lernte ich Linley kennen. Er war nämlich der Herr, der herumgeführt wurde.

»Bißchen teuer«, sagte er.

Und der Mann, der die Apartments verwaltete, trat ans Fenster und stocherte sich in den Zähnen. Es ist komisch, wieviel sich durch eine so einfache Geste ausdrücken läßt. Was er damit sagen wollte, war: daß er Hunderte von diesen Apartments hätte, die von Tausenden von Leuten gesucht würden, und ihm sei's vollkommen egal, wer sie nähme oder ob man weiter suche. Irgendwie stand das ganz einwandfrei fest. Und doch sagte er kein Wörtchen, sondern blickte nur aus dem Fenster und stocherte sich in den Zähnen. Und daraufhin wagte ich es, Mr. Linley anzureden, und ich sagte:

»Wie wär's, Sir, wenn ich die Hälfte zahlte, und wir mieten es gemeinsam? Ich wäre Ihnen nicht im Wege, denn ich bin den ganzen Tag nicht zu Hause, und ich bin mit allem einverstanden, was Sie sagen, und ich wäre Ihnen wirklich nicht mehr im Wege als eine Katze.«

Vielleicht wundert ihr euch, daß ich so was gemacht habe. Und vielleicht wundert ihr euch noch viel mehr darüber, daß er's angenommen hat – wenigstens würdet ihr's tun, wenn ich mich kenntet, bloß einen kleinen Mann, der seine Geschäfte nur im kleinen betreibt. Und doch konnte ich sofort sehen, daß er mehr für mich als für den Mann am Fenster übrig hatte.

»Aber es ist nur ein Schlafzimmer da«, sagte er.

»Ich könnte mein Lager leicht in dem kleinen Raum hier aufschlagen«, sagte ich.

»In der Halle!« sagte der Mann am Fenster, ohne den Zahnstocher aus dem Mund zu nehmen.

»Und tagsüber könnte ich das Bett aus dem Weg räumen und in der Kabuse unterbringen«, sagte ich.

Er sah nachdenklich aus, und der Mann am Fenster sah sich London an, ohne den Zahnstocher aus dem Mund zu nehmen. Und stellt euch bloß mal vor, er war schließlich einverstanden!

»Ein Freund von Ihnen?« fragte der Mann am Fenster.

»Ja«, sagte Mr. Linley.

Das war nun wirklich sehr nett von ihm.

Jetzt will ich euch mal erzählen, warum ich's tat. Ob ich's mir leisten konnte? Natürlich nicht. Aber ich hatte gehört, wie der Mann erzählt hatte, er sei gerade von Oxford gekommen, von der Universität, und wollte nun erst mal ein paar Monate in London bleiben. Es schien, daß er einfach eine Weile behaglich leben und nichts tun wollte, während er sich etwas umsah und sich einen Posten suchte, oder wahrscheinlich so lange, wie er sich's leisten konnte. Und da sagte ich mir nun: Was ist Oxford-Bildung im Geschäftsleben wert – vor allem bei einem Posten wie meinem? Einfach und schlechthin alles! Wenn ich dem Mr. Linley auch nur ein Viertel von seiner Oxford-Bildung absehen könnte, dann könnte ich meine Verkäufe verdoppeln, und das würde bedeuten, daß ich bald einen Artikel bekäme, der viel schwieriger als *Numnumo* anzupreisen ist und mir vielleicht das Dreifache einbringt. Wirklich, es lohnt sich mächtig! Und ein Viertel von solcher Bildung kann man, wenn man hübsch behutsam damit umgeht, noch gewaltig strecken, ums Doppelte mindestens. Ich meine, man braucht nicht gleich das ganze *Inferno* vorzudeklamieren, wenn man zeigen will, daß man Milton gelesen hat – man braucht nur eine Zeile zu zitieren.

Ja, und nun die Geschichte, die ich euch erzählen will. Ihr glaubt mir sicher nicht, daß ein kleiner Mann wie ich es fertigbringt, daß euch das kalte Grauen ankommt. Als wir uns nämlich in unserm feinen Apartment eingerichtet hatten, da vergaß ich bald meinen Plan mit der Oxford-Bildung. Ich vergaß ihn vor lauter purem Staunen über den Mann selber. Er hatte einen Verstand wie einen Athleten-Körper, wie einen Vogel-Körper! Ich wollte keine Bildung mehr. Man dachte bei ihm gar nicht mehr dran, ob er Bildung hatte oder nicht. Die Ideen sprangen nur so hoch in ihm – Einfälle, an die man selber nie gedacht hätte. Und nicht bloß das, sondern, wenn irgendwo Ideen in der Luft hingen, dann fing er sie auf. Unzählige Male hab ich gemerkt, daß er wußte, was ich gerade sagen wollte! Kein Gedankenlesen, sondern was man so »Intuition« nennt. Ich hab mir immer ein bißchen Schach beibringen wollen, bloß, um abends, wenn ich alles hinter mir hatte, nicht mehr an *Numnumo* zu denken. Doch richtige Schachprobleme konnte ich nie lösen. Aber er – kam einfach an und betrachtete mein Problem und sagte:

»Wahrscheinlich wollen Sie jetzt die Figur ziehen?«

Und ich sagte: »Aber wohin?«

Und er sagte: »Oh, auf eins von den drei Feldern.«

Und ich sagte: »Aber auf allen dreien verlier ich sie.« Es ging nämlich immer um die Königin. Und dann sagte er:

»Ja, wahrscheinlich sollen Sie sie verlieren.«

Und was glaubt ihr wohl? Er hatte recht!

Versteht ihr? Er hatte sich ausgedacht, was der Partner gedacht hätte. So hatte er's gemacht.

Ja, und da passierte nun eines Tages der gräßliche Mord, der Mord in Unge – ich weiß nicht, ob ihr euch noch dran erinnert. Der Steeger hatte sich ein Landhäuschen gemietet, bei Otherthorpe war's, und wollte dort mit einem jungen Mädchen wohnen. Das war das erste Mal, daß wir von ihm hörten.

Das Mädchen hatte Geld, zweihundert Pfund Sterling, und das ganze Geld bekam er – und sie verschwand vollkommen von der Bildfläche. Und Scotland Yard konnte sie nicht finden.

Nun hatte ich zufällig gelesen, daß Steeger sich zwei Flaschen *Numnumo* gekauft hatte; denn die Polizei in Otherthorpe hatte nämlich alles über ihn herausbekommen, bloß nicht, was er mit dem Mädchen gemacht hatte, und da wurde ich natürlich aufmerksam, sonst hätte ich vielleicht nie mehr über den Fall nachgedacht oder auch nur ein Wort zu Linley erwähnt. *Numnumo* lag mir eben dauernd im Kopf, da ich jeden Tag damit zubrachte, es anzupreisen, und so konnte ich auch den Mord nicht vergessen. Und deshalb sagte ich eines Tages zu Linley:

»Wo Sie doch so gescheit sind und jedes Schachproblem im Nu lösen können, wundert's mich sehr, daß Sie sich nicht an dem Geheimnis von Otherthorpe versuchen wollen. Schließlich ist es auch eine Art Schachproblem.«

»Zehn Mordfällle zusammengenommen sind nicht so schwer zu lösen wie ein Schachproblem«, sagte er.

»Aber nicht mal Scotland Yard kann's lösen«, sagte ich.

»Tatsächlich?« sagte er.

»'s hat sie rein vor den Kopf geschlagen«, sagte ich.

»Soweit hätt's nicht kommen dürfen«, sagte er. »Erzählen Sie mir die Tatsachen.«

Wir saßen beide beim Abendbrot, und ich erzählte ihm die Tatsachen, genau, wie ich sie in den Zeitungen gelesen hatte. Sie war eine hübsche Blondine, sie war klein, sie hieß Nancy Elth, sie besaß zweihundert Pfund, sie wohnte fünf Tage in dem Landhäuschen. Danach blieb er noch zwei Wochen länger, aber von ihr hat kein Mensch mehr was gesehen. Steeger sagte, sie sei nach Südamerika gereist, aber später sagte er, er hätte niemals Südamerika gesagt, sondern Südafrika. Von ihrem Geld war nichts mehr auf der Bank, wo sie es aufbewahrt hatte, und Steeger konnte nachgewiesen werden, daß er genau um die Zeit mindestens hundertfünfzig Pfund bekommen hatte. Dann kam's raus, daß Steeger Vegetarier war und all seine Lebensmittel vom Gemüsemann bekam, und das machte den Wachtmeister im Dörfchen Unge stutzig, denn er hatte noch nie von einem Vegetarier gehört. Von da an beobachtete er den Steeger, und das war auch gut so, denn später konnte er alle Fragen beantworten, die Scotland Yard von ihm wissen wollte – ausgenommen natürlich die eine. Und er hatte auch die Polizei in Otherthorpe benachrichtigt, das etwa fünf, sechs Meilen entfernt ist, und sie kamen und kümmerten sich auch drum. Und sie konnten feststellen, daß er nie sein Häuschen und den schmucken Garten verlassen hat, seit sie verschwunden ist. Je mehr sie ihn nämlich beobachteten, um so mißtrauischer wurden sie, was ja ganz natürlich ist, wenn man jemand beobachtet. Und sehr bald beobachteten sie also jede Bewegung, die er machte, aber wenn's nicht wegen der Tatsache gewesen wäre, daß er Vegetarier ist, dann wären sie nie mißtrauisch geworden und dann hätte es sogar für Linley nicht genug Tatsachen gegeben. Zwar fanden sie nicht viel heraus, was gegen ihn sprach, ausgenommen, daß er die hundertfünfzig Pfund von irgendwoher bekam. Und das fand Scotland Yard heraus, nicht die Polizei von Otherthorpe. Und was der Wachtmeister von Unge herausfand, das war die Sache mit den Lärchen, und da war Scotland Yard wie vor den Kopf geschlagen, und Linley auch, bis zur letzten Minute, und ich natürlich auch. In dem Gärtchen standen nämlich zehn Lärchen, und er hatte mit dem Besitzer vereinbart, daß er mit den Lärchen machen könnte, was er wollte. Und dann, ungefähr von dem Tage an, als die kleine Nancy Elth gestorben sein muß, hackte er jeden Baum um. Dreimal täglich machte er sich an die Arbeit, fast eine Woche lang, und als er sie alle umgehackt hatte, da zerhackte er sie alle in Kloben, die etwa einen halben Meter lang waren, und schichtete sie schön ordentlich auf Haufen. Solche ordentliche Arbeit habt ihr noch nie gesehen! Und warum? Um eine Entschuldigung für die Axt zu haben, war die eine Theorie. Aber die Entschuldigung war größer als die Axt: er brauchte dafür vierzehn Tage, und jeder Tag war schwere Arbeit. Und so ein kleines Ding wie Nancy Elth, die hätte er auch ohne Axt totschlagen und auch ohne Axt in Stücke hauen können. Eine andere Theorie hieß, er wollte Feuerholz haben, damit er die Leiche verbrennen könne. Aber er benutzte das Holz gar nicht. Rührte es nicht mehr an, sondern ließ alles schön aufgeschichtet draußen stehen. Da war wohl jeder wie vor den Kopf geschlagen!

Und das waren die Tatsachen, die ich Linley erzählte. Ach so, ja, er hatte sich auch noch ein großes Metzgermesser gekauft. Komisch, das machen sie alle. Und doch ist es eigentlich nicht so komisch: wenn man eine Frau zersäbeln muß, dann muß man sie eben zersäbeln, und ohne ein Messer kann man das nicht. Dann gab's auch noch ein paar Sachen, die er *nicht* gemacht hatte. Er hatte sie nicht verbrannt. Hatte nur hin und wieder im Herd Feuer gemacht, um sich was zu kochen. Das haben sie ganz gescheit herausgefunden, der Wachtmeister von Unge nämlich und auch die Männer aus Otherthorpe, die ihm halfen. Ringsherum wachsen kleine Wäldchen, »Holm« heißen sie bei den Bauern dortzulande, und sie waren praktisch und kletterten auf die Bäume und konnten fast aus jeder Richtung den Rauch riechen. Sie machten es hin und wieder, aber nie roch es nach verbranntem Fleisch, immer bloß nach gewöhnlicher Kocherei. Das war natürlich sehr gescheit von der Otherthorper Polizei, obwohl es ihnen nicht half, den Steeger an den Galgen zu bringen. Später kamen dann die Leute von Scotland Yard und fanden noch etwas heraus, auch wieder Sachen, die er *nicht* gemacht hatte. Nämlich, daß der Kalkboden unter dem Häuschen und in dem kleinen Garten nicht umgegraben worden war. Und nie war er außerhalb gewesen, seit Nancy verschwunden war. Ach ja, und außer dem Messer hatte er noch eine große Feile. Aber sie fanden keine Spuren von zersägten Knochen an der Feile, auch kein Blut am Messer. Hatte er natürlich abgewaschen. All diese Tatsachen hab ich Linley erzählt.

Jetzt sollte ich euch warnen, ehe ich weitererzähle, denn ich bin bloß ein kleiner Mann, und ihr seid nicht auf etwas Gräßliches von mir gefaßt. Aber ich muß euch warnen: der Mann war tatsächlich ein Mörder, oder jedenfalls war jemand ein Mörder, denn das Mädchen war umgebracht worden, eine nette Kleine war's gewesen, und der Mann, der das getan hatte, schreckte wahrscheinlich auch vor solchen Dingen nicht zurück, wo ihr's erwartet hättet. Wer so was gemacht hat und sieht die ganze Zeit wie einen langen dünnen Schatten den Strick vom Galgen baumeln, der ihn vorantreibt, so einer schreckt vor nichts zurück. Mordgeschichten lesen sich ja manchmal ganz schön, wenn eine Dame am Kaminfeuer sitzt, aber ein Mord ist nichts Schönes, und wenn ein Mörder verzweifelt ist und jede Spur verwischen will, dann schreckt er vor nichts zurück. Ich bitte euch bloß, daß ihr euch vor Augen haltet ... daß ich euch nämlich gewarnt habe.

Ich sagte also zu Linley: »Was halten Sie davon?«

»Der Abfluß?« sagte Linley.

»Nein«, sagte ich, »leider nicht. Da hat schon Scotland Yard dran gedacht. Und vor ihnen die Leute aus Otherthorpe. Sie haben den Abfluß untersucht, so wie er ist, ein kleines Dinge, das gleich hinterm Garten in die Senkgrube mündet, und da ist nichts runtergeflossen, ich meine, nichts Verbotenes.«

Er hatte noch ein oder zwei andere Ideen, aber da war ihm Scotland Yard auch schon zuvorgekommen. Das ist nämlich der Witz an der Geschichte. Man hofft von einem Mann, der sich als Detektiv betätigen soll, daß er sein Vergrößerungsglas nimmt und an den Tatort fährt. Vor allen andern Leuten an den Tatort fährt. Und daß er dann die Fußspuren mißt und nach Anhaltspunkten sucht und das Messer findet, das die Polizei übersehen hat. Aber Linley ist nie hingefahren, und Scotland Yard war jedesmal vor ihm da.

Sie hatten sogar mehr Anhaltspunkte gefunden, als ihnen lieb war. Jeder Anhaltspunkt wies darauf hin, daß er das Mädchen ermordet hatte, jeder Anhaltspunkt wies darauf hin, daß er die Leiche auf die Seite geschafft hatte, und doch war die Leiche nicht zu finden. Sie war nicht in Südamerika, und wahrscheinlich war sie auch nicht in Südafrika. Und die ganze Zeit lag der Riesenhaufen kleingehacktes Lärchenholz da, der allen in die Augen sprang und zu nichts führte. Nein, wir wollten gar nicht noch mehr Anhaltspunkte, und Linley fuhr nie hin. Wir mußten die Anhaltspunkte deuten, die wir schon hatten. Ich war vollkommen verdutzt; Scotland Yard ebenfalls. Und auch Linley kam nicht voran, und die ganze Zeit plagte mich das Rätsel. Ich meine, wenn es nicht wegen der Kleinigkeit gewesen wäre, an die ich immer wieder erinnert wurde, und wenn es nicht wegen der zufälligen Bemerkung zu Linley gewesen wäre, dann wäre das Rätsel genau wie alle andern Rätsel, die von den Menschen nicht gelöst werden, ins Aschgraue der Menschheitsgeschichte versunken.

Linley interessierte sich zuerst nicht sehr dafür, aber ich war so überzeugt, daß er's lösen könnte, und deshalb erinnerte ich ihn dauernd daran. »Sie können Schachprobleme lösen«, sagte ich zu ihm.

»Die sind zehnmal schwieriger«, sagte er immer noch.

»Warum lösen Sie dann das Rätsel hier nicht?« fragte ich.

»Fahren Sie für mich hin und werfen Sie mal einen Blick aufs Schachbrett!« sagte er.

Das war nämlich seine Art, sich auszudrücken. Wir wohnten seit etwa vierzehn Tagen zusammen, und ich hatte mich dran gewöhnt. Er meinte, ich sollte zu dem Landhäuschen in Unge fahren. Jetzt werdet ihr wohl denken, weshalb ist er denn nicht selbst hingefahren, aber es ist eben so: wenn er selbst auf dem Land herumgewandert wäre, dann hätte er nicht nachdenken können, wenn er aber in unserm Apartment in seinem Sessel vor dem Feuer saß, dann konnte er ganz andre Strecken zurücklegen, wenn ihr versteht, was ich meine. Ich fuhr also am nächsten Tag hin und stieg am Bahnhof in Unge aus. Und dahinter fingen schon die Berge an.

»Da oben ist es, was?« sagte ich zum Gepäckträger.

»Stimmt«, sagte er. »Da oben den Feldweg hoch. Und vergessen Sie nicht, bei der alten Eibe müssen Sie rechts abbiegen, eine sehr große Eibe ist es, Sie können sie gar nicht übersehen, und dann ...«, und so beschrieb er mir den Weg genau, und ich konnte mich nicht verlaufen. Alle waren sie so, sehr gefällig und hilfsbereit. Denn das war jetzt Unges großer Tag: inzwischen hatte jeder Mensch von Unge gehört. Man konnte jederzeit Briefe hinschicken, ohne den Postbezirk und die Grafschaft dazuzuschreiben. Und dementsprechend mußte sich Unge ja nun benehmen. Wenn ihr Unge jetzt ... na, einerlei, jedenfalls brachten sie ihr Schäfchen ins trockene.

Und da war nun die Anhöhe, hübsch der Sonne entgegen, hübsch in die Lüfte hinauf. Ihr wollt nichts von Frühlingsstimmung und Maienjubel hören, mit all den Farben und den vielen Vögeln: ich dachte bloß, was für ein schönes Fleckchen, wenn man hier mit seiner Liebsten wohnen will. Und dann dachte ich, daß er sie da ermordet hatte und daß ich nur ein kleiner Mann bin, aber als ich mir so vorstellte, wie sie da gelebt hat, und die Vögel sangen um sie her, da sagte ich mir: Wär's nicht seltsam, wenn ich den Mann an den Galgen bringen würde – falls er sie ermordet hat? Ich fand also bald den richtigen Weg zum Häuschen hinauf und begann herumzuschnüffeln und schaute über die Hecke in den Garten. Und ich entdeckte nicht viel, denn ich fand nicht viel, was nicht schon die Polizei entdeckt hatte, aber da waren die Riesenhaufen Lärchenholz und sprangen mir ins Gesicht und sahen sehr unheimlich aus.

Ich habe gewaltig nachgedacht und mich dabei auf die Hecke gelehnt und den Maiduft eingeatmet und zu den Lärchenkloben geschaut und zu dem schmucken kleinen Häuschen auf der andern Seite. Über eine Menge Theorien habe ich nachgedacht, bis mir der allerbeste Gedanke kam: wenn ich nämlich Linley mit seiner Oxford-Bildung das ganze Denken überlassen würde und ihm nur die Tatsachen brächte, wie er es mir gesagt hatte, dann würde ich auf meine Art mehr leisten, als wenn ich mich in zuviel Nachdenken versteigen würde. In Unge waren sie, wie ich schon sagte, mächtig hilfsbereit. Der Wachtmeister ließ mich eintreten, ich durfte bloß nichts anrühren, und auch den Garten durfte ich mir von nahem besehen. Und ich sah die Stümpfe von den zehn Lärchen, und mir fiel etwas auf, und Linley sagte, da sei ich sehr aufmerksam gewesen; zwar hat es nichts weiter genutzt, aber jedenfalls hatte ich mich bemüht: ich hatte gesehen, daß die Stümpfe einfach recht und schlecht abgehackt worden waren, und daraus schloß ich, daß der Mann nicht viel vom Bäumefällen verstanden hat. Der Wachtmeister sagte, das sei eine Schlußfolgerung. Da sagte ich, die Axt sei stumpf gewesen, die er benutzt hatte, und das machte den Wachtmeister nun doch nachdenklich, obwohl er nicht sagte, ich hätte diesmal recht gehabt.

Habe ich schon erzählt, daß Steeger nie ausging, nur in den kleinen Garten, um Holz zu hacken, nicht ein einziges Mal, seit Nancy verschwunden war? Es stimmte tatsächlich. Sie hatten ihn Tag und Nacht beobachtet, der Wachtmeister von Unge hat's mir selber erzählt. Aber es ärgerte mich, daß Linley es nicht herausgefunden hatte, sondern bloß die gewöhnlichen Polizisten, denn ich wußte, er hätt's auch gekonnt. Und sie hätten's ja sowieso nie bemerkt, wenn es sich nicht herumgesprochen hätte, daß der Mann ein Vegetarier war und nur beim Gemüsemann kaufte. Vielleicht war es überhaupt erst dadurch in Gang geommen, daß der Metzger neidisch war. Es ist gruselig, was für kleine Nebensächlichkeiten einen Mann zu Fall bringen können. Aber ich sollte nicht von meiner Geschichte abschweifen – so gern ich's tun würde, so gern ich sie vergessen würde. Aber das kann ich nicht.

Ich sammelte also allerhand Neues, Anhaltspunkte sollte man es ja wohl nennen, obwohl keiner irgendwohin führte. Ich fand zum Beispiel alles raus, was er im Dorf gekauft hatte, sogar, was für 'ne Sorte Salz er kaufte, ganz gewöhnliches, ohne Phosphat, wie sie's manchmal reintun. Und bei den Fischhändlern hat er sich Eis gekauft, und viel Gemüse, wie ich schon sagte, vom Gemüsemann Mr. Mergins. Und über alles hab ich ein bißchen mit dem Wachtmeister gesprochen. Slugger hieß er. Ich fragte ihn, weshalb er nicht sofort alles durchsucht hätte, als das Mädchen fort war. »Oh, so was darf man nicht tun«, sagte er. »Wir hatten ja keinen Verdacht, wenigstens nicht wegen des Mädchens. Wir hatten bloß einen Verdacht, weil er Vegetarier war, daß da was nicht stimmen könnte. Er blieb noch gut vierzehn Tage, nachdem man sie zuletzt gesehen hatte. Und dann stießen wir zu. Aber es hatte sich eben keiner nach ihr erkundigt, nicht wahr, also lag auch kein Haftbefehl vor.«

»Und was fanden Sie«, fragte ich Slugger, »als Sie ins Haus eindrangen?«

»Bloß die große Feile«, sagte er, »und das Messer und die Axt, die er sich besorgt haben muß, um sie zu zerhacken.«

»Aber die Axt brauchte er doch, um die Bäume umzuhacken«, sagte ich.

»Hm, ja«, gab er unwillig zurück.

»Und weshalb hat er sie umgehackt?« fragte ich.

»Ja, da haben wohl meine Vorgesetzten ihre eigenen Theorien, die sie nicht jedem erzählen!« sagte er.

Mit den Holzkloben konnten sie eben nicht fertig werden.

»Hat er sie denn überhaupt zerhackt?« fragte ich.

»Er hat ja gesagt, sie sei nach Südamerika gegangen«, antwortete er. Und das war wirklich eine gerechte Antwort.

Ich erinnere mich nicht mehr dran, ob er mir sonst noch viel erzählt hat. Außer, daß Steeger alle Teller und Schüsseln sehr sauber gespült zurückgelassen hat.

Ich brachte Linley also meine Neuigkeiten – hatte den Abendzug genommen, der gegen Sonnenuntergang abfuhr. Ich würde euch gern von dem Frühlingsabend erzählen, der so still über dem grausigen Häuschen hing, aber ihr wollt sicher lieber von der Mordgeschichte hören. Ich berichtete Linley also alles, wenn mir auch vieles als nicht der Rede wert vorkam. Das Dumme war nur: kaum wollte ich was auslassen, da merkte er es schon, und ich mußte es auch berichten. »Sie können nicht beurteilen, was wichtig ist«, sagte er. »Eine von einem Zimmermädchen weggefegte Reißzwecke kann genügen, um einen Mann an den Galgen zu bringen.«

Gut und schön, aber man muß auch bei der Stange bleiben, selbst wenn man alle Oxford-Bildung der Welt hat. Denn immer, wenn ich *Numnumo* erwähnte – was schließülich der Anfang von der ganzen Geschichte war, denn ohne mich hätte er nie davon gehört, und daß sich Steeger zwei Flaschen gekauft hatte –, dann sagte er jedesmal, solche Sachen wären nebensächlich, und ich sollte mich an die Hauptsache halten. Es war ja begreiflich, daß ich von *Numnumo* sprach, denn an dem Tag in Unge hatte ich beinahe fünfzig Flaschen verkauft. Ein Mord scheint den Appetit der Leute anzuregen, und Steegers zwei Flaschen gaben mir einen Anfang und eine gute Gelegenheit, die nur ein Dummkopf sich hätte entgehen lassen. Aber Linley interessierte sich natürlich nicht die Spur dafür.

Die Gedanken eines Menschen kann man nicht sehen, und in seinen Kopf kann man nicht hineinschauen, und daher können die allerinteressantesten Sachen von der Welt auch nie erzählt werden. Doch glaube ich, daß ich weiß, was an dem Abend in Linley vorging, während ich ihm vor dem Essen berichtete, und dann beim Essen, und auch noch, als er hinterher am Feuer saß und rauchte: seine Gedanken hatten sich nämlich vor einem Hindernis festgerannt, über das er nicht hinweg konnte. Denn die Schwierigkeit war nicht, herauszufinden, wie Steeger die Leiche beiseite geschafft haben könnte, sondern die Unmöglichkeit, herauszufinden, weshalb er vierzehn Tage lang tagtäglich solche Unmassen Holz gehackt und, wie ich noch entdeckte, seinem Vermieter fünfundzwanzig Pfund dafür bezahlt hatte. Das war Linleys Hindernis. Ich hatte solchen Gefallen an Linley gefunden, und ich brauchte gar nicht gebildet zu sein, um zu sehen, daß in solchem Verstand wie seinem allerhand vorging, und ich glaubte bestimmt, daß er's hätte lösen können. Mir tat's leid.

»Ist manchmal jemand zu dem Haus gegangen?« fragte er. »Hat jemand was weggenommen?« Aber so kamen wir auch nicht dahinter. Dann kam mir vielleicht eine Idee, die nichts taugte, oder ich erzählte vielleicht wieder von *Numnumo*, und er unterbrach mich ziemlich scharf.

»Aber was würden *Sie* tun, Smetters?« sagte er. »Was hätten Sie selbst getan?«

». . . wenn ich die arme Nancy Elth ermordet hätte?« fragte ich.

»Ja«, sagte er.

»Ich kann mir überhaupt nicht vorstellen, daß ich jemals so was tun würde«, sagte ich.

Er seufzte, als ob das gegen mich spräche.

»Ich glaube, ich würde nie Detektiv sein«, sagte ich, und er schüttelte bloß den Kopf.

Dann starrte er grübelnd ins Feuer, vielleicht eine ganze Stunde lang. Und dann schüttelte er wieder den Kopf. Danach gingen wir beide zu Bett.

An den nächsten Tag werd ich mein ganzes Leben denken müssen. Ich war, wie immer, tagsüber unterwegs und pries *Numnumo* an. Und um neun setzten wir uns zum Abendbrot. Man konnte sich in den Apartments nichts kochen, also aßen wir Kaltes. Und Linley fing mit einem Salat an. Ich seh ihn noch vor mir, jedes bißchen. Und ich war immer noch ganz begeistert von dem, was ich in Unge gemacht hatte, als ich dort *Numnumo* verkaufte. Nur ein Dummkopf hätte es dort nicht verkaufen können, das weiß ich schon, aber ich hatte viel verkauft, beinah fünfzig Flaschen, achtundvierzig, um es genau zu sagen, und das ist viel für ein kleines Dorf, einerlei, wie günstig die Gelegenheit ist. Daher sprach ich ein bißchen darüber, und dann fiel's mir ein, daß es ja Linley überhaupt nicht interessierte, und ich riß mich schnell zusammen. Es war wirklich sehr lieb von ihm, denn könnt ihr euch wohl denken, was er gemacht hat? Er muß sofort gewußt haben, weshalb ich zu sprechen aufhörte, und da streckte er einfach die Hand aus und bat mich:

»Könnten Sie mir ein wenig von Ihrem *Numnumo* für meinen Salat geben?«

Ich war so gerührt, daß ich's ihm beinah gegeben hätte. Aber natürlich nimmt man *Numnumo* nicht zum Salat. Nur für Fleisch und Vorspeisen. Wie es auf der Flasche steht.

Dehsalb sagte ich nichts als: »Nur für Fleisch und Vorspeisen!« Obwohl ich nicht weiß, was Vorspeisen sind. Hab noch nie welche gegessen.

Noch nie hab ich gesehen, daß sich ein Gesicht so verändern konnte.

Eine volle Minute war er wohl stumm, und nichts sprach an ihm, als einzig das Gesicht. Der Ausdruck! Als ob er einen Geist gesehen hätte, würde man gern sagen, nur daß es nicht stimmt, ganz und gar nicht. Sondern als ob einer was sieht, was noch nie ein Mensch gesehen hat, was er nicht für möglich gehalten hat.

Und dann sagte er mit einer Stimme, die ganz verändert klang, leiser und sanfter und ein bißchen seltsam ruhig: »Nicht für Gemüse, was?«

»Unmöglich für Gemüse«, antwortete ich.

Da stieß er einen Laut aus – wie ein Glucksen in seiner Kehle. Ich hätte nicht geglaubt, daß er so lebhaft fühlen könnte. Natürlich wußte ich nicht, um was es sich handelte. Aber ich hatte gedacht, all solche Gefühle hätten sie ihm längst in Oxford ausgetrieben, als er dort ein gebildeter Mensch wurde. Es standen ihm nicht gerade Tränen in den Augen, aber irgend etwas muß ihn schrecklich erschüttert haben. Und dann sprach er – mit langen Pausen zwischen den einzelnen Wörtern: »Jemand könnte sich aber mal täuschen – und doch *Numnumo* für Gemüse benutzen!«

»Einmal und nicht wieder«, sagte ich.

Und er sprach's mir nach, als ob ich das Ende der Welt verkündet hätte, und betonte meine Worte so grauslich, bis sie von irgendeiner schrecklichen Nebenbedeutung eiskalt klangen, und dazu schüttelte er den Kopf.

Dann verstummte er.

»Was ist denn?« fragte ich.

»Smetters«, sagte er.

»Ja?« sagte ich.

»Smetters«, sagte er wieder.

Und ich sagte: »Bitte?«

»Hören Sie, Smetters«, sagte er. »Sie müssen den Gemüsehändler in Unge anrufen und ihn etwas fragen.«

»Gut«, sagte ich.

»Fragen Sie ihn, ob Steeger die beiden Flaschen am gleichen Tage gekauft hatte, was ich annehme, und nicht in einem Abstand von mehreren Tagen. Das *kann* er nicht getan haben.«

Ich wartete ab, da ich dachte, es käme noch etwas, und dann ging ich und telefonierte. Ich brauchte einige Zeit dafür, da es schon nach neun Uhr war, und auch nur mit Hilfe der Polizei. In einem Abstand von sechs Tagen, antworteten sie; und ich erzählte es Linley. Er hatte mich hoffnungsvoll angesehen, als ich eintrat, doch an seinem Blick merkte ich, daß ich ihm die falsche Antwort gebracht hatte.

Wenn man sich etwas so zu Herzen nimmt, muß man krank werden, und als er nicht sprach, sagte ich daher zu ihm: »Was Sie brauchen, ist ein tüchtiger Kognak, und dann müssen Sie früh zu Bett gehen!«

Und er antwortete: »Nein. Ich muß jemand von Scotland Yard sprechen. Rufen Sie mal an. Sagen Sie ihnen: sofort hier bei mir!«

»Aber«, sagte ich, »um diese Zeit wird uns kein Inspektor von Scotland Yard aufsuchen wollen.«

Seine Augen funkelten.

»Dann sagen Sie ihnen«, rief er, »daß sie Nancy Elth niemals finden werden. Einer soll herkommen, dann werd ich ihm erzählen, weshalb nicht!« Und nach einer kleinen Pause setzte er – vielleicht bloß für mich – hinzu: »Sie müssen auf Steeger aufpassen, bis sie ihn eines Tages bei einer anderen Sache schnappen!«

Und stellt euch vor, er kam wirklich! Inspektor Ulton, meine ich, ganz persönlich!

Während wir warteten, wollte ich gern mit Linley sprechen. Zum Teil aus Neugierde, ich geb's zu. Doch ich wollte ihn nicht seinen Grübeleien überlassen, wie er da einsam am Feuer saß. Ich fragte ihn, um was es sich denn handelte. Aber er wollte es mir nicht sagen. »Mord ist etwas Entsetzliches«, war alles, was er sagte. »Und wenn ein Mörder seine Spur verwischen will, wird es noch schlimmer.«

Er wollte es mir nicht sagen. »Es gibt Geschichten«, sagte er, »die keiner hören will.«

Und das stimmte auch. Ich wünschte, ich hätte diese hier nie gehört. Hab's eigentlich auch nicht. Hab's nur aus Linleys letzten Worten erraten, die er zu Inspektor Ulton sagte, die einzigen, die ich von deren Unterhaltung hörte. Und vielleicht ist das hier die Stelle, wo ihr aufhören solltet, die Geschichte weiterzulesen, ehe ihr sie auch erratet, selbst wenn ihr denkt, ihr lest Mordgeschichten gerne. Denn sicher wollt ihr lieber eine Detektivgeschichte mit einem romantischen Schluß lesen und nicht eine, die von grausigem, schändlichem Mord handelt? Na, wie ihr wollt, ich habe euch gewarnt.

Inspektor Ulton kam, und Linley schüttelte ihm stumm die Hand und führte ihn in sein Schlafzimmer. Sie schlossen die Tür und sprachen mit leiser Stimme, und ich hörte kein Wort.

Als sie ins Schlafzimmer traten, sah der Inspektor recht beherzt und mutig aus.

Als sie wieder herauskamen, gingen sie stumm durchs Wohnzimmer, und dann betraten sie die kleine Halle, und an der Tür überhörte ich die wenigen Worte, sie sie dort zusammen wechselten. Es war der Inspektor, der das Schweigen brach.

»Aber weshalb«, sagte er, »hat er die Bäume umgehackt?«

»Nur«, sagte Linley, »um sich Appetit zu machen.«

Maison Morteuil

Ralf Kramp

I. Solange Colmar

Ihre großen blauen Augen waren starr auf einen Punkt oberhalb der Holzvertäfelung gerichtet, an dem nur noch ein blasser Fleck vermuten ließ, daß dort bisher das Porträt von Monsieur gehangen hatte. Die feingliedrigen Finger spielten nervös mit der Schnur des Telefons, das vor ihr auf dem Boden stand.

»Natürlich, Madame, machen Sie sich keine Sorgen. Ich werde gleich danach schauen. Irgendwo muß er ja schließlich sein. Ein großer, brauner, sagten Sie? ... Ja, das stimmt. Sie haben recht. Auf mich haben diese Kerle von der Spedition auch einen ausgesprochen unsoliden Eindruck gemacht ... Genau! Haben Sie gesehen, was der Blonde mit Ihrer kleinen Kirschholzkommode gemacht hat? Nein, natürlich haben Sie das nicht mitbekommen. Immer wenn Sie oder Monsieur Cavatte in der Nähe waren, haben diese Kerle ja alles mit Glacéhandschuhen angefaßt. Aber wehe, Sie waren mal nicht in Sicht ... Ja, ja, ich schaue gleich zuerst nach dem Koffer, und danach werde ich dann zu Bett gehen.« Sie machte einen Schritt zur Seite, um aus dem Fenster blicken zu können. »Nein, hier sieht es nach Regen aus. Es zieht sich langsam zu ... Sonnenuntergang? Oh, wie wunderschön. Ich beneide Sie, Madame. Schlafen Sie auch gut, Madame, und richten Sie bitte Monsieur meine besten Grüße aus ... Natürlich ... O ja. Und hoffentlich werden wir uns einmal wiedersehen. Vielleicht, wenn Sie dann einmal nach Paris kommen? Bei den Brignols? ... Ich weiß, ich habe es Ihnen schon so oft gesagt, aber ich bin Ihnen und Monsieur wirklich sehr, sehr dankbar, daß Sie mir diese neue Stelle bei den Brignols ... Ja, es sind wirklich sehr, sehr nette Leute. Ich werde mich rasch eingewöhnt haben ... Natürlich ... Gut. Ach, bevor ich es vergesse: Mit dem Telefon ist nun auch alles geregelt. Um Mitternacht wird abgeschaltet. Die Dame von der Telefongesellschaft hat mir extra Bescheid gesagt. Das fand ich sehr nett, ich meine ... Wie bitte? Oh, nein, nein. Es ist ja nur eine Nacht. Die letzte. Da wird ja nicht plötzlich die ganze Welt versuchen wollen, hier anzurufen. Wenn etwas D›ringendes wäre, könnte ich ja auch unten im Dorf ... Oh, nein, Madame.« Sie kicherte verhalten. »Nicht bei Luc, nein, nein. Sie wollen mich veralbern, Madame. Ich versichere Ihnen, Madame. Ich werde alles hier vermissen, sehr vermissen. Aber keinesfalls diesen Luc, diesen Einfaltspinsel. Gut, Madame. Vielen Dank. Leben Sie wohl, Madame.« Sie ließ den Hörer auf die Gabel gleiten. Ein leises Klicken hallte durch den Raum und brach sich an den kahlen Wänden.

»Vermissen«, murmelte Solange und kniff verbittert die blassen Lippen zusammen. »Ich werde alles sehr, sehr vermissen.« Sie atmete langsam und tief den Geruch des alten Hauses ein. Sie roch den stumpfen Geruch von Bohnerwachs, den der alten Polstersessel unter den weißen Schonbezügen, und sie glaubte in der Luft noch einen Hauch jenes Rosenöls zu erahnen, das Madame immer auf die Schale mit den getrockneten Rosenköpfen geträufelt hatte, die auf dem Vertiko an der Stirnwand des großen Raumes gestanden hatte.

Ihr Blick wanderte zu dem leeren Platz, der beim Abtransport des kostbaren Möbelstücks entstanden war. Staubflocken tummelten sich entlang der Fußleiste. Sie zog die Stirn kraus. Fast zwanzig Jahre war sie in den Diensten der Cavattes gewesen. Niemals hatte es je so erbärmlich ausgesehen. Maison Morteuil war ein stolzes Haus gewesen, ein Hort der Ruhe, angefüllt mit herrlichem Mobiliar, erlesenem Schmuck und mit der gütigen Freundlichkeit des alten Regierungsrates Cavatte und seiner Gemahlin. Aber jetzt hatten die Cavattes auf ihre alten Tage ein neues Domizil im Süden suchen müssen, jetzt war dieses Haus ausgeräumt worden und war bei lebendigem Leibe seiner Eingeweide beraubt worden. Jetzt herrschten Staub und eisige Stille. Und sie war die letzte, die diesen Grabgesang zu hören bekam. Sie war für eine Nacht zurückgeblieben, damit das Haus nicht allein stand, damit niemand sich jetzt, wo es allein und abseits auf seinem Hügel stand, einen Spaß daraus machte, eine Scheibe einzudrücken, einzusteigen, die Schonbezüge von den letzten noch verbliebenen Möbelstücken zu reißen und irgendeinen Unfug damit anzustellen, den sie sich im Traum nicht auszumalen vermochte.

Morgen würde sie fort sein, auf der Fahrt nach Paris, zu den Brignols, die ohne Zweifel eine ehrbare Familie waren, und gewiß gut zu ihrer neuen Haushaltskraft sein würden. Aber Paris war Paris. Und das hier ... Ihr Blick wanderte die Holztreppe zur Galerie hinauf und verlor sich im dunklen Gebälk der hohen Decke ... das hier würde sie nie wiedersehen. Tränen verschleierten ihren Blick. Sie nestelte ein Taschentuch aus dem Ärmel ihrer Strickjacke und schneuzte sich. Dann gab sie sich einen Ruck und beschloß, Besen und Kehrblech zu holen, um die Wollmäuse zu entfernen. So etwas hatte es hier nie gegeben, und etwas Derartiges würde auch dieser Immobilienmakler nicht zu sehen bekommen, wenn er morgen die neuen Besitzer durch die Räume führte. Ripoux, ein skrupelloser Geschäftemacher aus Dijon, der die finanzielle Zwangslage der Cavattes schamlos ausgenutzt hatte. »Ripoux ...«, murmelte sie vor sich hin, als sie in der Besenkammer das Licht einschaltete. So hieß er, dieser Immobilienhai. »Ripoux oder Ripoche, oder so ähnlich.« Sie fischte das Kehrblech und den Handfeger vom Regal. »Nein, Ripoux ... Ripoux. Ja, Ripoux.«

Er hatte es nicht einmal für nötig befunden, das Anwesen persönlich in Augenschein zu nehmen. Monsieur Ripoux hatte geruht, einen seiner Angestellten vor Ort hinauszuschicken. Ein paarmal hatte er sich telefonisch aus Dijon gemeldet. Vermutlich über eines dieser Funktelefone. Vermutlich von einem anderen wichtigen Termin, kurz vor dem Abschluß eines anderen dreckigen Geschäfts, oder kurz danach. In der anderen Hand vielleicht ein Glas Champagner.

Und Madame Cavatte hatte dann immer den ganzen Abend geweint. Sie hatte zuletzt fast jeden Abend geweint. Und Monsieurs Spaziergänge vor dem Zubettgehen waren immer länger geworden, so daß Madame und auch sie schließlich sogar begannen, sich Sorgen zu machen, ob ihm möglicherweise etwas zugestoßen war, oder ob er am Ende sogar ... Nun, er war immer wieder zurückgekehrt. Und das war gut so. Die Cavattes hatten beschlossen, miteinander alt zu werden. Sie gehörten zusammen. Hier oder in ihrer neuen Heimat, sie hatten immer noch einander.

Und was hatte sie jetzt noch?

Sachte schob sie die blaßgrauen Knäuel mit dem borstigen Handfeger auf das Blech. Die alte Standuhr, die bereits von ihrem Platz an der Wand hin zu den verbliebenen Sesseln gerückt worden war, schickte ihr gleichmäßiges, hartes Ticken in die bittere Stille.

Sie war allein. Und seit Monaten nagte sich der quälende Gedanke durch ihre Gedanken, daß sie von nun an immer allein bleiben würde, daß Paris sie schlucken und verzehren würde. Sie kannte die Stadt aus dem Fernsehen, sie hatte darüber gelesen, und jedes Bild, jedes Wort hatte ihre Furcht wachsen lassen.

Sie kniete neben den beiden großen Kartons, in die Madame Cavatte mit ihrer Hilfe die schweren Samtvorhänge aus der Halle und dem Salon hineingepackt hatte. Dort, wo ihre Herrschaft von nun an lebte, gab es keine Verwendung mehr für die schweren, großen Stoffbahnen, und trotzdem hatten sie sie abgehängt, hatten sie sorgfältig verpackt, die Kartons mit schwarzem Filzschreiber beschriftet, damit nichts, aber auch gar nichts übrigbleiben sollte für die, die nun kamen. Luc Vanavel würde sie am Morgen mit seinem kleinen Lieferwagen holen. Er hatte von Madame den Auftrag, die Kartons an den Pfarrer zu liefern, der sich darum kümmern würde, daß die Leute aus dem Dorf ein paar ordentliche Vorhänge für ihren Gemeindesaal daraus gemacht bekamen. Ripoux würde nichts mehr vorfinden, wenn er irgendwann seinen Fuß in dieses Haus setzen würde. »Ripoux«, murmelte sie bitter, und zaghaft rannen ein paar Tränen ihre Wangen hinunter und tropften auf das Kehrblech.

Ihr tränenverschleierter Blick fiel wieder auf die Kartons, und sie erkannte in Halbdunkel dahinter die messingfarbenen Schnallen des Koffers, nach dessen Verbleib sich Madame vorhin am Telefon erkundigt hatte.

Sie rutschte auf den Knien näher heran und zerrte den Koffer aus seinem Versteck heraus. Na also. Da war er. Nichts durfte verlorengehen. Das, was den Cavattes noch geblieben war, war zu kostbar, als daß es einfach so verschwand, wie es angeblich bei einem Umzug immer wieder verschiedenen Gegenständen widerfährt.

Sie zog ihr Taschentuch hervor, schneuzte sich erneut und rieb sich mit dem Handrücken die Tränen aus den Augen.

Mit zitternden Fingern legte sie den Koffer vor sich auf den Boden und schob die Knöpfe der beiden Schnappverschlüsse nach außen. Mit einem lauten Knacken sprangen die Schlösser auf, und sie hob vorsichtig den ledernen Deckel an.

Der Inhalt war sorgfältig gefaltet. Madame selbst hatte ihn gepackt. Der Koffer enthielt ihre Abendgarderobe, zumindest einen Teil davon. Ihre Hand strich über die Oberfläche des blauen Abendkleids. Es war nachtblauer Samtstoff. Er glänzte edel und verlockend. Am Saum des Dekolletés war ein zartes, paillettendurchwirktes Muster aus Pflanzenornamenten aufgesetzt, und die Ärmel waren aus weichfließendem Tüll genäht, der sich so zart wie ein kühler Lufthauch um den Arm schmiegte.

Sie hatte Madame bei verschiedenen Gelegenheiten in diesem Kleid bewundert. Geburtstage, Silvesterfeiern, Empfänge für einflußreiche Leute aus der Stadt. Eine zarte, schlanke Gestalt, die sich mit anmutigem Lächeln durch die Schar der Gäste hindurchbewegte, eine vorbildliche Gastgeberin, und eine zeitlos schöne Frau.

Bevor sie richtig begriff, was sie tat, hatten ihre Hände das Kleid bereits aus seinem Behältnis hervorgeholt, hatten die hauchdünnen Ärmel ausgebreitet und es gegen ihren Körper gepreßt. Ihr Blick wanderte an sich hinab. Sie hatte Madames Figur, aber nicht ihre Grazie, hatte ihre Größe, aber doch nicht ihre vornehme Haltung.

Einem plötzlichen Impuls folgend wandte sie sich zur Seite, wo bislang immer die Garderobe gehangen hatte, die rechter Hand von einem großen Brokatspiegel flankiert gewesen war. Aber auch hier gab es an der Wand nichts als große blasse Schatten. Wunden, die sich geöffnet hatten, seit man dieses Haus entkleidet hatte.

Der samtige Stoff flüsterte leise unter der trockenen Haut ihrer Finger. Sie hatte mit einem Mal das unbändige Verlangen, das Kleid überzustreifen und sich darin anzuschauen. Noch einmal diese kostbare Hülle auf einem Körper betrachten zu dürfen. Selbst, wenn sie noch irgendwo einen Spiegel fand, würde sie sich darin nicht ins Gesicht sehen können. Denn alles, was sie dort beobachten konnte, waren rotgeweinte Augen, ein würdeloses, ungeschminktes, trauerndes Gesicht mit tiefen Sorgenfalten. Und sie wollte doch nur noch einmal das Kleid betrachten, noch einmal die Illusion haben, Madame Cavatte sei bei ihr.

Als sie auf die Treppe zulief, stolperte sie über das Kehrblech, und der Staub verteilte sich wieder auf dem Boden. Achtlos lief sie weiter und sprang die steinernen Stufen hinauf, von denen der persische Läufer entfernt worden war. In ihrem Zimmer gab es einen kleinen Taschenspiegel. Sie stolperte die Gänge entlang, in denen sie es vermied, das Licht einzuschalten, da von den Decken nur noch bloße Glühbirnen kaltes Licht auf nackte Wände warfen.

Ihr Zimmer war finster. Draußen hatte sich der Himmel rasch zugezogen, die Wolken hatten sich zu einem bedrohlich schwarzen Gewühl zusammengeballt. Sie glaubte, bereits die ersten Regentropfen fallen zu hören. Sie konnte nicht anders, als das grelle Licht einzuschalten.

Ohne das Kleid aus den Händen zu legen, kramte sie in ihrem Kulturbeutel herum. Es waren nicht viele Dinge darin, gewissermaßen nur das nötigste. Ein zartrosa Lippenstift und ein wenig blauer Lidschatten reichte ihr schon seit langem. Monsieur hatte ihr immer wieder Komplimente gemacht und gesagt, von welch natürlicher Schönheit sie sei, und daß auf ihrem Gesicht jegliches Make-up so überflüssig wäre als wenn jemand versuchte, mit Farbe und Pinsel eine Rose zu verschönern. Monsieur war ein Meister, wenn es darum ging, Komplimente zu machen.

Der Spiegel war klein und rund, und sie fürchtete, daß es darin nicht viel zu sehen gab. Und doch öffnete sie mit fliegenden Fingern die Knöpfe ihres Kleides, streifte sich den groben Stoff über die Schultern, und als sie es über die Hüften schob und sich bückte, fiel ihr Blick auf die beiden gläsernen Rechtecke des Zimmerfensters. Gegen den dunklen Abendhimmel spiegelte sich ihr Körper in den Glasscheiben. Sie erkannte ihre schlichte Unterwäsche, ihre blasse Haut, die im harten Licht der Glühbirne milchig leuchtete.

Niemals zuvor hatte sie sich umgezogen, ohne zuvor die Vorhänge zuzuziehen. Die Burschen aus dem Dorf, so hatte sie immer angstvoll gedacht, könnten draußen herumlungern und nur darauf warten, einen Blick auf ihren nackten Körper zu erhaschen. Allen voran Luc, der einfältige Sohn des Bauern Vanavel. Er stellte ihr schon seit Jahren nach, und obwohl er ihr ein bißchen leid tat, weil er keine Frau abbekam, und obwohl es ihr ein wenig schmeichelte, daß er sich gerade in sie verguckt hatte, war ihr der Kerl doch zuwider.

Seit ihrer Kindheit hatte niemand sie jemals nackt gesehen. Nur Monsieur.

Eines Tages war Monsieur in ihr Zimmer getreten, als sie sich gerade wusch. Es war ein heißer Tag gewesen, und das Aufhängen der Wäsche hinterm Haus hatte sie so sehr ins Schwitzen gebracht, daß sie am Nachmittag den dringenden Wunsch verspürt hatte, sich zu waschen. In diesem Moment war Monsieur

Cavatte hereingekommen. Sein Klopfen hatte sie durch das Rauschen des Wasserhahns nicht hören können.

Er hatte für einen Augenblick wie gebannt auf ihre Hand gestarrt, die, in einen rosafarbenen Waschlappen gehüllt, zwischen ihren Schenkeln ruhte, und noch bevor sie die Hände vor die zierlichen Brüste schlagen konnte, noch bevor sie nach einem Handtuch greifen, ja bevor sie auch nur einen Laut des Erstaunens hatte ausstoßen können, hatte Monsieur bereits eine rasche Entschuldigung gemurmelt, hatte auf den Absätzen kehrtgemacht und die Tür wieder hinter sich geschlossen. Sie war, vom Schreck wie gelähmt, auf einen Stuhl gesunken und hatte eine ganze Weile da gesessen, immer noch den Waschlappen gegen ihre Scham gepreßt. Seither war Monsieur nie wieder in ihrem Zimmer gewesen. Das war jetzt vier Jahre her.

Mit hungrigen Blicken betrachtete sie sich selbst im Glas des Fensters, gegen das nun die ersten Regentropfen prasselten. Mit offenem Mund verfolgte sie jede ihrer Bewegungen, als sie in das Kleid stieg, es über die Hüften zog, mit den Armen hineinschlüpfte, die Brust hervorwölbte und nach hinten in den Nakken griff, um den Reißverschluß zu schließen.

Sehr langsam machte sie den Versuch, ein paar anmutige Drehungen vor dem Spiegelbild zu vollführen. Die Illusion war nahezu perfekt. Das bleiche Licht warf einen harten Schatten auf ihr Gesicht. Die Gestalt, die sie vor sich sah, konnte man wahrhaftig für Madame halten.

»Sie sind wunderschön, Madame«, flüsterte sie, so, wie sie es ihr immer wieder gesagt hatte. »Sie sind zum Weinen schön. Ich bete für Sie und Monsieur, und ich verfluche die Menschen, die Sie von hier fortgejagt haben, Madame.«

Während draußen die ersten Blitze zuckten, bahnten sich erneut heiße Tränen ihren Weg.

In diesem Moment vernahm sie plötzlich, wie aus weiter Ferne, die Türglocke.

II. Fréderic Ripou

Er hatte gehofft, einigermaßen trocken vom Auto bis zum Portal zu kommen, aber auf den regennassen Steinstufen war er bereits ausgerutscht, hatte sich schmerzhaft das Schienbein gestoßen, und der Regen war gnadenlos auf ihn niedergeprasselt. Triefend naß lehnte er wenig später an der kühlen Graniteinfassung der Haustüre und drückte wieder und wieder den Klingelknopf. Mit der Rechten rieb er sich sein schmerzendes Bein. Das neue Kaschmir-Jackett war versaut, soviel stand fest. Und die verdammte Tür öffnete auch niemand, soviel stand auch fest. Wieder preßte er den Daumen auf den messingfarbenen Knopf, und wieder erklang irgendwo gedämpft ein reichlich gewöhnliches »Dingdong«, das so gar nicht zu dem imposanten alten Kasten passen wollte.

Warum öffnete niemand diese verfluchte Tür? Irgendwo im ersten Stock hatte er durch den Regen hindurch Licht gesehen, als er sein Auto die Auffahrt hinaufgelenkt hatte. Was im Grunde genommen nichts zu bedeuten hatte, denn wer dachte schon daran, hinter sich in allen Räumen fein säuberlich das Licht zu löschen, wenn man damit beschäftigt war, einen Kasten von anderthalb tausend Quadratmetern leerzuräumen?

Irgend etwas tat sich hinter der schweren Eichentür. Dumpf erklangen Stöße, er hörte gedämpftes Schlüsselgeklimper, und dann öffnete sich die Tür.

Zuerst nahm er nur ein unendlich blasses Gesicht und zwei große, hellblaue Augen wahr, die fragend auf ihn gerichtet waren.

Pailletten glitzerten am Dekolleté des Kleides, das er als nächstes erkannte. Ein Ballkleid. Etwas für den besonders festlichen Anlaß. War er am Ende in eine große Abschiedsparty geraten? Aber selbst vor der Geräuschkulisse des um ihn herum tobenden Unwetters war deutlich, daß aus dem Inneren des Hauses nichts als finstere Stille drang. Das blasse Wesen vor ihm schwieg immer noch beharrlich. Sollte das Madame Cavatte sein? Die Ehefrau des alten Knaben, mit dem er die Verhandlungen geführt hatte?

»Verzeihen Sie die späte Störung, Madame«, sagte er und setzte sein strahlendstes Lächeln auf. Demonstrativ schlug er das Revers seines ruinierten Kaschmir-Jacketts hoch und trat von einem Fuß auf den anderen. Wie lange sollte er noch hier draußen herumstehen und sich naß regnen lassen?

»Ich sollte eigentlich erst morgen hier sein. Ich weiß, daß Sie nicht mit mir rechnen. Aber ich war heute in Marseille, und ich dachte, es sei doch klüger, sofort hier zu bleiben, anstatt zurück in den Norden zu reisen und morgen dann wieder . . .«

Die Dame im dunklen Kleid starrte ihn an, ohne daß er Unverständnis oder Ärger in ihren Augen lesen konnte. Ihr Blick war einfach nur leer. Vollkommen leer und beinahe so auf ihn gerichtet, als ginge er durch ihn hindurch.

»Ich habe bisher nur mit Ihrem Mann gesprochen, Madame Cavatte. Ripoux. Frédéric Ripoux. Ich bin der Makler. Ich habe hier morgen nachmittag einen Termin mit den künftigen Besitzern, und da habe ich mir gedacht . . .« Der Wind jagte eine wahre Wasserfontäne unter den Türsturz und er wand sich frierend. »Verzeihung, Madame, aber im Dorf gibt es keinen einzigen verdammten Gasthof, und es sieht fast so aus, als habe ich keine andere Wahl, als im Auto . . .«

In dem Moment, in dem er seinen Namen genannt hatte, so erinnerte er sich hinterher, war plötzlich ein Hauch des Erkennens durch ihr Gesicht gehuscht, und ihre Finger waren um die Kante des Türblattes gekrochen. Weiß wie Schnee lagen sie auf dem dunklen Holz der Tür.

Schließlich murmelte ihr Mund ein paar tonlose Worte, und sie öffnete die Tür vollends. Mit einem Satz rettete er sich ins Trockene. Hinter ihm fiel die Tür schwer ins Schloß, und wie jedes seiner eigenen Geräusche, wie das Klatschen seines nassen Jacketts, wie das Schmatzen seiner aufgeweichten Schuhe, hallte auch dieses Geräusch von den nackten Wänden wider und verebbte langsam.

Seine Augen blickten an den Wänden der Halle entlang, betrachteten die Holzvertäfelung, sein Blick wanderte hinauf zum Deckengebälk und musterte schließlich den anthrazitfarbenen steinernen Hallenboden. All das kannte er bisher nur von Fotografien, und in dem Moment, in dem er es nun tatsächlich vor sich sah, erfüllte ihn das satte Gefühl, mit diesem Kasten keinen Fehler begangen zu haben.

»Verzeihen Sie, daß ich Sie nicht sofort erkannt habe, Monsieur Ripoux«, erklang die brüchige Stimme der Frau hinter seinem Rücken. Während er sich zu ihr umwandte, entledigte er sich ächzend seines Jacketts. »Kein Problem, Madame. Wie konnten Sie auch ahnen, daß wir uns noch begegnen würden?« Er streckte seine Hand aus, was aber offensichtlich von ihr nicht bemerkt wurde, denn sie griff mit beiden Händen nach seinem Jackett und nahm es ihm ab.

Ein Moment der Stille entstand, in dem nichts zu hören war außer dem Ticken der Standuhr.

»Ist Ihr Mann da?« brach er das Schweigen und näherte sich händereibend dem kunstvoll geschnitzten Treppenpfosten.

»Monsieur Cavatte ist bereits abgereist«, sagte sie leise und verschwand geräuschlos mit dem sandfarbenen Jackett in einem Nebenraum.

Ripoux ließ erneut den Blick schweifen und nickte zufrieden. Als sie zurückkehrte, hatte er sich bereits auf einem der noch verbliebenen Sessel niedergelassen. Lässig hatte er die Beine übereinandergeschlagen und hatte die Arme auf der weißbetuchten Lehne ausgebreitet. »Der Komfort läßt zu wünschen übrig, wenn es dem Ende zugeht, nicht wahr, Madame?« sagte er und lachte scheppernd. »Ich würde meine Mutter verkaufen, wenn ich jetzt einen Kognak dafür bekäme. Aber vermutlich sind all diese Kostbarkeiten schon in Ihrem neuen Domizil, nicht wahr?«

»Hier ist nur noch das Nötigste, das ich für diese letzte Nacht brauche«, sagte die Dame im Abendkleid schleppend. »Und ein paar Möbel, die morgen früh abgeholt werden. Bis zu Ihrem Termin am Nachmittag wird alles leergeräumt sein.« Sie hatte die Hände gefaltet und knetete sie unentwegt. »Sie sehen, ich kann Ihnen nicht einmal mehr etwas zu trinken anbieten. Außer einem Glas Milch vielleicht ...«

Er verneinte lachend. »Das will ich erst gar nicht anfangen. Vielen Dank, Madame.« Dann beugte er sich vor, setzte eine halbwegs ernsthafte Miene auf und sagte: »Wie ich sehe, haben Sie sich in Schale geschmissen, Madame. Ich hoffe, ich störe nicht Ihre ganz private, kleine Abschiedsfeier. Das wäre mir höchst unangenehm. Vielleicht sollte ich doch besser im Auto ...«

Sie hob abwehrend die Hände. »Ich bitte Sie, Monsieur. Bleiben Sie ruhig hier. Der Abschied ist längst gemacht.« Und dann fügte sie mit einem Lächeln hinzu, das er nicht recht deuten konnte: »Wer wird schon sein Herz an ein so altes Gemäuer hängen, nicht wahr?«

»Eben!« Er sprang auf und ging auf den Kamin zu. Seine Rechte fuhr über den Sims und klatschte auf den nackten Stein. »Altes Gemäuer, ganz recht. Ein kühler, alter Kasten mit endlos hohen Wänden und schlecht schließenden Fenstern, habe ich recht?«

Dann trat er nahe an sie heran und setzte eine verschwörerische Miene auf. »Den neuen Eigentümern habe ich es natürlich ganz anders geschildert. Ihr Mann wird es Ihnen sicherlich erzählt haben. Ein amerikanischer Esoterik-Heini, der hier seine europäische Zentrale einrichten will. Ich sage Ihnen: Der ist ganz geil auf so ein altes Gemäuer! Der braucht jede Menge Zimmer für seine Seminare und all diesen ganzen Zauber. Ich verwette mein letztes Hemd, daß in diesen Zimmern auch allerhand Einzeltherapien über die Bühne gehen.« Er zwinkerte ihr zu. »Sie verstehen, was ich meine?«

»Ich ahne es, Monsieur.« Sie stand immer noch stocksteif da und verschlang nervös ihre Finger ineinander.

Ripoux klopfte an der Holzvertäfelung herum und meinte jovial: »Ich kann mir denken, daß Sie ganz schön froh sind, diese muffige Bude endlich los zu sein. In Ihrem Alter, da kann man doch froh sein, wenn man wieder in der Zivilisation weilt. Ich weiß ja nicht, wie Ihr Gatte das sieht, aber hier draußen ist man doch gewissermaßen bei lebendigem Leibe begraben. Ist es nicht so?« Er hielt inne und registrierte verunsichert ihr andauerndes Schweigen.

Dann trat er näher, faßte sie leicht an der Schulter und fuhr in beinahe väterlichem Tonfall fort: »Sie werden sehen. Dort, wo Sie jetzt hingehen, werden Sie die schönsten Jahre Ihres Lebens verbringen. Ein paar hundert Quadratmeter für zwei Personen, kein überflüssiges Personal . . . Sie hatten doch Personal, oder?«

»Ein Dienstmädchen«, sagte sie tonlos und hatte den Blick starr auf den Fußboden gerichtet.

»Seien Sie froh, daß es zu Ende ist, Madame!« Wieder warf er den Kopf zurück und lachte scheppernd. »Dienstboten sind eine Geißel Gottes! Klingt pathetisch, ist aber so. Die Burschen machen der Herrin des Hauses schöne Augen, und die Dienstmädchen lassen den Hausherrn nachts nicht schlafen. Haben Sie nicht diese Erfahrung gemacht?« Während er plauderte und umherschritt, hier eine Tür öffnete und dort aus dem Fenster in das Unwetter hinaus starrte, den Blick mit den Händen beschattend, war die Dame im blauen Abendkleid an die Treppe getreten und räusperte sich zaghaft. Keine Miene, kein Zucken in ihrem Gesicht verriet, was sie von diesem gutgebauten dynamischen Burschen hielt, der umherwanderte und sein Revier markierte. Seine Duftmarken setzte. Ja, genauso verhielt es sich. Monsieur Ripoux war nichts anderes als ein lausiger Köter, der überall seine Duftmarken setzte, der regelrecht in die Ecken pißte. Jeder Griff seiner Hände, jeder Schritt seines Fußes jagte ihr einen Schauer des Ekels über den Rücken. »Vielleicht wollen Sie Ihre Sachen ein wenig trocknen, Monsieur«, sagte sie leise. »Oben gibt es ein Badezimmer, in dem ist eine Heizsonne, an der Wand installiert. Ich fürchte, es gibt kein heißes Wasser mehr, sonst würde ich Ihnen zu einem Bad raten. Ich könnte Ihnen allerdings eine Tasse Tee zubereiten.«

Er zog die Stirn kraus und nickte dann nachdenklich. »Gute Idee. Ich bin froh, wenn ich wieder trockene Sachen am Leib trage.« Er erklomm die erste Treppenstufe. »Bemühen Sie sich nicht. Sagen Sie mir nur, wo ich das Bad finde.«

All das war nun schon sein, keine Frage. Er bewegte sich ungemein selbstsicher in seinem neuen Besitz umher.

»Wenn Sie im Gang sofort die erste Tür links öffnen, sind Sie schon drin. In dem kleinen Köfferchen finden sie zwei Handtücher und ein Stück Seife.«

»Ich helfe mir schon, vielen Dank.« Und lächelnd fügte er hinzu: »Ich helfe mir immer selber. Dienstboten habe ich gottlob keine.« Und während er die Treppe hinaufstieg, plapperte er unaufhörlich weiter. »Ihr Dienstmädchen hatte ich vor ein paar Wochen mal an der Strippe. Klang reichlich traurig, die Kleine. Erste Türe links, sagten Sie?« Dann ging er die Galerie entlang. Das Holz knarrte unter seinen Füßen, und schließlich verschwand er im Durchgang zum Flur.

Er tastete mit der Linken nach dem Lichtschalter und seine Hand erzeugte ein schleifendes Geräusch, als sie über die kalte, nackte Wand strich. Der Flur war stockfinster. Mit der Rechten knöpfte er sich das nasse Hemd auf.

Der Lichtschalter, den er ertastete, war keiner der gebräuchlichen Kippschalter, sondern er ließ sich drehen. Mit einem lauten, schnalzenden Geräusch rastete er ein, und drei von der langgestreckten Decke hängende Glühbirnen gossen kaltes Licht in den Flur. Irgendwo hörte er ein Fenster klappern und das unablässige Prasseln des nicht enden wollenden Regens.

Er öffnete die erste Tür zur Linken, so wie seine Gastgeberin es ihm gesagt hatte. Wieder fand er tiefschwarze Finsternis vor. Muffiger Geruch schlug ihm entgegen. Nicht der Geruch, den ein Badezimmer im allgemeinen ausströmte. Auch hier fand er rechter Hand den Schalter, den er wieder drehte. Nur flammte hier kein Licht auf. Irgend etwas war defekt. Im Schein der Flurbeleuchtung erkannte er einen rötlich lackierten Dielenboden. Er fischte das Feuerzeug aus der Brusttasche, entzündete es und fand seine Vermutung bestätigt: Dies war nicht das Bad. Leergeräumte Wände zeugten davon, daß dies einmal der Vorratsraum gewesen sein mußte.

Kopfschüttelnd zog er die Tür ins Schloß und wandte sich dem gegenüberliegenden Zimmer zu.

Auch hier fand er den altmodischen Drehschalter vor, aber die Szenerie, die sich ihm hier präsentierte, als er das Licht entzündete, bot ihm auch weder Wanne noch wärmespendende Heizsonne. Hier lag ein alter Teppichboden, und zwei offene Kisten voller Bücher warteten auf ihre Abholung.

Hatte er diese seltsame Frau mißverstanden?

Verwirrt schloß er die Tür, stand für einen Augenlbick ratlos auf dem Flur und rieb sich das Kinn. Schließlich machte er kehrt und trat zurück auf die Galerie.

»Madame?«

Sie war nirgends zu entdecken. Seine Augen durchmaßen den großen Raum, der ihm zu Füßen lag, als er an die Balustrade herantrat. Seine Hände legten sich auf die abgegriffene hölzerne Oberfläche des Handlaufs.

»Madame?«

Hinter ihm löste sich ein Schatten von der Wand. Etwas glitzerte. Blaue Pailletten.

Er fuhr herum, und im selben Augenblick kam etwas auf sein Gesicht zugeschossen.

Als letztes sah er ihre blauen Augen, die weit aufgerissen auf ihn gerichtet waren. Er sah Tränen, die aus ihnen hervorschossen. Eine bizarre Grimasse des Hasses hatte sich in ihr Gesicht gegraben. Aus ihrer Kehle brach ein unbeherrschter, ächzender Laut der Anstrengung hervor, genau wie bei einer verzweifelt kämpfenden Tennisspielerin.

Das Kehrblech traf seinen Kopf mit unvorstellbarer Wucht, noch bevor er zur Seite springen oder abwehrend die Hände hochreißen konnte. Der Schmerz in seinem Schädel explodierte in einem grellen Feuerwerk. Ripoux taumelte rückwärts, und gerade hatten seine Hände hinter seinem Rücken instinktiv Halt auf dem hölzernen Geländer gefunden, da sah er sie ein zweites Mal angreifen. Die Hände vorgestreckt schnellte sie auf ihn zu, stieß einen verzweifelten Schrei aus und rammte ihm die Handflächen gegen die Brust.

Plötzlich spürte er das Geländer nicht mehr, die Füße verloren ihren festen Halt auf dem hölzernen Boden der Galerie, alles taumelte um ihn herum, der mattgraue Hallenboden kam mit rasender Geschwindigkeit auf ihn zu, und in seinen Ohren dröhnte etwas, das wie sein eigener Todesschrei klang.

III. Luc Vanavel

Die Kühe waren ruhig. Da mußte schon der Blitz einschlagen, bevor die Mädels in Unruhe gerieten. Schnaufend betrachtete der fette Luc die rundlichen Leiber, die im dumpfen Halbunkel der Stallbeleuchtung Seite an Seite standen und zufrieden vor sich hin kauten. Luc kratzte sich den stoppeligen Nacken und schniefte vernehmlich. Als er auf den Hof hinaustrat, zum Himmel emporblickte und die Wolkenfetzen betrachtete, die am Mond vorbeijagten, atmete er die klare würzige Nachtluft ein. So, hatte er sich immer vorgestellt, müsse es an einem besonders kühlen Tag im Urwald riechen.

Seine Mutter rief ihn vom Haus her.

»Was is?«

»Die Solange hat angerufen. Grad eben. Ob du noch Zeit hast!«

Er zog scharf die Luft ein. Solange? Mit seinen klobigen Fingern drückte er das mikroskopisch kleine Knöpfchen an seiner Uhr, das die Ziffern zum Leuchten brachte. Sein ganzer Stolz. Es war schon Viertel vor elf. Er war für morgen bestellt. Was wollte Solange jetzt von ihm?

Er fuhr seiner krakeelenden Mutter barsch über den Mund und holte den kleinen Wagen aus der Wellblechgarage.

»Solange, Solange . . .«, keifte seine Mutter ihm hinterher.

»Die nutzt dich nach Strich und Faden aus, und du? Du grinst dazu noch blöde, du armer Hohlkopf!«

Der Motor schnarrte heiser, als Luc den kleinen Fiat die gewundenen Straßen zum Maison Morteuil hinauflenkte. Er fuhr sich aufgeregt mit der Zunge über die Lippen. Solange wollte ihn sehen! Es war fast elf! Um diese Uhrzeit gab es nichts mehr zu schleppen, da war nichts mehr wegzutransportieren! Sie hatte diese Stunde gewählt, um sich gebührend von ihm zu verabschieden. Er kicherte leise vor sich hin und klopfte übermütig aufs Lenkrad, als könne er damit den Wagen zur Eile antreiben. All die Jahre hatte sie das Pflänzchen Rührmichnichtan gespielt, und heute nacht, da war sie ganz allein und einsam und traurig. Und da wäre es doch gelacht, wenn er es heute nacht nicht pflükken könnte, das kleine Pflänzchen. Seine grobe Pranke tastete auf dem Beifahrersitz nach seinem Abschiedsgeschenk für seine Angebetete, und in seine Vorfreude mischte sich wieder die Trauer, die er schon seit langem nagend in sich gespürt hatte, die ihm die letzten Wochen vergällt hatte und ihn dazu veranlaßt hatte, seine Tage zumeist im »Toison d'Or« zu verbringen anstatt auf den Erbsenfeldern. Solange ging weg und würde nie mehr wiederkehren. Dann standen die Chancen für ihn wieder auf Null, wenn es darum ging, endlich eine Frau zu finden. Eine Annonce würde er aufgeben, das hatte er sich fest vorgenommen. Gilbert würde ihm dabei helfen. Gilbert wußte, welche Worte bei so was wichtig waren. Und was würde Gilbert wohl sagen, wenn er ihm morgen erzählte, daß er Solange in dieser Nacht ... Wieder kicherte er und spuckte aus dem Wagenfenster.

Das Auto hielt mit blechernem Geschepper auf der Auffahrt. Verblüfft erkannte Luc einen glänzenden roten Zweisitzer, der so flach war, daß er glatt unter jedem Fuhrwerk hindurchschießen konnte. Wem gehörte diese Karre?

Mißtrauisch betrachtete er das schnittige Gefährt, während er ausstieg. Er umrundete es mit schlurfenden Schritten und fuhr mit seiner Linken über den glänzenden Metalliclack. In der Rechten hielt er Solanges Abschiedsgeschenk.

Das gefiel ihm nicht. Wieso rief sie ihn jetzt, wo sie Besuch hatte?

Er fuhr herum, als er ein Geräusch vom Haus her hörte.

Oberhalb der Steinstufen zeichnete sich dunkel die Silhouette einer Frau gegen das blaßgelbe Rechteck der Türöffnung ab. Madame Cavatte? Langsam stieg er die Stufen hinauf.

Sein fettes Kinn sackte staunend herunter, als er Solange erkannte. Sie war ihm immer schon schön erschienen, aber in diesem Kleid sah sie so unglaublich elegant aus. So, als sei sie die Herrin des Hauses. Edel, verführerisch, kostbar. Das Mondlicht ließ die Pailletten an ihrem Ausschnitt glitzern. Er schluckte schwer.

Plötzlich löste sie sich aus dem Türrahmen und kam auf ihn zugelaufen. Mit einem entkräfteten Aufseufzen riß sie die Hände vor das Gesicht und preßte ihren Kopf an seine Brust.

Luc hielt fassungslos den Atem an. Die Frau, die er anbetete und begehrte, suchte Trost an seiner Brust, und er hätte wirklich nur die großen Arme um sie zu legen brauchen und den Augenblick genießen können, aber er war wie gelähmt.

»Was ... was is denn, Solange?«, fragte er heiser und traute sich nicht, sich zu räuspern. »Is es ... is es, weil du fortgehst?«

»Hilf mir, Luc! Du bist der einzige, der mir helfen kann!«

Er blickte aus den Augenwinkeln zu dem roten Sportwagen hinüber, der zweifellos etwas zu bedeuten hatte. Nur was?

»Is einer bei dir?« fragte er schwerfällig. »Is es das?«

Sie richtete sich auf, fuhr sich mit dem hauchdünnen Stoff ihres Ärmels über die Nase und schniefte erbärmlich. Dabei blickte sie ihn aus ihren traurigen blauen Augen flehentlich an. »Er wollte mich überfallen ... Mir etwas antun. Jetzt ist er tot.«

Luc brauchte lange, bevor er auch nur eine Ahnung hatte, was hier vorgefallen war. Von dem Augenblick an, in dem ihm etwas dämmerte, stellte er keine weiteren Fragen mehr. Wie selbstverständlich nahm er sie an seine Seite, legte seinen schweren Arm um sie und führte sie langsam zum Haus zurück.

In der Halle lag der Körper eines Mannes, den er noch nie zuvor gesehen hatte. Blut war auf die Steinplatten gesickert. Die linke Gesichtshälfte des Mannes war eine einzige blutige Masse. Das rechte Bein war grotesk verdreht. Mit Sicherheit war kein Knochen darin unversehrt. »Was . . .«, setzte Luc an und sah Solange an, deren Augen zur Galerie hinaufwanderten, und er verstand.

»Er ist mir hinterhergelaufen. Ich glaube, er ist einer von den Leuten, die dieses Haus übernehmen. Er hat versucht mich zu küssen. Er wollte mich . . .« Sie vergrub das Gesicht in seiner Armbeuge.

»Alles vorbei«, murmelte er mit trockenem Mund. »Alles vorbei, meine Kleine.« Und dann überwand er seine Furcht und strich mit seiner schwieligen Hand ganz sanft über ihr Haar, streichelte es so zärtlich er konnte, berührte sie kaum dabei.

»Hilf mir«, flüsterte sie und legte ihre Hand auf seinen Brustkorb.

Er nickte. »Ich ruf . . . na, am besten, ich werd Guillaume auf der Polizeiwache anrufen.«

Sie fuhr hoch und riß die Augen weit auf. »Nein!« Und dann nahm sie seine Hand, griff mit beiden Händen nach ihr und preßte sie fest. »Nur das nicht, Luc. Nur das nicht! Die Polizei wird alles falsch verstehen! Es gibt Ärger für Monsieur und Madame! Alles wird in hellem Aufruhr sein, und keinem wird es etwas nützen!« Und dann brach sie in stummes Schluchzen aus und sank langsam an seinem Körper hinunter auf die Knie. Sie schlang die Arme um seine speckigen Hosenbeine und er spürte das Zucken ihres kraftlosen Körpers. Luc knetete nervös das kleine längliche Päckchen in seiner Rechten.

»Ich werde der Polizei erzählen müssen, was er mir gesagt hat . . ., was er von mir verlangt hat, wie er mich angefaßt hat . . .« Sie schluchzte herzzerreißend, und ihr Schluchzen ging in gequältes Husten über. »Das kann ich nicht, Luc! Hilf mir bitte. Bitte!«

»Aber . . .« Er beugte sich zu ihr hinunter. »Was soll ich'n tun? Wie soll ich'n dir jetz helfen?« Seine Stimme klang lächerlich dünn und quäkend für einen Mann seines Formats.

»Das Moor«, flüsterte sie aus der Tiefe zu ihm hinauf. »Ihn und sein verdammtes rotes Auto werden sie dort nie finden. Du kennst dich dort aus, Luc. Du bist der einzige, der mir helfen kann, verstehst du?«

Eine Weile blieb es still. Zunächst verharrte Luc unbeweglich. Dann befreite er sich langsam aus ihrer Umklammerung und machte ein paar Schritte auf den Fremden zu. Er kratzte sich am Kopf und betrachtete den grausam zugerichteten Körper. Er sah das aufgeknöpfte Hemd, begutachtete die teuren Klamotten. Luc hatte eine Ahnung, daß hier irgend etwas nicht ins Bild paßte, ohne jedoch genau sagen zu können, was es war.

»Also gut.« Er drehte sich zu Solange um, die immer noch erschöpft und weinend am Boden kauerte. Dann ging er zu ihr und half ihr auf die Beine. »Wir müssen uns beeilen. Ich weiß 'nen Weg unten, an der Straße nach Douxvelles. Hoffentlich is der jetz nicht total abgesoffen, nach dem Regen. Der führt hinterm Wäldchen direkt ins Moor. Da isses richtig.«

Ein Lächeln huschte durch ihr Gesicht.

Er berührte sie sanft an der Wange. »Solange . . .«

»Ja?«

»Du weißt ja, ich kann nich so doll große Worte machen . . .«

»Dann laß es.« Sie hauchte ihm einen flüchtigen Kuß auf die Wange. »Ich hole eine Decke, in die wir ihn einwickeln können.«

Ohne sich noch einmal zu ihm umzusehen verschwand sie durch die Tür in den Küchentrakt.

Luc hatte einen trockenen Mund vor Aufregung. Er tastete nach seiner Gesäßtasche, aber sein Flachmann war nicht an seinem angestammten Platz. »Junge, Junge«, murmelte er und ging in die Knie.

Sein Blick wanderte über das entstellte Gesicht des Mannes. War sicherlich mal ein gutaussehender Bursche gewesen. So einer von denen, die an jedem Finger zehn Frauen oder mehr haben konnten. Na ja, damit war jetzt wohl Schluß. »So, wie du jetzt aussiehst, Freundchen, so nimmt dich erst mal keine mehr.«

Er blickte hinauf zur Galerie. Solange hatte sich gewehrt. Er hatte den Halt verloren, war über die Brüstung gekippt ... *Finis.*

Dann blickte er wieder auf den Mann, und plötzlich spürte er, wie seine Nackenhaare sich sträubten. Hatte der nicht gerade noch den Mund zugehabt?

Und dann zuckten die Augenlider.

Luc fuhr sich nervös durchs Haar. »Heilige Bernadette, der Bursche lebt!« flüsterte er und atmete mit flachen Stößen.

Und dann öffneten sich die Augen. Zuerst war nur das Weiße der Augäpfel zu sehen. Der Mann öffnete hilflos den Mund und schloß ihn wieder. Ein heiserer Laut ertönte.

»Solange!« schrie Luc schrill.

»Hilfe«, flüsterte der Mann. Seine Pupillen rollten gequält hin und her. »Helfen Sie mir!«

»Solange!!!« Lucs Stimme hallte durch den leeren Raum.

Dann sprang er so behende auf, wie sein fetter Körper es zuließ. Hektisch warf er den Kopf herum. Ein Glas Wasser. Irgendwie mußte er dem Mann etwas einflößen. Alle Gläser waren bereits verpackt, abtransportiert, womöglich längst im neuen Heim der Cavattes wieder in die Vitrine geräumt.

Er durchquerte die Halle und riß die Tür zur Toilette auf, die die Cavattes vor über zehn Jahren neben der Garderobe hatten einbauen lassen. Er drehte den Hahn auf und formte mit seinen riesigen Händen eine Schale, in die er das Wasser laufen ließ. Dann eilte er zurück zu dem Verletzten und brachte es zustande, die paar Tropfen, die ihm nicht zwischen den Fingern hindurch weggesickert waren, in den Mund des Mannes zu träufeln. Das schien ihn zu beleben. Er hustete und bewegte seinen rechten Arm zum Hals. »Ist sie weg?« fragte er und hustete wieder. »Was ist mit der Irren?«

»Sie sollten still sein, Kerl«, sagte Luc tonlos, der hin und her gerissen war zwischen seinen Gefühlen. Einerseits dachte er daran, daß der Kerl versucht hatte, Solange etwas anzutun, andererseits hüpfte ihm das Herz im Leibe, weil er lebte und wieder zu sich kam.

»Sie ist irre«, keuchte der Mann heiser. »Sie ist durchgeknallt ... aaah.« Ein heftiger Schmerz verzerrte sein Gesicht. »Madame Cavatte ist gefährlich, passen Sie auf.«

»Madame Cavatte?« fragte Luc verwirrt.

»Die Frau ... diese Frau im blauen Kleid. Ist sie weg?«

»Das ist das Dienstmädchen. Solange. Sie wollten ihr an die Wäsche, stimmt's, Sie Drecksack?« Lucs Tonfall wurde kühler.

Der Mann versuchte unbeholfen, sich aufzurichten, indem er sich auf den Ellbogen abstützte. Es mißlang ihm, und als er mit dem Kopf auf den Boden zurückschlug, stöhnte er gequält auf. »Sagt sie das? Sagt die Cavatte so was?« fragte er ächzend.

Luc nickte. »Solange. Sie is aber das Dienstmädchen. Wie kommen Sie auf Madame Cavatte?« Lucs Gedanken waren verwirrt. Irgend jemand belog ihn hier nach Strich und Faden. Was war hier los gewesen? Wieso trug Solange das Kleid von Madame? Wer war dieser Kerl?

»Sie hat sich für sie ausgegeben. Sie ist verrückt ... gefährlich, verstehen Sie? Mann, sie hat mich mit dem Kehrblech geschlagen!«

»Wieso sollte ich Ihnen glauben, M'sieur? Wieso sollte mich Solange belügen? Können Sie mir das mal sagen?«

Solange stand im Türrahmen. Sie hatte eine grobkarierte Decke im Arm. Verunsichert starrte sie auf die Szenerie, die sich ihr bot.

»Er lebt, Solange!« Luc richtete ruckartig den Oberkörper auf, als er sie bemerkte. »Wir müssen ihm helfen.«

Langsam kam sie näher. Sie hielt das Bündel in ihren Armen weiterhin fest umklammert.

»Hörst du, wir müssen ihm helfen!«

»Einen Dreck müssen wir«, flüsterte sie. »Das Dreckschwein hat versucht, mir etwas anzutun. Er wollte mich ...« Dann starrte sie Luc mit geweiteten Augen an. »Kein Mensch wird ihn vermissen. So einen vermißt keiner.«

»Solange, was soll ...«

»Schaff ihn aus diesem Haus.«

»Zu einem Arzt, ja, ist gut.«

»In's Moor. Töte ihn.«

Aus seiner Perspektive sah dieser fette Kerl aus wie ein gewaltiger Berg. Schnaufend blickte er auf ihn herab und wandte immer wieder den Blick fragend zu der Frau im blauen Kleid.

»Töte ihn!« sagte sie wieder, diesmal eine Spur schärfer.

Ripoux machte eine hilflose Geste mit dem rechten Arm. Den linken konnte er vor Schmerz kaum bewegen. Sie wollten ihn töten! Im Hirn dieser verfluchten Idiotin war etwas entgleist, und nachdem ihr erster Versuch, ihn umzubringen, mißlungen war, wollte sie jetzt diesen Fettsack dazu bringen, ihn abzumurksen!

Wieder versuchte er, sich mit den Ellbogen hochzustemmen, und wieder brach er zusammen.

Er stöhnte gequält auf.

»Solange, der Kerl hat Riesenschmerzen.«

»Na und?« schrie sie plötzlich aufbrausend. »Das ist mir egal, du Trottel! Kannst du denn nicht verstehen, daß er leiden *muß*?«

»Aber wieso?« Der Dicke rang verzweifelt die Hände. Aus Ripoux' Perspektive sah es zum Brüllen komisch aus, wie der große, fette Bursche sich gequält hin und her wand und mit einer hohen, sich überschlagenden Stimme auf die Frau einredete. »Ich versteh dich nich, Solange. Hier stimmt doch was nich. Was is mit dem Kleid? Haste das etwa für ihn angezogen? Könnte doch sein, oder? Ich glaub fast, du lügst mir hier was vor, Solange. Du siehst aus wie auf 'nem Staatsempfang. Geschliffen und gelackt. Der hat dich gar nicht angerührt, stimmt's? Was hat er dir denn nur getan, daß de ihm so was antust?«

Die Frau schwieg.

»Jetz red schon, Solange! Der Kerl stirbt hier, und da will ich nich schuld dran sein!«

»Sie ist irre«, preßte Ripoux hervor. »Holen Sie die Polizei, Mann! Los schon, rufen Sie an!« Mit einer unsicheren Bewegung wies er zum Telefon, das am Boden vor der Holztäfelung stand.

Die Frau fuhr plötzlich mit einer unvermittelten Bewegung herum und lief auf die Tür zu, die zum Küchentrakt führte.

»Wohin läufst du, Solange?« rief der Dicke.

»Ich mache es selbst, du fetter Idiot! Ich hole etwas ... Ein Messer, einen Knüppel ... Ich werde schon was finden!«

»Warte!« Der Dicke rannte hinter ihr her und beide verschwanden durch die Tür.

Ripoux witterte seine Gelegenheit.

Das Telefon schien unerreichbar für jemanden mit seinen Verletzungen. Kilometerweit entfernt. Zweifellos hatte er aber nur diese eine winzige Chance, lebendig aus diesem Irrenhaus zu entkommen. Als er sich zur Seite drehte, fuhr ihm ein höllischer Schmerz durch die linke Hälfte seines Körpers. Jede seiner nun folgenden Bewegungen steigerte diese infernalischen Qualen ins Unerträgliche, und trotzdem brachte er es zustande, sich unter Aufbietung seiner letzten Kräfte vorwärts zu schieben. Gerade als er mit zitternden Fingern den Telefonhörer zu fassen bekam, polterte etwas hinter der halbgeöffneten Tür, durch die die beiden verschwunden waren. Er hielt für einen Augenblick inne und starrte mit einem panischen Blick zu der Tür. Blut verschleierte seinen Blick. Nichts geschah. Seine Finger suchten sich ihren Weg über die Tasten des Apparats, und voller Aufregung hob er den Hörer ans Ohr und wartete keuchend, bis die Verbindung hergestellt wurde.

»Gendarmerie Douxvelles, *bonsoir*«, meldete sich eine schläfrige Stimme.

»Helfen Sie mir. Mein Name ist Ripoux. Ich ...«

Von der Standuhr tönten zwölf blecherne Glockenschläge. Sie hallten an den kahlen Wänden wider und verursachten einen ohrenbetäubenden Lärm.

»Höre Sie, Monsieur ...« Am anderen Ende herrschte Stille. Ripoux stockte. »Hallo? Sind Sie noch dran?«

Er drückte den Unterbrecher, wieder und wieder, doch das Ergebnis blieb dasselbe. Die Leitung war tot.

Der Hörer entglitt seiner kraftlosen Hand, Tränen schossen ihm in die Augen. Aus! Er würde sterben.

Die Tür wurde aufgerissen.

Sie kamen zurück.

Der Dicke trat als erster in die Halle. Sein Gang war unsicher. Er machte den Eindruck, als sei er betrunken. Schwer und stampfend setzte er einen Fuß vor den anderen und kam auf Ripoux zu. Er hatte die kleinen Schweinsaugen weit aufgerissen und starrte ihn mit seltsam leerem Blick an. Die Arme hatte er nach hinten gedreht, und scheinbar war er damit beschäftigt, etwas hinter seinem gewaltigen Rücken zu verbergen oder sich dort zu kratzen. Als er Ripoux fast erreicht hatte, öffnete er seinen Mund und begann, mit den Lippen tonlose Silben zu formen.

Und plötzlich kippte er einfach nach vorne, stürzte auf den harten Steinboden und blieb reglos liegen.

In seinem Rücken steckte ein kleines Beil. Es war das, mit dem Solange die Anzündhölzer für das Kaminfeuer geschlagen hatte. Luc hatte sie dabei unzählige Male beobachtet und auch das ein oder andere Schwätzchen mit ihr gehalten. Es hatte im Schuppen hinterm Haus gelegen, zusammen mit ein paar anderen Gerätschaften, die es nicht wert gewesen waren, mitgenommen zu werden. Das alles konnte Ripoux nicht wissen.

Er schrie.

Die Frau im blauen Kleid stand mit leerem Blick im Türrahmen. Stumm starrte sie auf das Szenario.

»Warum?« schrie Ripoux. »Warum tun Sie das? Was hat er Ihnen getan? Was habe *ich* Ihnen getan!«

Langsam kam sie auf ihn zu, umrundete den leblosen Berg, aus dessen Rücken das Beil wie ein ungestaltes Gipfelkreuz herausragte, und sah beinahe mitleidig auf ihn herab.

»Das ist ja der Jammer, Monsieur. Im Grunde genommen wissen Sie ja gar nicht, was Sie angerichtet haben. Dieses Haus ...« Sie hob die Arme und drehte sich langsam um die eigene Achse. »Maison Morteuil, Monsieur Cavatte, Madame Cavatte ... all das war mein Leben. Es gibt keine gütigeren Menschen, es gibt kein Zuhause, das sich mit diesem messen könnte. Und Sie haben das alles mit ein paar Telefonaten zerstört. Sie müssen dafür büßen.«

Ripoux' Gedanken schossen wild durcheinander. Die war total durchgedreht. Er sollte schuld am Verkauf des Hauses sein? Die Cavattes und dieser Kasten hier sollten es wert sein, daß zwei Menschen sterben müssen? »Aber die Cavattes *mußten* doch verkaufen. Ich bin doch nur der Makler! Geht das in Ihren irren Schädel nicht hinein? Mich trifft doch keinerlei Schuld!«

Wortlos ging sie zurück zu der Tür, aus der sie eben gekommen war. Aus dem dahinterliegenden Dunkel holte sie einen kleinen rostigen Kanister hervor.

Ripoux' Panik wuchs. Was würde der nächste Zug dieser Irren sein? Eine grauenvolle Ahnung keimte in ihm auf, die ihn seine Augen entsetzt weiten ließ.

»Sie werden doch nicht ... Hören Sie, ich kann doch nichts dafür, Sie blöde Kuh! Ich kann Ihnen helfen. Sie bekommen einen Traumjob bei mir! Vergessen Sie alles, was ich vorhin über Dienstboten gesagt habe! Ich brauche dringend ein fähiges ...«

Ohne ihn auch nur eines Blickes zu würdigen, kam sie langsam auf ihn zu, zog im Vorbeigehen wie in Trance den Schonbezug von einem der Sessel, schleifte ihn hinter sich her und ging an ihm vorbei zum Kamin. Er versuchte nach dem Schonbezug zu greifen um sie zurückzuhalten, aber er griff ins Leere. Seine Hand streifte die Leiche des fetten Mannes, berührte etwas Weiches in Geschenkpapier, das dem Toten aus der Brusttasche gefallen war, als er zu Boden ging.

Sie warf den Schonbezug in den Kamin und schüttete etwas aus dem Kanister darüber. Sofort verbreitete sich metallischer Benzingestank im Raum. Sie spritzte es auf den Boden vor dem Kamin, gegen die Holzvertäfelung und auf die letzten Möbel. Dann holte sie eine Schachtel Streichhölzer hervor, entzündete eines der kleinen Hölzchen und hielt es für einen Augenblick geradezu andächtig zwischen Daumen und Zeigefinger, bevor sie es in den Kamin warf.

Das benzingetränkte Tuch entzündete sich mit einem dumpfen Dröhnen. Die Flammen schlugen aus dem Kamin und leckten in Sekundenschnelle über Boden, Vertäfelung und Sessel, fraßen sich hungrig und flackernd überall dahin, wohin sie Benzin geschüttet hatte. Sie schwenkte den längst leeren Kanister immer noch mit mechanischen Bewegungen, tat so, als gösse sie immer noch Benzin aus, und kam mit völlig entrücktem Gesichtsausdruck auf ihn zu.

Er hatte nur noch eine Chance.

Seine Hand hatte erneut nach dem Telefonhörer gegriffen. Er hob ihn ans Ohr und sagte: »Hallo? Sind Sie noch dran? Kommen Sie schnell. Maison Mor . . .« Sie warf scheppernd den Kanister weg, stürzte auf die Knie und griff panisch nach dem Hörer.

Es war ein hellblauer Seidenschal, hauchdünn und hübsch lang. Das Muster war geschmacklos, aber der fette Klotz hatte treffsicher das klare Blau ihrer Augen ausgesucht.

Ebendiese großen blauen Augen riß sie entsetzt auf, als er ihr den Schal um den Hals warf. Das Geschenkpapier flatterte durch die Luft. Er packte das eine Ende des Schals mit den Zähnen, biß zu, so fest er konnte, und packte mit der unversehrten Hand das andere Ende. Dann zog er zu.

Sie schlug wild mit den Armen um sich, kippte nach vornüber, strampelte mit den Beinen, versuchte den eisernen Griff um ihren Hals zu lösen. Ein schauerliches Würgen mischte sich unter das Knistern der Flammen, die die Standuhr erreicht hatten, und die Bewegungen der Frau wurden langsamer und schwächer, je höher die Flammen loderten. Und schließlich rührte sie sich nicht mehr.

Ripoux ließ sich erschöpft zur Seite fallen. Der Schmerz und die Erschöpfung raubten ihm fast die Sinne, aber er rappelte sich erneut auf, robbte langsam und stöhnend auf die Haustür zu, wobei er sich mit dem Knie des rechten Beins nach vorne schob. Rauch breitete sich aus, die Hitze wurde schier unerträglich.

Als er das Holz der Haustür ertastete, glaubte er, es sei zu Ende und seine Kraft reiche nicht mehr für die Rettung, aber unter gewaltigen Schmerzen schaffte er es, sich zur Klinke hochzuziehen und die Tür zu öffnen.

Dann umfing ihn kühle, würzige Nachtluft. So würzig, wie sie hier auf dem Lande immer nach dem Regen roch.

Ein perfekter Mord

Cyril Hare

Zu einem Mord gehören mindestens zwei. Das Seelenleben des Mörders ist schon oft genug untersucht worden; was aber einen Mann dazu qualifiziert, ermordet zu werden, ist ein seltener erörtertes Thema, obwohl es vielleicht manchmal interessanter wäre.

Derek Walton, der an einem dunklen Dezemberabend von Ted Brackley in Boulter's Mews*, Mayfair, getötet wurde, war für seine Rolle in jenem ziemlich schmutzigen, gemeinen kleinen Drama einmalig geeignet. Er war ein gutgewachsener junger Mann, einen Meter und dreiundsiebzig Zentimeter groß, mit dunklem Haar und haselnußbraunen Augen. Er trug einen kleinen, bürstenartigen Schnurrbart und hinkte leicht beim Gehen. Er war bei Mallard beschäftigt, jener kleinen blühenden Juwelenhandlung ganz in der Nähe der Bond Street, und zur Zeit seines Todes trug er in einer seiner Taschen ein Päckchen mit wertvollen Brillanten, die er in Mallards Auftrag nach Birmingham zum Neufassen bringen sollte. Wie nicht anders zu erwarten, ergaben die Brillanten das Motiv für den Mord; aber Walton wäre nicht zu ebendiesem Zeitpunkt und auf diese Art gestorben, wäre er fett oder blauäugig oder größer als einsdreiundsiebzig gewesen, denn Brackley war ein vorsichtiger Mensch. Und noch

*Mews sind mittelalterliche, enge Gassen, in denen sich die Stallungen der Herrschaftshäuser mit darübergebauten Wohnräumen für das Gesinde befanden; heute werden die ehemaligen Stallungen meist als Garagen verwendet, während die Räume darüber häufig zu luxuriösen kleinen Wohnungen ausgebaut sind.

eine andere Tatsache gab es in Waltons Leben, die schließlich und letzten Endes die Waagschale zu seinen Ungunsten ausschlagen ließ – durch seine Leidenschaft für Windhundrennen war er tief in Wettschulden geraten.

Es gab nur sehr wenig, was Brackley nicht über Walton wußte, nachdem er ihn über einen Zeitraum von mehreren Monaten sorgfältig studiert hatte. Geduldig und ohne jede Gewissensbisse hatte er sein Opfer aus jedem nur möglichen Blickwinkel heraus beobachtet. Jede Einzelheit in seiner Erscheinung, seiner Gangart und Sprechweise bis zu den unbedeutendsten Gesten hatte er sich mit einer Hingabe eingeprägt, wie sie selbst ein Liebhaber seiner Angebeteten gegenüber nicht hätte aufbringen können. Als Mensch mit festen Gewohnheiten war Walton ein leichtes Ziel für Beobachtungen, und den Zeitpunkt seines Kommens und Gehens kannte Brackley schon lange auswendig. Brackley wußte alles über Waltons Nachtquartiere in West-London, die Kneipen, die er regelmäßig besuchte, die Buchmacher, die er bevorzugte, seine heimlichen und uninteressanten Liebesaffären. Mehr als einmal war er ihm nach Birmingham gefolgt, wo seine Elten lebten; bis vor die Türschwelle von Walkinshaws war er ihm nachgegangen, jener großen Juwelierfirma, wo die vortrefflichen Geschmeide angefertigt wurden, welche das Ansehen des alten Nicholas Mallard begründet hatten. Das einzige, was er nicht genau kannte – so dachte Brackley, als er im Schatten von Boulter's Mews wartete –, waren Waltons Gedankengänge. Aber das war eine gänzlich unbedeutende Einzelheit – so unbedeutend wie die Gefühle eines äsenden Hirsches für einen pirschenden Jäger in dem Augenblick, wo er den Finger am Abzug krümmt. Walton war an diesem Abend später als gewöhnlich. Brackley warf einen schnellen Blick auf seine Armbanduhr und runzelte die Stirn. In zehn Minuten mußte der wachhabende Polizist auf seiner Runde am Ende der Mews erscheinen. Er entschied sich, daß er höchstens noch zwei Minuten warten durfte. Danach würde der Zeitraum für die sichere Durchführung seines Planes zu kurz sein, und das Unternehmen müßte für diesen Abend abgeblasen werden. Zweifellos würde sich später eine neue Gelegenheit bieten, und er konnte es sich leisten zu warten; trotzdem wäre es jammerschade, denn die Bedingungen waren sonst einfach ideal. Die Geschäfte hatten geschlossen, und die Schritte der letzten Gehilfen und Büroangestellten waren längst verhallt. Der Ansturm des Vergnügungsverkehrs nach Westend hatte noch nicht eingesetzt. Ein schwacher Dunst, zu dünn, um Nebel genannt zu werden, begann von den feuchten Trottoirs aufzusteigen. Was zum Kuckuck hielt denn Walton auf?

Dreißig Sekunden fehlten noch bis zum Ablauf der zwei Minuten, als Brackley das Geräusch vernahm, auf das er wartete. Er hörte, wie etwa sechzig Schritte entfernt, in der Fentiman Street, die Hintertür von Mallards Geschäft geschlossen wurde und der Schlüssel im Schloß rasselte, als Walton hinter sich zusperrte. Offenbar ging er wie gewöhnlich als letzter aus dem Laden. Dann trat eine Pause ein, lange gegnug, um Brackley zweifeln zu lassen, ob sein Opfer ihn im Stich lassen und sich dazu entscheiden würde, dem Bogen der Bond Street zu folgen anstatt wie gewöhnlich den kurzen Weg durch die Mews zu nehmen. Doch dann hörte er die unverwechselbaren, hinkenden Schritte auf sich zukommen. Als er rückwärts in den offenen Torweg hinter sich schlüpfte, bemerkte er, daß die Schritte entschieden schneller als sonst klangen. Das war nicht sehr günstig, da alles von einer genauen Zeiteinteilung abhing. Jetzt, in diesem kritischen Augenblick, den er so lange vorbereitet, so oft geprobt hatte, würde er vielleicht improvisieren müssen – und Improvisation war gleichbedeutend mit Risiko. Brackley hatte sich unendlicher Mühe unterzogen, um jedes Risiko in dieser Sache auszuschalten. Der Gedanke daran war ihm unangenehm.

Wie es sich herausstellte, hätte er sich keine Sorgen zu machen brauchen. Alles verlief vollkommen nach seinem Plan. Als Walton den Torweg passierte, trat Brackley hinter ihm heraus. Ein schneller Blick nach beiden Seiten versicherte ihm, daß die Mews verlassen war. Gleichzeitig mit seinem Opfer machte er zwei geräuschlose Schritte. Dann schlug er einmal mit dem gummiüberzogenen Kabelende zu, genau hinter das rechte Ohr, wie er es sich vorgenommen hatte, und Walton fiel ohne einen Laut vornüber.

Der Körper berührte nicht den Boden. Schon während er den Schlag ausführte, war Brackley vorgesprungen, hatte Walton den linken Arm um die Hüfte gelegt und ihn aufgefangen. Einen Augenblick blieb er so stehen und stützte ihn, dann warf er sich den Körper mit einem Schwung über die Schulter und trug ihn in den Eingang, aus dem er gekommen war. Der ganze Vorgang hatte nicht länger als zehn Sekunden gedauert. Außer dem dumpfen Auftreffen des Schlages und dem schwachen Klappern des kleinen Koffers, den Walton im Tode hatte fallen lassen, hatte kein Geräusch die Stille der Nacht durchbrochen. Der Koffer und Waltons Hut lagen Seite an Seite in der Gosse und bildeten die einzigen Zeugen des Geschehens. Innerhalb kürzester Frist war Brackley wieder herausgeschossen und hatte sie an sich genommen. Leise schloß sich die Tür hinter ihm. Moulter's Mews war schweigsam wie ein Grab und leer wie eine Gedenkstätte.

Etwas schwer atmend von der Anstrengung, aber sonst völlig kühl, machte sich Brackley beim Licht seiner Taschenlampe schnell an die Arbeit. Er befand sich jetzt in einer kleinen Garage, deren legitimer Mieter er war. Die Leiche hatte er auf eine grobe Decke hinter die rückwärtige Tür eines kleinen Lieferwagens gelegt, dessen Papiere auf seinen Namen lauteten. Der Totschläger lag daneben.

Es war nur wenig Blut geflossen, und er hatte dafür gesorgt, daß es von der Decke aufgesaugt worden war. Schnell und methodisch untersuchte er Waltons Taschen. Wie er erwartet hatte, befanden sich die Brillanten in einem kleinen versiegelten Paket in einer Innentasche der Jacke. Eine braune, lederne Brieftasche enthielt Waltons Personalausweis, ein paar Pfundnoten und einige persönliche Papiere. Und dann kam eine angenehme Überraschung. In einer Gesäßtasche, zusammen mit einem billigen

Zigarettenetui, steckte ein dickes Bündel Pfundnoten. Brackley hielt sich nicht damit auf, sie zu zählen; aber er schätzte, daß es ungefähr hundert waren. Er grinste in die Dunkelheit. Andere Verabredungen hatten ihn in den beiden letzten Wochen gezwungen, Walton allein zu den Hunderennen gehen zu lassen. Augenscheinlich hatte sein Glück im Spiel sich gewendet – gerade zur rechten Zeit. Er stopfte die Geldscheine zusammen mit den anderen Dingen in seine Taschen. Dann betrachtete er sorgfältig von Kopf bis Fuß das Äußere des Toten.

Was er sah, befriedigte ihn vollkommen. Walton, dieser Gewohnheitsmensch, hatte sich für seine Arbeit an diesem Tage dieselben Kleider angezogen wie immer. Die Kleidung, die Brackley jetzt trug, war genau die gleiche. Brackleys Schultern waren nicht ganz so breit wie Waltons, aber ein Paar kleine Polster in der Jacke hatten den Unterschied verschwinden lassen. Brackley maß auf Strümpfen nur einen Meter und siebzig, aber in den Schuhen, die er für dieses Unternehmen vorbereitet hatte, sah er genau so groß aus wie Walton. Eine leichte Tönung hatte die geringe Verschiedenheit in der Farbe ihrer Haare beseitigt. Brackley strich über den kleinen, bürstenartigen Schnurrbart, den er sich während des letzten Monats hatte wachsen lassen, und kam zu dem Ergebnis, daß die Ähnlichkeit ausreichen würde.

Ein zufälliger Beobachter würde nicht vermutet haben, daß der Mann, der mit einem kleinen Koffer in der Hand aus dem südlichen Ende der Mews hinkte, ein anderer sein könnte als derjenige, der vor knapp fünf Minuten die Gasse von Norden her betreten hatte. Der Zeitungsverkäufer in der Bond Street jedenfalls merkte nichts. Automatisch streckte er ihm die von Walton regelmäßig gekaufte Abendzeitung entgegen, automatisch machte er die gleiche banale Bemerkung über das Wetter wie jeden Abend und hörte ohne Entgegnung die Antwort in einer ausgezeichneten Imitation von Waltons mittelenglischem Akzent. Das Glück wollte es, daß eben in diesem Augenblick ein Polizist vorbeikam. Er würde sich an diese Begebenheit erinnern, falls der Zeitungsverkäufer es vergessen sollte. Waltons Erscheinen in der Bond Street war nun unerschütterlich bewiesen; er brauchte jetzt nur noch eine deutliche Fährte nach Birmingham auszulegen.

Ein Taxi erschien im rechten Augenblick, Brackley hielt es an und stieg ein. Gerade laut genug, daß der Polizist es hören konnte, gab er dem Chauffeur den Auftrag, nach Euston zu fahren. Um ganz sicherzugehen, fragte er ihn auch, ob er den Zug um 18.55 Uhr nach Birmingham noch erreichen würde und dankte mit überschwenglicher Erleichterung, als der Chauffeur ihm versicherte, daß er noch reichlich Zeit hätte.

Walton hatte stets den Zug um 18.55 Uhr nach Birmingham genommen und war erster Klasse auf Kosten der Firma gereist. Brackley tat das gleiche. Mit ein wenig übertriebener Umständlichkeit und einem etwas zu hohen Trinkgeld bemühte er sich, bei dem Gepäckträger, der seinen Koffer zum Zug brachte, eine Erinnerung an sein Erscheinen auf dem Bahnhof zu hinterlassen. Walton hatte immer im Speisewagen gegessen. Brackley war sich nicht ganz klar darüber, ob er die Verkörperung Waltons damit auf die Spitze treiben sollte. Der Wagen war hell erleuchtet, und Kellner haben gewöhnlich scharfe Augen und ein gutes Gedächtnis. Er entschloß sich, es zu wagen, und brauchte es auch nicht zu bereuen. Der Tischkellner fragte ihn, ob er wie gewöhnlich ein Guinness trinken wolle und bemerkte, daß er ihn seit längerer Zeit nicht mehr gesehen habe. Hätte er seitdem nicht etwas abgenommen? Brackley stimmte zu und bemühte sich, bei der Antwort nicht seine Zähne zu zeigen, die etwas unregelmäßiger als Waltons Zähne waren. Dann schlürfte er geräuschvoll sein Bier, wie Walton es zu tun pflegte. Kurz bevor der Zug in den Bahnhof von New Street einlief, verließ er den Speisewagen und nahm sich dabei in acht, das Hinken nicht zu übertreiben.

Auf dem Weg zu seinem Abteil wiegte er sich in dem selbstbewußten Stolz eines guten Schauspielers, dessen Rolle ein voller Erfolg gewesen ist. Was nun noch zu tun übrig blieb, war verhältnismäßig einfach, und auch das hatte er mit der gleichen methodischen Sorgfalt vorbereitet wie alles andere bisher.

Am Bahnhof New Street würde Walton plötzlich und endgültig verschwinden. Sein Koffer würde in die Gepäckaufbewahrung wandern und zweifellos im ordnungsgemäßen Verlauf der Nachforschungen entdeckt werden, wenn die Jagd nach ihm begonnen hatte. Durch sorgsam ausgekundschaftete Nebenstraßen würde Brackley sich vom Bahnhof zu dem möblierten Zimmer begeben, um dort Kleidung und Identität zu wechseln. Am nächsten Tag, in London, würde der Lieferwagen, in dem Waltons Körper zur Zeit steif wurde, unauffällig von Boulter's Mews zu einer Garage in Kent fahren, wo ein Ruheplatz für ihn unter einer fünfzehn Zentimeter starken Schicht frisch gelegten Zements vorbereitet war. Nichts würde diese unverdächtige Fahrt mit einem jungen Mann in Verbindung bringen, den man zum letzten Mal in einer Entfernung von hundertsechzig Kilometern in der entgegengesetzten Richtung von London gesehen hatte.

Die Spur würde sich in Birmingham verlieren, und dort würden auch die Nachforschungen beginnen – und enden. Waltons Eltern, die ihn an diesem Abend erwarteten, würden wohl kaum die Polizei benachrichtigen, wenn er nicht eintraf. Als erste würden wahrscheinlich Walkinshaws Alarm schlagen, wenn die erwarteten Brillanten nicht am Vormittag bei ihnen abgeliefert werden würden. Ob man Waltons Verschwinden für freiwillig oder nicht halten würde, war eine rein akademische Frage, die er mit Interesse in den Zeitungsberichten verfolgen würde. Aber er nahm an, daß die Polizei nach Aufdeckung von Waltons finanzieller Lage zynisch genug sein würde, ihn als einen weiteren Fall des »vertrauenswürdigen« Angestellten abzuschreiben, der unter dem Druck seiner Schulden der Versuchung nachgegeben hatte. Eine Jagd nach dem lebenden Walton würde eine zusätzliche Sicherheit dafür bieten, daß der tote Walton ungestört ruhen könnte.

Als die Lichter von New Street durch das Abteilfenster zu sehen waren, prüfte Brackley in Gedanken noch einmal die Glieder der gefälschten Beweiskette, die er geschmiedet hatte. Waren sie stark genug? Der Zeitungsverkäufer – der Taxichauffeur – der Gepäckträger – der Kellner – würden sie mit ihrem Zeugnis zur rechten Zeit in Erscheinung treten? Letzten Endes war auf keine menschliche Aussage hundertprozentiger Verlaß, und die Kette konnte an irgendeiner Stelle brechen. Doch außer sich öffentlich auf dem Bahnsteig als Walton auszugeben, blieb nichts mehr, was er noch tun konnte.

Geistesabwesend starrte er die ältere Dame an, die mit ihm im Abteil saß, als ihm plötzlich zum Bewußtsein kam, daß er doch noch etwas tun konnte: er würde seiner Leistung den letzten künstlerischen Anstrich geben, die sie über alle Zweifel erhaben machen mußte. Der Koffer der Dame lag im Gepäcknetz über ihrem Kopf, und seiner – Waltons – lag daneben. Er nahm jetzt zum ersten Mal wahr, daß sie sich bemerkenswert ähnlich sahen. Sie stammten beide aus dem billigen Angebot eines Geschäftes in der Oxford Street; er wußte es, denn er hatte sich dort den gleichen gekauft für den Fall, daß er ihn für seine Verkörperung Waltons brauchen sollte. Er hatte ihn jedoch nicht benötigt. Die Gelegenheit ergreifend, die ein günstiges Geschick ihm bot, stand er rasch auf, als der Zug hielt, nahm das Köfferchen der alten Dame aus dem Gepäcknetz und trat damit hinaus auf den Bahnsteig.

Es kam, wie er es vorausgesehen hatte. Bevor er die halbe Länge des Zuges entlanggehinkt war, hatte seine ältliche Begleiterin ihn eingeholt. Sie trug seinen Koffer und rief ihm nach, stehenzubleiben.

»Entschuldigen Sie bitte«, rief sie mit einer hohen, weittragenden Stimme, »aber Sie haben sich geirrt. Das ist mein Koffer, den Sie da in der Hand halten.«

Brackley lächelte geduldig.

»Ich fürchte, Sie haben sich selbst geirrt, gnädige Frau«, sagte er. »Da haben Sie ja Ihren eigenen Koffer. Sehen Sie selbst, wie ähnlich sie sich sind.«

»Aber ich bin völlig sicher!« kreischte die alte Dame. Sie

spielte ihre unfreiwillige Rolle so großartig, als ob sie sie einstudiert hätte. »Er lag genau über meinem Kopf, und Sie haben ihn genommen. Das ist mein Koffer, den Sie da haben. Und außerdem erkenne ich ihn auch.«

Genau wie er gehofft hatte, erschien ein Bahnpolizist auf der Szene seines kleinen Theaterstückes.

»Was geht hier vor?« fragte er.

Die Dame holte Atem, um zu sprechen, aber Brackley kam ihr zuvor. Er war nicht gesonnen, die günstige Gelegenheit zu verschenken, für die er gearbeitet hatte.

»Diese Dame scheint zu denken, ich hätte ihren Koffer gestohlen, Wachtmeister«, sagte er. »Ich habe nichts dergleichen getan. Ich bin ein völlig unbescholtener Mann. Mein Name ist Walton, und ich bin bei dem Londoner Juwelier Mallard beschäftigt. Ich habe meinen Personalausweis hier, wenn Sie ihn sehen wollen, und –«

»Schon gut, schon gut«, unterbrach ihn der Polizeibeamte lächelnd. »Niemand hat bisher etwas von stehlen gesagt.«

»Selbstverständlich nicht«, warf die Dame ein. »Es ist nur ein Irrtum, und ich versuche es ihm klarzumachen. Aber nichtsdestoweniger bestehe ich darauf, meinen Koffer zurückzubekommen!«

»Natürlich, meine Dame, natürlich!« DerBeamte genoß sichtlich die Situation. »Wir wollen einmal einen Blick darauf werfen.« Er legte sie nebeneinander auf den Bahnsteig. »Die sehen sich aber wirklich sehr ähnlich! Keine Kofferanhänger, keine besonderen Kennzeichen. Ihr sorglosen Leutchen! Genau auf diese Art und Weise pflegen Gepäckstücke verlorenzugehen, und dann wird die Schuld der Eisenbahn zugeschoben. Was meinen Sie, Mister – –«

»Walton ist mein Name.«

»Haben Sie etwas dagegen, wenn ich einen der beiden öffne? Das wird die Angelegenheit wohl endgültig aufklären.«

»Nicht das geringste.«

»Und Sie, meine Dame?«

»Ganz im Gegenteil.«

»Na, dann wollen wir mal sehen.«

Er nahm Waltons Koffer, legte ihn auf eine Bank und öffnete die Verschlüsse. Er schlug den Deckel zurück und der helle Schein der Bahnsteiglampen fiel erbarmungslos auf seinen Inhalt. Myriadenfach brach sich ihr Licht in den Facetten einer großen Menge von Juwelen, die augenscheinlich hastig zusammengerafft waren. Und obenauf lag ein gummiüberzogenes Kabelstück, dessen eines Ende mit einer scheußlich verklebten Masse von Blut und Haaren besudelt war. Mit weißen Haaren – den Haaren des alten Nicholas Mallard, der zur Zeit zusammengekrümmt unter seinem Ladentisch in der Fentiman Street lag, so wie Walton ihn verlassen hatte.

Die Doppelgängerin

Edgar Wallace

Ein Abend Anfang März. Schneetreiben, glitschiger Matsch auf den Bürgersteigen. Mr. Lester Cheyne hatte es trotzdem nicht eilig. Seine gemächlichen Schritte deuteten darauf hin, daß er ein erfreuliches Erlebnis auskostete und nur ungern der gemütlichen Eingangshalle von Northumberland Court und seinem Luxusapartment zustrebte.

Der Schnee fiel in großen Flocken, die im Licht der Bogenlampen märchenhaft glitzerten. Die Bäume entlang der Themse reckten ihre weißen Äste zum Himmel empor; zwei Schlepper zogen schimmernde Spuren durchs dunkle Wasser, in dem sich die grünen und roten Positionslichter spiegelten. Von einer fernen Brücke blinkten gelblich leuchtende Lampen herüber...

Lester, der den Pelzkragen seines Mantels hochgeschlagen hatte, genoß diesen Anblick. Er spürte jene volle innere Zufriedenheit, wie sie jedem Mann zuteil wird, der eine schwierige Aufgabe gelöst hat.

Es war Hauptverkehrszeit. Die Büros leerten sich, auf den Gehsteigen eilten die Leute in dichten Scharen dahin. Er schlenderte am Geländer vor dem Temple dahin, um die Berufstätigen nicht zu behindern. Auch er gehörte zu den Fleißigen, aber auf anderem Gebiet. Er liebte es, sich als General zu betrachten, der in der Stille seines Studierzimmers ausgeklügelte Vorstöße gegen einen zahlenmäßig überlegenen Feind plante.

Lester Cheyne war ein schlanker, gutaussehender Mann von fünfunddreißig Jahren, wirkte aber wesentlich jünger. Wenn ihn jemand fremden Leuten als erfolgreichen Rechtsanwalt vorstellte, trafen ihn häufig ungläubige Blicke. Er hatte aber wirklich Erfolg, und das bewiesen nicht zuletzt seine große Limousine und das Apartment mit den echten Gobelins.

Bei seinem Dahinschlendern hatte es sich nicht vermeiden lassen, daß er ab und zu angestoßen wurde. Man brummte irgendeine Entschuldigung und verschwand wieder in der Nacht.

Aber das Mädchen im braunen Mantel tat mehr: es berührte ihn mit dem Arm, rutschte aus, wurde von dem lächelnden Lester aufgefangen und prägte sich dadurch für immer in sein Gedächtnis ein.

Die Dame rutschte seitlich ab und warf die Arme hoch. Er fing sie gerade noch auf, und sie glitt nach vorne, so daß er sie eine Weile in den Armen hatte.

»Tut mir leid – entschuldigen Sie vielmals!«

Sie fand wieder sicheren Boden unter den Füßen. Zwanzig – vielleicht auch jünger. Oder älter. Er war seiner Sache nicht sicher.

»Verzeihen Sie – ich bin ausgerutscht!«

»Das ist mir auch aufgefallen«, meinte er lachend.

Wenn sie lächelte, wurde sie sogar ausgesprochen hübsch. Man traf solche Frauen nicht oft.

»Ich wußte schon, daß mir heute abend irgend etwas passieren würde«, meinte sie mit der freundlichen Art eines Menschen, der sich auf der Höhe der Situation zeigt. »Ich bin heute früh zu Hause schon einmal ausgerutscht und im Büro dann noch über einen Teppich gestolpert. Aller guten Dinge sind drei.« Sie lächelte ihm schwach zu, wie das vor einem Abschied nehmenden Nicken üblich ist, und beschleunigte ihre Schritte. Kurz danach schoß ihre Hand nach vorn und umklammerte die oberste Stange des Geländers. Er eilte ihr nach.

»Lassen Sie sich lieber begleiten – meine Schuhe haben rutschfeste Sohlen. Wie weit müssen Sie noch?«

»U-Bahnstation Charing Cross«, sagte sie. »Vielen Dank, wenn es Ihnen nicht zuviel Mühe macht.«

Sie wohnte in einem Junggesellinnenheim in Hampstead und

arbeitete in einem Büro am Kings Bench Walk. Sie hatte zwei der Theaterstücke gesehen, von denen er sprach . . .

Schäbig? Nicht ganz. Billig angezogen, das beschrieb sie besser. Er konnte sich ausrechnen, wieviel der Mantel gekostet hatte – im Kaufhaus, versteht sich.

Mr. Lester Cheyne hatte seinen Anteil an Abenteuern hinter sich; unter anderem war da auch eine junge Stenotypistin gewesen. Aber dieses Gesicht ließ sich mit nichts vergleichen. Er kam auch nicht von dem Gefühl los, daß er sie irgendwo schon einmal gesehen hatte.

»Haben Sie schon gegessen?« fragte er.

»Ich? Du lieber Himmel, nein! Ich esse erst, wenn ich zu Hause bin – und Hunger habe. Heute abend fehlt es daran bestimmt nicht!«

Er schien zu überlegen.

»Wenn ich Sie zum Essen einladen würde, hielten Sie es dann für nötig, einen Polizisten zu rufen?« fragte er.

»Ich glaube nicht. Man kann nicht das ganze Jahr über zwischen Temple und Charing Cross hin- und hereilen, ohne gelegentlich solche Einladungen zu bekommen«, erwiderte sie lächelnd.

»Und wie viele davon haben Sie angenommen?« fragte er rundheraus.

Sie schüttelte den Kopf.

»Das habe ich mir gedacht«, meinte er. »Aber ich wohne in sehr solider Gesellschaft. Links ein Parlamentsabgeordneter, rechts der Dekan von Westchurch –«

»Ach! – Sie meinten in Ihre Wohnung?« In ihrer Stimme schwang eine Spur von Enttäuschung mit. »Das ist doch wirklich ausgeschlossen, nicht wahr? Ich meine . . .«

Sie sagte nicht, was sie meinte, aber darauf kam es auch nicht an. Es überraschte ihn nicht, daß sie seine Einladung nicht rundweg abgelehnt hatte, dafür kannte er die Frauen zu gut. Man mußte bei ihnen mit allem rechnen.

»Ich wünschte beinahe, daß der Dekan ein Bischof, der Abgeordnete ein Minister und ich statt einfacher Rechtsanwalt Oberrichter wäre«, murmelte er bedauernd.

Jetzt kam es darauf an, ob sie vom Wetter sprach oder sich zu seinen letzten Worten äußerte.

»Sie sind Rechtsanwalt? Dann muß ich Sie kennen. Es gibt im ganzen Temple keinen Anwalt, dem ich nicht schon begegnet wäre.«

Er sprach also von seinem Beruf, bis sie die U-Bahnstation erreicht hatten. Ihre Schritte wurden langsamer. Vor den Schaltern blieb sie stehen.

»Ich würde nicht wagen, Sie in ein ausgefallenes Lokal einzuladen – dazu würden Sie sich bestimmt umziehen wollen. Aber Seezunge, Fasan gegrillt und als Nachspeise plebeischer Reispudding –«

»Hören Sie auf! Ich komme mir vor wie ein schiffbrüchiger Matrose!«

Sie zögerte immer noch und schüttelte den Kopf.

»Wirklich nett von Ihnen, und irgendwie weiß ich auch, daß Sie – in Ordnung sind. Aber es geht nicht. Wo wohnen Sie denn?‹«

Er deutete zur Eisenbahnbrücke hinüber.

»Northumberland Court – neben dem Club der Nationalliberalen. Meine beiden Dienstboten sind sehr fromm, und weil sie das Schlimmste befürchten, gucken sie durch die Schlüssellöcher, um es nur ja nicht zu versäumen. Sie vermögen aber ihre Frömmigkeit mit einem erheblichen Verbrauch von Bier in Einklang zu bringen!«

Sie sah ihn die ganze Zeit an, wider Willen belustigt.

»Sie reden wie ein Schriftsteller!« sagte sie, und er ärgerte sich ein bißchen. »Ein halbes Abenteuer ist schlimmer als ein ganzes«, meinte sie schließlich. »Her mit Ihrem Fasan und den frommen Dienstmädchen!«

Sie begann etwas schneller zu gehen, beinahe ein bißchen atemlos. Er hoffte, sich nicht getäuscht zu haben. Ihren Standpunkt glaubte er genau verstehen zu können. Sie überquerte den

Rubikon – aber einen seichten Rubikon. Man konnte beim ersten Anzeichen von Gefahr zurückwaten – konnte in der Mitte sogar stehenbleiben und überlegen. Viele Frauen hatten sich diesen praktischen Fluß ausgedacht, um später über die Untiefen und die reißende Strömung entsetzt zu sein.

Seine Wohnung lag im Erdgeschoß. Eine der beiden grimmigen Hausdamen öffnete die Tür und verschwand eilig im Eßzimmer, ein zweites Gedeck aufzulegen. Ihr Gegenstück lauerte an der Tür zum Wohnzimmer.

»Legen Sie Hut und Mantel in mein Zimmer«, sagte Lester. »Mary wird Ihnen zeigen –«

»Oh – schauen Sie mich an!«

Die Augen des Mädchens waren weit geworden – es deutete auf die Fotografie auf dem Kaminsims.

Zuerst ärgerte er sich über seine Dummheit, die ihn dazu verführt hatte, das Bild stehenzulassen. Erst diesen Morgen war es eingetroffen.

Dann kam das Staunen. Zweifellos bestand eine deutliche Ähnlichkeit zwischen Lady Alice Farranay und Miss Braunmantel. Eine Ähnlichkeit und doch wieder auch keine ... Daher rührte also das Gefühl, ihr schon einmal begegnet zu sein. Er erklärte ihr die Unterschiede.

»Aber das ist doch albern!« meinte sie mit der Ungezwungenheit einer älteren Schwester. »Ich habe kurzes Haar und sie nicht – das ist der Unterschied. Ich weiß nicht recht« – sie zweifelte plötzlich –, »die Nase ...? Die Fotografen retuschieren ja soviel ... Aber ich bin ihr jedenfalls ähnlich.«

Sie hatte den Hut abgenommen, und die Ähnlichkeit sprang nicht mehr so stark in die Augen.

Mary stand immer noch an der Tür und trat von einem Fuß auf den anderen. Das Mädchen verließ mit ihr das Zimmer, um sich zurechtzumachen.

Lester nahm das Foto, betrachtete es kalt und legte es in eine Schublade. Nach dem Essen mußte es in den Tresor, zusammen mit dem Foto von Lady Alice, das der Butler an dem Tag aufgenommen hatte, als Johnny Basterby nach Indien abgereist war, und auch zusammen mit den Briefen, die er ihr geschrieben hatte.

Eine schwierige Sache.

Deswegen starrte Lester das Bild so grimmig an. Würde sie nachgeben? Konnte man die Briefe so auslegen, wie Lester es brauchte? Das vom Butler geknipste Foto ... Eine Rückenansicht, wenn auch zweifellos von Lady Alice. Aber es war einem Vetter doch wohl gestattet, den Arm um sie zu legen? Am nächsten Tag mußte er doch nach Indien fahren. Diese Probleme hatte Mr. Cheyne an der Themse mit sich herumgetragen und zu seiner vollen Zufriedenheit gelöst, bevor das Mädchen im braunen Mantel seine Aufmerksamkeit in Anspruch nahm.

Lady Alice würde nicht kämpfen. Solche Frauen wehrten sich nie, vor allem dann nicht, wenn sie Geld genug hatten. Nicht intelligente Frauen. Alice konnte ebensogut einen Scheck über zehn wie über dreißig Pfund ausstellen. Profitieren würde, wie immer, der ungenannte Klient. – Es klopfte.

»Das sind Sie ja endlich!«

Er war erleichtert, sie zu sehen. Ihr Anblick verscheuchte die tristen Gedanken.

»Was haben Sie mit dem Bild gemacht?« fragte sie enttäuscht. »Schade, ich hätte es mir gerne noch einmal angesehen!«

»Fasan!« erinnerte er lächelnd. »Und Reispudding!«

Sie bewunderte das Mobiliar, die Stiche, den Corot im Eßzimmer.

Als sie am gedeckten Tisch Platz nahmen, sagte sie: »Sie sind sicher verheiratet? Irgendwie spürt man die weibliche Hand, wobei ich nicht Ihre beiden Zerberusse meine –«

Mary schob den Servierwagen herein, und das Mädchen verstummte. Lester starrte es fasziniert an. Wirklich außergewöhnlich hübsch, dachte er, und Hände hat sie!

Als Mary gegangen war, erklärte seine Besucherin: »Mir kommt das alles ganz unwirklich vor, wissen Sie. Wie in einem Tagtraum. Ich heiße übrigens Lois Martin. Diese Information steht Ihnen wohl zu.«

»Ich bin Lester Cheyne ... Verzeihen Sie, daß ich mich nicht schon früher vorgestellt habe.«

»Wer ist sie eigentlich – wenn diese Frage erlaubt ist?«

»Wer? Ach so, Sie meinen die Fotografie? Eine – entfernte Bekannte ... Ich weiß nicht sehr viel von ihr, außer, daß sie mit einem sehr reichen und gemeinen Mann verheiratet ist. Er ist dreißig Jahre älter als sie.«

»Warum hat sie ihn denn geheiratet?«

»Ich sagte schon, er ist sehr reich.«

Lois Martin seufzte. »Man sollte wohl solche Frauen verachten. Aber Geld bedeutet sehr viel; es spielt eben eine wesentliche Rolle. Man kann sich von der Masse freikaufen, und dort hält man sich nicht auf, ohne irgend etwas zu verlieren – Blüte oder Freiheit. Mit Geld kann man zumindest Isolierung erkaufen.«

Er sah sie fragend an. Sie war sehr ernst geworden.

»Und wen lieben Sie?« erkundigte er sich.

»Vorerst nur Träume und alle schönen Dinge, die darin vorkommen.«

Ihre linke Hand ruhte auf dem Tisch. Er berührte sie mit der seinen, und sie zog sie nicht fort. Weiter ging er nicht. Diese erstaunliche Ähnlichkeit mit Lady Alice verlieh der Sache einen besonderen Reiz. Eine Frau zu lieben und ihr Ebenbild zu erpressen – amüsant.

»Sie gefallen mir«, meinte er. »Haben Sie etwas gegen Menschen, die auf den ersten Blick andere Leute sympathisch oder unsympathisch finden?«

»Nein. Man wird entweder von dem anderen wie mit einem Magneten angezogen, oder das Gesicht bleibt eines unter vielen.«

»Genau meine Ansicht«, sagte er zufrieden. »Ich springe am liebsten sofort in den großen Salon der Freundschaft – ich hasse es, an der Tür meinen Namen zu nennen, durch die Vorhalle gehen und jedesmal von neuem meine Vorzüge erläutern zu müssen. Bis man an einem vernünftigen Punkt angelangt ist, steht man als Langweiler da.«

Als sie um acht Uhr aufbrechen wollte, hielt er sie nicht zurück.

»Ich hoffe aber, daß Sie bald einmal wieder zu mir zum Abendessen kommen. Ich habe irgendwie das Gefühl, daß wir einander sehr viel nützen könnten – ich bin sehr prosaisch, nicht wahr? Aber ich habe etwas für junge Mädchen übrig, die nicht um jeden Preis ein angenehmes Leben führen wollen.«

Der väterliche Ton stand ihm stets zur Verfügung, aber diesmal verbarg sich eine ernsthafte Absicht hinter seiner kleinen Ansprache. Ob und wie sie sich in seine Pläne einfügen ließ, mußte die Zeit erbringen.

Sie zögerte. »Ich weiß nicht ... Möchten Sie denn wirklich, daß ich komme?«

Er brachte sie mit einem Taxi nach Hampstead, und während der ganzen Fahrt lösten sich ihre Hände nicht voneinander.

Er hatte also allen Grund zufrieden zu sein, als er nach Northumberland Court zurückkam, wo er wieder über Lady Alice Farranay nachdachte.

Mr. Cheynes Büro befand sich in der City von London, nahe Aldermanbury. Sein Personal bestand aus einer jungen Dame, die mit zwei Fingern ihre Briefe tippte und sich mit einem Minimum an Intelligenz durchs Leben schlug. Als er läutete, kam sie ins Zimmer. Sie trug einen enganliegenden, dünnen Pullover und eine auffällige Halskette.

»Mr. Mortlake wartet schon seit einer halben Stunde«, sagte sie leise. In den zwei Jahren bei Cheyne hatte sie wenigstens gelernt, daß man nicht brüllt.

»Führen Sie ihn herein, Clarissa.«

Er war guter Laune. Sie lächelte und schüttelte mißbilligend den Kopf, denn sie hieß Annie.

Ein adrett gekleideter kleiner Mann mit massivem Schädel und bleichem Gesicht betrat auf Zehenspitzen das Zimmer, die Melone in der Hand. Er setzte sich auf den Stuhl vor Cheynes Schreibtisch und legte seinen Hut auf den Boden.

»Gibt es etwas Neues –?« Er neigte den Kopf fragend zur Seite.

»Nichts, Mr. Mortlake.«

Mr. Cheyne hatte die Post bereits durchgesehen. Kein Umschlag trug den Poststempel »Melton Mowbray«.

»Ah – sie wird schon schreiben. Lady Alice ist sehr eigensinnig, aber sie wird es nicht wagen ... Das glauben Sie doch auch?«

Mr. Cheyne zuckte die Achseln. »Sie kennen Mylady am besten«, meinte er. »Ich mache mir eigentlich Sorgen – ja, es tut mir fast leid, daß ich mich dazu bereitgefunden habe, Ihre Interessen zu vertreten. DerFall ist äußerst merkwürdig. Er riecht beinahe nach Erpressung.«

In Mr. Cheynes Beziehungen zu seinen ungenannten Klienten kam stets der Augenblick, da er offen erklärte, er bedauere es, den Fall übernommen zu haben, der doch praktisch auf Erpressung hinauslaufe. Trotzdem machte er weiter bis zum bitteren Ende, um genau zu sein, bis ein Scheck oder ein versiegeltes Päckchen mit Banknoten es ihm erlaubte, die Angelegenheit abzuschließen.

Manchmal gab es unerquickliche Auseinandersetzungen. Einige Klienten beschwerten sich über ihren geringen Profit.

Da war der Diener Sir Arthur Keverlings gewesen. Er hatte ein Bündel Briefe von der jungen Frau des Kommandeurs gefunden. Dann Millie Winston mit dem indiskreten Tagebuch ihrer Lady; und der Bruder von Fay Lanseer, dem fünftausend Pfund als magerer Anteil an siebzigtausen Pfund vorkamen, die Lord Charholm bezahlt hatte, damit seine Briefe nicht vor Gericht verlesen wurden. Aber sie alle hatten dankend auf die von Mr. Cheyne aufgezeigte Alternative verzichtet – Geld und Dokumente mit einem Schreiben zurückzugeben, in dem Mr. Cheyne entsetzt erklärte, nichtsahnend Erpressern Vorschub geleistet zu haben.

Mortlake jedenfalls erschrak. »Ich verstehe gar nicht, wie Sie so etwas sagen können, Mr. Cheyne. Als ich das erstemal bei Ihnen war, rieten Sie mir doch, sie auf Schadenersatz und Rückgabe eines Darlehens zu verklagen, nachdem man mich fristlos hinausgeworfen hatte!«

Was auch stimmte.

Mr. Cheyne war ein Erpresser, aber auf die vornehme Art. Er konnte sehr wohl die Rückgabe angeblicher Darlehen einklagen: das gehört zum Beruf eines Anwalts. Er konnte kompromittierende Dokumente bei sich aufbewahren, als Beweis für die Vertrauenswürdigkeit seiner Klienten. Denn wer händigte schließlich solche Briefe seinem Dienstpersonal zur sicheren Aufbewahrung aus, wenn er mit ihm nicht auf derart vertrautem Fuß stand, daß sehr wohl auch das Darlehen verlangt und zugestanden worden war? Und wenn die Opfer der ungenannten Klienten erklärten, die Briefe seien gestohlen worden, mußte man das als schwerste Anschuldigung werten; Mr. Cheyne pflegte dann jedenfalls sofortige Strafanzeige gegen den räuberischen Diener vorzuschlagen.

»Sie sind vor sechs Wochen aus den Diensten von Lady Alice geschieden – waren Sie lange bei ihr tätig?«

»Achtzehn Monate«, erwiderte Mr. Mortlake. »Seine Lordschaft hat mich kurz nach seiner Hochzeit eingestellt. Ich muß sagen, daß Lady Alice noch erträglich ist. Mit ihm aber kann man überhaupt nicht auskommen.«

»Eifersüchtig?«

»Und wie!« meinte Mr. Mortlake lächelnd. »So lange jedenfalls, bis er sich mit Miss Wenbury einließ. Er würde für eine Scheidung alles geben, und das weiß Mylady auch. Man muß sich vor Seiner Lordschaft in acht nehmen . . .«

Er erklärte im einzelnen, warum und wieso, und Mr. Cheyne lauschte. Er war keineswegs empfindlich.

»Mit den Briefen könnte er die Scheidung durchsetzen – die Fotografie ist wertlos. Wir brauchen mehr. Ich frage mich . . .«

Er runzelte die Stirn.

Lois Martin konnte bei entsprechender Aufmachung sehr wohl als Lady Alice figurieren – er war sich nur noch nicht im klaren darüber, wie sich die Ähnlichkeit nutzen ließ.

»Also gut – morgen brauchen Sie nicht zu kommen. Sagen wir Freitag, oder noch besser, nächsten Montag.«

Annie führte Mr. Mortlake hinaus.

Mr. Cheyne schrieb eigenhändig einen Brief.

»Betrifft: Sie und einen ungenannten Klienten.

Mylady,

wir sind überrascht, auf unser Schreiben vom 13. ds. Mts. noch keine Antwort erhalten zu haben. Sicherlich werden Sie unser Bestreben, Ihnen unnötige Sorgen und Auslagen zu ersparen, zu würdigen wissen. Wir haben auch nicht die Absicht, den Namen unseres Klienten zu nennen, da Ihnen das eine finanzielle Transaktion schmerzlich ins Gedächtnis rufen müßte, die sich mit Ihrer Würde wohl nicht vereinbaren läßt. Wir wiederholen kurz die Grundlagen unserer Forderung: Im vergangenen Oktober liehen Sie sich bei unserem Klienten die Summe von fünfzigtausend Pfund, wofür Sie ihm als Sicherheit gewisse Briefe überließen, die zwischen Ihnen und Captain John Basterby gewechselt worden waren. Ihre Feststellung im Brief vom 3., unser Klient habe die Briefe gestohlen, muß als schwere Anschuldigung gewertet werden. Unter den gegebenen Umständen müssen wir Sie auffordern, gegen unseren Klienten wegen des behaupteten Diebstahls Strafanzeige zu erstatten. Was die Erklärung betrifft, er habe niemals fünfzigtausend Pfund besessen, dürfen wir auf die Versicherung unseres Klienten verweisen, es sei ihm eine größere Erbschaft von einem Onkel in Amerika zugefallen. Wir sehen uns genötigt, Sie nochmals um Nennung Ihres Anwalts zu bitten, mit dem der weitere Schriftwechsel geführt werden kann.«

Sehr korrekt. Unangreifbar. Er trocknete das Blatt mit dem Löscher und übergab es seiner Stenotypistin zur Abschrift.

Zwei Tage später erschien Lois Martin am Abend in seiner Wohnung. Mr. Cheyne öffnete selbst die Tür.

»Macht es Ihnen etwas aus, kalt zu essen? Mein Personal hat Grippe. Hoffentlich ängstigt Sie das nicht.«

Sie lächelte. »Nicht im geringsten«, meinte sie.

Er hatte befürchtet, sie würde im Abendkleid kommen – im Schlußverkauf-Abendkleid, versteht sich. Aber sie trug nur ein helles Kleid und neue Schuhe.

»Ich habe sehr viel über Sie nachgedacht«, erklärte er.

»Und –?«

»Nun – diese Hast ins Büro, eingepfercht zwischen den vielen Leuten, die Eintönigkeit und so weiter. Sie passen da nicht hinein. Wieviel verdienen Sie pro Woche?«

Sie nannte eine Summe, während er ihr den Mantel abnahm. – »Lächerlich!« erregte er sich.

Er warf den Mantel aufs Sofa und führte sie zum Kamin. Als er den Arm um sie legte, zuckte sie nicht einmal zusammen. Sie hob den Kopf und sah ihn lächelnd an.

»Wir kommen einander immer näher«, sagte sie.

»Stört Sie das?«

Sie schüttelte den Kopf. »Nein. Es ist sehr leicht, sich verwöhnen zu lassen.«

Er küßte sie, und nach ein paar Sekunden machte sie sich los.

»Sagen Sie, arbeiten Sie eigentlich im Temple?«

»Nein – in der City. Ich habe ein kleines Büro in der Nähe der Queen Victoria Street.«

Sie verzog den Mund. »Wie uninteressant! Ich dachte eigentlich, Sie wären Strafverteidiger. Bei uns bearbeitet man auch nur langweilige Fälle. Sie arbeiten hier in Ihrer Wohnung auch sehr viel, nicht wahr?«

Sie berührte den Griff des grünen Wandsafes.

»Merkwürdig. Er paßt gar nicht zu den Möbeln, und Sie haben doch einen so guten Geschmack.«

»Wir wollen jetzt essen«, meinte er strahlend. Für Schmeicheleien war er stets empfänglich. Er füllte die Weingläser und sagte, nachdem sie getrunken hatten, voll Übermut: »Ich werde Sie reich machen.«

Sie lachte. »Das klingt verlockend«, meinte sie, und er gab ihr recht. Frauen lieben das Direkte, sagte er sich. Er wußte Bescheid. Allzu große Vorsicht hemmt den Fortschritt. Er drückte sich trotzdem geschickt aus, und sie lauschte ohne Protest.

»Das kann ich nicht . . . Ich glaube, das geht nicht. In unserem Heim muß man um zwölf Uhr zu Hause sein. Und . . . nein!«

Aber man beschloß, ihre Sachen am nächsten Tag abholen zu lassen.

»Reden wir von etwas anderem. Wo ist das Bild der schönen Frau, der ich ähnlich sehe? Wer ist es nun wirklich?«

Er füllte erneut die Gläser.

»Sie ist die Beklagte in einem Rechtsstreit, den ich für einen – ungenannten Klienten führe.«

Sie bat ihn, das Bild noch einmal zu zeigen.

»Ein paar kleine Veränderungen, und du wärst ihr Ebenbild«, meinte er, als er aus dem Nebenzimmer zurückkam und das Bild vor ihr auf den Tisch legte.

Sie starrte die Fotografie an. »Wer ist sie?«

»Die Tochter eines unsympathischen Offiziers«, erwiderte er leichthin. »Aber zum Teufel mit ihr! Sprechen wir von wichtigeren Dingen.«

Er stand hinter ihr, legte die Arme um sie und küßte sie aufs Haar.

»Vielleicht hat sie auch einen ungenannten Klienten«, flüsterte sie.

Er lachte. »Du verstehst immer noch nicht. Nur Anwälte haben Klienten –«

Sie wandte den Kopf. Er suchte ihre Lippen.

»Nein . . . Ich kann nicht. Es war dumm von mir, herzukommen. Trink deinen Wein.«

Sie machte sich los, aber aus jeder Bewegung sprach ihre Hingabe.

Er hob sein Glas. »Auf uns!« sagte er.

»Auf den ungenannten Klienten!« spottete sie. Sie leerten die Gläser.

»Merkwürdig, wie wir beide uns kennengelernt haben«, meinte er. »Aus all den Millionen Menschen in der großen Stadt – du siehst ihr wirklich sehr ähnlich.«

»Wem?«

»Lady Alice – du trägst nur dein Haar anders, sonst wärst du ihr Double.«

Sie hatte die ganze Zeit aufs Tischtuch gestarrt. Jetzt hob sie den Kopf und lächelte schwach.

»Das bin ich wohl auch – es muß ja so sein. Ich bin Lady Alice Farranay!«

Er öffnete überrascht den Mund, sah sie eine Weile an und lachte dann.

»Für einen Augenblick hast du mich beinahe aus der Fassung gebracht.«

Sie schüttelte den Kopf.

»Ich bin wirklich Lady Alice. Sie sind ein sehr schwieriger Gegner, wissen Sie. Ich hatte schon von Ihnen gehört – Fay Keverling schüttete mir ihr Herz aus. Selbstverständlich haben Sie die Briefe von Mortlake – einem Butler? Sie sehen, ich habe recht!«

»Sie sind – Lady Alice?«

Er war wie betäubt.

»Ich habe damit gerechnet, daß es einfach sein würde – aber nicht so einfach. Und als Sie mich hierher zu einem kleinen Abendessen einluden, wußte ich, daß Sie allein sein würden. Ich mußte es einfach tun. Ich habe auch einen ungenannten Klienten – für den es sich zu kämpfen lohnt«, sagte sie.

Er lächelte verzerrt. »Donnerwetter ... Sie haben Nerven ... Sie gehen jetzt wohl besser, Lady – Lady Alice ...«

Seine Stirn war feucht. Sein Atem ging in fliegenden Stößen.

»Was hofften Sie ... eigen ... eigen'lich hier ... ssu erreichen?«

Warum sprach er nur so undeutlich, warum hämmerte sein Herz so stark?

»Die Briefe ... Sie haben sie in Ihrem Safe. Das konnte ich mir ausrechnen. Und der Schlüssel hängt an der Kette in der Tasche. Ich habe Ihnen etwas in den Wein getan, als Sie vorhin das Zimmer verließen. Morphium und noch etwas anderes – ich kenne da einen netten alten Arzt, von dem ich Gift haben könnte, wenn ich es brauchte ...«

Das übrige hörte er kaum noch. Er umkrampfte den Tischrand, nahm seine ganze Willenskraft zusammen und versuchte, zur Tür zu gehen. Dann knickten seine Kniee unter ihm ein, er brach zusammen und begrüßte den Boden als sanftes Ruhebett für süße Träume ...

Die junge Frau beobachtete ihn, bis er regungslos dalag, dann nahm sie ihm die goldene Schlüsselkette ab, wählte einen der Schlüssel aus und ging zum Safe. Sie sperrte auf, und ihre Finger zitterten nicht.

Sie nahm die Briefe heraus und las die ersten Sätze. Ihr Blick blieb an ein paar bedeutsamen Worten haften.

»... habe das Gefühl, daß etwas Besonderes geschehen ist. Du wirst es mir sagen, Geliebte, nicht wahr? Ich bin immer für Dich da ...«

Lady Alice Farranay lächelte ein bißchen, warf Foto und Briefe ins Feuer und wartete, bis sie zu Asche zerfallen waren. Auf dem Tisch lag noch ihr Bild. Wie war sie erschrocken, als sie es beim ersten Besuch in der Wohnung entdeckt hatte! Aber Cheynes Argwohn war nicht wach geworden, weil er sie selbst als erste auf die Ähnlichkeit aufmerksam gemacht hatte. Auch dieses Bild verbrannte im Kaminfeuer.

Sie sperrte den Safe wieder ab, befestigte die Schlüsselkette an der Tasche des Bewußtlosen, nahm ihren Mantel, verließ das Haus und winkte ein Taxi herbei.

Mr. Cheyne befand sich in einer kleinen italienischen Stadt im Ruhestand, als er die Meldung in der Pariser Ausgabe der englischen Zeitung las. Er wußte natürlich, daß der alte Duke und sein unmöglicher Sohn, Lord Farranay, in derselben Woche gestorben waren, aber diese Nachricht kam überraschend:

»Lady Alice Farranay brachte gestern einen Sohn zur Welt. Ganz Billshire freut sich darüber, daß es einen neuen Duke gibt. Lady Alice ist die Tochter des verstorbenen Generals Sir Gregory Stannart, stammt also aus einer berühmten Soldatenfamilie.«

»Pff!« sagte Mr. Cheyne, der sich aus gutem Grund »Mr. Burton Smith« nannte und seinen Schnurrbart abrasiert hatte. »Pff! Ein Baby . . .! Ungenannter Klient! Darauf wäre ich nie gekommen!«

Schwimmen lernen

Sabine Deitmer

Gerda rührte mit dem Kaffeelöffel in der Tasse herum und beobachtete, wie sich die weißen Schleifen der Kondensmilch langsam verbreiterten und das Schwarz des Kaffees in ein helles Braun färbten. Mit einem Klirren ließ sie den Löffel auf die Untertasse fallen.

»Ich will schwimmen lernen«, hörte sie sich zu ihrer eigenen Verblüffung laut und deutlich sagen. »Ich will schwimmen lernen«, wiederholte sie eine Spur lauter. »Schwimmen lernen«, sie fühlte sich beschwingt von den Worten und rührte nur so zum Spaß weiter in ihrem Kaffee herum. Die braune Flüssigkeit begann in der Tasse hin und her zu wogen, bis sie über den Rand schwappte und in der Untertasse eine Pfütze bildete. Zufrieden ließ Gerda ihren Löffel in die Lache platschen. Ein paar braune Spritzer landeten auf dem hellen Tischtuch.

Da Gerda im allgemeinen eine eher ruhige Frau war, die erst redete, nachdem sie einen Gedankengang von allen Seiten begutachtet hatte, was nicht selten dazu führte, daß sie gar nichts mehr zu diesem Thema sagte, traf ihren Mann Georg dieser Ausbruch völlig unvorbereitet. Er war dermaßen überrascht, daß er gleich bei ihren ersten Worten die Morgenzeitung sinken ließ, bei der Wiederholung die Zeitung zusammenfaltete und sich nach ihrem letzten Ausruf endgültig zu einer Entgegnung veranlaßt sah.

»Gerda«, rief er entsetzt und merkte, daß ihm die Worte fehlten. Weder hatte Gerda bisher seine morgendliche Zeitungslektüre durch Zwischenrufe gestört, noch hatte sie Überschwemmungen in Untertassen verursacht oder Tischdecken bekleckert.

Gerda legte beide Hände, zu Fäusten geballt, neben Frühstücksteller und Tasse, hob sie gleichzeitig hoch und ließ sie wieder zurück auf die Tischplatte fallen. Das Messer hüpfte auf dem Teller nach vorne, stieß den Eierbecher mit den leeren Eierschalen um. Die Tasse schepperte auf der Untertasse, und ein paar weitere Kaffeespritzer landeten auf der Decke. »Ich will schwimmen lernen.«

»Aber ja doch«, versuchte Georg seine Frau zu beruhigen. Er stand auf, um die Zeitung aus der Gefahrenzone zu retten. Auf dem Weg zum Küchenbüfett strich er ihr kurz über die Haare.

»Laß das«, sagte Gerda. »Ich will schwimmen lernen. Das ist alles.«

»Aber ich habe doch gar nichts dagegen, daß du schwimmen lernst. Überhaupt nichts. Laß uns heute abend in Ruhe darüber reden. Ich muß ins Geschäft.«

»Ich will nicht darüber reden. Ich will schwimmen lernen.«

»Ja, warum auch nicht«, sagte Georg munter. »Warum solltest du denn nicht schwimmen lernen. Ich weiß gar nicht, warum du dich so aufregen mußt.«

»Ich rege mich nicht auf. Ich will nur nicht darüber reden. Ich will keine vernünftigen Argumente dafür oder dagegen. Ich will einmal etwas machen, wozu ich Lust habe, ohne vorher darüber zu reden.«

»Aber ja doch, Liebling. Natürlich kannst du das. Lern ruhig schwimmen, wenn es dir soviel bedeutet.«

»Ich weiß ja noch gar nicht, ob es mir soviel bedeutet. Ich will es einfach mal ausprobieren.«

»Sicher, Liebling, probier es ruhig aus. Du weißt doch, daß ich dich in allem unterstütze. Lern ruhig schwimmen, wenn es dich glücklich macht«, rief er ihr noch aus der Diele nach, bevor die Haustür hinter ihm ins Schloß fiel.

Gerda fühlte sich zu gleichen Teilen beschwingt und beunruhigt, als sie den Tisch abräumte und die Eierschalen in den Abfalleimer warf. Was sie für Sachen machte. Sie stellte das Geschirr zum Spülen in den Ausguß. Georg hatte sich ganz gut gehalten, gestand sie sich ein, als sie das heiße Wasser in das Becken laufen ließ. In Anbetracht dessen jedenfalls, daß sie ihn das erste Mal in ihrer zweiundzwanzigjährigen Ehe beim Lesen der Morgenzeitung gestört hatte.

Sie stellte das nasse Geschirr zum Trocknen auf die Ablage. Wie war sie nur darauf gekommen? Gerda zog den Stöpsel aus dem Spülstein. Das Spülwasser verschwand gurgelnd im Abfluß. Sie drehte den Hahn mit dem Heißwasser auf und wischte das Becken mit einem Tuch aus. Wieso hatte sie gesagt, sie wollte schwimmen lernen? Warum nicht bergsteigen oder Auto fahren oder segelfliegen? Alles Tätigkeiten, die sie ebenfalls nicht beherrschte. Warum ausgerechnet Schwimmen? Gerda trocknete sich die Hände ab und klaubte sich die Tageszeitung vom Büfett, wo Georg sie abgelegt hatte.

Richtig, da war es auf der ersten Seite. Ein großes Foto, nicht besonders scharf, und doch konnte man erkennen, worum es sich handelte: grauschwarze Wellen, in denen ein paar hellere Teile auszumachen waren. Flugzeugabsturz in der Ägäis. Dreiunddreißig Menschen waren an Bord der Maschine einer griechischen Luftfahrtgesellschaft. Auf dem Flug von Athen nach Samos. Kurz vor der Landung war die Maschine gegen einen Berg geprallt und vom Radarschirm verschwunden. Von einer Sekunde auf die andere war der leuchtende Punkt auf dem Bildschirm nicht mehr zu sehen, die Maschine ins Meer gestürzt, und von den dreiunddreißig griechischen Passagieren fehlte jede Spur.

Ob es das war? Gerda betrachtete nachdenklich das Foto. Es ging eine ungeheure Faszination von dieser Fläche aus, die nirgendwo begrenzt zu sein schien. Wasser. Sie selbst bestand zu drei Viertel aus Wasser. Wieso hatte sie sich nie diesem Element anvertraut? Als Kind war sie ins Wasser geworfen worden. Mit den hellen Flügeln aus Nessel, die ihre Mutter genäht hatte und die mit Luft gefüllt waren. Sie hatte gebrüllt wie am Spieß und war schreiend aus dem Wasser gelaufen.

Danach hatten die Eltern sie in Ruhe gelassen, und sie hatte nie schwimmen gelernt. Sie hatte es einfach nicht mehr versucht. Georg konnte auch nicht besonders gut schwimmen. Er hatte schon nach wenigen Zügen Mühe und schwamm an das Ufer zurück. Dafür waren ihre Kinder richtige Wasserratten geworden. Silke und Michael brachten in den Ferien als erstes in Erfahrung, wo das nächste Schwimmbad war. Und während sie mit Georg auf den umliegenden Bergen herumkraxelte, vertrieben sich die Kinder die Urlaubszeit im Wasser. Doch trotz deren Vorliebe für das Wasser waren sie immer ins Gebirge gefahren und kein einziges Mal ans Meer.

Und jetzt wollte sie auf einmal schwimmen lernen. Gerda schmunzelte, als sie, während sie sich nach der Küchenarbeit die Hände eincremte, ihr Gesicht im Badezimmmerspiegel sah. Sie war schließlich noch keine alte Frau. Mitte Vierzig. Jung genug, um alles mögliche zu lernen. Warum nicht schwimmen? Dem Sternbild nach war sie ein Fisch. Und ein Fisch gehörte ins Wasser.

»Das Meer«, rief Gerda aufgeregt, als sie abends mit Georg vor dem Fernseher saß und der Nachrichtensprecher das Bild mit den blauen Wellen und den weißen Schaumkronen kommentierte.

»Trotz der Anstrengungen der griechischen Polizei und mehrerer Flüge mit Rettungshubschraubern . . .«

»Mein Gott, ist das wirklich so blau dort?« rief Gerda dazwischen, was Georg zu einem unkontrollierten Zischlaut veranlaßte.

». . . konnte bisher kein einziger Insasse des Flugzeugs geborgen werden. Es wird damit gerechnet, daß niemand den Flugzeugabsturz überlebt hat. Das waren die Nachrichten. Und nun zum Wetter.«

Georg schaltete den Fernseher ab.

»Gerda. Du wolltest mir etwas sagen?«

»Ich habe mich angemeldet zum Einzelunterricht.«

»Angemeldet wozu?«

»Zum Schwimmenlernen. Das habe ich dir doch heute morgen beim Frühstück gesagt, daß ich schwimmen lernen will.«

»Und jetzt hast du dich angemeldet«, resümierte er. »Wo hast du dich angemeldet?«

»Ich habe mich beim Sportamt angemeldet. Der Schwimmunterricht beginnt nächsten Montag. Im Bilkerbad. Das sind nur drei Stationen mit der Straßenbahn.«

»Was kostet das?« fragte er.

»Es ist nicht teuer. Es ist unglaublich billig.«

»Wieviel?«

»Dreißig Mark für sechs Schwimmstunden.«

»Und wie viele Schwimmstunden braucht man?«

»Das kommt darauf an. Kinder lernen es meistens schon in sechs Stunden.«

»Du bist kein Kind mehr«, erinnerte er sie.

»Bei Erwachsenen dauert es länger«, gab sie zu. »Man rechnet so mit zwölf bis achtzehn Stunden.«

»Das macht sechzig bis neunzig Mark«, rechnete er. »Und die Fahrtkosten.«

»Ich bezahle es von meinem Taschengeld«, sagte Gerda.

»Na, dann hätten wir ja alles geregelt«, sagte er befriedigt und legte den Arm um sie. »Wenn meine kleine Frau nur zufrieden ist, dann bin ich es auch.«

Gerda holte die Badesachen aus dem mittleren Wäschefach hervor. Da waren sie in einer Plastiktüte hinter dem Stapel weißer Bettlaken gelagert. Sie öffnete die Tüte und breitete den Inhalt auf der Bettdecke aus. Sie fand zwei verblichene Baumwollbikinis: ihren ersten Bikini in einem rosa-weißen Karo mit Rüschen an den Beinen und am Busen und den Bikini, den Georg ihr vor der Hochzeitsreise geschenkt hatte, hellblau mit roten Röschen, schlicht und ohne Rüschen. Dafür mit einer Hose, die bis zur Taille reichte, und einem ziemlich geschlossenen Büstenhalter. Georg mochte es nicht so offenherzig. Das Material war ebenfalls Baumwolle. Gerda seufzte. Das war alles etwas zum Sonnen, dazu waren Bikinis ja auch in erster Linie da. Zum Sonnen und nicht zum Schwimmen. Auch der einzige Einteiler in ihrer Tüte war kaum das Richtige. Ebenfalls aus Baumwolle, im Rükken gerüscht und an den Beinen mit einem kleinen Röckchen. Gerda probierte ihn trotzdem an. Er paßte noch wie angegossen. Er mußte an die zwanzig Jahre alt sein. Sie hatte ihn mit Georg gekauft, als die Kinder noch im Kindergarten waren und als sie zum erstenmal an den Wolfgangsee gefahren waren. Damit konnte sie sich heute kaum noch unter die Leute wagen. So was trug niemand mehr. Außerdem konnte sie sich noch genau erinnern, wie unangenehm das Röckchen um die Beine schlabberte, wenn es naß war.

»Georg, ich brauche einen neuen Badeanzug«, sagte sie, als er den Fernseher nach den Nachrichten abgestellt hatte und sich zufrieden hinter seinem Bier in die Couchkissen zurücklehnte.

Er fuhr hoch. »Wo ist denn der alte? Der, den ich dir gekauft habe, als wir das erste Mal mit den Kindern an den Wolfgangsee gefahren sind?«

»Der ist unmöglich. Mit so einem Badeanzug kann man heute einfach nicht mehr unter die Menschen gehen.«

»Ist er kaputt?« fragte er.

»Nein, er ist noch ganz in Ordnung.«

»Paßt er nicht mehr?«

»Doch, er paßt noch«, mußte sie zugeben.

»Dann brauchst du auch keinen neuen.«

»Doch«, beharrte sie. »Ich brauche einen neuen.«

»So kenne ich dich ja gar nicht, daß du jeden Abend davon redest, was du alles haben willst, wofür du Geld brauchst.«

»Du bist ungerecht.« Tränen stiegen ihr in die Augen. »Ich will doch bloß schwimmen lernen. Und dazu brauche ich einen ordentlichen Badeanzug.«

»Ist ja schon gut, meine Kleine.« Er küßte sie auf die Wange. »Ich habe es doch nicht so gemeint. Wenn du wirklich einen neuen möchtest, dann bekommst du ihn auch. Du weißt doch, daß du alles von mir haben kannst.«

Er fuhr mit der Hand in die Gesäßtasche seiner Hose und förderte ein schwarzes Lederportemonnaie zutage, das sie ihm zu ihrem zwanzigsten Hochzeitstag geschenkt hatte. Das Geld dafür hatte sie von dem Taschengeld zusammengespart, das er ihr zuzüglich zum Haushaltsgeld gab.

Er öffnete das Fach mit den Scheinen.

»Wieviel brauchst du denn, Kleines?«

»So an die hundert Mark«, schätzte sie. »Damit komme ich aus.«

»Hier hast du hundertzwanzig«, sagte er. »Dafür kriegst du bestimmt einen schönen. Ich will ja nur, daß meine kleine Frau glücklich ist.«

Sie steckte die Geldscheine in den Gürtel ihres Kleides.

Der Badeanzug war aus dünnem Nylon, schwarz mit zwei weißen Seitenstreifen. Ein Material, das superschnell trocknete, wie ihr die Verkäuferin versicherte. Es war das sportlichste Modell, das sie fand, und kostete knapp achtzig Mark. Passend dazu genehmigte sie sich noch eine einfache weiße Badekappe. Die Bademäntel auf dem Ständer streifte sie mit einem sehnsüchtigen Blick. Das wäre schön, wenn sie aus dem Wasser käme und sich gleich in so einem schönen weißen Mantel warmkuscheln könnte. Aber die Anschaffung mußte noch warten. Vielleicht würde Georg ihr den Bademantel zum nächsten Geburtstag schenken. Georg erfüllte ihr jeden Wunsch. Sie mußte ihn nur darum bitten.

»Dafür hast du achtzig Mark aus dem Fenster geworfen?« Georg starrte auf den Badeanzug, den Gerda vor ihm auseinanderfaltete. »So ein formloses Ding? Da haben die sich sicher gefreut, daß sie eine Dumme gefunden haben, die ihnen den abgekauft hat.«

Gerda legte den Badeanzug wieder zusammen und schniefte in ihr Taschentuch.

»Aber Liebling«, entschuldigte er sich sofort. »Wer wird denn so empfindlich sein. Ich wollte dir doch nicht weh tun. Du weißt doch, daß ich Schwarz nicht mag. Das war schon immer so.

Schon als kleiner Junge konnte ich Schwarz nicht leiden. Du brauchst bloß Mutter zu fragen.«

Gerda stand bis zu den Knien im Wasser und wunderte sich, wie sich die Wellen um ihre Knie kräuselten und das Licht auf ihnen tanzte. Die Kacheln des Schwimmbeckens waren blau und hell wie der Aquamarinring, den die Großmutter ihr zur Konfirmation geschenkt hatte.

»Guten Tag, ich glaube, wir sind verabredet.«

Vor ihr stand ein Mann in Georgs Alter in einer knappen, schwarzen Badehose. »Ich bin Ihr Schwimmlehrer. Na, schon tüchtig Angst?«

»Ich weiß nicht«, sagte Gerda und blickte auf die Kacheln am Boden.

»Sie brauchen keine Angst zu haben«, sagte er. »Wir fangen ganz langsam an. Heute planschen Sie nur ein bißchen im Flachen. Legen Sie sich auf den Rücken«, befahl er. »Ja, genau so. Und jetzt entspannen Sie sich. Es kann Ihnen hier überhaupt nichts passieren. Ich halte Sie ja.«

Gerda spürte in ihrem Rücken in Höhe der Lendenwirbel einen festen Halt. Sie schloß die Augen und ließ ihre Arme auf den Wellen treiben. Sie blieben oben und sackten nicht ab. Das Wasser trug ihre Arme.

»Gut so«, lobte er sie. »Sie sehen ja, das Wasser mag Sie. Und jetzt sehen wir mal, was passiert, wenn ich die Hand wegnehme. Keine Angst, Sie werden nach unten sinken, denn noch habe ich Ihnen nicht beigebracht, wie Sie auf dem Wasser schweben bleiben. Wir machen das auch nur im Flachen. Hier kann überhaupt nichts passieren. Sie werden höchstens ein bißchen Wasser schlucken.«

Schnaufend und nach Luft ringend kam sie wieder an die Wasseroberfläche. Sie schüttelte sich.

»Na, war es schlimm?« fragte er mitfühlend.

»Ich weiß nicht. Ein bißchen«, sagte Gerda.

»Sie sind mir eine«, entgegnete er lachend. »Schlucken eine

Handvoll von diesem gräuslichen Chlorwasser und wissen nicht, ob es schlimm ist. Das hab ich ja noch nie erlebt.«

An diesem Tag lernte Gerda die Hand- und Fußbewegungen, die sie machen mußte. Angst hatte sie nicht im flachen Becken. Die Hand unter ihrem Bauch trug sie.

»Das Wasser mag mich«, erzählte Gerda stolz.

»Das Wasser mag dich?« fragte Georg.

»Ja, ich weiß nicht, wie ich es dir erklären soll«, setzte sie an. »Ich habe meine Arme einfach treiben lassen, und sie sind auf dem Wasser geblieben.«

»Das ist ja nun nur natürlich«, belehrte er sie, »das spezifische Gewicht von Wasser und deine Arme . . .«

»Hör auf«, unterbrach sie ihn. »Ich will nicht alles wegerklärt haben.«

»Wegerklärt?«

»Ja, du erklärst mir alle Dinge so, daß ich mich hinterher über nichts mehr wundern kann. Ich will mich wundern. Ich will staunen, daß meine Arme auf dem Wasser treiben. Ich will keine sachliche Erklärung dafür. Keinen Vortrag über das spezifische Gewicht von Wasser oder so etwas.«

»Bist du sicher, daß das Schwimmen dir bekommt?« fragte er besorgt.

»Es ist wunderbar, und es bekommt mir prächtig.«

»Was machen deine Kopfschmerzen?« fragte er. »Hast du heute wieder deine Migräne gehabt?«

»Warum fängst du von meinen Kopfschmerzen an? Ich wollte vom Wasser reden.«

»Aber natürlich, Liebling. Natürlich können wir vom Wasser reden.«

Fünf Minuten später verfolgten sie im Fernsehen einen amerikanischen Spielfilm. Er handelte von einem Witwer, der mit seinen Kindern auf einem Hausboot lebte. Gerda schaute gebannt auf die Wellen, die das Hausboot wiegten.

Sie freute sich auf ihre nächste Schwimmstunde.

»Das geht ja schon prima«, lobte ihr Schwimmlehrer.

Gerda trug um ihre Oberarme lustige kleine Plastikflügel, die prall mit Luft gefüllt waren. Sie planschte mit ihnen in dem Teil des Beckens, in dem sie nur noch auf Zehenspitzen stehen und ihre Nase mühsam über Wasser halten konnte. Immer noch stützte er sie unter dem Bauch leicht mit seiner Hand.

»Sie machen das schon sehr schön. Sie werden noch eine richtige Wasserratte. Das habe ich im Gefühl.«

Er zog seine Hand fort, Gerda schwamm ein paar Züge allein ohne seine Hilfe.

»Ich bin ein Fisch«, scherzte sie und planschte mit den Füßen.

»Was für einer?« fragte ihr Schwimmlehrer.

»Ich weiß nicht«, sagte Gerda und hörte auf zu planschen.

Nach der vierten Schwimmstunde traute sich Gerda schon allein mit den Schwimmflügeln ins Tiefe.

»Wie wär's mit Goldfisch?« schlug er vor. »Sie sind ein hübscher Goldfisch. Jedenfalls solange Sie noch die Flügel haben. Danach können Sie sich was anderes aussuchen.«

»Wenn ich mich einmal dafür entscheide, ein Goldfisch zu sein«, sagte Gerda entschieden, »dann bleibe ich auch ein Goldfisch.«

»Sie sind mir eine«, wunderte er sich. »Warum wollen Sie bloß ein Goldfisch bleiben, wenn Sie die freie Auswahl unter den tollsten und buntesten Fischen haben?«

»Ich weiß nicht«, sagte Gerda verunsichert.

»Das habe ich ja schon lange nicht mehr von Ihnen gehört. Mir hat direkt was gefehlt.«

Jetzt mußte sie mitlachen.

»Was für ein Fisch wärst du gerne, wenn du die freie Wahl hättest?« fragte Gerda ihren Mann nach dem Abendessen.

»Was für ein Fisch?« fragte er ungläubig.

»Ja, was für ein Fisch«, gab sie zurück. »Wärst du gern ein Hai oder lieber eine Forelle oder ein Goldfisch?«

»Ein Goldfisch oder eine Forelle oder ein Hai«, wiederholte er verblüfft.

»Ja, was du gern für ein Fisch wärst, würde ich gerne wissen.«

»Gerda«, er ergriff fürsorglich ihre Hand. »Findest du nicht, daß du langsam etwas wunderlich wirst?«

»Warum können wir uns nicht einmal über etwas unterhalten, das mich interessiert? Sonst reden wir ja immer über das, was dich interessiert.«

»Und dich interessieren Fische«, stellte er fest. »Und das findest du normal?«

»Ich weiß nicht«, antwortete Gerda und spürte den Anflug einer Migräne, die sie schon lange nicht mehr gehabt hatte.

»Was für ein Fisch wären Sie denn gerne?« fragte sie ihren Schwimmlehrer in der nächsten Schwimmstunde. Diesmal schwamm sie schon ohne Flügel an der Angel durch das Schwimmbecken.

»Hey, Sie machen ja Fortschritte. Wollen Sie etwa doch noch was anderes als Goldfisch werden?«

»Und Sie?« Gerda ließ nicht locker.

»Heute wäre ich gern ein Aal und würde mich einfach nur treiben lassen.«

»Heute?«

»Ja, heute. Morgen wäre ich dann vielleicht lieber ein fleißiges kleines Fischchen, das einem großen die Zahnlücken poliert.«

»Das gibt es?« fragte Gerda »Oder erfinden Sie das alles nur?«

»Das gibt es. In der Natur gibt es einfach alles. Es gibt die tollsten Sachen. Nichts, was es nicht doch gibt. Und es gibt die tollsten Fische. Da kenne ich mich aus.«

»Sie interessieren sich für Fische?«

»Ich interessiere mich für alles, was kreucht und fleucht, im Wasser, auf der Erde, in der Luft. Menschen inbegriffen. Und wofür interessieren Sie sich?« fragte er jetzt. »Für Fische?«

»Ja, im Moment interessiere ich mich für Fische.«

»Na also«, sagte er. »Das ist doch etwas. Ich hatte schon Angst, Sie würden mir wieder Ihr ›Ich weiß nicht‹ auftischen.«

»Aber ich weiß es doch«, sagte Gerda und wunderte sich selbst über diese Antwort.

»Heute abend würde ich mich gerne mit dir ernsthaft über Fische unterhalten«, begann Gerda.

»Du suchst Streit«, stellte er fest.

»Nein, ich möchte mich mit dir nur einmal über etwas unterhalten, das mich interessiert. Nicht nur über deine Kollegen, dein Auto, deinen Beruf.«

»Und die Kinder? Reden wir nicht oft auch über unsere Kinder?«

»Wir reden nicht wirklich über sie. Wir reden darüber, wie wir sie gern hätten. Wie gut wir sie erzogen haben. Wie erfolgreich sie sind. Wir reden nicht wirklich über sie. Ich glaube, wir hätten Silke nicht zur Ehe raten sollen. Das Kind hätte sie auch so großgekriegt. Sie ist nicht glücklich mit diesem Mann.«

»Gerda«, rief er entsetzt. »Das kann doch nicht dein Ernst sein. Glaubst du das wirklich?«

»Ja, das glaube ich«, hörte sie sich mit fester Stimme sagen. »Das glaube ich wirklich.«

»Du spinnst«, sagte er. »Wir könnten uns keinen besseren Schwiegersohn wünschen. Die Frau, mit der ich zweiundzwanzig Jahre lang eine harmonische Ehe geführt habe, fängt an zu schwimmen und zu spinnen. Was soll ich denn davon halten?« Er redete sich in Rage.

»Ich weiß es ja selber manchmal nicht«, gab Gerda zu. »So viele Gedanken gehen mir durch den Kopf.«

»Denk bloß nicht zuviel«, sagte er ernst. »Davon kriegst du nur Kopfschmerzen.«

»Es ist komisch, aber seit ich soviel denke, habe ich eigentlich weniger Kopfschmerzen.«

»Ist das wahr? Machst du dir auch nichts vor? Das ist doch alles lächerlich. Eine Frau in deinem Alter, die schwimmen lernen will. Lächerlich. Hast du es einmal so betrachtet? Eine dumme kleine Hausfrau, die auf einmal Ehrgeiz entwickelt und ausgerechnet schwimmen lernen muß.«

»So siehst du mich?« fragte sie. »Als lächerliche kleine Hausfrau? Als dumme, lächerliche kleine Hausfrau?« verbesserte sie sich.

»Ich habe schon sehr viel Geduld für dich aufbringen müssen in den letzten Wochen. Das ist ja nicht mehr normal, wie du dich aufführst.«

»Meinst du das ernst mit der dummen, kleinen Hausfrau?« wollte Gerda wissen. »Du hast doch gewollt, daß ich zu Hause bleibe, unseren Haushalt führe.«

»Jetzt, wo die Kinder aus dem Haus sind, könntest du ja ein bißchen mitverdienen«, sagte er. »Dann könnten wir uns mehr erlauben. Und was tust du? Du lernst schwimmen.«

»Ich werde mich um eine Arbeit bemühen«, sagte sie.

»Aber so habe ich das doch nicht gemeint. Ich war doch bloß verletzt, weil du so mit mir geredet hast.« Er legte den Arm beschützend um sie. »Es ist ja schon wieder gut, mein Kleines.«

»Haben Sie Angst?« fragte der Schwimmlehrer vom Beckenrand herab, die Angel im Arm. »Soll ich Sie an die Angel nehmen, oder geht es ohne?«

»Es geht«, stieß sie zwischen dem Atemholen hervor, bevor sie ihr Kinn wieder ins Wasser legte, und als ihr Kopf erneut aus dem Wasser tauchte, um für den nächsten Zug Luft zu holen: »Es geht gut.«

»Sie sind ein echtes Talent«, sagte er ihr am Ende der Stunde. »So schnell wie Sie lernen es sonst nur die Kinder. Bei einem Erwachsenen habe ich das noch nie erlebt.«

»Das Wasser mag mich«, erwiderte sie stolz. »Dazu brauche ich kaum was zu tun. Es geht wie von selbst. Mit Ihrer Hilfe«, ergänzte sie.

»Na, seien Sie nur nicht so bescheiden. Ich habe wirklich noch nie jemanden erlebt, der es so schnell gelernt hat. Sie können stolz auf sich sein.«

»Stolz«, zögernd wiederholte sie das Wort.

»Stolz wie ein Fisch.«

»Sind Fische stolz?« fragte Gerda.

»Haben Sie schon einmal einen Fisch in einer Tierhandlung gesehen? Wie stolz der durch sein Aquarium schwimmt. Mit geblähten Kiemen und wie er vor sich hin redet.«

»Redet?«

»Na ja, wie Fische halt reden«, relativierte er. »Mir sagen sie immer: Blas dich nur nicht so auf. Du Mensch da draußen. Du Luftwesen. Ich lebe schon viel länger als du. Ich weiß viel mehr vom Leben.«

»Das erzählen die Fische Ihnen?«

»Nur wenn ich sie ernst nehme, erzählen sie mir das. Wenn ich lange beobachte. Ihnen meine Zeit widme. Sonst strafen sie mich mit Verachtung und blasen mir nur das Wasser, das sie ausatmen, ins Gesicht.«

»Sie erzählen Geschichten«, sagte sie.

»Was denn sonst?« entgegnete er. »Wissen Sie, Sie sollten als nächstes den Freischwimmer machen. Das sind fünfzehn Minuten Schwimmen, ohne am Beckenrand Pause zu machen, und ein Sprung vom Einmeterbrett.«

»Das schaffe ich nie«, sagte sie.

»Jetzt erzählen Sie Geschichten. Natürlich schaffen Sie das. Sie müssen es nur wollen.«

»Ich kann schwimmen«, erzählte Gerda stolz, als sie mit Georg abends auf der Couch saß. »Ich habe den Freischwimmer gemacht.«

»Das ist schön, sehr schön«, sagte Georg und tätschelte ihre Hand. »Dann kannst du ja jetzt mit den Schwimmstunden aufhören.«

»Aufhören?« fragte Gerda verwundert. »Ich fange doch gerade erst an. Als nächstes mache ich den Fahrtenschwimmer.

Das sind dreißig Minuten schwimmen ohne Pause und ein Sprung vom Dreimeterbrett.«

»Und wozu soll das gut sein?« fragte er.

»Dann kann ich richtig schwimmen. Das ist dann etwas, worauf ich stolz sein kann.«

»Weißt du, wie hoch das ist, wie hoch drei Meter sind? Komm mal mit mir ans Fenster, Kleines. Was glaubst du wohl, wie hoch wir hier im zweiten Stock wohnen?«

Gerda trat mit ihm ans Fenster.

»Von hier aus dürften es etwa drei Meter sein. Und da stehst du dann auf einem schmalen Brett, das wackelt, und mußt springen. Von dieser Höhe.«

Die Entfernung vom Fenster bis zum Bordstein hinunter begann Gerda angst zu machen. Sie trat vom Fenster zurück. »Ich schaffe es schon. Wenn ich es will, werde ich es schon schaffen.«

»Übernimm dich nicht, Kleines«, warnte er. »Sonst liegst du wieder auf der Nase.«

»Ich habe schon einen Monat lang keine Kopfschmerzen gehabt.«

»Oh, schon seit einem Monat«, spottete er. »Seit zwanzig Jahren hast du diese Migräneanfälle, und seit einem Monat hast du keine mehr. Das ist sicher ein Grund zu der Annahme, daß du deine Migräne für immer besiegt hast. Und es wäre schön, wenn es so wäre. Aber gerade deshalb mache ich mir Sorgen um dich und will nicht, daß du dich übernimmst. Willst du wirklich diesen dummen Schein machen?«

»Ja, ich will«, sagte Gerda. »Und ich werde es schaffen. Ich brauche keine Angst zu haben. Das Wasser mag mich.«

»Was machen die Fische?« fragte ihr Schwimmlehrer, als sie ihre Trainingsrunden im Becken drehte. »Sind Sie mal in ein Aquarium gegangen und haben mit ihnen geredet?«

»Ich habe mit meinem Mann geredet«, sagte sie.

»Was für ein Fisch ist das denn?« zog er sie auf. »Der Mein-Mann-Fisch?«

Gerda fiel auf, daß sie seit der letzten Schwimmstunde nicht mehr gelächelt hatte.

»Ein Haifisch«, sagte sie zu ihrem Erstaunen spontan, »ein böser Hai, der alle hübschen kleinen Fische verschlingt.«

»Und was sind Sie?« fragte er. »So ein hübscher kleiner Fisch, der sich verschlingen läßt, oder sind Sie auch ein Hai?«

»Gestern war ich ein kleiner Fisch, der fast verschlungen worden wäre, aber heute bin ich schon ein viel größerer Fisch.«

»Na, vielleicht werden Sie ja auch ein Haifisch. Morgen oder übermorgen. Wer weiß. Kommen Sie. Heute üben wir ein bißchen fliegen. Wie ein Delphin. Aber wir fangen klein an. Zuerst fliegen Sie nur von diesem Brett hier. Das ist noch nicht ganz so hoch. Haben Sie Angst?«

»Große«, erwiderte sie ehrlich.

»Kommen Sie«, sagte er. »Es ist ganz einfach. Wir machen es wie beim Schwimmenlernen. Am Anfang helfe ich Ihnen ein bißchen, und dann machen Sie es alleine.«

Schritt für Schritt gingen sie hintereinander auf dem schmalen Brett vorwärts. Sie spürte seine Hände in der Seite, die sie stützten. Am Ende des Brettes sah sie unter sich das helle blaue Wasser des Beckens.

Er ließ sie los.

»Den Rest müssen Sie selber machen. Einfach den Schritt über das Brett hinaus wagen. Ins Wasser. Und wenn Sie kein Wasser schlucken wollen, halten Sie sich am besten die Nase zu. Es ist Ihre Entscheidung«, sagte er. »Sie müssen nicht. Tun Sie es nur, wenn Sie wirklich wollen.«

»Ich will aber«, sagte Gerda, setzte ihren Fuß vor und ließ sich in das türkisblaue Wasser fallen.

Sie berührte mit den Füßen den Grund, und ein paar Sekunden lang erfaßte sie Panik, ob sie es schaffen würde, rechtzeitig zum Atemholen wieder an der Wasseroberfläche aufzutauchen. Stolz kletterte sie auf der Leiter aus dem Becken hoch.

»Bravo«, sagte er. »Wenn Sie sich etwas in den Kopf gesetzt haben, dann machen Sie es auch.«

Es ist so einfach, waren Gerdas erste Gedanken, als sie den Sprung vom Dreimeterbrett hinter sich hatte. Eigentlich braucht man sich nur fallen zu lassen. Es ist überhaupt nicht schwierig. Unten ist das Wasser, das dich auffängt, nach unten zieht, wieder hochtreibt, an die Luft spült.

Als Gerda den Fahrtenschwimmer bestanden hatte, ging sie in ein Zoogeschäft und kaufte sich einen Goldfisch in einem hübschen runden Glas.

Die Verkäuferin versicherte ihr, daß er pflegeleicht sei, gab ihr das passende Futter mit und klärte sie auf, wie oft sie das Wasser wechseln mußte. Sie stellte den Goldfisch neben die Zimmerlinde auf das Blumenbänkchen. Ein bißchen Grün war ihm sicher recht.

»Gefällt es dir hier bei mir?« fragte sie ihn und stellte sich vor das runde Glas. Er schwamm hochnäsig seine Bahnen und stieß das Wasser durch die Kiemen, sein Maul lässig blasiert auf und ab bewegend.

»Hey«, sagte sie, »wir könnten Freunde werden. Ich mag das Wasser genausogern wie du. Ich heiße Gerda. Und wie heißt du?«

Er schwamm, ohne sie eines Blickes zu würdigen.

»Wir könnten Freunde werden«, beharrte sie. »Überleg es dir.«

Jetzt bewegte er die Flossen auf der Stelle. Das Maul zum Glasrand gerichtet und es nach wie vor unentwegt auf- und zuklappend, blickte er sie zum erstenmal mit seinen großen Augen an.

»Wie heißt du?«

Gerda probierte ein paar Namen. Heinrich, Peter, Edouard, Alfons, August. Edouard schien ihr noch am ehesten mit den Bewegungen seines Mauls synchron zu gehen.

»E-dou-ard«, prustete er ihr entgegen.

»Angenehm, Edouard, freut mich, Ihre Bekanntschaft zu machen. Ich hoffe, wir werden Freunde werden.«

»Was ist das?« fragte Georg, als er nach Hause kam.

»Das ist ein Goldfisch«, klärte Gerda ihn auf. »Er heißt Edouard.«

»Wie kommt der hierher?«

»Aus einer Zoohandlung. Ich habe ihn hierher geholt.«

»Du hast Geld für ihn ausgegeben.«

»Goldfische sind nicht teuer«, sagte Gerda.

»Und das Futter und das Glas?«

»Es hat wirklich nicht viel gekostet«, verteidigte sich Gerda.

»Seit wann tätigt meine Frau Anschaffungen, ohne daß ich vorher informiert werde?« Die Ader an seiner Schläfe schwoll beträchtlich an.

»Es ist keine Anschaffung. Es ist ein Goldfisch«, stellte Gerda klar.

»Und wozu brauchen wir einen Goldfisch? Wozu?«

»Brauchen«, überlegte Gerda. »Wir brauchen Edouard eigentlich nicht. Aber er ist einfach hübsch.«

»Hübsch?« wiederholte Georg ungläubig. »Was ist an diesem Fisch hübsch? Er guckt blöde immer nur geradeaus und schwimmt dämlich im Kreis.«

»Ich finde, du beleidigst Edouard«, wies sie ihn zurecht. »Das hat er nicht verdient.«

»Ja, sag mal, bist du denn noch normal? Du redest von diesem glubschäugigen Monster, als wäre es ein Mensch.«

»Es ist kein Mensch«, gestand Gerda ein, »es ist ein Fisch. Ein Goldfisch. Aber auch Fische haben eine Seele. Vielleicht kann Edouard dich hören, und es verletzt ihn, was du sagst.«

»Ich bin in einem Tollhaus«, schrie er. »Meine Frau lernt schwimmen, sie plagt sich für irgendwelche dummen Schwimmprüfungen, und jetzt schleppt sie auch noch Fische ins Haus.«

»Einen Fisch«, stellte Gerda klar. »Einen hübschen kleinen Goldfisch. Ich finde, wir sollten nett zu Edouard sein. Sicher haben wir ihn schon beleidigt mit diesem ganzen Gerede.«

»Ja, bist du denn verrückt. Soll ich mir in Zukunft von einem

Goldfisch vorschreiben lassen, was ich sagen darf und was nicht?«

»Fische sind schon länger auf der Erde als wir Menschen. Wir sollten ihnen mit etwas mehr Respekt begegnen.«

»Ich finde, du solltest ein bißchen netter zu mir sein. Ich bin schließlich dein Mann. Und ich sorge dafür, daß du hier in dieser hübschen Wohnung sitzen kannst und schwimmen gehen und neue Dinge lernen, während ich acht Stunden lang an einem Schreibtisch sitzen muß. Da habe ich doch verdient, daß ich wenigstens zu Hause meine Ruhe habe, oder?«

»Edouard ist nicht laut«, sagte Gerda. »Das kannst du nicht sagen, daß er deine Ruhe stört.«

»Wo ist Edouard?« fragte Gerda mit zitternder Stimme, als sie am Donnerstagnachmittag vom Schwimmen kam. Sie ging an zwei Vormittagen und an einem Nachmittag in der Woche schwimmen und fühlte sich sehr gut dabei.

Georg saß auf der Couch hinter seinem Bier.

»Komm, setz dich, Kleines«, sagte er und legte den Arm um ihre Schultern. Sie schüttelte den Arm ab.

»Was ist mit Edouard?«

»Dein Edouard schwimmt jetzt mit seinen Freunden in der Kanalisation. Da hat er gutes Futter. Deinem Edouard geht es jetzt bestimmt besser als hier in seinem Glas.«

»Du hast. . . «

»Ich habe Edouard die Toilette hinuntergespült, und jetzt schwimmt er sicher glücklich und zufrieden in einer nahrhaften Umgebung. Sehr nahrhaft«, wiederholte er und nahm einen Schluck von seinem Bier.

»Warum hast du das getan?« fragte sie. »Warum hast du mir das angetan?«

»Weil es besser für dich ist.« Er legte wieder den Arm um ihre Schultern. Diesmal fehlte Gerda die Kraft, ihn abzuschütteln. »Ich weiß doch, was gut ist für meine Kleine«, flüsterte er in ihr Ohr. »Dieser Edouard hätte dich verrückt gemacht. Du hast schon angefangen, dich mit ihm zu unterhalten. Dich mit einem Fisch zu unterhalten. Ich wollte meine kleine Frau doch nur beschützen, deshalb habe ich deinen Edouard in den Abfluß getan.«

Gerda fühlte, wie ein Rauschen in ihrem Hinterkopf einsetzte, das einen Migräneanfall ankündigte.

»Vergiß deinen Edouard, Kleines. Du hast doch mich. Und ich habe mir etwas ganz Besonderes einfallen lassen, Kleines. Zu unserem Hochzeitstag. Wir beide machen mal wieder Ferien. Ganz allein. Und diesmal fahren wir ans Meer. Da, wo es am blauesten ist, Liebes. Nicht nach Mallorca wie dein Bruder. Wir fahren in die Karibik. Dort gibt es die tollsten Fische überhaupt. Ganze Schwärme, in allen Farben. Da wirst du deinen Edouard schon vergessen.«

»Wie geht es Edouard?« fragte ihr Schwimmlehrer, als sie ihn am nächsten Morgen im Schwimmbad traf.

»Edouard«, sie schluckte, »mein Mann...« Sie konnte nicht weiterreden.

»Goldfische sind tapfere kleine Tiere. Die wirft so schnell nichts um«, versuchte er sie aufzumuntern.

Das Meer war so blau, daß sie es kaum glauben konnte. Viel blauer und viel weiter, als sie es sich in ihren kühnsten Träumen vorgestellt hatte. So mußte das Paradies sein. So durchsichtig, so zart, so farbenfroh, so wild und so geheimnisvoll. Am liebsten hätte sie den ganzen Tag im Wasser verbracht. Georg lächelte nachsichtig, wenn sie nach dem Frühstück mit den Schwimmflossen und der Taucherbrille loszog. Der Vormittag gehörte ihr. Während Georg mit den Männern Karten spielte, schnorchelte sie am Korallenriff. Sobald sie ihren Kopf auf das Wasser legte und nach unten schaute, war ihr, als wäre sie selbst ein Teil dieser farbenprächtigen Wasserwelt. Sie beobachtete die Fische, die durch das Korallenriff schwammen, und fühlte sich diesen stummen Lebewesen seltsam verwandt. Wenn sie dann wieder an Land ging und Georg von weitem auf der Hotelterrasse sitzen sah, kam er ihr vor wie ein Wesen aus einer anderen Welt.

»Na, Kleines, habe ich dir zuviel versprochen?« fragte Georg immer wieder stolz, wenn sie am Nachmittag mit einem der Boote, die einen Boden aus Glas hatten, aufs Meer hinausruderten. Es war ein Traum. Ein wilder, bunter Traum. Nach wie vor hielt sie den Atem an, wenn ein Fischschwarm genau vor ihren Augen unter dem Boot herschwamm.

»Glaubst du jetzt, daß Fische eine Seele haben?« fragte sie Georg, als gerade ein besonders leuchtender Fischschwarm unter dem gläsernen Boden durchzog und sie sich beide über den Rand des Bootes lehnten, um zu sehen, wie die Fische weiterschwammen.

»Eine Seele? Sei nicht kindisch, Kleines«, entgegnete er. »Das hier ist alles nur für uns da. Am besten, gut gegrillt mit einer schmackhaften Sauce auf der Clubterrasse.«

Er wollte es nicht anders. Gerda haute ihm das Ruder über den Kopf, packte ihn mit beiden Armen und warf ihn über Bord. Wasser spritzte auf, das Boot schaukelte ein wenig. Die Wellen beruhigten sich in der Weite des Meeres. Weit und breit war kein anderes Touristenboot zu sehen. Der Sonnenball war am Horizont schon zur Hälfte ins Wasser gefallen. Die meisten Gäste saßen um diese Uhrzeit auf der Clubterrasse und tranken ihren Aperitif. Die Oberfläche des Wassers war wieder spiegelglatt.

Gerda hoffte, daß es ein paar Fische geben würde, die sich über den Leckerbissen freuten, den sie ihnen beschert hatte. Sie hoffte, daß es Edouard gutging. Mit dem Zeigefinger fuhr sie an der scharfen Seitenkante des Bootes entlang, bis die Fingerkuppe blutete und das Blut ins Wasser tropfte. Im Reiseführer stand, daß schon ein paar Spritzer genügten, um die Haie anzulocken.

Trauer um Fonsine

Georges Simenon

Man zählte schon nicht mehr, wie oft sie vor den Friedensrichter in Pouzauges gezogen waren, fast so selbstverständlich, wie andere donnerstags zum Markt gehen, bald die eine als Klägerin, bald die andere. Sechs Monate zuvor hatten sie wegen einer Ordnungsstrafe mit dem Bus die Fahrt nach Fontenay angetreten. Doch das wußte der neue Vorsitzende nicht.

Er verlas mechanisch die Namen und hakte sie auf der Liste ab, die auf seinem Schreibtisch lag.

»Fernande Sirouet, Hausbesitzerin in Saint-Mesmin . . . Alphonsine Sirouet, verwitwete Brécard, Hausbesitzerin in Saint-Mesmin . . .«

Anschließend die Namen der Zeugen. Dann hob er den Kopf und schaute sie an, wie sie nebeneinander steif vor der halbkreisförmigen kleinen Schranke saßen.

»Also schön . . . Wer von Ihnen beiden ist Fernande Sirouet?«

Das war die Korpulentere, eine kleine kräftige Frau mit mächtigen Backenknochen und einem Teint, der mattgrau war wie ihre Haare. Sie ließ mit einer Hand ihre samtene Handtasche mit silbernem Verschluß los und hob diskret den Finger.

Der Vorsitzende wandte sich an die andere:

»Sie sind also die Angeklagte Alphonsine Sirouet, verwitwete Brécard . . .«

»Ja, Herr Präsident.«

Sie war gleich groß, aber magerer, mit eingezogenen Schultern und einem sanften, melancholischen Gesicht. Hin und wieder hustete sie verhalten, wobei sie die Hand vor den Mund hielt.

»Sie sind miteinander verwandt?«

Keine Antwort. Die beiden Frauen rührten sich nicht, zuckten nicht mit der Wimper, starrten ins Leere.

»Ich frage Sie, ob Sie miteinander verwandt sind!«

Diesmal bewegten sich die beiden Köpfe, jedoch nur eine Idee, gerade genug für eine stumme Herausforderung und ohne daß ein Wort über die Lippen der Frauen trat. Der »Rechtsberater« Fernandes, der Klägerin, kam leicht hinkend zu Hilfe:

»Sie sind Schwestern, Herr Präsident ...«

Alle beide hatten am frühen Morgen dasselbe Haus in Saint-Mesmin verlassen und sich zur Bushaltestelle auf dem Kirchplatz begeben. Oder vielmehr: jede hatte »ihr« Haus verlassen, denn das Gebäude war seit Jahren zweigeteilt. Jede der Schwestern hatte ihre Tür, ihre zwei Fenster zur Straße hinaus. Jede hatte sich auf dem Platz zu ihren festtäglich gekleideten Zeugen gesellt. Und wer sie gesehen, wer sie dann während der Fahrt im Autobus beobachtet hätte, der hätte sich gefragt, welcher schwindelerregende Abgrund, welche farblose, eisige Leere diese beiden alternden Frauen trennte, deren Blicke sich kein einziges Mal kreuzten.

»Alphonsine Sirouet, bleiben Sie bitte auf Ihrem Platz ... Was die Klägerin und die Zeugen anbelangt ...«

Der Anwalt, der seit Jahren der »Rechtsberater« von Fernande war, spielte den Zeremonienmeister und stellte seine Leute nach dem üblichen Ritus auf.

»Sie werden beschuldigt, am 1. Januar Ihrer Nachbarin, Fernande Sirouet, einen Henkeltopf entgegengeschleudert zu haben, und, was ich bisher nicht wußte, Ihre Schwester ...«

Alphonsine, die von früher Kindheit an Fonsine genannt wurde, schüttelte zum Zeichen der Verneinung schmerzvoll den Kopf.

»Ihr Garten und der Ihrer ... Schwester, denn Sie sind ja Schwestern, sind durch eine gemeinsame Mauer getrennt, die die Höhe ...«

»Von zwei Metern zehn!« griff der Anwalt Fonsines ein, um

dem Vorsitzenden zu helfen, der in seiner Akte herumsuchte. Diese Zahl mußte von Bedeutung sein, denn er betonte sie arglistig.

»Gut, von zwei Metern zehn ... Der Henkeltopf hat die Klägerin am Kopf getroffen und eine Quetschwunde an der Kopfhaut verursacht ...«

Der Anwalt grinste, spielte auf seiner Bank eine kleine Komödie, die für die Eingeweihten sehr lustig sein mußte.

»Erkennen Sie den Tatbestand an?«

»Nein, Herr Präsident.«

»Wie bitte? Ich ersehe aus der Ermittlung, daß Sie gestanden haben, daß ...«

»Ich habe eine Kasserolle geworfen ... Denn es war eine alte Kasserolle, zerlöchert wie ein Sieb, und nicht ein Henkeltopf ... Ich weiß nicht, warum von einem Henkeltopf gesprochen wurde ...«

Der Vorsitzende wendete sich Fernande zu, die sich von ihrem Platz erhob.

»Es war ein Henkeltopf«, bestätigte sie. »Ein gußeiserner Henkeltopf ...«

Der Staatsanwalt döste hinter seinem hellen Eichenpult. Die Beisitzer hörten unaufmerksam zu und ließen ihre Blicke über die rund sechzig Personen schweifen, die hinter der Gerichtsschranke eingepfercht waren und zum großen Teil auf ihren Auftritt warteten.

»Man könnte«, legte der Verteidiger von Fonsine nahe, »den Feldhüter fragen, den unsere Gegnerin als Zeugen benannt hat, obwohl mir nicht klar ist, warum, und der zufällig ein Geschäft für Haushaltswaren in Saint-Mesmin hat ...«

Ein riesiger, sanftmütiger Bursche erhob sich nun.

»Man kann nicht sagen, daß es sich um einen Henkeltopf handelt, schon wegen seiner Form ... Andererseits ... Es war ein Kochtopf, wenn man so will, eine gußeiserne Kasserolle ...«

»Kurz, ein schwerer Gegenstand ... Konnte Ihrer Ansicht

nach diese Kasserolle oder dieser Henkeltopf jemanden ernsthaft verletzen?«

Und der Anwalt mischte sich mit schneidender Ironie ein:

»Vielleicht unter der Bedingung, daß er trifft?«

»Ich verstehe Sie nicht, Herr Rechtsanwalt. Es ist festgestellt, daß die Klägerin sehr wohl ...«

»... nie von dem Topf getroffen worden ist, was ich gleich beweisen werde!«

Triumphierend nahm er wieder Platz.

»Wir werden sehen! Wir werden sehen! Alphonsine Sirouet, geben Sie zu, einen Topf über die Mauer geworfen zu haben, die Ihren Garten von dem Ihrer Schwester trennt?«

»Ich habe dem Kaiser gegeben, was des Kaisers ist ...«

»Wie bitte?«

»Ich sage, daß dieser Topf in meinen Garten geworfen worden ist und daß ich ihn dahin geworfen habe, woher er gekommen ist. Eine gewisse Person hat seit langem, wie Ihnen die ehrbaren Leute des Marktfleckens bestätigen werden, die Gewohnheit angenommen, ihre Abfälle auf meinen Hof und in meinen Gemüsegarten zu werfen. Es war also nur gerecht ...«

»Kurzum, Sie behaupten, die Anwesenheit Ihrer Schwester hinter der Mauer nicht bemerkt zu haben?«

»Diese Person war dort nicht.«

Wie sollte sich der Vorsitzende, der weder die Schwestern Sirouet noch das Haus an der Ecke der Landstraße, ja nicht einmal Saint-Mesmin kannte, ein Präsident, der nie von Antonin Brécard gehört hatte, wie sollte sich dieser Mann in dieser Affäre zurechtfinden? Die Rechtsberater würden zwar gleich versuchen, ihm alles zu erklären, der eine Anwalt aus der Sicht von Fernande, der andere aus der Sicht von Fonsine, aber jeder stellte seiner Rolle gemäß die Sache auf seine Weise dar, ohne weit genug zurückzugreifen.

Eigentlich hätte man bis zur Ersten Kommunion der beiden Schwestern zurückgehen müssen, denn sie hatten sie zusammen begangen. Fernande, die um zwei Jahre älter war, hatte auf Alphonsine warten müssen, da ihr ungewöhnlich dickschädeliger Vater beschlossen hatte, es bei einer einzigen Feier bewenden zu lassen.

Fernande war wütend, erst während der zweijährigen Wartezeit, dann in den folgenden Monaten bis hin zur Kommunion. Darauf war es an Fonsine, aufgebracht zu sein, denn sie war kokett geworden, und man schneiderte ihre Kleider und Mäntel aus den alten Kleidungsstücken ihrer Schwester.

Die Mutter starb, und Fernande wurde als der Älteren die Haushaltsführung für Vater Sirouet übertragen, während Fonsine in Fontenay den Beruf der Schneiderin erlernte, was einfach ungerecht war.

Es ging ihnen gut. Der alte Sirouet war Viehgroßhändler und hatte eine besondere Vorliebe für Weißwein und fürs Essen. Er hat nie damit gerechnet, daß seine beiden Töchter eines Tages heiraten könnten, denn seit er Witwer war, brauchte er mindestens eine von ihnen, die ihm den Haushalt führte. Das war klar wie das Amen in der Kirche. Als es darum ging, welche von beiden das tun sollte, war es ihm gleichgültig, er zog keine der anderen vor. Sie sollten das unter sich ausmachen!

Aber gerade darin konnten sie sich nicht einig werden. »Es ist immer die Ältere, die zuerst heiratet! Also bin ich es, die . . .«

»Verzeih, wenn die Mutter stirbt, übernimmt die Ältere ihre Stellung im Haus und bleibt da. Also bin ich es, die . . .«

Sie heirateten beide nicht, und zwar aus dem einfachen Grund, weil sich niemand fand, der um ihre Hand anhielt.

Fernande war dreißig Jahre alt und Alphonsine achtundzwanzig, als ein neuer Lehrer nach Saint-Mesmin kam. Er war gut fünfundvierzig, vernachlässigte insbesondere seine Kleidung und setzte sich über die grundsätzlichsten Regeln der Reinlichkeit hinweg. Er hieß Brécard, Antonin Brécard, und von Anfang an schien er es auf eine der Töchter Sirouet abgesehen zu haben. Welche? Man wußte es nicht. Schließlich heiratete er Fonsine. Auf gut Glück, wie behauptet wurde. Nach niedrigen Machenschaften der jüngeren Tochter, versicherte Fernande.

Festzuhalten ist jedenfalls, daß Fonsine für zwei Jahre das Elternhaus verließ, um mit ihrem Mann im Schulgebäude zu wohnen.

Hatte sie das Haus freiwillig verlassen, ja oder nein? Ja! Nun, ihr Mann starb, fast zur gleichen Zeit wie Vater Sirouet, über den der weiße Landwein am Ende gesiegt hatte.

Was machte darauf Fonsine, die ihr elterliches Haus aus freien Stücken verlassen hatte und die ihren Vater, den sie sozusagen aufgegeben hatte, in seinen letzten Stunden nicht hätte pflegen müssen? Sie wollte an den heimischen Herd zurückkehren und dort als Hausherrin herrschen, zumindest gleichberechtigt neben Fernande! Wie lange war das her? Beinahe zwanzig Jahre. Genau: achtzehn.

Seither lebten die beiden Schwestern also innerhalb der Wände, die gesehen hatten, wie sie zur Welt gekommen waren. Nur war das Haus glücklichweise in seiner Länge geteilt worden. Die Teilung war in Gegenwart von zwei Fachleuten vollzogen worden, von denen jeder eine Partei vertrat. Es gab Räume, an denen beide Schwestern hingen und die nicht zweigeteilt werden konnten wie die Küche, wegen des steinernen Kamins. Man hatte sie ausgelost, mit Hilfe eines silbernen Fünf-Franc-Stücks. Es wurden Wände eingezogen, man hatte einen zweiten Eingang geschaffen und eine Treppe gebaut.

Kurz, es waren jetzt zwei Häuser, und damit darüber kein Zweifel bestand, hatte Fonsine ihre Fassadenhälfte hellblau getüncht, während Fernande bei ihrem Teil die Natursteinfarbe beibehielt.

Natürlich redeten sie nie wieder miteinander. Sie kannten sich nicht mehr. Sie begegneten sich täglich zwanzigmal, und jede tat, als ob die andere Luft sei.

Fernande hatte ihren Anwalt in Pouzauges, Fonsine ihren Rechtsberater in Fontenay, und über die wurden die noch notwendigen Verbindungen aufrechterhalten.

Wie viele Geschichten hatte es seitdem gegeben! Man konnte die vergifteten Katzen kaum noch zählen, die alle Gegenstand von Streitfällen vor dem Friedensrichter waren. Etwa zwei Jahre zuvor hatte dann die Flut der anonymen Briefe eingesetzt. Ganz Saint-Mesmin erhielt welche, und der Pfarrer hatte deshalb ernsthaft von der Kanzel wettern müssen, denn nun wurden Dritte einbezogen, verheiratete Männer wurden beschuldigt, an schändlichen Ausschweifungen teilzunehmen, die in der einen oder anderen Hälfte jenes Hauses stattfinden sollten.

Die Schwestern Sirouet hätten sich entehrt geglaubt, wenn sie zum selben Lieferanten gegangen wären, und jede hatte ihren Kolonialwarenladen, ihren Bäcker und Fleischer.

»Ich gehe nicht zu Händlern, die sich herablassen, jedermann zu bedienen!«

Die Geschichte mit dem Waschhaus schließlich ... Hinten in dem nun zweigeteilten Garten floß ein Bach vorbei. In jedem Garten war aus wenigen Planken ein Waschhaus errichtet worden. Aber an Gleichheit war nicht zu denken, der Bach ließ sich nicht davon abbringen, immer in die gleiche Richtung zu fließen. Kurz, Fonsine bekam das Wasser erst, nachdem es durch das Grundstück ihrer Schwester geflossen war.

Auch lag Fernande auf der Lauer, richtete es so ein, daß sie am selben Tag Wäsche hatte wie ihre Nachbarin, so daß Fonsine an ihrem Waschplatz nur das Wasser vorbeiströmen sah, das von der schmutzigen Wäsche »dieses Weibes« verseucht war.

Manchmal stand sie schon in der Nacht auf, um sicher zu sein, ihre Wäsche in sauberem Wasser waschen zu können. Um sich zu rächen, kaufte Fernande bei der Kurzwarenhändlerin, die alle möglichen Artikel führte, riesige Flaschen Tinte, die sie in den Bach goß, wenn die Wäsche ihrer Schwester zum Einweichen im Wasser lag. Das war nachgewiesen. Auch daß sie die Händlerin gefragt hatte:

»Haben Sie nicht alte Tinte? Es macht nichts, wenn sie ein bißchen verdorben ist. Ich brauche sie nicht zum Schreiben.«

Was die Mauer betraf, so wurde sie trotz ihrer zwei Meter zehn täglich von den unterschiedlichsten Gegenständen überflogen, und zwar vorzugsweise von höchst widerlichen Dingen, alten

Pantoffeln, schmutziger Watte, Innereien von Kaninchen, krepierten Ratten, angeschlagenen Nachttöpfen ... Gott weiß, wo sie das alles aufsammelten, wahrscheinlich im Dunkel der Nacht!

Jetzt saßen die beiden Frauen nebeneinander, die blasse und harte Fernande, die magere und leidende Fonsine, jede von ihren Zeugen flankiert, und als der Gerichtsvorsitzende dem Feldhüter die Wahrheit zu entlocken versuchte, erklärte der mit liebenswürdiger Einfachheit: »Es macht vielleicht nicht den Eindruck, aber ich frage mich, ob nicht Fonsine die wildere ist ...«

Fonsine, die zum Steinerweichen hustete und die eine so bescheidene Art hatte, die Schultern zurückzunehmen, als wolle sie in einen Beichtstuhl schlüpfen! Und tatsächlich gehörte der Feldhüter ja der Partei von Fernande an!

»Hören wir weiter! Sie waren also in Ihrem Garten, als Ihre Schwester besagten Gegenstand ...«

»Ja, Herr Präsident.«

»Nein, Herr Präsident«, berichtigte Fonsine ruhig. »In diesem Augenblick stand sie vorne vor ihrer Tür und hat sogar mit der Metzgerin, die ich als Zeugin mitgebracht habe, gesprochen.«

»Das ist nicht wahr! Der Klempner, der im Garten arbeitete, hat mich an der Mauer gesehen und ...«

»Jederman weiß, daß sie noch krank wird vor lauter Lügen. Und was den Klempner betrifft, wenn ich mich nicht zurückhalten würde, da könnte ich Dinge erzählen ...«

»Soll man doch die Frau des Feldhüters vernehmen. Man wird schon sehen, ob ...«

Sie war verlegen, die Frau des Feldhüters. Sie hätte gerne aussagen wollen, aber sie hätte auch schweigen mögen.

»Was wissen Sie von der Sache?«

»Ich weiß sozusagen nichts, Herr Präsident.«

Sie wußte nichts, doch sie hatte gehört, daß Fernande zu jemandem gesagt hatte ... Was hatte sie nur genau gesagt?

»Daß ihr ihre Schwester die Geschichte mit dem Henkeltopf und all ihre anderen Gemeinheiten teuer bezahlen werde und daß sie jetzt im Vorteil sei ...«

»Weshalb?«

»Ich weiß es nicht.«

»War das, nachdem der Topf geschmissen worden ist?«

»Das war um fünf Uhr nachmittags ...«

»Also *nachher,* da der Topf gegen vier Uhr geworfen worden ist ...«

»Sagt sie!«

»War Fernande Sirouet zu diesem Zeitpunkt verletzt?«

Schweigen.

»Wissen Sie, ob sie verletzt war?«

»Das konnte man nicht sehen ...«

Kurz, nach den Aussagen einiger Zeugen war Fernande Sirouet keineswegs von dem Henkeltopf – oder der Kasserolle – getroffen worden, sondern hatte in ihrer Wut die Gelegenheit ergriffen, war ins Haus gegangen und hatte sich selbst verletzt, um ihre Schwester vor Gericht zu ziehen.

»Sie brauchen nur den Doktor zu fragen. Er ist hier.«

Allerdings war der noch verlegener als alle anderen, denn wenn die Schwestern auch jede ihren Kolonialwarenhändler und ihren Fleischer hatten, waren sie doch gezwungen, denselben Arzt aufzusuchen.

»Sie haben Fernande Sirouet behandelt, als sie verletzt war. Können Sie uns sagen, ob ...«

Nein, er wußte es nicht. Die Wunde konnte von dem Kochtopf verursacht worden sein, sie konnte aber auch von irgendeinem anderen Instrument herrühren, von einem Hammer zum Beispiel oder von einem Aufprall an einer Mauerecke.

Wie? ... Konnte die Klägerin sich selbst auf diese Art und Weise verletzt haben? ... Das war faktisch nicht unmöglich ... Alles war möglich ... Schmerzhaft? ... Ein bißchen ja ... Ziemlich ... Aber letztlich ...

Was bedeutete am Ende für eine Sirouet dieser kleine vorübergehende Schmerz im Vergleich zu dem Triumph, die andere zu einer Ordnungsstrafe verurteilt zu sehen?

Sie verstehen das nicht, Herr Präsident? Sie kommen aus Poitiers, das sieht man. Sie haben in Saint-Mesmin nicht gelebt. Sie wissen nicht, daß die beiden Schwestern seit zwanzig Jahren – Verzeihung, achtzehn – den lieben langen Tag nichts anderes zu tun haben, als ihren Haß zu schüren.

Einen innigen Haß, wissen Sie! Einen Haß, der eine Art Liebe ist, eine umgekehrte Liebe zwar, aber dennoch Liebe.

Und dann das Gerede der Leute! Der ganze Marktflecken, der von den Taten und Gesten dieser zwei Frauen in Atem gehalten wird, der für die eine oder die andere Schwester Partei ergreift, Beifall zollt oder entrüstet ist! Wer von den beiden hat angefangen und die andere vor Gericht gezerrt? Fonsine, nicht wahr? Doch sie hatte nur die banale Anklage wegen Überschreitung der Einfriedung erheben können. Sie hatte auch vage, ohne Beweise, von Lauch gesprochen, der in ihrem Garten gestohlen worden war, von Kaninchen, die nacheinander eingegangen waren, weil man ihnen Unkraut in ihren Stall gesteckt hatte.

Ihr Vorgänger, Herr Präsident, hat Fernande freigesprochen und einfach einen Vergleich vorgeschlagen, denn er blickte ebenfalls nicht durch. Und Fernande hat die darin liegende Beleidigung noch grausamer empfunden. Sie wäre lieber verurteilt worden, stellen Sie sich vor!

»Ach, du willst bestraft werden? ... Warte, bis sich die Gelegenheit findet, dann werde ich es dir aber geben!« Und nun die Gelegenheit mit dem Henkeltopf, der vielleicht nur eine Kasserolle war, jedoch schwer genug, um eine Verletzung der Kopfhaut zu verursachen, selbst wenn niemand getroffen worden war ...

Was sagten Sie? Sie kommen da nicht mit? Sie stammeln, sind nicht stolz auf Ihr Urteil, nachdem Sie sich zu Ihren Beisitzern hinübergebeugt haben: »Fünfhundert Francs Geldstrafe ...«

Und Sie glauben, daß es damit beendet sei?

Es hat tatsächlich aufgehört, aber nicht dank dem Eingreifen des Richters von Fontenay und vielleicht auch nicht dank dem des Arztes, der wenig später sechsmal in der Woche das Haus betrat.

Fonsine, die etwas schwach auf der Brust war, starb vierzehn Tage vor Ostern an Lungenentzündung.

Ihre Schwester ignorierte sie. Nachbarinnen kamen und wachten bei ihr. Ihr Rechtsberater kümmerte sich um die Beerdigung. Fernande ließ sich nicht blicken und nutzte den Augenblick, da der Trauerzug sich formierte, um tüchtig vor ihrer Haustür zu schrubben. Man konnte es nicht klarer ausdrücken:

»Eine Erlösung!«

Ihre Augen blieben trocken, an den Rändern kaum gerötet, aber den etwas blutigen Rand der Lider hatte sie schon lange. Es war sogar der einzige Farbfleck in ihrem aus Stein geschnittenen Gesicht.

Manchmal fragten die Nachbarinnen sie: »Trägst du nicht Trauer um Fonsine?«

»Ich? Kenne ich sie überhaupt?«

Sie hätte sich eher rot gekleidet. Sie fragte sich, wer das Haus ihrer Schwester kaufen würde. Denn vom Erben konnte keine Rede sein. Das wußten beide seit langem. Wenn man einen solchen Haß nährt, gebietet die erste Vorsichtsmaßnahme, sich zu versichern, daß der Gegenstand dieses Hasses nicht einmal dein Eigentum erbt.

Deshalb hatten die beiden Schwestern, jede für sich, ihren Besitz zur Nutznießung auf Lebenszeit angelegt, einschließlich ihres Hausanteils. So daß Fernande jetzt über kein Geld verfügte, um die Hälfte des Hauses zu kaufen, die ihrer Schwester gehört hatte und an der bereits ein Schild angebracht war mit dem Hinweis, daß sie zum Verkauf stehe.

Und selbst das nützte ihr. Alles nützte ihr. Man sah sie recht häufig besorgt, ohne Schwung, wie jemand, den innerlich der Kummer zerfrißt. Dann sagte man zu ihr: »Da siehst du, daß es dir trotz allem etwas ausmacht!«

»Mir? . . . Ha! Ha! . . .«

»Du bist nicht mehr die gleiche, seit Fonsine . . .«

»Wollt ihr wohl still sein . . . In meinem ganzen Leben bin ich nicht so glücklich gewesen . . . Endlich kann ich aufatmen!«

»Du quälst dich . . .«

»Ich quäle mich, weil ein Teil meines elterlichen Hauses bald fremden Leuten gehören wird und ich mich frage, wer meine Nachbarn sein werden . . .«

Das quälte sie so, daß sie abmagerte, daß ihr weißer Teint schmutziggrau wurde, daß ihr oft Haarsträhnen über die Wangen fielen. Sie fand an nichts mehr Gefallen. Sie war untätig. Zehnmal am Tag überquerte sie die Straße, um in das Kolonialwarengeschäft zu gehen, nicht, weil sie irgend etwas gebraucht hätte, sondern weil man dort immer jemanden traf, mit dem man sich unterhalten konnte.

Wie viele schöne Sommer hatte sie in ihrem Garten verbracht, den sie nun gar nicht mehr betrat. All das Unkraut, die Ackerschnecken, diese Steine, Flaschenscherben und Maulwurfsgrillen, die sie voller Freuden über die Mauer geworfen hatte!

Das Nachbarhaus wurde gegen Ende des Sommers verkauft, und schon zu Allerheiligen zogen die neuen Besitzer ein, einfache Rentner aus der Stadt, ruhige Leute, die keinen Lärm machten, die Ortsansässigen höflich grüßten, aber mit ihnen nicht ins Gespräch zu kommen versuchten.

Über sie gab es nichts zu sagen.

Das war trostlos. Das war tödlich.

»Am Totensonntag wenigstens, Fernande! . . . Ich weiß ja, daß du wegen Fonsine keine Trauer trägst . . . Aber da es doch einen lieben Gott gibt . . .«

»Ich will nicht einmal wissen, wo sie begraben liegt . . .«

Und um zu vermeiden, daß sie, wenngleich unbeabsichtigt, an einem Kreuz vorbeikam, das den verabscheuten Namen trug, begab sie sich nicht zum Grab ihrer Eltern, das in diesem Jahr ohne Blumen blieb.

Überdies fehlte es ihr an jeglicher Energie.

»Soll ich dir was sagen? Du langweilst dich . . .«

Sie und sich langweilen!

Man schenkte ihr eine junge Katze, die nicht mehr Gefahr lief, vergiftet zu werden, und sie vergaß oft, ihr Futter zu geben.

Das war also aus ihr geworden! Der trübe Blick. An vielen Abenden hatte sie nicht den Mut, sich etwas zu essen zu machen oder die Lampe anzuzünden. Die Nachbarn hatten sich einen Radioempfänger angeschafft, so daß die Wände gleichsam einen fremden Schweiß ausströmten.

Trauer um Fonsine? Gab es Leute, die sich darüber wunderten, daß sie um Fonsine nicht trauerte?

Wie lange dauert die Zeit der Trauer um eine Schwester? Ein Jahr, nicht wahr?

Sie hätte ihre Trauer nicht bis zum Ende tragen können! Sie starb an Lichtmeß, ganz allein, abends, ohne Licht, während die Nachbarn die Musik abgestellt hatten, da sie wußten, daß sie müde war, und dabei waren, Crêpes zu backen.

Sie starb nicht an einer bestimmten Krankheit, sondern an allen und keiner, wie die Tiere sterben, die sich langweilen, und da sie ihren Besitz auf Lebenszeit angelegt hatte, gab es niemanden, der sie beerben konnte, auch niemanden mehr, der in Saint-Mesmin den Haß nährte, der die Schwestern Sirouet am Leben erhalten hatte.

Ausrutscher

Ian Rankin

Schuld war die Patience.

Die Patience, Zufall oder Schicksal. Wie auch immer, Grace Gallagher kam an diesem Morgen nach unten und fand sich mit einer Tasse starken braunen Tees am Eßtisch wieder (im Kühlschrank war gerade noch genug Milch für eine weitere Tasse), wo sie auf das Kartenspiel starrte. Sie sog Zigarettenrauch in ihre Lungen und spürte, wie ihr Herz schneller schlug. Diese Zigarette war ein Genuß. George erlaubte ihr nicht, in seiner Gesellschaft zu rauchen, und in seiner Gesellschaft befand sie sich fast den ganzen Tag, jeden Tag. Der Rauch bekomme ihm nicht, sagte er. Er bekomme ihn in den Mund, so daß das Essen einen komischen Beigeschmack annehme. Der Rauch reize seine Nase, bringe ihn zum Niesen und Husten. Mache ihn schwindelig. George hatte ein Buch über Hypochonder geschrieben.

Daher wurde das Haus zur Nichtraucherzone, sobald George aufstand. Was der Grund dafür war, daß Grace diese kurze Zeitspanne allein genoß, eine Spanne, die von Viertel nach sieben bis Viertel vor acht dauerte. In den vierzig Jahren ihrer Ehe war es Grace stets gelungen, volle dreißig Minuten vor ihrem Mann aufzuwachen. Sie pflegte mit einer Zigarette und Tee am Tisch zu sitzen, bis das Dielenbrett im Schlafzimmer auf seiner Seite des Betts unter seinen Füßen knarrte. Dieses Dielenbrett knarrte seit dem Tag, an dem sie in das Haus 26 Gillan Drive eingezogen waren, vor etwa dreißig Jahren. George hatte versprochen, es festzumachen; inzwischen war er nicht einmal mehr in der Lage, sich Tee und Toast zu machen.

Grace rauchte die Zigarette auf und starrte auf die Spielkarten. Gestern abend hatten sie Whist und Rommé gespielt, um einen Einsatz von einem Penny pro Partie. Und sie hatte wie gewohnt verloren. George haßte es zu verlieren, nach einer Niederlage spielte er den Beleidigten, manchmal den ganzen nächsten Tag lang. Deshalb ließ Grace, um sich das Leben ein wenig leichter zu machen, ihn jetzt immer gewinnen, sie verschenkte absichtlich nützliche Karten, verschleuderte ihre Trümpfe. Manchmal merkte George es und verspottete sie wegen ihrer Dummheit. Aber viel öfter klatschte er nach einem seiner zahlreichen Siege in die Hände und strich mit seinen geschwollenen Fingern den Gewinn von der Tischplatte.

Jetzt merkte Grace, wie sie abhob, mischte und die Karten zu einer Patience auslegte, einer Patience, die sie mühelos gewann. Sie mischte wieder, spielte wieder, gewann wieder. Dies, so schien es, war ihr Morgen. Sie versuchte sich an einer dritten Partie, und wieder waren es gute Karten, zuletzt lagen vier ordentliche Häufchen vor ihr, Schwarz auf Rot auf Schwarz auf Rot, komplett vom König bis zum As. Sie war mitten in einer vierten Partie und sich des Erfolgs gewiß, als das Dielenbrett knarrte, ihr Name gerufen wurde und der Tag – ihr richtiger Tag – begann. Sie machte Tee (das war das Ende der Milch) und Toast und brachte George das Frühstück ans Bett. Er war im Bad gewesen und schlüpfte gerade wieder unter die Decke.

»Mein Bein macht mir heute Scherereien«, sagte er. Grace schwieg; ihr fiel keine neue Antwort auf diese Feststellung ein. Sie stellte sein Tablett auf dem Bett ab und zog die Vorhänge auf. Es war stickig im Zimmer, aber selbst im Sommer wollte er nicht, daß die Fenster geöffnet waren. Er gab der Luftverschmutzung, dem sauren Regen, den Abgasen die Schuld. Sie spielten seiner Lunge übel mit, so daß er nur noch schnaufen konnte. Grace sah nach draußen auf die Straße. Die Häuser gegenüber, die dem ihren ähnelten wie ein Ei dem anderen, schienen bereits unter der Gewöhnlichkeit des Tages zu welken. Doch in ihrem Innern spürte Grace trotz allem, trotz des säuerlichen Geruchs im Zimmer, des schweren Atmens ihres unrasierten Ehemanns, des Teeschlürfens, der grauen Morgenhitze, etwas Außergewöhnliches. Hatte sie nicht die Patiencen gewonnen? Wieder und wieder gewonnen? Neue Wege schienen sich vor ihr aufzutun.

»Ich geh dir deine Zeitung holen«, sagte sie.

George Gallagher studierte gern die Rennaufstellung. Er hockte über der Zeitung, spottete über die Wettips und dachte sich eine »Yankee«-Wette aus – fünf Pferde, durch die sie, sollten die Pferde allesamt als Sieger durchs Ziel gehen, ihr Glück machen würden. Grace brachte dann seinen Wettschein zum Buchmacher auf der High Street, bezahlte den Einsatz – knapp 1,50 Pfund am Tag – und ging nach Hause, um im Radio zu hören, wie ein Pferd nach dem anderen verlor, während die Wettips einen ansehnlichen Gewinn einbrachten. Aber George verfügte über das, was er »Insiderwissen« nannte, und außerdem waren die Tipverkäufer doch allesamt Betrüger, oder nicht? Man konnte ihnen nicht trauen. Grace war ein Dummkopf, wenn sie das anders sah. Nicht selten belegte ein Favorit von George den zweiten oder dritten Platz, doch trotz ihrer Bemühungen weigerte er sich, auf alle drei Gewinnplätze zu setzen. Alles oder nichts, das war seine Devise.

»Man kann keinen ordentlichen Gewinn machen, wenn man auf alle Gewinnplätze setzt.«

Grace' Lächeln war spitz wie eine Nagelfeile: Wir gewinnen doch so oder so nie.

George fragte sich manchmal, warum seine Frau so lange brauchte, um die Zeitung zu holen. Schließlich waren es bis zum Laden höchstens zehn Minuten zu Fuß, und doch war Grace gewöhnlich nahezu eine Stunde außer Haus. Sie hatte stets eine Geschichte parat, wie sie einen Nachbarn getroffen und geschwatzt hatte, daß die Leute im Laden Schlange gestanden hatten oder die Zeitung nicht gekommen war, was einen längeren Spaziergang zu dem Zeitungshändler ein Stück weiter die Straße hinunter erforderlich gemacht hatte ...

In Wahrheit nahm Grace die Zeitung mit in den Lossie Park, wo sie sich, wenn das Wetter es erlaubte, auf eine Bank setzte, einen Kugelschreiber (ein Gratisgeschenk zu einer Frauenzeitschrift, sie hatte schon zweimal die Mine wechseln müssen) aus ihrer Handtasche holte und sich am Kreuzworträtsel versuchte. Anfangs hatte sie sich mit den »einfachen« Antworten begnügt, aber mit den Jahren war sie sicherer geworden, so daß sie sich jetzt an die »verschlüsselten« wagte. Oft löste sie das Rätsel ganz, manchmal schaffte sie es nicht, weil ihr ein, zwei Begriffe fehlten, über die sie dann den restlichen Tag nachdachte. George, dessen Blick wie gebannt an den Sportseiten hing, merkte nie, daß sie sich am Kreuzworträtsel zu schaffen gemacht hatte. Seine Informationen, so sagte er, beziehe er aus Fernsehen und Radio, obgleich Grace festgestellt hatte, daß er die Fernsehnachrichten in der Regel verschlief und selten Radio hörte.

Bei schlechtem Wetter setzte Grace sich auf eine überdachte Bank, wo sich vor etwa einem Jahr ein Gentleman ungefähr in ihrem Alter (das hieß, acht oder neun Jahre jünger als George) zu ihr gesellt hatte. Er war aus der Gegend, ein Witwer, und hieß Jim Malcolm. Sie unterhielten sich, sahen meistens jedoch dem Treiben im Park zu, beobachteten Mütter mit Kinderwagen, Jungen mit ihren Hunden und, selbst zu dieser frühen Tageszeit, hin und wieder einen Betrunkenen. Tagein, tagaus trafen sie sich auf der einen oder anderen Bank, begegneten einander scheinbar zufällig und trafen sich, abgesehen von den wirklich zufälligen Begegnungen in einem Laden oder auf dem Gehsteig, nie zu einer anderen Tageszeit oder an einem anderen Ort.

Und dann, vor ein paar Wochen, im Frühling, als sie im Metzgerladen stand, hörte Grace zufällig von Jim Malcolms Tod. Als sie an der Reihe war, bat sie um ein halbes Pfund Beefsteakhack anstelle des üblichen »Billigzeugs«. Der Metzger sah sie verwundert an.

»Irgendwas zu feiern, Mrs. Gallagher?«

»Eigentlich nicht«, hatte Grace leise gesagt. George hatte das teure Hackfleisch ohne jeden Kommentar verzehrt.

Heute hatte sie das Kreuzworträtsel in Rekordzeit ausgefüllt. Nicht, daß die Fragen einfacher gewesen waren als sonst; eher schien ihr Verstand schneller zu arbeiten denn je, diese Kombination zu machen und jenes Anagramm zu verstehen. Alles ist möglich an einem Tag wie diesem, dachte sie. Einfach alles. Die Sonne tauchte hinter einer Wolkenbank auf. Sie faltete die Zeitung zusammen, steckte sie mit dem Kugelschreiber in ihre Tasche und stand auf. Sie war kaum zehn Minuten im Park gewesen. Wenn sie so schnell nach Hause kam, würde George vielleicht Fragen stellen. Daher drehte sie noch eine ausgedehnte Runde über den Sportplatz, in Gedanken mit Patience, Kreuzworträtseln, knarrenden Dielenbrettern und vielem anderen mehr beschäftigt.

Schuld war Patience.

Detective Inspector John Rebus kannte Dr. Patience Aitken schon seit mehreren Jahren, und kein einziges Mal während ihrer beruflichen Beziehung war er imstande gewesen, ihr einen Gefallen abzuschlagen. Patience machte auf Rebus den Eindruck einer Frau, mit der ihn seine Eltern, wenn sie noch lebten, gern verheiratet hätten, falls er Junggeselle wäre. Was er als geschiedener Mann gewissermaßen ja war. Als Patience herausfand, daß Rebus geschieden war, hatte sie ihn in ihr erstaunlich großes Haus eingeladen, zu etwas, das sie »Abendessen« nannte. Bei selbstgebackenem Obstkuchen hatte Patience ihm gestanden, daß sie keine Unterwäsche trug. Häuslich und doch voller Glut: Das war Patience. Wer konnte einer solchen Frau eine Bitte abschlagen? Nicht John Rebus. Und so kam es, daß er sich an diesem Abend auf der Schwelle von 26 Gillan Drive wiederfand, im Begriff, sich in einen privaten Trauerfall einzumischen.

Nicht, daß ein Todesfall etwas sehr Privates gewesen wäre, nicht in diesem Teil Schottlands, in Schottland überhaupt. An Nachbarfenstern zuckten Vorhänge, Leute unterhielten sich mit gedämpfter Stimme über Gartenzäune hinweg, und die allgegenwärtigen Reklamesprüche, der noch allgegenwärtigere Beifall von Gameshows plärrten aus weniger Fernsehgeräten als sonst.

Gillan Drive gehörte zu einem anonymen Arbeiterviertel am südöstlichen Rand von Edinburgh. Das Viertel machte schwere Zeiten durch, und doch lag nach wie vor ein Hauch von Stolz in der Luft. Die Gärten wurden sorgsam gepflegt, die winzigen Rasenflächen militärisch kurz gehalten, und die Autos, die dicht an dicht am Bordstein parkten, waren alt – Kennzeichen mit W und X überwogen –, aber glänzend poliert; keine Spur von Rost. Rebus nahm das alles mit einem Blick in sich auf. In einem Viertel wie diesem war Trauer Gemeineigentum. Jeder wollte seinen Anteil haben. Und doch hielt ihn etwas davon ab, den Türklopfer zu heben. Patience Aitken hatte sich vage ausgedrückt, vorsichtig, vieldeutig: Deshalb hatte sie ihn auch um einen Gefallen gebeten, nicht um professionellen Beistand.

»Ich meine«, hatte sie am Telefon gesagt, »ich habe George Gallagher jahrelang mehr oder weniger – eher mehr als weniger – behandelt. Die einzigen Krankheiten, unter denen er meines Wissens nicht zu leiden glaubte, sind wohl Beriberi und Elephantiasis, und das auch nur, weil darüber auf der ›Arztseite‹ der *Sunday Post* nie etwas steht.«

Rebus lächelte. Die praktischen Ärzte in ganz Schottland fürchteten ihre Montagssprechstunde, wenn die Leute plötzlich in hellen Scharen kamen und unter Beschwerden litten, über die sie am vergangenen Morgen in der *Post* gelesen hatten. Kein Wunder, daß man die Zeitung eine »Institution« nannte . . .

»Und die ganze Zeit«, sagte Patience Aitken, »hat Grace an seinem Bett gewacht. Sie hatte endlose Geduld mit ihm, pflegte ihn. Die Frau ist ein Engel.«

»Wo liegt dann das Problem?« Rebus hatte nicht nur mit dem Telefonhörer zu kämpfen, sondern ebenso mit Kopfschmerzen und mit einem Becher schwarzen Kaffees. (Schwarzer Kaffee, weil er Diät machte; Kopfschmerzen aus Gründen, die damit zusammenhingen.)

»Das Problem liegt darin, daß George heute morgen die Treppe runtergefallen ist. Er ist tot.«

»Tut mir leid, das zu hören.«

Am anderen Ende der Leitung herrschte Stille.

»Ich nehme an«, sagte Rebus, »du teilst meine Gefühle nicht.«

»George Gallagher war ein mürrischer alter Mann; davor war er ein verbitterter junger Mann und höchstwahrscheinlich ein ziemlich eigenbrötlerischer Teenager. Ich glaube, ich habe nie auch nur ein freundliches Wort von ihm gehört, ganz zu schweigen von einem ›Bitte‹ oder einem ›Dankeschön‹.«

»Gut«, sagte Rebus, »dann feiern wir doch sein Ableben.«

Wieder Stille.

Rebus seufzte und rieb sich die Stirn. »Raus damit«, befahl er.

»Er soll die Treppe runtergefallen sein«, erklärte Patience Aitken. »Nachmittags ist er zwar meistens runtergegangen, manchmal, um sich Rennen im Fernsehen anzugucken, manchmal auch nur, um mal was anderes als sein Schlafzimmer zu sehen. Aber er ist gegen elf Uhr gestürzt, was für seine Verhältnisse ein wenig früh ist . . .«

»Und du glaubst, jemand hat ihn gestoßen.« Rebus versuchte, nicht zynisch zu klingen.

Sie antwortete ohne Umschweife. »Ja, das tue ich.«

»Von diesem Engel, der ihn all die Jahre ertragen hat.«

»Genau«

»Na schön, Doc, dann laß mal die medizinischen Indizien hören.«

»Nun, es ist eine schmale Treppe, ziemlich steil, etwa elf, zwölf Stufen, würde ich sagen. Wenn man an die achtzig Kilo wiegt und oben ausrutscht, würde man bei dem Sturz doch irgendwie gegen die Wände prallen, oder?«

»Schon möglich.«

»Und man würde versuchen, sich irgendwo festzuklammern. An einer Wand ist ein Geländer. Sie haben darauf gewartet, daß die Stadtverwaltung endlich an der anderen Wand auch ein Geländer anbringen läßt.«

»Also man würde sich irgendwo festhalten, schön.« Rebus trank den bitteren schwarzen Kaffee aus und betrachtete den Stapel Papiere in seinem Eingangskorb.

»Ja, und man hätte Blutergüsse, oder?« sagte Patience Aitken. »Abschürfungen an den Ellbogen oder Knien, es gäbe Spuren, wo man sich an die Wand gekrallt hat.«

Rebus wußte, daß sie nur Mutmaßungen anstellte, konnte ihr bis hierher jedoch nicht widersprechen. »Weiter«, sagte er.

»George Gallagher hat deutliche Spuren nur am Kopf, da, wo er am Fuß der Treppe aufgekommen ist – wobei er sich den Hals gebrochen hat. Keine nennenswerten Blutergüsse oder Abschürfungen am Körper, keine Spuren an den Wänden; jedenfalls habe ich keine gesehen.«

»Mit anderen Worten, er ist oben vom Treppenabsatz geflogen, mit einem ziemlichen Schwung, und erst am Boden aufgekommen?«

»Sieht ganz so aus. Es sei denn, ich bilde mir das alles nur ein.«

»Also ist er entweder gesprungen oder er wurde gestoßen?«

»Ja.« Sie machte wieder eine Pause. »Ich weiß, es klingt dürftig, John. Und ich will Grace weiß Gott nicht beschuldigen . . .«

Rebus griff nach dem Kugelschreiber, der neben dem Telefon lag, und wühlte auf seinem Schreibtisch, bis er einen Umschlag fand, auf dessen Rückseite er schreiben konnte.

»Du tust nur deine Arbeit, Patience«, sagte er. »Gib mir die Adresse, dann mache ich einen Beileidsbesuch.«

Die Tür von 26 Gillan Drive ging langsam auf, und ein Mann spähte zu Rebus hinaus, dann ließ er ihn schnell ins Haus und legte leicht die Hand auf seinen Arm.

»Kommen Sie rein, mein Junge. Kommen Sie rein. Die Frauen sind im Wohnzimmer. Die Küche ist hier hinten.« Er wies mit dem Kopf in die Richtung, dann führte er Rebus durch einen schmalen Durchgang an einer geschlossenen Tür vorbei, durch die Weinen drang, zu einer halboffenen Tür im rückwärtigen Teil des Hauses. Rebus hatte die Treppe nicht genauer angesehen, als sie daran vorbeikamen, die Treppe, der er an der offenen Haustür gegenübergestanden hatte. Jetzt wurde die Küchentür von innen aufgestoßen, und Rebus sah, daß sich fünf, sechs

Männer in den winzigen Raum gezwängt hatten. Ein abgestandener Dunst von Bratfett und Suppe, Eintopf und Obstkuchen hing in der Luft, aber das alles wurde von einem frischeren Geruch übertönt: Whisky.

»Hier, mein Junge.« Jemand reichte ihm ein Glas mit gut zwei Zentimetern einer bernsteinfarbenen Flüssigkeit. Auch die anderen hielten ein Glas in den Händen. Sie traten von einem Fuß auf den anderen, verlegen, wagten kaum etwas zu sagen. Sie hatten Rebus bei seinem Eintreten zugenickt, schenkten ihm jetzt jedoch wenig Beachtung. Gläser wurden wieder aufgefüllt. Rebus registrierte das Preisschild von co-op auf der Flasche.

»Sie sind gerade in die Cashman Street gezogen, oder?« fragte einer der Männer einen anderen.

»Ja, genau. Vor ein paar Monaten. Meine Frau hat Mrs. Gallagher immer im Laden getroffen, da dachten wir, wir kommen mal vorbei.«

»Also, dieses Viertel hier, das war früher mal 'ne Bergarbeitersiedlung. Damals lebte man hier, und man starb hier. Aber heutzutage ist ja 'n ständiges Kommen und Gehen . . .«

Das Gemurmel ging weiter. Rebus stand mit dem Rücken zum Abtropfbrett, neben der Hintertür. Eine Gestalt tauchte vor ihm auf.

»Trinken Sie noch 'nen Schluck, mein Junge.« Und aus den zwei Zentimetern in seinem Glas wurden fünf. Rebus sah sich vergeblich nach einem Verwandten des Toten um. Diese Männer sahen alle wie Nachbarn aus, wie die Söhne von Nachbarn, die männliche Hälfte des Kerns der Gemeinde. Ihre Frauen, Schwestern, Mütter waren wohl bei Grace Gallagher im Wohnzimmer. Geschlossene Vorhänge, die das bißchen Licht, das vom Tag geblieben war, aussperrten; Taschentücher und süßer Sherry. Die Hinterbliebene in einem Sessel, eine andere hockte auf der Armlehne und tätschelte ihr zum Trost die Hand und murmelte gutgemeinte Worte. Rebus hatte das alles schon erlebt, als Kind bei seiner eigenen Mutter, als junger Mann bei seinem Vater, er hatte es bei seinen Tanten und Onkeln erlebt, bei den Eltern von Freunden und in letzter Zeit bei Freunden selbst. Er war nicht mehr ganz jung. Dieser und jener Altersgenosse fiel bereits dem Krebs oder einem unerwarteten Herzanfall zum Opfer. Heute war der letzte Tag im April. Vor zwei Tagen war er nach Fife gefahren und hatte Blumen auf das Grab seines Vaters gelegt. Ob es ein Akt des Gedenkens oder schlichte Reue war, hätte er nicht zu sagen vermocht . . .

Sein Führer holte ihn in die Gegenwart zurück. »Ihre Schwiegertochter ist schon hier. Ist heute nachmittag von Falkirk rübergekommen.«

Rebus nickte und versuchte, eingeweiht zu tun. »Und der Sohn?«

Blicke richteten sich auf ihn. »Schon seit zehn Jahren tot. Wissen Sie das nicht?«

Man hatte Verdacht geschöpft, und Rebus war klar, daß er sich entweder als Polizist zu erkennen geben oder weiterlügen mußte. Diese Leute, die aufrichtig um den Verlust eines Menschen trauerten, hatten ihn gleichfalls für einen Trauergast gehalten und ihn hier hereingeführt, damit er sich ihnen anschloß, zu einem Teil der Gemeinschaft wurde.

»Ich bin nur der Freund eines Freundes«, erklärte er. »Man hat mich gebeten vorbeizuschauen.«

Dennoch verhieß die Miene seines Führers, daß es ein Verhör geben würde. Doch dann sprach ein anderer.

»Ein schrecklicher Unfall war das. Wie hieß die Stadt noch gleich?«

»Methil. Er hat am Bau eines Förderturms mitgearbeitet.«

»Genau«, sagte der Führer weise. »Es war Zahltag. Sie waren einen trinken. Auf dem Weg zum Tanzen. Dann plötzlich . . .«

»Ja, ein schreckliches Unglück war das. Dem Burschen auf dem Rücksitz mußten beide Beine abgenommen werden.«

Tja, dachte Rebus, der geht mit Sicherheit auf keine Hopserei mehr. Dann zuckte er zusammen und versuchte, sich für diesen Gedanken Absolution zu erteilen. Sein Führer sah ihn zusammenzucken und legte wieder die Hand auf seinen Arm.

»Schon gut, mein Junge, schon gut.« Und wieder sahen ihn alle an, vielleicht erwarteten sie, daß er in Tränen ausbrach. Rebus lief rot an.

»Ich muß nur . . .«, sagte er und wies mit dem Kopf zur Decke.

»Sie wissen, wo es ist?«

Rebus nickte. Unten hatte er alles gesehen, was es zu sehen gab, daher wußte er, daß das Bad oben sein mußte, und nach oben wollte er. Er schloß die Küchentür hinter sich und atmete tief durch. Er schwitzte, und der Kopfschmerz pochte wieder auf sein Recht. Das hast du nun davon, Rebus, sagte er. Das hast du davon, daß du einen Schluck Whisky getrunken hast. Das hast du davon, daß du im stillen miese Witze gerissen hast. Nimm so viele Aspirin, wie du willst. Sie werden deine Magenschleimhäute kleinkriegen, ehe sie mich kleinkriegen.

Rebus bedachte den Kopfschmerz mit einem deftigen Schimpfwort, dann ging er die Treppe hoch.

Er unterzog jede Stufe einer sorgfältigen Überprüfung, ebenso die Wände zu beiden Seiten. Der Teppich war relativ neu, mit ziemlich dickem Flor. Die Tapete war alt, sie zeigte eine Jagdszene, Reiter, Hunde und einen ängstlich hechelnden Fuchs im Hintergrund. Wie Patience Aitken gesagt hatte, gab es keine Kratzer oder Nägelspuren auf der Tapete. Außerdem war der Rand des Teppichs nirgendwo locker. Das ganze Ding war mit fachmännischem Geschick befestigt. Nichts, worüber George Gallagher hätte stolpern können, keine losen Fäden oder unbefestigte Teile und keine glatten, ausgetretenen Stellen, auf denen er hätte ausrutschen können.

Er achtete besonders auf die oberste Stufe, den Übergang zum Treppenabsatz. Vermutlich war George Gallagher von hier aus gestürzt, aus dieser Höhe. Ein Stück die Treppe hinunter wäre seine Überlebenschance weitaus größer gewesen. Und ob es eine steile und schmale Treppe war. Ein Stolpern und ein dadurch verursachter Sturz mußten unweigerlich Blutergüsse zur Folge haben. Durch den sofortigen Eintritt des Todes am Fuß der Treppe wurde die Entstehung von Blutergüssen zu einem großen Teil gestoppt, da das Blut in den Adern stockte, aber es mußte dennoch Blutergüsse geben. Die Obduktion würde Genaueres zeigen; bisher war Rebus auf Mutmaßungen angewiesen, und das wußte er sehr gut.

Vier Türen führten auf den Treppenabsatz: ein großer Wandschrank (als Kind hätte Rebus »Wäschekammer« dazu gesagt), vollgestopft mit Bettzeug, Decken, zwei alten Koffern, einem Schwarzweißfernseher, der auf der Seite lag; ein muffiges Gästezimmer, dessen Einzelbett für einen Besucher bereit stand, der nie kam; das Bad, wo auf dem Spülkasten ein batteriebetriebener Rasierer lag, der von seinem Besitzer nie mehr benutzt werden würde; und das Schlafzimmer. Rebus interessierte sich weder für das Gästezimmer noch für das Bad, daher schlüpfte er ins Schlafzimmer und schloß die Tür hinter sich; dann öffnete er sie wieder, denn hinter einer geschlossenen Tür entdeckt zu werden war um vieles verdächtiger, als hinter einer offenen Tür sichtbar zu sein.

Laken, Decke und Tagesdecke waren zurückgeschlagen, und am Kopfteil lehnten drei Kissen, so daß man sich im Bett aufsetzen konnte. In der Küche hatte er ein Frühstückstablett gesehen, auf dem noch die Überbleibsel eines Morgenimbisses prangten: eine Tasse, Toastkrümel auf einem fettigen Teller, ein altes Kaffeeglas, das jetzt die Reste einer selbstgemachten Marmelade enthielt. Neben dem Bett stand eine Gehhilfe. Patience Aitken hatte gesagt, daß George Gallagher normalerweise kaum ein paar Schritte ohne seine Gehhilfe tat. Sicher, wenn Grace ihm half, konnte er darauf verzichten, dann stützte er sich auf sie, wie er sich sonst mit seinem ganzen Gewicht auf einen Stock stützte. Rebus stellte sich vor, wie Grace Gallagher ihren Mann aus dem Bett lockte, ihm sagte, er werde seine Gehhilfe nicht brauchen, sie werde ihm schon die Treppe hinunterhelfen. Er könne sich auf sie stützen ...

Auf dem Bett lag eine Zeitung, übersät mit klebrigen Marmeladeflecken. Es war die Zeitung von heute, die Rennseiten waren aufgeschlagen. Mit blauem Füller waren einige Rennpferde eingekreist – Gypsy Pearl, Gazumpin, Lot's Wife, Castle Mallett, Blondie – fünf insgesamt, genug für eine Yankeewette. Der blaue

Füller lag auf einem Nachtschrank neben einem halbvollen Wasserglas, einem Tablettenröhrchen (das Etikett war auf Mr. G. Gallagher ausgestellt), einer Lesebrille im Etui und der Taschenbuchausgabe eines Wildwestromans – in Großdruck –, aus der örtlichen Bücherei entliehen. Rebus setzte sich auf die Bettkante und blätterte in der Zeitung. Sein Blick blieb an einer speziellen Seite hängen, der mit den Leserbriefen und den Cartoons. Unten rechts war ein Kreuzworträtsel, genauer gesagt, ein gelöstes Kreuzworträtsel. Der Stift, der benutzt worden war, um die Kästchen auszufüllen, schien ein anderer zu sein als der, mit dem die Pferdenamen eingekringelt worden waren, und auch die Handschrift sah anders aus: zierlicher, femininer. Dünne, schwache Striche anstatt der kräftigen Linien, mit denen die Favoriten des Tages markiert waren. Rebus löste ganz gern mal ein Kreuzworträtsel, und wenn es ihn schon beeindruckte, daß dieses hier gelöst war, so beeindruckte es ihn noch mehr, daß es eher die Antworten auf die verschlüsselten als die auf die einfachen Fragen enthielt, die die meisten Menschen bevorzugt hätten. Er begann zu lesen und runzelte an einem bestimmten Punkt seiner Lektüre die Stirn. Er blinzelte ein paarmal, bevor er die Zeitung zuschlug, sie zweimal faltete und in seine Jackentasche steckte. Nach kurzem Überlegen erhob er sich von der Bettkante und ging langsam zur Tür, auf den Flur hinaus und dann die Treppe hinunter, wobei er sich vorsichtig am Geländer festhielt.

Er stand mit seinem Whisky in der Küche und schätzte die Situation ab. Gesichter kamen und gingen. Ab und zu trank ein Mann sein Glas leer, seufzte oder räusperte sich.

»Ja«, sagte er dann, »ich werd mal besser . . .« Und mit diesen Worten und einem Nicken verließ er die Küche und öffnete schüchtern die Tür zum Wohnzimmer, um der Witwe ein paar Worte zu sagen, bevor er verschwand. Rebus hörte die Stimme von Grace Gallagher, ein hohes, zittriges Jammern: »Danke, daß Sie gekommen sind. Das war nett von Ihnen. Wiedersehen.«

Auch die Frauen kamen und gingen. Sandwiches tauchten von

irgendwoher auf und wurden in der Küche verteilt. Zunge, Corned Beef, Lachspaste. Weißbrot, in Hälften geschnitten. Trotz seiner Diät aß Rebus sich satt und sagte nichts. Er war sich dessen nicht wirklich bewußt, aber er paßte den rechten Augenblick ab, wollte kein Aufsehen erregen. Er wartete, bis die Küche sich leerte. Ein-, zweimal versuchte jemand, der dachte, er kenne ihn aus einer Nachbarstraße oder aus dem hiesigen Pub, ein Gespräch mit ihm anzuknüpfen. Rebus schüttelte nur den Kopf, der Freund eines Freundes, und damit war das Gespräch beendet.

Sogar sein Führer ging, er tätschelte noch einmal Rebus' Arm, nickte und zwinkerte ihm zu. Es war ein Tag der universellen Gesten, daher zwinkerte Rebus zurück. Dann – inzwischen war die Küche verlassen, stickig vom Qualm billiger Zigaretten, von Whisky und Körperausdünstungen – spülte Rebus sein Glas aus und stellte es umgekehrt auf das Abtropfbrett. Er ging in den Flur, blieb stehen, klopfte schließlich und öffnete die Tür zum Wohnzimmer.

Wie er vermutet hatte, saß Grace Gallagher, so zerbrechlich, wie er sie sich vorgestellt hatte, in einem Sessel und tupfte sich hinter ihrer Fünfzigerjahrebrille die Augen. Auf der Armlehne saß eine Frau um die Vierzig, schwerfällig, aber nicht ohne Ausstrahlung. Die anderen Sessel waren frei. Teetassen standen auf einem Eßtisch, daneben ein Teller mit übriggebliebenen Sandwiches, leere Sherrygläser, die Sherryflasche und, kurioserweise, Spielkarten, so ausgelegt, als hätte jemand mitten in einer Patience aufgehört.

Dem Fernseher gegenüber stand ein eingesunkener Sessel, der aussah, als hätte den ganzen Nachmittag niemand darin gesessen. Rebus erriet den Grund: der Sessel des Toten, der Thron in seinem winzigen Königreich. Er lächelte den beiden Frauen zu. Grace Gallagher schenkte ihm kaum einen Blick.

»Danke, daß Sie vorbeigekommen sind«, sagte sie, und ihre Stimme hatte etwas mehr Leben als zuvor. »Nett von Ihnen. Wiedersehen.«

»Eigentlich, Mrs. Gallagher«, sagte Rebus und trat weiter ins

Zimmer, »bin ich Polizeibeamter, Detective Inspector Rebus. Doktor Aitken hat mich gebeten vorbeizuschauen.«

»Oh.« Jetzt sah Grace Gallagher ihn an. Hübsche Augen, tief in faltige weiße Haut gebettet. Ein Hauch natürlicher Farbe auf den Wangen. Ihr silbriges Haar hatte schon eine Weile keine Dauerwelle mehr gesehen, aber jemand hatte es gekämmt, vielleicht um ihr Kraft für die Prüfungen des Nachmittags zu geben. Die Schwiegertochter – jedenfalls hielt Rebus die Frau auf der Armlehne dafür – erhob sich.

»Möchten Sie, daß ich . . .?«

Rebus nickte ihr zu. »Es dauert bestimmt nicht lange. Eigentlich reine Routine, wenn es einen Unfall gegeben hat.« Er sah Grace an, dann die Schwiegertochter. »Wenn Sie vielleicht für fünf Minuten in die Küche gehen könnten?«

Sie nickte munter, vielleicht ein wenig zu munter. Rebus hatte sie den ganzen Abend noch nicht gesehen, daher nahm er an, daß sie es für ihre Pflicht hielt, sich mit ihrer Schwiegermutter hier zu verkriechen. Sie schien sich auf die Aussicht zu freuen, sich etwas Bewegung zu verschaffen.

»Ich setz schnell den Kessel auf«, sagte sie, als sie sich an Rebus vorbeidrückte. Er sah, wie die Tür sich schloß, und lauschte, wie sie den kurzen Flur hinuntertappte, bis er Wasser laufen hörte, Geräusche, als würde Geschirr weggeräumt. Dann wandte er sich wieder Grace Gallagher zu, holte tief Luft und ging zu ihr hinüber. Er nahm einen steiflehnigen Eßzimmerstuhl mit, auf dem er sich nur etwa einen halben Meter von ihr entfernt niederließ. Er spürte, wie sie nervös wurde. Sie krümmte sich ein wenig auf ihrem Sessel, dann versuchte sie diese Reaktion zu überspielen, indem sie ein Papiertuch aus einer Schachtel nahm, die neben ihr auf dem Boden stand.

»Es ist sicher sehr schwer für Sie, Mrs. Gallagher«, begann Rebus. Er wollte es kurz machen, klar und deutlich reden. Er hatte keinerlei Beweis, nichts, worauf er sich stützen konnte – bis auf ein wenig Psychologie und den Gemütszustand der Frau. Das würde vielleicht nicht reichen; er wußte nicht, ob er überhaupt wollte, daß es reichte. Er merkte, daß er auf dem Stuhl herumrutschte. Sein Arm streifte die Zeitung in seiner Tasche. Sie fühlte sich an wie ein Talisman.

»Dr. Aitken hat mir erzählt, daß Sie Ihren Mann viele Jahre hindurch gepflegt haben«, fuhr er fort. »Das kann nicht leicht gewesen sein.«

»Ich müßte lügen, wenn ich das behaupten würde.«

Rebus versuchte, die nötige Härte in ihren Worten aufzuspüren. Versuchte es und schaffte es nicht.

»Ja«, sagte er, »ich kann mir denken, daß Ihr Mann, nun, manchmal ein wenig *schwierig* war.«

»Das will ich nicht leugnen. Er konnte ein richtiges Ekel sein, wenn er wollte.« Sie lächelte, wie in Erinnerung daran. »Aber er wird mir fehlen. Ja, er wird mir fehlen.«

»Das glaube ich Ihnen, Mrs. Gallagher.«

Er schaute sie an, und ihr Blick bohrte sich in seinen, forderte ihn heraus. Er räusperte sich wieder. »Da gibt es etwas, das mich ein wenig stutzig macht, etwas an dem Unfall. Ob Sie mir wohl helfen könnten?«

»Ich kann es versuchen.«

Rebus lächelte dankbar. »Es ist folgendes«, sagte er. »Elf Uhr war etwas früh, nicht die übliche Zeit, zu der Ihr Mann herunterkam. Außerdem versuchte er offenbar, die Treppe ohne seine Gehhilfe zu bewältigen; sie steht noch neben dem Bett.« Rebus' Stimme klang fester, er gewann an Sicherheit. »Außerdem scheint er mit ziemlich viel Schwung gestürzt zu sein.«

Sie fiel ihm ins Wort. »Was wollen Sie damit sagen?«

»Ich will damit sagen, daß er einfach so die Treppe hinunterfiel. Er rutschte nicht etwa aus und fiel, er stolperte nicht und rollte hinunter. Er flog von der obersten Stufe und ist nirgends angestoßen, bis er unten landete.« Ihre Augen füllten sich wieder mit Tränen. Rebus war sich selbst zuwider, als er fortfuhr. »Er ist nicht gestürzt, Mrs. Gallagher. Bis zum Treppenabsatz hat ihm jemand geholfen, und dann hat jemand mit einem Stoß in den Rücken nachgeholfen, einem recht heftigen Stoß übrigens.« Seine Stimme verlor an Schärfe, an Strenge. »Ich sage damit nicht, daß Sie ihn töten wollten. Womöglich wollten Sie ihn nur ins Krankenhaus bringen, um eine kleine Erholungspause zu haben. War es so?«

Sie schneuzte sich, ihre schmalen Schultern bogen sich nach vorn zu ihrem pergamentenen Hals. Die Schultern zuckten, als sie schluchzte. »Ich weiß nicht, wovon Sie reden. Sie meinen, ich ... Wie können Sie nur? Warum sagen Sie so was? Nein, ich glaube Ihnen nicht. Verlassen Sie mein Haus.« Doch ihren Worten fehlte die Kraft, der echte Kampfeswille. Rebus griff in seine Tasche und förderte die Zeitung zutage.

»Wie ich sehe, lösen Sie Kreuzworträtsel, Mrs. Gallagher.«

Sie blickte zu ihm auf, verblüfft von dieser Wendung des Gesprächs. »Was?«

Er wedelte mit der Zeitung. »Ich mag auch Kreuzworträtsel. Deshalb war mein Interesse geweckt, als ich sah, daß Sie das heutige Rätsel gelöst hatten. Sehr eindrucksvoll. Wann haben Sie das gemacht?«

»Heute morgen«, sagte sie hinter einem frischen Taschentuch. »Im Park. Ich löse immer das Kreuzworträtsel, nachdem ich die Zeitung gekauft habe. Dann bringe ich sie George, damit er nach seinen Pferden sehen kann.«

Rebus nickte und betrachtete wieder das Kreuzworträtsel. »Dann müssen Sie heute morgen irgendwie abgelenkt gewesen sein«, sagte er.

»Wie meinen Sie das?«

»Eigentlich ist es ziemlich einfach. Ich meine, einfach für jemanden, der sich mit Kreuzworträtseln dieser Art beschäftigt und sie löst. Wo ist es noch gleich?« Rebus tat, als gehe er die Fragen durch. »Ja«, sagte er. »Neunzehn waagerecht. Die senkrechte Lösung haben Sie, das heißt also, die Lösung für neunzehn waagerecht muß etwas mit ST sein. Also, wie lautet die Frage?« Er suchte danach, fand sie. »Hier, Mrs. Gallagher. ›Kann fallweise zum Tode führen.‹ Fünf Buchstaben. Etwas mit ST. Etwas, das zum Tode führt. Oder fallweise führen kann. Und Sie haben STOSS geschrieben. Woran mögen Sie wohl gedacht haben? Ich meine, als Sie das schrieben? Wo waren Sie mit Ihren Gedanken, frage ich mich?«

»Aber es stimmt«, sagte Grace Gallagher und legte das Gesicht verblüfft in Falten. Rebus schüttelte den Kopf.

»Nein«, sagte er, »das glaube ich nicht. Ich glaube, ›fallweise‹ bedeutet nicht nur manchmal, es ist ein Hinweis auf das gesuchte Wort selbst. Die Lösung lautet STURZ, Mrs. Gallagher. ›Kann fallweise zum Tode führen‹: STURZ. Verstehen Sie? Aber Sie haben an etwas anderes gedacht, als Sie die Lösung eintrugen. Sie dachten daran, daß Sie Ihren Mann los wären, wenn Sie ihn die Treppe hinunterstoßen. Ist es nicht so, Grace?«

Sie schwieg einen Augenblick, die Stille wurde nur vom Tikken der Uhr auf dem Kaminsims unterbrochen. Dann sprach sie, ganz ruhig.

»Myra ist ein liebes Mädchen. Es war schrecklich, als Bill starb. Seitdem ist sie wie eine Tochter für mich.« Noch eine Pause, dann sah sie Rebus wieder in die Augen. Er dachte an seine Mutter, wie alt sie heute wäre, wenn sie noch lebte. Ungefähr so alt wie diese Frau vor ihm. Er holte noch einmal tief Luft, sagte aber nichts, sondern wartete.

»Wissen Sie, mein Junge«, sagte sie, »wenn Sie sich um einen Invaliden kümmern, halten die Leute Sie für einen Märtyrer. Ich war eine Märtyrerin, aber nur, weil ich ihn vierzig Jahre lang ertragen habe.« Ihr Blick wanderte zu dem leeren Sessel und blieb daran hängen, als ob ihr Mann dort säße und zum erstenmal die Wahrheit hörte. »Damals war er ein Schmeichler, er hatte alle richtigen Sprüche drauf. Als Billy kam, war's damit vorbei. Für immer vorbei.« Ihre Stimme, die einen sanften Klang angenommen hatte, wurde wieder hart. »Die Grube haben sie geschlossen, also hat er sich Arbeit in der Flaschenfabrik gesucht. Dann haben sie die auch geschlossen, und er bekam nur noch einen Halbtagsjob beim Buchmacher, er notierte die Gewinner. So was macht einen Mann bitter, Inspector. Aber das mußte er ja nicht an mir auslassen, oder?« Sie blickte von dem Sessel zu Rebus.

»Wird man mich einsperren?« Sie schien an seiner Antwort nicht sonderlich interessiert zu sein.

»Es ist nicht an mir, das zu beurteilen, Grace. Über solche Dinge entscheiden Geschworene.«

Sie lächelte. »Ich dachte, ich hätte das Kreuzworträtsel in Rekordzeit gelöst. Eine Frage mußte ich natürlich falsch beantworten.«

Sie schüttelte langsam den Kopf; das Lächeln verschwand aus ihrem Gesicht, als ihr wieder die Tränen kamen. Ihr Mund öffnete sich zu einem fast lautlosen Weinen.

Die Tür sprang auf, und die Schwiegertochter kam mit einem Tablett voller Gebäck herein.

»So«, rief sie. »Wir können jetzt eine schöne Tasse ...« Sie sah den Ausdruck auf Grace Gallaghers Gesicht und erstarrte.

»Was haben Sie getan?« rief sie vorwurfsvoll. Rebus erhob sich.

»Mrs. Gallagher«, sagte er, »ich fürchte, ich habe sehr schlechte Neuigkeiten ...«

Sie hatte natürlich Bescheid gewußt. Die Schwiegertochter hatte Bescheid gewußt. Nicht, daß Grace es gesagt hätte, aber sie standen sich sehr nahe. Myras Abschiedsworte, an Rebus' Rücken gerichtet, waren ein boshaftes: »Dieser Mistkerl hat es nicht anders verdient!« Tüllvorhänge hatten gezuckt; Gesichter waren in dunklen Fenstern erschienen. Ihre Worte hallten über die Straße, stiegen in die verrauchte Nachtluft auf.

Vielleicht hatte sie recht damit. Rebus konnte das nicht beurteilen. Er konnte nur fair sein. Aber warum fühlte er sich dann so schuldig? Warum schämte er sich so? Er hätte es mit einem Achselzucken abtun können, hätte Patience berichten können, daß ihre Befürchtungen jeder Grundlage entbehrten. Grace Gallagher hatte gelitten; würde weiter leiden. Reichte das nicht? Na schön, das Gesetz forderte mehr, aber ohne ihn, Rebus, gab es keinen Fall, oder?

Er fühlte sich im Recht, fühlte sich bestätigt, und gleichzeitig kam er sich hundsgemein vor. Mehr noch, ihm war zumute, als hätte er soeben seine eigene Mutter verurteilt. Er hielt vor einem Laden, der noch geöffnet hatte, und deckte sich mit Bier und Zigaretten ein. Spontan kaufte er noch sechs Tüten verschiedene Chips und einige Schokoriegel. Es war nicht der geeignete Zeitpunkt für eine Diät.

Zu Hause würde er seine eigene Obduktion vornehmen können, seine ganz persönliche Totenwache halten. Auf dem Weg nach draußen erstand er noch die letzte Ausgabe der Abendzeitung, und ihm fiel wieder ein, daß heute der 30. April war. Morgen früh, vor Tagesanbruch, würde eine Menschenmenge Arthur's Seat erklettern und am Gipfel des Berges das Aufgehen der Sonne und die Ankunft des Monats Mai feiern. Manche würden ihr Gesicht mit Tau benetzen, was sie der Überlieferung zufolge schöner und anziehender machen würde. Was genau feierten sie da eigentlich, all diese verkaterten Studenten, die Druiden und die Neugierigen? Rebus wußte es nicht mehr. Vielleicht hatte er es noch nie gewußt.

Später an diesem Abend, viel später, als er auf seinem Sofa lag und aus der Hi-Fi-Anlage Jazzmusik der sechziger Jahre dröhnte, fiel sein Blick auf die Rennergebnisse des Tages auf der letzten Seite der Zeitung. Gypsy Pearl war drei zu eins als Erster durchs Ziel gegangen. Gleich im nächsten Rennen hatte Gazumpin sieben zu zwei gewonnen. Zwei Rennen darauf hatte Lot's Wife mit einem Kurs von acht zu eins triumphiert. Bei einem anderen Wettbewerb hatte Castle Mallet das 6000-Meter-Rennen für sich entschieden. Zwei zu eins Mitfavorit. Fehlte nur noch Blondie. Rebus bemühte sich um Konzentration und fand das Pferd schließlich; sein Name war falsch geschrieben, dort stand »Bloodie«. Obwohl mit drei zu eins Favorit, war es als Dritter in einem Dreizehnerfeld durchs Ziel gegangen.

Rebus starrte auf den Druckfehler und fragte sich, was dem Setzer oder der Setzerin wohl durch den Sinn gegangen war, als er oder sie diesen kleinen, aber zweifellos bedeutsamen Tippfehler gemacht hatte ...

Laßt Blumen sprechen

Agatha Christie

Hercule Poirot streckte die Füße dem in der Wand eingelassenen elektrischen Heizofen entgegen. Die gleichmäßige Anordnung der rotglühenden Stäbe behagte seinem methodischen Geist.

Eine Kohlefeuer, dachte er, hatte immer so etwas Formloses und Zufälliges! Nie erreicht es Symmetrie.

Das Telefon klingelte. Poirot erhob sich und warf dabei einen Blick auf die Uhr. Es war kurz vor halb zwölf. Er fragte sich, wer ihn zu dieser nächtlichen Stunde noch anrief. Vielleicht hatte sich jemand nur verwählt.

»Es könnte auch ein millionenschwerer Zeitungsverleger sein«, murmelte er mit einem verschmitzten Lächeln, »den man in der Bibliothek seines Landhauses tot aufgefunden hat, mit einer gesprenkelten Orchidee in der linken Hand und einer aus einem Kochbuch gerissenen Seite auf der Brust.«

Von seinem geistreichen Einfall angetan, nahm er den Hörer ab.

Sofort meldete sich eine Stimme – eine leise, heisere Frauenstimme, in der so etwas wie ein verzweifeltes Drängen lag.

»Ist dort Monsieur Hercule Poirot? Ist dort Monsieur Poirot?«

»Hercule Poirot am Apparat.«

»Monsieur Poirot – können Sie sofort kommen? Sofort! Ich schwebe in Gefahr – ich weiß es . . .«

»Wer sind Sie? Von wo aus sprechen Sie?« unterbrach sie Poirot schroff.

Die Stimme wurde schwächer, aber gleichzeitig klang sie noch flehender.

»Sofort ... es geht um Leben und Tod ... im *Jardin des Cygnes* ... sofort ... der Tisch mit den gelben Iris ...«

Es folgte eine Pause – ein seltsames heftiges Luftholen –, und dann war die Leitung tot.

Hercule Poirot legte auf. Sein Gesicht verriet Verwirrung.

»Etwas ist hier doch sehr merkwürdig!« murmelte er zwischen den Zähnen.

Der dicke Luigi eilte ihm am Eingang vom *Jardin des Cygnes* entgegen.

»*Buona sera,* Monsieur Poirot. Sie wünschen einen Tisch?«

»Nein, nein, mein guter Luigi. Ich suche ein paar Freunde. Ich will mich umsehen – vielleicht sind sie noch gar nicht da. Ah, dieser Tisch dort in der Ecke mit den gelben Iris – eine kleine Frage dazu, wenn es nicht indiskret ist. Auf allen anderen Tischen stehen Tulpen – rosafarbene Tulpen. Warum habt ihr gerade auf diesem Tisch gelbe Iris?«

Luigi zuckte mit seinen ausladenden Schultern.

»Ein Befehl, Monsieur! Ein besonderer Auftrag! Zweifellos die Lieblingsblumen einer der Damen. Dieser Tisch ist der von Mr. Russell, Mr. Barton Russell, einem Amerikaner – ungeheuer reich.«

»Aha, man muß die Launen der Damen kennen, was, Luigi?«

»Monsieur sagen es.«

»Ich sehe an dem Tisch einen Bekannten. Ich werde mal hingehen und mich mit ihm unterhalten.«

Poirot bahnte sich vorsichtig seinen Weg entlang der Tanzfläche, auf der sich Paare drehten. Der besagte Tisch war für sechs Personen gedeckt, aber im Augenblick saß nur ein junger, Champagner trinkender Mann dort, der pessimistischen Gedanken nachzuhängen schien.

Er war ganz und gar nicht die Person, die Poirot hier anzutreffen erwartet hatte. Wie ließ sich der Gedanke an Gefahr oder Melodram mit einer Gesellschaft in Verbindung bringen, bei der Tony Chapell mit von der Partie war?

Poirot blieb wie beiläufig am Tisch stehen.

»Ah, ist das nicht – ja, ist das nicht mein Freund Anthony Chapell?«

»Meine Güte, was für eine Überraschung – Poirot, der Polizeihund!« rief der junge Mann. »Übrigens nicht Anthony, mein Lieber, für Freunde bin ich Tony!«

Er zog einen Stuhl heran.

»Kommen Sie, setzen Sie sich zu mir. Unterhalten wir uns über das Verbrechen! Ja, gehen wir noch einen Schritt weiter, und trinken wir auf das Verbrechen.« Er goß Champagner in eines der noch unbenutzten Gläser. »Was führt Sie denn in diesen Tempel des Gesanges, des Tanzes und Vergnügens, mein lieber Poirot? Wir können Ihnen hier keine Leichen bieten, nicht einmal eine einzige!«

Poirot nippte an seinem Champagner.

»Sie scheinen ja sehr fröhlich zu sein, *mon cher!*«

»Fröhlich? Ich bin erfüllt von Kummer – schwelge in Trübsinn. Hören Sie die Melodie, die gerade gespielt wird? Kennen Sie sie?«

Poirot tastete sich behutsam vor. »Hat es vielleicht etwas mit Ihrem Schatz zu tun, der Sie verlassen hat?«

»Nicht schlecht geraten«, sagte der junge Mann, »aber in diesem Fall falsch. ›Nichts macht einen so traurig wie die Liebe.‹ So heißt der Schlager.«

»Aha?«

»Meine Lieblingsmelodie«, ergänzte Tony Chapell düster. »Und mein Lieblingsrestaurant und meine Lieblingsband – und mein Lieblingsmädchen ist hier und tanzt mit einem andern.«

»Deshalb also diese Melancholie?« fragte Poirot.

»Genau. Pauline und ich, verstehen Sie, wir hatten, wie man so schön sagt, einen Wortwechsel. Was heißt, daß sie von hundert Worten fünfundneunzig anbrachte und ich fünf. Meine fünf waren: ›Liebling – ich kann es erklären.‹ Darauf fing sie wieder mit ihren fünfundneunzig an, und wir kamen nicht weiter. Ich denke«, fügte Tony betrübt hinzu, »ich sollte mich vergiften.«

»Pauline?« murmelte Poirot.

»Pauline Weatherby. Barton Russells Schwägerin. Jung, hübsch, ekelhaft reich. Heute abend gibt Russell eine Party. Kennen Sie ihn? Glattrasierter Amerikaner, Großindustrieller. Seine Frau war Paulines Schwester.«

»Und wer gehört noch zu der Gesellschaft?«

»Sie werden sie in einer Minute kennenlernen, wenn die Musik zu Ende ist. Lola Valdez, Sie wissen, die südamerikanische Tänzerin von der neuen Show im *Metropole,* ist dabei und Stephen Carter. Sie kennen doch Carter – er ist Diplomat. Ein Geheimniskrämer. Bekannt als der ›schweigsame Stephen‹. Der Typ, der immer sagt: ›Ich bin nicht befugt, mich darüber zu äußern.‹ Hallo, da kommen sie ja!«

Poirot stand auf. Er wurde Barton Russell, Stephen Carter, Señora Lola Valdez, einem dunkelhaarigen, sinnlichen Geschöpf, und Pauline Weatherby vorgestellt, sehr jung, sehr blond und mit Augen wie Kornblumen.

»Was, das ist der große Monsieur Hercule Poirot?« rief Russell. »Ich freue mich sehr, Ihre Bekanntschaft zu machen. Wollen Sie sich nicht zu uns setzen? Das heißt, wenn Sie ...«

»Er hat eine Verabredung mit einer Leiche«, unterbrach ihn Tony Chapell. »Oder ist es ein durchgebrannter Finanzmakler? Oder handelt es sich um den dicken Rubin des Radschas von Borrioboolagah?«

»Ach, mein Lieber, glauben Sie, ich sei immer im Dienst? Kann ich nicht einmal ausgehen, um mich zu amüsieren?«

»Vielleicht haben Sie mit Carter hier ein Treffen vereinbart. Das Neueste aus Genf: internationale Lage jetzt besonders gespannt. Die gestohlenen Pläne *müssen* gefunden werden, oder es kommt zum Krieg!«

»Mußt du dich so idiotisch aufführen, Tony?« sagte Pauline Weatherby schneidend.

»Entschuldige, Pauline.« Tony Chapall fiel in zerknirschtes Schweigen.

»Wie streng Sie sind, Mademoiselle.«

»Ich hasse Leute, die ständig den Hanswurst spielen.«

»Ich sehe schon, ich muß mich in acht nehmen. Ich darf nur über ernsthafte Themen sprechen.«

»O nein, Monsieur Poirot. *Sie* meine ich doch nicht.« Sie wandte ihm ihr lächelndes Gesicht zu und fragte: »Sind Sie wirklich so eine Art Sherlock Holmes und ziehen die unglaublichsten Schlüsse aus den geringsten Kleinigkeiten?«

»Ach, das mit dem Schlüsseziehen – das ist in Wirklichkeit nicht so einfach. Aber soll ich es versuchen? Also, ich schließe, daß gelbe Iris Ihre Lieblingsblumen sind.«

»Ganz falsch, Monsieur Poirot. Maiglöckchen oder Rosen.«

Poirot seufzte. »Ein Fehltreffer. Ich will es noch einmal versuchen. Heute abend, es ist noch nicht lange her, riefen Sie jemanden an.«

Pauline lachte und klatschte in die Hände. »Ganz richtig.«

»Es war kurz nachdem Sie hierherkamen?«

»Wieder richtig. Ich telefonierte in der Minute, als ich durch die Tür war.«

»Ah, das ist nicht so gut. Sie telefonierten, *bevor* Sie zu Ihrem Tisch hier kamen?«

»Ja.«

»Wirklich sehr schlecht.«

»O nein, ich finde, das war sehr gescheit von Ihnen. Woher wußten Sie, daß ich telefonierte?«

»Das, Mademoiselle, ist das Geheimnis eines großen Detektivs. Und die Person, die Sie anriefen – beginnt ihr Name mit einem P oder vielleicht mit einem H?«

»Falsch! Ich telefonierte mit meinem Mädchen, damit sie einige schrecklich wichtige Briefe zur Post bringt, die ich nicht mehr abschicken konnte. Ihr Name ist Louise.«

»Peinlich – sehr peinlich!«

Die Musik setzte wieder ein.

»Wie wäre es, Pauline?« fragte Tony.

»Ich glaube nicht, daß ich schon wieder tanzen möchte, Tony.«

»Ist das nicht schlimm?« sagte Tony verbittert in die Runde.

Poirot flüsterte dem südamerikanischen Mädchen auf seiner anderen Seite zu: »Señora, ich kann es nicht wagen, Sie aufzufordern, mit mir zu tanzen. Ich bin zu sehr aus grauer Vorzeit.«

»Ach, das ist doch Unsinn, was Sie da reden!« entgegnete Lola Valdez. »Sie sind noch jung. Ihr Haar ist noch ganz schwarz!«

Poirot zuckte leicht zusammen.

»Pauline«, sagte Russell mit Nachdruck, »als dein Schwager und Vormund werde ich dich jetzt einfach auf die Tanzfläche verschleppen. Es ist ein Walzer, und Walzer ist so ungefähr das einzige, was ich wirklich zustande bringe.«

»Ja, natürlich, Barton, dann wollen wir uns gleich auf die Beine machen.«

»Nett von dir, Pauline, du bist großartig.«

Sie zogen zusammen los. Tony kippte mit seinem Stuhl. Dann sah er Stephen Carter an.

»Sie reden gern, nicht wahr, Carter?« bemerkte er. »Bringen eine Party so richtig in Schwung mit Ihrem Geschwätz, was?«

»Wirklich, Chapell, ich weiß nicht, was Sie meinen.«

»Oh, Sie wissen das nicht – tatsächlich nicht?« äffte Tony ihn nach.

»Mein lieber Freund!«

»Trinken Sie, Mann, wenn Sie schon nicht den Mund aufmachen wollen!«

»Nein, danke.«

»Dann tu ich es.«

Stephen Carter zuckte mit den Schultern. »Entschuldigen Sie mich, muß mit einem Bekannten dort drüben reden. Studienkamerad von mir, war mit ihm in Eton.« Er stand auf und ging zu einem nicht weit entfernten Tisch.

»Man sollte alle alten Etonianer schon bei der Geburt ertränken!« stieß Tony finster hervor.

Hercule Poirot spielte bei der dunkelhaarigen Schönheit an seiner Seite immer noch den Kavalier alter Schule. »Ich würde zu gern erfahren, was die Lieblingsblumen von Mademoiselle sind?« flüsterte er.

»Ah ja, und warum wollen Sie das wissen?« fragte Lola schelmisch.

»Mademoiselle, wenn ich einer Dame Blumen schicke, lege ich größten Wert darauf, daß es solche sind, die ihr gefallen.«

»Das ist sehr charmant von Ihnen, Monsieur Poirot. Ich will es Ihnen verraten. Ich schwärme für große dunkelrote Nelken – oder dunkelrote Rosen.«

»Wundervoll – ja, wundervoll! Und Sie mögen nicht vielleicht gelbe Blumen – gelbe Iris?«

»Gelbe Blumen – nein! Sie passen nicht zu meinem Temperament.«

»Wie richtig ... Sagen Sie, Mademoiselle, haben Sie heute abend, nach Ihrem Eintreffen hier im Lokal, einen Freund angerufen?«

»Ich? Einen Freund angerufen? Nein, was für eine neugierige Frage!«

»Nun ja, ich bin auch ein sehr neugieriger Mensch.«

»Davon bin ich überzeugt.« Sie rollte die dunklen Augen. »Und ein sehr gefährlicher Mann dazu.«

»Nein, nein, nicht gefährlich, eher ein Mann, der nützlich sein kann – wenn Gefahr droht. Sie verstehen?«

Lola kicherte. Sie zeigte dabei ihre ebenmäßigen, weißen Zähne. »Doch, doch«, sagte sie lachend. »Sie sind gefährlich.«

Hercule Poirot seufzte. »Ich merke, Sie verstehen mich nicht. All das ist sehr seltsam.«

Tony tauchte auf einmal aus einer Phase geistiger Abwesenheit auf und sagte: »Lola, wie wär's mit ein bißchen Gehüpfe? Kommen Sie!«

»Ja, gut. Da Monsieur Poirot nicht mutig genug ist!«

Tony legte den Arm um sie und bemerkte beim Weggehen über die Schulter: »Inzwischen können Sie über Verbrechen nachdenken, die noch passieren werden, alter Junge!«

»Das ist bedeutungsvoll, was Sie da sagen!« meinte Poirot. »Ja, sehr bedeutungsvoll ...«

Nachdenklich saß er ein, zwei Minuten da, dann streckte er einen Finger in die Höhe. Luigi eilte auf der Stelle herbei, ein Lächeln auf seinem breiten italienischen Gesicht.

»Mon vieux«, begann Poirot, »ich brauche einige Informationen.«

»Immer zu Ihren Diensten, Monsieur.«

»Ich möchte gern wissen, wie viele Leute an diesem Tisch heute abend das Telefon benutzten.«

»Das kann ich Ihnen sagen, Monsieur. Die junge Dame, die in Weiß, telefonierte gleich nachdem sie hereingekommen war. Dann ging sie wieder hinaus, um ihren Mantel abzugeben, und während sie das tat, erschien die andere Dame aus der Garderobe und verschwand sofort in der Telefonkabine.«

»Also hat die Señora doch telefoniert! War das, *bevor* sie ins Restaurant kam?«

»Ja, Monsieur.«

»Sonst noch jemand?«

»Nein, Monsieur.«

»Das alles, Luigi, gibt mir heftig zu denken.«

»In der Tat, Monsieur.«

»Ja. Ich denke, Luigi, daß ich meinen Verstand heute abend *besonders* zusammennehmen muß. Es scheint sich etwas anzubahnen, und ich habe keine Ahnung, was es ist.«

»Monsieur, wenn ich etwas tun kann ...«

Poirot machte eine abwehrende Geste, und Luigi entfernte sich diskret.

Stephen Carter kehrte zum Tisch zurück.

»Wir sind noch immer verlassen, Mr. Carter«, sagte Poirot.

»O – ja – richtig.«

»Kennen Sie Mr. Russell gut?«

»Ja, ich kenne ihn schon ziemlich lange.«

»Seine Schwägerin, die kleine Miss Weatherby, ist ganz bezaubernd.«

»Ja, hübsches Mädchen.«

»Sie kennen sie auch gut?«

»Ziemlich.«

»Aha, ziemlich«, meinte Poirot ironisch.

Carter starrte ihn fragend an.

Die Musik endete, und die anderen kamen an den Tisch zurück. Barton Russell rief einen Ober heran. »Noch eine Flasche Champagner – rasch!«

Nachdem eingeschenkt worden war, hob er sein Glas. »Mal herhören, Leute! Ich möchte Sie bitten, mit mir anzustoßen. Um die Wahrheit zu sagen, diese kleine Feier heute abend findet nicht ohne Hintergedanken statt. Wie Sie sehen, habe ich einen Tisch für sechs Personen bestellt. Dabei sind wir nur fünf. Ein Platz blieb frei. Durch einen merkwürdigen Zufall tauchte Monsieur Hercule Poirot auf, und ich lud ihn ein, uns bei unserer Feier Gesellschaft zu leisten.

Sie können nicht ahnen, welch günstiger Zufall das war. Dieser leere Platz heute abend steht nämlich für eine Dame – für die Dame, zu deren Erinnerung wir dieses Fest begehen. Diese Feier, meine Damen und Herren, findet in Erinnerung an meine verehrte Frau Iris statt, die genau heute vor vier Jahren starb!«

Bestürzung zeigte sich in der Runde.

Russells Gesicht blieb unbewegt. Er schwenkte sein Glas. »Ich möchte Sie bitten, mit mir auf die Tote zu trinken. Auf *Iris*!«

»Iris?« fragte Poirot verblüfft. Er sah zu den Blumen. Russell fing seinen Blick auf und nickte leicht. Ein leises Murmeln erhob sich am Tisch. »Iris – Iris . . .«

Alle sahen erschrocken und betreten aus.

Barton Russell sprach in seinem langsamen, monotonen amerikanischen Tonfall weiter, und jedes Wort klang gewichtig.

»Es mag Ihnen seltsam erscheinen, daß ich einen Todestag auf diese Weise begehe – mit einem festlichen Essen in einem eleganten Restaurant. Doch ich habe einen Grund dafür – jawohl, einen Grund! Im Interesse von Monsieur Poirot möchte ich es näher erklären.«

Er wandte sich Poirot zu.

»Heute abend vor vier Jahren, Monsieur Poirot, fand in New York ein Abendessen statt. Anwesend waren meine Frau und ich, Mr. Stephen Carter, der bei der Botschaft in Washington Dienst tat. Mr. Anthony Chapell, der in unserem Haus einige Wochen zu Gast war, und Señora Valdez, die damals mit ihrer Tanzkunst New York bezauberte. Die kleine Pauline hier ...«, er täschtelte ihr die Schulter, »war erst sechzehn, aber sie durfte als besondere Überraschung mitkommen. Erinnerst du dich noch, Pauline?«

»Ich erinnere mich – ja.« Paulines Stimme bebte ein wenig.

»Monsieur Poirot, an jenem Abend ereignete sich eine Tragödie. Es ertönte ein Trommelwirbel, und das Kabarett begann. Die Lichter erloschen – bis auf einen Scheinwerfer mitten auf der Tanzfläche ... Als sie wieder angingen, Monsieur Poirot, entdeckte man, daß meine Frau über dem Tisch zusammengesunken war. Sie war tot – wirklich tot! Man fand Zyankali im Weinrest ihres Glases und in einem Briefchen in ihrer Handtasche.«

»Sie beging Selbstmord?« erkundigte sich Poirot.

»Das war die offizielle Version ... Es brach mir das Herz, Monsieur Poirot. Vielleicht gab es einen Grund für diese Tat – die Polizei glaubte es jedenfalls. Ich mußte mich ihrem Urteil fügen.«

Er schlug plötzlich mit der Faust auf den Tisch.

»Aber ich war nicht überzeugt ... Nein, vier Jahre lang habe ich nachgedacht, gebrütet – und ich bin immer noch nicht überzeugt! Ich glaube nicht, daß Iris sich tötete. Ich glaube, Monsieur Poirot, daß sie ermordet wurde – und zwar von einem meiner Gäste hier am Tisch!«

»Hören Sie mal, Sir ...« Tony Chapell sprang halb vom Stuhl auf.

»Seien Sie still, Tony!« unterbrach ihn Russell. »Ich bin noch nicht fertig. Einer von Ihnen hat es getan – da bin ich mir inzwischen sicher. Im Schutz der Dunkelheit ließ jemand das halbgeleerte Briefchen mit Zyankali in ihre Handtasche gleiten. Ich glaube, ich weiß, wer von den Anwesenden es war. Ich glaube, ich kenne die Wahrheit ...«

Lola fuhr mit scharfer Stimme dazwischen. »Sie sind verrückt

– wahnsinnig! Wer hätte ihr etwas antun wollen? Nein, Sie sind verrückt. Ich bleibe hier nicht länger ...« Sie brach ab. Ein Trommelwirbel setzte ein.

»Die Show beginnt«, erklärte Russell. »Anschließend reden wir weiter. Bleiben Sie bitte sitzen, alle. Ich muß kurz weg und mit der Tanzkapelle sprechen. Ich habe ein kleines Arrangement mit den Leuten getroffen.« Er stand auf und verließ den Tisch.

»Sonderbare Geschichte«, bemerkte Carter. »Der Mann ist übergeschnappt.«

»Ja, er ist wahnsinnig!« rief Lola.

Das Licht wurde schwächer.

»Am liebsten würde ich abhauen«, sagte Tony.

»Nein!« widersprach Pauline in scharfem Ton. Dann murmelte sie: »O mein Gott – o mein Gott ...«

»Was ist, Mademoiselle?« fragte Poirot leise.

Ihre Antwort war fast nur noch ein Flüstern. »Es ist entsetzlich ... Genau wie an dem Abend damals ...«

»Ein kleines Trostwort in Ihr Ohr.« Poirot beugte sich vor und tätschelte ihr die Schulter. »Alles wird gutgehen«, versicherte er.

»Du meine Güte, hören Sie doch!« rief Lola aufgeregt.

»Pst! Pst!« kam es vom Nachbartisch.

»Was ist, Señora?«

»*Es ist dieselbe Melodie* – genau das Lied, das an jenem Abend damals in New York gespielt wurde. Russell muß es veranlaßt haben. Mir gefällt das nicht.«

»Nur Mut! – Nur Mut!«

Wieder mahnte jemand zur Ruhe.

Eine junge Frau schritt zur Mitte der Tanzfläche, eine pechschwarze Frau mit rollenden Augen und strahlendweißen Zähnen.

Sie begann mit tiefer, heiserer Stimme zu singen – einer Stimme, die einen merkwürdig berührte.

»Ich habe dich vergessen,
Nie denk ich mehr an dich,

Weiß nicht mehr deinen Gang,
Weiß nicht mehr deine Stimme,
Vergessen deine Worte,
Nie denk ich mehr an dich.

Kann heute nicht mehr sagen,
Sind deine Augen blau,
Sind deine Augen grau,
Ich habe dich vergessen,
Nie denk ich mehr an dich.

Ich schwör es dir,
Ich brauch nicht mehr an dich zu denken,
Ich bin geheilt,
An dich nur immer zu denken . . .
An dich . . . an dich . . . an dich . . .«

Die schluchzende Melodie und die tiefe samtene Stimme hatten eine große Wirkung. Die Sängerin hypnotisierte die Gäste, verzauberte sie. Alle im Raum starrten auf sie, gepackt von der Faszination, die von ihr ausstrahlte.

Ein Ober ging leise um den Tisch mit den gelben Iris und schenkte nach, wobei er mit gedämpfter Stimme »Champagner« sagte, aber die Aufmerksamkeit der Gäste blieb auf den einen Lichtfleck gerichtet, in dem die schwarze Frau stand und sang:

»Ich habe dich vergessen,
Nie denk ich mehr an dich.
Oh, was für eine Lüge!
Ich werde ständig an dich denken, an dich denken,
An dich bis in den Tod . . .«

Frenetischer Beifall brach los. Die Lichter gingen wieder an. Russell kam zurück und nahm Platz.

»Das Mädchen ist wundervoll! So etwas . . .«, rief Tony. Seine

Worte wurden von Lolas leisem Aufschrei unterbrochen. »Da ... da ...!«

Und dann sahen sie es alle. Pauline Weatherby sank nach vorn auf den Tisch.

»Sie ist tot!« rief Lola entsetzt. »Genau wie Iris – wie Iris damals in New York!«

Poirot sprang auf und bedeutete den anderen, sich zurückzuhalten. Er beugte sich zu der zusammengesunkenen Gestalt hinab, ergriff eine schlaffe Hand und fühlte nach dem Puls.

Sein Gesicht war blaß und besorgt. Die anderen beobachteten ihn. Sie waren wie gelähmt, wie in Trance.

Poirot nickte kummervoll. »Ja, sie ist tot – *la pauvre petite.* Und ich saß neben ihr! Aber diesmal wird der Mörder nicht entkommen!«

Russell, aschgrau im Gesicht, murmelte: »Genau wie Iris ... Sie sah etwas – Pauline hatte an jenem Abend etwas bemerkt. Sie war sich nur nicht sicher – sie sagte mir, sie wüßte es nicht genau ... Wir müssen die Polizei holen ... O Gott, die kleine Pauline ...«

»Wo ist ihr Glas?« fragte Poirot. Er hob es an die Nase. »Ja, ich kann das Zyankali riechen. Ein Geruch nach Bittermandel ... Dieselbe Methode, das gleiche Gift ...« Er nahm ihre Handtasche. »Werfen wir doch einen Blick hinein.«

»Glauben Sie etwa, daß es auch Selbstmord ist?« rief Russell. »Niemals!«

»Warten wir ab«, meinte Poirot. »Nein, es ist nichts drin. Das Licht ist zu rasch angegangen, verstehen Sie, so daß dem Mörder keine Zeit blieb. Deshalb hat er das Gift noch bei sich.«

»Oder sie«, sagte Carter. Er blickte zu Lola Valdez.

Sie fauchte sofort los. »Was meinen Sie damit? Was wollen Sie damit sagen? Etwa, daß ich sie getötet habe? Das ist nicht wahr – einfach nicht wahr! Warum sollte ich so etwas tun?«

»Sie hatten in New York eine ziemliche Schwäche für Russell. Jedenfalls kam mir das Gerücht zu Ohren. Argentinische Schönheiten sind notorisch eifersüchtig.«

»Das ist ein Haufen Lügen. Außerdem bin ich nicht aus Argentinien, sondern aus Peru. Ah – ich spucke auf Sie! Ich ...« Sie verfiel in Spanisch.

»Ich bitte um Ruhe«, rief Poirot. »Jetzt bin ich mit Sprechen an der Reihe.«

Russell sagte mit energischer Stimme: »Jeder muß durchsucht werden.«

»*Non, non,* das ist nicht nötig«, entgegnete Poirot ruhig.

»Was meinen Sie damit: nicht nötig?«

»Ich, Hercule Poirot, weiß Bescheid. Ich sehe mit den Augen des Verstandes. Und ich will es Ihnen verraten. Mr. Carter, würden Sie uns das Briefchen in Ihrer Brusttasche zeigen?«

»In meiner Tasche ist nichts. Was zum Teufel ...«

»Tony, mein werter Freund, wenn Sie so nett wären ...«

»Verdammt!« schrie Carter.

Tony zog das Briefchen blitzschnell heraus, bevor Carter sich wehren konnte.

»Da ist es, Monsieur Poirot. Genau wie Sie sagten.«

»Das ist ein gottverdammter Trick!« brüllte Carter. Poirot nahm das Briefchen und las das Etikett. »Zyankali. Der Fall ist gelöst.«

»Carter, Sie sind es also doch!« sagte Barton Russell mit rauher Stimme. »Das dachte ich mir. Iris war in Sie verliebt und wollte mit Ihnen durchbrennen. Sie fürchteten sich wegen Ihrer kostbaren Karriere vor einem Skandal und haben sie deshalb vergiftet. Dafür werden Sie hängen, Sie Schwein!«

»Ruhe!« unterbrach ihn Poirot gebieterisch. »Die Angelegenheit ist noch nicht zu Ende. Ich, Hercule Poirot, habe noch etwas zu sagen. Mein Freund hier, Tony Chapell, machte vorhin die Bemerkung, ich sei auf der Suche nach einem Verbrechen. Das stimmte in gewisser Weise. Ja, ich dachte an Verbrechen, aber ich kam her, um eines zu verhindern. Der Mörder hatte gut geplant. Nur – Hercule Poirot war ihm einen Zug voraus. Er mußte nur blitzschnell denken und sofort, als die Lichter ausgingen, Mademoiselle etwas ins Ohr flüstern. Oh, sie ist sehr schnell von

Begriff, unsere Mademoiselle Pauline. Sie hat ihre Rolle hervorragend gespielt. Mademoiselle, wären Sie jetzt bitte so freundlich und würden uns vorführen, daß Sie noch nicht tot sind?«

Pauline richtete sich auf und gab ein kleines unsicheres Lächeln von sich. »Paulines Auferstehung«, sagte sie.

»Pauline – Liebling!«

»Tony!«

»Mein Schatz!«

»Engel!«

Russell schnappte nach Luft. »Ich – ich verstehe nicht . . .«

»Ich will Ihnen gern behilflich sein, Mr. Russell. Ihr Plan ist mißlungen.«

»Mein Plan?«

»Ja, sehr richtig. Wer war der einzige, der für die Zeit der Dunkelheit ein Alibi hatte? Der Mann, der den Tisch verließ, also Sie, Mr. Russell. Aber Sie kehrten im Schutz der Dunkelheit zurück, machten mit einer Flasche Champagner die Runde um den Tisch und schenkten nach, wobei Sie Zyankali in Paulines Glas schütteten und dann das Briefchen mit dem Rest des Gifts in Carters Tasche gleiten ließen, während Sie sich vorbeugten, um ein Glas wegzunehmen. Ja, es war nicht schwer, im Dunkeln und während sich die Aufmerksamkeit aller Gäste auf etwas anderes konzentrierte, in die Rolle des Obers zu schlüpfen. Das war der wahre Grund für Ihre Feier heute abend. Die sicherste Methode, einen Mord zu begehen, ist mitten in einer Menschenmenge.«

»Was zum . . . warum zum Teufel hätte ich Pauline töten sollen?«

»Vielleicht aus finanziellen Gründen. Ihre Frau bestimmte Sie zum Vormund ihrer Schwester. Sie erwähnten dies bereits heute abend. Pauline ist zwanzig. An ihrem einundzwanzigsten Geburtstag oder bei ihrer Heirat müssen Sie eine Aufstellung über das verwaltete Erbe machen. Ich nehme an, daß Sie es nicht können. Sie haben mit dem Vermögen spekuliert. Ich weiß nicht, Mr. Russell, ob Sie Ihre Frau auf dieselbe Weise töteten oder ob ihr Selbstmord Sie auf die Idee zu diesem Verbrechen brachte, aber ich weiß mit Sicherheit, daß Sie sich heute abend eines Mordversuchs schuldig machten. Es bleibt Miss Pauline überlassen, ob Sie dafür zur Rechenschaft gezogen werden sollen oder nicht.«

»Nein«, sagte Pauline. »Er soll mir nur nicht mehr unter die Augen kommen und aus England verschwinden. Ich will keinen Skandal.«

»Verschwinden Sie lieber gleich, Mr. Russell. Und ich rate Ihnen, in Zukunft vorsichtiger zu sein!«

Barton Russell stand auf. In seinem Gesicht zuckte es. »Zum Teufel mit Ihnen, Sie neugieriger kleiner belgischer Affe!« Wütend ging er davon.

Pauline seufzte. »Monsieur Poirot, Sie waren einfach phantastisch!«

»O Mademoiselle, *Sie* waren wundervoll! Den Champagner so geschickt wegzugießen und so hübsch die Leiche zu spielen.«

»Huh!« rief sie erschauernd. »Sie verursachen mir eine Gänsehaut.«

»Sie waren es doch, die mich angerufen hat, nicht wahr?« erkundigte er sich behutsam.

»Ja.«

»Warum?«

»Ich weiß es nicht. Ich war beunruhigt und – ja, ich hatte schreckliche Angst, ohne genau zu wissen, was mich so in Panik versetzte. Barton sagte, er gäbe dieses Fest zum Andenken an Iris' Tod. Mir war klar, daß er etwas damit bezweckte, aber er verriet mir nicht, was. Er sah so seltsam aus, so aufgeregt, daß ich das Gefühl hatte, etwas Fürchterliches könne geschehen. Ich habe natürlich nicht im Traum daran gedacht, daß er plante, mich – mich loszuwerden.«

»Und weiter, Mademoiselle?«

»Ich hatte von Ihnen gehört. Ich dachte, wenn ich Sie nur irgendwie herholen könnte. Vielleicht würden Sie verhindern, daß etwas passierte. Ich hoffte, daß Sie als – als Ausländer ... wenn ich anriefe und behauptete, in Gefahr zu sein und – und geheimnisvoll tat ...«

»Sie meinten, etwas Dramatisches würde mich herlocken? Gerade das gab mir Rätsel auf. Ihre Worte schienen mir eine Finte zu sein, wie man so schön sagt. Sie klangen unecht. Aber die Angst in Ihrer Stimme – die schien mir wiederum echt zu sein. Also kam ich her – und Sie verneinten sehr bestimmt, sich mit mir in Verbindung gesetzt zu haben.«

»Ich mußte es. Außerdem wollte ich nicht, daß Sie erfuhren, daß ich es war.«

»Ich war mir ziemlich sicher. Nicht gleich zu Anfang. Doch ich wußte bald, daß die einzigen, die etwas über die gelben Iris auf dem Tisch wissen konnten, Sie und Mr. Russell waren.«

Pauline nickte.

»Ich hörte, wie er den Auftrag gab, sie hinzustellen«, erklärte sie. »Das und die Reservierung eines Tisches für sechs Personen, wo ich doch wußte, daß nur fünf kommen würden, machten mich argwöhnisch ...« Sie brach ab und biß sich auf die Unterlippe.

»Was befürchteten Sie denn, Mademoiselle?«

Sie zögerte. »Ich hatte Angst – daß Mr. Carter etwas zustoßen könnte.«

Stephen Carter räusperte sich. Er stand ohne Hast, aber sehr entschlossen auf.

»Hm ... ja, Monsieur Poirot, ich möchte Ihnen danken. Ich stehe tief in Ihrer Schuld. Ich bin sicher, Sie werden mir verzeihen, wenn ich Sie jetzt verlasse. Die Ereignisse heute abend waren doch recht verwirrend.«

Pauline sah ihm nach und sagte dann voller Heftigkeit: »Ich hasse ihn! Ich habe immer vermutet, daß sich Iris wegen ihm umbrachte. Oder daß Barton sie ermordete. Es ist alles so häßlich ...«

»Vergessen Sie, Mademoiselle«, versuchte Poirot sie zu beruhigen. »Vergessen Sie ... Begraben Sie die Vergangenheit ... Denken Sie nur an die Gegenwart ...«

»Sie haben recht«, entgegnete Pauline leise.

Poirot wandte sich Lola Valdez zu.

»Señora, mit fortschreitendem Abend werde ich tapferer. Wenn Sie jetzt mit mir tanzen würden ...«

»Ja, natürlich. Sie sind – Sie sind ein schlauer Fuchs, Monsieur Poirot. Ich bestehe darauf, mit Ihnen zu tanzen.«

»Das ist sehr liebenswürdig von Ihnen, Señora.«

Tony und Pauline blieben allein zurück. Sie beugten sich über den Tisch.

»Pauline, Liebling.«

»O Tony! Ich war den ganzen Tag lang so eine gehässige, Gift und Galle spuckende Katze. Kannst du mir noch einmal verzeihen?«

»Engel! Sie spielen wieder unser Lied! Laß uns tanzen.« Sie tanzten, lächelten sich an und summten leise das Lied mit:

»Nichts macht so elend wie die Liebe,
Nichts macht so traurig wie die Liebe,
So bedrückt, so besessen,
So sentimental, so temperamentvoll,
Nur die Liebe macht dich fertig.

Nur die Liebe macht so verrückt,
Nur die Liebe macht so verdreht,
So böse und so spöttisch,
So selbstzerstörerisch und so mörderisch,
Nur die Liebe, nur die Liebe ...«

Kellnerin mit Herz

Henry Slesar

Thelma Tompkins' Blick ging wieder besorgt zu dem leeren Tisch in der Ecke, während sie zwischen Küche und Speisesaal des Hotel *Gordon* hin und her hastete. Einmal rutschte ihr ein Teller dampfender Tomatensuppe gefährlich nahe an den Rand des Tabletts, und die kalten Augen der Aufsichtsdame funkelten warnend hinter ihr her. Aber Thelma Tompkins hatte in ihren elf Jahren als Kellnerin noch nie etwas zerschlagen. Trotzdem konnte Marian sich ein spitzes »Was ist los mit dir, heute?« nicht verkneifen, als sie an ihr vorbeikam.

»Mrs. Mannerheim ist noch nicht da«, antwortete Thelma und deutete mit einer Kopfbewegung zu dem Ecktisch. »Sie sollte schon seit fast einer halben Stunde hiersein. Ob sie sich nicht wohl fühlt?«

Marian schnaubte. »Führ dich nicht auf wie eine Glucke. Die alte Dame wird schon kommen. Sie kommt doch immer.«

Aber Thelma war doch besorgt, und die steilen Falten auf ihrer Stirn machten ihre reizlosen, unregelmäßigen Gesichtszüge nicht schöner. Ihr strähniges braunes Haar, das von dem Wechsel zwischen Küchendampf und der klimatisierten Kühle des Speisesaals seine Locken eingebüßt hatte, geriet im Lauf des Abends in immer größere Unordnung. Als Mrs. Mannerheim endlich ihren gewohnten Eßplatz am Ecktisch einnahm, sah Thelma fast so elend aus wie sie.

Aber doch nicht ganz. Mrs. Mannerheim erschien in ihrem losen Kleid aus schwarzem Krepp, das die Konturen ihrer winzigen verhutzelten Gestalt verhüllte, noch blasser und durchsichtiger als sonst. Sie war eine wirklich *alte* Dame, mindestens neunzig Jahre alt, schätzte Thelma, und heute abend sah sie aus, als blicke ihr der Tod über die Schultern.

»Wie geht's, Mrs. Mannerheim?« Thelma stützte die Hände auf den Tisch, beugte sich hinunter und hielt den Mund an eins der tauben Ohren. »Ich hab mir schon Sorgen gemacht, wo Sie so lange geblieben sind. Was kann ich Ihnen bringen? Das gleiche wie immer?«

»Ja, Thelma, ja« sagte die alte Frau und entfaltete ihre Serviette mit zittrigen Händen. »Wieder das gleiche. Und Sie brauchen sich meinetwegen wirklich nicht zu ängstigen.«

»Aber Sie waren nicht unpäßlich oder so was?«

»Ein bißchen schon«, sagte Mrs. Mannerheim und lächelte. »Ein ganz klein wenig.«

»Sollten Sie da nicht den Arzt rufen? Sie sehen gar nicht gut aus.«

»Ach, kommen Sie mir nicht mit Ärzten. Ich habe schon seit dreißig Jahren keinen mehr gesehen. Hatte genug, als dieser alte Narr Leverett mir damals weismachen wollte, ich läge im Sterben.« Sie tätschelte Thelmas Hand. »Aber danke für Ihre Sorge, Thelma. Lieb von Ihnen. Es ist schön, wenn jemand da ist, der sich um einen sorgt.«

Die Kellnerin blinzelte besorgt und mit ein paar verstohlenen Tränen in den Augen. Es war genauso wie in den traurigen Filmen, in denen sie stets weinen mußte. Sie wischte sich mit dem Handballen über die Augen, ging in die Küche und meldete Jeff, dem Koch, Mrs. Mannerheims Ankunft im Speisesaal. Er brauchte keine Einzelheiten. Seit die alte Dame vor acht Jahren ins Hotel *Gordon* gezogen war, hatte sie immer das gleiche bestellt. Tomatensaft, eine Scheibe mageres Roastbeef, eine Salzkartoffel, ein paar Möhren und ein Glas Milch. Nachdem Thelma das Essen gebracht hatte, bemühte Mrs. Mannerheim sich tapfer, das Fleisch auf ihrem Teller zu schneiden, bis die Kellnerin sich wie üblich anbot, und die alte Dame sich widerstrebend wie immer helfen ließ.

»Sie sind ein gutes Kind«, sagte sie und sah Thelma an. Thelma lachte. »Ein Kind ja nun nicht mehr, Mrs. Mannerheim. Ich bin vierundvierzig. Noch etwas Butter auf die Kartoffeln?«

»Könnten Sie sich ein Weilchen zu mir setzen, Thelma?«

»Oh, Mrs. Mannerheim, das wird nicht gehen, glaub ich. Wir haben im Augenblick ziemlich viel Betrieb.«

»Dann vielleicht später? Ich möchte etwas mit Ihnen besprechen.«

»Sicher, Mrs. Mannerheim. Nachher gern.«

Gegen halb elf leerte sich der Speisesaal, und Marian entließ sie mit einem Kopfnicken. Aber bevor Thelma ihre Schürze abband, lief sie zu dem Tisch der alten Dame und setzte sich.

»Na, Mrs. Mannerheim, worüber wollten Sie mit mir sprechen?«

»Über Sie, Thelma, wenn ich darf.«

»Über mich?« Thelma lachte und fuhr sich mit der rechten Hand durch das wirre Haar. »Ich wüßte nicht, daß es über mich etwas zu sagen gibt.«

»Ich wollte fragen, wie es Ihnen geht, Thelma.«

»Och, wie gewöhnlich, Mrs. Mannerheim.«

»Und Ihr Bruder, von dem Sie mir erzählten? Was macht der?«

»Arthur? Danke, er kommt zurecht. Wird sich in dem Laden keine Millionen verdienen, aber er hat sein Auskommen.« Thelma blickte zur Seite und wurde weiß bis in die Lippen.

»Sie machen sich noch immer Sorgen um ihn, nicht wahr?« Als wir das letztemal von ihm sprachen, waren Sie bedrückt, wie unglücklich er war, daß er das Geschäft übernehmen mußte.«

Thelma sagte nichts.

»Sie lieben Ihren Bruder sehr, nicht wahr?«

»Ja, tue ich wohl. Er ist alles, was ich habe, seit Vaters Tod. Aber was ich Ihnen an dem Abend über ihn erzählt habe, das . . . das sollten Sie nicht ernst nehmen. Er ist noch jung. In seinem Alter stellen sie immer mal was an. Sie wissen ja, wie es hin und wieder sein kann.«

»Natürlich.« Die alte Dame hustete, und aus dem hohlen Kreppkleid kam ein tiefes, rasselndes Echo.

»Soll ich Ihnen noch etwas Wasser eingießen?«

»Danke, es geht schon. Mir fehlt nichts. Das heißt, nein, das stimmt nicht ganz.« Sie versuchte zu lachen. »Ich bin nicht wirklich wohlauf, Thelma. Ich fange an, mein Alter zu spüren. Bin ja doch schon ganz schön in die Jahre gekommen ... Manchmal denke ich, es kann nicht mehr lange ...«

»Oh, Mrs. Mannerheim!« Thelmas Augen füllten sich wieder mit Tränen.

»Nicht doch, Thelma. Nehmen Sie sich das nicht so zu Herzen. Wenn man so alt ist wie ich, denkt man anders über den Tod. Aber, was ich Ihnen sagen wollte, ich meine, für den Fall, daß mir etwas zustoßen sollte ... Ich halte sehr viel von Ihnen und möchte Ihnen helfen. Sie wissen, wovon ich rede, nicht wahr?«

»Nein.«

»Ich spreche über Geld. Ich bin, was man eine reiche alte Witwe nennt. Ich habe nur eine Nichte, die auch etwas bekommen muß. Weil sie meine Verwandte ist, verstehen Sie. Sie wohnt in Kalifornien, und ich bin ihr völlig gleichgültig. Aber Sie sollen wissen, Thelma, daß ich für Sie vorgesorgt habe.«

Thelma musterte sie halb bestürzt, halb erwartungsvoll. »Vorgesorgt? Für mich?«

»In meinem Testament. Sie sind mir in den letzten Jahren eine gute Freundin gewesen, dafür bin ich Ihnen dankbar. Wenn ich sterbe, werden Sie diese Stellung aufgeben, und dann können Sie tun, was immer Sie wollen. Und Ihr Bruder ...«

Thelmas Hand flog an ihre Kehle. Arthur!

»Oh, Mrs. Mannerheim, Sie brauchen mir nichts ...«

»Aber ich möchte, Thelma. Wirklich. Und glauben Sie mir, es wird eine beträchtliche Summe sein. Woran es liegt, daß ich so begütert bin, weiß ich nicht, aber seit dem Tod meines Mannes scheint mein Geld immer rascher zu wachsen. Diese Tatsache hat mir ein bequemes Leben beschert, und nun wünsche ich mir nur noch, daß es Sie später einmal glücklich macht.«

Plötzlich preßte sie die Hand auf den Leib und schloß die Augen. Es sah aus, als fiele ihr das Atmen schwer.

»Mrs. Mannerheim . . .«

»Es ist nichts Thelma. Das geht vorüber . . .«

Als sie die Augen wieder öffnete, war ihr Blick ruhig und klar. »Es dauert nicht mehr lange, Thelma«, sagte sie. »Ich träume jetzt oft von meiner Mutter und sehe sie vor mir in einem langen weißen Kleid und mit Blumen in der Hand. Glauben Sie an Träume?«

Thelma Tompkins fragte sich, ob all dies ein Traum sei, und flüsterte: »Ich weiß nicht.«

Es war erst zehn nach elf, als Thelma nach Hause kam, aber Arthur, der mit gekreuzten Beinen in einem Sessel saß, sah so schläfrig und zerzaust aus, als habe er sich schon stundenlang vor dem Fernseher herumgelümmelt. An jedem anderen Abend wäre Thelma außer sich gewesen, aber heute fiel ihr Tadel milder aus als sonst.

»Um Gottes willen, Arthur! Wann hast du den Laden geschlossen?«

Ihr Bruder streifte sie mit einem finsteren Blick. »Gerade erst vor einer Weile.«

»Du darfst nicht so früh zumachen. Das kannst du dir nicht leisten, Arthur. Du weißt, was Vater immer gesagt hat. Nach zehn kommt noch 'ne Kundschaft rein.«

Statt zu antworten, senkte er sein bartloses Kinn und versteckte den schmollend verzogenen Mund in seinem offenen Hemdkragen. Er runzelte die Stirn und fuhr sich mit der Hand über das struppige blonde Haar. Wenn er bockig und schlecht gelaunt war, sah er mehr denn je aus wie ein kleiner Junge. Manchmal konnte Thelma es kaum fassen, daß er fast vierunddreißig Jahre alt war.

»Ich hab dir was zu sagen, Arthur.«

»Kannst es mir schriftlich geben.«

»Werd nicht frech. Es ist was Wichtiges. Wichtiger als dein Fernsehprogramm.«

»Hast wohl ein paar gehoben und dich schnappen lassen, wie?«

»Nein. Es hat was mit *dir* zu tun.«

Thelmas Antwort ließ ihn aufhorchen. Er stellte den Fernseher leise und drehte sich zu seiner Schwester um.

Thelma berichtete, und er hörte so aufmerksam zu wie selten, wenn sie ihm etwas zu erzählen hatte. Diesmal unterließ er es sogar, sie mit seinen üblichen Sticheleien zu unterbrechen. Als sie geendet hatte, sackte er schlaff wie eine plötzlich entspannte Sprungfeder in seinen Sessel zurück.

»Wieviel ist drin, Thelma?« fragte er verträumt. »Was meinst du?«

»Weiß ich nicht. Im Hotel wird alles mögliche über sie geredet. Ihr Mann war ein wichtiges Tier in einer Dosenfabrik, aber der ist schon – ach, vor zig Jahren gestorben. Er muß das Geld gut angelegt haben, darum ist es so viel. Und sie sieht so schlecht aus, die Ärmste. Sie ist alt und krank . . .«

»Darauf kommt's an«, murmelte ihr Bruder. »Wenn sie bald abkratzt, in den – sagen wir – nächsten zwei Monaten . . . Ich habe was in petto, wo ich einsteigen könnte.«

»Arthur!«

»Reg dich ab. Ich wünsche deiner Freundin nichts Böses. Aber wenn sie tatsächlich so krank ist, dann . . .«

»Daran will ich nicht mal *denken*. Es ist nur schön zu wissen, daß wir irgendwann . . .«

»Sicher, irgendwann mal«, sagte Arthur Tompkins. »Wie alt, sagtest du, ist sie?«

»Ich weiß nicht genau. Neunzig ganz sicher. Vielleicht noch älter.«

Der Mann mit dem Jungengesicht lächelte. Er langte nach oben und stellte den Fernseher ab, starrte aber weiter den leeren grauen Bildschirm an, als liefe die Sendung weiter.

Zwei Monate lang behielt Thelma den Ecktisch allabendlich im Auge, und Abend für Abend erschien Mrs. Mannerheim, die längst die Sonderrechte eines Dauergastes genoß, zu einer anderen Zeit. Nach und nach verblaßte auch der letzte Hauch von Farbe auf ihren Wangen, und der schlurfende Schritt verfiel zu einem unsicheren Tappen. Marian, die Aufsichtsdame, äußerte sich besorgt – nicht wegen der alten Dame, sondern wegen der Ordnung in ihrem Revier.

»Schau sie dir bloß an!« sagte sie und schnalzte mit der Zunge. »Man muß direkt Angst haben, sie stirbt eines Tages mitten im Abendbrot. Daß so was nicht auszieht und in ein Heim geht!«

Thelma behielt ihre Antwort für sich. Sie bemutterte die alte Dame aufmerksamer denn je, breitete ihr die Serviette über den Schoß, schnitt ihr Roastbeef besonders klein, füllte ihr Wasserglas selbst. Aber so sehr sie sich um Mrs. Mannerheim bemühte, ihre Anstrengungen verdoppelte, ihr jeden erdenklichen Gefallen tat, so offen mußte sie sich auch eingestehen, daß all dies nicht mehr aus reiner Nächstenliebe geschah, seit sie von der eventuellen Erbschaft wußte. Seit jenem Abend hatten sich egoistische Motive in ihre Fürsorge eingeschlichen. Aber Thelma empfand deswegen weder Scham noch Schuld. Sie handelte nun auch in Arthurs Interesse, der ihrem Herzen immer noch am nächsten stand.

Was dann kam, mußte kommen. Als sich ein Monat an den anderen reihte und Mrs. Mannerheims winzige Gestalt immer körperloser wurde, konnte Thelma nicht anders: Ihre einstige Befürchtung verwandelte sich in einen Wunsch, auch wenn er unausgesprochen blieb. *Warum stirbt die alte Dame nicht,* dachte sie immer öfter.

Aber Mrs. Mannerheim starb nicht. Jeden Abend sah es aus, als sei das Lebenslicht in ihrem eingeschrumpften Körper bereits am Verlöschen, aber ein schwacher Funken blieb und glühte weiter. Einmal brach sie, ganz wie Marian befürchtet hatte, am Tisch zusammen, aber die Ohnmacht ging vorüber. Danach war sie eine Woche lang zu schwach, um sich von ihrem Zimmer im dritten Stock hinunter in den Speisesaal zu begeben. Thelma, die ihr das Abendbrot nach oben brachte, öffnete die Tür jedesmal in der Erwartung, die alte Dame nicht mehr lebend vorzufinden.

Aber Mrs. Mannerheim hatte den letzten Atemzug noch nicht getan, und das winzige Gesicht auf dem Kopfkissen lächelte ihr, wenn nicht munter, so doch tapfer, entgegen.

Der Frühling verging, dann auch der Sommer, und der Winter zog wieder in die Stadt ein. Die Kälte kroch den Menschen in die Knochen, brachte vor allem den alten Menschen in ihren Heimen Krankheiten und manchen sogar den Tod. Aber der Ecktisch von Mrs. Mannerheim war besetzt. Abend für Abend.

»Ich hab die Nase voll von der Warterei«, sagte Arthur eines Morgens.

»Arthur!«

»Laß mich mit deinem ›Arthur‹ in Ruhe, Thelma. Du hast ja selber genug davon. Fängst schon an, die alte Frau zu hassen.«

»Ich und sie hassen? Wie kommst du auf so was? Ich mag Mrs. Mannerheim sehr gern.«

»Ja, Thelma, das redest du dir ein. Aber du sprichst nicht mehr von ihr wie früher. Würdest am liebsten überhaupt nicht mehr von ihr reden, hab ich das Gefühl. Weil sie dich triezt, da gehe ich jede Wette ein.«

»Mach dich nicht lächerlich!« gab Thelma zurück, aber sie konnte ihm nicht ins Gesicht sehen. Wie hatte er das erraten? Ihr Verhältnis zu Mrs. Mannerheim war tatsächlich gespannt. Die alte Dame hatte angefangen, sich über alles zu beschweren. Sie nörgelte am Essen herum, warf Thelma Trägheit vor und hatte sie einmal sogar verdächtigt, eine Rechnung aufgerundet zu haben. Eines Abends hatte sie sich so über Thelma aufgeregt, daß sie sogar vergaß, das übliche Trinkgeld für sie dazulassen. Aber all das war nur natürlich, dachte Thelma. Kranke alte Menschen waren nun mal quengelig.

»Du haßt die alte Frau jeden Tag mehr.« Arthur beugte sich vor, wie um ihr den Gedanken einzusuggerieren. »Das lese ich dir vom Gesicht ab. Sie läßt sich Zeit mit dem Sterben, was?«

»Ich will nichts mehr davon hören!«

»Wir warten nun schon acht Monate darauf. Und so kann's weitergehen, bis sie hundert ist, oder?«

»Sie ist so alt und schwach, daß . . .«

»Wieso ist sie dann nicht tot?«

»Arthur!«

»Warum hilfst du ihr nicht über den Berg, Thelma?«

Die Worte waren ihm unfreiwillig herausgerutscht, wie sein eigener überraschter Gesichtsausdruck zeigte. Offenbar hatte er sich verfrüht dazu hinreißen lassen, nicht den geeigneten Moment abgewartet. Aber der Gedanke selbst mußte ihn schon länger beschäftigt haben. Seine Frage verschlug Thelma die Sprache, aber er hielt ihr Schweigen für Interesse und fuhr fort: »Das wäre leicht zu schaffen, Thelma. Kinderleicht. Und du würdest nicht mal was Böses tun, das ist das Beste daran. Bedenk doch, wie die alte Dame leidet, so elend wie sie ist. In dem Zustand wünscht die sich nur noch ihre saubere Ruhe, und die kannst du ihr geben. Nichts leichter als das.«

»Ich will nichts mehr hören!« wiederholte Thelma verzweifelt, schloß aber nur die Augen.

»Du kannst es ganz unauffällig tun, Thelma. Kein Mensch würde je dahinterkommen. Und ich kann dir zeigen, wie du es anstellst. Alle, die sie kennen, denken sowieso, daß es jeden Tag soweit sein kann mit ihr. Keiner wird etwas vermuten.«

»Hör auf!«

Er lächelte nur. »Und weißt du, wie wir es machen, Thelma? Wir tun ihr was ins Essen. In das Essen, das du ihr jeden Abend servierst. Du brauchst keine Angst zu haben, daß sie was merkt. So alte Leute schmecken überhaupt nichts mehr. Du streust ihr jeden Abend ein bißchen Pulver auf den Teller, immer nur ein kleines bißchen, bis . . .«

»Du bist verrückt, Arthur! Vollkommen übergeschnappt!«

»Ja, weiß ich, aber hör doch wenigstens zu. Ich hab 'ne Menge von dem Zeug hinten im Laden. Mehr als wir brauchen. Davon tust du ihr jeden Abend 'ne kleine Prise auf den Teller. Ist doch so einfach für dich, Thelma. Einfacher geht's wirklich nicht, oder?«

Sie mußte sich zwingen, aufzustehen, als kämpfe sie sich aus einer reißenden Strömung an Land, und rannte aus dem Zimmer.

Arthur blieb sitzen. Er stellte den Fernseher an und hüllte sich für den Rest des Vormittags in Schweigen. Am Nachmittag ging er in den Laden, kam erst nach Mitternacht zurück und sagte kurz vor dem Schlafengehen:

»Die arme Frau. So alt und krank. Es wäre eine gute Tat, Thelma.«

Arthur kam einen ganzen Monat lang nicht mehr auf seinen Vorschlag zurück. Thelma wartete darauf, daß er wieder davon anfangen würde, aber er erwähnte das Thema mit keinem Wort. Schließlich begann sie von selbst wieder.

»Es ist richtig traurig mit Mrs. Mannerheim«, sagte sie.

»Was?«

»Wie sie verfällt. Sie kann kaum noch gehen. Wenn ich sie so leiden sehe, denke ich manchmal ... Arthur, ich glaub, du hattest recht mit der guten Tat. Ich meine ...«

Arthur war so klug, sich ein selbstgefälliges Lächeln zu versagen. Er nickte ernst, sachlich, schnalzte mit der Zunge, um sein Mitleid zu bekunden, und ließ Thelma noch eine Weile zappeln. Dann sagte er:

»Wie ist es, Thelma? Soll ich heute abend was aus dem Laden mitbringen? Für Mrs. Mannerheim, meine ich.«

»Ja, gut«, antwortete sie abwesend, beinah, als hätte sie nicht erfaßt, was er gerade gesagt hatte.

Jeff, der Koch, nahm Thelma nur mit einem Kopfnicken zur Kenntnis, als sie in die Küche kam. Ihr Eintritt bedeutete, daß Mrs. Mannerheim auf ihrem Platz am Ecktisch angekommen war. Er reichte Thelma ein Tablett, und sie stellte es auf den Servierwagen und schob ihn hinaus.

In dem winzigen Vorzimmer vor dem Gang, der in den Speisesaal führte, blieb sie stehen und hob den zerbeulten Aluminiumsturz vom Teller mit dem Hauptgericht. Sie zog den kleinen braunen Umschlag aus der Schürzentasche, streute eine winzige Prise des feinen Puders über das Roastbeef und deckte den Teller wieder zu. Dann rollte sie den Wagen durch den Saal zum Ecktisch.

Sie hatte ihr Vorhaben mit ruhiger Hand ausgeführt, aber nun, als sie neben Mrs. Mannerheims Tisch stand, während die alte Dame sich abmühte, ihrem kraftlosen Körper Nahrung zuzuführen, waren ihre Hände so zittrig, daß sie sie unter der Schürze verbergen mußte.

Mrs. Mannerheim schien nichts zu merken. Sie aß das Fleisch so mechanisch und desinteressiert wie immer.

Als sie gegangen war, nahm Thelma den Vierteldollar Trinkgeld vom Tisch und ließ ihn zu der kleinen Tüte mit dem Gift in ihre Schürze gleiten.

Am nächsten Abend ging es genauso mühelos.

Am dritten und vierten ebenso.

Aber Mrs. Mannerheim starb nicht.

»Kapier ich nicht«, sagte Arthur. »Sieht sie wenigstens schlechter aus? Vielleicht Brechreiz oder so?«

»Nein, Arthur. Aber es ist schwer, ihr überhaupt was anzumerken. Ich meine, irgendeinen Unterschied. Sie sieht ja egalweg erbärmlich aus.«

»Na ja. Abwarten und Tee trinken. Und erhöhe die Dosis lieber nicht. Wir können nichts riskieren.«

»Nein, Arthur.«

»Schau, was ich dir mitgebracht habe«, sagte er und grinste. »Ein Geschenk.«

Sie nahm ihm das Päckchen ab und stieß einen kleinen Freudenschrei aus. Es war Parfüm aus seinem Laden. Die Schachtel war noch mit dem Verkaufspreis in Fettstift ausgezeichnet.

Am nächsten Abend kam Mrs. Mannerheim nicht zum Essen, und Thelma hoffte schon, die Tortur sei überstanden. Aber am Abend darauf erschien die alte Dame wieder im Speisesaal und erwähnte lediglich, sie habe die Mahlzeit am vergangenen Abend verschlafen und von ihrer Mutter in einem langen weißen Kleid geträumt.

Mrs. Mannerheim überlebte eine weitere Woche.

»Weißt du ganz sicher, daß es Gift ist?« fragte Thelma. Sie scheute sich nicht mehr, das Wort auszusprechen, lechzte nur noch nach dem Ergebnis.

»Klar weiß ich das. Vielleicht sollten wir die Dosis ein bißchen heraufsetzen. Aber so oder so, allmählich *muß* es sie erledigen.«

»Tut es aber nicht! Sie scheint kein bißchen schlimmer dran zu sein als vorher, Arthur. Manchmal habe ich das Gefühl, sie lebt ewig.«

»Und wir können nicht ewig so weitermurksen«, sagte er grimmig. »Setz die Dosis herauf.«

Thelma erhöhte die Dosis. Allabendlich bekam die alte Dame ihre Mahlzeit mit dem pulvrigen Zusatz. Weitere zwei Wochen lang leerte sie ihren Teller, aß vierzehn Portionen leicht mit Gift gewürzter Speisen. Ihr Gesundheitszustand schien sich zu bessern, er besserte sich so merklich, daß der Traum von der sorglosen Zukunft in immer weitere Ferne rückte.

Dann sprach Arthur aus, was Thelma schon bedrückte. »Was, wenn sie sich anders besinnt? Wenn sie ihr Testament ändert?«

»Oh, Arthur, sag so was nicht!«

»So was kommt aber vor. Du hast mir erzählt, wie gemein sie manchmal zu dir ist. Was, wenn sie plötzlich findet, daß ihr doch nicht so dicke Freunde seid? Was, wenn sie sich mit dir verkracht? Was, wenn . . . es gibt noch tausend andere Dinge, die passieren könnten.«

»Aber das kann sie nicht machen, Arthur«, schluchzte Thelma. »*Das* nicht . . .«

Arthurs Augen und seine Stimme waren haßerfüllt.

»Und ob.«

»Dazu laß ich es nicht kommen, Arthur«, versprach Thelma. »Das lasse ich nicht zu.«

Als Thelma an diesem Abend im Speisesaal antrat, hatte sie nur einen einzigen Gedanken: Die Erbschaft muß gesichert werden. Schluß mit den kleinen Prisen, Schluß mit der guten Tat auf Raten. Jetzt war Schluß. Endgültig.

Es wurde zehn, und Mrs. Mannerheim war noch nicht erschienen.

»Wo bleibt sie nur?« fragte Thelma die Aufsichtsdame. Marian antwortete mit einem Achselzucken.

»Wo ist Mrs. Mannerheim heute abend?« wiederholte Thelma.

»Herrgott noch mal, woher soll ich das wissen?« brauste Marian auf. »So wie du sie bemutterst, könnte man meinen, der Laden hier gehört ihr. Ist bestimmt bloß wieder eingedöst.«

»Ob ich oben mal nach ihr sehe? Ich könnte sie in ihrem Zimmer anrufen.«

»Du hast noch andere Tische zu bedienen, vergiß das nicht.«

»Aber wenn sie krank ist und Hilfe braucht?«

»Menschenskind, du machst *mich* krank! Also los, geh schon und ruf sie an. Bleiben die Leute an den Tischen eben hungrig.«

Thelma ging in die Hotelhalle, nahm das Haustelefon und wählte. Es klingelte zweimal im Apartment der alten Dame, dann kam Mrs. Mannerheims Stimme kaum hörbar aus der Muschel. Nein, sie sei wohlauf, habe nur keinen Appetit. Thelma fragte, ob sie ihr eine Kleinigkeit nach oben bringen könne. Nein, nicht nötig. Thelma versicherte, es würde keine Mühe machen. Wolle Mrs. Mannerheim nicht wenigstens ein Sandwich? Eine Tasse Tee? Irgend was? Nun, ein Schluck Tee wäre ganz angenehm.

Thelma ging in die Küche, goß heißes Wasser in eine Kanne, stellte sie mit einer Tasse und zwei Teebeuteln, die sie aus der Speisekammer geholt hatte, auf ein Tablett. Dann trug sie das Tablett zum Aufzug und drückte den Knopf mit der Nummer 3.

Mrs. Mannerheim blieb in ihrem Sessel sitzen, als Thelma eintrat. »Das ist lieb von Ihnen«, sagte sie. »Ich fühle mich heute zu matt, um nach unten zu kommen. Hatte ohnehin nicht viel Appetit.«

»Ja, das gibt's mitunter«, sagte Thelma. Sie drehte der alten Dame den Rücken zu, setzte das Tablett auf dem Tisch neben der Tür ab und warf die Teebeutel in die dampfende Kanne. Dann griff sie in ihre Schürzentasche.

Sie war leer. Thelma hatte das Gift vergessen.

Mrs. Mannerheim stand mühsam auf. »Haben Sie keine Milch mitgebracht?« fragte sie.

»Nein!« sagte Thelma. »Ich hab sie vergessen, Mrs. Mannerheim.«

»Aber ich kann Tee ohne Milch nicht ausstehen, Thelma. Könnten Sie mir nicht ein Kännchen voll holen?«

Thelma fuhr herum und funkelte die alte Frau fast an. »Ich habe keine Milch hier. Sie können doch versuchen, Ihren Tee auch mal ohne Milch zu trinken.«

»Tee ohne Milch?« jammerte Mrs. Mannerheim. »Das *kann* ich nicht! Ich hab immer Milch zum Tee gehabt, schon von klein auf. Wenn man's nicht anders gewöhnt ist ... Sie verstehen doch, wie das ist, Thelma ...«

»Nein, das tu ich nicht!« Thelmas Stimme war schrill. »Ich weiß nicht, wie das ist, immer alles zu bekommen, was man haben will. *Das* sollten *Sie* verstehen, Mrs. Mannerheim!«

»Aber, Thelma ...«

»Wenn ich was haben wollte, hab ich dafür arbeiten müssen. Glauben Sie vielleicht, ich bin Kellnerin, weil es mir Spaß macht? Weil ich da unten im Speisesaal zu Hause bin? Denken Sie, ich kann mir nichts Schöneres vorstellen als Küchenmief und fettige Teller und alte Frauen, die an allem herummeckern?«

Mrs. Mannerheim brauchte einen Augenblick, um ihren Schock zu überwinden. Dann richtete sie sich würdevoll auf. »In diesem Ton spricht man nicht mit mir, Thelma.«

»Ich red mit Ihnen, wie ich will. In jedem verdammten Ton, der mir paßt!«

Die alte Dame holte keuchend Luft.

»Sie sind eine freche, ungezogene Göre, Thelma. Ganz und gar nicht der Mensch, für den ich Sie hielt. Aber Sie irren sich, wenn Sie glauben, daß ich mir Ihre Unverschämtheiten gefallen lasse. Ich ändere mein Testament. Werde sofort meinen Rechtsanwalt verständigen.«

»Fassen Sie das Telefon nicht an!« Thelmas Hand stieß den

Arm, der sich nach dem Hörer ausstreckte, zur Seite und legte sich schwer auf das knochige Handgelenk.

»Lassen Sie mich los, Sie unausstehliches Kind!«

Thelmas Verstand setzte aus. Nun war ihr alles gleich.

»Ich bin vierundvierzig Jahre alt!« kreischte sie und stürzte sich auf Mrs. Mannerheim. Und wie ein Raubtier, das seiner Beute, von einem Urinstinkt geleitet, an die Kehle geht, griff sie nach der Kehle der alten Frau.

Mrs. Mannerheim leistete – über ein flatterndes Tasten nach Thelmas Fingern hinaus – keinen Widerstand. Sie schien so sehr auf den Tod vorbereitet, so eingestellt auf sein Kommen, daß ihr verschrumpelter Körper erschlaffte. Der Tod nahm Mrs. Mannerheim rasch mit sich fort, aber Thelmas Griff löste sich nicht. Ihre Hände krampften sich noch immer um ihr Opfer, als sich die Tür hinter ihr öffnete. Erst der Schrei des Zimmermädchens brach den Bann.

Jetzt kam es nur noch darauf an, Arthur zu schützen, hämmerte Thelma sich ein. Sie wiederholte sich seinen Namen unablässig, aber nur im Geist. Befahl sich, ihn nicht auszusprechen. Während der ganzen Tortur der Festnahme, der Untersuchungshaft, der endlosen Verhöre, erwähnte sie ihn kein einziges Mal.

Aber dann kam es doch heraus, und nur, weil dieser große Kerl, der grauhaarige Riese im Polizeirevier, ihr erzählte, was ...

»Aber warum mußten Sie sie umbringen?« hatte er gefragt. »Warum konnten Sie ihren Tod nicht abwarten? Eine so kranke alte Frau wäre doch ...«

»Krank?« wiederholte Thelma und lachte. »Die war kein bißchen krank.«

»O doch, das war sie. Sehr krank sogar. Soviel steht nach der Obuktion des Gerichtspathologen fest. Sie litt an einer parasitären Infektion, und so etwas ist bei Menschen ihres Alters eine lebensgefährliche Angelegenheit. Wahrscheinlich war die Behandlung, die sie bekam, das einzige, was sie am Leben erhielt. Es war Arsen in kleinen Dosen.«

Die zweiten Flitterwochen

Richard Deming

Seine Nachbarn aus dem Nebenhaus arbeiteten draußen im Garten, als Herbert May von der Arbeit nach Hause kam. Er blieb stehen, um mit ihnen zu plaudern. Froh über diese Unterbrechung, legte John Henderson seine Gartenschere hin und zündete sich eine Pfeife an. Mrs. Henderson zog ihre Arbeitshandschuhe aus und tupfte sich das Gesicht mit einem Taschentuch ab. »Heiß«, meinte sie dabei.

Herbert May gab ihr recht. John Henderson nickte, als hätte seine Frau irgendeine inhaltsschwere Bemerkung gemacht. Er paffte weiter seine Pfeife und schien irgendwie erleichtert zu sein.

»In den letzten Wochen sehen Sie soviel besser aus, Mr. May«, sagte Mrs. Henderson.

Herbert sah überrascht aus. »Sie tun gerade, als wäre ich schwer krank gewesen, Mrs. Henderson. Ich war aber nicht krank.«

Der Frau schien etwas unbehaglich zumute zu sein. »Ich meine nur, daß Sie viel freundlicher und vergnügter aussehen. Sonst rannten Sie immer nur vorbei, nickten höchstens, und hatten es immer eilig. Nicht daß wir geglaubt hätten, Sie wären kein guter Nachbar, Mr. May. Wir verstehen sehr gut, warum Sie sich immer so beeilten, um schnell nach Hause zu kommen.«

»Ach?« sagte Herbert.

»Wirklich, wir bewundern richtig, mit welcher Aufmerksamkeit Sie um Ihre Frau besorgt sind, Mr. May. Es muß schon schwer sein, Stunde um Stunde vom Geschäft nach Hause zu laufen, um nach ihr zu sehen, und von dem Moment an, wo man wieder nach Hause gekommen ist, nicht von ihrer Seite weichen zu können, bis man am nächsten Morgen wieder zur Arbeit muß. Und dabei haben Sie nicht einmal geklagt.«

Herbert errötete. »Ich tue nur meine Pflicht. Für Miranda ist es sehr viel schwerer als für mich.«

»Genau das habe ich doch gemeint«, sagte Mrs. Henderson bewundernd. »Sie sind so selbstlos. Selbst in ihrem Zustand beneide ich Ihre Frau manchmal, wenn ich sehe, wie Sie sie jeden Abend auf die Veranda fahren, damit sie dort ihre abendliche Tasse Tee trinken kann.«

Mit gefurchter Stirn blickte sie ihren Mann an. »Manchmal überlege ich, wie viele Männer wohl ihr sonstiges Leben opfern würden, um ihrer gelähmten Frau jeden Wunsch zu erfüllen.«

Abwehrend sagte ihr Mann: »Daß du einmal gelähmt sein wirst, Liebling, ist äußerst unwahrscheinlich. Du weißt, daß du eine Roßnatur hast.«

Mrs. Henderson wandte Herbert wieder ihre ganze Aufmerksamkeit zu. »Jedenfalls ist es schön, daß Sie etwas fröhlicher aussehen, Mr. May. Geht es Ihrer Frau besser?«

»Seit einigen Wochen hat sie keine Schmerzen mehr – das kann ich glücklicherweise sagen. Genaugenommen hat sie in letzter Zeit überhaupt keine Beschwerden mehr gehabt.«

»Wie wunderbar! Geht es ihr schon soweit wieder gut, daß sie Besuch empfangen kann?«

»Ach Gott – Sie wissen doch selbst, wie es bei ihr mit Besuchen ist«, erwiderte Herbert vorsichtig. »Mitleid kann sie einfach nicht ertragen, und sie glaubt, die Leute besuchen sie immer nur deshalb. Ich fürchte fast, daß jeder Besuch sie aufregen könnte und gerade jetzt einen Rückfall auslöst. Mir wäre es – ehrlich gesagt – lieber, wenn wir damit noch etwas warteten, bis sich herausgestellt hat, ob die Besserung auch von Dauer ist.«

»Aber natürlich, Mr. May. Sie müssen uns dann nur gleich Bescheid sagen, wenn Sie glauben, daß sie Besuch empfangen kann – ja?«

Mit dem Versprechen, es bestimmt zu tun, ging Herbert May weiter: ein kleiner rundlicher Mann mit einem kleinen rundlichen Bauch, der beim Gehen leicht schaukelte. Während Mrs. Henderson hinter ihm her blickte, bemerkte sie wiederum die auffällige Besserung seines Aussehens während der allerletzten Wochen. »Sonst ist er immer nach Hause gerannt, als müßte er einen Sprung ins kalte Wasser tun«, überlegte sie, »und hat dabei den Ausdruck eines Menschen gehabt, der Angst hat. Heute dagegen geht er die Treppe zur vorderen Veranda hoch und ist dabei so vergnügt, als wäre er ein junger Bräutigam, der zu seiner jungen Braut nach Hause kommt.«

Mrs. Henderson war sehr froh, daß es seiner Frau soviel besser ging.

Als Herbert im Hause war, sah er – wie immer – zuerst nach Miranda, bevor er etwas anderes tat. Sie lag auf dem Rücken, die Knie angewinkelt und in genau derselben Haltung, die sie gehabt hatte, als er vor eineinhalb Stunden vom Laden herübergerannt war, um nach ihr zu sehen. Ohne Hilfe konnte sie ihre Lage natürlich nicht verändern.

»Du liegst nicht bequem – nein, Liebling?« fragte er fürsorglich und schob sie etwas auf die Seite. »So. Ist es so besser?«

Noch vor wenigen Wochen hätte Miranda sich bitter darüber beklagt, daß jede Lage genauso wäre wie die andere. Aber aufgrund ihrer neuen und glücklicheren Beziehung belohnte sie jede kleine Aufmerksamkeit nicht mehr mit neuen Klagen.

»In den letzten Wochen ist es richtig wieder ein Vergnügen geworden, abends nach Hause zu kommen«, sagte er zärtlich zu ihr. »Weißt du eigentlich, was es für einen Mann bedeutet, daß man nicht dauernd an ihm herumnörgelt? Deine Krankheit hat mir eigentlich nie so viel ausgemacht – nur das ewige ›Herbert, mache dies‹ und ›Herbert, tue das‹ von dem Augenblick an, in dem ich das Haus betrat. Bist du nicht auch der Meinung, daß wir beide viel glücklicher sind, seit du aufgehört hast zu nörgeln?«

Miranda bestritt es nicht.

»Ich glaube, viel länger hätte ich es auch nicht ausgehalten«, sagte er. »Jeder Mann hat einen Punkt, wo . . .« Er seufzte und ließ den Satz unvollendet. Miranda schien ihn zu verstehen, denn sie antwortete nicht mit einem einzigen Wort.

Mit der Methodik eines Mannes, der die gleichen Bewegungen seit so vielen Jahren ausgeführt hat, daß er sie mechanisch und ohne zu überlegen tut, begab Herbert sich an die tägliche Hausarbeit. Munter ging er durch das Haus, wobei er Staubtuch und Staubsauger benutzte.

Als er das Haus aufgeräumt hatte, war es bereits sechs vorbei. Und bis er das Abendbrot zubereitet, anschließend das Geschirr abgewaschen und alles wieder weggeräumt hatte, war es beinahe halb acht. Jetzt kam der erfreuliche und angenehme Teil des Abends, den er mit Miranda zusammen verbrachte.

Obgleich Herbert kein ausgesprochen kräftiger Mann war, hob er Miranda mit Leichtigkeit in den Rollstuhl. Ihr magerer Körper wog keine hundert Pfund mehr, und hinzu kam die jahrelange Übung, sie hochzuheben. Fürsorglich legte er einen Schal um ihre knochigen Schultern, bevor er sie in die verglaste Veranda an der Vorderseite des Hauses schob.

Die Dämmerung war gerade angebrochen, aber trotzdem war noch deutlich zu erkennen, daß Mr. und Mrs. Henderson in der Veranda des Nachbarhauses saßen. Mrs. Henderson winkte herüber, und Herbert winkte zurück.

»Mrs. Henderson hat sich heute nachmittag nach dir erkundigt, Miranda«, sagte Herbert. »Ihr ist aufgefallen, daß ich in letzter Zeit anscheinend besserer Stimmung bin, und daher wollte sie wissen, ob es dir besserginge. Selbst die Nachbarn merken die Veränderung, seit wir so viel netter miteinander auskommen. Und wir sind doch auch glücklicher, nicht wahr?«

Er setzte Miranda etwas bequemer in den Rollstuhl, bevor er wieder im Innern des Hauses verschwand, um ihre abendliche Kanne Tee aufzubrühen. Wenige Minuten später rollte er einen Teewagen heran, auf dem zwei Tassen, eine Teekanne, ein Zukkerschälchen, ein Sahnekännchen und ein Teller mit einigen Zitronenscheiben standen. Ferner befand sich ein kleiner Teller mit Keksen auf dem Wagen.

Nachdem er den Wagen neben ihren Rollstuhl geschoben hatte, zog er sich einen Stuhl an die andere Seite des Teewagens, setzte sich und goß beide Tassen ein. In Mirandas Tasse tat er ein Stückchen Zucker sowie etwas Zitrone und rührte sorgfältig um.

»So«, sagte er vergnügt und stellte die Tasse unmittelbar neben den Rollstuhl auf den Teewagen.

Dann machte er sich daran, seine eigene Tasse Tee zu bereiten. Er warf ein Stückchen Zucker hinein und rührte so lange um, bis es sich völlig aufgelöst hatte, tat dann ein neues Stück hinein und wiederholte den Vorgang noch einmal. Beim dritten Stückchen Zucker blinzelte er Miranda an.

»Weißt du noch, wie du dich immer aufregtest, weil ich zu viel Zucker nähme, Liebling?« fragte er. »Als ob es eine fürchterliche Verschwendung wäre, mehr als ein einziges Stück zu nehmen. Zehn Jahre lang habe ich mich mit einem einzigen Stück pro Tasse begnügt, um alles zu vermeiden, wo ich den Tee doch lieber süßer getrunken hätte. Es ist schon eine große Erleichterung, wenn man wegen solcher Dinge nicht mehr ausgeschimpft wird. Komisch – aber die unerträglichsten Spannungen entstehen aus lauter Kleinigkeiten. Und manchmal kann es dann passieren, daß sie einen verrückt machen.«

Er goß einige Tropfen Zitronensaft in seinen Tee, fügte etwas Sahne hinzu und kicherte plötzlich. »Was glaubst du wohl, wie oft du mich ausgeschimpft hast, weil ich sowohl Zitrone als auch Milch in den Tee tat, Miranda? Bestimmt einige tausendmal im Laufe der Jahre, könnte ich mir vorstellen.« Mit schriller Stimme ahmte er sie nach: »Durch die Zitrone gerinnt doch die Sahne, du Dummkopf!«

Etwas freundlicher fuhr Herbert dann fort: »Eigentlich sollte ich über diese vergangenen bösen Zeiten gar nicht mehr reden, wo wir doch jetzt wieder so glücklich sind. Aber es ist wirklich wunderschön, Miranda, wenn man nicht mehr ausgeschimpft wird. Manchmal hatte ich wirklich Angst, ich würde aus Verzweiflung irgend etwas anstellen. Aber warum reden wir eigentlich darüber? Das alles ist doch jetzt vorbei. In diesen letzten Wochen habe ich doch tatsächlich angefangen, mich wieder in dich zu verlieben. Ich komme mir vor wie in den zweiten Flitterwochen.«

Er trank seinen Tee und knabberte dazwischen ein paar Kekse. Sobald seine Tasse leer war, erhob er sich.

»Ich glaube, wir bringen dich jetzt lieber wieder hinein, Liebling«, sagte er. »Besonders bei dieser Temperatur.« Er blickte verstohlen zu den Hendersons hinüber, die in der einfallenden Dunkelheit schnell unsichtbar wurden. »Wahrscheinlich sollte ich dich bei dieser Hitze lieber überhaupt nicht hierher bringen – aber vielleicht würden dann die Hendersons wissen wollen, warum wir plötzlich abends nicht mehr unsere Tasse Tee auf der Veranda trinken. Und daß sie hier auftauchen und sich persönlich erkundigen, wollen wir doch vermeiden, nicht wahr?«

Er schob den Teewagen in das Haus und weiter bis in die Küche. Er leerte die Teekanne in den Ausguß, und anschließend schüttete er auch den Inhalt von Mirandas Tasse weg. Die Tasse war unberührt gewesen. Schnell wusch er das Geschirr ab und räumte es in den Schrank.

Als er zur Veranda zurückkehrte, war es bereits zu dunkel, um die Nachbarn in ihrer Veranda noch sehen zu können. Er fuhr Miranda in das Haus, durch das Vorderzimmer und schließlich in die Küche. Nachdem er einen Augenblick überlegt hatte, holte er eine Zigarre aus der Tasche und zündete sie an.

»Kleine Vergnügen wie diese Zigarre verschönern das Leben, Liebling«, sagte er und paffte zufrieden. »Du kannst dir gar nicht vorstellen, wieviel Vergnügen es macht, in seinem eigenen Haus rauchen zu können. Ich glaube auch nicht, daß der Qualm sich in den Gardinen festsetzt und daß dann alles nach kaltem Rauch riecht, wie du immer behauptet hast. Damit wolltest du doch nur erreichen, daß ich keine Freude am Rauchen hatte, nicht wahr?«

Nachdem er lächelnd auf eine Antwort gewartet hatte, die nicht kam, legte er die Zigarre auf die Kante des Ausgusses, und sein Lächeln verschwand. Nachdenklich und prüfend blickte er Miranda an.

»Das einzig Unrechte an unserer neuen Beziehung ist, daß du überhaupt nicht mehr mit mir sprichst«, sagte er in einem leicht vorwurfsvollen Ton. »Zehn Jahre habe ich nichts anderes getan, als dir zuzuhören, und deshalb finde ich es merkwürdig, daß ich jetzt plötzlich immer allein reden muß. Manchmal fehlt mir dein Schimpfen sogar, Miranda. Schließlich war es auch so etwas wie eine Unterhaltung.«

Er trat an sie heran. »Und jetzt verschwindest du wieder für vierundzwanzig Stunden, Liebling. Bei dieser Hitze kann ich es leider nicht riskieren, dich noch länger hier draußen zu lassen.«

Als er die Arme ausbreitete, um sie hochzuheben, streifte sein Handgelenk den Griff eines Eispicks, der aus der Mitte ihrer Brust vorstand. Er hielt inne, um ihn zu betrachten.

»Wahrscheinlich sollte ich das Ding lieber herausziehen, Liebling«, sagte er nachdenklich. »Aber irgendwie gibt es mir merkwürdigerweise Auftrieb, wenn ich es da sehe. Du warst richtig sprachlos, als du hinunterblicktest und erkanntest, was ich getan habe. Ach, Miranda, es war wirklich richtig komisch, wenn auch auf eine grausliche Art, denn zum erstenmal in deinem ganzen Leben hatte es dir die Sprache verschlagen. Du wußtest nicht, was du sagen solltest, nicht wahr?«

Er nahm den Schal von ihren Schultern und hängte ihn an einen Haken in der Wand; dann griff er mit beiden Armen nach ihr. Ihr Körper blieb starr, die Knie waren angewinkelt, als säße sie immer noch auf einem unsichtbaren Stuhl, und ihre Hände waren still gefaltet.

Mit Mühe ließ er sie in die leere Tiefkühltruhe hinunter, bis sie auf dem Rücken lag, die Knie immer noch seltsam angezogen. Mit einem Tischtuch wischte er ihr sorgfältig die Feuchtigkeit von Gesicht und Händen, wo das Eis durch die Berührung mit der warmen Außenluft bereits geschmolzen war.

»Liegst du so gut auf dem Rücken, Liebling?« erkundigte er sich. »Oder möchtest du lieber auf der Seite liegen?«

Er wartete, als rechnete er mit einer Antwort. Als nichts erfolgte, sagte er vergnügt: »Gute Nacht, Liebling – bis morgen.«

Freundlich schloß er den Deckel der Tiefkühltruhe, nahm seine Zigarre vom Ausguß und ging in das Vorderzimmer, wobei er zufrieden rauchte. Und als Asche auf den Teppich fiel, lächelte er.

Er machte sich nicht die Mühe, sie aufzufegen. Miranda hätte schon angefangen zu schreien, bevor sie überhaupt den Boden erreichte; jetzt aber brauchte er nicht mehr auf alles und jedes zu achten.

Er würde die Asche wegschaffen, wenn er morgen abend – wie gewöhnlich – alles saubermachte.

Ganz woanders

Dorothy Sayers

Lord Peter Wimsey, Oberinspektor Parker vom C.I.D. und Inspektor Henley von der Baldocher Polizei saßen zusammen in der Bibliothek des Hauses »The Lilacs«.

»Du siehst also«, sagte Parker, »daß die Hauptverdächtigen zu der Zeit ganz woanders waren.«

»Was verstehst du darunter?« wollte Wimsey wissen. Er war in gereizter Stimmung, da Parker ihn ohne Frühstück hier nach Wapley geschleppt hatte. »Meinst du damit, daß sie den Mordschauplatz nicht erreichen konnten, ohne über hundertsechsundachtzigtausend Meilen pro Sekunde zu fahren? Wenn nicht, waren sie nicht ganz woanders, sondern nur relativ und scheinbar woanders.«

»Um Himmels willen, verschone uns mit deiner Wortklauberei. Jedenfalls waren sie nicht hier. Und nun, Inspektor, lassen wir sie am besten einzeln eintreten, damit ich mir ihre Aussagen noch einmal anhören kann. Zunächst den Butler.«

Der Inspektor steckte den Kopf zur Tür hinaus und rief: »Hamworthy!«

Der Butler war ein Mann mittleren Alters mit einem beachtenswerten Embonpoint. Sein breites Gesicht war blaß, und er sah angegriffen aus. Er legte ohne Zaudern los.

»Zwanzig Jahre habe ich in den Diensten des verstorbenen Mr. Grimbold gestanden, und er war für mich stets ein guter Gebieter, zwar streng, aber gerecht. Ich weiß, daß er als ein harter Geschäftsmann galt. Er war Junggeselle, aber er hat seine beiden Neffen, Mr. Harcourt und Mr. Neville, aufgezogen und war sehr gut zu ihnen. In seinem Privatleben würde ich ihn als freundlichen, rücksichtsvollen Mann bezeichnen. Sein Beruf? Nun ja, man könnte ihn wohl einen Geldverleiher nennen.

Die Vorgänge der letzten Nacht, Sir? Wie üblich verschloß ich das Haus um halb acht Uhr – Mr. Grimbold legte großen Wert auf Pünktlichkeit und Ordnung. Ich schloß alle Fenster im Erdgeschoß, die sämtlich diebessichere Schließhaken haben. Auch verriegelte ich die Haustür und legte die Kette vor.«

»Und die Tür zum Wintergarten?«

»Die hat ein Schnappschloß, Sir. Ich habe wohl darauf geachtet, daß die Tür geschlossen war, aber nicht den Sicherheitshebel herabgedrückt. Das war Usus, Sir, für den Fall, daß Mr. Grimbold länger durch Geschäfte in der Stadt aufgehalten wurde. Dann konnte er herein, ohne jemanden zu stören.«

»Gestern abend hatte er doch keine Geschäfte in der Stadt, wie?«

»Nein, Sir, aber das Schloß blieb immer so. Ohne Schlüssel konnte niemand herein, und den trug Mr. Grimbold an seinem Bund.«

»Existiert kein zweiter Schlüssel?«

»Ich glaube, Sir . . .«, der Butler hüstelte verlegen, »obgleich ich es nicht mit Sicherheit weiß, daß ein anderer im Besitz einer Dame ist, die augenblicklich in Paris weilt.«

»Aha. Mr. Grimbold war ungefähr sechzig Jahre alt, nicht wahr? Wie heißt diese Dame?«

»Mrs. Winter, Sir. Sie wohnt in Wapley, aber seit dem Tode ihres Gatten im letzten Monat hat sie, soweit ich unterrichtet bin, im Ausland gelebt.«

»Aha. Vielleicht notieren Sie das, Inspektor. – Und wie steht's mit den oberen Räumen und der Hintertür?«

»Die Fenster in den oberen Räumen waren ebenfalls verriegelt, außer in den Schlafzimmern von Mr. Grimbold, der Köchin und mir. Aber ohne Leiter konnte niemand einsteigen, und die Leiter ist im Schuppen verschlossen.«

»Das stimmt«, mischte sich Inspektor Henley ein. »Wir haben

das gestern abend nachgeprüft. Der Schuppen war verschlossen, und außerdem hingen Spinngewebe zwischen der Leiter und der Wand. Die Schlösser an Türen und Fenstern waren ebenfalls in Ordnung. Weiter, Hamworthy.«

»Ja, Sir. Während ich durchs Haus ging, kam Mr. Grimbold nach unten in die Bibliothek, um sein Glas Sherry zu trinken. Um Viertel vor acht wurde die Suppe aufgetragen, und ich rief Mr. Grimbold zum Essen. Er saß, wie immer, am Ende der Tafel, gegenüber der Durchreiche.«

»Mit dem Rücken zur Bibliothekstür«, sagte Parker und machte ein Zeichen auf dem grob skizzierten Zimmerplan, der vor ihm lag. »War die Tür geschlossen?«

»Ja, Sir. Sämtliche Türen und Fenster waren geschlossen.«

»Anscheinend ein sehr zugiger Raum«, bemerkte Wimsey. »Zwei Türen und eine Durchreiche und zwei lange Glastüren zur Terrasse.«

»Jawohl, Mylord. Aber sie schließen alle sehr gut, und die Vorhänge waren zugezogen.«

Seine Lordschaft ging auf die Verbindungstür zu und öffnete sie.

»Ja«, meinte er, »eine gute, schwere Tür, die sich unheimlich leise in den Angeln bewegt. Diese dicken Teppiche gefallen mir, nur das Muster ist ein bißchen laut.« Er schloß die Tür geräuschlos und kehrte an seinen Platz zurück.

»Mr. Grimbold brauchte gewöhnlich fünf Minuten, um seine Suppe zu essen. Als er fertig war, servierte ich den Fisch. Ich brauchte den Raum nicht zu verlassen, da alles durchgereicht wurde. Der Wein für den ersten Gang stand schon auf dem Tisch. Dieser Gang bestand nur aus einer kleinen Portion Steinbutt, und Mr. Grimbold war auch hiermit in etwa fünf Minuten fertig. Dann brachte ich den Fasanenbraten und wollte Mr. Grimbold gerade das Gemüse servieren, als das Telefon klingelte. Mr. Grimbold sagte: ›Gehen Sie nur hin, ich bediene mich schon selbst.‹ Es war natürlich nicht Sache der Köchin, das Telefon abzunehmen.«

»Gibt es keine anderen Dienstboten?«

»Nur die Putzfrau, die tagsüber kommt, Sir. Ich ging also an den Apparat und machte die Tür hinter mir zu.«

»War es dieser Apparat oder der in der Diele?«

»Der in der Diele. Den benutze ich immer, außer ich bin gerade in der Bibliothek, wenn es klingelt. Der Anruf kam von Mr. Neville Grimbold aus London, Sir. Er und Mr. Harcourt bewohnen eine Etage in der Jermyn Street. Mr. Neville, dessen Stimme ich erkannte, sagte: ›Sind Sie es, Hamworthy? Einen Augenblick. Mr. Harcourt möchte mit Ihnen sprechen.‹ Er legte den Hörer hin, und dann kam Mr. Harcourt. Er sagte: ›Hamworthy, ich möchte heute abend hinüberkommen, um mit meinem Onkel zu sprechen, wenn er zu Hause ist.‹ Ich erwiderte: ›Ja, Sir, ich will es ausrichten.‹ Die jungen Herren kamen oft für ein paar Nächte hierher, Sir, und wir halten ihre Zimmer stets bereit. Mr. Harcourt sagte, er werde sofort aufbrechen und gegen halb zehn hier sein. Während er sprach, hörte ich die große Standuhr in ihrer Wohnung acht schlagen. Unmittelbar darauf schlug unsere Uhr in der Diele, und dann hörte ich, wie das Amt sagte: ›Drei Minuten.‹ Also muß der Anruf um drei Minuten vor acht gekommen sein, Sir.«

»Dann besteht also kein Zweifel hinsichtlich der Zeit. Wenigstens ein Trost. Was geschah dann, Hamworthy?«

»Mr. Harcourt verlangte weitere drei Minuten, weil Mr. Neville noch etwas zu sagen habe, und dann war Mr. Neville wieder am Apparat. Er teilte mir mit, daß er bald nach Schottland fahre, und bat mich, einen Anzug, Strümpfe und Hemden zu senden, die er hier zurückgelassen hatte. Der Anzug sollte zuerst in die Reinigungsanstalt geschickt werden, und da er mir noch mehr Instruktionen erteilte, verlangte er weitere drei Minuten. Das war also um 8.03, Sir. Und etwa eine Minute später, während er noch sprach, klingelte die Haustürglocke. Da ich nicht vom Telefon fortgehen konnte, mußte der Besucher warten, und um fünf Minuten nach acht ertönte die Glocke abermals. Ich wollte Mr. Neville gerade bitten, mich zu entschuldigen, als ich die Köchin zur Haustür gehen sah. Mr. Neville bat mich, die Instruktionen zu wiederholen, und dann unterbrach uns das Amt wieder. Also beendete er das Gespräch, und als ich mich umdrehte, sah ich, wie die Köchin gerade die Tür zur Bibliothek schloß. Ich ging ihr entgegen, und sie sagte zu mir: ›Dieser Mr. Payne will wieder mal mit Mr. Grimbold sprechen. Ich habe ihn in die Bibliothek geführt, aber mir gefällt seine drohende Miene nicht.‹ Ich erwiderte: ›Ich werde ihn mir schon vornehmen‹, und die Köchin ging wieder in die Küche.«

»Einen Augenblick«, warf Parker ein. »Wer ist Mr. Payne?«

»Einer von Mr. Grimbolds Klienten, Sir. Er wohnt etwa fünf Minuten von hier entfernt und hat schon öfter Scherereien gemacht. Ich glaube, er schuldet Mr. Grimbold Geld und wünschte einen Zahlungsaufschub.«

»Er wartet draußen in der Diele«, fügte Henley hinzu.

»Ach?« sagte Wimsey. »Der unrasierte Bursche mit dem finsteren Gesicht, dem Eschenstock und dem blutbefleckten Rock?«

»Ganz richtig, Mylord«, bestätigte der Butler und wandte sich wieder an Parker. »Nun, Sir, ich wollte gerade in die Bibliothek gehen, als mir plötzlich einfiel, daß ich noch nicht den Rotwein ins Eßzimmer gebracht hatte, und ich befürchtete, daß Mr. Grimbold ärgerlich sein würde. Also holte ich den Wein aus der Anrichte, wo ich ihn zum Anwärmen vor das Feuer gestellt hatte. Es dauerte nicht länger als eine Minute, Sir, bis ich wieder im Eßzimmer war. Und dann, Sir . . .« die Stimme des Butlers begann zu zittern, »dann sah ich, daß Mr. Grimbold vornüber auf den Tisch gefallen war, direkt über seinen Teller. Ich dachte, ihm sei schlecht geworden, und eilte auf ihn zu. Da entdeckte ich, daß er . . . daß er tot war, Sir, mit einer schrecklichen Wunde im Rücken.«

»Keine Waffe zu sehen?«

»Ich habe keine bemerkt, Sir. Die Wunde hatte stark geblutet. Ich wurde fast ohnmächtig und war zunächst völlig ratlos. Dann stürzte ich an die Durchreiche und rief nach der Köchin. Sie kam sofort und stieß einen fürchterlichen Schrei aus, als sie unseren

Herrn sah. Dann erinnerte ich mich an Mr. Payne und öffnete die Tür zur Bibliothek. Er erkundigte sich sogleich, wie lange er noch warten müsse. Ich erwiderte: ›Etwas Entsetzliches ist geschehen! Mr. Grimbold ist ermordet worden!‹ Er drängte sich an mir vorbei ins Eßzimmer und fragte als erstes: ›Sind die Glastüren offen?‹ Er zog den Vorhang der Glastür, die der Bibliothek am nächsten ist, zurück, und sie stand tatsächlich offen. ›Auf diese Weise ist er entkommen‹, rief er und wollte hinauseilen. Ich sagte: ›Halt, bleiben Sie hier‹, weil ich glaubte, er wolle entfliehen, und hielt ihn fest. Er schimpfte und fluchte, und dann sagte er: ›Mein guter Mann, nehmen Sie Vernunft an. Der Kerl gewinnt ja einen zu großen Vorsprung. Man muß hinter ihm her!‹ Ich erwiderte: ›Nicht ohne mich‹, und er willigte ein. So gebot ich der Köchin, nichts anzurühren, sondern die Polizei anzurufen, holte meine Taschenlampe aus der Anrichte und ging mit Mr. Payne hinaus.«

»War Mr. Payne dabei, als Sie die Taschenlampe holten?«

»Ja, Sir. Wir haben dann den ganzen Garten durchsucht, aber wir konnten keine Fußspuren oder sonst einen Anhalt finden, weil der Weg, der um das Haus herum und dann zum Tor führt, asphaltiert ist. Auch entdeckten wir keine Waffe. Mr. Payne schlug dann vor, den Wagen zu nehmen und die Straßen abzusuchen, aber ich hielt es für zwecklos, da es nur eine Viertelmeile von unserem Tor bis zur Great North Road ist, und es war schon zuviel Zeit vergangen. Mr. Payne sah das ein, und wir kehrten ins Haus zurück. Dann erschien der Polizist aus Wapley und nach einer Weile der Inspektor hier und Dr. Crofts aus Baldoch. Sie untersuchten alles und stellten viele Fragen, die ich nach bestem Wissen beantwortete, und mehr kann ich Ihnen wirklich nicht sagen, Sir.«

»Haben Sie bemerkt«, fragte Parker, »ob Mr. Payne Blutflekken am Anzug hatte?«

»Nein, Sir. Als ich ihn zuerst sah, stand er hier im hellen Licht, und ich hätte es bestimmt gesehen.«

»Könnte jemand von oben gekommen sein, während Sie bei Mr. Grimbold im Eßzimmer waren?«

»Das wäre durchaus möglich, Sir. Aber dann müßte der Betreffende vor halb acht ins Haus gelangt sein und sich irgendwo versteckt haben. Das ist natürlich nicht ausgeschlossen. Die Hintertreppe kann er nicht benutzt haben, denn er hätte an der Küche vorbeigehen müssen, wo der Flur mit Fliesen belegt ist und die Köchin ihn auf jeden Fall gehört hätte. Aber die Vordertreppe – ja, ich weiß gar nicht, was ich dazu sagen soll.«

»So wird es schon gewesen sein«, meinte Parker. »Machen Sie sich nur keine Vorwürfe, Hamworthy. Man kann von Ihnen nicht erwarten, daß Sie jeden Abend alle Winkel und Ecken nach versteckten Verbrechern absuchen. Jetzt möchte ich mit den beiden Neffen sprechen. Sind sie gut mit ihrem Onkel ausgekommen?«

»Ja, sehr gut. Hatten nie Meinungsverschiedenheiten. Es war ein schwerer Schlag für sie, Sir. Sie waren ganz außer sich, als Mr. Grimbold im Sommer krank wurde . . .«

»Krank? Was fehlte ihm denn?«

»Herzgeschichten, Sir, im vergangenen Juli. Es ging ihm sehr schlecht, und wir mußten Mr. Neville kommen lassen. Aber danach hatte er sich wunderbar erholt, Sir, nur schien er seine gewohnte Heiterkeit eingebüßt zu haben. Vielleicht spürte er, daß er auch nicht mehr der Jüngste war. Aber niemand hätte gedacht, daß er auf diese Weise umkommen würde.«

»Wem hat er sein Geld hinterlassen?« erkundigte sich Parker.

»Das weiß ich nicht, Sir. Vermutlich den beiden jungen Herren, obwohl sie selbst auch Vermögen besitzen. Aber darüber wird Ihnen Mr. Harcourt Auskunft geben können. Er ist der Testamentsvollstrecker.«

»Na schön, wir werden ihn fragen. Verstehen sich die Brüder gut?«

»O ja, Sir. Sie sind sich sehr zugetan. Mr. Neville würde alles für Mr. Harcourt tun – und Mr. Harcourt sicher auch für ihn. Sehr angenehme Herren, Sir. Könnten nicht netter sein.«

»Danke, Hamworthy. Das wäre im Augenblick alles. Oder hat sonst noch jemand etwas zu fragen?«

»Wieviel hat Mr. Grimbold von dem Fasan gegessen, Hamworthy?«

»Wenig, Mylord. Nach der Portion zu urteilen, die ich ihm aufgegeben habe, hat er vielleicht drei oder vier Minuten gebraucht.«

»Und nichts deutete darauf hin, daß er zum Beispiel von jemandem an der Glastür unterbrochen wurde, daß er vielleicht aufstehen mußte, um diese Person hereinzulassen?«

»Nichts, Mylord, soviel ich sehen konnte.«

»Der Stuhl war dicht an den Tisch geschoben, als ich ihn fand«, warf der Inspektor ein. »Seine Serviette lag auf seinen Knien, und Messer und Gabel lagen ihm unter den Händen, als hätte er sie fallen lassen, als der Stoß kam. Wie man mir sagte, war die Leiche nicht angerührt worden.«

»Nein, Sir, ich habe sie nicht bewegt – nur, um festzustellen, ob er tot war. Obgleich ich eigentlich nicht zweifeln konnte, als ich die schreckliche Wunde im Rücken sah. Ich habe nur den Kopf gehoben und wieder fallen lassen. Auf dieselbe Stelle, Sir.«

»Na schön, Hamworthy. Rufen Sie bitte Mr. Harcourt herein.«

Mr. Harcourt Grimbold war ein energischer Mann von etwa fünfunddreißig Jahren. Er erklärte, daß er Börsenmakler und sein Bruder Beamter im Gesundheitsministerium sei. Seit ihrem elften beziehungsweise zehnten Lebensjahr seien sie von ihrem Onkel großgezogen worden. Ihm sei bekannt, daß sein Onkel viele Geschäftsfeinde hatte, aber er selbst habe nur Güte von ihm erfahren.

»Ich fürchte, ich kann Ihnen nicht viel über diesen schrecklichen Vorfall sagen, da ich gestern abend erst um Viertel vor zehn hier ankam, und da war natürlich schon alles vorbei.«

»Das war etwas später, als Sie einzutreffen hofften, nicht wahr?«

»Ja, ein wenig. Mein Rücklicht ging unterwegs aus, und ich wurde von einem Polizisten angehalten. Ich fuhr dann in eine Garage in Welwyn, wo man den Schaden reparierte, was natürlich einen Aufenthalt bedeutete.«

»Es sind ungefähr vierzig Meilen von hier nach London, ja?«

»Etwas mehr. Gewöhnlich rechne ich um diese Abendzeit eine Stunde und fünfzehn Minuten von Tür zu Tür. Ich bin kein Kilometerfresser.«

»Haben Sie den Wagen selbst gefahren?«

»Ja. Ich habe zwar einen Chauffeur, nehme ihn aber nicht immer mit.«

»Wann sind Sie von London abgefahren?«

»Gegen zwanzig nach acht, denke ich. Neville hat mir den Wagen aus der Garage geholt, während ich meine Zahnbürste und dergleichen einpackte.«

»Vor Ihrer Abfahrt wußten Sie also nichts von dem Tode Ihres Onkels?«

»Nein. Man hat erst nach meinem Aufbruch daran gedacht, bei mir anzurufen. Die Polizei versuchte später, Neville zu erreichen, aber er war in seinen Club gegangen. Ich habe ihn dann von hier aus selbst angerufen, und er ist heute morgen gekommen.«

»Mr. Grimbold, können Sie uns etwas über die Angelegenheiten Ihres verstorbenen Onkels berichten?«

»Sie meinen wohl sein Testament. Die Erben sind ich, Neville und Mrs. Winter. Haben Sie schon von ihr gehört?«

»Etwas, ja.«

»Und dann bekommt der alte Hamworthy natürlich ein hübsches kleines Nestei, und die Köchin wird bedacht. Ferner erhält der Prokurist meines Onkels ein Vermächtnis von fünfhundert Pfund. Aber der Hauptbetrag fällt an uns und Mrs. Winter. Aber wieviel es ist, davon habe ich nicht die leiseste Ahnung. Ich weiß nur, daß es sich um eine ziemlich beträchtliche Summe handelt. Der alte Herr hat keiner Menschenseele verraten, wieviel er wert war, und wir haben uns nie darum gekümmert. Ich habe ein ziemlich gutes Einkommen, und Nevilles Gehalt stellt eine schwere Last für das langmütige Publikum dar. Daher hatten wir nur ein mildes akademisches Interesse an dieser Frage.«

»Hat Hamworthy wohl gewußt, daß er ein Legat erhalten sollte?«

»O ja. Das war kein Geheimnis. Er sollte lebenslänglich jährlich zweihundert Pfund bekommen, vorausgesetzt, daß er beim Tode meines Onkels noch in dessen Diensten stand.«

»Und er war nicht gekündigt, oder?«

»N-nein. Nein. Nicht anders als gewöhnlich. Mein Onkel kündigte nämlich allen ungefähr einmal im Monat, um das Beste aus ihnen herauszuholen. Aber es blieb nur bei der Drohung.«

»Aha. Darüber müssen wir noch mal mit Hamworthy sprechen. Nun zu dieser Mrs. Winter. Was wissen Sie über sie?«

»Sie ist eine nette Frau. Seit . . . zig Jahren die Freundin meines Onkels. Aber ihr Mann hat praktisch seinen Verstand versoffen. Man kann es ihr daher nicht übelnehmen. Ich habe ihr heute morgen telegrafiert, und soeben ist ihre Antwort eingetroffen.«

Er reichte Parker ein aus Paris abgeschicktes Telegramm folgenden Wortlauts: »Äußerst betroffen und betrübt. Kehre sofort zurück. In tiefer Teilnahme, Lucy.«

»Sie stehen demnach in einem freundschaftlichen Verhältnis zu ihr?«

»Mein Gott, ja. Warum nicht? Sie hat uns immer sehr leid getan. Onkel William wäre am liebsten mit ihr woanders hingefahren, aber sie wollte Winter nicht verlassen. Jetzt, wo Winter endlich ins Gras gebissen hat, wollten sie eigentlich heiraten. Sie ist erst etwa achtunddreißig, und es ist Zeit, daß sie endlich etwas von ihrem Leben hat, die Ärmste.«

»Abgesehen von dem Geld, hatte sie also eigentlich nicht viel durch den Tod Ihres Onkels zu gewinnen, wie?«

»Gar nichts. Es sei denn, sie wollte einen jüngeren Mann heiraten und befürchtete, den Betrag zu verlieren. Aber ich glaube, sie war dem alten Knaben ehrlich zugetan. Jedenfalls kann sie ihn nicht ermordet haben, da sie in Paris ist.«

»Hm«, sagte Parker. »Das nehmen wir an. Aber wir vergewissern uns am besten. Ich werde beim Yard anrufen und in den Häfen nach ihr Ausschau halten lassen. Bekomme ich das Amt direkt über diesen Apparat? Oder muß ich mich in der Diele verbinden lassen?«

»Nein«, erwiderte der Inspektor. »Sie können auch von hier aus anrufen. Es sind Parallelanschlüsse.«

»Na schön, Mr. Grimbold, im Augenblick brauchen wir Sie nicht weiter zu bemühen. Ich will jetzt telefonieren, und dann kann der nächste Zeuge erscheinen. Die Zeit von Mr. Harcourts Anruf aus London haben Sie ja wohl nachgeprüft, Inspektor?«

»Jawohl, Mr. Parker. Das Gespräch wurde um 19.57 angemeldet und um 20 Uhr und 20.03 erneuert. Eine ziemlich teure Angelegenheit. Wir haben auch mit dem Schutzmann und der Garage wegen der Reparatur gesprochen. Er kam um 21.05 nach Welwyn und fuhr gegen 21.15 wieder weiter. Die Nummer des Wagens stimmt.«

Sobald Parker sein Telefongespräch mit Scotland Yard beendet hatte, ließ er Neville Grimbold kommen, der seinem Bruder sehr ähnlich sah. Er war nur etwas schlanker und wortgewandter, wie sich das für einen Beamten geziemt. Er hatte der Aussage seines Bruders nichts hinzuzufügen und erwähnte nur, daß er von 20.20 bis gegen 22 Uhr im Kino und anschließend in seinem Club war, so daß er erst später am Abend von der Tragödie hörte.

Als nächste Zeugin erschien die Köchin, die mit vielen Worten sehr wenig sagte. Zwar hatte sie zufällig nicht gesehen, wie Hamworthy den Rotwein aus der Anrichte holte, sonst aber bestätigte sie seine Aussage. Verächtlich wies sie die Idee zurück, daß sich jemand im oberen Stock hätte verstecken können, weil die Stundenfrau, Mrs. Crabbe, fast bis zum Abendessen im Hause gewesen war, um Kampferbeutel in alle Schränke zu hängen. Überhaupt hegte sie keinen Zweifel daran, daß »dieser Payne eine ekelhafte, mordende Bestie« sei und Mr. Grimbold erstochen habe. Danach blieb nur noch das Interview mit dem mörderischen Mr. Payne.

Mr. Payne war von einer fast aggressiven Offenheit. Er war von Mr. Grimbold sehr hart behandelt worden. Mit Wucherzinsen und Zinseszinsen hatte er bereits den fünffachen Betrag des ursprünglichen Darlehens bezahlt, und jetzt hatte Mr. Grimbold ihm einen weiteren Zahlungsaufschub verweigert und seine Absicht angekündigt, die Sicherheit – Mr. Paynes Haus und Land – für verfallen zu erklären. Dies war um so brutaler, als die Aussicht bestand, daß Mr. Payne die ganze Schuld in sechs Monaten abtragen konnte. Seiner Ansicht nach hatte der alte Grimbold so gehandelt, um die Rückzahlung zu verhindern, weil er den Besitz an sich reißen wollte. Grimbolds Tod hatte die Situation gerettet, weil die Bezahlung der Schuld nun bis zu dem genannten Zeitpunkt aufgeschoben wurde. Mit Vergnügen hätte Mr. Payne den alten Grimbold ermordet, aber dennoch war er nicht der Täter. Außerdem war er nicht der Mann, einen anderen von hinten zu erstechen. Wäre der Geldverleiher jünger gewesen, so hätte er, Payne, ihm alle Knochen im Leibe zerschlagen. So war es, mochten sie es glauben oder nicht. Wenn Hamworthy, dieser alte Dummkopf, ihm nicht in die Quere gekommen wäre, hätte er den Mörder geschnappt. Wenn Hamworthy überhaupt ein Dummkopf war, was er sehr bezweifelte. Blut? Jawohl, er hatte Blut am Rock. Das kam daher, weil Hamworthy ihn an der Glastür festgehalten hatte. Hamworthys Hände waren voller Blut, als er in der Bibliothek erschien. Zweifellos von der Leiche. Er, Payne, hatte seinen Anzug nicht gewechselt, weil sonst jemand auf den Gedanken kommen könnte, er habe etwas zu verbergen, und im übrigen war er seit dem Mord noch nicht wieder zu Hause gewesen. Außerdem wollte er Einspruch erheben gegen die unverhüllte Feindseligkeit, mit der die örtlichen Polizeibeamten ihn behandelt hatten, worauf Inspektor Henley erwiderte, daß Mr. Payne völlig im Irrtum sei.

»Mr. Payne«, fiel Lord Peter ein, »sagen Sie mir doch bitte eins. Als Sie den Klamauk im Eßzimmer hörten, warum sind Sie da nicht sofort hineingegangen, um die Ursache festzustellen?«

»Warum?« entgegnete Mr. Payne. »Weil ich überhaupt nichts davon gehört habe. Deswegen. Erst als dieser Butler schnatternd und händeringend in der Tür stand, erfuhr ich davon.«

»Aha!« meinte Wimsey. »Ich habe mir schon gedacht, daß es eine gute, solide Tür sei. Sollen wir die Frau vielleicht mal bitten, für uns im Eßzimmer zu schreien, und zwar bei offener Glastür?«

Der Inspektor führte diesen Auftrag aus, während die übrigen gespannt auf die Schreie warteten. Es geschah jedoch nichts, bis Henley seinen Kopf fragend zur Tür hereinstreckte.

»Nichts gehört«, sagte Parker.

»Ein gutgebautes Haus«, bemerkte Wimsey. »Jeder Ton, der durch die Glastür dringt, wird durch den Wintergarten gedämpft. Na, Mr. Payne, wenn Sie die Schreie nicht hörten, ist es nicht überraschend, daß Sie den Mörder nicht gehört haben. Sind dies alle deine Zeugen, Charles? Ich muß nämlich nach London zurück und verlasse dich mit meinem Segen und zwei Vorschlägen. Nummer eins: Suche nach einem Wagen, der gestern abend zwischen 19.30 und 20.15 innerhalb eines Umkreises von einer Viertelmeile geparkt hat. Nummer zwei: Versammle alle Beteiligten heute abend im Eßzimmer und beobachte die Glastüren. Ich werde dich gegen acht anrufen. Übrigens, kannst du mir den Schlüssel zum Wintergarten leihen, Charles? Ich habe da eine gewisse Theorie.«

Der Oberinspektor überreichte ihm den Schlüssel, und Seine Lordschaft zog von dannen.

Die im Eßzimmer versammelte Gesellschaft war nicht gerade in geselliger Stimmung. Nur die Polizeibeamten plauderten miteinander und tauschten Anglererinnerungen aus, während Mr. Payne eine finstere Miene aufsetzte, die beiden Grimbolds eine Zigarette nach der anderen rauchten und die Köchin und der Butler nervös auf dem äußersten Rand ihres Stuhls hockten. Endlich läutete das Telefon.

Parker blickte auf seine Uhr, als er sich erhob. »Drei Minuten vor acht«, bemerkte er und sah, wie der Butler seine zuckenden Lippen mit dem Taschentuch abwischte. »Richten Sie den Blick auf die Glastüren.« Damit trat er in die Diele.

»Hallo!« rief er in den Apparat.

»Ist Oberinspektor Parker dort?« fragte eine ihm wohlbekannte Stimme. »Hier spricht Lord Peter Wimseys Diener aus der Wohnung Seiner Lordschaft in London. Wollen Sie bitte am Apparat bleiben? Seine Lordschaft wünscht mit Ihnen zu sprechen.«

Parker hörte, wie der Hörer hingelegt und dann wieder aufgenommen wurde. Dann ließ sich Wimseys Stimme vernehmen: »Hallo, alter Junge, hast du den Wagen schon gefunden?«

»Wir haben von einem Wagen gehört«, erwiderte der Oberinspektor vorsichtig, »der bei einem Gasthaus auf der Great North Road stand, ungefähr fünf Minuten von hier.«

»Lautete die Nummer ABJ 28?«

»Ja. Woher weißt du das denn?«

»Reine Vermutung. Dieser Wagen wurde gestern nachmittag um fünf Uhr von einer Londoner Garage gemietet und kurz vor zehn Uhr zurückgebracht. Seid ihr Mrs. Winter auf die Spur gekommen?«

»Ja. Sie kam heute abend mit dem Boot von Calais. Sie ist also offenbar o. k.«

»Das habe ich mir auch gedacht. Nun höre gut zu. Weißt du schon, daß Harcourt Grimbold sich in einer mißlichen Geschäftslage befindet? Im letzten Juli kam es beinahe zu einer Krise, aber irgend jemand ist eingesprungen – möglicherweise der gute Onkel. Meinst du nicht auch? Alles ziemlich faul, wie ich von meinem Berichterstatter höre. Und man hat mir im tiefsten Vertrauen verraten, daß er wieder einen neuen Schlag erlitten hat. Aber aufgrund von Onkels Testament wird es ihm nicht schwerfallen, einen Kredit aufzunehmen. Doch könnte ich mir vorstellen, daß die Geschichte im Juli Onkel William einen ziemlichen Schreck eingejagt hat. Ich nehme an . . .«

Er wurde durch ein kurzes, wohltönendes Glockenspiel unterbrochen, dem acht silbrige Schläge folgten.

»Hörst du das? Erkennst du es wieder? Das ist die große französische Uhr in meinem Wohnzimmer . . . Was? Aha, Amt, bitte noch einmal drei Minuten. – Bunter möchte noch mal mit dir sprechen.«

Der Hörer klapperte, und die verbindliche Stimme des Dieners meldete sich wieder.

»Seine Lordschaft läßt Sie bitten, Sir, das Gespräch sofort abzubrechen und direkt ins Eßzimmer zu gehen.«

Parker gehorchte. Als er den Raum betrat, hatte er zunächst den Eindruck, daß die sechs Menschen noch genauso dasaßen, wie er sie verlassen hatte: in einem erwartungsvollen Halbkreis, die Augen auf die Glastüren gerichtet. Dann öffnete sich die Türe zur Bibliothek geräuschlos, und Lord Peter Wimsey spazierte ins Zimmer.

»Großer Gott!« entfuhr es Parker. »Wie bist du denn hierhergekommen?« Die sechs Köpfe flogen herum.

»Auf dem Rücken der Lichtwellen«, erwiderte Wimsey und strich sich das Haar zurück. »Ich bin achtzig Meilen gereist, um bei dir zu sein, bei einer Geschwindigkeit von hundertsechsundachtzigtausend Meilen pro Sekunde.«

»Es war eigentlich ganz klar«, meinte Wimsey, nachdem sie Harcourt Grimbold (der sich verzweifelt wehrte) und seinen Bruder Neville (der zusammenbrach und mit Brandy wiederbelebt werden mußte) gefesselt hatten. »Es mußten diese beiden sein; sie waren so ausgesprochen woanders – fast wirklich woanders. Der Mord konnte nur zwischen 19.57 und 20.06 begangen worden sein, und es mußte ein Grund existieren für dieses ausgedehnte Telefongespräch, das sich auf Dinge bezog, die Harcourt sehr gut hätte regeln können, wenn er kam. Und der Mörder mußte vor 19.57 in der Bibliothek sein. Sonst wäre er in der Diele gesehen worden; es sei denn, Grimbold hätte ihn durch die Glastür hereingelassen.

Die Sache ist so vor sich gegangen: Harcourt brach gegen sechs Uhr abends in einem gemieteten Wagen von London auf und parkte ihn unter irgendeinem Vorwand bei dem Gasthaus an der Straße. Er war dort wohl nicht bekannt, wie?«

»Nein, es ist ein ganz neues Haus, wurde erst im letzten Monat eröffnet.«

»Aha! Dann ging er die letzte Viertelmeile zu Fuß und kam hier um 19.45 an. Es war dunkel, und er trug wahrscheinlich Gummischuhe, um auf dem Weg kein Geräusch zu machen. Dann hat er sich mit einem Nachschlüssel Zugang zum Wintergarten verschafft.«

»Wie hat er den bekommen?«

»Im vergangenen Juli, als sein Onkel krank war, hat er ihm den Schlüssel vom Ring geklaut. Der Schreck über die Nachricht, daß der teure Neffe in Nöten saß, hat wahrscheinlich die Krankheit heraufbeschworen. Harcourt weilte damals hier – wie Sie sich erinnern, brauchte man nur Neville herzurufen. Ich vermute, daß Onkel William nur unter gewissen Bedingungen mit dem Geld herausrückte. Es erscheint zweifelhaft, ob er es noch einmal getan hätte, besonders da er daran dachte, sich zu verheiraten. Außerdem hat Harcourt wohl befürchtet, daß Onkel William nach der Trauung das Testament ändern könne. Vielleicht gründete er sogar eine Familie, und was sollte der arme Harcourt dann anfangen? Von jedem Standpunkt aus war es besser, wenn der liebe Onkel das Zeitliche segnete. Also wurde der Nachschlüssel angefertigt und der Plan ausgeheckt. Bruder Neville wurde eingeweiht und mußte helfen. Ich neige zu der Ansicht, daß Harcourt noch mehr auf dem Kerbholz haben muß als einen Geldverlust, und Neville steckt vielleicht auch in Schwierigkeiten. Aber wo war ich stehengeblieben?«

»Wie er in den Wintergarten kam.«

»Ach ja – so bin ich heute abend auch hereingekommen. Er hielt sich im Schutz des Gartens auf und wußte, wann Onkel William ins Eßzimmer gehen würde, denn er sah ja das Licht in der Bibliothek ausgehen. Ihm waren die Gewohnheiten bekannt. Er kam im Dunkeln herein und schloß die äußere Tür hinter sich ab. Dann wartete er beim Telefon in der Bibliothek, bis Nevilles Anruf aus London kam. Sobald es aufhörte zu läuten, hob er den Hörer von der Gabel. Nachdem Neville seinen Vers heruntergeleiert hatte, setzte Harcourt das Gespräch fort. Niemand konnte ihn durch diese schalldichten Türen hören, und Hamworthy konnte nicht merken, daß Harcourts Stimme nicht aus London kam. Infolge des Parallelanschlusses kam sie ja auch nicht über das Amt. Um acht Uhr schlug die Standuhr in der Jermyn Street – ein weiterer Beweis, daß die Londoner Leitung offen war. Sobald Harcourt das hörte, forderte er Neville auf, noch einmal zu sprechen. Während Neville den Butler mit seinen blödsinnigen Instruktionen aufhielt, schlich sich Harcourt ins Eßzimmer, erstach seinen Onkel und verschwand durch die Glastür. Er hatte reichlich fünf Minuten, um wieder zu seinem Auto zu gelangen. Hamworthy und Payne gaben ihm durch ihren gegenseitigen Verdacht einen noch größeren Vorsprung.«

»Warum ist er nicht wieder durch die Bibliothek und den Wintergarten verschwunden?«

»Er hoffte, daß alle annehmen würden, der Mörder sei durch die Glastür hereingekommen. Inzwischen fuhr Neville in Harcourts Wagen um 20.20 aus London ab und lenkte unterwegs sorgfältig die Aufmerksamkeit eines Polizisten und eines Mechanikers auf die Wagennummer. An einer verabredeten Stelle außerhalb Welwyns traf er Harcourt und instruierte ihn wegen des Rücklichts. Dann wechselten sie die Wagen. Neville fuhr mit dem gemieteten Wagen nach London, und Harcourt kehrte mit seinem eigenen Wagen hierher zurück. Aber ich fürchte, es wird einige Schwierigkeiten bereiten, die Waffe, den Nachschlüssel und Harcourts blutbefleckten Mantel und Handschuhe zu finden. Neville hat sie wahrscheinlich mit nach London genommen, und durch London fließt ein schöner, tiefer Fluß.«

Der Sessel

Roger Longrigg

»Ich hatte heute Kotelett à la carte«, erwiderte Gregory Vardon auf die entsprechende Frage seines Freundes. »Und zwar Lammkotelett. Obwohl das durchaus riskant sein kann. Ich habe es schon erlebt, daß der ›Chef‹ es nicht durchgebraten hat. Wie gesagt, es ist vorgekommen. Aber heute war das Kotelett exzellent. Und du, Charlie? Wozu hattest du dich entschieden?«

»Meine Wahl fiel auf ein vergleichbares Gericht«, erwiderte Charles Corbishley mit dem der Sache angemessenen Ernst. »Sehr vergleichbar sogar. Ich habe mich mit einem Wort für Hammelkotelett entschieden. Und dazu habe ich mir ein Achtel Rotwein der Clubmarke gestattet.«

»Ein guter Tropfen. Nicht gerade Spitzenklasse, aber durchaus trinkbar.«

»Nicht ganz ausgereift. Aber was kann man für diesen Preis schon verlangen?«

Die Herren, beide hochbetagt, seufzten beim Gedanken an die Rotweinpreise, ein häufiges Gesprächsthema der beiden Freunde, das auch andere Clubmitglieder sehr beschäftigte. Im hinteren Salon des Blazon's Club vermittelte die Nachmittagssonne die Illusion winterlicher Wärme. Sie spiegelte sich im Kaffeespender wider, der auf seinem Tischchen in der Ecke vor sich hin tropfte. Die Sonne trat in hehren Wettstreit mit dem Feuer im Kamin, das nichtsdestotrotz eine bullige Hitze verbreitete. Sie ruhte auf Gregorys rosarotem, blankpoliertem Schädel, fing sich in Charles Corbishleys goldumrandetem Zwicker und sandte von dort freche Lichtreflexe aus, sobald dieser mit dem ergrauten Kopf wackelte.

»Hast du was dagegen, wenn ich dem Ober klingle und uns ein Gläschen Portwein bestelle?« begann Charles, der an der Reihe war.

»Mir scheint, ein Gläschen Portwein wäre jetzt einfach wunderbar.«

»Ausgezeichnet!«

Charles saß in der äußersten Ecke des Ledersofas, der Wand neben dem Kamin am nächsten. Der Klingelknopf war kaum einen Meter von ihm entfernt. Er hob seinen Spazierstock mit der Gummispitze und stieß ihn in Richtung Klingel. Charles traf die Wand, die im weiteren Umkreis um den Klingelknopf bereits Abdruckspuren seines Stockes auf der Tapete aufwies. Schließlich traf er den Knopf und ließ es triumphierend lange klingeln.

Der Ober, ein zu klein geratener Portugiese, erschien.

»Ein Glas Jahrgangs-Port aus der Flasche, Gregory? Oder bescheiden wir uns mit einem einfacheren Tropfen aus dem Holzfaß?«

Gregory gab sich den Anschein nachzudenken, sich intensiv mit der gestellten Frage auseinanderzusetzen, um dann mit leichtem Herzen die wohlüberlegte Entscheidung zu verkünden. »Ich finde, ein Becher Port aus dem guten alten Holzfaß tut es durchaus«, erklärte er schließlich.

Charles nickte wohlwollend. Hätte Gregory die Stirn besessen, den einzigartigen Präzedenzfall zu schaffen und damit Charles zu zwingen, soviel mehr Geld auszugeben und um einen Jahrgangs-Port zu bitten, Charles hätte schlicht seinen Ohren nicht getraut. Sie boten sich zwar gegenseitig stets den teuren Jahrgangs-Portwein an, doch dies war eher eine Art Ritual als eine aufrichtig gemeinte Einladung.

»Haben Sie die Güte, und bringen Sie uns zwei Gläser Portwein vom Faß«, wandte Charles sich an den Ober.

Weder Charles noch Gregory bedienten sich normalerweise des gewundenen Redestils, dessen sie sich in den Räumen des

Blazon's Club befleißigten. Gregory allerdings hielt sich selten irgendwo anders auf; aber nach einem Restaurantbesuch hätte er sicher nie erzählt, »à la carte« gegessen zu haben, und Charles trank üblicherweise eher Wein, als daß er ihn sich »gestattete«. Im Club allerdings waren sie eben Clubmitglieder, und diese Rolle spielten sie gründlich. Dabei war es nicht unbedingt ein Spiel und schon gar keine Parodie: Diese Umgangsformen verliehen einem mehr als bescheidenen Leben, einer einsamen Pensionärsexistenz, eine gewisse Würde; es war ein harmloser Spaß und war nicht zuletzt ein vergnüglicher Zeitvertreib ... in ihrem Alter ein nicht zu unterschätzender Vorteil.

Der Ober beugte sich pflichtschuldig, aber ohne jede Begeisterung dem üblichen Ritual, brachte zwei kleine Gläser billigen Portwein auf einem Silbertablett und nahm das Geld in Empfang.

Die ganze Aktion hatte auf diese Weise das erwünscht angenehme Ende gefunden. Charles lehnte sich mit einem tiefen, zufriedenen Seufzer in seiner Sofaecke zurück. Gregory tat es ihm in seiner Ecke mit einem verhalten dankbaren Seufzer gleich, der bereits die Vorfreude auf den Genuß des Portweins ausdrückte.

Am darauffolgenden Tag kam ihm der Platz in der Ecke nahe der Wand zu. Und dann würde die Gummispitze seines Spazierstocks die Klingel betätigen. In wohlgesetzten, weidlich erprobten Worten würde er Charles ein Glas Jahrgangs-Portwein offerieren, um ihm dann ein Glas von der preiswerten Sorte zu bestellen. Dieses Glas Portwein reichte ihnen dann stets bis drei Uhr. Danach mußten sie nur noch eine Stunde bis zur Teezeit totschlagen. Charles verbrachte diese Stunde regelmäßig auf seinem Stammplatz in der einen oder der anderen Sofaecke. Auf den Knien hatte er dann eine Ausgabe der Zeitschrift *Country Life* aufgeschlagen, doch sein Kinn war zurückgesunken, die Kinnlade war heruntergeklappt, die Augenlider waren geschlossen, der Atem ging langsam und regelmäßig, und seine Verdauung arbeitete stetig, um den Magen auf Earl Grey mit

Teekuchen vorzubereiten. Gregory seinerseits stieg währenddessen die Treppe zur Bibliothek hinauf, er bezwang Stufe um Stufe mit großer Anstrengung und hielt dabei den Stock in der einen, das Treppengeländer in der anderen Hand. Oben angelangt, humpelte er dann einsam an den völlig überflüssigen Schildern mit der Aufschrift »Bitte Ruhe« vorbei zum Regal mit den Werken Trollopes. Dort nahm er den zweiten Band von *The Small House at Allington* heraus und schaffte meist ein oder zwei Seiten der Lektüre in seinem Lieblingsstuhl am Kamin, bevor auch sein Kopf nach hinten sank, die Kinnlade herunterklappte und er sein Vierzigminutenschläfchen vor dem Tee hielt.

Nichts war kultivierter, nichts genußreicher; und es war keine schlimmere Katastrophe vorstellbar als eine Störung dieses Zeremoniells.

Gregory trank mit langsamen Kaubewegungen seinen Portwein, den nach ordentlicher Reihenfolge diesmal Charles Corbishley spendiert hatte. Als er den Salon zum Tisch mit den Zeitschriften durchquerte, erlebte er allerdings eine unangenehme Überraschung, denn sein Blick fiel auf die untersetzte Gestalt eines Mannes im Tweedanzug namens Martyn, einem aufdringlichen, glotzäugigen Maulhelden Anfang Sechzig.

Gregory hatte diesen Martyn schon nicht gemocht, als dieser noch kein Clubmitglied gewesen war, noch bevor er dessen Namen gekannt, ja längst bevor er dessen penetrante, nervtötende Stimme zum erstenmal gehört hatte. Seine erste Begegnung mit Martyn vor kurzer Zeit – es konnte höchstens zwölf Jahre her sein – war ihm noch in deutlicher Erinnerung. Martyn war damals zu Gast im Club gewesen. Jemand hatte ihn dorthin zum Mittagessen eingeladen. Er wartete in der Halle auf seinen Gastgeber und hatte sich in dreister Manier breitbeinig vor dem Kamin der Eingangshalle aufgebaut. Er störte die friedliche Atmosphäre mit seiner dominanten Gegenwart, starrte glotzäugig Clubmitglieder an, die unaufdringlich ihre Mäntel an der Garderobe aufhängten oder bescheiden einen Drink einnahmen, und betrachtete nebenbei herablassend die Drucke von Bay Middleton und

Stockwell; er trug eine Nelke im Knopfloch, seine Nase war rot geädert, sein ingwerbrauner Schnurrbart war eine einzige Beleidigung jeden ästhetischen Empfindens. Er sah aus wie ein gemeiner Charakter, wie das personifizierte Ärgernis, wie ein schwergewichtiger Stammtischheld, wie ein aufgeblasener Flegel.

Danach war der Mann während einer Zeitspanne von vier Jahren ein- oder zweimal jährlich als Gast desselben Herrn im Club erschienen. Er hatte oder erwarb sich Freunde im Club. Er begrüßte diese laut und aufdringlich. Keinen ärgerte das sichtbar. Sie spendierten ihm Drinks. Seine Freunde, die er stimmlich stets übertönte, tranken ausgiebig an der Bar und kamen dann zu spät in den Speisesaal. Dort unterhielten sie sich weithin vernehmlich über die Lachsfischerei, die Fasanenjagd, Politik und Börsengeschäfte. Martyns Gastgeber spendierte diesem nach dem Essen ein Glas vom besten Portwein oder Kognak. Gregorys Aversionen wuchsen mit jedem weiteren Besuch des Mannes, und er erlebte alle seine Auftritte mit, da Gregory immer im Club war und nirgendwo sonst hingehen konnte. Martyn verkörperte alles, was Gregory von jeher gehaßt und verabscheut hatte. Er war der hämische Junge mit den roten Knien an Gregorys Internat, der herausgefunden hatte, daß Gregorys Mutter einen Gedichtband veröffentlicht hatte – auf eigene Kosten –, und führte das grausame Pack zukünftiger Karrieristen an, die ihn über alle Spielplätze verfolgten. Martyn war der polternde, selbstbewußte Fußballer, der Kraftprotz, der Streberhasser, Angeber und Besserwisser. In jeder Phase seines Lebens war Gregory auf solche Männer gestoßen und hatte sie stets verabscheut, und dieser Martyn war die Quintessenz all dieser Häßlichkeiten. Gregory ärgerte sich nicht nur über Martyn, der Mann bereitete ihm eine regelrechte Übelkeit. Der einzige Trost war, daß er nur zweimal jährlich im Club aufkreuzte und daß ihm, als Gast, der Zutritt zum hinteren Salon verwehrt war.

Dann allerdings kam ein Schockerlebnis, das Gregory wochenlang den Schlaf raubte und bei ihm Verdauungsstörungen auslöste.

Eines schrecklichen Apriltages an der Bar, als Gregory sich ein kleines Glas trockenen Sherry bestellt hatte, um sich aufs Mittagessen einzustimmen, wurde ihm ganz offiziell Martyn vorgestellt.

Der Mann, der Martyn stets zum Essen einlud, sagte: »Ah, Gregory, das trifft sich gut.«

»Guten Morgen«, erwiderte Gregory, der mittlerweile kaum noch Namen im Gedächtnis behielt.

»Kommen Sie, trinken Sie ein Glas mit uns.«

»Nein, danke.«

»Schade. Darf ich Ihnen Barry Martyn vorstellen?«

»So?«

Gregory blickte mit mühsam aufgesetzter Höflichkeit in die Richtung, aus der sich ihm ein Arm entgegenstreckte. Dort stand grinsend wie eine Hyäne, ein Glas sprudelnden Champagner in der Hand, die obligate Nelke im ausgefransten Knopfloch, der Mann, dessen Anblick Gregory haßte.

»Akzeptieren Sie's, Gregory. Trinken Sie was mit uns.«

»Nein, danke.«

»Ihr solltet euch näher kennenlernen. Ihr habt einiges gemeinsam.«

Gregory starrte den Urheber dieser Worte mit ungläubigem Entsetzen an.

»Zum Beispiel das Angeln«, konkretisierte der Idiot. »Ihr seid beide begeisterte Sportfischer.«

»Ahhh!« kam es dröhnend von Martyn. »Ein Sportsfreund! Wer hat es Ihnen mehr angetan – der königliche Salm oder die gerissene Forelle?«

»Die Forelle«, brachte Gregory mühsam heraus und versuchte, Wut und Übelkeit zu unterdrücken.

»Ah, ein Meister der künstlichen Fliege!« krakeelte Martyn durch den Raum. Und der Einfaltspinsel starrte Gregory glotzäugig wie der königliche Salm oder die gerissene Forelle mit seiner falschen Gutmütigkeit an.

»Ich bin eigentlich . . .«, begann Gregory.

»Wo fischen Sie?«

»Ich habe schon seit Jahren keine Angel mehr in der Hand gehabt. Meine Gesundheit und die schlechten Augen . . .«

»Wo *haben* Sie dann gefischt?«

»Ich hatte das große Glück, etliche Jahre hindurch in den Genuß der Gastfreundschaft von . . .«

»Ich habe ein Fischwasser an der Test. Das Beste vom Besten. Würde keinen Meter davon gegen Leckford oder Houghton tauschen. Vier- und Fünfpfünder. Derek kann das bestätigen. Und das sind keine Eintagsfliegen! Würde mich freuen, wenn Sie mal mitkämen. Ehrlich! Bin jederzeit bereit, einem Sportsfreund ein bißchen Spaß zu verschaffen.«

»Das Angebot sollten Sie annehmen«, drängte der Gastgeber des Ungeheuers.

Gregory allerdings gelang es nach zehn erschöpfenden Minuten, die Herren zu überzeugen, daß seine Absage endgültig war.

Schlimmeres sollte folgen.

Martyns Gastgeber, ein hagerer Unternehmer aus Staffordshire, nahm Gregory auf dem Weg in den Speisesaal beiseite.

»Freut mich mächtig, daß Sie mit Barry Martyn harmonieren«, murmelte er. »Ich hatte ehrlich gesagt auch nichts anderes erwartet. Prima Kerl, sehr großzügig, bei allen beliebt. Sie verstehen doch?«

»Nein«, entgegnete Gregory, den jedoch eine dunkle Vorahnung beschlichen hatte.

»Ich habe ihn zur Aufnahme als Vollmitglied vorgeschlagen. Seine Chancen stehen gut. Wir brauchen jetzt natürlich eine Menge Unterschriften. Auf Sie können wir doch zählen, oder?«

Gregory wurde aus dieser mißlichen Lage befreit . . . allerdings auf sehr unangenehme Weise. Er rutschte nämlich aus. Gregorys Spazierstock fand auf dem glatten Marmorfußboden der Eingangshalle keinen Halt, und er landete lautlos zu Füßen des Unternehmers aus Staffordshire. Martyn half ihm wieder auf die Beine. Gregory war zutiefst getroffen und gedemütigt, aber unverletzt. Man half ihm in einen Sessel im hinteren Salon.

Und dort verharrte er, ließ das Mittagessen aus und genehmigte sich statt dessen den seltenen Genuß eines Kognaks. Wobei die Einsparung durch die verpaßte Mahlzeit die Kosten des Kognaks mehr als wettmachte.

Martyn ein Vollmitglied! Das bedeutete ständige Anwesenheit des lautstarken, spendablen Ungeheuers, das in Zukunft Gregorys sämtliche Örtlichkeiten des Clubs vermiesen würde, an denen er all seine wachen Stunden und auch einen guten Teil seiner Schlafenszeit verbrachte.

Nach einem frühen, wenig genußreichen Abendessen kehrte Gregory in seine Einzimmerwohnung in Kensington zurück, in der er schlief und sich morgens Tee kochte: Doch heute schlief er nicht, und er fand am darauffolgenden Tag auch keinen Geschmack am Tee oder an dem obligaten Glas Portwein nach dem Frühstück.

Die Warteliste war ellenlang. Martyn würde zwei Jahre auf die Aufnahme als Vollmitglied warten müssen. In der Zwischenzeit konnte man durchaus etwas unternehmen. Zum Beispiel mußte man dem Komitee die Augen öffnen. Mit etwas Takt und einem Wort am richtigen Ort und zum richtigen Zeitpunkt konnte man einige Leute durchaus aus ihrer Gleichgültigkeit reißen . . .

Einige Wochen später hatte Gregory sein Selbstvertrauen und eine normale Verdauung wiedergewonnen.

Er besprach die Angelegenheit mit Charles.

Charles sagte: »Kenne den Burschen. Einer meiner Neffen hat im selben Regiment bei den ›Bushytails‹ gedient. Man hat mir glaubwürdig versichert, daß er die königliche Uniform mit hinreichender Würde getragen hat. Daher habe ich ihm bei seiner Bewerbung meine bescheidene Unterstützung zugesagt.«

»Du hast unterschrieben?«

»Mein Namenszug steht unter der dafür vorgesehenen Rubrik im Clubbuch und kann von jedem Neugierigen oder Zweifelnden dort betrachtet werden.«

Charles, der durch Familienbande in die Irre geführt und mit

Lügen vollgestopft worden war, war nicht davon zu überzeugen, daß Martyns Wahl zum Vollmitglied unbedingt verhindert werden mußte. Gregory versuchte es bei anderen. »Ein Spaßvogel«, sagte ein Mitglied. »Kein Intellektueller zwar, aber ein fröhlicher Zeitgenosse.« »Freundlich«, lautete der Kommentar eines anderen. »Ein guter Kamerad«, behauptete ein dritter.

Die Monate verstrichen. Auf Martyns Seite im Buch der Aspiranten für die Mitgliedschaft wuchs die Unterschriftenliste ins Unendliche. Gregory kannte einige der Männer, die Martyns Aufnahme befürworteten, und sie waren eigentlich ganz *respektable Persönlichkeiten.*

Martyns Besuche wurden immer häufiger, inzwischen luden ihn auch andere Mitglieder ein. Gregory hatte den Eindruck, daß Martyns Lachen noch lauter, seine Augen hervorstehender, die Nase röter, die Nelke im Knopfloch aufdringlicher geworden waren. Außerdem schien es, als übe er einen geheimen Zauber auf die langjährigen Clubmitglieder aus. Männer, die Gregory stets für vernünftig und kultiviert gehalten hatte, verbrachten immer mehr Zeit vor dem Mittagessen an der Bar und lachten lauter bei den Mahlzeiten. Es kam jetzt häufiger zu Unterhaltungen von Tisch zu Tisch; im hinteren Salon fanden mehr angeregte Gespräche statt; und man erging sich weithin vernehmbar über Themen wie Lachs und Fasan, Nachwahlen und Pferderennen.

Charles behauptete, keine Veränderungen bemerkt zu haben. »Diese Art der Konversation, die du so verachtest, mein Lieber, ist, fürchte ich, in Wänden wie diesen geradezu instituionalisiert. Viele unserer Vorgänger aus dem vorigen Jahrhundert haben wohl schon denselben Vergnügungen gefrönt, Gregory.«

Knapp zwei Jahre später hing am Schwarzen Brett die Kandidatenliste für die Wahlen der neuen Mitglieder. Major Barrington Martyns Name war auch darunter.

Eine Woche später trat der Wahlausschuß zusammen, Gregory saß im hinteren Salon, und die Gewißheit, daß im Raum über ihm schreckliche Fehler begangen wurden, drohte ihn zu ersticken.

Am darauffolgenden Tag hing die Liste der ordnungsgemäß neuaufgenommenen Mitglieder am Schwarzen Brett, und vierundzwanzig Stunden später erschien Major Barrington Martyn freudestrahlend zu seinem ersten Mittagessen in seiner Eigenschaft als Vollmitglied, segelte in den hinteren Salon, als sei er sein Wohnzimmer, grüßte Charles und Gregory, die ihr Portweinritual auf dem Sofa zelebrierten, als gehörte er schon ewig dazu. Er glotzte, lachte dröhnend und polternd, bestellte Kognak, rauchte eine Zigarre, führte das große Wort und löste bei Gregory Verdauungsstörungen aus, die diesem den Rest des Tages gründlich vermiesten.

Ein kleiner Trost allerdings blieb ihm in der insgesamt trostlosen Situation. Der Mann war noch berufstätig. Er kam aus dem Büro in den Club und kehrte auch in dasselbe wieder zurück. Und obwohl sein geliebter Club zur Mittagszeit jeglichen Reiz für Gregory verlor, gewann er kurz nach zwei Uhr fünfundvierzig seine gediegene Normalität wieder. Außerdem erschien Martyn nicht täglich. Im Durchschnitt kam er zweimal pro Woche. An jenen Tagen sah Gregory sich gezwungen, seine liebgewordenen Gewohnheiten zu ändern, was ihm in seinem Alter alles andere als leichtfiel, aber noch das geringste Übel war. Gregory aß dann früh zu Mittag und ging vom Speisesaal direkt in die Bibliothek hinauf. Das wiederum befremdete Charles Corbishley außerordentlich.

So ging es sechs volle Jahre. Kein perfektes, aber ein erträgliches Dasein.

Und dann, eines Tages, um zwei Uhr fünfundvierzig, beim Durchqueren des Salons – Martyn. Martyn, der zum Tisch mit den Zeitschriften ging. Martyn, der eine Illustrierte nahm. Martyn, der sich damit in einen Sessel setzte, eine Zigarre anzündete und sich offensichtlich auf einen gemütlichen Nachmittag einrichtete. *Mußte er nicht ins Büro?*

»Nein, wirklich nicht«, erklärte Charles Corbishley leise. »Schluß mit der täglichen Tretmühle. Wie ich mir habe versichern lassen, genießt er seit vergangener Woche seine wohlverdiente Pensionierung. Wir werden in Zukunft den galanten und beliebten Major Martyn häufiger hier antreffen.«

Und das taten sie auch; und noch mehr: Sie sahen und hörten ihn. Gregory, von jeher ein stiller Mensch, wurde noch einsilbiger. Er, der immer ein Eigenbrötler gewesen war, zog sich völlig in sich zurück. Er verbrachte immer weniger Zeit in den beiden Salons, der Eingangshalle, der Bar, dem Café, dem Besucherzimmer und anderen belebten Örtlichkeiten, wo Martyn stets wie eine nicht auszurottende Seuche auftauchte. Dafür hielt sich Gregory immer häufiger in der Bibliothek auf. Es war ein Segen, daß es die Bibliothek gab. Sie war sein Rückzugsgebiet, sein Himmelreich, der letzte Zufluchtsort für den zivilisierten Erdenbürger, die letzte Bastion der Stille, und fast immer war es wunderbar einsam und leer. Dort hatte er die Bücherregale und seinen Sessel. Dieser Sessel war in sich vollkommen. Er stand in einer geschützten Ecke am Kamin, wo es keine Zugluft gab. Er war weich und bequem, von der Konstruktion her jedoch so durchdacht, daß man daraus auch mühelos wieder aufstehen konnte. Er war herrlich bequem, um darin ein Schläfchen zu halten, und – das war eine neue Variante – um darin ausgiebig zu lesen. Bei Tag war es dort durch das große Fenster im Rücken schön hell, bei Dunkelheit spendete eine hübsche Tischlampe neben dem Sessel das nötige Licht. Und die nächste Klingel war in Reichweite von Gregorys Spazierstock.

In der Bibliothek war er vor Martyn sicher. Der war kein Intellektueller, schon eher Analphabet; Martyn war der letzte, der auf die Idee kam, die Bibliothek zu frequentieren.

Am Dienstag, dem 6. November, neun Monate nach Martyns Pensionierung, aß Gregory später als üblich zu Mittag. Der Klang von Martyns Stimme auf dem Treppenabsatz vor dem Kartenzimmer hatte Gregory veranlaßt, mucksmäuschenstill in der Bibliothek auszuharren, bis der aufdringliche Kerl außer Reichweite war. Er wartete geschlagene fünfundzwanzig Minuten, so unerschöpflich war Martyns Anekdotenschatz. Das

Lachen, das dessen Erzählungen begleitete, konnte nur von Geisteskranken oder miesen Heuchlern stammen. Endlich verstummte der verhaßte Krawall. Gregory kam heraus. Er aß Lammrücken, ein reichlich kostspieliges Mahl zwar, doch bei der Lektüre von Trollope am Vormittag war seine Lust darauf geweckt worden. Am entgegengesetzten Ende des Speisesaals saß, ebenfalls allein, Martyn und nahm das Mittagessen ein. Vor sich hatte dieser eine Illustrierte auf einem Ständer. Neben dem Teller stand eine Flasche Wein. Gregory veränderte seine Sitzposition so, daß er Martyn beim Essen nicht zusehen mußte.

Schließlich erhob sich Martyn und verließ den Speisesaal. Bestimmt würde seine Stimme irgendwann einmal das Kristall der Lüster im Salon zum Klirren bringen.

Gregory bezahlte seine Zeche. Danach ging er gemächlich durch den Speisesaal. Der Ober hielt ihm die Tür auf, als er in die Halle hinaustrat; die Gummispitze seines Spazierstocks berührte rhythmisch quietschend den Marmorboden. Er war etwas steif und wackelig auf den Beinen, aber sonst fühlte er sich durchaus fit. Sein Leben verlief zugegebenermaßen in engen Bahnen, doch das war nie anders gewesen. Ein übersichtliches Privatleben mit wenigen, aber sicheren Eckpunkten und überschaubaren Spielräumen zog er zweifelhaften Abenteuern, ungewissen Unternehmungen und Risiken vor.

Gregory nahm die erste Treppenstufe, den Stock fest in der rechten, das Geländer in der linken Hand. Mit unbeholfenen Schritten hatte er mit beiden Beinen eine Stufe erklommen, dann machte er stets eine kleine Verschnaufpause. Die Treppe war kein Problem für ihn. Treppensteigen fiel ihm leichter als Charles, der immerhin zwei Jahre jünger war. Charles hatte das Bridgespiel schon fast aufgegeben, weil er, um ins Kartenzimmer zu gelangen, erst die Treppe überwinden mußte. Allerdings – schnell konnte Gregory auch nicht mehr gehen. Aber das empfand er nicht als Handikap. Er hatte es ja nicht eilig. Treppensteigen war eine Art Beschäftigung. Damit vergingen wieder ein paar Minuten, die den Tag auszufüllen halfen und die Teezeit näher rückten.

Gregory ging den Flur entlang zur Bibliothek. Er öffnete die schwere Tür, trat ein und wandte sich unverzüglich dem Regal mit den Werken Trollopes zu. Er griff nach einer Ausgabe von *Phineas Finn.* Dann drehte er sich um und ging zu seinem Sessel.

In seinem Sessel saß Martyn.

Gregory schrie weder laut auf, noch bekam er Schaum vor dem Mund oder brach in Tränen aus. Er behielt seine Wut und seinen Haß fest unter angelsächsischer Kontrolle, aber er blieb abrupt stehen und starrte den Mann unverwandt an. Das an sich war schon ein ungewöhnliches, ja unerhörtes Benehmen. Er gab damit Gefühle preis, die kein Mitglied eines angesehenen Herrenclubs zeigen sollte – zumindest nicht in den Räumlichkeiten des Clubs. Aber auch Gregory war eben nur ein Mensch. Zwar konnte er sich so weit beherrschen, sich nicht in südländischen oder levantinischen Exzessen zu ergehen, doch er mußte wenigstens stehenbleiben und den Kerl mißbilligend anstieren.

Martyn hob den Blick. Er winkte freundlich mit der Zigarre in der Hand in Richtung Gregory, aber er sagte nichts. Offenbar war es ihm zumindest gelungen, die Aufschrift »Bitte Ruhe« auf den Schildern zu entziffern. Möglicherweise konnte er sogar noch ein paar Worte mehr lesen, denn es lag ein aufgeschlagenes Buch auf der Armlehne seines Sessels – vielmehr auf der Armlehne von Gregorys Sessel.

Gregory verharrte einige Minuten wie gelähmt. Martyn musterte ihn erneut. Seine Miene drückte nachsichtige Verwunderung aus. Er gestikulierte freundlich, aber abwartend mit seiner Zigarre und wandte sich dann wieder seiner Lektüre zu. Seine Geste war eine deutliche Aufforderung an Gregory, doch in einem anderen Sessel Platz zu nehmen. Aber Gregory wollte sich in keinem anderen Sessel niederlassen. Er hatte nicht die Absicht, die Bibliothek mit Martyn zu teilen. Er wollte sich sein Leben nicht gänzlich ruinieren lassen.

Sein Leben, sein neugeordnetes Leben, das er sich aus der

Aversion heraus geschaffen, auf die Trümmer dessen gegründet hatte, was ihm zerstört worden war. Martyn hatte ihn aus der Welt der Männer in die Einsiedelei unter Büchern getrieben – damit hatte er sich abgefunden. Trotz seines Alters hatte er sich darauf eingestellt. Er war zum Bücherwurm geworden, zu einem Mann, der den ganzen Tag im Bibliothekssessel las, anstatt dort nur ein einstündiges Nickerchen zu halten. Er vertiefte sich jetzt zufrieden in die Schriften guter, längst toter Männer – ein neues Leben, nicht gerade besser als das alte – da hatte es immerhin Portwein und einen Anflug von Kameraderie gegeben –, aber auch nicht schlechter, nur anders. Und das hatte Gregory durch eigene Kraft und eigenen Mut erreicht.

Jetzt war es auch damit zu Ende. Seine Zuflucht war ihm verwehrt. Wie der Fuchs Reynard hatte er seinen letzten Unterschlupf verschlossen vorgefunden.

Er war verzweifelt. Was sollte er tun? Was hielt die Zukunft für ihn noch bereit? Er war ein alter Mann; ein alter Mann, der von einer kleinen Pension zehrte, dessen Zuhause eine erbärmliche karge Einzimmerwohnung in Kensington war, dessen eigentliches Leben sich hier in seinem Herrenclub abspielte. Alte Freunde waren, mit Ausnahme der wenigen im Club, längst verstorben. Familie hatte er nicht. Ehemalige Kollegen hatten das Zeitliche gesegnet. Seine Ansprüche ans Leben waren wahrlich gering: ein Sessel. Und jetzt war auch dieser verloren.

Was, wenn ein anderer seinen Stuhl besetzt hätte? Zum Beispiel einer, der ein wie immer geartetes Recht darauf hatte, ein gebildeter Mensch, einer, der in die Bibliothek gehörte, ein ehemaliger Universitätspräsident – solche gab es unter den Clubmitgliedern – oder ein Richter oder ein ehemaliger Minister? Dann, vielleicht, hätte er sich noch einmal damit abgefunden. Es war zwar hart in seinem Alter, aber auch noch möglich. Ein anderer Sessel in der Bibliothek hätte ihm unter solchen Umständen genügt, es wäre ihm zwar in seinem Alter schwergefallen, aber er hätte das Recht des anderen anerkannt und angemessen reagiert. Oder er hätte an die Vernunft des anderen appelliert:

nicht als gebrochene tragische Figur, sondern als alter, skurriler Mann, als Original. Er hätte die Bitte so formulieren können, daß kein ehemaliger Universitätspräsident, Richter oder Minister ihm hätte widerstehen können – eine verabscheuungswürdige Lösung des Problems, aber eine mögliche.

In diesem Fall allerdings! Angesichts dieser Dreistigkeit? Ein anderer Sessel? Untragbar! Eine Bitte? Martyn, den schnapsnasigen, glotzäugigen Angeber, den Mordskerl, Lebemann und Maulhelden um einen Gefallen bitten? Niemals! Niemals! Niemals!

Was dann?

Gregory wußte später selbst nicht mehr, wie er überhaupt aus der Bibliothek herausgekommen war. Seine alten Beine zitterten, den Stock hielt er unsicher in der Hand. Er trat auf den Flur hinaus und lehnte sich schwer gegen die Wand. Und zu seiner grenzenlosen Scham konnte er jetzt die Tränen nicht mehr zurückhalten. Er tastete sich den Weg blind zur Toilette, die von den jovialen älteren Herren frequentiert wurde, die im Zimmer nebenan Karten spielten. Sie war besetzt. Er wandte sich ab und humpelte den Korridor entlang, der zu der Treppe zu den Schlafzimmern führte. Ein irisches Hausmädchen kam ihm entgegen, ein feistes junges Geschöpf vom Lande. Sie sah Gregory ängstlich besorgt an. Er schnüffelte und gestikulierte ärgerlich mit seinem Stock.

»Alles in Ordnung, Sir?«

»Natürlich!«

Sie entfernte sich langsam, nicht ohne noch mehrere sorgenvolle Blicke über die mollige Schulter zu ihm zurückzuwerfen.

Schließlich versiegten seine Tränen. Er wischte sich über die Wangen. Mit dem Bus fuhr er nach Kensington zurück. An diesem Tag gab es für ihn keinen Tee im Club und kein Abendessen. Er spürte, daß ihn beim Gedanken an seinen Sessel und sein Leben erneut die Tränen übermannen mußten.

Zwei Tage schmollte er in hilfloser kindlicher Wut zu Hause. Gelegentlich weinte er. Dann kam es ihm plötzlich in den Sinn

– warum hatte er nicht schon früher daran gedacht? –, daß Martyns erster Besuch in der Bibliothek sicher auch der einzige bleiben würde. Warum auch sollte sich Martyn dort öfter aufhalten? Was konnte ihn daran schon reizen? Er war ein Mann, der Gesellschaft, Bars, Drinks und den Klang der eigenen Stimme brauchte. Die Bibliothek, jede Bibliothek mußte ihn langweilen und verwirren. Auf der Suche nach neuen Reizen hatte er es wohl nur einmal versucht; er würde nicht zurückkehren.

Gregory machte sich mutig auf den Weg in den Club. Der Portier begrüßte ihn herzlich und erkundigte sich besorgt nach seinem Wohlbefinden. Ältere Herren, die allein lebten, konnten erkranken, ohne daß es jemand merkte, konnten sterben und tagelang nicht gefunden werden. Doch Gregory sah aufgeräumt wie immer aus, sein Gang hatte sich nicht verschlechtert, und seine Augen blickten klar in die Runde.

Er ging die Treppe in die Bibliothek hinauf. Ängstlich öffnete er die Tür. Der schöne alte Raum war leer. Sein Sessel war leer. Die Polster waren von einem Hausangestellten aufgeschüttelt worden, die Aschenbecher waren geleert und poliert, im Kamin prasselte ein Feuer, alles war bestens. Man konnte sich wieder sicher und behaglich fühlen.

Gregory fand sein Buch und ließ sich nieder. Er war überglücklich und kam sich ein wenig albern vor. Soviel Aufregung um nichts! Er wurde allmählich senil, und das durfte er auf keinen Fall zulassen.

Er aß zu Mittag. Er wählte gekochte Rindskeule mit Erbsenbrei und trank dazu ein Glas Apfelwein.

Martyn war nirgends zu sehen. Er war entweder abwesend oder krank. Möglicherweise war er vielleicht betrunken unter den Bus gekommen!

Gregory trank mit Charles Corbishley ein Glas Portwein. Keiner konnte sich erinnern, wer an der Reihe war, doch Charles bestand darauf, Gregory einzuladen.

Sie gingen zusammen hinauf. Charles war ausnahmsweise

einmal zum Bridge verabredet. Gregory öffnete die Tür zur Bibliothek.

Martyn saß in seinem Sessel.

In diesem Augenblick, in dem Moment, da Gregory dieses Ungeheuer wahrnahm, entschied er sich für Mord. Es war ein Geistesblitz: die instinktiv richtige und unausweichliche Lösung allen Übels. Nur er allein konnte das Problem aus der Welt schaffen. Gregory hatte nichts zu verlieren, selbst wenn er gefaßt wurde, aber er hatte seinen Sessel zu gewinnen.

Gregory verließ die Bibliothek und ging ins Besuchszimmer. Es war leer, elegant, aber ungemütlich eingerichtet. Er setzte sich auf einen Stuhl mit hoher Rückenlehne und sann über die Ausführung seines Vorhabens nach. Dabei wurde ihm voller Bedauern klar, daß er sich auf ein ihm gänzlich unbekanntes Gebiet wagte. Seine berufliche Laufbahn ... vierzig Jahre in der Stadtverwaltung ... war keine Grundlage für seine gegenwärtigen Pläne. Sein fast völlig ereignisloses Privatleben hatte ihn nie vor ein ähnliches Problem gestellt. Selbst die Lektüre, mit der er sich zeitlebens befaßt hatte, war hier keine Hilfe! Trollope? Mrs. Gaskell? Thackeray? In allen ihren Büchern gab es Ungeheuer wie Martyn, und dasselbe galt für Surtees, die Schwestern Brontë und George Eliot. Gewalt war in diesen Werken durchaus ein Thema. Menschen wurden an einsamen Orten erschlagen. Doch keiner der Autoren verbreitete sich über Methoden, wie man dreiste Eindringlinge in den Bibliotheken von Herrenclubs umbringen konnte.

Im Besuchszimmer stand ein Schreibtisch. Darauf fand sich ein Füllfederhalter, sauberes Löschpapier und eine Auswahl an clubeigenem Schreibpapier unterschiedlichen Formats. Die Gewohnheiten eines Lebens in verwaltungstechnischer Stellung gewannen die Oberhand. Gregory nahm ein Blatt Papier und begann in Großbuchstaben zu schreiben:

Mögliche Methoden

Er hatte eine kleine, gut lesbare Handschrift. Die vertikalen Striche fielen etwas wackelig aus, denn er schrieb langsam, und seine Hand zitterte.

Dann begann er die Mordarten aufzulisten, wie sie ihm in den Sinn kamen:

Tod durch: *Erschießen*
Erstechen
Erwürgen
Ersticken
Gift – in Getränken, im Essen, durch giftige Reptilien oder Insekten
Schlag mit stumpfem Gegenstand, Knüppel
Sturz auf der Treppe – inszeniert
Sturz aus dem Fenster
Injektion mit Luft in ein Blutgefäß
Verbrennen
Ertränken
Stromschlag
herabstürzende Lawine, einstürzende Gebäude oder ähnliches
Bombenexplosion oder Granate
Gaseinwirkung
Überfahren von Auto oder Zug

Gregory hielt inne und kaute auf dem Füller herum. Er schmeckte nach Schuhcreme und Schnupftabak. Die Erinnerung an längst vergessen geglaubte uralte Filme veranlaßte ihn schließlich zu folgender Fortsetzung:

Opfer vor ankommendem Zug an Schienen binden
Kreissäge
Opfer zusammen mit wilden Raubtieren in einen Käfig sperren
Opfer an einen Baumstamm binden und über einem Wasserfall loslassen
Opfer von einer wildgewordenen Rinderherde zertrampeln lassen

Weitere Erinnerungen ergaben:

Schleuder oder Armbrust – mit Steingeschoß auf die Schläfe zielen

tödliche Strahlendosis
Ansteckung mit tödlicher Krankheit
Opfer lebendig begraben

Nach der nächsten Denkpause fügte er hinzu:

Verdursten
Opfer in den Selbstmord treiben – zum Beispiel durch Erpressung
Aufblasen des Opfers – mit Preßluft
Sauerstoffentzug – mit Vakuumpumpe
Opfer von wilden Elefanten zertrampeln lassen

Gregory war mit seiner Liste zufrieden, und sie war länger geworden, als er erwartet hatte.

Er prüfte jede Position dieser Aufstellung mit kritischer Distanz, bedachte die Schwierigkeiten, die Logik und andere spezifische Probleme.

Zu seinem großen Kummer jedoch mußte er nach dieser Analyse fast alle der aufgelisteten Tötungsarten als nicht durchführbar ausschließen. Er verfügte weder über eine Schußwaffe noch hatte er Gift, Reptilien oder Skorpione, Injektionsspritzen, Bomben, Gaspatronen, eine Kreissäge, wilde Tiere, Steinschleudern, Laserkanonen, Pestbazillen, einen Keller, in dem man jemand in die Wand einmauern konnte, eine Luftpumpe oder Elefanten. Er sah auch absolut keine Möglichkeit, zu einem steilen Seeufer oder einem Wasserfall zu gelangen, und schon gar keine Chance, Martyn an einen solchen Ort zu locken. Außerdem war es vollkommen abwegig, ein gutbetuchtes Mitglied des Blazon's Club verhungern oder verdursten zu lassen. Gregory besaß auch bei weitem nicht die physischen Kräfte, Martyn, von dem man erwarten durfte, daß er sich wehrte, aus einem der Fenster in den oberen Stockwerken zu stürzen, mit einem Knüppel den Schädel einzuschlagen oder vor einem herannahenden Zug an die Schienen zu fesseln.

Einige Tötungsarten allerdings hielten seiner gründlichen Prüfung tatsächlich stand. Diese waren Erstechen, Stromschlag, Sturz auf der Treppe, Tod durch Verbrennen und Selbstmord aufgrund von Erpressung.

Gregory dachte über jede dieser Tötungsarten eingehend im kühlen Besucherzimmer nach, während die Teezeit kam und verging.

Die Macht der Gewohnheit eines Beamtenlebens, die Gregory selbst in den langen Jahren des Pensionistendaseins nicht hatte abschütteln können, veranlaßte ihn, seine endgültige Auswahl automatisch nach Schwierigkeiten zu ordnen:

Erpressung
Stromschlag
Brandanschlag
Erstechen
Tödlicher Sturz auf der Treppe

Nach Wochen intensiven, wenn auch nicht ununterbrochenen Nachdenkens beschloß er, seine Mordversuche in dieser Reihenfolge auszuführen. Falls ein Versuch fehlschlagen sollte, wollte er zum nächsten übergehen; wenn einer allerdings gelang, erledigte sich alles Weitere ja von selbst.

Erpressung: Gregory hatte diese Methode in Erwägung gezogen, weil dazu weder körperlicher Einsatz noch komplizierte Gerätschaften nötig waren, die er nicht besaß. Gregory konnte sich erinnern, daß jemand einmal gesagt hatte, daß man eine x-beliebige Person auswählte, sich von hinten anschlich und flüsterte: »Ich weiß alles! Flucht ist Ihre einzige Chance!« Dann würde selbst der Erzbischof persönlich die Koffer packen und verschwinden oder, im günstigeren Fall, den Revolver unter der Soutane hervorziehen und sich erschießen.

Gregory versuchte, sich selbst in die Rolle des Opfers hineinzuversetzen. Er überlegte, wie er reagieren würde, wenn ein Fremder oder gar ein Bekannter ihm drohend zuflüstern würde, alles sei entdeckt! Sofort stellte er sich die Frage: Was ist entdeckt? Was überhaupt konnte schon entdeckt werden? In Gregorys Leben jedenfalls nichts. Schlicht gar nichts. Natürlich hatte er seine kleinen Geheimnisse wie falsche Zähne, gelegentliche Probleme mit der Blase, die Tatsache, daß er beim Kreuzworträtsel nicht ohne Lexikon auskam, aber selbst nach reiflicher Überlegung gelangte Gregory zu dem Schluß, daß solche Heimlichkeiten kaum zu einem Erpressungsversuch verleiten konnten. Und was Martyn betraf... eigentlich war der Mann viel zu dumm und dreist, um kompromittierende Geheimnisse zu haben. Er war der Typ, der eher mit seinen sexuellen Eroberungen prahlte, seine Finanzmanipulationen – etwa Steuerhinterziehungen – stolz hinausposaunte, und selbst seine Autounfälle als heroisch-komische Anekdoten preisgab.

Ein entsprechender Dialog mit Martyn war demnach leicht vorstellbar: »Alles ist entdeckt!« »Klar, alter Junge. Schon seit Anno Tobak.«

Damit blieben noch vier weitere Methoden zur Wahl, die einer sorgfältigen Vorbereitung bedurften. Gregory ging ans Werk. Gregory informierte sich detailliert über Martyns Gewohnheiten, wo er sich wann aufhielt, und vor allem fand er heraus, wann sein Gegner allein in der Bibliothek weilte. Für Gregory war es eine Qual, ihn in jenem Sessel zu beobachten, wie er, die obligate Zigarre zwischen den wulstigen Lippen, mit Glotzaugen in ein Buch starrte, doch Gregory erfuhr dadurch, was er wissen wollte. Der Mann liebte Regelmäßigkeiten. Er war jederzeit berechenbar. Gute Voraussetzungen für Gregorys Mordversuche.

Stromschlag: Dreh- und Angelpunkt war die Tischlampe neben dem Sessel. Der Lampenfuß war aus Messing: eine dorische Säule auf einem viereckigen Ständer, wobei der Schalter gut zehn Zentimeter unter der Glühbirne in den säulenartigen Fuß eingelassen war. Gregorys Kenntnisse über Elektrizität konnte man nur als rudimentär bezeichnen, aber er war immerhin überzeugt, seinen Feind töten zu können, indem er das Erdungskabel des Schalters entfernte und nur das Stromkabel im Lampenschaft beließ.

Trotzdem beschloß er, sein unbefriedigendes Wissen in dieser Hinsicht etwas aufzubessern, und verbrachte geraume Zeit in

Gesellschaft eines höflichen Mannes von den Westindischen Inseln, der in einem Elektrogeschäft in Kensington beschäftigt war, wobei Gregory sich – geschickt, versteht sich – nach den möglichen Gefahren bei größeren Tischlampen aus Messing erkundigte. Heraus kamen dabei anschauliche Verdrahtungsdiagramme nach dem Motto: »Falsch« und »Richtig«, »Sicher« und »Tödlich«.

Gregory besorgte sich einen kleinen Schraubenzieher mit gelbem Isoliergriff. Mit Schraubenzieher und Diagramm bewaffnet begab er sich in den Blazon's Club. Jetzt mußte er nur noch auf seine Chance warten. Um diese nutzen zu können, brauchte er allerdings eine Stunde – das mußte genügen –, in der sich Martyn nicht in der Bibliothek aufhielt, nach deren Ablauf jedoch Martyn und kein anderer den Raum betrat, sich in den bewußten Sessel setzte und das Licht anknipste. Ein sonniger Nachmittag allerdings war für seine Zwecke nicht günstig. Erst bei bedecktem Himmel oder in schummriger Abendstunde würde sich die arglose Hand nach dem Schalter im Messingschaft ausstrecken.

Nach elf Wochen schließlich war Gregorys Stunde gekommen. Es war ein düsterer Tag, schwere, dunkle Wolken jagten über den bräunlichen Londoner Himmel. Martyn war im Club und nicht beim Fischen oder bei der Jagd auf zahme Fasane. Zum Mittagessen hatte er einen Gast, einen dicklichen Finanzmann, der sich vermutlich zu gegebener Zeit trollen würde, um wieder seinen halsabschneiderischen Geschäften nachzugehen.

Zwischen ein Uhr dreißig und zwei Uhr dreißig durfte Gregory sicher sein, die Bibliothek für sich allein zu haben. Es war alles geplant. Er würde die Lampe entsprechend präparieren und anschließend – Schlaf vortäuschend – in einem nahen Sessel auf der Lauer liegen. Falls unglücklicherweise ein völlig Unbeteiligter Martyn zuvorkommen und sich in Richtung Sessel und Lampe begeben sollte, konnte Gregory rettend eingreifen. Diese Möglichkeit erschien ihm allerdings unwahrscheinlich. Martyn würde mit der brennenden Zigarre in der Hand und dumpf vor sich hin glotzend auf den Sessel zusteuern, das war so sicher wie das Amen in der Kirche. Gregory würde sich dann tiefer in den Sessel drücken; alt und hager wie er war, würde er kaum zu sehen sein. Dann ein Pfffft. Ein Verdrahtungsfehler. Und Gregory war wo ganz anders, wenn man Martyn fand ... das konnte natürlich auch erst am darauffolgenden Morgen sein, wenn die Hausmädchen die Aschenbecher leerten. Gregory stahl sich in die halbdunkle Bibliothek und machte sich am Lampenschalter zu schaffen. Er wußte, wie er vorgehen mußte. Die Dringlichkeit dessen, was getan werden mußte, verlieh seinen alten Fingern Kraft. Die Schrauben waren schwergängig, doch er schaffte es, sie zu drehen. Die kauernde Haltung war anstrengend, und seine Knie schmerzten, aber er zwang sich, durchzuhalten. Schließlich war der Schalter präpariert, die Erdung – und damit der Sicherheitsfaktor – entfernt. Gregory schob den Schalter in die Halterung zurück und wandte sich dem nächsten, dem brenzligsten Teil seiner Arbeit zu. Der Schraubenzieher drehte sich. Das Kabel sprang heraus. Gregory studierte seine Diagramme. Falsch, richtig. Das Richtige war jetzt falsch, das Falsche richtig. Mit der Linken hielt er die goldglänzende Säule der Lampe umfaßt, mit der Rechten tastete er über das grellbunte Kabelband, das sich spiralförmig entwirrte ...

Bumm! Ein mächtiger Schlag riß ihm die Lampe aus der Hand, warf ihn rücklings in den Sessel – in seinen Sessel – und raubte ihm das Bewußtsein.

Er hat einen elektrischen Schlag abbekommen, hieß es. Ein Glück, daß er noch lebte. Der ungeschickte alte Herr hat doch tatsächlich versucht, eine Lampe zu reparieren. Stellen Sie sich vor, er hatte sogar einen Schraubenzieher!

Ein vornehmer, älterer Arzt, auch ein Clubmitglied, fühlte Gregory den Puls, nachdem man den heftig protestierenden Mediziner von seinem Mittagessen mit Irish Stew weggeholt hatte. Alles war in Ordnung. Jemand flößte Gregory Kognak ein. Er trank ihn in kleinen Schlucken. Die braune Flüssigkeit brannte wie Feuer in seiner Kehle und war herrlich belebend. Gregory setzte sich auf. Er war schon fast wiederhergestellt.

Martyn, so schien es, hatte den Kognak gebracht; jedenfalls war es seine Hand, die das Glas an Gregorys blutleere Lippen hielt.

Es vergingen viele Wochen, bevor Gregory die Kraft und Initiative wiedergewonnen hatte, sein Vorhaben in die Tat umzusetzen. Auch während seiner Rekonvaleszenz hatte er in seiner Entschlossenheit nie geschwankt.

Elektrizität, so entschied er, hatte ihn überfordert. Das war ein zu technisches, zu modernes Gebiet. Er hatte geglaubt, alles verstanden zu haben, offenbar jedoch nichts begriffen. Elektrizität war etwas für die Jüngeren. Es war besser, wenn er sich an die elementaren Kräfte der Natur hielt, an die Waffe der Höhlenmenschen und antiken Götter, das Feuer.

Brandanschlag: Der Plan war einfach, verlangte jedoch eine Menge sorgfältiger und mühseliger Vorbereitungen. Gregory beschaffte sich einen Fünfliterkanister. Er ließ diesen mit Benzin füllen. Dann erstand er ein zweites Exemplar. Auch dieser wurde gefüllt. Danach versuchte er beide in einem Koffer in den Blazon's Club zu schleusen, doch der Koffer war zu schwer. Schließlich wickelte er einen Kanister in braunes Papier und schmuggelte ihn so hinter einer Maske falscher Fröhlichkeit an der Portiersloge des Clubs vorbei und hinauf in die Bibliothek. Er hoffte, man würde es für ein Paket Bücher halten. Er verbarg es im untersten Regalfach hinter Bänden deutscher Liebesdichtung. Den zweiten Kanister brachte er auf demselben Weg in die Bibliothek, benutzte jedoch ein anderes Einwickelpapier, um Mißtrauische zu täuschen. Niemand beachtete ihn oder sein schäbiges Paket.

Rundum über den Regalen standen in der Bibliothek griechische Graburnen, Geschenke eines Bischofs aus viktorianischer Zeit. Eines dieser Gefäße, unpassenderweise mit den Bildern von Athleten aus Sparta verziert, hatte seinen angestammten Platz direkt über *dem* Sessel.

Die nächste Vorbereitungsphase erforderte alle Kraft und Entschlossenheit, deren Gregory fähig war. Er schob die Bibliotheksleiter die ganze Länge des Raumes entlang, bis zu der entscheidenden Stelle, und kletterte mit einem der Kanister hinauf. Er hievte den Kanister von Regal zu Regal, räumte Bücher beiseite, bis das gute Stück schließlich neben der Urne stand. Es kostete ihn unvorstellbare Mühe, wenigstens einen Großteil des Benzins vom Kanister in die Urne umzufüllen. Etliches ging daneben, tropfte auf die Bücher darunter und auf Gregory. Die ganze Bibliothek stank nach Benzin. Die Zeit und Martyns Zigarre würden das bereinigen.

Zehn Tage später – Gregory hatte dringend einer Verschnaufpause bedurft – fügte er den Inhalt des zweiten Kanisters hinzu. Es war weder einfacher noch schwieriger als das erste Mal. Er verschüttete weniger, doch der Kanister schien schwerer zu sein. Gregory war eben, soviel war sicher, um zehn Tage gealtert. An jenem Abend entnahm Gregory seiner Angelausrüstung eine Spule mit Nylonschnur, die einer Belastung von zwanzig Pfund standhalten konnte. Gregory besaß wahre Massen von Angelspulen. Die eine, die er ausgewählt hatte, steckte drei Wochen in seiner Jackettasche.

Nach diesen drei Wochen bekam er erneut eine Chance. Er stellte die Leiter unter die Urne, legte eine Schlinge Nylonschnur um das Gefäß und ließ die restliche Schnur für das Auge unsichtbar über das Bücherregal hinunterhängen, leitete sie über den Fußboden bis zu einem gut sechs Meter entfernt im Halbdunkel stehenden Sessel. Dort ließ er sich nieder und hielt das Ende fest in der Hand.

Martyn kam, setzte sich, zündete seine Zigarre an, schlug ein Buch auf, und Gregory registrierte er gar nicht.

Gregory zog die Nylonschnur straffer. Sie hob sich vom Boden und dem Bücherregal ab und war jetzt als silberner Faden hinter Martyn, zwischen Gregorys Hand und der Urne mit ihrer tödlichen Füllung sichtbar.

Alles hatte bis jetzt perfekt geklappt – ein Ruck an der Schnur sollte die Urne vom Regal reißen, ein Schwall Benzin, entzündet durch Martyns Zigarre, sollte Martyn verbrennen und ihm einen ehrenvollen Tod bereiten, den er eigentlich nicht verdient hatte. Doch was passierte? Die Urne fiel, aber es kam kein Benzin. Martyn sprang mit einem Aufschrei aus dem Sessel. Er starrte auf die Urne, die unzerbrochen neben ihm auf dem Teppich lag. Dann wanderte sein Blick hinauf zum Regal. Er zuckte mit den Schultern und nahm seinen alten Platz wieder ein.

Gregory verharrte bewegungslos in seinem Sessel.

Eine Stunde später verließ Martyn die Bibliothek. Gregory humpelte zum Tatort, um seine verräterische Schnur einzurollen und das Gefäß zu inspizieren. Die Urne hatte im Boden ein Loch. Es war keines, das durch den Fall verursacht worden war, sondern eines, das offenbar von vornherein im Gefäß gewesen war. Das konnte nur bedeuten, daß es sich bei den sogenannten griechischen Urnen schlicht um Blumentöpfe handelte.

Zu kompliziert, dachte Gregory betrübt. Die ganze Sache war von zu vielen Faktoren abhängig gewesen. Er mußte sich etwas Einfacheres, Fundamentaleres, Primitiveres einfallen lassen. Er mußte sich auf ein Werkzeug verlassen, dem er hundertprozentig vertrauen konnte.

Erstechen: Er kaufte in einem Haushaltsgeschäft in Kensington ein Küchenmesser, spitz und mit einer rasiermesserscharfen langen Klinge.

Gregory hatte beobachtet, daß der etwas korpulente Martyn seine Weste aufknöpfte, sobald er sich in den Sessel in der Bibliothek setzte und so tat, als würde er ein Buch lesen. Damit mußte das Messer also weder Tweed noch Kammgarn, sondern höchstens Seide oder Baumwolle durchstoßen. Viel Kraft würde Gregory nicht brauchen, um diese Waffe wirksam einzusetzen.

Wesentlich wichtiger war es, zu entscheiden, wo das Opfer getroffen werden sollte. Gregory studierte anatomische Tafeln in den einschlägigen Werken in öffentlichen Bibliotheken. Er mußte zwischen die Rippen dringen und direkt ins Herz treffen. Gregory übte über mehrere Wochen hinweg allabendlich den

Todesstoß an einer Puppe, die er aus einem Keilkissen angefertigt und mit einer Jacke und Weste bekleidet hatte. Gregory trainierte eifrig seine Angriffsstrategie, denn er wußte ja genau, wie er Martyn vorfinden würde.

Nichts, aber auch gar nichts sollte diesmal dem Zufall überlassen bleiben.

Martyn betrat die Bibliothek. Er setzte sich, gestikulierte mit seiner Zigarre in Gregorys Richtung, winkte ihm mit der jovialen Vertraulichkeit des Gesinnungsgenossen zu.

Gregory ging zum Regal mit den französischen Autoren. Dort zog er ein für diese Zwecke bereitgestelltes Buch heraus und begann zu blättern. Mit einem leisen Ausruf gespielter Überraschung tat er so, als würde er eben erst feststellen, daß die Seiten dieses Buches noch gar nicht durchgetrennt waren. Er ging zu der Schublade eines Schreibtisches, holte nicht den schweren Brieföffner, der dort seinen Platz hatte, sondern sein Küchenmesser heraus. Dann begann er die Seiten des besagten Bandes aufzuschneiden. Das Licht war an der Stelle, wo er stand, verhältnismäßig schlecht. Mürrisch vor sich hin murmelnd bewegte er sich langsam in Richtung Fenster. Schließlich stand er hinter dem Sessel.

Martyn sah mitfühlend und zerstreut zu ihm auf.

Die rasiermesserscharfe Klinge durchtrennte zischend die Seiten eines französischen Romans.

Gregory trat näher an den Stuhl heran. Martyns Weste war aufgeknöpft. Sein Brustkorb, ja jede einzelne Rippe zeichnete sich deutlich unter dem rot-weiß gestreiften Stoff seines Hemdes ab. Gregory betrachtete prüfend seinen Zielpunkt. Er nahm Maß. Die Stelle lag gut dreieinhalb Zentimeter links von Martyns Krawatte, die den ehemaligen Harrow-Schüler verriet, und zweieinhalb Zentimeter rechts von der Schnalle seiner Hosenträger: genau zwischen den Rippen, direkt über dem Herzen.

Gregory schluckte. War er dazu fähig? Konnte er kalten Stahl in die Brust eines arglosen Mannes stoßen? Ja! Martyn roch nach

Zigarrenqualm und Haarwasser, das nach Sandelholz duftete. Gregory hielt sich Martyns Taten noch einmal vor Augen. Er erinnerte sich an alle Martyns in seinem Leben. Er starrte auf seinen Sessel herab. O ja, er konnte es tun!

Gregory hielt die Tarnung weiter aufrecht, durchtrennte mit der Klinge die Buchseiten, während er unverwandt auf das Zieldreieck auf der rot-weißen Hemdbrust starrte.

Plötzlich fühlte er einen heftigen Schmerz im Daumen. Er sah entsetzt an sich herunter. Blut tropfte. Er hatte sich geschnitten. Er schrie laut auf. Das rote nasse Blut, sein Blut, brachte ihn völlig aus der Fassung. Es floß bereits über das ganze Buch. Sein Daumen brannte vor Schmerz. Der Ohnmacht nahe, begann er zu schwanken. Eine kräftige Hand packte ihn. Er wurde sanft in einen Sessel gedrückt. Man verband seinen Daumen mit einem sauberen Baumwolltaschentuch. Kognak wurde bestellt, und man hielt ein Glas an seine Lippen.

Martyn hatte ihn gestützt. Martyn hatte seinen Daumen bandagiert. Martyn hatte den Kognak bezahlt.

Danach blieb Gregory nur noch eine Möglichkeit.

Sturz auf der Treppe – und zwar von ganz oben. Die Nylonschnur mußte erneut herhalten. Sie hatte bereits einmal ausgezeichnet funktioniert. Bei dem Fehlversuch mit dem Benzin hatte jedenfalls *nicht* die Nylonschnur versagt.

Die Stufen der Treppe waren breit, die Treppe gewunden und aus Stein. Auf dem oberen Treppenabsatz endete das Geländer an zwei Pfosten, zwischen denen man ohne Schwierigkeit ein Stolperseil spannen konnte.

Nach reiflichem Nachdenken kam Gregory zu dem Entschluß, daß er sein Stolperseil, wenn es erst einmal gespannt war, keinesfalls in der Annahme unbeobachtet lassen durfte, daß Martyn – nur Martyn – aus der Bibliothek die Treppe hinuntergehen würde. Schließlich mußte er damit rechnen, daß jemand, der aus dem Kartenzimmer kam, die Treppe hinuntergehen wollte. Spannte er also das Seil und ging dann weg, lief er nicht nur Gefahr, daß Martyn erneut ungeschoren davonkam, sondern er mußte auch darauf gefaßt sein, daß seine Rankūne einen harmlosen Bridgespieler Kopf und Kragen kostete.

Gregory blieb daher nichts anderes übrig, als auf dem oberen Treppenabsatz Posten zu beziehen ... und zwar entweder vor den Blicken der anderen verborgen oder scheinbar in eine harmlose Beschäftigung vertieft, während er das Ende der Nylonschnur fest in der Hand hielt, um sie sofort zu straffen, sobald Martyn sich näherte. In dem Aufruhr, der Martyns Tod zwangsläufig auslösen mußte, würde es Gregory zweifelsohne gelingen, die Schnur unbemerkt zu entfernen. Diese Methode war so bestechend viel einfacher und sicherer als die vorausgegangenen Versuche, daß es Gregory aufrichtig bekümmerte, seine Prioritäten nicht anders gesetzt zu haben.

Fraglich war lediglich noch, wo Gregory sich zur Tatzeit aufhalten sollte. Als der geeignetste Ort bot sich schließlich die Toilette neben dem Kartenzimmer an. Sie schien für Gregorys Zwecke wie geschaffen. Er mußte die Nylonschnur lediglich mit geschickten Knoten, die Gregory als Angler einmal gelernt hatte, am äußeren obersten Treppenpfosten befestigen, sie für das bloße Auge kaum sichtbar über die oberste Stufe zum gegenüberliegenden Pfosten leiten, sie dort einmal herumwickeln, über den Korridor durch das Schlüsselloch der Toilettentür führen und sie dahinter in der eigenen Hand enden lassen. Wenn die Tür einen Spaltbreit offenblieb, konnte er von seinem Posten aus einen schmalen Ausschnitt des obersten Treppenabsatzes im Auge behalten. Danach mußte Gregory nur noch ein Detail vorbereiten.

Gregory besorgte Reißzwecken. Er begab sich in das Besucherzimmer. Auf das großformatigste Clubpapier schrieb er in großen Lettern mit Tinte »AUSSER BETRIEB«. Seine Schrift war etwas zittrig, doch deutlich lesbar. Er tupfte sein Werk vorsichtig mit Löschpapier ab. Dann verbrannte Gregory das Löschpapier im Kaminfeuer des Besucherzimmers.

Einige Tage später genoß er zum Mittagessen ein ausgezeichnetes Schellfischfilet. Dabei beobachtete er Martyn, der allein an einem Tisch saß. Martyn aß ausgiebig, während Gregory mit Charles Corbishley ein Glas Portwein trank, das Charles bezahlte. Und Gregory schlug danach zum erstenmal seit zwölf Jahren vor, sich ein zweites Glas Portwein zu genehmigen. Das überraschte ihn selbst ebensosehr wie Charles Corbishley.

Nachdem der Portwein schneller als üblich getrunken war, ging Gregory ebenfalls schneller als gewöhnlich die Treppe hinauf. Die innere Erregung hatte sowohl seinen Durst als auch seine Beweglichkeit vergrößert. Er vergewisserte sich, daß Martyn in der Bibliothek war, daß er dick und fett im Sessel saß. Aus dem Kartenzimmer drangen Stimmen nach draußen. Sonst war niemand zu sehen. Gregory fädelte das Ende seiner Nylonschnur durch das Schlüsselloch in der Toilettentür, leitete sie über den Korridor, um den ersten Treppenpfosten herum, über die oberste Stufe zum zweiten Pfosten, an dem er sie sorgfältig mit seiner aufgefrischten Knotentechnik aus Anglerzeiten befestigte. Anschließend ging er zur Toilette zurück. Dort nahm er das Schild mit der Aufschrift »AUSSER BETRIEB« aus der Tasche und heftete es mit Reißnägeln an die Toilettentür.

Dann betrat er die Toilette. Er ließ die Tür einen Spalt offen, setzte sich auf den Brillenrand und wartete.

Nach endlos langer Zeit kam ein Bridgespieler polternd aus dem Kartenzimmer und blieb vor der Toilettentür stehen. Beim Anblick des Schildes stöhnte er gequält und stapfte wieder davon, um anderswo sein Glück zu versuchen.

Die Zeit verging. Es war still. Aus dem Kartenzimmer war nur gedämpftes Stimmengemurmel zu hören, ein äußerst entspannendes, beruhigendes Geräusch. Wochentags vor der Teezeit war der Club meistens halb leer. Das Rauschen des Verkehrs auf der Straße war inmitten des soliden alten Gemäuers nur zu erahnen.

Gregory hielt die Plastikrolle der Nylonschnur zuversichtlich umfaßt. Plötzlich beschlich ihn das Gefühl, siebzig oder mehr

Jahre in die Vergangenheit zurückversetzt zu werden, im Bug eines Bootes vor der Westküste Schottlands zu sitzen und mit einer einfachen Angelschnur in der Hand Makrelen zu fischen; seine Cousine Maud hatte eine lustige Baskenmütze aufgehabt, und der alte Dougal, der Bootsführer . . .

»Großer Gott, was machen Sie denn da?«

»Ich angle«, antwortete Gregory mit erstickter Stimme, der erst langsam in die Wirklichkeit zurückfand und dem das zweite Glas Port die Zunge schwergemacht hatte.

Martyn starrte in die Toilette, in der Gregory, eine schmale, zusammengesunkene Gestalt, auf der Brille saß, und er sah die Rolle in Gregorys Hand und die Nylonschnur, die von dieser Spule durch das Schlüsselloch ins Freie führte.

»Und was, wenn ich fragen darf, versuchen Sie da zu angeln?« erkundigte sich Martyn.

Dann begann Martyn zu lachen. Sein Gesicht nahm eine lila Färbung an. Tränen rannen über seine Wangen. Er versuchte, etwas zu sagen, verschluckte sich und begann zu husten. Er hustete erbärmlich. Sein Gesicht war nicht länger lila, sondern schwarz. Er taumelte. Er fiel krachend gegen die Toilettentür, keuchte und rang verzweifelt nach Luft, die Hand gegen das Herz gepreßt.

Es hieß, er sei auf dem Weg ins Krankenhaus gestorben. An Herzversagen. Er hatte sich schlicht totgelacht.

»Mein waches Auge«, erklärte Gregory mit feierlichem Ernst, »erspähte heute Ochsenschwanz auf der Karte. Dazu habe ich mir eine Portion Spinat geben lassen. Und nun, mein lieber Charles? Darf ich uns ein Glas Jahrgangs-Portwein bringen lassen?«

»Der aus dem Faß tut's auch, danke«, erwiderte Charles Corbishley.

»So sei es.«

Um halb drei Uhr ging Gregory in die Bibliothek hinauf. Er las eine Seite in *The Eustace Diamonds* in seinem Sessel neben dem Kamin, bevor er bis zur Teezeit in einen sanften Schlummer fiel.

Die Katze von Miss Paisley

Roy Vickers

Es gibt Menschen, die haben an Katzen einen Narren gefressen, und Menschen, die sie körperlich, ja sogar moralisch verabscheuen. Die Vorstellung, daß es Katzen gibt, die Menschen beeinflussen, hält sich hartnäckig – meist sind es alte, alleinstehende Frauen, auf die sie ihren Einfluß ausüben, und im allgemeinen haben sie nichts Gutes im Sinn. Es stimmt auch, daß die Katze von Miss Paisley der unmittelbare Anlaß dafür war, daß die gefühlsmäßig ausgezehrte alte Jungfer einen besonderen Grad an pervertierter Größe erreichte – oder an stark ausgeprägter Kindlichkeit, je nach Standpunkt. Doch das läßt sich alles erklären, ohne dabei Zuflucht zur Mystik zu nehmen. Das Verhalten der Katze wich die ganze Zeit über in nichts von anderen Tieren dieser Art ab.

Die Katze von Miss Paisley sprang in deren Leben, als die alte Dame vierundfünfzig war und die Katze selbst wahrscheinlich zwei. Miss Paisley erfreute sich körperlicher Gesundheit und war eine aktive Frau. Nirgendwo erregte sie Anstoß, immer war sie sauber angezogen, nie schlug sie über die Stränge. Sie war die Tochter eines wohlhabenden Geschäftsmannes – ihre Mutter war gestorben, als sie noch ein kleines Kind war. Ihre frühen Jahre hatte sie in der Blütezeit der Mittelschicht verbracht; einer Zeit, in der jede Vorortvilla wie ein Herrenhaus ausah. Waren diese Bauten auch von den ursprünglichen Mietern verlassen, ging doch immer noch ein halbes Dutzend diensteifriger Händler aus und ein, ganz zu schweigen vom ständig dort lebenden Hauspersonal.

Das junge Fräulein Paisley war achtzehn und besuchte in Paris ein Mädchenpensionat, als sich ihr Vater eine Lungenentzündung zuzog und mitten in einer Phase der Umstrukturierung seines Geldes verschied. Miss Paisley erbte das Mobiliar des Hauses, einige hundert Pfund Bargeld und eine jährliche Rente von 120 Pfund.

Ihre Verwandten, die in den unterschiedlichsten Teilen des Landes lebten, kamen zu diesem Anlaß alle angereist. Ohne daß ein Spezialist hinzugezogen worden wäre, erklärten sie das Mädchen für jede Form einer weiterführenden Erziehung oder Ausbildung ungeeignet und beschlossen unter sich, daß sie schleunigst unter die Haube gehöre – was nicht allzu schwierig zu werden versprach. Miss Paisley war zwar nie und nirgends Ballkönigin gewesen, aber sie sah gut aus, hatte das Übliche gelernt und besaß den nötigen Anstand.

Bei ihrer ersten Besuchsrunde nahm sie die warmherzigen Beteuerungen, den anderen willkommen zu sein, für bare Münze – obwohl sie nicht übermäßig an Selbstgefälligkeit litt. Ihr Vater war es gewesen, der ihr die Vorstellung vermittelt hatte, daß schon ihre reine Anwesenheit ein Segen war. Auch die Erziehungsmethoden des Mädchenpensionats beruhten auf einer ähnlichen Annahme.

Während der zweiten Besuchsrunde, die im Abstand von sechs Monaten folgte, entdeckte sie, daß man ihre Anwesenheit eher duldete als begrüßte. Das war eine harte Wahrheit, und sie versuchte umgehend, vor ihr zu flüchten.

Es folgte eine längere Zeit, in der sie sich als Kinderfräulein betätigte und alten Damen Gesellschaft leistete. Die Kinder machten sehr viel Arbeit, die alten Damen waren sehr enttäuschend.

Ihre Knauserigkeit und die alten Damen verwandelten sie in ein bescheidenes Wesen, eine Frau, die für die Krumen des Lebens noch dankbar war. In ihren frühen Zwanzigern fand sie eine feste Anstellung als Sekretärin bei einer Behörde. Sie zog nach Rumbold Chambers in Marpleton, etwa fünfzehn Meilen außerhalb von London und eine Meile vor dem Haus entfernt, das einmal ihrem Vater gehört hatte. »Chambers« – mit diesem vornehmen Wort aus der Zeit König Eduards wurden Kleinstwohnungen bezeichnet, die zu jener Zeit ihre besten Tage bereits hinter sich hatten und denen weitaus schlechtere noch bevorstanden.

Die Miete verschlang fast die Hälfte ihrer Jahresrente, doch die Chambers hatten ihrer Meinung nach Stil. Von ihrer Kleinstwohnung konnte man über den alten Friedhof hinweg auf die Flußbrücke aus dem siebzehnten Jahrhundert blicken. Miss Paisley mietete die Wohnung auf Lebenszeit. Und so wohnte sie zweiunddreißig Jahre später, als die Katze kam, immer noch dort.

Aus dem Möbellager nahm sie so viele Möbel in ihre Wohnung mit, wie nur hineinpaßten. Sechs vergrößerte Fotografien vom Haus und Garten ihres Vaters in etwas pompösen Bilderrahmen schmückten die Wände.

Das Radio setzte sich durch; der Tonfilm kam auf; die zivile Luftfahrt kam in Gang – alles Ereignisse, die ihr Leben so gut wie gar nicht berührten. In Marpleton und dem ganzen Viertel machte sich Leichtindustrie breit. Alle drei Monate ging sie an ihrem alten Zuhause vorbei, bis es abgerissen wurde, um einem Fabrikgebäude Platz zu machen.

Wenn sie sich auch keine Feinde gemacht hatte, Freunde hatte sie mit Sicherheit auch nicht gewonnen. Das Mädchenpensionat hatte ihre natürliche Fähigkeit zur Geselligkeit erfolgreich verkümmern lassen. Am Ende ihres Arbeitstages tauchte sie immer etwas über dreißig Jahre in ihre Vergangenheit zurück.

Als die Katze erschien, führte Miss Paisley bereits lebhafte Selbstgespräche, wie es bei alleinlebenden Menschen häufig der Fall ist.

»Ich glaube manchmal wirklich, daß Vater einen Fehler gemacht hat, als er das behielt, um eine Rasenfläche zum Krocketspielen daraus zu machen. Krocket ist doch etwas dermaßen Altmodisches ... *Oh!* Wie in aller Welt kommst du denn hierher?«

Offensichtlich war die Katze auf die Fensterbrüstung geklettert – die ein ganzes Stockwerk plus eineinhalb Meter über dem

Erdboden lag. »In Chambers sind Haustiere verboten, du mußt also wieder verschwinden . . . Geh weg, bitte. *Huschhuschhusch!*«

Die Katze blinzelte, dann kletterte sie etwas unbeholfen in das Zimmer.

»Was bist du nur für eine häßliche Katze! Ich erinnere mich noch gut an Tante Lisas Perserkatze. Die war einfach wunderschön; der Wirbel, den die Leute um sie machten, nahm schon groteske Formen an. Ich nehme nicht an, daß irgend jemand auf die Idee käme, *so etwas wie dich* streicheln zu wollen. Die Leute dulden dich, aber eigentlich wünschen sie, daß es dich gar nicht gibt. Armes Ding!« Die Katze saß auf ihren Hinterbacken, den Blick fest auf Miss Paisley geheftet. »Na gut, ich denke, du kannst zum Tee bleiben. Ich habe keinen Fisch, aber dafür noch etwas Heringspaste, die ich vergessen habe wegzuwerfen – und etwas Milch von gestern.«

Miss Paisley begann Tee zu kochen. Es war Samstagnachmittag. Schokoladenkekse und zwei Sahnetörtchen, das gab es heute. Schokoladenkekse und zwei Stück Baisergebäck, das war für Sonntag. Als das Wasser im Kessel kochte und sie den Tee aufgoß, kratzte sie eine nahezu leere Dose Heringspaste aus und verteilte deren Inhalt auf einer dünnen Scheibe trockenem Brot. Sie legte ein Stück Zeitung auf den Fußboden. Der Teppich war vor vierunddreißig Jahren aus dem alten Salonboden herausgeschnitten worden. Die Katze, die ihr bei ihren Verrichtungen zusah, schnurrte anerkennend.

»Armes Ding! Nun übertreib es mal nicht mit deiner Dankbarkeit«, sagte Miss Paisley, und stellte die Heringspaste und eine Untertasse mit Milch von gestern auf das Zeitungspapier.

Die Katze senkte den Kopf, schnupperte an der Heringspaste, rührte sie aber nicht an. Sie probierte die Milch, leckte einmal daran dann setzte sie sich wieder auf ihre Hinterbacken und starrte auf Miss Paisley.

Der starre Blick der Katze von Miss Paisley hatte für Menschen nichts Angenehmes. Es war natürlich ein ganz normaler Katzenblick aus ebenfalls ganz normalen Katzenaugen, obwohl letztere nicht unbedingt so normal aussahen, denn eine Strähne aus weißem Fell verlief von einem Augenlid zum gegenüberliegenden Ohr und verbreiterte sich dann zu einem großen Flekken auf dem Rücken. Eine durch ein Luftgewehr verursachte Verletzung machte eine Wange etwas kürzer als die andere und legte ein kleines Stück Zähne frei, wodurch das ganze Gesicht den Ausdruck eines höhnisch grinsenden Menschengesichtes annahm. Bedenkt man dann noch, daß die Katze ein steifes linkes Vorderbein hatte, wodurch ihr Gang arg unbeholfen wurde, dann kann man sich ein Bild davon machen, wie unansehnlich sie war – eine ewige Verlockung für schießwütige Jugendliche.

»Zu allem Überfluß bist du auch noch eine dumme Katze«, meinte Miss Paisley, »und scheinst deine Chancen nicht gut zu nutzen.«

Die alte Dame setzte sich hin, um Tee zu trinken. Die Katze sprang auf den Tisch, schnappte sich eines der beiden Sahnetörtchen, kletterte vorsichtig herunter und verzehrte es auf dem Teppich, etliche Zentimeter von der Zeitung entfernt.

Dieses Mal war es Miss Paisley, die ihr Gegenüber nicht aus den Augen ließ.

»Das ist ja wohl ein äußerst ungewöhnliches Verhalten«, ereiferte sie sich. »Du drängst dich mir auf, obwohl ich gar nicht darum gebeten habe; ich tue dir jeden Gefallen . . .«

Die Katze hatte das Stück Sahnegebäck verzehrt. Miss Paisleys Blick war noch immer auf sie geheftet. Dann richteten sich ihre Augen auf ihre eigene Hand, die sich ganz unabhängig von ihrem Willen zu bewegen schien. Sie beobachtete, wie sie das zweite Stück Sahnegebäck nahm und der Katze hinunterreichte, die es ihr aus den Fingern riß.

Sie nahm die Untertasse unter ihrer noch immer leeren Teetasse weg, goß frische Milch hinein und stellte sie auf den Boden. Dann lauschte sie ganz fasziniert, wie die Katze sie aufschleckte. Ihr Herz schlug schneller, so aufgeregt war sie über die große Entdeckung, die sie gemacht hatte.

Das erste Mal seit über dreißig Jahren brach sie in Tränen aus.

»Geh weg!« schluchzte sie. »Ich will dich nicht. Es ist zu spät – *Ich bin vierundfünfzig!*«

Als sich ihr Atem wieder beruhigt hatte, hatte sich die Katze auf dem Chesterfield zusammengerollt, der eigentlich Miss Paisley als Bett diente.

Es dauerte über einen Monat, bis Miss Paisley sich sicher war, daß sie hoffte, die Katze würde sich bei ihr häuslich niederlassen. Ihrem Verhalten fehlte jeglicher Anflug von Sentimentalität, die man mit einer alten, alleinstehenden Dame und ihrer Katze sonst gern assoziert. Miss Paisley respektierte sie als Katze und schrieb ihr keine menschlichen Eigenschaften zu. Die Beziehung zwischen beiden war viel zu subtil, als daß es nötig gewesen wäre, sich irgend etwas vorzumachen. Zugegebenermaßen unterhielt sie sich ziemlich häufig mit dem Tier. Doch sie sprach mit ihm wie mit einer Zimmergefährtin, bei der man nie so recht wußte, ob sie zuhörte oder nicht. In dieser Hinsicht ließ sich die Rolle der Katze mit der eines Menschen vergleichen, der dafür bezahlt wird, einem Gesellschaft zu leisten.

»Entschuldigen Sie, Madam!« Jenkins, der Aufpasser und Mieteneintreiber, der an die Stelle des Pförtners aus glorreicheren Zeiten getreten war, hatte Miss Paisley im engen Flur angehalten. »Gehört diese Katze mit der schwarzweißen Schnauze vielleicht Ihnen?«

Vor einem Monat hätte Miss Paisley noch ganz aufgeregt nach einer Entschuldigung für ihren Verstoß gegen die Hausordnung gesucht und versprochen, die Vorschriften augenblicklich zu befolgen.

»Es ist meine Katze, Jenkins. Und ich wäre sehr froh, wenn ich Ihnen eine halbe Krone in der Woche für alle Unannehmlichkeiten zahlen könnte, die sie Ihnen vielleicht bereitet.«

»Das ist sehr freundlich, Madam, vielen Dank. Doch ich wollte eigentlich erzählen, daß ich gesehen habe, wie sie mit einem Stück Fisch in der Schnauze aus Mr. Rinditchs Fenster gesprungen ist – Fisch, der noch von Mr. Rinditchs Frühstück übrig war.« Er blickte ins Treppenhaus hinunter und vergewisserte sich, daß Mr. Rinditchs Tür geschlossen war. »Sie wissen doch wohl, was Mr. Rinditch macht!«

Miss Paisley wußte, daß er geschäftsmäßig Wetten für Pferderennen abschloß und einige Laufburschen bezahlte, die die gesetzten Beiträge einsammelten. Sie wußte auch, daß Jenkins ihm mit großer Ehrfurcht begegnete, da Rinditch der einzige Bewohner des Hauses mit einer finanziellen Basis war. Mr. Rinditch war ein stämmiger, untersetzter Mann mit einem breiten Gesicht und mürrischer Miene und einem ungeheuer breiten Nacken. Miss Paisley fand, daß er etwas Ungehobeltes hatte, was für sie eine Charaktereigenschaft darstellte. Die anderen Bewohner hingegen waren für sie einfach nur gewöhnliche Leute, wofür sie nichts konnten.

»Ich werde ihr richtiges Katzenfutter zu fressen geben, dann wird sie nicht mehr stehlen.«

»Danke, Madam.«

Das »Madam« kostete Miss Paisley etwa vier Pfund im Jahr. Keine der anderen Frauen war eine »Madam«, keiner der Männer war ein »Sir« – nicht einmal Mr. Rinditch. Zwei Pfund zu Weihnachten und etwas über eine halbe Krone in der Woche für kleine und überwiegend überflüssige Dienste. Für Miss Paisley war das eine lohnende Investition. Sie träumte davon, als Emigrantin wieder einen Lebensstil auffrischen zu können, der, was sie allerdings nicht wußte, in England praktisch nicht mehr existierte. Ihre mehr als dreißig Jahre währende Tätigkeit als ungelernte Büroangestellte schien nur ein vorübergehender Notbehelf gewesen zu sein. Durch die Katze eigenete sie sich zwar eine neue Philosophie an; ihr Traum jedoch blieb unberührt.

»Ich muß dir jetzt das Fleisch kleinschneiden«, erläuterte sie dem Tier an jenem Abend, »und davor graut es mir. Du mußt wissen, mit rohem Fleisch hatte ich noch nie zu tun. Bei meiner Erziehung hielt man es *nicht* für nötig, mich damit in Berührung kommen zu lassen. Obwohl ich mich daran erinnern kann, daß einmal bei einem Picknick am Fluß zwei Diener mit dem Freßkorb herübergefahren sind ...«

Sie mußte Jenkins um Rat fragen. Er lieh ihr ein Messer – ein furchterregendes Ding mit schwarzem Griff und spitz zulaufender Klinge. Es stamme aus Frankreich, hatte er ihr erzählt, und sei bei jedem Haushaltswarenhändler zu bekommen. Am nächsten Tag kaufte sie sich eins. Doch der schauerliche Akt, das Fleisch zu bearbeiten, blieb ihr nicht erspart. Sie opferte etwas mit hohem Erinnerungswert: ein Paar Lederhandschuhe, die sie während ihrer Schulferien zum Reiten benutzt hatte.

Am dritten Tag des vierten Monats kam die Katze nicht zur gewohnten Zeit zum Essen. Miss Paisley war beunruhigt. Sie ging eine Stunde später ins Bett als gewöhnlich, lag dann bis zur Dämmerung wach und kämpfte mit der mittlerweile nicht mehr zu übersehenden Tatsache, daß die Katze für sie zur Notwendigkeit geworden war. Den Grund dafür konnte sie allerdings nicht ergründen. Sie wußte, wie sehr einige alte Jungfern für ihre Katzen schwärmten, sie unaufhörlich liebkosten und sich mit ihnen wie mit einem Baby unterhielten. Ihrer Katze gegenüber hegte sie keine derartigen Gefühle. Sie wußte, sie war ziemlich dreckig und hatte sie eigentlich noch nie gern berührt. An sich mochte sie überhaupt keine Katzen. Doch diese besondere Katze hatte irgend etwas ...

Kurz nach Einbruch der Dämmerung schlüpfte das Tier durch das offene Fenster. Miss Paisley erhob sich und deckte das Fleisch auf. Die Katze gähnte, reckte sich und würdigte es keines Blickes. Dann sprang sie auf das Fußende des Bettes, drehte sich einmal im Kreis und legte sich hin. Bevor Miss Paisley ihren Kopf wieder auf das Kissen sinken ließ, war die Katze bereits eingeschlafen. Nun kannte die alte Dame Katzen gut genug, um zu wissen, daß ihre Katze irgendwo anders gefressen haben mußte, woraus sie den alarmierenden Schluß zog, daß eine Katze, die einmal herumgestreunt war, das auch noch ein zweites Mal tun würde.

Am darauffolgenden Tag kaufte sie ein Halsband, ließ ihren

Namen und ihre Adresse eingravieren und in Klammern dazusetzen: *Ein Pfund Belohnung fürs Zurückbringen.* Sie konnte über Ausgaben dieser Art ohne Unbehagen nachdenken, denn sie hatte in den über dreißig Jahren mehr als 500 Pfund zusammengespart.

Abends legte sie der Katze das Halsband an. Das Tier zerrte es sich umgehend wieder vom Kopf. Miss Paisley löste den speziellen Sicherheitsverschluß und unternahm einen neuen Versuch – erst nach insgesamt fünf Wiederholungen unterließ sie jede weitere Anstrengung.

»Eigentlich hast du mir ja beigebracht, wie man mit einer solchen Situation umgeht«, sagte sie am nächsten Abend. »Du hast die Heringspaste und die Milch von gestern verschmäht. Recht so! Jetzt wäre es doch sehr schade, wenn wir uns streiten müßten und einander nicht mehr sehen würden, aber ... ohne Halsband kein Fleisch!«

Nach einigen unbedeutenden, anfänglichen Mißverständnissen akzeptierte die Katze das Halsband für die Dauer der Mahlzeit. Am dritten Abend vergaß sie, es nach dem Fressen herunterzukratzen. Nach einer Woche zeigte sich bei sorgfältiger Betrachtung, daß die Katze das Halsband völlig vergessen hatte. Selbst wenn sie sich kratzte und dabei mit ihm in Berührung kam, unternahm sie keinerlei Versuche mehr, es zu entfernen. Von nun an trug sie das Halsband ihr ganzes Leben lang.

Nach dem Vorfall mit dem Halsband hatte die Beziehung zwischen Miss Paisley und ihrer Katze eine solidere Grundlage als vorher. Die alte Dame kleidete sich neu ein – unter anderem kaufte sie einen Hut, der eigentlich für viel jüngere Frauen gedacht war, und einen Lumberjack aus Wildleder, der genauso grün war wie die Agen einer Katze. Ein ruhiger Monat folgte, auf den nur durch Jenkins' Mahnung, die Katze habe ihre Gewohnheit, Mr. Rinditchs Zimmer einen Besuch abzustatten, nicht aufgegeben, ein Schatten fiel. Miss Paisley bemerkte etwas Schwärmerisches in der Art und Weise, auf die Jenkins ihr das mitteilte – ganz so, als ob er sich freue, ihr das zu erzählen. Das erste Mal kam ihr der Verdacht, daß das »Madam« ironisch gemeint sein könnte und Jenkins eher belustigt war.

Am nächsten Samstag bewies es sich, daß Jenkins zumindest in dieser Angelegenheit die Wahrheit gesagt hatte. Miss Paisley kam samstags normalerweise kurz nach eins nach Hause. Während sie das Treppenhaus im Erdgeschoß durchquerte, öffnete sich die Tür zu Mr. Rinditchs Zimmer. Mr. Rinditchs Fuß wurde sichtbar, Miss Paisleys Katze ebenfalls. Das Tier wurde etwa eineinhalb Meter weit quer durch den Flur geschleudert. Als sie gegen die Täfelung der Stiege prallte, spürte Miss Paisley den heftigen Schmerz an ihren eigenen Rippen. Sie rannte nach vorne, versuchte, ihre Katze hochzuheben. Die Katze fauchte sie an, dann humpelte sie weg. Für einen Augenblick starrte Miss Paisley hinter ihr her. Das Verhalten des Tieres überraschte und verletzte sie. Urplötzlich hellte sich ihr Gesicht auf.

»Mitleid willst du keines«, murmelte sie. Sie warf ihren Kopf zurück; ihre Augen funkelten; ein für sie unbekanntes Glücksgefühl durchströmte sie. Dann klopfte sie an Mr. Rinditchs Tür. Als das breite, mürrische Gesicht auftauchte, sah sie ihn mit katzenhaft starrem Blick an.

»Sie haben meine Katze getreten!«

»Ihre Katze war das also. Dann wäre ich Ihnen dankbar, wenn Sie sie von meinem Zimmer fernhalten würden.«

»Ich bedaure den Fehltritt . . .«

»Ich auch. Wenn ich das Vieh noch einmal hier drin erwische, dann wird es am nächsten Pfosten dafür baumeln. Dann habe *ich* Ihnen etwas mitzuteilen.« Mr. Rinditch knallte die Tür zu.

Miss Paisley, die Cockney noch nie verstanden hatte, fragte sich, was er ihr wohl hatte sagen wollen. Da die Interpretation den Rahmen dessen, was sie zu akzeptieren bereit war, bei weitem überschritt, beruhigte sie sich damit, daß seine Worte keinen Sinn ergaben. Sie begann die Kühnheit zu bewundern, mit der sie einem so ungehobelten und rauhen Gesellen wie Mr. Rinditch entgegengetreten war, was von seiner Seite gut in eine handfeste Auseinandersetzung hätte ausarten können.

Die Katze war mittlerweile die Treppe hinaufgelaufen und erwartete Miss Paisley an der Wohnungstür. Immer noch ließ sie keinen an sich heran. Als Miss Paisley, kurz bevor sie das Mittagessen zubereiten wollte, in ihrem Sessel Platz genommen hatte, sprang die Katze das erste Mal auf ihren Schoß. Sie gab ein Knurren von sich, hatte ihre richtige Lage noch nicht gefunden und verschaffte sich mit ihren Krallen, die durch Miss Paisleys Kleid drangen und sie kratzten, zunächst einen sicheren Stand. Dann machte es sich das Tier gemütlich, schnurrte ein wenig und schlief ein. Die Uhr im Eßzimmer schlug zwei: Miss Paisley merkte, daß sie gar nicht hungrig war.

Am Sonntag kehrte die Katze wieder zu ihren gewohnten Verhaltensweisen zurück. Nichts schien sich verschlechtert zu haben. Gierig machte sie sich über ihre Ration Fleisch her und vergriff sich an Miss Paisleys Baisergebäck. Doch die grobe Brutalität von Mr. Rinditch machte das nicht wett. Am Montagmorgen hielt Miss Paisley Jenkins auf dem Treppenabsatz zum ersten Stock an und fragte nach dem vollen Namen von Mr. Rinditch. Sie erklärte ihm auch ihr Vorhaben: Sie wollte diesen Mann wegen Tierquälerei belangen.

»Entschuldigen Sie, wenn ich mir dazu eine Bemerkung erlaube, Madam, aber Sie werden *ihn* nicht behelligen können, indem sie ihm zehn Shilling Strafe einhandeln. Für seine Geldeintreiber zahlt er jeden Monat immerhin etwa 50 Pfund Strafe – und macht sich genausowenig Gedanken darüber wie Sie über das Fahrgeld für den Zug.«

Miss Paisley geriet leicht aus der Fassung. Jenkins gewann an Größe.

»Sie wären bestimmt überrascht über das viele Geld, das sich auf diese Weise machen läßt, Madam. Wenn er den Abend vor einem großen Rennen um sechs nach Hause kommt, hat er mehr als 200 Pfund in seiner Tasche. Um Viertel vor acht geht er dann wieder weg, dreht eine Runde durch die Kneipen, kommt um halb elf zurück und hat dann noch einmal soviel Bargeld dabei.«

Die Höhe der Strafe spielt keine Rolle, sagte sich Miss Paisley.

Es ging ihr ums Prinzip. Der Rechtsanwalt, den sie in ihrer Mittagspause konsultierte, war jedoch unfähig, dieses Prinzip zu erkennen. Er sagte ihr, daß sie ihre Behauptungen nicht beweisen könne und daß sie, da zugegebenermaßen bei der Katze nicht die geringste Spur des Angriffs zu sehen war, »vor Gericht nur ausgelacht würde«.

Noch nie hatte jemand so etwas zu ihr gesagt. Sie nahm es dem Mann übel; über den Groll hinaus verspürte sie jedoch auch einen Anflug von Angst.

Als sie zu Hause ankam, kauerte die Katze auf dem äußersten Ende des Schreibpultes. Sie nahm keine Notiz von ihr, doch Miss Paisley konnte nicht länger warten, sich Luft zu machen. »Man will uns vor Gericht auslachen«, sagte sie. »Mit anderen Worten: Mr. Rinditch kann einfach auf uns herumtrampeln, und das Gesetz lacht uns noch aus! Ich glaube fast, unsere Schmerzen müssen auf Außenstehende sehr komisch wirken.«

In ihrem ganzen Leben hatte es jedoch kaum einen unglücklicheren Moment für eine derartige Bemerkung gegeben. Wenn sie nicht nur Augen für ihr eigenes Innenleben gehabt hätte, wäre sie in der Lage gewesen, die richtigen Schlüsse aus dem Verhalten der Katze zu ziehen. Dann hätte sie auch nicht übersehen können, daß deren Position auf dem Schreibpult eine strategische war. Sie redete immer noch von ihrem Gespräch mit dem Rechtsanwalt, als die Katze einen Satz machte und sich ihr dann mit einer zappelnden Maus in der Schnauze zuwandte.

»Ach du liebe Güte!« entfuhr es ihr. Mit einem Seufzer stellte sie sich der Situation. Miss Paisley hatte keine physiologische Angst vor Mäusen – sie hielt sie vielmehr für niedliche kleine Viecher und wäre ihnen eher mit Wohlwollen begegnet, wären ihnen nicht so unhygienische Angewohnheiten zu eigen.

Weniger aus direkter Erfahrung als aufgrund des gängigen Klischees wußte Miss Paisley, wie Katzen mit Mäusen umspringen. Und doch wurde sie dann völlig überrascht und geriet in einen unlösbaren Konflikt.

»Tu's nicht – oh, laß das! Hör auf! Kannst du es denn nicht einsehen? . . . Wir sind nicht besser als Mr. Rinditch! Oh, Gott, bitte, laß sie damit aufhören! Ich kann es nicht ertragen. Ich *muß* es auch nicht ertragen! Nutzen Gebete denn auch nichts mehr? Lachst selbst du?«

Es war ihr noch nicht möglich, ihren Körper zu irgendwelchen Bewegungen zu veranlassen. Das eisige Gefühl im Rücken verwandelte sich in Hitze und dehnte sich mit einem Prickeln über den ganzen Körper hin aus. In ihren Ohren knisterte es, als ob trockene Gräser brennen würden.

Dann ging ihr Atem wieder leicher. Das uralte Ritual hatte zunächst ihre Aufmerksamkeit, dann ihr Interesse geweckt.

Nach einigen Minuten fing Miss Paisley leise an zu kichern. Dann wurde das Kichern lauter. Die Katze, ein Tier, das bei den Menschen so viele Illusionen über sich hervorrufen kann, schien mit der Maus extra für sie eine Vorstellung zu geben und dabei mit allen Mitteln zu versuchen, sie zum Lachen zu bringen.

Irgendwann lachte Miss Paisley.

Es gab auch ganz normale Zeiten; Monate, in denen nichts passierte und in denen ein Tag wie der andere war. Und Miss Paisley hielt sich für eine ältere Frau, die sich zufälligerweise eine Katze hielt.

Sie war sich sicher, daß die Katze ganz schön herumstreunte und manchmal auch bei unbekannten Personen irgendwelche Nahrungsmittel erbettelte oder sie ihnen wegnahm. Sie war aber beinahe davon überzeugt, daß das Tier seine gefährliche Angewohnheit, Mr. Rinditchs Wohnung einen Besuch abzustatten, abgelegt hatte. Eines Abends im Frühsommer, ungefähr zwei Wochen vor dem nahenden Ende, wurden jedoch all ihre diesbezüglichen Hoffnungen zunichte gemacht.

Die Katze war nach ihrer Abendmahlzeit gegen halb neun nach draußen gegangen. Miss Paisley schaute aus dem Fenster und wartete untätig auf ihre Rückkehr. Sie sah die Katze oben auf der Mauer, die den Hof vom alten Friedhof abtrennte, und winkte ihr zu; die Katze starrte zurück, dann fuhr sie fort, sich zu putzen, eine Angelegenheit, die zehn Minuten in Anspruch nahm. Kurze Zeit darauf glitt das Tier über den Werkzeugschuppen nach unten, doch statt auf dem direkten Weg zum Abflußrohr hinunterzulaufen, das an Miss Paisleys Fensterbank vorbeiführte, lief es in eine andere Richtung. Als sich Miss Paisley aus dem Fenster lehnte, konnte sie in spitzem Winkel auf Mr. Rinditchs rückwärtiges Fenster sehen.

Sie eilte die Treppe hinunter, den Flur entlang, an Mr. Rinditchs Wohnung vorbei, zur Tür, die auf den Hof führte, an den sechs Aschentonnen entlang und kam dann an Mr. Rinditchs Fenster, das unten etwa fünfundvierzig Zentimeter offenstand. Sie konnte die Katze auf Mr. Rinditchs Bett sitzen sehen. Miss Paisley wußte, daß sie sie so kurz nach der Abendmahlzeit nicht mit Nahrungsmitteln locken konnte. So rief sie das Tier zunächst mit ihrer ganzen Überredungskunst, später mit wachsender Verzweiflung.

»Wir sind in großer Gefahr«, flüsterte sie. »Kümmert dich das gar nicht?«

Die Katze starrte sie an, dann schloß sie die Augen. Miss Paisley begutachtete das Zimmer. Es war spärlich eingerichtet, das Mobiliar jedoch war nicht gerade billig. Die Wandtäfelung war mit Kalendern und metallenen Kleiderhaken verunstaltet.

Die Fensterbrüstung lag fast eineinhalb Meter über dem Erdboden. Miss Paisley steckte ihre Schultern durch das offene Fenster, dann zwängte sie sich hinein, packte die Katze mit einem Finger unter dem Halsband am Kragen und lockerte den Griff erst, als sie wieder auf dem Hof in Sicherheit war. Sie versäumte es, das Fenster wieder in die Normalposition zurückzuschieben. Ohne irgend jemandem zu begegnen, erreichten die beiden ihre Wohnung.

In den letzten beiden Wochen, die ihnen noch blieben, erteilte die Katze Miss Paisley, wie sie es selbst formuliern würde, »ihre letzte Lektion«.

Miss Paisley kam gerade von der Arbeit zurück; es war ein

warmer Abend. Als sie noch knappe 50 Meter von den Chambers entfernt war, sah sie die Katze auf dem Gehsteig in der Sonne liegen. Aus der anderen Richtung kam ein Mann mit einem Labrador an der Leine. Plötzlich machte der Hund einen Satz und riß sich samt der Leine los.

»*Gefahr!* Lauf weg!« schrie Miss Paisley.

Die Katze erblickte ihren Feind eine Sekunde zu spät. Darüber hinaus machte ihr das steife Bein jede Flucht unmöglich. Während Miss Paisley vorwärtsrannte und den heißen Atem des Hundes schon hinter sich zu spüren glaubte, bereitete sie sich innerlich darauf vor, sich alle Knochen zu brechen. Und dann passierte das Unglaubliche. Der Hund sprang von der Katze weg, jagte immer im Kreis herum und jaulte auf vor Schmerz, während sich die Katze oben an einen in der Nähe gelegenen Torpfosten klammerte.

Der Mann hatte die Leine wieder an sich genommen und beruhigte den Hund. Wieder schickte Miss Paisley ein Stoßgebet gen Himmel, dieses Mal ein Dankgebet. Dann gewann jedoch jahrelange Gewohnheit Oberhand über die Lektion, die ihr die Katze ihrer Meinung nach gerade erteilt hatte.

»Ich fürchte, Sir, meine Katze hat Ihren Hund verletzt. Das tut mir sehr leid. Wenn ich irgend etwas für Sie tun kann . . .«

»Das ist schon in Ordnung, Miss«, erwiderte eine freundliche Stimme in reinstem Cockney. »Es geschieht ihm ganz recht. Er hat es ja drauf angelegt.« Der Hund blutete unten am Hals; auf seiner Brust waren zwei lange Striemen zu erkennen. »Genauso müssen Katzen kämpfen – von unten kommen und nach *oben* schlagen, genau!«

»Ich habe etwas Jod in meiner Wohnung . . .«

»Der braucht so was nicht! Vielleicht hat ihm Ihre Katze erspart, daß ihm die nächste ein Auge auskratzt. Machen Sie sich darüber keine Gedanken, Miss!«

Miss Paisley verbeugte sich. Ihre sozialen Wertmaßstäbe, auf denen auch ihre moralischen Werte beruhten, waren in hohem Maße durcheinandergeraten. Das Cockney des Mannes ließ sich genausowenig übersehen wie die Vorzüglichkeit seiner Manieren. Miss Paisleys Welt änderte sich viel zu schnell für sie.

Sechs weitere Tage und Nächte genoß sie die Gesellschaft der Katze. Dazu ließen sich auch die viereinhalb Tage im Büro zählen, da sie ihre Arbeit ganz automatisch verrichten konnte und ihre innere Aufmerksamkeit dabei nicht von der Beziehung abgelenkt wurde. Sie hatte diese Beziehung nie näher bestimmt, ja nicht einmal die Merkwürdigkeit wahrgenommen, daß sie der Katze gar keinen Namen gegeben hatte ...

Es war Dienstagabend. Als Miss Paisley nach Hause kam, war die Katze nicht da.

»Du kommst wieder zu spät zum Essen«, murrte sie. »Wie der Zufall es will, gebe ich dir heute abend noch eine Frist von zehn Minuten.« Sie hatte eine Illustrierte abonniert, und schon vor einiger Zeit wäre es fällig gewesen, das Abonnement zu erneuern. Sie füllte das entsprechende Formular aus und ging dann nach draußen, um sich eine Postanweisung zu besorgen.

Unten im Flur hörte sie Mr. Rinditchs Stimme durch die verschlossene Wohnungstür hindurch – offensichtlich fluchte er vor sich hin. Dann hörte sie einen gedämpften, pfeifenden Laut, als ob ein Strick kräftig über etwas Metallisches gezogen würde. Ein komisches, keuchendes Grunzen und Kratzgeräusche an Holz folgten – ein Kratzen, wie es Katzenkrallen an einer Holztäfelung verursachen, wenn die Katze ein Stück über dem Boden hängt.

Miss Paisley blieb stehen, hielt den Atem an. Sie war wie gelähmt von einem Gefühl der Dringlichkeit, dessen Ursache sich ihrer Vorstellungskraft entzog. Sie schien in sich eingesperrt zu sein, ohne den Wunsch empfinden zu können, zu flüchten. Die Kratzgeräusche wurden leiser und leiser, bis sie so leise waren, daß sie bezweifeln konnte, sie überhaupt gehört zu haben.

»Du bildest dir nur etwas ein«, sagte sie sich.

Dann lächelte sie und setzte sich wieder Richtung Postamt in Bewegung. Ihr Lächeln wurde starr. Man muß in jeder Hinsicht vorsichtig sein, sagte sie sich. Wenn sie jedes Mal, wenn ihr danach war, mit ihren Nachbarn einen Streit über alles und jedes vom Zaun brach, und dabei nicht die Spur eines Beweises für ihre Behauptungen hatte, dann würden die Leute bestimmt bald behaupten, sie sei eine alte Schrulle. Sie wünschte sich, mit dem Lächeln aufhören zu können.

Die Postanweisung wurde besorgt und abgeschickt, dann kehrte sie in ihre Wohnung zurück. Sie beruhigte sich damit, daß doch überhaupt nichts passiert sei. Wenn man darüber erst eine Übereinkunft erzielt hatte, konnte alles seinen gewohnten Gang nehmen.

»Noch immer nicht zu Hause! Na gut, ich werde nicht auf dich warten. Ich werde dein Fleisch jetzt kleinschneiden und wenn es vertrocknet, dann hast du dir das nur selbst zuzuschreiben.« Sie zog die Handschuhe an, mit denen sie vor siebenunddreißig Jahre die Zügel gehalten hatte. »Über ein Jahr ist es jetzt her! Mittlerweile muß ich die Handschuhe mehr als 300 Mal benutzt haben, um dein Fleisch zu zerschneiden, und sie zeigen nicht die geringsten Abnutzungserscheinungen. Solche Handschuhe bekommt man heutzutage gar nicht mehr. Lachs aus der Dose schmeckt mir gar nicht. Ich denke, ich mache mir ein Omelett.«

Sorgfältig bereitete sie sich das Omelett zu, aß es dann sehr rasch auf. Als sie ihren Kaffee ausgetrunken hatte, ging sie zum Bücherschrank über dem Schreibpult. Mehr als zehn Jahre hatte sie diese Glastüren nicht mehr geöffnet. Sie nahm den *Ivanhoe* heraus, ein Buch, das ihr Vater ihrer Mutter vor ihrer Hochzeit geschenkt hatte.

Um Viertel nach zehn klappte sie das Buch zu.

»Du weißt, daß ich nie auf dich gewartet habe! Und ich werde auch jetzt nicht damit anfangen.«

Normalerweise ließ sie die Vorhänge ein wenig offen – so weit, daß gerade eine Katze hindurchpaßte. Doch an diesem Abend zog sie sie ganz zu. Als sie ins Bett ging, konnte sie bald darauf durch die Ritzen an den Befestigungsringen das Mondlicht sehen ... und dann das Tageslicht.

Am nächsten Morgen vermied sie es nach besten Kräften, Jenkins zu begegnen. Als ob er ihr jedoch aufgelauert hätte, trat er plötzlich aus dem Stauraum unterhalb der Treppe hervor.

»Guten Morgen, Madam! Ich habe ja Ihre kleine Miezekatze heute morgen noch gar nicht gesehen.«

Kleine Miezekatze! Was für eine widerliche Art, über ihr Katze zu reden!

»Ich mache mir da überhaupt keine Sorgen, Jenkins. Sie ist öfter für einige Tage allein unterwegs. Ich bin heute morgen ein bißchen spät dran.«

Es war nicht später als sonst auch – sie kam die übliche Zeit vor Abfahrt ihres normalen Zuges nach London an. Im Büro erschienen ihr die Kollegen und Kolleginnen lebhafter zu sein als sonst. Gesprächsfetzen drangen bis zu ihr durch. »Wenn *Lone Lass* morgen nicht gewinnt, dann verbringe ich meinen Sommerurlaub in London.« Es ging natürlich um ein Rennpferd. Morgen sollte eines der sogenannten klassischen Rennen stattfinden, aber ihr fiel nicht ein, welches. Das Rennen erinnerte sie jedoch an Mr. Rinditch. Was für ein niederträchtiger, ungehobelter Mann er doch war! Dann wanderten ihre Gedanken zu dem äußerst netten Herrn, dem der Hund gehörte. Ein geborener Gentleman. *Von unten kommen und nach OBEN schlagen!*

In der Mittagspause ging sie nicht nach draußen. Daher kaufte sie auch kein Fleisch für die Katze.

An jenem Abend kurz vor acht hörte sie Jenkins' Fußtritte auf der Treppe. Er klopfte an ihrer Tür.

»Guten Abend, Madam! Ich hoffe, daß ich Sie nicht weiter störe, aber wenn Sie ein paar Minuten erübrigen können, möchte ich Ihnen etwas zeigen.«

Auf dem Weg nach unten wußte Miss Paisley plötzlich, wie es um sie und Jenkins stand. Madam! Sie konnte jetzt die Verachtung in seiner Stimme hören, die unzählige Male, bei denen er schallendes Gelächter mit seinen Anekdoten über die Büroangestellte, die sich bei vorübergehenden Kümmernissen mit dem Gehabe einer Lady zierte, hervorgerufen hatte. Doch mittlerweile war sie selbst für ihre Würde verantwortlich.

Jenkins führte sie den Flur entlang durch die Tür zum Hof zu den sechs Aschentonnen. Dann hob er einen der Deckel hoch. Ganz oben auf dem Abfall lag der Kadaver ihrer Katze. An ihrem Hals war eine giftgrüne Schnur befestigt.

»Nun, Jenkins?« Ihr starres Lächeln machte ihn allmählich nervös.

»Kurz nachdem Sie gestern nach Hause gekommen sind, war sie wieder in Mr. Rinditchs Zimmer. Sie können sich eigentlich nicht groß beschweren, nachdem Sie wußten, was er zu tun beabsichtigte. Und wenn man ein Tier richtig erhängt, so wie hier, dann hat das mit Quälerei nichts zu tun. Ich denke nicht, daß es der armen Miezekatze überhaupt weh getan hat. Er hat einfach die Schnur über einen Kleiderhaken gezogen, und schon war alles vorbei.«

»Das ist unerheblich.« Sie wußte, daß ihre kalte Gleichgültigkeit dem Helfer von Mr. Rinditch den sadistischen Genuß verdarb, den dieser sich versprochen hatte. »Woher wissen wir, daß Mr. Rinditch dafür verantwortlich ist? Es könnte doch auch jeder andere im Haus gewesen sein, Jenkins.«

»Ich sage Ihnen, er war es! Gestern abend, als meine Alte wie immer mit dem Abendessen zu ihm hineinging, sah sie ein Stück dieser Schnur unter seinem Bett hervorlugen. Und an der Stelle vom Kleiderhaken, an der die Schnur sich aufgescheuert hat, hing ein kleiner grüner Fussel. Als meine Alte dann das Geschirr abräumte, hat sie noch ein bißchen weiter herumgeschnüffelt und im Papierkorb das Halsband der Katze gefunden. Das Metall in diesem Halsband macht es nämlich unmöglich, eine Katze zu erhängen. Sie sagte, der Riemen sei zerschnitten worden – wahrscheinlich mit einem Rasiermesser.«

Miss Paisley warf einen zweiten Blick in die Aschentonne. Sicherlich, das Halsband war entfernt worden. Jenkins, der sie beobachtete, hatte den Eindruck, sie wolle ihm immer noch nicht glauben. Wie alle gewohnheitsmäßigen Lügner, war er immer übermäßig darum besorgt, die Richtigkeit seiner Worte unter Beweis zu stellen, wenn er einmal zufällig die Wahrheit sagte.

»Wenn man es sich recht überlegt, dann wird sich das Halsband noch in diesem Papierkorb befinden«, sagte er hauptsächlich zu sich selbst. »Passen Sie auf! Er stellt den Papierkorb ja nah genug ans Vorderfenster. Kommen Sie doch mit vors Haus; vielleicht können Sie sich dann selbst überzeugen.«

Der Papierkorb bestand aus Weidengeflecht, durch dessen Zwischenräume Miss Paisley genug vom Halsband erkennen konnte, um nicht mehr daran zu zweifeln.

Sie konnte sich zuhören, wie sie mit Jenkins plauderte, genau wie sie zusehen konnte, wie sie an den Aschentonnen stand und wußte, was sich unter dem Deckel befand, bevor Jenkins ihn noch hochgehoben hatte. Wie leicht es doch war, Ruhe zu bewahren, wenn man einen festen Entschluß gefaßt hatte.

Als sie in ihr Zimmer zurückkehrte, war es erst fünf nach acht. Egal. Die Ruhe würde so lange anhalten, wie sie sie brauchte. In zwei Stunden und fünfundzwanzig Minuten würde Mr. Rinditch heimkommen. Es lief ihr kalt den Rücken hinunter. Sie zog ihren Lumberjack aus grünem Wildleder an, dann saß sie kerzengerade in ihrem Sessel, die Finger in die Falten der Polsterung gekrallt.

»Bevor Mr. Rinditch zurückkommt, möchte ich, daß du weißt, daß ich gehört habe, wie du mit den Krallen an seiner Wand gekratzt hast. Da warst du noch am Leben. Wir haben bereits der Tatsache ins Auge geschaut, daß du jetzt noch lebendig wärst, wenn ich an die Tür gehämmert und – Radau geschlagen hätte. Wir werden uns nicht darüber streiten. Auf beiden Seiten haben wir uns eine Menge zu sagen, daher werden wir nicht in gegenseitigen Beschuldigungen schwelgen.«

Bis zwanzig nach zehn saß Miss Paisley schweigend da; dann stand sie auf und zog sich ihre Reithandschuhe an, so wie sie es immer getan hatte, wenn sie das Fleisch für ihre Katze kleinschneiden wollte. Das Messer lag an seinem üblichen Platz auf dem Regal. Ihre Hand umklammerte den Griff, als ob jemand versuchen würde, es ihr wegzunehmen.

»›*Von unten kommen und nach OBEN schlagen!*‹«, flüsterte sie –

dann verlor sie wieder die Gewalt über ihre Körperbewegungen. Sie packte den Griff des Messers fester, konnte es aber nicht vom Regal heben. Sie hatte die Vorstellung, ihre Muskeln zu gebrauchen, mit der ganzen Kraft ihres Armes gegen ein unglaublich schweres Gewicht anzugehen. Undeutlich vernahm sie, wie Mr. Rinditch nach Hause kam und seine Tür zuschlug.

»Ich habe zugelassen, daß ich mich aufrege! Ich muß mich wieder beruhigen.«

Mit Handschuhen und im Lumberjack kehrte sie zu ihrem Sessel zurück.

»In meinem Alter kann ich lebenslange Gewohnheiten nicht mehr ändern, und wenn ich es versuche, dann werde ich innerlich zerrissen. Ich habe dir damals gesagt, daß du zu spät gekommen bist. Du hättest nicht in Mr. Rinditchs Zimmer gehen dürfen. Er hat dich voller Bosheit getötet, und ich habe dich hintergangen – o ja, das habe ich getan! –, und jetzt kann ich nicht einmal mehr beten.«

Miss Paisley stand innerlich vor immer neuen Rätseln; Alpträume nahmen Gestalt an, mit denen sie von ihrer freundlichen Erziehung her nicht umgehen konnte. Als sie sich wieder voll ihrer Umgebung bewußt wurde, war es Viertel vor drei in der Frühe. Das elektrische Licht brannte, und sie trug weder Handschuhe noch die grüne Wildlederjacke.

»Ich kann mich nicht daran erinnern, das Licht eingeschaltet zu haben – ich bin viel zu müde, um mich an irgend etwas zu erinnern.« Morgen würde sie einfach liegenbleiben und sich einen Tag freinehmen. Sie zog sich aus und ging ins Bett. Es war seit über einem Jahr das erste Mal, daß sie ohne irgendeinen Gedanken an die Katze einschlief.

Kurz nach sieben wurde sie von einer Reihe ungewohnter Geräusche geweckt – Lärm im Flur, laute Stimmen, auf den Treppen ein ständiges Kommen und Gehen. Im Erdgeschoß hörte sie, wie Mrs. Jenkins gleichzeitig weinte und schrie – eine Angewohnheit von Menschen der Arbeiterklasse, die Miss Paisley sehr gegen den Strich ging. Eine Stimme, die sie als die des Kesselschmieds vom Dachgeschoß identifizierte, rief quer durchs Treppenaus zu seiner Frau nach oben. »Mensch, Emma, sie haben ihn weggebracht. In Handschellen!«

Miss Paisley legte ihren langen Wintemantel an, schlug den Kragen bis zum Kinn hoch und öffnete die Tür.

»Was hat der ganze Krach zu bedeuten?«

»Der Buchmacher vom Erdgeschoß, Miss. Irgend jemand hat ihm in der Nacht die Kehle durchgeschnitten. Die Polizei hat Jenkins mitgenommen.« Dann fügte er hinzu: »Mit Handschellen und allem Drum und Dran.«

»Oh!« erwiderte Miss Paisley. »Verstehe!«

Sie schloß die Tür, zog sich an und putzte sich mit größerer Sorgfalt als gewöhnlich heraus. Sie erinnerte sich daran, wie sie versucht hatte, das Messer zu holen, entsann sich auch, wie sie sich in einem Rausch der Selbstverachtung hinsetzte und dann in einem geistigen Nebel herumtappte, der Zeit und Raum verhüllte. Doch durch den Nebel drangen einige Signale. *»Von unten kommen und nach OBEN schlagen!«* war eins von ihnen, mit diesem Satz kam ein Gefühl ungeheuren Stolzes. Und war da nicht noch ein anderes Signal? Eine vage Erinnerung an ein Schleichen im Dunkeln, wie eine Katze – bis zum Fluß. Warum der Fluß? Daran, wie sie ihre Hände im kalten Wasser abspült. In ihren Sessel zurückkehrt. Zurück. *Ein Pfund Belohnung fürs Zurückbringen.* In ihrem Kopf begann sich alles zu drehen. Jedenfalls hatte »irgend jemand ihm in der Nacht die Kehle durchschnitten«.

Alles andere als niedergeschlagen entdeckte Miss Paisley, daß sie die Kraft zum Beten wiedergefunden hatte.

»Ich habe einen Mord begangen. Ich sehe daher ein, daß es absurd ist, um irgend etwas zu bitten. Doch ich muß die nächsten paar Stunden wirklich Ruhe bewahren. Bitte, hilf mir dabei; den Rest schaffe ich allein.«

Auf der zuständigen Polizeiwache faßte Miss Paisley in treffender Weise die Ereignisse zusammen, die zur Vernichtung ihrer

Katze geführt hatten, und ihre daran anschließenden Handlungen, die sie »in einem Trancezustand« ausgeführt hatte.

Der diensthabende Polizist unterdrückte ein Gähnen. Er setzte ein Protokoll auf und stellte ihr eine ganze Reihe Fragen bezüglich ihrer Identität und ihres Berufes, allerdings keine über den Mord. Als er alle Antworten niedergeschrieben hatte, las er sie laut vor.

»Und Sie sagen aus, Miss Paisley, daß Sie es waren, die William Rinditch getöt hat, in – in einem Trancezustand, sagten Sie, nicht wahr?«

Miss Paisley bestätigte das und unterschrieb ihre Aussage.

»Momentan hat der Inspektor viel zu tun«, erklärte der Polizist. »Ich muß Sie also bitten, im Wartezimmer Platz zu nehmen.«

Miss Paisley, die erwartet hatte, daß die Unterredung in Handschellen enden würde, klammerte sich an ihre innere Ruhe und setzte sich für eine Stunde ins unverschämterweise unbewachte Wartezimmer. Dann wurde sie widerwillig aufgefordert, einen Polizeiwagen zu besteigen, der sie zum Polizeipräsidium fuhr.

Oberinspektor Green, der bei Scotland Yard ausgebildet worden war, hatte es in seiner Laufbahn schon mit einer ganzen Reihe von Hysterikern, die sich selbst eines Mordes beschuldigten, zu tun gehabt. Er wußte, daß jeder vierte von ihnen behauptete, den Mord im Trancezustand begangen zu haben – und wußte auch, daß diese Leute äußerst unangenehm werden konnten, wenn sie den Eindruck hatten, nicht ernstgenommen zu werden.

»Miss Paisley, Sie glauben, daß Rinditch Ihre Katze umgebracht hat, weil Jenkins Ihnen das erzählt hat?«

»Keineswegs!« Sie beschrieb das Halsband der Katze und die Art und Weise, auf die sie getötet wurde. Dazu war es erforderlich gewesen, das Halsband abzunehmen. Einzelheiten über den Papierkorb folgten.

»Wenn Jenkins die Wahrheit gesagt hat, dann müßte sich das Halsband folglich noch in diesem Papierkorb befinden.«

Umgehende Nachforschungen ergaben jedoch, daß sich kein Katzenhalsband im Papierkorb befand; auch in der übrigen Wohnung war keins. Miss Paisley war erstaunt – sie wußte genau, daß sie es in diesem Papierkorb gesehen hatte.

Das Gespräch wurde in ihrer Wohnung fortgesetzt. Die alte Dame erklärt, sie habe die Absicht gehabt, Mr. Rinditch zu töten, als er um halb elf nach Hause kam, daß sie aber zu jenem Zeitpunkt nicht genügend darauf vorbereitet gewesen war. Sie wußte nicht, um wieviel Uhr sie ihn dann getötet hatte, wußte jedoch, daß es nicht später als Viertel vor drei in der Früh gewesen sein konnte. Tatwerkzeug war das Messer, das sie sonst ausschließlich zum Kleinschneiden des Fleisches für die Katze verwendete.

»An die Tat selbst habe ich nicht die geringste Erinnerung, Inspektor. Ich kann lediglich sagen, daß ich es mir fest in den Kopf gesetzt hatte, ganz nah an ihn heranzukommen und nach oben zu schlagen.«

Der Inspektor blickte sie verständnislos an, zögerte, und versuchte es dann auf eine andere Tour.

»Sie sagten jedenfalls, es sei nach halb elf gewesen – nachdem er zur Nacht die Tür zugesperrt hatte. Wie sind Sie denn hereingekommen?«

»Das kann ich auch nicht sagen. An seine Tür kann ich unmöglich gehämmert haben, dann hätte mich ja noch jemand anders gehört. Ich könnte – ich muß – durchs Fenster hineingeklettert sein. Ich bedauere, Ihnen mitteilen zu müssen, daß ich auf diese Weise schon einmal in seine Wohnung eingedrungen bin, um meine Katze herauszuholen, die nicht kommen wollte, als ich sie rief.«

»Und wie sind Sie auf den Hof gekommen? Die Hoftür ist doch nachts ebenfalls verschlossen.«

»Wahrscheinlich hat Jenkins den Schlüssel steckenlassen – er ist sehr nachlässig.«

»Sie haben also überhaupt keine Erinnerung an das Verbrechen selbst? Sie versuchen demzufolge, mir eine Darstellung von dem zu geben, was Sie Ihrer Meinung nach getan haben könnten?«

Miss Paisley erinnerte sich noch, daß sie um Ruhe gebetet hatte.

»Ich bezweifle ganz und gar nicht, daß das, was Sie sagen, stichhaltig klingt, Inspektor. Doch ich möchte darauf hinweisen, daß es doch zumindest etwas ungewöhnlich für eine Frau mit meiner Vorgeschichte und meinen Gewohnheiten wäre, mich fälschlicherweise eines Verbrechens zu bezichtigen, nur um auf mich aufmerksam zu machen. Ich bitte Sie, mir zu glauben, daß ich ungefähr um halb elf in jenem Sessel saß, und daß ich mich als nächstes deutlich daran erinnern kann, um Viertel vor drei wieder in jenem Sessel zu sitzen. Es gab auch noch andere Anzeichen ...«

»Ganz genau! Wir nehmen Ihnen ab, daß Sie aus jenem Sessel aufgestanden sind – obwohl Sie sich nicht daran erinnern. Sie mögen auch noch andere Dinge getan haben, aber ich werde Ihnen beweisen, daß Sie Rinditch *nicht* getötet haben. Lassen sie uns zunächst einmal die Mordwaffe begutachten.«

Miss Paisley ging zum Schränkchen.

»Es ist nicht da!« rief sie. »Oh, natürlich! Ich muß es ... ich meine, haben Sie das Messer denn nicht *gefunden*?«

Inspektor Green war enttäuscht. Er hätte die Angelegenheit sofort auf sich beruhen lassen können, wenn sie ihm jetzt das Messer gezeigt hätte – das tatsächlich in der Leiche des Toten gefunden worden war. Es war ein Messer, wie man es in jedem Haushaltswarenladen im Land kaufen konnte, und aus dem sich daher nicht viele Rückschlüsse ziehen ließen.

»Wenn Sie Rinditchs Zimmer betreten hätten, dann hätten Sie doch überall Fingerabdrücke hinterlassen ...«

»Aber ich hatte doch die Reithandschuhe aus Leder an ...«

»Zeigen Sie uns die doch bitte, Miss Paisley.«

Miss Paisley ging zum Schrank zurück. Sie sollten eigentlich im obersten Regal liegen. Doch da waren sie nicht.

»Ich habe keine Ahnung, wohin ich sie gelegt habe«, meinte sie stockend.

»Das macht nichts«, seufzte Green. »Doch ich will Ihnen noch folgendes verraten, Miss Paisley. Der Mann – oder, wenn Sie so wollen, die Frau –, der oder die Rinditch getötet hat, hat auf jeden Fall einige recht große Flecken auf seiner oder ihrer Kleidung abbekommen.«

»Aber nicht bei einem Lumberjack«, murmelte Miss Paisley.

»Welchem Lumberjack?«

»Oh! Ich vergaß, es zu erwähnen – oder hatte vielmehr noch nicht die Gelegenheit dazu. Als ich mich um halb elf in jenen Sessel setzte, trug ich einen grünen Lumberjack aus Wildleder. Als ich dann am frühen Morgen wieder zu mir kam, trug ich ihn nicht mehr.«

»Dann müßten wir doch irgendwo in dieser Wohnung einen Lumberjack für Frauen mit großen Blutflecken finden. Ich schau mal unter allen Möbeln nach. Sie suchen in den Schränken.«

Die Suche verlief ergebnislos. Miss Paisley fühlte sich in die Enge getrieben und drehte sich um.

»Sie glauben mir nicht!«

»Ich glaube, Sie sind überzeugt von allem, was Sie sagen, Miss Paisley. Sie hatten das Gefühl, den Mann umbringen zu müssen, der Ihre Katze getötet hat. Sie wußten, daß Sie eine Sache wie einen Mord, und dazu noch mit einem Messer, nicht durchstehen würden. Sie sind also geistig weggetreten, oder wie immer man so etwas nennt, und dabei haben Sie sich selbst eingeredet, den Mord begangen zu haben.«

»Dann wurden mein Fleischmesser, meine alten Reithandschuhe und mein Lumberjack also versteckt, um Sie zu täuschen?« Miss Paisleys Stimme wurde schrill.

»Nicht um mich zu täuschen, Miss Paisley. Um sich selbst zu täuschen! Wenn Sie meine Meinung hören wollen: Sie haben das Messer und die Handschuhe und die Jacke versteckt, weil sie *keine* Blutflecken hatten.«

Miss Paisley fühlte sich ein wenig schwindelig.

»Sie brauchen sich keine grauen Haare wachsen zu lassen, weil sie ihn *nicht* umgebracht haben«, sagte er und lächelte innerlich. »Heute morgen um sieben überraschte ein Polizist Jenkins bei dem Versuch, eine Tasche im Fluß zu versenken. Die Tasche gehörte Rinditch, und er hatte sie nachts immer unter seinem Bett liegen. Und Jenkins war im Besitz von über 230 Pfund Bargeld, deren Herkunft er nicht erklären kann.«

Miss Paisley sagte nichts mehr dazu.

»Haben Sie vielleicht immer noch das unbestimmte Gefühl, Rinditch getötet zu haben?« Miss Paisley nickte bestätigend. »Dann bedenken Sie doch folgendes: Wenn das Gehirn einem einmal einen Streich gespielt hat, dann kann es einem auch noch einen zweiten spielen – wie jetzt.«

Inspektor Green war sehr verständnisvoll und freundlich gewesen, sagte sich Miss Paisley. Es war ihre Pflicht, sich mit seiner Entscheidung abzufinden und seine Interpretation ihrer Handlungen zu akzeptieren, besonders da es keinerlei Alternativen dazu gab. Der niederträchtige Jenkins – ein abscheulicher Mann – würde wahrscheinlich gehängt werden. Irgendwie, sann Miss Paisley, kam doch noch alles zu seinem richigen Ende.

Ein einziges Mal wurde Jenkins dem Richter vorgeführt. Dann wurde er wegen Mordes angeklagt; im Herbst würde man ihm im Old Bailey den Prozeß machen. Miss Paisley verfolgte die Sache nicht weiter.

Eines Abends Anfang Herbst saß sie in ihrem Sessel und ließ noch einmal den Disput über die Entscheidung ihres Vaters für den Krocketrasen aufleben. Hatte er da einen Fehler begangen? In ihrem Eifer krallte sie ihre Hände in die Falten der Polsterung. Da berührten ihre Finger einen harten Gegenstand. Sie zog ihn mit dem Finger heraus. Es war das Halsband ihrer toten Katze.

Sie hielt es in beiden Händen. Lebhaft erinnerte sie sich jetzt daran, wie sie, Jenkins neben sich, durch Mr. Rinditchs Fenster geschaut und das Halsband im Papierkorb hatte liegen sehen ... der Verschluß war noch zugeschnallt. Das Leder war wie von einem Rasiermesser zerschnitten worden. Sie las die Inschrift: ihren eigenen Namen und ihre Adresse und – *ein Pfund Belohnung fürs Zurückbringen.*

»Ich habe es doch aus dem Papierkorb genommen – *hinterher*!« Sie durchlebte noch einmal den ekstatischen Augenblick, in dem sie Rinditch getötet hatte. Jede Einzelheit stand ihr jetzt kristallklar vor Augen. Nach *OBEN* schlagen – wie es die Katze getan hatte – und dann in Sicherheit springen. Sie hatte sich einen Handschuh ausgezogen, um das Halsband aus dem Papierkorb zu holen und es unter den Kragen ihres Pullovers zu stopfen. Dann hatte sie, bevor sie den Raum verließ, den Handschuh wieder angezogen und war zum Fluß gegangen. Wieder in ihren Sessel zurückgekehrt, hatte sie das Halsband aus dem Pullover geholt.

Die Hochstimmung, die ihr bei ihrem ersten Besuch bei der Polizei Kraft gegeben hatte, war verflogen. Ganz starr stand sie da, genau wie im Treppenhaus, als sie das Kratzen an der Wandtäfelung gehört hatte und sich weigerte, eine unerträgliche Wahrheit anzuerkennen. Wieder hatte sie den Eindruck, in sich wie eingesperrt zu sein, und merkte jetzt, daß sie nicht vor sich weglaufen konnte.

Das Halsband blieb – ein unwiderlegbares Beweisstück, dessen Existenz sich jedoch verleugnen ließ.

»Wenn ich es als Erinnerungsstück behalte, dann bringt es mich bald völlig durcheinander. Dann fängt alles wieder von vorne an, und ich beschuldige mich wieder des Mordes. Was sagte der freundliche Inspektor doch gleich: ›Wenn das Gehirn einem einmal einen Streich gespielt hat, dann kann es einem auch noch einen zweiten spielen.‹«

Als sie das Halsband in ihre Handtasche steckte, in den Mantel schlüpfte und hinausging, lächelte sie. Dieses Mal wählte sie den kürzesten Weg zur Brücke aus dem siebzehnten Jahrhundert. Sie ließ das Halsband in den Fluß fallen und wußte, daß es durch das Metall darin untergehen würde – ganz anders als der blutbefleckte Lumberjack und die Reithandschuhe, die sie, wie sich Miss Paisley ganz plötzlich erinnerte, mit Steinen hatte beschweren müssen – mit Steinen, die sie aus der Erde des alten Friedhofs gescharrt hatte ...

Die Wirtin

Roald Dahl

Billy Weaver hatte London nachmittags mit dem Personenzug verlassen, war unterwegs in Swindon umgestiegen, und als er in Bath ankam, war es etwa neun Uhr abends. Über den Häusern am Bahnhof ging der Mond auf; der Himmel war sternenklar, die Luft schneidend kalt, und Billy spürte den Wind wie eine flache, eisige Klinge auf seinen Wangen.

»Entschuldigen Sie«, sagte er, »gibt es hier in der Nähe ein nicht zu teures Hotel?«

»Versuchen Sie's mal im *Bell and Dragon*«, antwortete der Gepäckträger und wies die Straße hinunter. »Da können Sie vielleicht unterkommen. Es ist ungefähr eine Viertelmeile von hier auf der anderen Seite.«

Billy dankte ihm, nahm seinen Koffer und machte sich auf, die Viertelmeile zum *Bell and Dragon* zu gehen. Er war noch nie in Bath gewesen und kannte niemanden im Ort. Aber Mr. Greenslade vom Zentralbüro in London hatte ihm versichert, es sei eine herrliche Stadt. »Suchen Sie sich ein Zimmer«, hatte er gesagt, »und wenn das erledigt ist, melden Sie sich sofort bei unserem Filialleiter.«

Billy war siebzehn Jahre alt. Er trug einen neuen marineblauen Mantel, einen neuen braunen Hut und einen neuen braunen Anzug. Seine Stimmung war glänzend, und er schritt energisch aus. In letzter Zeit bemühte er sich, alles energisch zu tun, denn seiner Ansicht nach war Energie das hervorstechendste Kennzeichen erfolgreicher Geschäftsleute. Die großen Tiere in der Direktion waren immer phantastisch energiegeladen. Billy bewunderte sie sehr.

In der breiten Straße, die er entlangging, gab es keine Läden, sondern nur zwei Reihen hoher Häuser, von denen eines wie das andere aussah. Alle hatten Portale und Säulen, zu den Haustüren führten vier oder fünf Stufen hinauf, und zweifellos hatten hier einmal vornehme Leute gewohnt. Jetzt aber bemerkte man sogar im Dunkeln, daß von den Türen und Fensterrahmen die Farbe abblätterte und daß die weißen Fassaden im Laufe der Jahre rissig und fleckig geworden waren.

Plötzlich fiel Billys Blick auf ein Fenster zu ebener Erde, das von einer Straßenlaterne hell beleuchtet wurde. An einer der oberen Scheiben klebte ein Zettel. ZIMMER MIT FRÜHSTÜCK lautete die gedruckte Aufschrift. Unter dem Zettel stand eine Vase mit schönen großen Weidenkätzchen.

Er blieb stehen. Dann trat er etwas näher. An beiden Seiten des Fensters hingen grüne Gardinen aus einem samtartigen Gewebe. Die gelben Weidenkätzchen paßten wunderbar dazu. Er ging ganz dicht heran und spähte durch die Fensterscheibe ins Zimmer. Das erste, was er sah, war der Kamin, in dem ein helles Feuer brannte. Auf dem Teppich vor dem Fenster lag ein hübscher kleiner Dackel, zusammengerollt, die Nase unter dem Bauch. Das Zimmer war, soweit Billy im Halbdunkel erkennen konnte, recht freundlich eingerichtet. Außer einem großen Sofa und mehreren schweren Lehnsesseln war noch ein Klavier da, und in einer Ecke entdeckte er einen Papagei im Käfig. Billy sagte sich, daß Tiere eigentlich immer ein gutes Zeichen seien, und auch sonst hatte er den Eindruck, in diesem Haus könne man eine anständige Unterkunft finden. Sicherlich lebte es sich hier behaglicher als im *Bell and Dragon.*

Andererseits war ein Gasthof vielleicht doch vorteilhafter als ein Boardinghouse. Da konnte man abends Bier trinken und sich mit Pfeilwerfen vergnügen, man hatte Gesellschaft, und außerdem war es gewiß erheblich billiger. Er hatte schon einmal in einem Hotel gewohnt und war recht zufrieden gewesen. Ein Boardinghouse dagegen kannte er nur dem Namen nach, und ehrlich gesagt, hatte er ein wenig Angst davor. Schon das Wort klang nach wäßrigem Kohl, habgierigen Wirtinnen und penetrantem Bücklingsgeruch im Wohnzimmer.

Nachdem Billy diese Überlegungen zwei oder drei Minuten lang in der Kälte angestellt hatte, beschloß er, zunächst einen Blick auf das *Bell and Dragon* zu werfen und sich dann endgültig zu entscheiden. Er wandte sich zum Gehen.

Da geschah ihm etwas Seltsames. Als er zurücktrat, um seinen Weg fortzusetzen, wurde sein Blick plötzlich auf höchst merkwürdige Weise von dem Zettel gefesselt, der am Fenster klebte. ZIMMER MIT FRÜHSTÜCK, las er, ZIMMER MIT FRÜHSTÜCK, ZIMMER MIT FRÜHSTÜCK, ZIMMER MIT FRÜHSTÜCK. Jedes Wort war wie ein großes schwarzes Auge, das ihn durch das Glas anstarrte, ihn festhielt, ihn zum Stehenbleiben nötigte, ihn zwang, sich nicht von dem Haus zu entfernen – und ehe er sich's versah, war er von dem Fenster zur Haustür gegangen, hatte die Stufen erstiegen und die Hand nach dem Klingelknopf ausgestreckt.

Er läutete. Die Glocke schrillte in irgendeinem der hinteren Räume, und gleichzeitig – es mußte gleichzeitig sein, denn er hatte den Finger noch auf dem Knopf – sprang die Tür auf und vor ihm stand eine Frau.

Wenn man läutet, dauert es gewöhnlich mindestens eine halbe Minute, bevor die Tür geöffnet wird. Aber diese Frau war wie ein Schachtelmännchen: Man drückte auf den Knopf, und schon sprang sie heraus! Geradezu unheimlich war das.

Sie mochte fünfundvierzig bis fünfzig Jahre alt sein, und sie begrüßte ihn mit einem warmen Willkommenslächeln.

»Bitte treten Sie näher«, sagte sie freundlich. Sie hielt die Tür weit offen, und Billy ertappte sich dabei, daß er automatisch vorwärts gehen wollte. Der Drang oder vielmehr die Begierde, ihr in dieses Haus zu folgen, war außerordentlich stark.

»Ich habe das Schild im Fenster gesehen«, erklärte er, ohne die Schwelle zu überschreiten.

»Ja, ich weiß.«

»Ich suche ein Zimmer.«

»Alles ist für Sie bereit, mein Lieber«, antwortete sie. Ihr Gesicht war rund und rosig, der Blick ihrer blauen Augen sehr sanft.

»Ich war auf dem Weg zum *Bell and Dragon*«, berichtete Billy. »Aber dann sah ich zufällig dieses Schild in Ihrem Fenster.«

»Lieber Junge«, sagte sie, »warum stehen Sie denn in der Kälte? Kommen Sie doch herein.«

»Wieviel kostet das Zimmer?«

»Fünfeinhalb für die Nacht einschließlich Frühstück.«

Das war unglaublich billig. Weniger als die Hälfte des Betrages, mit dem er gerechnet hatte.

»Wenn es zu viel ist«, fügte sie hinzu, »kann ich's vielleicht auch ein bißchen billiger machen. Wollen Sie ein Ei zum Frühstück? Eier sind zur Zeit teuer. Ohne Ei kostet es einen halben Shilling weniger.«

»Fünfeinhalb ist ganz gut«, erwiderte er. »Ich möchte gern hierbleiben.«

»Das habe ich mir gleich gedacht. Kommen Sie herein.«

Sie schien wirklich sehr nett zu sein. Und sie sah genauso aus wie eine Mutter, die den besten Schulfreund ihres Sohnes für die Weihnachtstage in ihrem Hause willkommen heißt. Billy nahm den Hut ab und trat ein.

»Hängen Sie Ihre Sachen nur dorthin«, sagte sie. »Warten Sie, ich helfe Ihnen aus dem Mantel.«

Andere Hüte oder Mäntel waren in der Diele nicht zu sehen. Auch keine Schirme, keine Spazierstöcke – nichts.

»Wir haben hier *alles* für uns allein«, bemerkte sie und lächelte ihm über die Schulter zu, während sie ihn die Treppe hinaufführte. »Wissen Sie, ich habe nicht sehr oft das Vergnügen, einen Gast in meinem kleinen Nest zu beherbergen.«

›Die Alte ist ein bißchen verdreht‹, dachte Billy. ›Aber für fünfeinhalb die Nacht kann man das in Kauf nehmen.‹ »Ich hätte geglaubt, Sie wären von Gästen überlaufen«, sagte er höflich.

»Bin ich auch, mein Lieber, bin ich auch. Die Sache ist nur so, daß ich dazu neige, ein ganz klein wenig wählerisch und eigen zu sein – wenn Sie verstehen, was ich meine.«

»O ja.«

»Aber bereit bin ich immer. Ja, ich halte Tag und Nacht alles bereit für den Fall, daß einmal ein annehmbarer junger Mann erscheint. Und es ist eine große Freude, mein Lieber, eine sehr große Freude, wenn ich hie und da die Tür aufmache und jemand vor mir sehe, der *genau* richtig ist.« Sie hatte den Treppenabsatz erreicht, blieb stehen, die eine Hand auf dem Geländer, wandte den Kopf und lächelte mit blassen Lippen auf ihn herab. »Wie Sie«, setzte sie hinzu, und der Blick ihrer blauen Augen glitt langsam von Billys Kopf bis zu seinen Füßen und dann wieder hinauf.

In der ersten Etage sagte sie zu ihm: »Hier wohne ich.«

Sie stiegen noch eine Treppe höher. »Und dies ist Ihr Reich«, fuhr sie fort. »Ich hoffe, Ihr Zimmer gefällt Ihnen.« Damit öffnete sie die Tür eines kleinen, aber sehr hübschen Vorderzimmers und knipste beim Eintreten das Licht an.

»Morgens scheint die Sonne direkt ins Fenster, Mr. Perkins. Sie heißen doch Mr. Perkins, nicht wahr?«

»Nein«, sagte er. »Weaver.«

»Mr. Weaver. Wie hübsch. Ich habe eine Wärmflasche ins Bett getan, damit sich die Bezüge nicht so klamm anfühlen. In einem fremden Bett mit frischer Wäsche ist eine Wärmflasche sehr angenehm, finden Sie nicht? Und falls Sie frösteln, können Sie jederzeit den Gasofen anstecken.«

»Danke«, sagte Billy. »Haben Sie vielen Dank.« Er bemerkte, daß die Überdecke bereits abgenommen und die Bettdecke an einer Seite zurückgeschlagen war – er brauchte nur noch hineinzuschlüpfen.

»Ich bin so froh, daß Sie gekommen sind«, beteuerte sie und blickte ihm ernst ins Gesicht. »Ich hatte mir schon Gedanken gemacht.«

»Alles in Ordnung«, antwortete Billy munter. »Gar kein Grund zur Sorge.« Er legte seinen Koffer auf den Stuhl und schickte sich an, ihn zu öffnen.

»Und wie sieht's mit Abendbrot aus, mein Lieber? Haben Sie bereits irgendwo etwas gegessen?«

»Danke, ich bin wirklich nicht hungrig«, sagte er. »Ich glaube, ich werde so bald wie möglich schlafen gehen, weil ich morgen beizeiten aufstehen und mich im Büro melden muß.«

»Gut, dann will ich Sie jetzt allein lassen, damit Sie auspacken können. Aber ehe Sie sich hinlegen, seien Sie doch bitte so freundlich, unten im Salon Ihre Personalien ins Buch einzutragen. Das muß jeder tun, denn es ist hierzulande Gesetz, und in *diesem* Stadium wollen wir uns doch nach den Gesetzen richten, nicht wahr?« Sie winkte leicht mit der Hand, verließ rasch das Zimmer und schloß die Tür hinter sich.

Das absonderliche Benehmen seiner Wirtin beunruhigte Billy nicht im geringsten. Die Frau war ja harmlos – darüber bestand wohl kein Zweifel –, und zudem schien sie eine freundliche, freigebige Seele zu sein. Vermutlich hatte sie im Krieg einen Sohn verloren oder einen anderen Schicksalsschlag erlitten, über den sie nie hinweggekommen war.

Wenig später, nachdem er seinen Koffer ausgepackt und sich die Hände gewaschen hatte, ging er ins Erdgeschoß hinunter und betrat den Salon. Die Wirtin war nicht da, aber im Kamin brannte das Feuer, und davor schlief noch immer der kleine Dackel. Das Zimmer war herrlich warm und gemütlich. ›Da habe ich Glück gehabt‹, dachte Billy und rieb sich die Hände. ›Besser hätte ich's gar nicht treffen können.‹

Da das Gästebuch offen auf dem Klavier lag, zog er seinen Füllfederhalter heraus, um Namen und Adresse einzuschreiben. Auf der Seite standen bereits zwei Eintragungen, und Billy las sie, wie man es bei Fremdenbüchern immer tut. Der eine Gast war ein gewisser Christopher Mulholland aus Cardiff, der andere hieß Gregory W. Temple und stammte aus Bristol.

›Merkwürdig‹, dachte er plötzlich. ›Christopher Mulholland. Das klingt irgendwie bekannt.‹ Wo in aller Welt hatte er diesen keineswegs alltäglichen Namen schon gehört?

Ein Mitschüler? Nein. Vielleicht einer der vielen Verehrer seiner Schwester oder ein Freund seines Vaters? Nein, ganz gewiß nicht. Er blickte wieder in das Buch.

Christopher Mulholland, 231 Cathedral Road, Cardiff

Gregory W. Temple, 27 Sycamore Drive, Bristol

Wenn er es recht bedachte, hatte der zweite Name einen fast ebenso vertrauten Klang wie der erste.

»Gregory Temple«, sagte er laut vor sich hin, während er in seinem Gedächtnis suchte. »Christopher Mulholland . . .«

»So reizende junge Leute«, hörte er eine Stimme hinter sich. Er fuhr herum und sah seine Wirtin ins Zimmer segeln. Sie trug ein großes Tablett, das sie weit von sich ab hielt, ziemlich hoch, als hätte sie die Zügel eines lebhaften Pferdes in den Händen.

»Die Namen kommen mir so bekannt vor«, sagte er.

»Wirklich? Wie interessant.«

»Ich möchte schwören, daß ich sie irgendwoher kenne. Ist das nicht sonderbar? Vielleicht aus der Zeitung. Handelt es sich etwa um berühmte Persönlichkeiten? Kricketspieler, Fußballer oder dergleichen?«

»Berühmt . . .« Sie stellte das Teebrett auf den niedrigen Tisch vor dem Sofa. »Ach nein, berühmt waren sie wohl nicht. Aber sie waren ungewöhnlich hübsch, alle beide, das kann ich Ihnen versichern. Groß, jung und hübsch, mein Lieber, genau wie Sie.«

Billy beugte sich von neuem über das Buch. »Nanu«, rief er, als sein Blick auf die Daten fiel. »Die letzte Eintragung ist ja mehr als zwei Jahre alt!«

»So?«

»Tatsächlich. Und Christopher Mulholland hat sich fast ein Jahr früher eingeschrieben – also vor reichlich drei Jahren.«

»Du meine Güte«, sagte sie kopfschüttelnd mit einem gezierten kleinen Seufzer. »Das hätte ich nie gedacht. Wie doch die Zeit verfliegt, nicht wahr, Mr. Wilkins?«

»Ich heiße Weaver«, verbesserte Billy. »W-e-a-v-e-r.«

»O ja, natürlich!« Sie setzte sich auf das Sofa. »Wie dumm von mir. Entschuldigen Sie bitte. Zum einen Ohr hinein, zum anderen hinaus, so bin ich nun mal, Mr. Weaver.«

»Wissen Sie«, begann Billy von neuem, »was bei alledem höchst merkwürdig ist?«

»Nein, was denn, mein Lieber?«

»Ja, sehen Sie, mit diesen beiden Namen – Mulholland und Temple – verbinde ich nicht nur die Vorstellung von zwei Menschen, die sozusagen unabhängig voneinander existieren, sondern mir scheint auch, daß sie auf irgendeine Art und Weise zusammengehören. Als wären sie beide auf demselben Gebiet bekannt, wenn Sie verstehen, was ich meine – etwa wie . . . ja . . . wie Dempsey und Tunney oder wie Churchill und Roosevelt.«

»Sehr amüsant«, sagte sie. »Aber kommen Sie, mein Lieber, setzen Sie sich zu mir aufs Sofa. Sie sollen eine Tasse Tee trinken und Ingwerkeks essen, bevor Sie zu Bett gehen.«

»Bemühen Sie sich doch nicht«, protestierte Billy. »Machen Sie bitte meinetwegen keine Umstände.« Er lehnte am Klavier und sah zu, wie sie eifrig mit den Tassen und Untertassen hantierte. Sie hatte kleine, weiße, sehr bewegliche Hände mit roten Fingernägeln.

»Ich bin überzeugt, daß ich die Namen in der Zeitung gelesen habe«, fuhr Billy fort. »Gleich wird's mir einfallen. Ganz bestimmt.«

Es gibt nichts Quälenderes, als einer Erinnerung nachzujagen, die einem immer wieder entschlüpft. Er mochte nicht aufgeben.

»Warten Sie einen Moment«, murmelte er. »Nur einen Moment. Mulholland . . . Christopher Mulholland . . . war das nicht der Etonschüler, der eine Wanderung durch Westentgland machte und der dann plötzlich . . .«

»Milch?« fragte sie. »Und Zucker?«

»Ja, bitte. Und der dann plötzlich . . .«

»Etonschüler?« wiederholte sie. »Ach nein, mein Lieber, das kann nicht stimmen, denn *mein* Mr. Mulholland war kein Etonschüler. Er studierte in Cambridge. Na, wollen Sie sich denn nicht an dem schönen Feuer wärmen? Nur zu, ich habe Ihnen schon Tee eingeschenkt.« Sie klopfte leicht auf den Platz an ihrer Seite und schaute Billy erwartungsvoll lächelnd an.

Er durchquerte langsam das Zimmer und setzte sich auf die Sofakante. Sie stellte die Teetasse vor ihn hin.

»So ist's recht«, sagte sie. »Wie hübsch und gemütlich das ist, nicht wahr?«

Billy trank seinen Tee, und auch sie nahm ein paar kleine Schlucke. Eine Zeitlang sprachen die beiden kein Wort. Aber Billy wußte, daß sie ihn ansah. Sie hatte sich ihm halb zugewandt, und er spürte, wie sie ihn über den Tassenrand hinweg beobachtete. Hin und wieder streifte ihn wie ein Hauch ein eigenartiger Geruch, der unmittelbar von ihr auszugehen schien und der keineswegs unangenehm war. Ein Duft, der Billy an irgend etwas erinnerte – er konnte nur nicht sagen, an was. Eingemachte Walnüsse? Neues Leder? Oder die Korridore im Krankenhaus?

Schließlich brach sie das Schweigen. »Mr. Mulholland war ein großer Teetrinker. Nie im Leben habe ich jemanden soviel Tee trinken sehen wie den lieben Mr. Mulholland.«

»Ich nehme an, er ist erst vor kurzem ausgezogen«, meinte Billy, der noch immer an den beiden Namen herumrätselte. Er war jetzt ganz sicher, daß er sie in der Zeitung gelesen hatte – in den Schlagzeilen.

»Ausgezogen?« Sie hob erstaunt die Brauen. »Aber nein, lieber Junge, er ist gar nicht ausgezogen. Er wohnt noch hier. Mr. Temple auch. Sie sind beide im dritten Stock untergebracht.«

Billy stellte die Tasse vorsichtig auf den Tisch und starrte seine Wirtin an. Sie lächelte, streckte eine ihrer weißen Hände aus und klopfte ihm beruhigend aufs Knie. »Wie alt sind Sie, mein Freund?«

»Siebzehn.«

»Siebzehn!« rief sie. »Ach, das ist das schönste Alter! Mr. Mulholland war auch siebzehn. Aber ich glaube, er war ein wenig kleiner als Sie, ja, bestimmt war er kleiner, und seine Zähne waren nicht *ganz* so weiß wie Ihre. Sie haben wunderschöne Zähne, Mr. Weaver, wissen Sie das?«

»So gut, wie sie aussehen, sind sie gar nicht«, sagte Billy. »Auf der Rückseite haben sie eine Menge Füllungen.«

Sie überhörte seinen Einwurf. »Mr. Temple war natürlich etwas älter«, erzählte sie weiter. »Er war schon achtundzwanzig.

Aber wenn er mir das nicht verraten hätte, wäre ich nie darauf gekommen, nie im Leben. Sein Körper war ganz ohne Makel.«

»Ohne was?« fragte Billy.

»Er hatte eine Haut wie ein Baby. *Genau* wie ein Baby.«

Es entstand eine Pause. Billy nahm seine Tasse, trank einen Schluck und setzte sie behutsam auf die Untertasse zurück. Er wartete auf irgendeine Bemerkung seiner Wirtin, aber sie hüllte sich in Schweigen. So saß er denn da, blickte unentwegt in die gegenüberliegende Zimmerecke und nagte an seiner Unterlippe.

»Der Papagei dort . . .«, sagte er schließlich. »Wissen Sie, als ich ihn zuerst durchs Fenster sah, bin ich tatsächlich darauf hereingefallen. Ich hätte schwören können, daß er lebt.«

»Leider nicht mehr.«

»Eine ausgezeichnete Arbeit«, bemerkte Billy, »Wirklich, er sieht nicht im geringsten tot aus. Wer hat ihn denn ausgestopft?«

»Ich.«

»Sie?«

»Natürlich«, bestätigte sie. »Haben Sie schon meinen kleinen Basil gesehen?« Sie deutete mit einer Kopfbewegung auf den Dackel, der so behaglich zusammengerollt vor dem Kamin lag. Billy schaute hin, und plötzlich wurde ihm klar, daß sich das Tier die ganze Zeit ebenso stumm und unbeweglich verhalten hatte wie der Papagei. Er streckte die Hand aus. Der Rücken des Hundes, den er vorsichtig berührte, war hart und kalt, und als er mit den Fingern das Haar beiseite schob, sah er darunter die trockene, gut konservierte, schwarzgraue Haut.

»Du lieber Himmel«, rief er, »das ist ja phantastisch!« Er wandte sich von dem Hund ab und blickte voller Bewunderung die kleine Frau an, die neben ihm auf dem Sofa saß. »So etwas muß doch unglaublich schwierig sein.«

»Durchaus nicht«, erwiderte sie. »Ich stopfe *alle* meine kleinen Lieblinge aus, wenn sie von mir gehen. Möchten Sie noch eine Tasse Tee?«

»Nein, danke«, sagte Billy. Der Tee schmeckte ein wenig nach bitteren Mandeln, und das mochte er nicht.

»Sie haben sich in das Buch eingetragen, nicht wahr?«

»Ja, gewiß.«

»Dann ist es gut. Weil ich später, falls ich Ihren Namen einmal vergessen sollte, immer herunterkommen und im Buch nachschlagen kann. Das tue ich fast täglich mit Mr. Mulholland und Mr. . . . Mr. . . .«

»Temple«, ergänzte Billy. »Gregory Temple. Entschuldigen Sie, aber haben Sie denn außer den beiden in den letzten zwei, drei Jahren gar keine anderen Gäste gehabt?«

Sie hielt die Tasse hoch in der Hand, neigte den Kopf leicht nach links, blickte aus den Augenwinkeln zu ihm auf, lächelte ihn freundlich an und sagte: »Nein, lieber Freund. Nur Sie.«

Eis und Feuer (Scrabble)

Petra Hammesfahr

In der Clique haben wir sie immer nur Cassie genannt. Ihren richtigen Namen haben wir erst später erfahren. Cassie, das war kein richtiger Spitzname, es war nur die Abkürzung für irgendwas. Wir haben alles abgekürzt. Bea statt Beate, Tom statt Thomas, Charly statt Karl-Heinz. Ging halt schneller so und klang nicht nach Spießbürger. Damit wollten wir nichts zu tun haben. Wir wollten ganz anders sein, waren wir auch, zeitweise. Offen und frei, war die Devise. Wir wollten einfach leben, wie es uns gefiel, und auf alles Herkömmliche haben wir gespuckt. Cassie trieb es besonders toll.

Mich erinnert sie immer noch an diese spezielle Eistorte, die zu der Zeit im Supermarkt angeboten wurde. Die gab es in drei Geschmacksrichtungen: Vanille, Schoko und Erdbeer.

Cassie war von allem etwas.

Das Eis wurde in Literdosen verkauft. Oben auf dem Deckel stand groß gedruckt:

»CASSIE, DAS GANZ BESONDERE EISVERGNÜGEN, HERRLICH CREMIG, DER ZARTE SCHMELZ ZERGEHT AUF DER ZUNGE! CASSIE, MIT DER EXTRAPORTION FRISCHER SAHNE! PROBIEREN SIE EIN UNVERGLEICHLICHES ERLEBNIS!«

So einen Deckel hätte man Cassie um den Hals hängen können. Wir haben die Dosen gleich stapelweise gekauft. Wer mit dem Einkaufen an der Reihe war, der brachte neben Würstchen, Stangenbrot und Bier gleich drei oder vier Liter Eis mit.

Zum Wochenende trafen wir uns immer in der Hütte. Mitten

im Wald lag sie. Es gab einen kleinen Parkplatz an der Straße. Dort ließen wir die Autos stehen. Da standen sie dann zwei Tage lang einträchtig nebeneinander. Charlys alter, still vor sich hin rostender Kadett, der mittelalte Mittelklassewagen, den Tom sich immer bei seinem Großvater auslieh, und Cassies funkelnagelneues Cabrio. Schon damit war offensichtlich, wer von uns das Geld und das Sagen hatte.

Aber genauso einträchtig wie unsere Autos nebeneinander standen, liefen wir hintereinander den schmalen Trampelpfad zur Hütte hinauf. Immer bergauf, eine elende Schlepperei, bepackt mit Bierdosen, Kühltaschen, Rucksäcken und was wir sonst noch alles dabeihatten.

Wir kamen immer keuchend und völlig erledigt bei der Hütte an, warfen erst einmal die Sachen ins Gras und uns selbst gleich daneben. War richtig romantisch, die kleine Lichtung, rundum Wald, meterhohe Tannen, Fichten und weiß Gott was noch für Zeug.

Es gab kein elektrisches Licht in der Hütte. Abends wurden Kerzen angezündet und Petroleumlampen. Zum Kochen gab es einen Gasherd, aber den haben wir nie benutzt. Sonst hätten wir auch noch die Gasflaschen hinaufschleppen müssen. Wir brieten unsere Würstchen auf dem Kaminrost, schmeckte immer nach Rauch. Fließendes Wasser gab es auch nicht. Aber direkt bei der Hütte war ein Brunnen, aus dem wir eiskaltes Wasser mit einem Eimer hochzogen. Wenn wir ankamen, das heißt, nach der ersten Verschnaufpause, holten wir unsere Eisdosen aus den Kühltaschen, legten sie in den Eimer und ließen sie hinunter. War besser als jeder Kühlschrank.

Selbst im Hochsommer war das Brunnenwasser eisig. Bis Sonntagmittag blieb das Eis meist einigermaßen fest. Und wenn nicht, dann haben wir die Suppe eben gelöffelt. Man bekam einen merkwürdig klebrigen Geschmack davon im Mund. Und wenn man zuviel gegessen hatte, wurde es bitter. Vielleicht bringe ich es deshalb immer noch mit Cassie in Verbindung.

Mit dem Brunnenwasser gab es oft ein Heidenspektakel.

Wenn wir stundenlang vor der Hütte in der Sonne gelegen hatten, so richtig schön aufgeheizt waren, daß man auf dem nackten Rücken ein Spiegelei hätte braten können, dann kam einer von den Jungs angeschlichen und kippte einer von uns eine Kanne Wasser ins Kreuz. Umgekehrt haben wir es natürlich auch gemacht. Daraus entwickelte sich meist eine herrliche Balgerei. Und wenig später lagen wir dann einträchtig nebeneinander, und man hörte nur noch leises Stöhnen.

Wir haben uns oft im Freien geliebt. Keiner fand was dabei. Es hatte auch garantiert nichts mit Gruppensex zu tun. Auf die Idee wäre keiner von uns gekommen. Bei aller Freiheit gab es gewisse Regeln, an die sich jeder zu halten hatte.

Sechs Leute, drei Paare, und die gehörten zusammen, daran gab es nichts zu rütteln. Auch wenn wir manchmal den ganzen Tag lang nichts weiter auf dem Leib hatten als die Sonnenbrille und die Armbanduhr, da gab's nicht mal komische Blicke. Das war fast wie ein Gesetz. Bea und Tom, Charly und ich, Cassie und ...

Na ja, mit ihr war das so eine Sache. Cassie hielt es nie lange mit einem Typen aus. Kaum hatte man sich an einen gewöhnt, verschwand er in der Versenkung und ein neuer tauchte auf. Prüde war sie bestimmt nicht. Cassie brauchte selten länger als zwei Stunden, vom ersten Blick bis zur Matratze. Wenn ihr einer gefiel, setzte sie alle Hebel in Bewegung, und sie bekam jeden, den sie haben wollte.

Wir haben das so oft erlebt, Bea und ich, die Woche über, an der Uni. Cassie sah einen, machte uns auf ihn aufmerksam, lächelte spitzbübisch. »Den bringe ich am Samstag mit.«

So war es dann auch. Manchmal hat es schon gestört, daß sie ständig andere anschleppte. Man war nicht mehr so ungezwungen. Manche Kerle glotzen einem beim erstenmal regelrecht das Fleisch von den Rippen. Aber sagen konnten wir auch nichts. Die Hütte gehörte Cassies Vater, also praktisch ihr. Wir waren nur Gäste.

Bea und ich, wir haben uns oft darüber aufgeregt. In erster Linie natürlich über die Blödmänner, die Cassie mitbrachte. Aber auch über Cassie. Vielleicht hatten wir einfach nur Angst, Bea um Tom und ich um Charly.

Cassie hatte nie Anstalten gemacht, zu einem von beiden auf die Matratze zu kriechen. Aber wenn sie es darauf angelegt hätte, wer weiß ... Sie hätte es geschafft, davon waren Bea und ich überzeugt. Cassie hatte so eine aufreizende Art an sich, richtig provozierend. Sie gab ständig an mit ihren besonderen Fähigkeiten. Da blieb es doch nicht aus, daß wir mißtrauisch wurden und anfingen, sie ganz genau zu beobachten.

Ja, und dann kam dieses Wochenende im Juli. Cassie lag draußen vor der Hütte, trug nur den Bikinislip und machte mit ihrem Typen rum. Der war ganz neu, ich weiß nicht mehr, wie er hieß, ist ja auch unwichtig. Ein kleiner, grüner Junge war er, vielleicht gerade mal neunzehn. Ein mageres Bürschchen, ziemlich blaß, mit weißblonden Stoppelhaaren. Der war noch richtig feucht hinter den Ohren.

Das war der Samstag, ich war für die Würstchen zuständig. Charly brachte mir einen Armvoll Holz rein und heizte den Kamin an. Ich seh das noch, wie er davor auf dem Boden hockte. So braungebrannt, richtig verwegen sah er aus, wie ein Pirat. Irgendwie mußte ich an so einen alten Film denken. Ein Pirat, stark und wild und ... Na ja, Charly heizte nicht nur den Kamin an. Das passierte mir oft, er brauchte gar nichts zu tun, ich mußte ihn einfach nur sehen, das machte mich ganz verrückt.

Während ich die Würstchen bereitlegte, hoffte ich noch, daß er in der Hütte blieb, wenigstens für die nächste Viertelstunde. Aber Charly war nicht besonders gut drauf an dem Wochenende. Er tat so, als hätte er nicht bemerkt, was mit mir los war, und verzog sich wieder nach draußen.

Im ersten Augenblick war ich natürlich ein bißchen sauer. Aber ich konnte ihn auch verstehen. Drinnen fing der Kamin zu qualmen an, draußen war die Luft herrlich. Vor der Hütte war es schattig und kühl. Die schlimmste Hitze war vorüber. Charly legte sich wieder bäuchlings auf unsere Decke und schlug sein

Buch auf. Das war übrigens das erste Wochenende, an dem er sich Bücher mitgebracht hatte.

Cassies Decke lag knappe drei Meter von der unseren weg. Vom Fenster aus konnte ich sehr gut beobachten, was dort vorging. Sie zog eine unwahrscheinliche Nummer ab, benahm sich wie kurz vor der Explosion. Dabei war der Jüngling alles andere als geschickt. Mir hätte der mit seiner nervösen Fummelei nicht mal ein müdes Lächeln abgelockt. Und Cassie stöhnte, wälzte sich unter ihm hin und her, stieß kleine, spitze Schreie aus. »Ja«, und »komm«, und »du bist so gut.«

Jedes Wort von ihr konnte ich deutlich verstehen. Zuerst habe ich noch darüber gelacht. Weil doch der Typ nichts weiter tat, als ihren Hals abzuknutschen. Und dabei drehte er an ihren Brustwarzen herum, als ob er einen anderen Sender einstellen wollte. Es war wirklich lächerlich – bis mir Charlys Blick auffiel.

Ich meine, er hatte doch nun oft genug erlebt, wie Cassie sich aufführen konnte, und er hatte nie einen Blick dafür übrig gehabt. Das war auch so eine stille Abmachung zwischen uns, daß wir uns nicht gegenseitig dabei begafften wie alte Spanner.

Und jetzt las er nicht mehr in seinem Buch, er hing wie gebannt an dieser Szene, und irgendwie schien er sogar ärgerlich. Sein Gesichtsausdruck machte mir richtig angst. Es ging ihn doch nichts an, was Cassie trieb. Er hatte nichts mit ihr zu tun. Und plötzlich wußte ich, daß sie ihr Schmierentheater nur für ihn inszenierte. Es ging einzig und allein darum, ihm zu zeigen, wie gut sie war.

Bea stimmte mir zu, als ich ein paar Tage später mit ihr darüber sprach. Und Bea meinte, daß wir halt aufpassen müßten. »Sie ist ein gerissenes Luder«, sagte Bea. »Und wenn wir ehrlich sind, sie hat eine Menge zu bieten. Denk nur mal an das Geld von ihrem Alten. Damit können wir nicht konkurrieren, du nicht und ich auch nicht.«

Ist ja wohl verständlich, daß ich mir Sorgen machte. Charly gehörte zu mir, wir waren seit fast einem Jahr zusammen. Und bisher hatten wir uns sehr gut verstanden, in jeder Beziehung.

Ich konnte mir gar nicht mehr vorstellen, wie es ohne ihn gewesen war. Und ich wollte mir nicht vorstellen, wie es ohne ihn sein würde. Ausgerechnet Cassie!

Aber Bea hatte recht, und wenn sie es darauf anlegte, würde sie auch Charly herumbekommen. Mochte er mir tausendmal sagen, daß er nur mich liebt. Und mochte er hundertmal betonen, daß so ein lockerer Vogel wie Cassie nicht seine Kragenweite war. Vielleicht sagte er so was nur, um mich in Sicherheit zu wiegen.

Ich will nicht behaupten, daß ich gleich an ein festes Verhätlnis zwischen Charly und Cassie dachte, mehr an so eine Probenummer zwischendurch. Und allein der Gedanke machte mich wahnsinnig. Charly war auch nur ein Mann, und er war bestimmt nicht aus Stein, das wußte ich aus eigener Erfahrung. Ich stellte mir bereits vor, wie er anschließend käme, um zu beichten. So auf die Tut-mir-wirklich-sehr-leid-Tour. Soll nicht wieder vorkommen, sie hat mich so verrückt gemacht, da ist es eben passiert.

Bea meinte auch, daß ich das nicht so einfach hinnehmen dürfe. Ich mochte Cassie, doch, wirklich. Wir waren seit Jahren befreundet. Was da passiert ist, tut mir wahnsinnig leid. Ich meine, Bea und ich, wir sprachen zwar davon, daß man ihr eine Lektion erteilen müßte, wenn sie jetzt ihre Finger nach Charly oder Tom ausstreckt, aber wir haben bestimmt nicht an etwas Schlimmes gedacht.

Am nächsten Wochenende hatte Bea Küchendienst. Ich ging kurz zu ihr rein, um zu fragen, wie lange es noch dauerte. Bea stand vor dem Kamin. Die Würstchen brutzelten auf dem Rost. Ab und zu spritzte Fett auf die brennenden Holzscheite. Das gab so kleine, blaue Flammen. Und als ich hereinkam, starrte Bea teilnahmslos ins Feuer. Erst als ich sie ansprach, schaute sie auf und kam langsam wieder zu sich.

»Geh lieber raus«, bat sie, »paß auf, was die da draußen treiben.« Dabei war Cassie an dem Abend eigentlich ganz zahm. Nicht mal ihr T-Shirt hatte sie ausgezogen. Sie saß auf der Decke,

Knie unter dem Kinn, die Arme fest um beide Beine geschlungen. Vom Fenster aus konnte ich erkennen, daß sie die Augen geschlossen hielt. Toms Transistorradio lief, und Cassie wiegte sich zu der Musik ganz leicht hin und her.

Ihr neuer Typ – jetzt fällt mir wieder ein, wie er hieß, Fred – lag neben ihr ausgestreckt und strich ihr immerzu mit einer Hand unter dem T-Shirt über den Rücken. Als er die Hand nach vorne bringen wollt, wehrte Cassie ihn ab. Er schaute so verdutzt drein wie die Kuh vor dem geschlossenen Scheunentor.

»Sie hat ihn schon über«, sagte Bea. »Den sehn wir heute zum letztenmal.« Sie lachte so komisch, starrte auf die kleinen, blauen Flammen von den Fettspritzern. »Bin gespannt, wen sie uns nächste Woche anschleppt. Aber vielleicht kommt sie nächste Woche auch solo. Sie wird sich ausrechnen können, daß sie ihre Chancen verdoppelt.«

»Wie meinst du das?« fragte ich, und Bea lachte wieder.

»Laß dich überraschen.« Sie zeigte kurz aus dem Fenster, sagte knapp: »Einer von beiden ist fällig. Und wenn mich nicht alles täuscht, ist es schon passiert. Hab zufällig gehört, wie sie letzte Nacht darüber sprach. Der Kleine konnte es ihr nicht recht machen. Sie hat ihm was erzählt von richtigen Männern. Alles hab ich nicht verstanden. Aber ich müßte mich schwer irren, wenn sie sich in der vergangenen Woche nicht zweimal mit einem richtigen Mann köstlich amüsiert hat.«

Seit ich am Fenster stand, hatte Charly sein Buch nicht mehr umgeblättert. Er lag wieder bäuchlings da und las. Den Kopf mit einem Arm abgestützt. Mußte ein Wahnsinnsstoff sein, nur konnte ich leider nicht erkennen, ob er ins Buch schaute oder zu Cassie hinüber. Irgendwas war mit ihm nicht in Ordnung. Schon als wir am vergangenen Morgen bei der Hütte angekommen waren, hatte er mir einige Bücher unter die Nase gehalten. Ich solle mir keine allzu großen Hoffnungen machen, hatte er dazu gesagt.

Angeblich mußte er sich auf eine wichtige Zwischenprüfung vorbereiten. Aber Zwischenprüfungen gab es immer mal, und bisher hatte Charly kein Drama daraus gemacht. Und ganz bestimmt hatte er dafür nicht auf Liebe verzichtet. Wir sahen uns sonst fast jeden Tag. Charly brauchte das, hatte er mir selbst einmal erklärt. Aber in der letzten Woche hatte er keine Zeit für mich gehabt, war doch sonderbar, oder?

Ich hätte losheulen können, wie ich ihn da auf der Decke liegen sah. Mein Charly!

Mein Charly und dieses kleine, dreckige Miststück. Bea muß bemerkt haben, was in mir vorging. Ich hörte sie neben mir zischen: »Man müßte diesem Biest wirklich einen saftigen Denkzettel verpassen.«

Dann ging sie zurück zum Kamin und drehte die Würstchen noch einmal um. Anschließend deckte sie den Tisch, öffnete auch gleich ein paar Bierdosen.

Ich war so verzweifelt, daß ich nicht mehr klar denken konnte. Immer sah ich sie vor mir, in Charlys Zimmer oder in Cassies Wagen. Vielleicht waren sie sogar hierher gekommen, war ja niemand da während der Woche.

Ich kam mir plötzlich vor wie ein Bettelweib, das sich mit einem Bankier anlegen wollte. Ich konnte mit Cassie nicht kokurrieren, das wußte ich. Es war nicht allein das Geld. Sie sah einfach unverschämt gut aus. So ein richtiges Engelsgesicht. Bea und ich, wir waren nicht häßlich, nur waren wir eben auch nicht so perfekt gebaut.

Bea kam wieder zu mir herüber und nahm ihre Tasche vom Fenstergriff. Sie nahm irgendwas aus der Tasche, schürzte die Lippen und hob flüchtig die Achseln. »Zwei oder drei«, murmelte sie, und ich wußte nicht, was sie meinte, wollte es auch nicht wissen. Dann forderte Bea mich auf, die anderen hereinzuholen.

Kurz darauf saßen wir alle um den Tisch herum. Die Stimmung war mies, keiner sprach. Charly saß neben mir wie immer. Mir kam es vor, als sei er meilenweit weg. Bea bearbeitete ihr Würstchen, als hätte sie ihren schlimmsten Feind vor sich auf dem Pappteller liegen. Tom bemühte sich verzweifelt um gute

Laune, drehte wie wild am Transistor herum. Aber in der Hütte war der Empfang immer sehr schlecht. Das Knarren und Rauschen ging mir entsetzlich auf die Nerven. Cassie nuckelte an ihrer Bierdose. Der kleine Fred wollte sie ständig von seinem Würstchen abbeißen lassen.

Da prustete Bea plötzlich los. »Scheint nicht dein Tag zu sein, Kleiner. Ist wohl auch nicht ganz nach Cassies Geschmack, was du ihr da bietest, Bratwürstchen. Cassie steht mehr auf die ungebratenen, deftigen Sachen, mußt du wissen.«

Bea konnte sich gar nicht beruhigen. Cassie sprang auf, lief zur Tür, funkelte Bea von dort aus wütend an. Ich rechnete fest mit einer patzigen Bemerkung. Doch Cassie sagte nur: »Ich hole uns den Nachtisch.«

Sie lief hinaus, kam aber gleich wieder zurück und behauptete, der Eimer habe sich im Brunnen verklemmt. Mein Gott, ich sehe sie heute noch so vor mir. Wie sie da bei der Tür stand, so jung und lässig, nur in T-Shirt und Bikinislip, ein entwaffnendes Lächeln auf dem Gesicht. Sie himmelte Charly an: »Hilfst du mir mal, bitte?«

Mir setzte der Atem aus. Ich konnte nur noch einen Satz denken, Bea hat recht, Bea hat recht. Und Cassie gab sich gar keine Mühe mehr, es zu verheimlichen.

Charly wollte wohl, doch er kam nicht so schnell von der Bank hoch. An seiner Stelle sprang Tom auf und ging mit Cassie hinaus zum Brunnen. Bea preßte die Lippen aufeinander. Und dieser verdammte Transistor knisterte und prasselte uns die Ohren voll. Zuerst war von draußen nichts zu hören. Dann jauchzte Cassie plötzlich los: »Nicht! Tom, du altes Ferkel. Laß das! Iiihh, na warte, das bekommst du zurück.«

Toms Schritte polterten über die Holzbohlen auf die Tür zu. Er kam hereingestürmt, warf sich förmlich auf seinen Platz neben Bea und schaute ganz unschuldig drein. Cassie war dicht hinter ihm, und sie war pitschnaß. Das T-Shirt klebte an ihr. Die Eisdose hielt sie weit von sich gestreckt.

»Haltet euch ran, Leute«, sagte sie, »es ist noch 'ne Menge da.«

Ich konnte den Blick nicht von Charly lassen. Er hatte sie doch nun wirklich schon ganz anders gesehen, und da hatte er sie nicht so angestarrt. Ganz hungrige Augen hatte er, und damit es nicht so auffiel, fragte er scheinheilig: »Was hast du denn da?«

»Erdbeer«, sagte Cassie, »kannst auch gerne was anderes haben. Ist noch alles auf Lager.« Dann stellte sie die Eisdose mitten auf den Tisch und ging hinauf.

Ursprünglich hatte die Hütte nur so eine Art offenen Dachboden besessen, zu dem eine einfache Holzstiege, mehr Leiter als Treppe, hinaufführte. Wir hatten ganz zu Anfang dort oben gründlich saubergemacht und uns mit Brettern und Vorhängen kleine Kammern abgeteilt.

Sah wenigstens ein bißchen nach Diskretion aus, falls Cassies Vater mal unerwartet aufgetaucht wäre. Betten hatten wir natürlich nicht. Wir schliefen auf Luftmatratzen, und unsere Sachen hängten wir einfach an die Nägel, die Tom eigens dafür in die alten Dachbalken geschlagen hatte.

Cassie kam nach zwei, drei Minuten wieder zurück. Sie hatte sich umgezogen, trug jetzt ein Kleid. Und was für eins. In dem T-Shirt war sie mir nicht halb so nackt vorgekommen. Der ganze Rücken war frei, vorne gab es nur ein Fetzelchen Stoff, das mit einem Bindfaden oben im Nacken gehalten wurde. Der Rock schwang weit und luftig um ihre Beine. Mit ihrer Aufmachung verscheuchte sie auch den allerletzten Rest an Stimmung.

Nachdem wir das Eis gegessen hatten, saßen wir nur noch rum. Charly küßte mich flüchtig auf die Schulter, murmelte eine lasche Entschuldigung und verzog sich mit seinem Buch und einer brennenden Kerze zu einem Sessel in der Ecke. Cassie gähnte mehrfach so betont herausfordernd. Tom zündete zwei Petroleumlampen an und stellte endlich den Transistor ab. Dann beschwerte er sich über die miese Laune und schlug vor, etwas zu spielen.

Aber Charly war beschäftigt, Cassie behauptete, sie sei zu müde. Fred erkundigte sich hoffnungsvoll, was wir denn spielen könnten. Und als Tom ihm grinsend erklärte: »Scrabble«, hatte er dazu keine Lust. Cassie ging zur Couch hinüber und legte sich hin. Er folgte ihr wie ein kleines Hündchen, hockte sich vor die Couch auf den Boden und legte seinen Kopf auf ihren Bauch.

Mir war so elend. Es war fast eine Erleichterung, als Tom aufstand und das Spiel holte. Zu dritt begannen wir. Doch so sehr ich mich auch bemühte, ich konnte mich nicht darauf konzentrieren. Bekam einfach nie die richtigen Buchstaben, um ein vernünftiges Wort zu legen. Aber vielleicht lag es auch an den Worten, die Bea auf dem Brett verteilte. Die stachen immer ab, waren so an den Rand gelegt, daß sie sofort ins Auge fielen.

»WUT«, »RACHE«.

Von Charly sah und hörte ich nichts. Cassie hatte ganz selbstvergessen damit begonnen, Freds weißblonde Stoppelhaare zu kraulen. Der arme Fred nahm das wohl als Aufforderung. Er schob eine Hand unter den weiten Rock, die andere unter das Oberteil ihres Kleides.

Ich weiß nicht, aber irgendwie tat Charly mir in diesem Augenblick sogar leid. Mir wurde schon elend allein bei der Vorstellung, und er mußte es sich in natura ansehen. Vielleicht wünschte er sich, den kleinen Fred hinauswerfen zu können und sich an seiner Stelle zu Cassie zu legen. Mir brannten die Augen.

Bea legte ein paar Spielsteine auf das Brett, quer an die »WUT«. Als Tom das Brett zu mir drehte, las ich: »FEUER«.

Im ersten Augenblick dachte ich nur, verrückt. Aber dann fraß sich der Gedanke fest. Die Hütte war aus Holz, aus uraltem, knochentrockenem Holz. Wir hantierten ständig mit offenem Feuer. Man mußte immer auf der Hut sein, Kamin, Lampen und Kerzen im Auge behalten.

Charly, mein lieber, lieber Charly. Ob er wußte, wie sehr ich ihn liebte?

Bea tat ganz unbeteiligt. Aber ich wurde das Gefühl nicht los, daß sie mir etwas vorsagen wollte. Und mir entgingen auch die Blicke nicht, die sie ständig zur Couch hinüber warf.

Es war kurz nach zehn, als Tom mit einem vernehmlichen Seufzer sein X loswurde. Jetzt lag da die »AXT«, ziemlich nahe beim »FEUER«. Auch eine Lösung, dachte ich flüchtig.

Bea zählte die Punkte zusammen, schaute mich mit einem ganz merkwürdigen Blick an und sagte: »Du hast leider verloren.«

Deutlicher konnte sie nicht werden. Sie hatte von ihrem Platz aus Charly die ganze Zeit über im Blick gehabt. Mir schlug das Herz beinahe zum Hals heraus. Bea kannte Charly fast ebensolange wie ich. Und garantiert kannte sie auch seine Blicke. Diese leicht verträumten, abwesenden Blicke, mit denen Charly mich früher fast aufgefressen hatte.

Tom packte das Spiel zurück in den Karton und löschte eine der Lampen. Die zweite nahm er mit, als er, gefolgt von Bea, zur Stiege ging. Es war plötzlich ziemlich dunkel in der Hütte. Ich ging zu Charly und fragte, ob wir nicht auch zu Bett gehen sollten. Er sah nur ganz kurz auf.

»Geh schon vor, ich komm gleich nach. Ich muß mir nur diese Seite noch einmal durchlesen.«

Obwohl Fred immer noch vor der Couch saß, wurde mir richtig übel. Aber ich ging. In der Dunkelheit stolperte ich und stieß mir das Knie an einer der Stufen. Charly fragte nicht einmal, ob ich mich verletzt hätte.

Dann lag ich auf der Matratze. Nebenan stritten Bea und Tom im Flüsterton miteinander. Worum es ging, konnte ich nicht verstehen. Ich hörte Bea nur zweimal Cassies Namen zischen. Tom gab etwas zurück, es klang sehr wütend und ungehalten.

Es war mir egal, es war mir so egal. Ich lag nur da und wartete, horchte in die Dunkelheit, bis mir die Ohren dröhnten. Unten war alles still. Dann kamen Schritte die Stiege hoch. Ich dachte schon, es sei Charly, aber es war nur Fred. Die Schritte gingen vorbei zur letzten Kammer.

Irgendwie hatte Charly es also geschafft, den Jungen ins Bett zu schicken. Und jetzt waren sie allein dort unten. Es war immer noch still. Nach einer Weile hörte ich Charlys Stimme. »Cassie?« Er sprach leise, ich verstand trotzdem jedes Wort. Die Federung der Couch knackte. Charly sagte: »Komm schon, stell dich doch nicht so an.«

Es dauerte und dauerte, aber vielleicht kam es mir auch nur so vor. Endlich hörte ich schwere Schritte auf der Stiege. Ein leichtes Ächzen, ein Keuchen. Wieder gingen die Schritte vorbei zur letzten Kammer. Dann hörte ich Charly mit Fred sprechen. Er flüsterte nur, aber Fred antwortete ziemlich laut: »Ach, leck mich doch.« Charly war offensichtlich wütend, als er endlich kam. Zuerst hatte er noch die Kerze von unten geholt. Er ließ ein bißchen Wachs auf die Dielenbretter tropfen, klebte sie darauf fest.

»Cassie war eingeschlafen«, erklärte er beiläufig. »Ich hab sie nicht wach bekommen. Und dieser Volltrottel verzieht sich einfach. Er hätte mir wenigstens leuchten können. Ich mußte sie tragen.«

Während er mir das erzählte, streifte er sein Hemd ab. Die Kerze flackerte. In dem schwachen, unruhigen Licht sah ich seinen Rücken. Er wirkte fast schwarz und breiter als sonst. Charly hakte die Finger in den Bund der Badehose, zog sie aus. Ich habe ihn nie so sehr geliebt wie in diesem Augenblick. Alles hätte ich getan für ihn, wirklich alles.

Er kroch neben mich auf die Matratze, zog sich die Decke über die Schulter und blies die Kerze aus. »Ist ziemlich kühl geworden«, sagte er noch und fügte hinzu: »Bist du böse, wenn ich gleich schlafe? Ich bin ziemlich geschafft.«

Antworten konnte ich ihm nicht. Cassies Parfüm stieg mir in die Nase. Ich schüttelte nur den Kopf, und Charly drehte sich auf die Seite, drehte mir einfach den Rücken zu und schlief ein. Da konnte ich die Tränen nicht länger zurückhalten. Die ganze Zeit sah ich dieses verdammte Spielbrett vor mir. WUT! RACHE! FEUER! AXT! Ach, Charly, mein Charly.

Als das Schluchzen stärker wurde, stand ich auf und ging wieder hinunter. Ich wollte ihn nicht aufwecken, die anderen auch nicht. Es war ziemlich kühl unten. Wir ließen das Feuer im Kamin zur Nacht immer ausgehen, sicherheitshalber. Bei der Tür hing eine Jacke. Wem sie gehörte, weiß ich gar nicht. Ich zog sie über und ging ins Freie. In der Hütte wollte ich nicht bleiben. Da war diese Couch, die hätte ich nicht ertragen.

Es war ein par Tage nach Vollmond, und draußen war es heller als in der Hütte. Alles konnte ich ganz deutlich erkennen. Die Einfassung des Brunnens, die Decken, die wir einfach auf dem Gras liegen gelassen hatten. Ich nahm mir eine und wickelte sie mir um die Schultern. Dann setzte ich mich neben den Brunnen auf die Erde. Jetzt hatte ich den Holzklotz genau im Blick, die schwere Axt steckte mit der Schneide darin fest. Charlys Werk, er war zuständig für das Kaminholz.

Draußen war es wirklich empfindlich kühl. Ich wußte schließlich gar nicht mehr, ob ich vom Weinen oder von der Kälte so zitterte. Ich saß auch nicht mehr, ich lag neben dem Brunnen und heulte mir das Herz aus dem Leib. Ein letzter Funken Verstand sagte mir, daß vielleicht gar nichts passiert sei. So lange war Charly ja nicht alleine mir ihr gewesen. Und er mochte es nicht, wenn er sich bei der Liebe abhetzen mußte.

Vielleicht hatte er wirklich nur für die Zwischenprüfung gebüffelt. Vielleicht hatte er das auch in der vergangenen Woche getan. Vielleicht war er nur deshalb zu müde gewesen, um noch mit mir zu schlafen.

Aber dieser Rest Verstand kam gegen das Elend nicht an. Ich habe mich schon als Kind in jeden Kummer hineingesteigert und zuletzt keinen Ausweg mehr gesehen. Und schon als Kind habe ich dann geheult, bis ich vor Erschöpfung einschlief. So war es auch diesmal.

Obwohl mir so entsetzlich kalt war, obwohl das Gras um mich herum feucht wurde von Tau und mir die Brunneneinfassung mit ihren scharfkantigen Steinen in den Rücken schnitt, muß ich eingeschlafen sein. Ich weiß sogar noch, was ich träumte.

Charly kniete vor der Couch und schob Cassies Rock in die Höhe. Ein Höschen trug sie nicht. Dann löste er den blöden Bindfaden in Cassies Nacken und streifte das Oberteil auf ihre Taille herunter. Und Bea stieß mich in die Seite und sagte: »Du hast leider verloren.«

Ich kann nicht sehr lange geschlafen haben. Aufgewacht bin ich von diesem komischen Geräusch. Zuerst wußte ich nicht, was es war. Ich dachte, da sei ein Tier oder so, weil es knackte, als ob Holz bricht. So richtig gemerkt, was läuft, habe ich erst, als die Flammen durch das Dach nach draußen schlugen. Dann hörte ich sie auch schreien.

Es ging alles so wahnsinnig schnell. Noch bevor ich richtig auf den Beinen war, kamen zuerst Tom und Bea, dann Charly hinaus ins Freie gestürmt. Tom kam direkt auf mich zu. Er hatte so einen irren Ausdruck im Gesicht. Ich dachte schon, er bringt mich um. Aber er hatte es gar nicht auf mich abgesehen, nur auf den Brunnen. Ich saß ja immer noch direkt daneben.

Tom löste die Kette, man hörte den Eimer tief unten aufplatschen. Zusammen mit Charly zerrte er die Kette zurück. Der Eimer tauchte in der Einfassung auf. Sie waren so ungeschickt in der Hektik, daß der Eimer gegen die Kante stieß und umkippte. Das eiskalte Wasser ergoß sich über meine nackten Füße, und ich glaube, da wurde ich erst richtig wach.

Tom raste mit dem Wasserrest zurück zur Hütte. Noch bevor er sie ganz erreichte, holte er aus und kippte mit Schwung zwei Eisdosen durch die offene Tür. Es hatte niemand mehr an das Eis im Brunnen gedacht.

Charly war neben mir, das Gesicht ganz schmierig von Ruß und Rauch. Er riß mich an sich, stammelte: »Wo warst du denn? Ich hab dich da oben gesucht. Mein Gott, ich hatte solche Angst um dich.«

Bea stand stocksteif mitten auf der Wiese, starrte die brennende Hütte an. Und Tom stand mit dem leeren Eimer bei der offenen Tür und schrie sich die Lunge aus dem Leib: »Cassie! Cassie!«

Es war ein Höllenlärm, dieses Prasseln, Knacken, Bersten und dazu der Qualm. Durch all den Rauch konnte ich sehen, wie eine Gestalt durch die Tür ins Freie taumelte, sich hustend und würgend ins Gras fallen ließ. Aber es war nur der kleine Fred. Und Tom brüllte immer noch wie ein angeschossener Tiger. Immer wieder ihren Namen: »Cassie! Cassie!«

Das war die Abkürzung von Kassandra, so haben wir es ein

paar Tage später auf ihrem Grabstein gelesen. Hat ihr nicht viel geholfen, der Name. Ihren eigenen Untergang hat sie nicht vorausgesehen. Ich habe mich immer wieder gefragt, warum sie nicht ebenfalls herausgekommen ist. Die anderen haben es doch alle geschafft, sogar der kleine Fred, der mit ihr in der gleichen Kammer lag.

Sie muß wirklich sehr fest geschlafen haben. Vor der Polizei hat Fred ausgesagt, er hätte sie nicht wach bekommen, aber er hätte sie mitgeschleift, solange es ging, bis zur Stiege.

Das glaube ich nicht so ganz. Der hat doch nur an seine eigene Haut gedacht. Und die Hütte ist ganz in sich zusammengebrochen. Da ließ sich nicht mehr feststellen, wo Cassie vorher gelegen hatte. Spielt ja auch keine Rolle mehr.

Bea und Tom haben sich kurz darauf getrennt. Ihn haben wir ganz aus den Augen verloren. Bea treffe ich hin und wieder, wenn ich zufällig in der Stadt bin. Wir reden nicht mehr über das, was geschehen ist. Wir haben bei der Polizei soviel darüber reden müssen, das reicht.

Bea hat ganz freimütig zugegeben, daß das Feuer durch ihre Schuld entstanden ist. Sie sei mit dem Fuß gegen die Petroleumlampe gestoßen, hat sie gesagt, als sie und Tom sich liebten. Die Lampe sei umgekippt. Aber das glaube ich auch nicht so ganz. Ich sehe sie immer noch in ihrer Tasche kramen, höre sie immer noch murmeln: »Zwei oder drei.« Sie nahm zu der Zeit ein starkes Schlafmittel, hat sie mir später mal erzählt.

Eine Jurastudentin

Janwillem van de Wetering

Wer in Amsterdams exklusivem Restaurant *Plumgarden* diniert, umgeben von Palmen in Messingkübeln, unter einem Kuppeldach mit musizierenden Engeln; wer also dort die Speisen der Nouvelle Cuisine genießt, mit seltenen Weinen gekrönt, der würde es sich kaum vorstellen, daß der Herr am Nebentisch vornüberfällt und stirbt.

Der Herr in seinem maßgeschneiderten Businesss-Anzug erfreute sich vor kurzem noch bester Gesundheit. Er wollte gerade in ein Stück frischen Toast mit Kaviar beißen, als sein schöner Kopf nach vorne plumpste. Blut tropfte aus seinem Mund, er sackte in sich zusammen, rutschte langsam vom Stuhl und fiel auf die Seite. Spielte er Theater? Versuchte er damit seine hübsche Tischpartnerin zu amüsieren? Hatte er sich Tomatenketchup in die Mundwinkel geschmiert? Würde er gleich wieder aufstehen und lachend an seinem Champagner nippen? Oder war es nur ein kleiner Unfall? Der Herr hatte auf ein Stückchen Kies gebissen, das irgendwo in den Kaviar geraten war, und sich so einen Zahn demoliert. Weil er auf den Geschmack von Blut allergisch reagierte, fiel er in Ohnmacht. So muß es passiert sein.

Wie auch immer, eine Unannehmlichkeit. Der Maître war im Begriff herbeizueilen, ernsthaft betroffen, um aufrichtige Entschuldigungen anzubieten und dem Herrn mitzuteilen, daß das Menü selbstverständlich auf Rechnung des Hauses gehen würde – die Rechnung des Zahnarztes natürlich auch. Verzeihung, Mijnheer! Aber warum stand der Herr immer noch nicht auf? Warum bestand er darauf, die Marmorfliesen des Fußbodens zu streicheln?

Er hatte bis vor kurzem noch unüberhörbar in tadellosem Englisch gesprochen, sogar mit diesem leichten Stottern, das Engländer am Anfang und am Ende eines Satzes vortäuschen. Nicht, daß er ein echter Brite gewesen war – dafür war seine Haut zu dunkel. Er könnte ein Herr aus dem Mittleren Osten sein; er sah phantastisch aus. Mindestens so gut aussehend wie seine Bekannte. Die Dame war äußerst attraktiv in ihrer weitgeschnittenen Strickjacke und dem engen italienischen Rock. Vielleicht war sie ein Fotomodell.

Aber sehen wir jetzt den Tatsachen ins Gesicht – der Herr ist tot. Die Versuche des Maître, ihn mit sanften Schlägen in das Gesicht wiederzubeleben und ihn mit sanften Aufforderungen wieder zu Bewußtsein zu bringen, wurden jäh unterbrochen, als er den dunklen roten Fleck auf seiner Weste sah. Was hatte diesen dunklen Fleck verursacht? Eine Kugel? Hatte der Kellner, der den Tisch bediente, vielleicht einen Schuß gehört?

»Einen was?«

Der Maître streckte einen Finger aus und schnippte mit dem anderen. »Einen Knall?«

»Nein«, antwortete der Kellner. »Ich habe ein Plopp gehört.« Er steckte den Finger in seinen Mund und drückte ihn abrupt wieder heraus.

Das war keine große Hilfe. Champagnerkorken haben die Angewohnheit, mit einem Plopp zu entweichen, und im *Plumgarden* flogen viele Korken durch die Luft. Die Dame hatte sich nicht bewegt. Während die Kellner und der Maître um ihre zierlichen Füße krochen, knabberte sie am Kaviar und nippte etwas am Champagner. Ihre schlanken Fingerspitzen brachten ihr kräftiges blondes Haar wieder in Ordnung.

Der Maître sprach mit sich in Französisch, zwei Stimmen dabei imitierend. »Ist es Mord? – Ja.«

»Sollte ich sie rufen, die . . .? – Das sollten Sie tun.«

Er rief die Polizei an.

Zuerst kamen uniformierte Polizisten, wenig später Beamte in Zivil: ein älterer, gewichtiger Mann mit buschigem, grauem Haar und ein jüngerer, sportlicher Typ. Beide hatten freundliche Augen, der eine blaßblaue, der andere dunkelbraune. Der Ältere hätte sich rasieren sollen, der jüngere trug einen dichten Schnauzbart. Der zerknitterte Anzug des älteren Mannes stand ihm nicht, dagegen war das Jackett des jüngeren Mannes tadellos, und seine Jeans hatten genau die richtige Länge.

»Wer hat den Schuß abgegeben?« fragte Adjutant Grijpstra traurig, als ob er nicht wußte, daß es niemand wußte.

Der Kellner dachte nach, er war sich seiner Sache nicht sicher, daß er einen jungen, dunkelhäutigen Mann mit kahlgeschorenem Kopf gesehen hatte. Es könnte sein, daß er hellbraune Hosen und eine braune Lederjacke getragen hatte, vielleicht! An den Tischen des Kellners war zur Tatzeit lebhafter Betrieb gewesen. Gäste kamen und gingen. Der Täter war auf den Tisch zugesteuert und kurz stehengeblieben.

»Plopp.«

»Und was tat er danach?« fragte der jüngere Beamte. Er stellte sich selbst vor. Dienstgrad: Brigadier. Name: de Gier.

Der Kellner sah sich um. »Er muß gegangen sein.«

Der Maître fühlte sich übergangen. »Sie haben es dem Mörder erlaubt zu gehen? Während unser Gast zur Hölle fuhr?«

Brigadier de Gier gefiel dieser Ausdruck. Er wiederholte ihn behutsam. »Zur Hölle fahren.« Nur miese Typen fahren zur Hölle. Kannte der Maître seine Gäste so genau?

»Nein.«

»Aber warum dann ›Hölle‹?«

»Oder eben Himmel.« Der Maître hob seine Hände, um sich zu verteidigen. Dann ließ er sie wieder fallen. Er selbst war unschuldig, das andere war ihm gleichgültig.

»Nun?« fragte de Gier die Dame.

»Nein«, flüsterte sie. Ihre Stimme vibrierte – nicht aus Nervosität, sondern mehr, um ihn zu bezaubern –, während sie erklärte, daß sie bedauerlicherweise überhaupt nichts wüßte. Sie hatte gerade in ihre Handtasche geschaut, weil sie niesen mußte und ihr Taschentusch benötigte. Sie mußte gleichzeitig mit dem Plopp niesen. Aber sie habe mit dem Tüchlein vor den Augen nichts sehen können. Als sie wieder aufschaute, war ihr Begleiter schon auf den Boden gefallen und tot.

De Gier ging neben der Leiche in die Hocke. Hellbraune Haut, eine gebogene Nase und edle, dunkle Augen.

»Dieser Araber«, fragte de Gier wieder stehend und auf die Dame herabblickend, »war Ihr Freund?«

Ihre langen Wimpern flatterten. »Nicht mehr als eine Bekanntschaft.«

»Welche Nationalität?«

»Persien?«

»Sie sind sich nicht sicher?«

Ihr reizvoller Hals bewegte sich erst nach links, dann nach rechts.

»Ihren Namen, bitte?«

Sie wußte immerhin ihren Namen. »Everts. Mevrouw Everts. Nennen Sie mich Yvette.«

Adjutant Grijpstra reichte es jetzt. Seine schwere Hand ließ sich auf der Schulter des Maître nieder. »Alle raus jetzt. Sagen Sie Ihren Gästen und dem Personal, daß sie gehen sollen.«

»Geht es ihm nicht gut?« fragten die Stammgäste und stießen sich gegenseitig an. »Warum blutet er?«

»Er ist tot«, antworteten die Kellner. Das genügte ihnen als Auskunft.

»Achtet darauf, daß sie zuerst zahlen«, flüsterte der Maître grimmig in Richtung Personal. Dann entschuldigte er sich laut bei den Gästen für die Unannehmlichkeiten.

Die Kellner holten die Mäntel.

»Ich auch?« fragte Mevrouw Everts und stand auf.

»Nein«, antwortete Adjutant Grijpstra mürrisch. Brigadier de Gier schnippte sein Feuerzeug an. Die Dame hielt eine Zigarette zwischen den Fingern und benötigte Feuer.

Die Polizisten waren still. Sie bewunderten die Gipsengel, die in Lebensgröße an die gewölbte Decke modelliert worden waren, für immer mit erhobenen Trompeten und für immer ohne einen Ton. Yvette war ebenfalls still, sagte aber schließlich:

»Ich glaube, sein Name war Omar.«

»Tatsächlich«, sagte Grijpstra lächelnd. »Er hat Sie ausgeführt, aber Sie sind nicht sicher, wie er hieß?«

»Haben Sie ihn auf der Straße getroffen?« fragte de Gier. »Hat er hinter Ihnen hergepfiffen, und Sie sind stehengeblieben?«

Mevrouw Everts lächelte versöhnlich. »Nein. Die Agentur hat mich vermittelt. Ich arbeite als Hostess. Ein Mann zahlt, und er bekommt dafür einen Abend lang meine Gesellschaft.«

»Auch für eine Nacht?« fragte de Gier.

»Auch für eine Nacht.«

Grijpstra sah weg. Er zündete sich eine Zigarre an. »Pah!« sagte er zu seiner Zigarre.

»Habe ich Sie enttäuscht?« fragte Yvette. »Sie wissen wohl nicht, wie hart das Leben ist? Eine Frau muß zusehen, wo sie bleibt.«

»He«, sagte de Gier und schaute auf die Zigarre von Grijpstra. »Du solltest mal deine Marke wechseln.«

»Eine Hure und ihr Kunde«, sagte Yvette sanft.

»Bezahlte Gesellschaft«, sagte de Gier. »So ist das im Alltag. Wir können das schon verkraften, Mevrouw Everts.« Er zeigte auf die Leiche. »Aber es scheint so, daß er es nicht konnte. Er fuhr zur Hölle. Wenn Sie eine Nutte sind, ist der böse Mann da dann ein Gangster?«

»Ich kannte ihn nicht«, flüsterte die Dame. »Es schien so, als sei er gut erzogen. Ein Geschäftsmann. Vielleicht Im- und Export?«

»Brigadier«, sagte Grijpstra gimmig, »ziehen Sie keine voreiligen Schlüsse.« Er wandte sich an die Dame. »Kümmern Sie sich nicht um ihn, wir haben einen anstrengenden Tag hinter uns.« Er hob einen Finger. »Wir fanden einen toten Junkie auf einem Hausboot.« Er hob den zweiten Finger. »Fanden einen alten Mann in seinem Bett, der schon drei Wochen tot war. Die Nachbarn haben uns angerufen. Und nun das hier. Der Brigadier ist noch jung, vielleicht wäre er beim Straßenverkehr besser aufgehoben.«

Yvette lächelte den Brigadier an. »Es ist alles in Ordnung. Ich mag Sie trotzdem.«

De Gier ging telefonieren und sagte, als er zurückkam: »Sie werden gleich hier sein. Die Fotografen. Ein Arzt. Sie haben ihn nicht erschossen, Mevrouw?«

»Nennen Sie mich Yvette«, sagte die Dame. »Wir leben in modernen Zeiten und müßten gleich alt sein. Nein, ich habe ihn nicht erschossen.«

»Darf ich in Ihre Handtasche sehen?«

Sie gab ihm die Tasche. »Ich hoffte, Sie würden es nicht tun.«

De Giers Finger verschwanden und kamen mit einem Gegenstand wieder hervor.

»Nein«, sagte Yvette »legen Sie es wieder zurück, es gehört mir. Ich möchte nicht, daß es beschlagnahmt wird.«

Der Brigadier legte das rechteckige schwere Etui in Grijpstras Hände. Grijpstra öfnete die lederne Lasche. »Das ist keine Brieftasche, sondern ein sehr cleveres Versteck für eine todbringende Waffe.« Er nahm eine kleine Waffe heraus. »Eine Derringer. Klein, aber wirksam. Munition 22er Magnum. Wenn die Kugeln treffen, töten sie auch. Ist egal, wo die aufschlagen.«

»Sie ist mit zwei Patronen geladen«, sagte Yvette. »Und beide sind noch da.«

Grijpstra öffnete die Pistole. »Tatsächlich. Da sind sie. Nie benutzt, wußten Sie das? Warum haben Sie die Waffe nie benutzt, Mevrouw Everts?«

»Nun«, sagte Yvette. »Das ist eine ziemlich dumme Frage. Bin ich etwa nicht in einer riskanten Situation, während ich meiner Arbeit nachgehe? Die Agentur versucht, unsere Kunden zu überprüfen, aber irgendwann einmal werde ich an einen Typen geraten, der ausgefallene Spiele spielen will. Dann ist es doch angenehm zu wissen, daß ich mich verteidigen kann. Ober ich werde aus dem Auto geworfen, weil ich meine Meinung geändert habe. Ich möchte nicht mit in das Hotelzimmer des Kunden gehen, weil der Mann zu betrunken ist oder darauf besteht, daß ich Drogen nehme. Und verlassen auf der kalten, dunklen Straße bin ich eine leichte Beute für Straßenräuber. Der Straßenräuber will meine Brieftasche. Ich nehme meine Brieftasche. Ich töte ihn mit meiner Brieftasche.«

»Haben Sie kürzlich irgendeinen Straßenräuber erschossen?« fragte de Gier.

Yvette lächelte. »Es gibt immer ein erstes Mal.«

»Allerdings«, sagte Grijpstra. »Sie sind verhaftet. Die Beschuldigte führt eine nicht registrierte Feuerwaffe mit sich. Sie sollten zur Kenntnis nehmen, daß die Strafe streng ausfallen wird.«

»Nein«, antwortete Yvette. »Nicht für mich. Ich bin eine Mutter, die von der Sozialhilfe lebt. Sie werden mich nicht ins Gefängnis stecken ohne Rücksicht auf mein Kind. Es wartet, daß ich nach Hause komme und ihm das Frühstück mache. Ihre Vorgesetzten würden diese Art der Bestrafung nicht befürworten.«

»Wie wär's mit einem anderen Vergehen?« sagte de Gier. »Sozialhilfe zu beziehen ist illegal, wenn Sie über ein anderes Einkommen verfügen. Sie haben Ihr Einkommen als Hostess bestimmt nicht versteuert.«

»Sie haben wohl die Zeitungen nicht gelesen«, erwiderte Yvette. »Strafrechtliche Verfolgung von Müttern, die Sozialhilfe beziehen, wird normalerweise fallengelassen. Drohen Sie mir also nicht damit.«

Die Leiche wurde fotografiert. Der Doktor sah sie sich an.

»Na?« fragte de Gier.

»Ja«, antwortete der Arzt. »Schönen Abend noch. Wiedersehen. Bis dann.«

»Werde ich immer noch vernommen?« fragte Yvette. »Die Taxifahrer streiken, und ich komme nicht von hier weg.« Sie streckte ein langes, schlankes Bein aus. »Jedenfalls nicht mit diesen Stöckelschuhen.«

»Omar hat Sie hierhergefahren?« fragte Grijpstra.

Sie nickte. »In einem Leihwagen, einem Mercedes. Der Wagen

steht draußen. Er wohnte im *Hilton*. Haben Sie wirklich vor, mich einzusperren?«

Grijpstra sah de Gier an. »Paß auf sie auf. Ich werde einen Blick auf das Auto werfen. Wir sehen uns später auf dem Revier.«

Der Adjutant ging steifbeinig davon. De Gier bot der Dame seinen Arm an. Ein Fahrer des Notarztwagens und sein Kumpel ließen die Leiche auf die Trage plumpsen.

»Warum fahren Sie so ein Wrack?« fragte Yvette und glitt elegant in den altehrwürdigen VW des Polizisten. »Eine Rostschleuder, knapp davor, auseinanderzufallen.«

»Die Schönheit verbirgt sich unter der Oberfläche«, sagte de Gier. »Eine treue Seele versteckt unter ungeputzten Beulen. Wo möchten Sie hingebracht werden?«

»Ich dachte, daß Sie mich ins Gefängnis bringen wollen?«

»Und ich dachte, daß Sie zu Hause ein Kind erwartet?« Der Motor erwachte winselnd zum Leben. »Wie alt ist Ihr Sohn?«

»Martin ist gerade zehn geworden. Er soll nichts erfahren. Ich wohne in der Luykenstraße.« Sie beobachtete die Scheibenwischer. »Nun regnet es auch noch.«

De Gier fand die Straße. »Die Hausnummer?«

Sie nannte sie ihm. »Wollen Sie noch für einen Augenblick mit hineinkommen?«

De Gier fuhr weiter, um einen Parkplatz zu suchen.

»Ich hätte meinen Mantel mitnehmen sollen«, sagte sie. Es regnete stark. Die Wischblätter hatten Mühe, die Scheibe klar zu halten.

»Nun muß ich durch diese Pfützen waten, und ich habe mir heute diese Schuhe hier gekauft.«

De Gier hatte einen Parkplatz gefunden. »Sie werden schon nicht naß, weil ich Sie über die Pfützen tragen werde.«

Er fand einen eingerollten Mantel auf dem Rücksitz.

»Wir sind bestens ausgerüstet. Sehen Sie? Er hat sogar eine Kapuze.«

Yvette schlüpfte in den Mantel. De Gier stieg aus und wartete auf dem Bürgersteig auf sie. Er ging in die Knie, legte einen Arm auf ihre Schultern und den anderen unter ihre Knie und hob sie mühelos hoch.

»Bequem?«

Aus der dunklen Tiefe ihrer Kapuze kicherte sie ihm entgegen. »Aber ja. Sie sind mein Held. Ich weiß nicht, ob es überhaupt noch welche gibt. Sind Sie wirklich ein Held?«

»Bin ich«, sagte de Gier. »In meinen Stiefeln vor Erregung zitternd, kämpfe ich für das Vergnügen. Ich verliere normalerweise den Kampf, das stört mich aber nicht. Immerwährendes Versagen ist gut für die Charakterbildung.«

Ihr Kopf ruhte an seiner Schulter. »Sie verschwenden Ihre Energien umsonst?«

Nachdem er über eine Pfütze gesprungen war, spähte er in ihre Kapuze. »Ich bekomme schon meinen Lohn.« Den nächsten Sprung schaffte er nicht so perfekt wie geplant. »Aber Belohnungen verderben meistens das Spiel. Ich akzeptiere weder Medaillen noch Beförderung.« Er lache sanft. »Es ist hoffnungslos, die Zukunft ist trübe, aber ist es nicht schön, wenn wir uns abstrampeln?«

»Das ist schön«, sagte Yvette. »Wenn Sie lachen, rumpelt es in Ihrer Brust. Sie haben eine eindrucksvolle Brust. Mir gefällt es hier. Warum tragen Sie mich nicht einmal um den Block?«

Als er sie vorsichtig absetzte, schwappte noch mehr Wasser in de Giers Schuhe. Sie öffnete eine Tür, von der aus eine steile Treppe hinaufführte. Sie sah sich um.

»Ich werde vorgehen, aber versprechen Sie mir, nicht unter meinen Rock zu schauen.«

Sie kamen schließlich oben vor einer Tür an, die vor kurzem sorgfältig gestrichen worden war und an der ein Schild mit ihrem Namen in geschwungener Schrift über einem glänzenden antiken Türklopfer aus Messing hing.

Yvette hustete, als sie nach Schlüssel griff und ihn in das Schlüsselloch steckte.

»Dieser Aufstieg macht mich jedesmal müde.« Die Tür schwang auf. »Tritt ein in mein Nest, schöner Brigadier.«

De Gier betrachtete die Kommode aus Rosenholz im Stil des 17. Jahrhunderts, ein Buchregal aus Mahagoni und frische Schnittblumen, kunstvoll in Alabastervasen arrangiert. »Luxuriös!«

Ein kleiner Junge saß vor dem Fernseher, er stand auf, um dem Besucher die Hand zu schütteln.

»Das ist Martin«, sagte Yvette zu de Gier.

»Rinus«, sagte de Gier. »Freut mich, dich kennenzulernen. Ich mußte deine Mutter nach Hause bringen. Schlechtes Wetter draußen.«

Martin küßte seine Mutter. »Mama, wo ist Omar? Ist irgend etwas passiert?«

Yvette strich sich das Haar glatt. »Omar mußte zurück in sein Heimatland. Gibt es etwas Schönes im Fernsehen?«

Der Junge stellte den Fernseher ab. »Nein. Die Nachrichten waren wie immer schrecklich. Schwarze Menschen sterben, und ein Flugzeug ist abgestürzt – irgendwo in den Schnee. Man konnte die zerbrochenen Tragflügel sehen, und sie sagten, daß alle Leute tot sind.«

»Sieh dir nie die Nachrichten an«, sagte de Gier. »Ich besitze keinen Fernseher. Es ist schöner, nichts zu wissen.«

»Ich werde ihm einen Videorecorder kaufen, für Trickfilme oder so etwas. Er braucht kein soziales Gewissen zu entwickeln, das ist alles nur Ballast.«

»Wie wär's mit einem Goldfischaquarium?« schlug de Gier vor. »Die sind lustig zu beobachten.« Er schüttelte den Kopf. »Nein. Goldfische fühlen sich eingesperrt. Vielleicht sollte er einfach nur den Himmel beobachten.«

»Ich geh ins Bett«, sagte Martin.

Sie wünschten ihm eine gute Nacht. Er schüttelte wieder de Giers Hand. »War schön, dich kennenzulernen, Rinus. Bist du Mamas Freund?«

»Ja«, antwortete de Gier und fragte, als die Tür geschlossen war: »Kein Babysitter?«

Yvette sah prüfend auf die Uhr. »Sie wird in einer halben Stunde hier sein. Vielleicht kann ich sie noch zu Hause erwischen. Wäre das in Ordnung? Ich meine, daß ich das Telefon benutze?«

»Warum nicht?« fragte de Gier und bewunderte die gerahmten Drucke, die von bekannten Künstlern signiert waren. Mit seinem Finger folgte er den Buchrücken in einem Regal.

Yvette telefonierte und drehte sich dann zu de Gier um. »Sagten Sie nicht, daß ich unter Arrest stehe? Ich dachte immer, daß es Verdächtigen nicht gestattet sei, zu telefonieren.«

»Sind Sie Studentin?« fragte de Gier.

»Ja, und ich habe es fast geschafft. Ich will Rechtsanwältin werden. Möchten Sie etwas trinken?«

Die Bar, in einem Geschirrschrank aus Rosenholz versteckt, war gut bestückt.

»Denken Sie etwa, daß ich nicht gut sein werde? Ich habe keinen Abschluß an einer höheren Schule gemacht, weil ich blödsinnig früh geheiratet habe – wir haben beide jahrelang in Fabriken gearbeitet, bis es mir schließlich dämmerte. So bin ich Hostess geworden und gehe tagsüber in die Universität. Noch ein paar Monate, und ich habe meinen Abschluß in der Tasche.«

De Gier streichelte seinen Schnäuzer. »Und Ihr Mann?«

»Ihm gefiel das nicht. Wir ließen uns scheiden.«

»Er zahlt keinen Unterhalt?«

Sie zuckte mit den Achseln. »Sollte er das? Er braucht sein Geld für sich. Er hat wieder geheiratet, neue Kinder bekommen und all das. Ich habe auf mich selbst aufgepaßt.«

»Und Martin?«

»Manchmal besucht er seinen Vater. Ich habe nichts dagegen.« Sie hielt ein Glas hoch. »Was darf es sein, Brigadier?«

»Bitte nur Soda. Ich bin im Dienst.«

Sie goß aus einer gekühlten Dose ein.

»Sozialhilfe und die Agentur«, sagte de Gier. »Sie machen das sehr gut. Aber warum haben Sie ausgesagt, daß Sie Omar zum erstenmal getroffen haben?«

Sie goß sich einen großen Whisky ein und stürzte ihn hinunter. »Ich wollte da nicht mit hineingezogen werden. Omar war mein eigener Kunde. Die Agentur ist eisern. Sie besteht darauf, ihren Anteil zu bekommen, auch wenn die Beziehung zu dem Kunden persönlicher geworden ist. Omar bezahlte sie und gab mir ein Trinkgeld. Er schwamm in Geld. Er verkaufte persisches Öl. Ich kenne ihn seit einigen Monaten.«

»Ich hätte das höchstwahrscheinlich nicht herausgefunden«, sagte de Gier. »Warum haben Sie mich eingeladen?«

Sie lächelte. »Ich bin eine schwache Frau, und mir gefiel die Art, wie Sie mich getragen haben.«

Yvette ließ sich auf die Couch fallen. »Seien Sie nicht so ernst, Brigadier. Ich habe den Mann gesehen. Er schielte. Ich glaube, daß es auch ein Perser war. Die Beschreibung des Kellners war ziemlich genau. In einem kurzen Augenblick war alles vorbei. Es schien, als wollte der Mann nur an unserem Tisch vorbei, dann blieb er stehen und erschoß Omar. Da war etwas auf der Pistole – ich vermute, ein Schalldämpfer.«

»Kann ich telefonieren?« fragte de Gier.

»Ja«, sagte Grijpstra. »Ich habe mit den Leuten von der Autovermietung gesprochen und mit seinem Hotel telefoniert. Sein Name ist Omar Sarab. Er ist jetzt in der Gerichtsmedizin, und ich gehe seine Taschen durch. Da war ein Geschäftsbrief der Ölfirma Berg & Company aus Rotterdam. Ich habe Mr. Berg zu Hause erwischt. Meine Nachricht hat ihn nicht überrascht. Omar war korrupt, verkaufte Öl billiger, wenn Berg ihm Geld nebenbei verschaffte. Es dürften so an die 10 000 Dollar bei jedem Deal gewesen sein. Omar konnte das Geld nicht mit nach Hause nehmen, so mußte er es hier ausgeben. Irgend etwas Interessantes von der Dame?«

»Hast du jemals den Koran gelesen?« fragte de Gier.

»Was steht da?«

»Er beschreibt die Mäßigkeit«, sagte de Gier. »Das einfache Leben hier und das schöne Leben im Himmel. Persien wird von einem Geistlichen regiert. Der Geistliche ist eisern.«

»Er ließ Omar erschießen?«

»Ist nur eine Vermutung«, sagte de Gier.

»Das ist auch meine Vermutung«, sagte Grijpstra. »Ein politischer Mord. Bei denen ist Religion auch immer Politik. Das betrifft uns nicht mehr, Brigadier. Ich werde eine Notiz an den Geheimdienst schreiben. Die können es dann ablegen. Der Killer muß schon auf dem Weg ins Ausland sein.«

»Noch nicht, Adjutant. Zu dieser späten Zeit gehen keine Flugzeuge mehr.«

»Der Fall ist abgeschlossen, Brigadier.«

»Warte«, sagte de Gier. »Ich habe wirklich den Koran gelesen. Er schreibt Gastfreundschaft vor. Gastfreundschaft ist auch eine unserer Tugenden. Da diniert ein Fremder in unserer Stadt und wird erschossen. Wir konnten ihn nicht beschützen. Ich sage dir, daß wir unsere Arbeit tun müssen.«

»Bitte, Brigadier«, seufzte Grijpstra. »Sieh diesen Job als erledigt an. Keine Komplikationen. Kein Unschuldiger wurde verletzt. Komm her und unterschreib meinen Bericht. Dann sind wir fertig, hörst du?«

»Sicher«, sagte de Gier. »Eine andere Tugend ist Freundschaft. Du bist mein Freund. Nur noch eine kleine Sache, es wird nur ein paar kurze Stunden in Anspruch nehmen. Ich werde dich am Apollo Boulevard auflesen. Ich hab da 'ne Idee.«

»Wie soll ich dahinkommen ohne Auto?«

»Nimm die Straßenbahn«, antwortete de Gier. »Die Nummer 24. Sie fährt alle paar Minuten. Steig Beethoven Straat aus, und ich bin auf jeden Fall da.«

Yvettes Hand ruhte sanft auf dem Ärmel des Brigadiers. »Steig aus der Sache aus, Rinus. Omar wußte, was er riskierte. Moslems leben mit ihren Waffen. Dein Adjutant will nichts mehr unternehmen. Er hat recht. Ruf ihn zurück und verbring etwas Zeit mit mir.«

De Gier zögerte. Sie gab ihm einen Kuß auf das Kinn.

»Nein«, sagte de Gier.

Sie stieß seine Brust mit beiden Händen weg. »So ein vollkommener Ritter und verschwendet seine Zeit und Energie an die falsche Sache. Sei ein echter Held. Ich helfe dir dabei. Reist überall herum, hat die Taschen voller Geld, und wenn du schon hier bist, kannst du auch bei mir bleiben.«

»Ich muß jetzt wirklich gehen«, sagte de Gier.

»Du weißt, daß du frei bist«, sagte Yvette. »Denk darüber nach. Du kannst machen, was du willst.«

Adjutant Grijpstra war durchnäßt, sein glänzendes Gesicht wurde nur teilweise von dem abgetragenen Kragen seines Mantels geschützt. »Was ist passiert?«

»Unerwarteter Ärger«, sagte de Gier. »Ich habe einen Bus beobachtet, dessen Schiebetüren sich öffneten, und Hände wurden rausgestreckt. Fahrradklauende Hände.«

»Wir gehören zum Morddezernat«, machte ihm Grijpstra klar. »Wirst du es jemals lernen, dich um unsere Arbeit zu kümmern?«

»Ich dachte, es würde nur einen Augenblick dauern.« De Gier grinste. »Aber das waren Kämpfernaturen. Ich hab sie nach einem Weilchen fertiggemacht, aber dann verspätete sich der Streifenwagen.«

»Wichtigtuer.« Grijpstra runzelte die Stirn. »Und ich werde hier klatschnaß. Also, was sollen wir tun? Kann ich bitte jetzt nach Hause gehen?«

»Paß auf«, sagte de Gier. »Unser Killer, bestens motiviert, wurde von einem hohen Geistlichen geschickt, aber Mord bringt den standhaftesten Charakter durcheinander. Ich stelle die Theorie auf, daß unser Verdächtiger verunsichert ist. Nun, was würde ein verunsicherter Perser tun, während er frühmorgens auf das Flugzeug wartet, das ihn heimfliegen soll? Würde er sich nicht nach ein wenig Bequemlichkeit sehnen? Und wo würde er das finden?«

»Wir werden heute nacht keine Bordelle besuchen«, sagte Grijpstra. »Ich streike unwiderruflich. Fang dir deine eigene Wildgans.«

»Er ist ein frommer Moslem, Adjutant, und verabscheut

Frauen und Wein. Ich glaube, daß er unter seinesgleichen ist, genau in diesem Augenblick. Es leben nicht sehr viele Perser in Amsterdam, und die paar, die uns mit ihrer Gegenwart beehren, versammeln sich in einem Café.«

»Wo?«

De Gier deutete in eine Richtung. »In dieser Straße.«

»Hmm.«

»Habe ich recht?«

»Könnte sein«, sagte Grijpstra. »Du hattest zuvor schon recht. Helle Hosen? Braune Lederjacke? Dunkel? Ganz kurz geschnittenes Haar?«

»Er schielt«, sagte de Gier.

»Ah«, brummte Grijpstra. »Also hat die Dame ihn gesehen.« Seine Hand tätschelte de Giers Arm. »Hör zu, Rinus. Das Café wird voller MGs sein. Sie könnten Bazookas haben. Du willst sie mit zwei lächerlichen Pistolen angreifen? Das ist gegen die Bestimmungen. Wir werden Verstärkung anfordern.«

»Und sie nicht bekommen«, antwortete de Gier. »Es dauert Stunden, bevor eine SWAT-Einheit zusammengestellt ist. Was sagt nicht unser ganz spezieller Commissaris? In einem Fall wie diesem können wir nie schnell genug handeln. Der Killer ist noch nervös – er macht bestimmt Fehler.«

Grijpstra ließ seine feuchte Zigarette fallen. »Auf geht's.«

De Gier parkte den Volkswagen. Die Fenster des Cafés waren mit braunen Papierbögen zugeklebt.

»Nicht gerade ein angenehmer Ort, Brigadier.«

»Ein übler Ort«, stimmte de Gier zu. »Ich war einmal dort. Sie servieren Ziegenbeine noch mit den Haaren dran. Die Kellner stürzen dauernd davon, um zu beten. Der Ayatollah beobachtet dich von den Wänden herab.«

»Geschlossen!« rief ein unrasierter alter Mann. »Geht nach Hause – das hier ist privat!« Grijpstra zeigte seinen Ausweis. »Polizei. Wir kontrollieren Ihre Aufenthaltsgenehmigungen. Und einen schönen guten Abend miteinander.«

Das Café war überfüllt. Die bärtigen Besucher, mit ihren wilden Blicken, knurrten wütend und gestikulierten. Ein junger Mann, der den Beschreibungen des Kellners und Yvettes entsprach, schlüpfte durch eine Tür auf der anderen Seite des Raumes.

De Gier lief ihm nach und erwischte ihn im Hinterzimmer. Der Verdächtige griff nach seiner Pistole – zu spät, die Faust des Brigadiers hatte ihn schon aufs Kinn getroffen. Er stolperte. Der Brigadier gab ihm einen Stoß, und der Verdächtige fiel zu Boden. De Gier kniete sich auf dessen Brust und zog seine Pistole aus dem Schulterhalfter. »Gehen wir«, sagte de Gier und zerrte den jungen Mann hoch.

Im Café kamen die Perser Schulter an Schulter immer näher.

»Polizei!« rief Grijpstra und ging rückwärts zum Ausgang. »Keinen Ärger. Nur die Ruhe. Geht zurück zu eurem Kaffee, schönen Abend auch!«

Der Verdächtige wurde auf den Rücksitz des Volkswagens gequetscht. De Gier setzte sich neben ihn. Grijpstra fuhr den Wagen vom Bürgersteig und trocknete dabei sein Gesicht mit einem dreckigen Taschentuch. »Ich sag dir was, jeder da drin war bewaffnet. Muß ich wirklich mit dir zusammenarbeiten? Du wirst noch mein Tod sein, Brigadier.«

De Gier zeigte Grijpstra die Waffe des jungen Mannes. »Der Beweis, Adjutant. Wir haben unseren Mann.«

»Hurra«, sagte Grijpstra. »Zurück zum Revier. Den Verdächtigen einsperren. Schluß für heute. Ich spendier dir einen Drink.«

»Wieso bekomme ich immer einen ausgegeben?« fragte de Gier. »Deine Investitionen werden zu kostspielig.«

Der Verdächtige murmelte etwas in Persisch.

»Geht es auch in Englisch?« fragte de Gier.

Der Verdächtige murmelte englisch. Über die vollbrachte Pflicht. Dinge, die gut verlaufen wären. Allah sei mit ihm. Was jetzt mit ihm passieren würde, mache ihm nichts mehr aus. Die Leute zu Hause würden stolz auf ihn sein.

»Tötet mich«, murmelte der Verdächtige. »Dann komme ich in den Himmel.«

»Nicht jetzt«, sagte de Gier zum Verdächtigen. »Die Huris werden noch eine Weile warten müssen.«

»Was sind Huris?« fragte Grijpstra.

»Moslemische Engel, die Liebe mit ihm machen werden. Callgirls auf einer höheren Ebene. – Du bist hier besser dran«, sagte de Gier zu dem Verdächtigen. »Du wirst eine Ruhepause einlegen.«

»Ein Idealist fängt den anderen«, sagte Gijpstra. »Du solltest ihn laufenlassen, Brigadier. Er ist dein Bruder im Geiste.«

»Laß ihn uns zuerst vernehmen.«

»Denkst du, daß er gestehen wird?«

»Natürlich«, sagte de Gier. »Sein Mut gleicht meinem. Er verdampft unter Stress. Er wird wie ein Egret singen.«

»Was ist ein Egret?«

»Ein persischer Vogel.«

Im Büro auf dem Revier saß der Verdächtige aufrecht auf der Kante des Stuhl, seine Arme in Abwehrhaltung verschränkt.

»Er will überhaupt nicht aussagen«, beschwerte sich Grijpstra. »Und mir läuft die Zeit davon. Können wir jetzt einen trinken gehen?«

»Erlaub's mir«, sagte de Gier. Er nahm ein Paar neuer Handschuhe aus einer Schublade. Er zog sie sich langsam an und starrte dabei den Verdächtigen an.

»Und was nun?« fragte Grijpstra.

»Diese Handschuhe sind ein Geburtstagsgeschenk meiner Schwester«, erklärte de Gier. »Ich hätte nie gedacht, daß ich sie jemals benutzen würde, aber der Verdächte muß jetzt denken, daß ich ihn zusammenschlagen werde.«

Grijpstra studierte eingehend den Gesichtsausdruck des Verdächtigen. »Ich werde dir dabei helfen.« Er zündete sich eine dicke Zigarre an, saugte daran so fürchterlich, daß die Spitze in unheilvollem Rot erglühte.

»Bitte«, sagte der Verdächtige. »Macht es nicht.«

»Name des Auftraggebers?« knurrte der Brigadier. Das Leder seiner Handschuhe knarrte. Grijpstras Zigarre sprühte Funken.

»Karim.«

»Adresse?«

»Rubens Straat.« Der Verdächtige nannte auch gleich die Telefonnummer.

Grijpstra legte die Zigarre nieder. De Gier zog die Handschuhe aus. »Ist eigentlich Unwissenheit sicherer? Die sollten ihre Killer besser instruieren. Wissen die nicht, daß wir die tolerantesten Polizisten auf der ganzen Welt sind?« Er nahm den Telefonhörer ab. »Ein Tatverdächtiger für den Zellentrakt.«

Zwei uniformierte Polizisten kamen, um den Killer abzuholen.

»Filzt ihn«, sagte Grijpstra. »Sein Feuerzeug ist eine Bombe, die Schnalle seines Gürtels ein Messer. Er versteckt vielleicht sogar Gift.«

»Nun«, sagte Grijpstra im Volkswagen, »soweit bin ich mittlerweile. Mijnheer Karim wird diplomatischen Status besitzen. Er wird auch bewaffnet sein, Leibwächter beschäftigen und Hunde halten. Seine Wohnung wird von elektronischem Spielzeug bewacht sein. Ein Leopard wird uns anspringen, wenn wir klingeln.«

»Nur diesen letzten Schachzug«, sagte der Brigadier sanft. »Wenn es da irgendwelche Beschwerden gibt, dann werden wir sie uns morgen anhören. Heute ist heute. Es wird schön werden, Adjutant, so eine Jagd in der Nacht. Eine Herausforderung, wie ich wohl behaupten darf. Jane wohnt in der Rubens Straat. Ich werde durch ihre Wohnung gehen und sie vom Dach aus angreifen.«

»Halte Jane da raus«, sagte Grijpstra. »Jane ist eine Streifenpolizistin, kein Attentäter wie du. Nur weil es so scheint, als ob sie dich mag, mußt du noch lange nicht ihr wertvolles Leben aufs Spiel setzen.«

»Du klingelst«, sagte de Gier. »Tritt die Tür ein. Ab dann ist er gewarnt. Er wird versuchen, über das Dach zu entkommen. Dort warte ich auf ihn und nehme ihn fest.«

»Sein Finger wird am Abzug einer Uzi liegen.«

»Auf mich gerichtet, Adjutant. Du wirst unten in Sicherheit sein.«

»Und was ist, wenn er dich trifft?«

»Dann bist du mich los.«

»Wie wahr«, sagte Grijpstra. »Schluß jetzt. Ich verspreche, daß ich die Drinks zahlen werde. Gehen wir. Ich kenne eine hübsche Bar, die noch geöffnet hat.«

»Rinus«, sagte Jane, »hast du den Verstand verloren? Weißt du, wie spät es ist? Auf dem Revier siehst du mich nicht an, aber hier willst du mich besuchen, wann es dir paßt? Bist du betrunken? Oder verrückt?«

»Stocknüchtern«, antwortete de Gier. »Aber bei der Arbeit.«

Jane trat einen Schritt zurück. »Denkst du wirklich, daß ich immer verfügbar bin, wenn du ein bißchen zu heftig drauf bist?«

»Ich«, sagte de Gier, »verfolge einen gefährlichen Verbrecher. Es tut mir leid, wenn ich dich belästige, aber ich muß auf das Dach. Laß mich durch das Fenster raus. Dann geh wieder ins Bett. Ich meine für einen Augenblick.«

»Ich werde dir helfen.«

»Nein«, sagte de Gier. »Es weht ein starker Wind. Du könntest weggeblasen werden.«

De Gier stand auf dem Fensterbrett, und Jane hielt seine Beine fest. Er streckte sich und griff nach der Dachrinne. Dann hingen seine Beine frei in der Luft. Er hangelte sich auf das Dach, blickte zur Straße hinunter und knipste seine Taschenlampe an. Die Scheinwerfer des unten geparkten Volkswagens gingen kurz an. De Gier schlitterte über die nassen Dachziegel und wandte sein Gesicht von dem kalten Wind ab. Grijpstra stieg aus dem Wagen aus und klingelte bei Karim. Er machte einen Schritt zur Seite und wartete.

Am Himmel waren nur Wolken, kein Mond. De Gier stolperte

umher, bereit aufzugeben. Vielleicht konnten fanatische Polizisten ruhig bleiben. Der Brigadier gab sich eine weitere Minute.

Der Wind heulte, aber da waren auch noch andere Geräusche. Eine quietschende Falltür?

Karim hievte seine Körperfülle aufs Dach. De Giers Höhenangst verursachte ihm Schwindel. Wo war er?

»Hallo?« rief de Gier.

Karim schoß. Die Kugel pfiff wimmernd durch die Nacht. Von wo war die Stimme gekommen?

»Lassen Sie Ihre Pistole fallen!« rief de Gier. »Sie sind umstellt! Unten warten wir auch auf Sie! Sie sind verhaftet – geben Sie auf, Mijnheer!«

Karim fluchte, de Gier ebenfalls. Sie schossen abwechselnd.

»Lassen Sie Ihre Waffe fallen!« Ich bin wirklich kein Held, dachte de Gier. All das macht mir angst. Ich hasse diese Höhe. Hier bin ich nun, dreißig Meter unter einem sich bewegenden Himmel, mit einem heiligen Mann als Gegner, der Allah auf seiner Seite hat. Was hält mich auf Trab, außer mein Argwohn?«

»Mijnheer Karim?«

Karim war korpulent und nicht mehr ganz jung. Sein Sohn war gerade in der Wüste getötet worden, im Öl ertrunken. Sein anderer Sohn, noch ein Junge, war Kriegsgefangener. Seine Töchter schlurften in schwarze Kleider gehüllt umher, und ihre wundervollen Augen, die Augen ihrer Mutter, starrten unschuldig durch die Sehschlitze. Karim betete siebenmal am Tag. Und nun war er auf einem heidnischen Dach verloren. »Ja?«

»Seien Sie nicht verrückt. Lassen Sie Ihre Waffe fallen. Heben Sie die Hände.«

Ich habe das Richtige getan, dachte Karim. Omar war ein Verräter. Er hatte die Revolution vergessen. Omar hatte seine Seele verkauft. Eine höhere Gerechtigkeit tötete ihn, und ich war lediglich ein Werkzeug.

Karim schoß wieder.

»Letzte Chance!« rief de Gier. »Ich zähle bis drei. Dann werde ich Sie holen.«

Bitte nicht, Karim betete. Er feuerte weiter, bis seine Pistole nur noch klickte. Er fummelte mit seinem neuen Magazin herum. Es rutschte ihm aus seiner zittrigen Hand. Der Schatten weiter vorne kam näher gekrochen. Karim stolperte, fiel und versuchte sich zur Seite zu rollen. War Allah gekommen, ihn zu holen? Sollte er jetzt in den Himmel gehoben werden? Aber warum fiel er dann jetzt?

Grijpstra hörte Karims gequälten Schrei schwach aus dem Hinterhof des Wohnblocks. Der Adjutant seufzte und kehrte zu dem Wagen zurück. Er griff sich das Mikrophon, das am Armaturenbrett angebracht war.

Es dauerte lange, bis ein Streifenwagen eintraf. De Gier stand inzwischen wieder neben Jane auf der Straße. Seine Zähne klapperten.

»Was hast du getan?« fragte Jane. »Ich kannte diesen armen Araber. Wir kauften unsere Blumen an demselben Marktstand. Ein netter, freundlicher alter Mann. Ich kannte auch seine Frau. Ich half ihr oft beim Einkaufen.«

»Es tut mir leid«, sagte de Gier.

»Nun gut«, sagte der Commissaris später am darauffolgenden Tag, »ein Fall gut geklärt, da stimme ich zu. Mordfälle sollten schnell aufgeklärt werden, oder wir verlieren den Faden.«

De Gier starrte auf seine zitternden Hände. Grijpstra rührte in seinem Kaffee.

»Nicht, daß ich Gewalt nicht verabscheue«, sagte der Commissaris. »Sie sollte allerdings nicht die Regel sein.«

»Er ist gefallen, Commissaris«, sagte de Gier.

»Ja, allerdings. Nun, wie steht es mit Mevrouw Everts? Sie wird in Ihrem Bericht nicht erwähnt. Keine Beschuldigungen, Brigadier? Ignorieren wir eine nicht registrierte, häßliche kleine Pistole und ein Einkommen, das beim Finanzamt nicht angemeldet ist? Werden da keine Maßnahmen ergriffen?«

De Gier versuchte, sich eine Zigarette zu drehen.

»Mijnheer?« fragte Grijpstra. »Sollten wir unsere Zeit verschwenden? Das Gericht würde solche Verfahren nicht gutheißen. Eine Mutter mit Sozialhilfe und einem Kind?«

»Eine zukünftige Rechtsanwältin«, sagte der Commissaris. »Können wir solche Rechtsanwälte gebrauchen?«

»Und die Pistole«, sagte Grijpstra. »Irgendwie ist sie ein Werkzeug. In ihrem derzeitigen Beruf braucht sie Schutz. Wir erledigen unsere Aufgabe nicht gut genug. Es passieren haufenweise Straßenüberfälle.«

»Und die Bürger bewaffnen sich?« fragte der Commissaris. Er schob den Bericht beiseite. »Na, wunderbar. Nehmt ein paar Tage frei. Resturlaub. Wir sehen uns nächste Woche.« Er rieb sein Bein.

»Was macht Ihr Rheuma, Mijnheer?«

Der Commissaris beobachtete den Regen, der an die Fensterscheibe prasselte. Er nickte. »Ich werde mich im Frühjahr besser fühlen.«

Yvette rief an. »Stehe ich noch unter Arrest oder nicht?«

»Nein«, antwortete Grijpstra.

»Und meine Derringer?«

De Gier nahm sich den Hörer. »Bist du heute nacht zu Hause?«

»Ich arbeite.«

»Morgen?«

»Auch morgen nacht.«

»Ich kann nicht so weit im voraus planen.« De Gier legte auf.

Sie kam am Wochenende, nachdem sie ihn vorher angerufen hatte. Der Friseur hatte ihr Haar wieder modisch gestylt, mit einem Touch des neuesten Punkstils. Ihr Mohairmantel schien brandneu. De Gier half ihr aus dem Mantel. Darunter trug sie einen Anzug im Fallschirmspringerlook mit schwachem Tarnmuster. Das ideale Outfit für einen unabhängigen Geist. Sie blieb in de Giers Tür stehen und sah sich das Apartment an. »Du lebst hier?«

»Sicher. Gefällt dir mein Heim nicht?«

»Aber es ist so *klein.*«

»Es ist ja auch nur für mich«, sagte de Gier. »Und für Tabriz.« Er nahm die Katze hoch. Sie war fett, an einigen Stellen kahl und hatte kurze Beine.

»Ich hoffe, sie ist gut gelaunt?«

»Nicht besonders.« Er setzte die Katze ab. Tabriz brummelte etwas zu sich selbst, streckte die Beine und schoß in Richtung Küche davon. De Gier zeigte auf sein Bett, das von einem polierten Kupferrahmen zusammengehalten wurde. »Mach dir nichts aus dem Aussehen. Es ist alt, aber es ist bequem. Ich besitze keine Stühle. Eine Tasse Tee? Ich habe gerade welchen gemacht.«

Er reichte ihr eine Tasse und die Derringer, die er aus einer Schublade herausgefischt hatte. Sie öffnete ihre Handtasche und ließ die Waffe in den offenen Schlitz fallen. Die Handtasche schnappte zu.

»Danke.«

De Gier verbeugte sich. »Ist mir ein Vergnügen. Ich habe sie für dich geölt. Der Abzugshahn war ganz hübsch eingerostet.«

Yvette legte ihre langen Beine übereinander. »Du lebst in einem gemütlichen kleinen Zimmer. Ich bin überrascht, Brigadier, ein Mann von deinem Kaliber. Was wächst da auf deinem Balkon? Irgendwelche seltenen Pflanzen?«

»Unkraut«, sagte de Gier. »Ausgegraben, irgendwo aus einem Ödland. Ich mag Unkraut. Es blüht im Sommer, und dann kommen die Vögel und picken den Samen heraus. Meistens sind es Spatzen. Sie hängen kopfüber, wenn sie fressen.«

Yvette wartete darauf, daß er ihr die Zigarette anzündete.

»Vögel und Pflanzen? Spatzen und Unkraut? Du könntest Pfauen und Palmen haben. Würde dir das nicht besser gefallen?«

De Gier dachte nach.

»Ja. Warum nicht?«

»Du kannst alles besitzen, was du dir vorstellst.« Yvettes

Hand berührte sein Haar. »Deshalb bin ich gekommen, um dich an der Wirklichkeit zu beteiligen. Die Agentur knüpft Verbindungen vom Mittleren Osten über hier bis zu den Karibischen Inseln. Du könntest in Aruba leben, in einer eigenen Villa. Die Agentur braucht Helden wie dich, die reisen wollen.«

De Gier sah auf. »Du bist dafür geeignet. Warum verschaffst du mir diesen Job?«

Yvette schob ihre feuchte Unterlippe vor. »Die Agentur zieht einen Mann vor. Und nebenbei, da ist ja auch noch Martin. Er braucht noch weitere sechs Jahre Betreuung.«

»Nein«, sagte de Gier. »Ich suche nach etwas anderem, da ist kein Platz für Habgier.«

Sie sprang vom Bett auf, ging langsam durch das Zimmer und sah sich die Bücher an.

»Du liest?«

»Manchmal.«

Sie nahm sich einen Band.

»Auf französisch?«

»Ja«, sagte de Gier. »Mein Französisch ist nicht besonders, aber es macht Spaß, die Wörter zu raten, ihnen meine eigene Bedeutung zu geben.«

»Ich mag Kriminalromane.«

De Gier grinste. »Bevorzugst dein eigenes Metier.«

Sie zuckte mit den Schultern.

»Aber die sind ebenfalls unsinnig. Gut gegen schlecht. Das Gute gewinnt immer. Aber nicht immer. Und du weißt das.«

Er zuckte auch mit den Schultern.

»Wir sollten es aber versuchen.«

Sie kniete sich neben ihn und stieß ihn an der Schulter. »Erzähl mir nicht, daß du an diese dumme Moral glaubst. Warum hast du Karim vom Dach gestoßen? Für dich war er schlecht? Was hatte er dir getan?«

De Gier grinste immer noch.

»Er wollte Omar nicht in Ruhe essen lassen. Ich bin ein Bulle, und ich beschütze die guten Sitten unserer Stadt.«

»Du bist ein hoffnungsloser Fall«, sagte sie. »Vielleicht sollte ich dich so nehmen, wie du bist. Ich habe mit vielen Idioten geschlafen – vielleicht waren sie alle von der gleichen Sorte.«

»Ich wette, das waren sie wirklich«, sagte de Gier. »Erlaub mir, daß ich dir in den Mantel helfe.«

Sie lächelte ihm von der Tür zu.

»Auf Wiedersehn.«

»Wiedersehn«, sagte de Gier. »Und grüß Martin.«

Quellenverzeichnis

Robert Bloch: »Der Segen einer reichen Phantasie« (A Good Imagination), Copyright © 1956 by Suspect Magazine, renewed 1984 by Robert Bloch. (Veröffentlicht mit der Genehmigung Nr. 60902 der Paul & Peter Fritz AG, Zürich.)

Gilbert Keith Chesterton: »Wer war der Täter?«, aus: Gilbert Keith Chesterton SKANDAL UM PATER BROWN, Herder Verlag, Freiburg, 1958.

Agatha Christie: »Laßt Blumen sprechen« (Yellow Iris), aus: Agatha Christie HERCULE POIROTS GRÖSSTE TRÜMPFE, Copyright 1937 by Agatha Christie. Scherz Verlag, Bern, München, Wien.

Roald Dahl: »Die Wirtin« (The Landlady), aus: Roald Dahl KÜSSCHEN, KÜSSCHEN, Copyright © 1962 by Rowohlt Verlag GmbH, Reinbek. Aus dem Englischen übersetzt von Wolfheinrich von der Mülbe.

Sabine Deitmer: »Schwimmen lernen«, aus: Sabine Deitmer AUCH BRAVE MÄDCHEN TUN'S, Copyright © 1990 by Fischer Taschenbuch Verlag GmbH, Frankfurt am Main.

Richard Deming: »Die zweiten Flitterwochen«, aus: Mary Hottinger (Hrsg.) NOCH MEHR MORDE. Kriminalgeschichten aus England und Amerika, Copyright © 1963 by Diogenes Verlag AG, Zürich.

Lord Dunsany: »Zwei Flaschen Würze« (The Two Bottles of Re-

Wir danken den genannten Rechtsinhabern für die Genehmigung zum Abdruck der Auszüge aus den obengenannten Werken. In jenen Fällen, in denen es nicht möglich war, den Rechtsinhaber resp. Rechtsnachfolger zu eruieren, konnte ausnahmsweise keine Nachdruckerlaubnis eingeholt werden. Honoraransprüche der Autoren oder ihrer Erben bleiben gewahrt.